나는 꿈꾸는 낙타

평생 심부름꾼의 인생 보고서 결혼 50주년과 남편 팔순이 지나갔다. 날은 저물어 가는데 갈 길은 멀다
고 생각하니, 마음은 더욱 바빠져 일 분이라도 아껴야 한다는 조급증이
생겼다. 이 책은 한편의 인생 보고서 혹은 인생 결산서가 될지도 모르겠다. 가끔 내 자손들에게 삶의 힌트나 팁을 줄 수 있기를 바라는
마음에 나의 실수든 지혜든 솔직히 얘기하려 했다. 내가 진정으로 바라는 것은 내 자손들이 한순간이라도 나를 기억해 주고 그들에게
이해받기를 원한다.

나는 꿈꾸는 낙타

이선희 지음

벗나래

추천글

일문(一門) 일가(一家)의 주역으로 살아온 한 여인의 삶!

한낮의 태양을 바라보고 있거나 인생의 봄여름을 사는 사람은 급할게 없다. 그러나 하루해가 지는 노을 앞에 서면 생각이 깊어진다. 저자 역시 하루해가 지는 저녁노을을 바라보는 조급함으로, 더 정확히는 땅거미가 내려앉은 11월의 숲에 선 심경으로 자신의 발걸음을 재촉하며 이 글을 썼다. 기억이 더 희미해지기 전에 자신을 둘러싼 가족사와 자기가 걸어온 길을 기록해야 한다는 의무감으로.

이 책에는 일 많은 집안의 맏딸로, 공직자의 아내로, 세 자녀의 어머니이자 50년 전업주부로 살아온 저자의 생애가 녹아 있다. 내 어머니의 아련한 모습도 담겨 있고, 오늘을 살고 있는 내 모습이 겹쳐 보이기도 한다.

한 사람의 생애에는 개인의 성장 변천사는 물론 한 시대의 역사와 한 가문의 흥망성쇠가 들어 있다. 이 책에서 우리는 일제강점기에 대한민국 우국충정지사들의 소리 없는 족적과 시대의 변화와 한 가문의 영욕을 읽을 수 있다.

이 책은 또한 대한민국 근현대사에서 여인들의 부단한 삶이 가문과 사회에 어떻게 공헌했는가를 담담하게 기술하고 있다. 평범함 속에 비범함을 겸비한 여인들의 삶을 통해 현대인이 자기를 경영하는 방법과

추천글 ● 5

개인의 철학을 반추해볼 수 있는 자전적 수필이다. 특히 1인 가족 시대를 넘어 핵개인화 시대를 향해 가는 지금, 일문(一門)과 일가(一家)의 의미를 되새기는 계기가 될, 사람살이의 그림이 담겨 있다.

봉은희(작가, 《'스토리 셰프' 봉 작가의 맛있는 글쓰기 레시피》 저자)

그림자로 살아온
한 주부의 인생 보고서

세월이 유수 같다더니, 나도 어느덧 일흔 넘은 나이가 되었다. 주변에서 하나둘 부음 소식이 올 때마다 예전과 다른 감회가 생겨난 이유는 세월 덕일 것이다. 이즈음 부쩍 삶에 질문이 많아졌다. 나는 그동안 많은 사람과 인연을 맺으며 대체로 평안한 삶을 살았다. 그러다 보니 다른 사람은 전업주부인 내 삶을 별 중요한 일도 없는, 한가한 인생으로 보기도 했다.

사실 주부로서 삶이 그리 단순한 것은 아니다. 시간은 많이 들지만, 생색이 안 나거나 귀찮은 일들은 대체로 내 몫이었다. 친구를 만날 때도 장소나 시간을 양보하는 건 언제나 나였다. 특히 직업이 있는 여성들은 전업주부를 만나면 어린아이 대하듯 할 때도 많았다. 외적인 일을 하는 사람들이 드러나 보이는 일을 할 때 보이지 않는 부분을 채워 주는 손이 존재하기에 세상은 그런대로 돌아가건만 사람들은 저변의 일들은 알려고도 하지 않았다. 이런 취급을 당하는 주부들이 스스로 자부심이 없는 것도 사실이다. "뭐 하세요?" 하고 질문을 받으면, "아이 아무것도 안 해요" 하고 말하는 주부가 많다. 어느 날 나는 내 주변인의 통념을 바꾸고 싶다는 생각이 들었다. 마침내 재능은 없지만 살아온 얘기를 남기고 싶어서 책상 앞에 앉았다.

지나온 내 삶은 다소 부족하고 실수도 잦았다. 그러나 나름 노력했던 흔적을 남기고 싶은 소망이 생겼다. 사회적으로 아무런 업적이나 공헌이 없는 지극히 평범한 인생을 살아온 터라 써도 좋을까 하는 망설임이 있었다. 하지만 나는 어디서 왔으며, 무엇을 위해, 어떤 생각으로, 어떻게 살았는지 자손들에게 보고해야 할 것 같았다.

2022년 결혼 50주년과 남편 팔순이 지나갔다. 근래에 우리 부부가 잔병치레로 간간이 병원 출입을 하지만 몸과 마음은 대체로 건강하다. 그런데 일모도원(日暮途遠), 즉 날은 저물어 가는데 갈 길은 멀다고 생각하니, 마음은 더욱 바빠져 일 분이라도 아껴야 한다는 조급증이 생겼다.

이 책은 한편의 인생 보고서랄까. 아니면 인생 결산서가 될지도 모르겠다. 가끔 내 자손들에게 삶의 힌트나 팁을 줄 수 있기를 바라는 마음을 담아 나의 실수든 지혜든 솔직히 얘기하려고 한다.

내가 진정으로 바라는 것은 내 자손들이 한순간이라도 나를 기억해주고 그들에게 이해받기를 원한다. 그리고 우리 선조의 족적이나 가문의 흥망성쇠 뒤안길을 전하는 까닭은 자손들이 정체성을 잊지 않고 조상의 삶에서 지혜를 얻었으면 하는 바람 때문이다. 역사를 모르는 민족은 미래가 없다고 하지 않는가. 가족사도 마찬가지다. 가문의 내력을 알지 못하면 후손으로서 자존감을 세워나가는 길이 좌표 없는 항해와 같을 것이다.

세상은 위대한 사람들과 평범한 사람들이 좌우의 수레바퀴처럼 조화롭게 발맞춰가면서 성장과 발전을 해나간다. 평범한 인생도 나름대로 한 가문의 대들보 역할을 할 때가 있고, 사회에 도움이 되기도 한다. 후손 중 누군가는 평범한 나의 삶에서 오히려 위로와 용기를, 생활의 지혜를 얻기 바란다.

그동안 자서전이나 회고록을 가끔 읽을 기회가 있었다. 국회의원, 교육자, 직업 관료, 기업가, 학자, 언론인, 군 장성같이 자신의 분야에서 사회발전에 일익을 담당하며 존경받을 만한 발자국을 남긴 사람이 쓴 책이다. 그들 삶에 비하면 나는 이렇다 할 이력이 없다. 그러나 죽은 여인보다 더 불쌍한 여인은 잊힌 여인이라는 말처럼, 이생에서 내가 사랑하고 다음 생에도 함께하고 싶은 사람들에게서 솔직히 잊히고 싶지 않다. 그러니 두서없는 이야기를 너그러운 시선으로 봐주면 고맙겠다. 얘기에 줄거리를 찾을 필요는 없다. 스냅사진처럼 단편적인 그림들이 있을 뿐이고, 그나마도 초점이 잘 맞지 않아 흐릿할 수도 있다.

오늘이 있기까지 동고동락한 남편과 가족에게 고마운 마음을 보낸다. 이미 고인이 되신 부모님과 나의 얘기에 귀 기울여 준 동생들, 친가(親家)와 시가(媤家)의 가족과 친척들, 항상 격려와 사랑을 보내준 동창들과 나의 이웃에게도 마음 깊이 고마움을 전한다.

이 책을 출간하기까지 적절한 조언과 도움을 주신 벗나래 출판사 김진성 대표와 편집부 식구들께 감사드린다. 마지막으로 내게 할머니로 살아가는 기쁨과 행복을 안겨준 나의 보물들—손녀 이재인, 이영인, 외손녀 장세윤, 외손자 장민우, 외손녀 송수현—에게 사랑한다는 말을 전하고 싶다. 모두 건강하고 행복하기를.

이선희

Chapter 4. 남편 이천수

Chapter 5. 새로운 출발

Chapter 6. 삶의 뒤안길

Chapter 7. 내가 살아가는 방식

Chapter 8. 나의 뿌리인 경주 소정과 풍산 오미마을

Chapter 9. 사노라면

Chapter 10. 노년의 생활

맺음말

사진첩

01 나의 서사

나의 고향 나의 뿌리

안동 가난한 양반가 규수 어머니와 경주 명문가 청년 아버지 결혼은 매우 먼 거리 혼인이었다. 두 집안은 모두 사대부 가문이므로 서로 어울리는 혼반으로 여기며 존중했다. 어머니 혼수는 부자라고 소문난 아버지 가문에 들이기에는 매우 빈약했다. 하지만 할머니는 평생 며느리 혼수에 한 말씀도 하지 않았다.

어머니 김한현이 아버지 이상기와 결혼할 무렵, 외가 남자들이 독립운동에 투신하느라 남자 어른은 거의 부재중이었다. 이런 이유로 외가 형편은 매우 어려웠다. 상해 임시정부에서 활약한 외증조부 때문에 외조부마저 일본 경찰의 감시를 피하느라 집에 머물지 못했다. 아들이 없는 집안의 맏딸 처녀 김한현은 가장 아닌 가장 역할을 했다. 독립자금 마련 등으로 집안 살림은 계속 더 궁핍해졌다. 지혜롭고 알뜰한 김한현은 최선을 다해 살림을 꾸렸다. 맏딸로서 근검절약은 누구도 따르지 못할 만큼 철저했고 친척들과도 좋은 관계를 유지하며 지혜롭게 처신했다. 사람들은 어머니를 치마 두른 남자라 칭송했다.

해방되고 고향으로 돌아온 외증조부께선 혼기에 찬 손녀 혼인을 서둘렀지만, 집안에는 혼수를 마련할 돈이 남아 있지 않았다. 겨우 신랑의 바지저고리와 두루마기 한 벌, 시가 예단으로 버선 한 켤레씩을 장만했다.

부잣집으로 시집을 왔지만, 몇 년이 지나지 않아 시가도 쇠락해갔다. 어머니는 몸에 익은 검소함으로 집안을 꾸렸으나 절약이 능사는 아니었다. 어머니는 무슨 수라도 써야 했다. 부유하기로 이름난 집안이지만, 아버지 집안도 역시 일본군에 수탈을 당하고 독립운동자금을 마련하느라 집안 형편은 나날이 어려워졌다. 가세가 기울고 있었으나, 부자는 망해도 3년을 간다는 말처럼 내가 태어나고 첫 돌 무렵까지는 그럭저럭 체면을 유지할 정도 가산은 남아 있었다.

할머니는 16세에 시집와서 28세에 첫아들인 우리 아버지를 낳았다. 조부모는 뒤늦게 얻은 아들을 귀히 여기셨다. 1945년 8월 15일 광복을 맞이하고 일본에서 돌아온 아들을 이듬해인 1946년 서둘러 결혼시켰다. 다음 해인 1947년 12월에 내가 태어났다. 첫 번째 손주였던 나는 가족의 사랑을 듬뿍 받았다. 비록 학수고대하던 아들은 아니지만, 나의 사소한 동작이나 옹알이에도 칭찬을 아끼지 않으셨다.

내가 첫 돌을 맞이했을 때, 할머니는 큰 잔치를 열었다. 알뜰함이 몸에 밴 어머니는 돌 선물로 들어온 금붙이를 깊이 간직했다. 후일 집안 형편이 어려워지면 그것을 종잣돈으로 삼아 뭔가를 해야 한다고 생각했다.

할아버지는 일제강점기 때부터 대한광복회에서 활동하는 큰형님 독립자금 뒷바라지를 하느라 집안을 돌보지 못했다. 광복군 사업 총괄을 맡은 큰종조부는 경주 최부자 댁과 함께 막대한 독립자금을 모으느라 여념이 없었다. 자금 모금이 여의치 않으면 우선 당신들의 가산과 금품을 내놓게 되었다. 광복군 조직 안에서 비밀활동을 한 큰종조부는 셋째 동생인 할아버지에게 집안 살림을 맡기기에 이르렀다.

할아버지는 형님이 벌여 온 사업에 보증을 섰다. 독립자금이나 돈이 필요할 때마다 할아버지 토지를 매각하는 일이 잦아지자 가산은 나날이 기울어갔다. 집안 살림을 도맡아 꾸리던 조부는 선조로부터 물려받은 재산이므로 큰형님이 어려울 때 돕는 것이 당연하다고 여겼다. 경제공동체 의식에서 비롯된 것 같다. 해방 후 1949년 이승만 정부가 시행한 토지개혁과 1950년 농지개혁으로 우리 집안 재산은 더 많이 줄었다.

조부께서 운영하던 양조장 수익도 집안에 별반 보탬이 되지 못했다.

워낙 인심이 후한 조부 인품도 한몫한 것 같다. 할아버지는 해방 후 일제에 협조한 자들을 처단하는 과정에서도 인도적인 손길을 폈다. 6·25 전쟁이 끝난 후 좌익 사람들에게도 인도적 도움을 주었는데, 양조장 수입은 그들을 구출하는 데도 많이 쓰였다.

할아버지가 도움을 준 사람은 특별한 이념이나 사상으로 무장한 사람들이 아니었다. 그저 먹고살기 위해 좌우를 넘나들던 순박한 사람들이었다. 낮에는 우익으로, 밤에는 좌익으로 왔다갔다하는 사람들이 제법 있는 시절이었다.

6·25 동란 후 할아버지는 억울하게 좌익으로 몰린 사람들을 구출하는 데 앞장섰으니 양조장에서 수익이 다소 난다 해도 소정의 대소가 살림에는 턱없이 부족했다.

전후 사상과 이념의 소용돌이 속에서 밤과 낮이 다른 정권이 들어설 때도 할아버지를 위협하는 권력은 없었다. 살림은 거덜났지만, 그동안 많은 사람에게 도움을 주다 보니 인품이 널리 알려진 까닭이었다. 좌익편에 있던 사람들마저 술에 취해 있는 조부님을 업고서 집으로 모셔왔다는 일화는 우리 동리에서 오랫동안 회자한 이야기다.

나날이 비어가는 속 빈 강정 같은 살림이지만, 할아버지는 아직 지주 집안의 명분을 이어오고 있던 때였다. 할머니는 늘 우리에게 이르곤 했다.

"할아버지는 너희들 밑거름이 되셨다. 너희들은 잘될 것이니 두고 보아라."

조부는 태어나자마자 어머니를 잃었다. 그 때문인지 할아버지는 큰할아버지를 유난히 따르고 존중했다. 아마 성장 과정에서 큰형님에게 사랑을 많이 받았기 때문이리라.

아버지와 어머니

　　몇 년 전 집안 고문서류 중 명문(明文; 부동산 매매계약 내용의 기록문서)을 살펴보다가 토지 매도(賣渡) 난에 조부 이름이 17건이나 되는 것을 보았다. 그 명문 기록을 보노라니 예전 어머니의 한숨과 푸념이 떠올랐다. 할아버지 자비심이 어머니 푸념의 원천이었다.

　그것은 내가 어린 시절에 먹은 꽁보리밥과 어머니의 잦은 심부름과 무관하지 않다. 학교 공부보다 심부름을 더 많이 한 유소년 시절, 대다수 아이가 갖는 평범한 삶과는 제법 괴리가 있던 나는 일찍이 애어른이 되어 갔다.

　내가 3세 될 무렵, 집안이 차츰 기울어가는 기운을 감지한 어머니는 나의 첫돌 선물을 종잣돈 삼아 부업을 시작했다. 1953년 아버지는 은행원이 되었다. 그 후 아버지의 일정한 수입으로 우리 집 가계는 안정되어 갔다. 아버지가 은행에 취직이 된 후에도 어머니는 부업을 놓지 않았다. 덕분에 나는 일찍부터 어머니 부하 직원처럼 종종대며 학창 시절을 보냈다.

　어머니는 월급으로 빠듯하게 살림을 꾸리며 저축을 했다. 얼마 후 어머니 인맥이 차츰 넓혀지자 계를 꾸렸다. 대부분 계가 그러하듯 곗돈을 일찍 탄 사람은 낼 금액이 많고. 순번이 후순위인 사람은 적은 돈을 냈다. 어머니는 계주의 권리로 앞 번호를 탈 수 있었지만, 돈을 적게 내는 뒷번호를 선택했다. 처음 꾸린 계를 무사히 마치게 되자, 어머니는 계주로서 자신감이 생겼다. 한 번 맛본 어머니의 계 조직 경험은 훗날 더 많은 계를 조직하는 경력이 되었다.

　특히 아버지가 착실한 은행원이라 계원들 사이에서 어머니는 신뢰가 컸다. 또 어머니가 워낙 알뜰했기 때문에 종종 문제를 일으킨 다른 계주들과는 차원이 달랐다. 계원 중에 누군가 문제를 일으켜도 어머니는 절대로 계원에게 손해가 가지 않게 했다. 그렇기에 어머니가 조직한 계에 들어오려는 사람이 많았다. 은행 문턱이 높은 시절 탓도 계가 성행한 이유였다. 또 그 시절엔 은행을 많이 이용하지 않던 때였다.

어머니 학력은 소학교 졸업이 전부다. 그러나 수학 지능이 높았던 걸까. 어머니는 계산에 철저했다. 살림을 알뜰하게 꾸려나가는 것은 물론 계를 운영하면서 여타의 잡음이 없었다. 그 후 어머니의 재산은 점점 증식되었다. 게다가 아직 반상을 구분하던 의식이 있는 때여서, 안동의 양반가 자손이라는 사실도 어머니를 신뢰하는 이유였던 것 같다. 어머니가 만든 계 조직은 여러 개로 늘어났기 때문에 나는 일찍부터 어머니 심부름을 일상으로 받아들였다.

얼마 후 어머니는 고향 논밭을 사들였다. 차츰 다른 부동산에도 투자했다. 어머니는 보통 어머니들처럼 자식을 다정하게 보살피지는 않았지만, 우리 형제들은 대체로 불만이 없었다. 남들보다 부유한 생활을 누리지는 못했어도 교육비를 아끼지 않았다. 덕분에 우리 5남매 모두 서울에서 대학교를 나왔다. 집안의 대소사에도 어머니는 남들보다는 많이 베풀었다. 하지만 자신에게는 매우 인색했다. 어머니는 재산을 손실 없이 유지하다가 다소의 유산을 남겼다. 그 덕분에 우리 형제들은 최소한 인간의 존엄과 품위를 유지할 수 있었다.

어머니는 안동 산골 마을 풍산 오미동에서 태어났다. 일제강점기에 소학교 졸업이 전부지만, 누구보다 지혜로웠다. 사람을 통솔하는 리더십이 있었으며, 지위 고하를 떠나 폭넓게 교제하는 사교성이 있었다. 또 양가 부모님에게 효를 다했다.

우리 형제들은 어머니가 항상 동분서주하던 이야기를 나눌 때가 있다. 1952년에 어머니가 남동생을 임신했을 때 아버지는 안정된 직장이 없었다. 그때 어머니는 가족에게 밥을 지어주고 자신은 쌀뜨물로 연명했다. 그러고는 출산에 대비해 쌀 한 자루를 비축해두었는데, 이것이 발각되어 집안에서 큰 오해와 소동이 났다. 우리 집안을 가난에서 해방한 어머니 김한현만큼 근래에 우리 집안 대소가에서 무에서 유를 창조한 사람은 아무도 없었다.

아버지는 해방 직전 일본군으로 차출되었다. 해방되어 집으로 돌아와 이듬해 결혼했다. 가장이 되었지만 온전한 직업이 없었다. 빚만 늘어가는 양조장 일을 도우면서 임시교사, 세무서 촉탁 같은 일을 했으나 수입은 변변치 않았다. 마침내 어머니는 간직하고 있던 나의 첫돌 선물 금붙이를 밑천 삼아 닭과 돼지를 키웠다. 얼마 후 새끼를 팔아서 종잣돈을 조금씩 불려 나갔다.

독립운동을 하다가 해방이 되어 고국으로 돌아온 외증조할아버지는 손녀의 혼인을 주선하면서 사돈 집안 사정을 깊이 살피지는 못한 것 같다. 소정의 허울만 남은 명성을 믿은 것이다. 그러나 워낙 부잣집으로 시집갔다는 소문 때문에 어머니는 아무에게도 손을 벌릴 수가 없었다. 드디어 어머니는 용기를 내어 할아버지에게 편지를 썼다. 당시 어머니 삼촌이 산업은행 고위직에 있었는데, 삼촌에게 직접 부탁하기보다는 할아버지를 통하면 더 효과가 있을 것 같았다.

편지가 전달된 후 아버지는 식산은행(후일 저축은행)에 입사했다. 직업이 귀한 시절이기도 했지만, 은행은 최고의 직장이었다. 외가에서는 친가가 큰 부자로 알려진 까닭에 어머니의 부탁을 의아하게 생각했다. 어머니는 구구한 변명 없이 무직 상태인 남편 때문에 불편하다고 에둘렀다.

6·25전쟁 잔상이 많이 남아 있는 1952년 남동생이 태어날 무렵, 우리 집안은 정말 먹고살기 힘들었다고 한다. 아버지가 은행에 취직한 일

은 우리 가족에겐 구세주 같았다고 어머니는 종종 회상했다. 어머니는 평생 취직을 도와준 삼촌 댁을 잊지 않았다

1953년 아버지는 근무지인 포항으로 내려갔다. 이듬해 어머니와 나 그리고 남동생도 따라갔다. 대가족을 고향에 남겨둔 채 우리 가족만 포항으로 떠나온 것이다. 어머니는 시부모님과 시누이 그리고 시동생이 있는 시가에 생활비를 보냈다. 그리고 아버지 봉급을 쪼개서 앞날을 대비했다. 월급 받는 날에만 쌀을 조금 넣어 밥을 지었다. 가끔 아버지와 남동생의 보리밥 속에 쌀밥을 숨겨 담아주고 어머니와 나는 꽁보리밥만 먹었다는데, 나는 전혀 기억이 없다. 어머니는 월급 일부를 경주 시가에 보내고, 나머지는 거의 저축했다. 닥치는 대로 부업을 하고 돈 모으는 일에 최선을 다했다.

장녀로 태어나서

나의 고향은 신라 천년 수도 경주다. 경주는 내가 태어나고 자란 곳이지만, 특별한 기억은 없다. 아버지 은행 입사로 대가족을 떠나 우리 가족들만 포항으로 이사했기 때문이다. 3학년 1학기 무렵 대구로 이사했다. 포항에 살 때 어머니는 나보다 다섯 살 아래 남동생을 나에게 맡기고 자주 외출하셨다. 그러고는 저녁 무렵이 돼서야 돌아오시곤 했다. 남동생은 울고 보채기 일쑤였다. 그럴 때마다 나는 어머니가 맡긴 용돈으로 사탕을 사서 동생을 달랬는데, 그마저 통하지 않으면 호랑이가 온다며 소리치기도 했다. 어느 날엔 큰길까지 동생의 손을 잡고 엄마 마중을 나갔다. 또 철길에서 화물열차가 떨어뜨리고 간 석탄 조각을 주웠다. 몇 번 동네 아이들과 석탄을 주워보니 재미있었다. 다른

사람들은 그걸 땔감으로 이용했는지 모르지만, 아이들은 단순히 공짜에 재미를 붙이고 서로 경쟁했다. 일종의 놀이처럼 생각했던 것 같다. 그 무렵 어머니는 자주 심부름을 보냈다.

"죽동 아지매 댁에 좀 다녀오너라. 아지매가 주시는 것을 꽁꽁 여물게 가슴에 매고 와야 한다. 꼭."

그것이 바로 돈다발이었다는 것을 나는 곧 눈치챌 수 있었다. 나는 심부름하러 다니면서 어머니나 친척 아주머니에게 자주 칭찬을 받았다. 한번은 어머니 종숙부 댁에 편지 심부름을 하였다. 나는 그분을 교장 할머니라 불렀지만, 어머니 5촌 종숙모로서 어머니보다 겨우 몇 살 많은 젊은 부인이었다. 그분은 꼬마 손님인 나에게 "정말 똑똑하고 착하구나" 하며 도넛을 주셨다. 정말 맛있었다.

사택이던 그 집으로 가는 길엔 구멍이 뻥뻥 뚫린 흉물스러운 건물이 옆에 있었다. 무서워서 그쪽을 똑바로 보지 못했다. 초등학교 2학년 무렵이었다. 그것은 폭탄과 총알 자국들이었는데, 6·25 전쟁 중에 벌인 낙동강 전선 포항전투 흔적이라는 사실을 한참 후에야 알았다. 그 앞을 지나갈 때는 정말 으스스하고 오금이 저렸지만, 심부름을 거절할 용기는 더 없었다. 엄마는 내게 칭찬은 많이 했지만, 내가 어린아이라는 사실을 인정하지 않는 것 같았다.

어느 날 화폐개혁이라는 말도 들었는데, 아마 사람들 사이에 먼저 소문이 돌았던 것 같았다. 그리고 어머니의 돈다발을 봤던 기억이 있다. 나는 속으로 '어머니에게 돈이 좀 있구나!'라고 생각했다.

어렸을 때는 커서 무엇이 되고 싶은지 생각해 본 적이 거의 없다. 5남매 맏이로 태어난 나는 그저 어머니 심부름을 하거나 어머니 일을 도와주거나 공부를 잘해서 어머니를 기쁘게 해드리고 싶은 생각뿐이었다. 나보다 두 살 아래 여동생이 있었는데, 홍역을 앓다가 영영 일어나지 못했다. 피난 갔던 울산과 경주 사이에 있는 입실지역에서 있던 일이다.

우리 5남매가 자라는 동안 어머니는 점점 더 바쁘게 활동하면서 많은 사람과 교류했다. 어머니는 자주 외출하셨는데 동생들을 돌보는 일은 언제나 내 몫이었다. 그때 기억 때문에 나는 어른이 된 후에도 어린이들과 관련된 직업은 절대 갖지 않겠다고 생각했다.

바로 아래 남동생은 남자아이라 때로는 벅차기도 했으나 대체로 누나 말을 잘 들어주었다. 그것은 부모님께서 맏이인 나를 존중해 주셨기 때문이었다. 아마도 어머니가 내게 보내는 신뢰를 동생도 자연스럽게 안 것 같다. 동생들은 쌈짓돈으로 과자나 사탕을 사주며 호랑이와 경찰을 들먹이면 금방 달랠 수 있었다.

그러나 옥희 동생에겐 그런 것들이 통하지 않았다. 어머니가 외출하려는 기색만 보이면 옥희는 울며불며 생떼를 부리다가 기어이 버스정류장까지 따라갔다. 동생을 겨우 떼어내어 집으로 데려오는 일이 어린 내게는 벅찼다. 나에게 붙잡혀 집으로 온 다음에도 옥희는 울음을 그치지 않았다. 마침내 "계속 울어대면 우물에 빠뜨려 버릴 거야" 하고 소리치며 동생을 우물가로 데려갔다. 얼마 후에는 이 협박도 통하지 않았다. 실컷 울다가 지쳐 잠이 들면 끝이 났다. 후일 옥희는 우리 형제자매 중에서 자신이 맡은 일을 끝까지 해내는 유일한 사람이 되었다.

어머니는 겨우 2개월 된 옥희를 내게 맡기고 외출하실 때가 더러 있었다. 조금 시간이 지나면 배가 고픈 옥희는 내 팔뚝을 빨았다. 결핍이 작용해서일까. 옥희는 유독 울어댔다. 그렇게 성장한 동생은 후일 교수가 되었다. 결단력과 추진력이 남다른 동생은 자신의 전공 분야에서도 두각을 나타냈다. 셀레늄이라는 항암물질 연구의 권위자다. 집안일도 소홀히 하지 않는다. 나는 집안 대소사에 동생에게 자주 조언을 구한다.

어머니의 젖을 일찍 뗀 옥희는 어머니를 가장 많이 닮은, 앞서가는 여성
이 되었다.

그다음 여동생은 2년 뒤에 태어난 금희다. 금희의 첫 이름은 필희
(畢熙)였다. 후일 막내 봉희가 태어나자 금희(錦熙)라 개명했다. 필희의
'필'자는 딸은 이제 그만이라는 뜻을 내포하고 있다. 그런데 2년 후 또
딸이 태어나자 금(錦, 비단처럼 곱고 아름답다는 뜻)으로 바꿨다. 아들
을 기다리는 부모님의 간절함이 담긴 작명이었다. 금희는 이화여자대학
교에서 피아노를 전공했다.

1962년 11월 12일 내가 중학교 2학년 때, 막내가 태어났다. 나는 그
날 지각했다. 교무실에 불려가 체벌을 받았는데, 지각 사유를 말하지 못
했다. 그 때문에 나는 끝까지 엎드려서 벌을 받았다. 사춘기였던 나는
엄마가 아기를 낳았다는 사실이 어쩐지 부끄러웠다. 그날 벌을 받은 친
구들이 여럿이었는데, 모두 무릎을 꿇고 엎드린 채 교무실 바닥만 내려
다보고 있었다. 그런데 한 친구의 교복 밑으로 살짝 삐져나온 허릿살을
보자 그만 웃음이 터져 나왔다. 웃음을 참으려니 눈물까지 났다. 친구들
이 모두 웃음을 터뜨리자, 선생님도 벌주기를 끝냈다.

나는 그날 일을 잊지 못하고 있으며, 막내동생 생일도 잊지 못한다.
학창 시절을 통틀어 벌을 받은 것은 그날이 처음이자 마지막이었다. 그
날 태어난 여동생이 나보다 15살 아래인 봉희다. 내가 결혼할 즈음에 겨
우 9살 꼬마였다. 신혼 초 막내 봉희와 버스에서 내려 집으로 오는 길에
한 남자가 따라왔다. 같은 버스에서 내린 그는 잠깐 시간을 내달라며 말
을 붙였다.

"나, 애 엄마예요."

그날 방패 삼았던 어린 동생이, 지금은 온 집안에 평화의 사도이자,
해결사 노릇을 단단히 한다. 특히 모바일이나 컴퓨터 관련 문제가 발생

하면, 진짜 해결사가 되어준다. 나는 자매를 많이 낳아준 엄마에게 진정 감사한다.

동생을 보살피는 일, 엄마 부재중에 손님을 맞이하는 일, 그리고 엄마 심부름까지 어머니의 다목적 도우미로 어린 시절을 보내며 칭찬은 많이 들었다. 하지만 어린아이다운 생활을 제대로 누려보진 못했다. 그래서 정서적으로 메마른 사람이 된 것 같다.

초등학생 이선희

초등학교 3학년 1학기 여름 무렵에 대구초등학교로 전학했다. 아버지가 대구에 있는 은행으로 발령을 받았기 때문이었다. 대구초등학교는 우리가 이사한 남산동 근처에 있었으며, 여러 친척도 근처에 살아서 우리 가족은 모두가 좋아했다.

대구초등학교에 전학했지만 들뜬 마음과 달리 아무도 나에게 관심을 기울이지 않았다. 어머니는 그때 벌써 사업에 몰두하느라 자식에게 별 관심을 두지 않았다. 나는 늘 그렇듯이 심부름하고 동생을 돌보는 도우미였다. 어른들에게 칭찬을 많이 받았지만, 공부에는 별 욕심 없었다.

새로운 학교에 들어가자, 고학년 남학생들 복장이 눈에 들어왔다. 군복 같은 녹색 바지와 웃옷. 그리고 뾰족하게 생긴 베레모. 아마 일제강점기의 잔재가 남은 것 같았다. 4학년 때는 임시학교로 등교했는데, 새로 이사한 집에서 가까웠다. 그 길에는 누에고치에서 명주실을 뽑는 제사공장이 있었다. 늘 번데기 냄새가 났다.

대구시 남산동 집은 비가 많이 오면 부엌 바닥에서 물이 솟아올랐다. 부엌 바닥 아래쪽에 커다란 청석 바위가 있어 물이 아래로 빠져나가지 못하기 때문이었다. 그것 때문에 또 이사했다. 4학년 무렵부터 학교에서 붓글씨를 배웠다. 붓글씨가 늘지 않아 이내 흥미를 잃었다. 준비물을 챙기는 것도 꽤가 났다. 5학년 첫 시험에서 2등을 했다. 그때는 한 반 학생이 70~80명이었다. 성적이 오르자 자신감이 붙어 공부를 열심히 했다.

6학년 때 담임선생님은 열정이 대단했다. 여름방학에는 아이들을 동네별로 묶어서 공부하게 했다. 그리고는 자전거를 타고 한 집 한 집 가정방문을 했다. 초등학교 때 '불조심 강조 기간', '쥐잡기 강조 기간', '국산품 애용 기간'이라 쓴 리본을 가슴에 달고 다녔다. 특히 쥐잡기 운동을 자주 벌였는데, 쥐꼬리를 가져오라는 과제가 떨어지면 정말 골치가 아팠다. 실제로 쥐가 많기는 했다. 아이들은 종종 쥐꼬리 대신 오징어 다리에 재를 묻혀 제출했는데, 선생님은 모른 척했다.

'우리의 소원은 통일' 노래도 자주 불렀다. 5학년 무렵이었다. 남산동 우리 집에서 가까운 곳에 외외숙모(어머니의 외사촌 댁)가 살았다. 어머니와 각별하게 지냈다. 어머니와 연배가 비슷했는데, 젊은 나이에 홀로 아들과 살았다. 고등학교 다닐 무렵에야 외외오촌이 납북되었다는 사실을 알게 되었다. 철없는 학생들이 '우리의 소원은 통일' 노래를 부를 때 그분의 심정이 어떠했을까.

대구초등학교 담임선생님들은 자기 학생들을 명문 중학교에 진학시키기 위해 열심이었다. 우리 선생님은 우수학생과 뒤떨어진 학생을 짝 지어 앉히고 도움을 받게 했다. 6학년 2학기가 되자 나에게 별 관심을 두지 않던 어머니도 나를 명문 중학교에 진학시키고 싶어 했다. 갑자기 교육열이 달아올랐는지, 어머니는 내가 최우수 학생을 특차로 선발하는 경북대학교 사범대학 부속 중학교에 합격하기를 원하셨다. 그러면서 한 편으론 사대부중에 합격하지 못하면 일반 여중에 수석으로 입학하기를 바라셨다. 어머니는 갑자기 두 달간 국어 과외를 주선했다. 일반 여자중학교 입시 준비를 하던 중 사대부중 선생님 부인이 나의 합격 소식을 전했다. 어머니는 정말 기뻐했다. 나는 평소에 사대부중의 빨간 넥타이가 마음에 쏙 들었다. 그 넥타이를 맬 수 있다고 생각하니 기분이 들떴다. 어머니는 사대부중 합격기념으로 손목시계를 사주셨다.

평범한 사춘기 여학생

　　　　　제일여중, 대구여중, 경북여중에도 우수한 학생은 많았다. 그러나 경북지역에서 성적우수자를 특차로 선발하는 경북대 사대부중 합격을 나는 아주 기뻐했다. 그러나 입학식이 있던 날 합격의 기쁨은 사라지고 걱정이 시작됐다. 혹시 내가 꼴찌를 하면 어떻게 하지 하는 불안이 깃들기 시작했다. 각 초등학교에서 최우수 학생들이 왔다면, 나는 여기서 버틸 수 있을까 걱정이 됐다.

　운동장에서 줄을 서면 맨 앞줄에 섰다. 초등학생 때는 내 키가 크든 작든 전혀 관심이 없었는데, 갑자기 내 키가 작다는 사실이 부끄러웠다. 맨 앞줄에 서는 기분이 왠지 좋지 않았다. 학교에서는 특기자들을 상당히 우대했다. 예쁜 여학생들이 무대에서 멋진 춤을 추고, 또 피아노를 잘 치던 친구는 전교생이 모인 강당에서 연주했다. 많은 박수와 환호를 받았는데, 예쁘기까지 했다. 나는 많이 부러워하며 자신을 초라하게 여겼다. 그때 어머니에게 피아노 교습을 받고 싶다고 했다. 그러나 레슨은 몇 달 가지 못했다.

　담임선생님은 기죽어 있는 나를 귀여워했다. 수학을 잘한다며 저축금을 모아오는 일을 맡기셨다. 당시 여학생은 120여 명이었는데, 나는 주로 3, 4등이었다. 1등을 하려면 전 과목이 우수해야 하는데 예체능이 따라주지 않았다. 어머니 심부름은 여전히 나의 하교 시간을 재촉했고, 그 때문에 나는 독서나 다른 활동을 하지 못했다. 친구들에게 먼저 다가갈 만큼 자신감도 없었는데 내게 다가오는 친구들은 몇 있었다.

중학교에는 실험실이 따로 있었다. 그곳에서 '아무도 가르쳐 주지 않는다'는 성교육 영화를 본 기억이 있다. 아기가 만들어지는 과정부터 출생까지 전 과정을 보여주었다. 또 현상이 가능한 사진실도 있었다. 특별활동으로 영어 회화반에 들어갔다.

언젠가 미8군 영내에 있는 중학교에 친구 십여 명과 함께 견학을 갔다. 나는 그때 수세식 화장실 사용법을 몰라 쩔쩔맸다. 영화를 감상하며 학생들이 엎드려 있거나 누워 있는 태도에 무척 놀랐다. 어쨌든 영어 견학의 일환이었지만, 문화 충격은 꽤 컸던 특별한 추억이다.

그런데 최근에 중학교 동창회에서 만난 친구가 매점에서 아지스께(곰보빵)빵을 친구 B와 나눠 먹는 나를 좀 특별하게 여겼다고 했다. 그러자 갑자기 B가 떠올랐다. 이웃에 살던 B의 어머니와 우리 어머니는 친분이 두터웠다. 그 친구 아버지는 북쪽에서 피난 왔다가 피난지인 전라도에서 B의 어머니를 만났다.

B의 아버지는 경북대학교 체육과 교수였다. 가끔 출근길에 우리를 승합차에 태워주었다. B는 형제자매가 많았고 하나같이 외모가 출중했다. 어머니를 많이 닮아 이목구비도 수려했다. 그중에서도 특히 잘생긴 오빠는 부속 고등학교에 다녔다. 그 오빠는 학교 연극에서 여성 분장을 하기도 했는데, 너무 잘생긴 탓이었다. 나는 경북여고로, 그 친구는 서울로 진학하면서 서로 잊고 살았다. 얼마 전 중학교 친구로부터 미국에서 B가 아주 멋진 여성으로 산다는 소식을 들었다.

여고 시절

고등학교 입학 시험을 치르고 난 후 점수를 확인했을 때 나보다 점수가 높은 친구는 거의 없었다. 혹시 내가 수석은 아닐까 은근히 기대했다. 그러나 입학식 날 입학 선서는 다른 학생이 했다. 나는 6등이었다. 내가 입학한 경북여고는 경상북도에서 360명을 선발했다. 나는 1학년 6반에 배치되었다. 3학년 때도 6반이었는데, 고교 졸업 후 지금까지 6반 친구들과는 자주 연락한다.

그때 내 주변에 앉았던 친구 중에는 의사 남편과 결혼한 후 현재 시카고에 사는 안은주가 있다. 가톨릭대학 교수가 되어 지역사회에서 활동하는 김정옥 교수. 그리고 화장품 회사를 설립한 남편을 적극적으로 내조하여 글로벌 기업으로 키운 김성애가 있다. 인연이란 것이 소중하다는 생각이 든다. 같은 학교 다니고, 같은 반이었다는 사실 만으로도 동지의식을 느끼며 서로 영향을 받는다. 학창 시절을 공유했기 때문에 동질의 정서가 내재하는 것 같다.

고등학교에서도 나는 소수 그룹에 속했고 성격도 활달하지 못했다. 학급에서 반장을 한 적은 없다. 한시적인 일이나 선생님이 부여한 역할을 맡았다. 2학년 말, 생활관에 들어갔다. 예절교육 실습을 마친 후 우리 팀 대표로 부모님들께 인사말을 했다. 할머니와 함께 자리에 참석한 어머니는 나를 매우 자랑스럽게 생각했다. 몇 번이나 장면을 되새기면서 나를 칭찬하셨다. 모자란 자식이라도 부모님 눈에는 예쁘게 보이는 모양이었다.

3학년 때는 선생님이 나에게 기율 부장을 맡기셨다. 등교 시에 교문 안쪽 입구에서 지각생이나 복장이 불량한 학생을 점검하는 일이다. 자주 지각하면서도 당당하게 교문에 들어왔던 친구 Y는 대학에 들어가자마자 미스코리아에 출전하여 미스코리아 진이 되었다. 서울에서 대학생활로 정신없던 나는 한참 후에야 그 소식을 알게 되었다. 지각쯤은 전혀 개의치 않던 친구가 많은 사람 앞에서도 전혀 떨지 않고 당당하게 아름다움을 발산했을 것 같다.

그런대로 고교생활은 착실히 했지만 난 정말 숙맥이었다. 다른 친구들은 남녀학생클럽 활동을 하면서 재미있게 보냈다는데 나에겐 그런 추억이 없다. 이때도 나는 등하굣길에 어머니 심부름을 한두 개씩 달고 다니면서 여고생다운 센티멘털리즘에 빠져 보지도 못했다. 단체로 관람한 문화영화 외에는 아무 데도 가보지 못했다. 몰래 영화 구경도 하고 남학생들과 미팅을 했다는 친구들을 보면 난 정말 바보 맹꽁이 같다는 생각이 들었다.

가정생활을 꾸려나갈 때도 남편에게 큰소리치면서 자기가 원하는 대로 방향키를 틀며 삶을 엮어가는 친구들을 보면 나는 참 무능한 것 같고 그들이 부러웠다.

하굣길에 종종 남학생들이 따라오기도 해서 집으로 가는 길목에 있던 한 친구 집으로 뛰어 들어간 적이 있었다. 우리 집 앞길을 막고 서서 잠깐만 얘기 좀 하자며 애원하는 남학생도 있었다. 나는 그럴 때마다 남학생 얼굴도 보지 않고 무조건 거절했다.

고3 때 모의고사를 치르고 나면 항상 교내방송에서 내 이름을 불렀다. 2학기가 되자 서울대학교 영문과에 합격한 심영희가 나보다 확실하게 앞섰다. 그 친구는 나중에 사회학을 다시 전공하여 박사학위를 받았다. 그 후 사회심리학자로서 명성을 떨쳤다.

고3 2학기 때 나는 목표를 낮추고 이화여자대학교 영문과에 지원했다. 한때 서울대학교 영문과를 고민했지만, 차선을 선택했다. 그러고는 나름대로 합당한 이유를 찾았다. 우선 내 실력으로 합격이 가능할 것 같은 이대 영문과가 최고의 미팅 대상이라는 소문을 들었기 때문이었다. 나는 솔직히 그때만 해도 대학 졸업 후의 일을 생각하지 않는 단순한 여고생이었다. 우선 어머니로부터 해방을 원했고, 막연히 영국 문학을 접할 수 있다는 것과 대학교 캠퍼스를 거니는 내 모습을 상상할 뿐, 미래를 깊이 생각하지 않았다. 막연히 행복한 인생이 나를 기다릴 것만 같았다.

왜 영문학을 선택했나요?

이화여자대학교 문리대학 영어영문학과 입학 시험 문제에 왜 영문학과를 지원했느냐는 문항이 있었다. 나는 영문학을 통해서 영국과 유럽의 역사 문화를 공부하여 훌륭한 외교관이 되어 우리나라가 발전하는 데 한몫하고 싶다고 썼다. 그러나 딱히 외교관이 되고 싶은 마음은 아니었다. 또 될 수도 없다고 생각했다. 내심 외교관 남편과 결혼하면 최선을 다해 내조하고 싶었다. 그러려면 영문학을 공부하는 것이 좋을 것 같았다.

반드시 외교관이 아니어도 좋은 배필을 만날 것 같은 기대감도 있었다. 커다란 영문학책을 끼고 아름다운 캠퍼스를 거니는 모습을 상상하는 것이 내 미래의 그림이었다. 그 후 삶을 계획하지 않았다. 또 다른 이유는 우수한 집단에 소속된다는 것과 나를 자랑스러워하는 어머니를 기쁘게 해드리기 때문이었다.

어머니는 어릴 때부터 공부 잘하는 내가 서울대학교 영문학과에 합격하는 것이 가장 큰 소망이었다. 그러나 아무래도 내 실력으로는 부족할 것 같았다. 난 승부수를 두기 싫었다. 편안하고 여유로운 길을 가고 싶었다.

어머니 목표도 내가 이름난 명사가 되거나 관직을 갖는 것은 아니었다. 그저 좋은 사윗감을 만나는 것이 어머니의 소박한 소망이었음을 나는 어렴풋이 짐작하고 있었다. 서울대에 지원을 망설이는 나에게 어머니는 이화여자대학이 여자에게는 최고라며 나를 안심시켰다.

여대생이 되다

이대 영문학과엔 합격할 것 같았지만 발표 때까지는 조바심이 나서 아무것도 할 수가 없었다. 그때 고모부가 남정임이 주연한 영화 '유정'을 보여주셨다. 나는 막내삼촌 하숙집에 며칠간 머무르면서 입학 시험을 치렀다. 그 후 대구에 내려와 있으면서도 영화 몇 편을 본 것 외에는 특별히 한 일이 없다. 그저 집안일을 거들며 어영부영 보내고 있었다. 발표일이 다가오자 하루하루가 길게 느껴졌다. 혹시나 불합격하면 가족들 얼굴은 어떻게 봐야 할지 불안했다. 게다가 특별히 무엇이 되고 싶은 생각이 없었기에 무엇을 해야 할지 몰라 초조하고 걱정되어 잠을 이루지 못했다.

합격자 발표가 라디오에서 흘러나오던 날, 엄마와 나는 라디오에 귀를 바짝 들이대고 있었다. 수험번호의 작은 숫자부터 차례대로 호명되다가 뚝 끊어질 때, 혹시나 내 번호를 건너뛸지 몰라 가슴이 두근거렸다. "50번" 하고 또렷한 아나운서의 목소리가 들렸다. 나는 너무 놀라서 혹시나 잘못 들은 것은 아닐까 하고 믿지 못했다.

"합격이다. 너 번호 확인했다. 축하한다."

합격자 발표장에서 내 번호를 확인한 상학 삼촌이 전화했다. 연락을 받고서야 안심이 되었다. 중학교 합격 발표를 기다릴 때도 고등학교에 합격 발표 때도 가슴이 두근거렸지만, 대학에 합격했을 때가 가장 벅찼다. 부모를 떠나서 서울 생활을 한다는 막연한 희망과 자유를 향한 기대가 나를 더 설레게 했다.

1966년 3월 2일, 엄마와 나는 이화여자대학교 입학식이 열리는 대강당을 향해서 걸어갔다. 하이힐을 신고, 새로 맞춘 스프링코트를 입고 가파른 언덕을 한참 올라갔다. 3월의 바람은 사정없이 내 몸을 휘감았다. 입학식 기념사진을 찍으려 했지만 너무나 추워서 아무것도 하지 못했다. 코트 속에 난생처음 투피스를 입었지만, 모양을 내느라 내의를 얇게 입은 탓에 아무 여력이 없었다. 벌벌 떨던 것 말고는 입학식 기억이 나지 않는다.

대강당에서 입학식이 끝나자, 영문과 신입생이 공부하게 될 후문 근처에 자리한 C관으로 갔다. 나는 두툼한 파카 차림의 친구들을 보면서 어색하고 촌스러운 나에게 약간 당황했다. 그들은 이미 3월의 서울 추위를 예상했는지 따뜻하고 편안한 복장이었다. 그중에서도 이화여고를 졸업하고 같은 과에 입학한 중학교 동기 L을 만났을 때는 반갑기도 했지만, 더 부끄러워졌다. 그 친구 역시 파카를 입고 있었다. 나는 시퍼렇게 언 얼굴로 친구들과 첫 대면을 하며 당황했다. 내 딴에는 제법 모양을 낸다고 투피스와 봄 코트를 갖춰 입었는데 패션의 ABC도 모르는 촌뜨기였다.

살랑대는 봄바람을 예상하면서 한껏 성장을 한 내 차림이 실수였음을 절실히 확인하는 순간, 앞으로의 서울 생활이 그리 낭만적이지만은 않을 것 같은 예감이 들었다. 평소 근검절약에 2등 가라면 서러워했을 어머니가 큰마음 먹고 대구에서 제일 유명한 세기양장점에서 맞춰준 투피스와 봄 코트였다. 서울에서는 4월 중순이 되어서야 입을만 했다.

서울 친구들은 우리를 시골에서 온 친구들이라 불렀다.

"대구는 우리나라 3대 도시 중 하나야, 시골이 아니야!"

그렇게 말했지만, 그 말이 나의 촌티를 벗겨주지는 않는 것 같았다. 이래저래 구겨진 입학식 기분을 벗어나려 서둘러 임시 거처인 동대문 친척 아파트로 돌아왔다. 하지만 그날 이후 나는 이대 대강당 언덕에 몰아친 3월 칼바람을 결코 잊지 못했다.

빛났던 청춘

아름다운 캠퍼스를 거니는 새내기 대학생인 나는 막연한 환상으로 공부보다는 엉뚱한 곳에 마음이 흔들렸다. 공부도 익숙하지 않은 그때 '1학년은 다이아몬드, 2학년은 골드, 3학년은 실버, 4학년은 구리'라는 말이 둥둥 떠다녔다. 인기가 있을 때 좋은 짝을 만들라는 경고성 농담이 과중한 학과 공부 틈 사이로 퍼지고 있어서 나는 은근히 대학 저학년 때 좋은 짝을 만나야 한다는 생각에 젖어 있었다.

실제로 고등학교 졸업 때까지 다과점에도 못 가본 맹꽁이 같은 나에게도 미팅 신청이 줄줄이 들어왔다. 특히 영문과가 남학생들에게는 최고의 미팅 상대였다. 정작 그때까지 또래 남학생과는 말도 한번 해보지 못했고, 중고생 시절 동아리에 가입해 본 적도 없는 나는 남학생들에게 막연히 이상적인 생각을 품고 있었다.

상학 삼촌이 사준 검은색 구두를 신고 처음으로 다방에 들어갔을 때도 나는 너무 어색하고 부끄러워 바닥만 내려봤다. 그런데도 학기가 시작되자 미팅 신청은 쇄도했다. 나는 되도록 참여해 보리라 마음먹었다.

1학년 어느 봄날, 서울대 영문과에 입학한 심영희로부터 만나자는 연락이 왔다. 약속 장소인 학림다방으로 갔다. 동숭동 서울대 근처 학림다방에서 심영희와 서울대 약학과에 입학한 남정이를 만났다. 먼저 와서 나를 기다리던 심영희가 나를 발견하고는 "emerging!" 하고 소리치며 환영했다. 그 한마디가 영문과생의 동질감과 애정을 느끼게 해주었다. 들어오는 입구가 낮아서 계단으로 올라오는 나의 모습이, 마치 어디서 솟아오르는 것 같았는지는 모르겠다. 그때의 감미로운 기억 때문인지, 지금까지도 고교 동창회에서 만나면 교수와 아줌마라는 차이에도 불구하고 그 친구를 가깝게 여긴다.

　심영희는 대학 졸업 후 사회학을 다시 공부하여 저명한 사회학 교수가 되었다. 다른 친구 남정이는 학부 내에서 화학과로 전과한 후, 계속 화학을 전공하여 교수가 되었다. 눈부시게 성장하는 두 친구와의 미팅은 남녀 미팅과는 또 다른 즐거움이었다.

청춘의 이상과 현실1

　　　　　집을 떠난 나는 막연한 희망으로 미래를 준비할 생각은 별로 하지 못했다. 그동안 어머니 도우미로 얼마나 충실하게 살았던가. 어머니 부탁이나 명령을 거부하지 못한 이유는 마음이 약한데다 어머니를 도와야 한다는 생각이 가득했기 때문이었다. 중학교 때까지 집안에는 전화도 없고 정전도 빈번해서 두꺼비집에 퓨즈를 갈아 끼우는 일은 주로 내가 했다. 집안일은 무슨 일에든 내가 해결하려는 버릇이 생겼다. 나는 가끔 꽃을 사서 화분이나 뜰에 심었다. 마루 벽이나 방 벽에 예쁜 복사판 그림을 붙이면서 집을 꾸몄다. 게다가 고교 2학년 때까지 나는 하교 때도 친구들과 함께 돌아온 적이 별로 없다. 늘 친구를 사귀고 싶은 마음을 억누르며 지냈다.

그런데 대학교, 그것도 서울에 있는 대학에 들어가게 되자 내 마음에 해방의 물결이 넘실거렸다. 음악을 들으며 차를 마시고, 친구들과 어울리고, 미팅에 참석하며, 멋있는 남자친구를 만날 것을 기대하면서 공부는 대충했다. 리포트를 자주 써야 했는데, 나는 영문의 문장을 다 읽는 대신 번역서들을 읽고는 도서관에서 자료를 뒤적이며 간신히 리포트를 작성했다. 그때 더 철저히 공부했더라면, 책을 좀 더 많이 읽었더라면 하고 후회를 하지만 그때는 그 정도 일상도 벅찼다.

기숙사에 들어가는 데 밀린 나는 동대문에 있는 친척 아파트에서 한 달간 생활했다. 아침마다 굽 높은 구두를 신고 버스를 타고, 대학 입구에서 한참을 걸어가야 교문에 도착했다. 다시 비탈길을 올라 캠퍼스 뒷문 근처 C관에 도착하면 이미 힘은 다 빠졌다. 더구나 다른 건물로 옮겨가서 교양과목을 들어야 했는데, 나는 너무 힘이 빠져서 교수님 강의를 자장가 삼아 수업이 끝날 때쯤에야 정신을 차리곤 했다.

한 달 뒤, 기숙사에 들어가서 다소 편해지기는 했다. 하지만 한방 쓰는 친구들 잡담에 귀를 기울이느라 공부할 시간은 더욱 줄어들었다. 나와는 모든 것이 다른 친구들 얘기는 흥미진진했다. 기숙사 생활도 겨우 몇 달, 2학기부터 나는 학교 뒤편 대학 소유의 적산가옥에서 자취생활을 하게 되었다. 부모님에게 신세를 덜 지고 싶은 마음 때문이다. 방값은 거의 무료여서 기숙사 생활보다 생활비가 적게 들었다. 기숙사 생활은 매월 기숙사비 외에도 같은 방 친구들이나 이웃 방 친구들과 어울리느라 지출이 많았다.

자취하면서 나는 약학과 친구 정순자를 끌어들였다. 그 친구는 기숙사에 있을 때 한방에서 지낸 대전 출신 약학과 선배 M을 우리 방 식구로 모셔왔다. 학교에서는 대체로 선배와 후배를 포함해 세 명을 한 조로 엮어서 부엌이 딸린 방 하나를 빌려주었다. 모두 착한 룸메이트였지만, 나는 오래 머물지 못했다. 남동생이 다음해 서울에서 고등학교에 다니게 되었기 때문이다.

나는 어머니로부터 해방은 좋았지만, 어머니가 힘들 것 같아 항상 생활비를 줄여 볼 생각을 했다. 옷을 살 때도 다른 친구들을 따라 하면 안 된다고 생각했다. 블라우스 한 장도 봄, 여름, 가을까지 입을 옷을 골랐다. 신촌시장의 구제품 가게에서도 옷을 샀다. 색상이나 품질이 좋아서 수선하면 멋이 있었다. 그곳에서 구입하고 수선한 치마나 블라우스를 입고 가면 친구들 반응이 좋았다.

나는 이때 종종 미팅을 했다. 미팅이 끝난 후 자췻집에 오려면 나지막한 언덕을 하나 넘어야 했다. 물론 다른 길도 있었지만, 나는 그 언덕을 좋아했다. 언덕을 걸어가며 '폭풍의 언덕(Whuthering Heights)'의 주인공 캐시처럼 열정적인 사랑을 꿈꾸었다. 물론 상대는 없지만, 사랑을 향한 막연한 환상으로 그 언덕을 사랑했다. '폭풍의 언덕'에서 캐시와 힌들러가 사랑을 나누던 언덕을 연상하며 꿈꾸듯 언덕길을 걸어갔다.

청춘의 이상과 현실 2

나는 동생들에게 일찍 서울에서 공부할 것을 권했다. 서울 문화를 빨리 접하는 것이 동생들에게 도움이 될 것 같았다. 어머니는 동생들을 차례로 서울에 있는 고등학교에 입학시켰다. 남동생이 서울고에 합격하자 이대 근처에 새로운 자췻집을 구했다. 염리동에서 동생과 함께 자취생활을 시작했다. 이번에도 중고품 가구점에서 몇 가지 가구들을 구입하고 푸른색 무명천으로 커튼을 만들어 철삿줄에 꿰어 창문에 드리웠더니 제법 아늑했다. 이대 자취방 동료였던 약학과 M 선배가 프라이팬을 선물했다. 새로운 살림이 갖춰지자 염리동 자취 생활도 재미있었다.

옹색한 거처지만 함께 기숙했던 방 친구들과 몇몇 친척들이 찾아오기도 했다. 그때 고대에 다니던 성호 아저씨도 놀러왔다. 어느 날 내가 숙제를 도와달라고 부탁하자 정성스레 리포트 작성을 도와주신 덕분에 A학점을 받았다. 얼마 후 어머니는 이모 모자를 우리와 함께 살게 했다. 우리는 다른 방 하나를 더 얻었다. 우리의 거처였던 문간채와 또 다른 방에도 다른 사람이 세 들어와서 살았는데, 1960년대 후반까지 이런 방식으로 빈방들을 세를 놓거나 부업을 하고 세 든 사람들은 주인집 사정에 따라 거처를 옮겨 다녀야 했다.

염리동 셋집을 떠난 뒤 북아현동에 살 때도 나와 남동생, 그리고 이모와 사촌 성원이까지 한 가족이 되어 생활했다. 이모가 차려주는 아침밥을 먹고 나는 대학으로, 남동생은 서울고로 등교했다. 이사한 집은 언덕진 골목길에 있었는데, 그 길목에서 자취한 친구 태순의 집에 먼저 들를 때가 많았다. 지금도 우리 아파트와 담장을 사이에 두고 샛문을 오가며 20년째 살고 있으니, 친구 태순이와는 특별한 인연이 아닐 수 없다.

그때는 체육 시간에만 운동화를 신고 보통은 주로 굽이 있는 구두를 신고 다녔다. 북아현동 집에서 학교까지 오가는 동안 다리가 꽤 아팠다. 귀가할 때는 친구 태순이 집에서 수다를 떨다가 집으로 돌아오곤 했다. 태순이가 불편했을 텐데 헤아리지 못했다. 게다가 이모에게도 별로 마음을 쓰지 못했다. 내가 학교에 간 사이 이모가 얼마나 힘든 일을 하는지, 외로운지, 경제적인 상황은 어떤지 나는 별로 생각지 못했다. 내 생각만으로 가득한 시절이었다.

하늘색 원피스

고등학교에 다닐 때부터 "시간 좀 빌립시다" 하면서 치근대는 남학생들이 종종 있었다. 나는 그들을 무서워했다. 대꾸도 하지 않고 재빨리 도망치기에 바빴다. 게다가 동아리 활동도 전혀 하지 않아서 남학생들을 만나볼 기회도 없고, 대화를 한 적도 없다.

대학 입학 후 미팅 신청이 쇄도했다. 영문과라는 이유로 남학생들 사이에서 인기가 높았다. 나는 많은 기대를 품고 미팅에 참여했지만, 매번 실속은 없었다. 혹시나 기대했지만, 번번이 역시나였다. 그러나 남학생들이 나에게 보내는 호감 어린 시선이나 데이트 신청은 20대인 나를 조금은 안도하게, 조금은 들뜨게 했다. 나를 만나고 싶어 하는 사람이 꽤 있다는 사실이 기분 좋았다.

대학 1학년 봄, 대학 강사인 어머니의 외사촌 여동생 Y 아지매가 어느 양장점에서 나에게 하늘색 모직 원피스를 맞춰주었다. 그 옷과 어울리는 하늘색 구두도 맞췄다. 대학 입학 후 어느 봄날, 처음 참석하는 미팅에 그 하늘색 원피스를 입고 갔다. 그러나 내가 꿈꾸던 남학생은 보이지 않았다. 기대가 크면 실망도 크다더니 기대가 너무 컸던 것일까? 나는 묵묵히 기숙사로 돌아왔고, 앞으로 계속 미팅에 나가봐야 할지 망설이게 되었다.

그런데 다음 날, 내 파트너뿐 아니라 미팅에 참석한 다른 남학생이 기숙사로 찾아왔다. 남학생은 부끄러운지 선글라스를 끼고 왔는데, 나에게 영화 '바람과 함께 사라지다'의 주인공 스칼렛 역을 한 비비안 리를 닮았다면서 만나고 싶다고 했다. 나는 아직 그럴 때가 아니라며 돌려보냈다. 그런데 다음 날 또 다른 남학생이 여고 동기를 통해 이대 앞 찻집에서 기다리겠다고 전해왔다. 나는 친구 체면을 생각해서 친구와 함께 나갔다.

그 후에도 종종 미팅에 참석했다. 그때마다 남자들이 데이트를 신청하거나 기숙사로 찾아왔다. 나는 남학생들에게 인기가 좀 있는 편이라고 스스로 판단했다. 그래서 너무 쉽게 아무에게나 마음 주지 말자고 결심했다. 솔직히 남자에게는 좀 튕겨도 되겠다고 생각했다. 그렇다고 앞으로 나타날지 모를 좋은 인연을 만나는 것까지 포기하지는 않았다.

어느 날, 미팅에 가던 중 한 친구가 내가 입은 옷이 예쁘다면서 빌려달라고 했다. 내가 그 무렵 자주 입은 하늘색 원피스가 청년들의 마음을, 아니 젊은 처녀들 마음조차 설레게 한다고 생각했다. 그 후부터 나는 하늘색 원피스를 봄, 가을 가리지 않고 미팅 때나 중요한 날에 자주 입었다.

메이데이(May Day) 축제

2학년 늦가을이었다. 나는 또 하늘색 원피스를 입고 미팅에 참석했다. 사실 하늘색이 가을과 좀 안 어울린다고 생각했지만, 변변한 다른 옷이 없었다. 서울상대 학생들과 하는 미팅이었는데, 나는 조금 늦게 도착했다. 그런데 미리 정한 내 짝이 나타나지 않았다. 당황스러워 하고 있던 찰나였다. 한 청년이 다가왔다. 자기도 짝이 안 왔다며 합석해도 되느냐고 물었다.

어쩐지 말이 좀 서툴러서 혹시 외교관 아들일지도 모른다고 넘겨짚었다. 재일교포 유학생이었다. 일본식 억양에 하관이 빠른 인상이었다. 그 후 몇 번 더 만났는데, 대체로 일 때문이었다. 한 번은 안내를 좀 해달라고 했다. 나는 그와 함께 동대문시장에서 몇 가지 물품을 고르는 일을 도와주기로 했고, 나 또한 이모 일을 부탁해 볼까 했다. 3년 전 일본으로 유학을 떠난 이모부가 그때까지 돌아오지 않고 있었다. 그동안 몇 번 편지가 왔고 자리 잡으면 이모를 불러들이겠다고 했단다. 그런데 차츰 소식이 뜸하더니 마침내 소식이 끊어졌다. 이모는 애가 탔지만 조금 더 기다려 보기로 했다. 그러던 차에 우리와 함께 살게 된 것이었다.

나는 마지막으로 보낸 이모부의 편지 겉봉 주소를 청년에게 주었다. 이듬해 봄, 청년이 가져온 소식은 허무했다. 그 주소에 이모부가 살지 않았으며, 행방도 찾을 수가 없다고 했다. 이모부 소식을 알아내서 이모를 기쁘게 해주고 싶었는데, 계획은 수포가 되었다.

나는 수고한 답례로 그를 메이데이 축제에 파트너로 초대했다. 이화여대에 입학한 이후 벌써 두 번이나 메이데이 행사가 있었지만, 한 번도 누구를 초대하지 못한 게 억울한 참이었다. 이화여대는 해마다 5월 31일에 축제를 열었다. 4학년 중에서 '메이퀸(오월의 여왕)'을 선발하여 화려한 대관식 행사를 했다. 대다수 학생이 파트너를 초대하고 축제를 즐기는 것이 전통처럼 자리 잡혀 있었다.

청년들은 이화여대 5월 축제에 초대받는 것을 매우 자랑스럽게 여겼다. 그런데도 나는 마땅한 파트너를 찾지 못해 두 번이나 5월 축제를 쓸쓸하게 보냈다. 벌써 3학년인데, 이번에도 참여하지 못하면 내 청춘이 너무 아까울 것 같아 용기를 내어 그를 초대했다. 그는 기다렸다는 듯이 기꺼이 응했다. 축제일에 그와 함께 빙고 게임도 하고, 포크댄스도 추었다. 축제일을 그냥 보내지 않아서 그동안의 억울함은 다소 누그러졌다. 그도 자신감을 가졌는지 메이데이가 끝난 뒤 답례로 나를 초대했다. 나는 일본을 알고 싶었다. 그런데 그는 벌써 장래 문제를 생각해야 한다며 자신을 어떻게 생각하는지 알려달라고 했다. 사실 좀 성급했다. 만난 것이 겨우 몇 차례뿐이고, 그것도 일 때문이었는데.

그는 4학년이었지만 나는 아직 3학년이라 그렇게 빨리 장래를 결정할 수는 없었다. 더구나 재일교포라는 사실이 마음에 걸려서 일단 거절했다. 그냥 축제 파트너로서 하루를 함께 한 인연으로 만족하기로 했다. 그는 대학 4학년 1학기가 끝나자 여름방학에 일본으로 돌아가야 했으므로 나의 의중을 물어본 것이었다. 이번에도 하늘색 원피스가 관심을 유발했는지 모르지만, 나는 대학생활에서 메이데이를 누리게 해준 그 옷을 오래도록 기억했다.

한데 그 옷이 어디로 갔는지 도무지 알 수가 없다. 그 청년 또한 그 후 어떻게 되었는지 알지 못한다. 어쨌든 청춘을 돋보이게 해준 그 옷과 하늘색을 어른이 되고, 나이가 든 지금까지도 선호해 왔다. 나의 청춘 시절을 행복하게 해주었듯 앞으로도 그럴 것 같아서.

영학관 생활

1969년 대학 4학년 5월, 나는 이대 도서관 근처 2층 숲 속의 집 영학관에 입소했다. 이름의 가나다순으로 10여 명이 팀을 이루었는데, 영어로 생활해야 한다니 기대와 설렘이 겹쳤다. 입소하는 날 이불과 세면도구, 한복도 한 벌 준비해 갔다. 어머니는 그날을 위해 이불도 새로 사고, 한복도 새로 맞춰주셨다. 한복은 흰색 바탕의 초록 삼회장저고리에 초록색 치마였다. 그때 지도 교수는 미국인 크래인(Crane) 교수와 한국인 김옥자 교수셨다. 모두 미혼인 두 분은 학생들에게 너그러웠다.

그런데 입소 다음 날 아침 나는 큰 실수를 하고 말았다. 다른 친구들이 일어나기 전 나는 마룻바닥을 닦았다. 바로 그때 크래인 교수님이 갑자기 방에서 뛰쳐나오며 비명을 질렀다. 드르륵 초 칠하는 마찰음에 누군가가 몰래 침입했다고 생각한 것이었다. 숲속에 있던 영학관에 야생동물이라도 침입했다고 여겼는지, 공포 어린 소리를 질렀다. 나는 영학관 마루에 광을 내려고 양초 칠을 하며 힘껏 닦았다. 그런데 나를 보자 더 놀라서 뭐라고 했는데, 놀란 나는 그 영어 발음을 정확히 알아듣지 못했다.

교수님이 전날 일러둔 왁스는 고체가 아니라 크림 형태였다. 나는 왁스를 아무 생각 없이 일반 양초라 생각했다. 그런데 교수님은 자신의 불충분한 설명 때문이었다며 어쩔 줄 몰라 하는 나를 오히려 위로했다. 너무 부지런한 것도 탈이었지만 내가 무식했다. 나는 크림형 왁스가 있다는 사실조차 몰랐다. 쥐구멍에라도 숨고 싶었다. 하지만 부족한 영어 듣기 실력으로 일어난 해프닝으로 생각했다.

한번은 이런 실수도 있었다. 팀원들이 밤에 얘기하려고 모여 앉았는데, 아무도 입을 떼지 않았다. 영어로 말하는 것이 어색해서 모두 조심하는 것 같았다. 침묵을 깨려고 한 친구에게 남자친구가 많아 보이는데 얘기 좀 해달라고 했다. 그런데 그 친구가 매우 난처해했다. 예쁘니까 남자들에게 인기가 많을 것이라는 뜻을 오해한 것이다. 자신을 바람둥이로 생각하는 것 같아 기분이 언짢아진 것 같았다. 한국 사람끼리 영어로 말하는 것도 어색한데, 나의 짧은 영어 실력도 문제였다.

영학관 마지막 날 한복을 입고 어머니들을 맞이했다. 어머니들도 한껏 아름답게 치장하고, 고운 한복을 입고 오셨다. 우리 어머니는 보라색 바탕에 무늬가 있는 한복을 입고 오셨다. 어머니는 큰절을 받으며 무척 기뻐했다. 아마 어머니는 이대에 다니는 딸의 학교행사에 초대받았다고 이웃에 자랑하셨을 것이다. 제일 빠른 새마을호 기차를 타고 오는 내내 얼마나 설레고 들뜨셨을까.

어머니들과 젓가락을 입에 물고 반지를 이동하는 놀이도 했는데, 제일 빨리 전달하는 팀이 이기는 놀이였다. 생전 처음 딸과 놀이를 하며 즐거워하던 어머니. 어머니의 함박웃음을 생각하면 눈물이 난다. 어머니는 친척 모임이나 지인들을 만날 때면 종종 나를 데리고 가셨다. 그동행은 어머니의 소리 없는 자랑 같은 것이었으리라. 마흔셋 어머니, 그날 고운 보라색 꽃무늬 한복을 입은 어머니의 행복한 모습이 내 기억 속에 깊게 자리하고 있다.

교생실습

나는 세상에 시야가 넓지는 않았지만, 최소한 자격증 하나는 갖추어야겠다고 생각했다. 3학년이 되자 교사가 되는 교직과목 이수를 신청했다. 교육학과 교육심리 같은 과목을 공부하며 졸업 때까지 18학점을 이수했다.

대학 4학년 1학기에 교생실습을 나갔다. 학생 대부분은 교생선생에게 호감을 느낀다. 대개 며느리들이 시어머니보다는 시숙모, 즉 사촌 동서의 시어머니를 더 좋아하는 심리와 같은 거라고나 할까. 학생들 심리 저변에는 정규 선생님만큼 통제력을 갖지 못한 실습생이 대하기 편한 상대였을 것이다. 함께 실습 나간 친구 송봉자가 학생들에게 red, blue 등 색깔을 가르치면서 문장에 대입하곤 했는데, red eyes를 술 취한 남자 눈을 연상하라고 하자 학생들은 아주 재미있어 했다. 지금도 늘 우리를 즐겁게 하는 봉자는 그때도 학생들에게 인기가 많았다.

실습에서 돌아온 후 강의실에서 실습 경험을 발표했다. 내 차례가 되었다. "교생실습은 그야말로 고생 실습이었어요"라고 하자 친구들이 와르르 웃었다. 말솜씨가 없는 나도 남을 웃길 수 있다는 사실을 처음으로 알았다. 그것이 대학생활 4년 동안 다른 친구들 앞에 섰던 처음이자 마지막이었다. 우리 과 친구들은 대체로 명문고를 나왔고 똑똑했다. 예쁘고 잘난 친구들도 많았으며, 영어도 꽤 잘했다. 교수님 방을 거리낌 없이 들락거리는 자신감 넘치는 친구들 때문에 괜히 기가 죽었다. "저 친구들은 실력도 있고 잘난 점도 많겠지" 하고 생각했다.

그렇다고 완전히 나 자신에게 열등감을 느끼지는 않았다. 다만 똑똑한 친구들이 좀 두려웠다. 그래서 입학할 때부터 남모르게 주눅이 들어 있었다. 과 동기들은 서울 출신이 대부분이었다. 거기에 나는 기독교에 관심을 두지 않아서 교우관계가 넓지 못했다. 하지만 교생실습 평가는 좋았다. 졸업하면서 2급 정교사 자격증을 받았다. 그리고 이듬해 여자중학교 교사로 발령받았다.

졸업

어느덧 대학 4년이 흘렀다. 공부를 열심히 하지도 못했고, 동아리 활동도 해보지 못한 채 졸업을 맞이했다. 사실 영어 교사로 발령이 났지만, 영어 공부도 제대로 하지 못한 것이 후회로 남았다. 걱정되었다. 교사로 임용되니 그나마 다행이라 여겼지만, 4학년이 될 때까지 다른 미래를 꿈꿔보지 못한 것이 아쉬웠다.

시야를 넓히고 실력을 쌓으면서 인생 무대를 확장할 준비를 해야 했다. 그러나 만약 교사 임용조차 안 되었으면 어쩔 뻔했는가? 빈손으로 대구로 내려가야 했다면, 정말 견디지 못할 것만 같았다. 나는 스스로를 달래며 현재에 충실하기로 했다. 4년 동안 안일하게 살았다는 자책감이 들었지만, 서울에 남은 것만으로도 다행이라고 여겼다. 졸업식에 꽃다발을 들고 나타난 한 청년과도 이미 몇 차례 만남을 이어왔기에, 어쨌든 두 마리 토끼를 잡은 셈이었다.

여름방학 전까지 몇 차례 만나다가 중단될 뻔한 청년과 결혼까지 이어질지는 두고 봐야 할 일이었다. 그러나 유교적 환경에서 자란 나는 이성과 그 정도 만났으면 결혼해야 한다고 생각했다. 이성을 세 번 이상 만나면 결혼할 뜻이 담긴 행동이라 믿었다. 군 복무로 인해 당분간 결혼할 수는 없었지만, 다른 사람과의 결혼은 생각조차 할 수 없었다. 그렇다고 몇 번 만난 사람을 무작정 기다릴 수도 없었다. 금방 결혼하고 싶지도 않았다. 요즈음 여성들에게는 결혼 외에도 선택할 길이 많지만, 당시에는 선택의 폭이 좁았다. 대체로 여성들은 직장을 결혼 전 잠시 쉬어가는 정거장으로 여기던 시절이었다.

졸업식에는 어머니, 숙모, 이모 그리고 외가 친척인 선진이와 경희도 참석했다. 2월의 추운 날씨에도 와서 축하해 주니 고마웠다. 선진이는 나보다 3살 아래인데 현재 영원무역 회장 부인이다. 경희는 나보다 1살 아래로 사업가와 결혼하여 미국에서 잘 살고 있다. 어쨌든 졸업은 새로운 인생의 시작이었으며, 앞으로 나의 선택과 노력이 내 인생을 결정할 것이었다.

선생님의 길

1970년 3월 2일, 첫 직장인 중학교로 첫 출근을 했다. 나는 아직 교사로서 마음의 준비를 하지 못한 상태였다. 휘경동에서 방 두 칸 세를 얻어 남동생과 함께 자취생활을 시작했다. 삼월의 날카로운 추위를 뚫고 아침 일찍 휘경동에서 망우리까지 오가는 버스를 타고 다니는 것도 보통 일이 아니었다. 처음 담임을 맡은 것도, 재수생 남동생을 데리고 사는 일도, 곧 군에 입대할 남자를 이따금 만나는 일도 내게는 벅찼다. 그동안 이모가 살림을 해주셨는데 혼자 하려니 다소 버거웠다.

우리는 어느 한옥 문간방을 세내어 살게 되었는데, 식사 준비와 세탁 같은 기초생활도 힘에 부쳤다. 어머니가 곧 도우미를 보내셨지만 도움보다는 짐이 되기도 했다. 소녀였던 도우미가 내가 출근한 후 이리저리 돌아다니다 갑자기 사라지는 바람에 찾느라 애를 먹었다. 결국, 휘경동 일대를 이 잡듯이 뒤져 겨우 찾아서 고향으로 돌려보냈다.

새 학년이 시작된 3월, 학급 환경미화 평가가 있었다. 어떻게 해야 할지 막막했다. 우리 반 학생들 능력을 활용할 수도 없었다. 그래도 철부지들을 데리고 학급을 아름답게, 교육적으로 꾸며야 했다. 옆 반 담임은 미술 전공 선생님이었다. 교실을 매우 아름답게 꾸몄다.

우리 반에 결석을 자주 하는 학생들이 있었다. 온갖 수소문 끝에 집으로 찾아가면 학생들은 집에 없었다. 학부모들은 자녀들의 결석을 전혀 모르고 있었다. 그들은 대체로 변두리 지역에서 어렵게 살았다. 부모들이 생활전선에서 힘겨운 노동을 하느라 돌볼 겨를이 없는 사이, 아이들이 탈선 일보 직전에 처한 일도 있었다. 부모들의 무관심 속에서 공부에 뒤쳐진 학생들은 흥미를 잃고 길거리를 방황했다.

학교는 담임에게 요구하는 일이 많았다. 등록금 납부, 과목별 숙제, 채변 수거, 위문편지 모으기, 송충이 잡기 따위를 무리하게 요구하거나 학생을 동원하는 일이 빈번했다. 교무실 칠판에는 그날그날의 등록금 납부 현황을 게시했는데, 담임은 수금 액수가 적으면 스트레스를 받았다. 일부 선생님은 수업이 끝난 후 학교에 가방을 잡아둔 채 학생들을 집으로 보내 등록금을 가져오게 했다. 채변해 가져오지 않는 학생들은 화장실로 보내 억지로 변을 보게 하거나, 지각생은 수업에 들여보내지 않고 교실 바깥에 오래 서 있게 하기도 했다. 공부 시간에 장난치는 학생을 교단 앞으로 불러내 계속해서 공책의 낱장들을 하나씩 넘기는 망신도 주었다.

나는 점점 그런 일들에 넌더리가 났다. 더구나 목요일쯤 되면 목이 잠겨서 소리가 나오지 않았다. 항상 학생들이 잘 따라 읽도록 내가 먼저 큰 소리로 읽어야 했는데, 음량이 풍부하지 않은 나의 목은 잠기기 일쑤였다. 학생들의 영어 실력을 향상하려고 너무 열성을 부렸기 때문이기도 했다. 나는 여러 이유로 교사생활이 즐겁지 않았다.

은행원이 되다

친구 은명이한테서 자신이 근무하는 은행에서 직원을 뽑는다는 연락이 왔다. 나는 만사 제쳐놓고 지원했다. 며칠 후 필기시험과 면접시험을 보게 되었다. 출제 문제는 몇 개 문장을 영어로 번역하는 문제였다. 간단한 필기시험 후 면접이 있었다.

"본래 은행에서는 상과대학 출신의 남성을 뽑으려 했는데, 그 부문을 어떻게 대처하겠습니까?"

나는 최선을 다해 상과 계통 공부를 하겠다고 답했지만, 마음속으로는 내 실력이 부족하다고 생각했다. 그런데 운이 좋았는지 합격이 되었다. 아! 'Bank of America' 영어로 말하고 싶다. 드디어 나는 탈출에 성공했다. 내가 원하던 직장으로. 최고 번화가인 명동에 있던 아메리카 은행 명동지점은 냉난방 시스템이 잘 되어 있어서 근무환경이 쾌적했다.

맡은 업무도 마음에 들었다. 특히 브레이크 타임이 있어 커피를 마시는 것도 좋았다.

신용조사과(credit section)에 배치되었다. 의뢰 대상 업체의 신용조사 내용을 문서로 보내는 것이었다. 회사의 규모나 매출, 손익계산서, 또는 대차대조표를 분석해서 회사의 신용도를 고지하는 업무였다. ㅇㅇ플라스틱이나 ㅇㅇ에너지를 주로 담당했다.

2층에 근무하던 동료들과 자주 점심을 먹었다. 1층에서 근무하던 은명이는 나를 기다리고 있다가 무척 서운해했다. 나는 신입사원으로 2층의 동료들에게 신경 쓰느라 미처 친구 마음을 헤아리지 못했다. 그때는 휴대전화도 없어 미리 연락할 수도 없었다. 친구는 직장 정보도 공유하고 일상을 나눌 것으로 기대했던 것 같다. 그런데 그때 나는 친구 속마음을 알아줄 만큼 세심하지 못했다. 나는 O형, 친구는 A형. 혈액형만큼 서로 사고방식은 달랐지만, 가치관은 공통점이 많았다. 나이가 들어도 그 친구와 우정은 변함없지만 세심하지 못한 내가 항상 조심한다. 때때로 파트별로 어울릴 일이 있었지만, 은행에서 일하는 동안 2층 동료들과의 점심 식사 외에 나는 여가시간 대부분을 친구와 함께 했다.

어느 날 군 복무 중이었던 이천수가 은행으로 찾아왔다. 브레이크 타임에 그를 만났는데, 어쩐지 그가 애잔해 보였다. 한 달에 두 번씩 나누어 받던 은행 급료가 아직 남아 있어 그에게 용돈을 주었다. 뒤늦게 입대해서 자신보다 어린 상급자를 모셔야 하는 처지가 안쓰러웠다. 그의 형님들도 장성한 동생에게 용돈을 줄 사람은 없을 것 같았다. 남자에게 돈을 주는 여자가 되기는 싫었지만 어쩔 수 없었다.

그는 엘리트들이 소속된 6관구 사령부에 배치되었지만, 군대에서 신분은 일반 병사였다. 그의 상관들은 행정고시에 합격한 그를 함부로 하지 못했다. 그 역시 어울리는 품위를 유지해야 했을 것이다. 사법고시 합격자는 중위로 법무관 직책을 받았으나, 행정고시 합격자는 일반 사병으로 입대해서 병장으로 제대했다.

군대 내에서 그는 계급보다 훨씬 우대받았다는데, 그의 실력을 무시하지는 못했던 것 같다. 그에 보답하려면 돈이 필요할 것 같았다. 군인 월급이 담뱃값도 안 되는 수준인 것을 뻔히 알면서 빈손으로 돌려보낼수는 없었다. 나 역시 교사 시절보다 보수도 늘고, 2주에 한 번씩 급료를 받게 되니 씀씀이도 커졌다.

그가 은행으로 찾아온 데는 숨은 목적이 있다는 사실을 한참 후에 알게 되었다. 나와 함께 근무하는 그의 대학 동기 K가 있었다. 동명이인(同名異人)이었던 두 사람 중 혹시 잘생긴 K가 나의 동료이지 않을까싶어 그는 은근히 불안했던 것 같다. 그날 은행 휴게실에서 나와 얘기를 나누는 동안 동료 K는 그가 염려했던 인물이 아니라는 사실을 확인하고 돌아갔다.

2017년 대학 동기 여행단 버스 안에서 이천수가 우려했던 K를 만났다. 자신이 쓴 책을 나눠주던 그가 내 앞으로 왔다.

"궁금했는데, 만나게 되니 반갑습니다."

불쑥 그 말이 튀어나왔다. 나의 말에 기분이 좋아졌는지 그는 내게 민망하게도 "내 뺨에 뽀뽀 좀 해주세요" 했다. 나는 당황했지만, 농담으로 받아 넘겼다. 피차 노년에 이르니 천연덕스러워진 것이다. 물론 남편에겐 그 농담을 말하지 않았다.

새 직장에 들어와서 차츰 재미를 느끼고 있었는데, 그의 군대 제대를 몇 달 남겨두고 사직서를 내게 되었다.

02 여자의 일생

결혼의 전주곡

대학 4학년이 되자 주위에서 혼담이 오갔다. 고등학교 때 담임선생님이 추천한 신랑감, 친척이 추천하는 사람도 있었다. 가끔 본인이 직접 찾아오거나, 누이나 지인을 통해서 전갈이 왔지만, 아직 남자를 만나기가 두려웠다.

어머니 역시 혼처를 물색하였다. 어느 날 일등 신랑감이 있다는 전갈이 왔다. 나는 처음으로 어머니 대신 양동아지매(어머니의 외사촌댁)와 함께 선을 보러 나갔다. 어머니는 사법고시에 합격한 신랑감을 찾고 있었는데, 나 또한 어머니의 희망이 싫지 않았다. 그 청년을 어머니가 직접 만나 본 것은 아니지만 조건을 두루 갖춘 신랑감이라 나도 기대했다.

그는 꽤 세련된 매너를 갖고 있었다. 얘기는 재미있고 능력도 대단해 보였지만, 어쩐지 결혼할 마음은 생기지 않았다. 몇 달이 지나 또 다른 청년을 추천받았다. 어머니 지인이 소개한 사람으로, 사진을 보내왔다. 학사모를 쓰고 있는 사진 속 얼굴은 준수했다. 이번에는 어머니와 함께 나갔다. 북아현동의 어느 다방이었다.

우리를 기다리던 한 청년이 자리에서 벌떡 일어났다. 사진에서 보던 것보다 더 잘생겨 보였다. 어머니는 막내인 그 청년에게 "옛날부터 맏이와 막내는 잘 어울린다는 말이 있지요"라며 분위기를 부드럽게 했다.

잠시 후 두 분이 자리를 뜨자 그는 중앙청에서 근무하고 있다며 국무총리 기획조정실 사무관 명함을 건넸다. 잠시 후 그는 담배를 문 채 수줍게 미소를 띠며 말을 꺼내기 시작했다. 말투는 어눌하고 더듬거려서 알아듣기 어려웠다. 자세히 듣기 위해서 몸을 앞으로 기울여야 했다. 어색한 순간마다 진주 특유의 사투리에 "뭐야" 하는 접미사를 연신 붙였는데, 그가 뿜어내는 담배 연기에 어색한 표정이 가려지곤 했다. 어머니

는 나의 배필로 사법시험 합격자를 선망했다. 그러나 내가 처음으로 호
감을 느낀 사람은 나의 이상형도 어머니의 꿈도 아닌 행정고시를 패스
한 사람이었다.

나의 삶 나의 선택

　　　　　1969년 대학 4학년 여름방학 무렵 그와 처음 만났다.
이듬해 4월 그는 군에 입대했다. 그가 입대한 후에도 외출하면 가끔 만
나기는 했지만, 시간이 충분하지는 않았다. 그 와중에도 신랑감들은 종
종 나타났고, 내가 근무하던 학교로 찾아오기도 했다. 어떤 청년은 자신
이 유학을 떠나기 전이라며 막무가내로 구혼을 했다. 그 청년은 어머니
친척의 친척이었다. 그동안 유학 준비를 하느라 나와의 대면을 미루어
왔던 것 같았다.

　나는 결혼할 사람이 있다며 그를 돌려보냈다. 그런데 그는 몇 차례
다시 나를 찾아와 아직 결혼하지 않았으니 내 마음을 얻을 때까지 노력
하겠다며 편지를 보냈다. 그런데 군 복무 중이었던 이천수가 휴가를 나
와 그 청년에게서 온 편지를 발견하게 될 줄이야. 그런 사실을 몰랐던
나는 여느 때처럼 퇴근 후 집으로 돌아왔는데, 그는 흥분해서 으르렁거
리며 나를 기다리고 있었다. 편지가 퇴근하기 전 나의 자췻집문간에 와
있었고, 때마침 휴가 나온 이천수가 발견한 것이었다. 그는 퇴근해서 돌
아온 나를 붙잡고 절대 만나지 않겠다는 편지를 쓰라고 강요했다. 그 청
년은 주인집 전화로 계속 전화를 걸어왔다. 나는 받지 않았다.

　그날 두 청년은 동시에 선택을 요구하며 주인집 전화벨을 요란하게
울려댔다. 나는 확실한 결단을 내리지 않을 수 없었다. 얼마 후 나는 영

시(英詩) 한 편을 두 청년에게 보냈다. 다행히 유학을 가려던 청년은 시의 의미를 알았는지 편지 한 통을 또 보내왔다. 그는 "네가 무슨 제인에어라고, 내가 팔다리가 병신이 되어 절름발이라도 되라는 말이냐?"며 항변했지만, 나는 그가 수긍했다는 것을 알 수 있었다.

한편 이천수는 그 시를 읽고 어려운 환경에 있는 자신을 선택하겠다는 뜻으로 받아들인 것 같았다. 이천수는 가난했고 신부를 맞이할 아무 준비도 없었다. 그리고 주변에 그를 도와줄 사람은 더욱 없었다. 형제들도 빠듯하게 살아가는 처지라 모든 것을 혼자 헤쳐나가야 했다. 유학파 청년은 공대 출신이었지만 나보다도 영국 문학을 더 많이 아는 사람으로, 내가 보낸 시의 의미를 충분히 이해한 것 같았다.

The Road Not Taken

Robert Frost

Two roads diverged in a yellow wood,
sorry I could not travel both
And be one traveler, long I stood
And looked down one as far as I could
To where it bent in the undergrowth;

Then took the other, as just as fair,
And having perhaps the better claim,
Because it was grassy and wanted wear;
Though as for that the passing there
Had worn them really about the same.

And both that morning equally lay
In leaves no step had trodden black.
Oh, I kept the first for another day!
Yet knowing how way leads on to way,
I doubted if I should ever come back.

I shall be telling this with a sigh
Somewhere ages and ages hence:
Two roads diverged in a wood, and I
I took the one less traveled by,
And that has made all the difference.

가지 않는 길

로버트 프로스트

노란 숲속에 난 두 갈래 길
아쉽게도 한 사람 나그네
두 길 갈 수 없어 길 하나
멀리 덤불로 굽어드는 데까지
오래도록 바라보았네.

그리곤 딴 길을 택했네. 정확히 공평하게
풀 우거지고 덜 닳아 보여
그 길이 더 마음을 끌었던 것일까.
하기야 두 길 다 지나간 이들 많아
엇비슷하게 닳은 길이었건만.

그런데 그 아침 두 길은 똑같이
아직 발길에 밟히지 않은 낙엽에 묻혀 있어
아, 나는 첫째 길을 후일로 기약해 두었네!
하지만 길은 길로 이어지는 법이라
되돌아올 수 없음을 알고 있었지.

먼 훗날 어디선가 나는
한숨 지으며 이렇게 말하려나
어느 숲에서 두 갈래 길 만나, 나는
덜 다닌 길을 갔었노라고
그래서 내 인생 온통 달라졌노라고.

　　나는 이 시를 좋아했다. 젊은 시절, 특히 영문학을 전공하면서 영시를 애송하던 시절이 있었다. 남편과 사는 동안 한 번도 시를 어떻게 이해했는지 묻지 않았다. 이천수가 군대를 제대할 무렵 결혼식을 올리게 되었다. 나는 내 손길이 더 필요할 것 같은 사람을 선택했다.

청년 이천수

　　　　이천수는 부유하지는 않았지만, 딱히 가난하지도 않은 고성 농촌에서 5남매 중 막내로 태어났다. 1943년 중농 가정에서 태어난 그는 초등학교를 졸업할 때까지 걱정없이 살았다. 중학교에 들어갈 무렵 아버지 투병이 시작되면서 차츰 가세가 기울기 시작했다.
　　그에게는 결혼한 누님과 형님이 셋 있었다. 그 무렵 큰형님은 군 입대를 차일피일 미루고 있었다. 당시엔 군 복무 중 사망하게 될까봐 두려워했다. 6·25 직후는 군대에 인권이라는 단어가 존재하지 않던 시절이었다. 형님은 또 갓 결혼한 신혼이었다. 큰형님은 입영을 피하려 했지만 결국 입대했다. 그 과정에서 남은 가산 일부를 처분하여 넉넉지 않은 집안 살림이 더욱 어렵게 되었다. 둘째 형님은 고교 졸업 후 공군사관학교에 지원했으나, 신체검사에서 오래된 중이염 때문에 탈락했다. 다음 해에는 육군사관학교에 지원했지만, 신체검사에서 실격되어 낙방의 고배를 두 번이나 마시고 서울로 올라갔다. 셋째 형님도 고성을 벗어나 무작정 상경하여 이종형님댁에 기거하며 그 집안의 소소한 일들을 처리해주면서 학교에 다녔다.

둘째와 셋째 형님이 이력서를 낼 때마다 호적등초본 서류 심부름은 고성에 남은 막내의 몫이었다. 면사무소에 가려면 다른 마을들을 지나야 했는데, 타 동네 아이들이 어린 이천수를 괴롭히곤 했다. 순진해 보이는 꼬마 이천수는 악동들이 영웅심을 마음껏 시험해보는 대상이었겠지만, 어린 그에게는 공포의 시간이었다. 수많은 이력서에도 불구하고 형님들의 취직은 쉽지 않았다. 한참 후에야 겨우 마음을 붙일 직장을 찾았다.

한편 서울에 취직하러 가기 전까지 둘째 형님은 동생 이천수에게 경기중학교 진학을 권했다. 가정 형편과는 동떨어진 희망으로 그를 채찍질했다. '새 공부'라는 두툼한 전과를 사주면서 종종 동생의 실력을 테스트했다. 형님은 한 문제 틀릴 때마다 혹독하게 훈육했다. 형님이 보여준 애착과 관심은 후일 이천수가 서울법대에 합격하는 밑거름이 되었다. 형님의 남다른 사랑과 열정 덕분인지 초등학교 졸업 무렵 고성군 33개 초등학교 6학년 학력평가에서 1등을 했다. 그러나 서울에 발붙일 연고가 없던 그는 형님의 목표인 경기중학교에는 지원하지 못했다. 공립인 고성중학교와 사립인 철성중학교에 입학 시험을 보았는데, 양쪽 모두 수석이었다.

그는 1등에게 학비 면제 혜택을 주는 사립학교인 철성중학교를 선택했다. 그의 선택에는 또 다른 이유가 있었다. 바로 이웃에 사는 단짝 친구가 학비가 적게 드는 철성중학교를 선택해서 그 친구와 함께 다니고 싶어서였다니 실소를 금할 수 없다. 소년 이천수는 그때도 사람을 좋아하는 기질이 다분했다.

중학교를 다니는 동안 이천수는 모범생으로 선생님들께 사랑을 받았는데, 유독 K 선생님에게서 종종 조롱의 말을 듣곤 했다. 사춘기 이천수는 참았다. 하지만 왜 그러시는지 항상 궁금했다. 그런데 2학년 어느 날, K 선생님이 이천수의 행동에 화가 나서 그를 교무실로 오라고 했다. 종례 시에 이천수가 방귀를 뀌었는데, 선생님은 자신을 무시했다고 생각해 교무실로 불러 야단을 쳤다. 이천수가 아무리 해명해도 용서해 주지 않았다. 그다음 날부터 이천수가 장기 결석을 하는 바람에 문제가 확대되었다. 그는 그때부터 학교를 그만두고 독학으로 검정고시를 준비해 진주고등학교에 진학했다. 당시 검정고시는 합격하기가 무척 어려웠다고 한다.

그는 고향에서 초등학교와 중학교에 다니는 동안 소를 몰고 마을 뒷산에 오르곤 했다. 소가 풀을 뜯을 동안 언덕에 누워 푸른 하늘을 보며 책을 읽고 공부를 했다고. 영어단어를 암기하면서 주머니에 가득 든 볶은 밀과 콩을 먹었는데, 그 맛이 고소하고 식감이 좋았다면서 종종 그 시절을 떠올렸다.

검정고시로 진주고에 입학한 그는 형님들이 결혼과 취직으로 분가를 하자 어머니와 단둘이 고성을 떠나 진주에서 살게 되었다. 그러나 가진 재산이 거의 없었기 때문에 아르바이트를 해야 했다. 마침 인연이 닿아 초등학생과 고등학생을 가르치는 가정교사가 되었다. 그뿐 아니라 석간 신문 배달도 했다. 때로는 친구들이 그의 신문 배달에 끼어들어 오히려 즐겁기도 했다고. 아르바이트하며 사귄 친구가 평생 우정을 나누는 친구를 얻는 계기가 되었다.

학업 성적은 항상 최상위 그룹에 속했지만, 이천수를 괴롭히는 학생들도 생겨났다. 이천수는 냉수마찰을 하고 태권도장에도 다녔다. 태권도 실력이 만만치 않다는 소문이 나자 거들먹거리던 녀석들은 조용해졌고, 오히려 다른 패거리들로부터 그를 보호해주겠다는 친구들이 나타났다. 나는 그 사실을 청소년기의 영웅담으로 받아들였다. 하지만 당시 건달 친구들은 후일 제수씨라며 나를 다정하게 부르기도 했다. 그들도 나름 성공한 인생을 살고 있었다. 남편이 가난한 공직자였던 초기에 바나나 같은 고급 과일을 가끔 구경한 것은 그 친구들이 보내온 푸짐한 과일 바구니 선물 덕분이었다.

고등학교 재학 시절 내내 학업 성적이 우수했다. 1961년 서울대 법대에 입학했다. 서울에 올라온 그는 어머니와 셋집에서 서울 생활을 시작했다. 대학에서 받은 장학금으로는 생활을 감당할 수가 없었다. 예전처럼 다시 가정교사를 시작했다. 그가 지도하던 학생은 부잣집 아들도 있었는데, 아버지 기대만큼 성적이 오르지 않자 병원에 입원했다. 알고 보니 과도한 과외로 스트레스를 받아 꾀병을 부린 것이었다. 그 집에서 더는 과외 지도를 할 수가 없었다. 가정교사 자리는 계속 연결되었다. H그룹의 인척인 한 학생은 홀어머니의 외동아들이었다. 그의 어머니 역시 외아들을 향한 지나친 기대로 가정교사에게 간섭이 많았다. 결국 그곳도 그만두게 되었다.

그러던 어느 날, 북한산 하산 중 넘어져 치아가 몇 개 부러졌다. 그날은 Hi-Y(High School YMCA) 클럽 선후배들과 하는 등산 모임이었다.

그 사고로 대학생활 내내 많은 고통을 겪게 되었다. 잇몸에 다이아찐이라는 독한 소독약을 바르라고 말한 어떤 똑똑 처사의 엉터리 처방을 따랐기 때문이었다. 치아를 뽑고 새로 넣었지만, 통증은 계속되었다. 노이로제 증상이었다. 여러 병원을 전전하다 청량리의 뇌병원에서 처방을 받았지만, 소용이 없었다. 아르바이트도 포기하고, 공부도 힘들었다. 그동안 아르바이트로 번 돈을 모두 병원비로 써버리고 말았다. 마지막으로 오기를 부려봤다. 약을 모두 끊고, 매일 새벽마다 집 근처 정릉 뒷산에 올라가 냉수마찰을 하고 목청 높여 웅변 연습을 했다. 마침내 그는 노이로제 증상을 극복하고 정상적인 일상을 되찾았다.

이렇게 보내는 동안 어느새 졸업 시즌이 다가왔다. 사법고시나 행정고시를 준비하지도 못했다. 우선 생계를 해결하기 위해 졸업과 동시에 한국전력에 입사했다. 한국전력에 근무하면서 1968년 행정고시에 합격했다. 행정고시 6회, 이때는 행정고시 합격자가 몇 명뿐이었다. 하지만 얼마 후 행정고시 정원이 늘자, 동기생이 많아진 기수들은 인맥과 조직력을 바탕으로 공직사회에서 핵심적인 역할을 맡았다.

그가 처음 발령받은 곳은 국무총리 기획조정실이었다. 6개월간 시보 기간을 마치고 사무관으로 근무하고 있던 1969년 7월 무렵 나와 만났다. 당시 이화여대 4학년이던 나는 공무원 세계를 전혀 몰라 국무총리실을 최고의 엘리트들이 가는 부서로 생각했다. 내가 대학을 졸업하고 영어 교사로 출근을 시작한 지 한 달쯤 후 그는 군에 입대했다. 2년여 동안 군 복무를 할 동안 나는 아메리카 은행으로 직장을 옮겼다. 그가 군을 제대할 무렵 우리는 결혼했다.

신혼생활

　　1972년 3월, 결혼 초 형님댁에 잠시 머물던 우리는 미아동 방 두 칸 셋집에서 신혼살림을 시작했다. 너무 큰 장롱을 감당할 방을 찾느라 애를 먹었다. 어머니는 대갓집에나 어울릴 큰 자게 장롱을 자신의 꿈을 담아 마련했지만, 가난한 우리 신혼살림에는 걸림돌이 되었다. 결혼 직전까지 직장생활을 한 나는 살림살이를 챙길 여유가 없었다. 큰딸을 좋은 집안에 시집보낼 것으로 생각한 어머니는 이미 10자 자게 장롱을 주문해 두었다. 그해 경기여고에 입학한 여동생 옥희도 함께 살아야 했기에 남편은 최소한 큰 방 하나와 작은방 하나가 더 있는 집을 찾아다녔다. 그러다가 겨우 미아동의 한 신축단지 양옥집에 세를 얻었다.

　마침 집주인이 방 한 칸만 사용하고 나머지 방 두 개를 우리에게 빌려주었다. 동생 방과 우리 방 사이에는 집주인 부부가 사용하는 안방과 마루 그리고 화장실이 연결되어 있었다. 우리와 동생의 공간이 떨어져 있어 오히려 다행이었다. 거실에 있는 화장실을 공동으로 사용했는데, 우리는 방문을 열고 나가면 바로 옆에 있어 편리했지만, 동생은 외부로 나와서 다시 주인댁 거실을 거쳐야 이용할 수 있어서 다소 불편을 느꼈다.

　주인 부부는 온유하고 부드러운 성품으로 우리에게 친절했다. 남편은 대형 한의원에서 한약사로 근무했다. 가끔 주인집 남편이 늦게 귀가하는 날에는 주인댁 안방에서 텔레비전을 보기도 했다. 그 댁 부엌에는 반들반들하게 닦은 알루미늄 냄비들이 가지런히 걸려 있었다. 안주인은 남편이 술을 마시고 퇴근하면 전날 입은 옷을 박박 비벼 빨고는 탁탁 털어서 널었다. 마치 오물을 털어버리려는 듯한 모습이 꽤 인상적이었다.

그 때문이었을까. 나는 남편이 술을 마시고 귀가하면 어쩐지 불결한 것 같았다. 신혼 시절 남편은 곧바로 집으로 오지 않고 늦게 귀가할 때가 많았다. 나는 남편에게 화를 내고 혼자 헛된 망상도 했다. 그래서 더욱 술과 불결함을 연결하게 되었다. 내가 무지했던 탓인지 안주인의 깔끔한 처신 때문인지는 알 수 없지만, 남편의 기분과는 반대로 나는 기분이 나빠졌다.

동생 옥희는 매일 도시락을 들고 경기여고가 있는 광화문까지 버스를 타고 등하교했다. 버스에서 내려 걷는 길도 꽤 길었는데, 힘들다는 말도 없이 잘도 다녔다. 더구나 어느 한 달 동안은 내가 남편 군부대 근처에 셋방을 얻어 집을 비웠는데, 그 기간에는 혼자서 모든 것을 해결했다.

옹색한 셋방살이 살림에도 대학생이 된 남동생 친구들이 가끔 놀러 왔다. 남편 친구들을 초대하고 집들이도 했다. 또 남편 대학 친구 L 씨도 가끔 놀러 왔다. 어머니가 마련해 준 제니스 전축에 LP판을 얹어 음악을 감상하곤 했다. 그는 이따금 흘러나오는 멜로디에 맞춰 노래를 불렀다. 잘 부르는 실력이었다. 남편의 다른 친구들은 제수씨라 부르는데, 그가 선희 씨라 부를 때는 어쩐지 존중받는 것 같았다.

우리는 부엌문을 통해 부엌과 방을 오갔다. 부엌에는 시멘트 부뚜막과 연탄아궁이가 있었다. 연탄불은 조리용 화덕으로도 사용했다. 겨울철에는 연탄을 하루에 여러 장 땠지만, 아랫목에만 온기가 있을 뿐 윗목에는 살얼음이 얼었다. 연탄 가는 일은 번거로웠는데, 시간을 놓치면 큰 사달이 났다. 임신한 몸으로 방과 부엌 사이를 오르내리는 것도 힘들었다. 연탄 윗부분에 아직 붉은 불꽃이 남아 있을 때를 놓치지 않고 새 연탄으로 갈아야 했다.

이런 가난한 생활에도 불구하고 그 집에 사는 동안 두 번이나 도둑을 맞았다. 한번은 우리가 애용하던 전축과 동생 책갈피 속에 끼워 둔 학비를 도둑맞았고, 또 한 번은 손님이 와서 배웅한 사이에 시골에서 부쳐 온 쌀가마니와 남편 군화를 도둑맞았다. 당시 미아리는 새로 형성된 동네여서 집은 깨끗했지만, 주변에는 아직 판자촌이 남아 있었고 우리보다 가난한 사람도 많았다.

셋방살이와 남편의 재발견

한여름에 태어난 아들 상규가 기어 다닐 무렵, 우리는 그 추운 방에서 겨울을 났다. 윗목에 있던 대야 물은 금방 살얼음이 얼었다. 화덕으로도 사용한 연탄불에 우유 물을 데우고 병을 소독했다. 여고생인 동생은 광화문에 있는 경기여고까지 통학 거리가 너무 멀었다. 남편은 제대하여 복직할 시기가 되었다.

우리는 결국 불광동 단독주택을 전세로 얻어 이사했다. 전세금이 100만 원으로 비교적 싼 가격이었다. 남편이 군 복무도 채 끝나지 않은 상태에서 결혼하고 아기까지 태어나자 저축할 여유가 없었다. 돈을 벌어볼까 생각도 했지만, 아기를 키워야 해서 섣불리 엄두를 내지 못했다. 우선은 결혼 때 들어온 축의금과 어머니가 남편에게 준 약간의 비상금으로 살림을 꾸려갔다. 최대한 절약하며 구멍난 양말도 꿰매 신었다. 사무관인 남편의 월급은 형편없었다. 우리가 결혼할 무렵 남편 형제들도 생활이 넉넉지 못했다. 서울 두 형님도 공무원이었지만, 빠듯한 살림은 매한가지였다. 오랫동안 병석에 있던 어머니를 차례로 돌보느라 지출을 많이 했기 때문이었다.

결혼하기 전 나는 공무원 월급이 그렇게 적은지 전혀 몰랐다. 내 주위에 공무원으로 살아가는 사람을 보지 못했기 때문이다. 월급만 받으면 곧 집을 마련할 수 있다고 생각했다. 현실을 알려는 생각도 없었고, 국무총리실 근무가 대단한 직책으로 생각했다. 남편은 결혼 전 겨우 1년 반 공직생활을 하고 이듬해 4월에 군에 입대하여 군 복무를 하던 중 결혼했기 때문에 거의 빈털터리였다. 다만 하객이 많아서 결혼축의금이 다소 있었을 뿐이다.

제대 후 국무총리실에서 1년 더 근무했어도 아직 월급은 적었다. 그러나 든든한 처가를 둔 동료들과 어울리다 보니 월급날이 되어도 외상값을 갚고 나면 남는 돈이 별로 없었다. 국무총리실에 복직한 후 그가 내민 첫 월급봉투를 본 나는 깜짝 놀랐다. 결혼 후 처음 받는 것이라 은근한 기대로 조심스레 손을 내밀었는데 누런 봉투 겉봉에는 7,400원이 씌어 있었다. 내 눈을 의심하며 자세히 보니 기본 공제금액 몇 개가 적혀 있었지만, 금액이 적기는 매한가지라 크게 실망했다. 그동안 공무원에게 지녔던 환상을 떨쳐버리고 현실을 직시해야 했다. 어쨌든 결혼했고 아기도 있으니 앞날이 걱정되었다. 하지만 진급을 하고 경력이 쌓이면 좀 나아질 거라는 희망을 놓지 않았다. 그런데 남편은 월급날이 며칠 지나지 않아 나에게 돈을 빌려달라고 했다. 용돈이 벌써 바닥난 것이었다.

첫아들을 낳은 뒤 교통이 편리한 지역을 택해 다시 세를 얻어 들어간 집은 불광동의 어느 한적한 언덕에 있었다. 전세금 100만 원은 집 규모보다 매우 저렴했는데 이유가 있었다. 바로 옆에는 연고자가 없는 허름한 무덤이 있었기 때문이다. 동네 아이들은 무덤가에서 뛰어놀았다. 우리 상규도 곧 그 아이들과 어울려 놀았다. 조선 숙종조 장희빈의 묘였다. 철없는 아이들은 그 무덤을 작은 동산처럼 오르내리며 깔깔 웃고 장난을 쳤다.

아들이 태어난 후 어머니가 보낸 도우미가 있었는데, 오래 붙잡아 두려고 영어를 가르쳐 주었다. 그 아이는 초등학교 졸업 후 가정 형편이 어려워 중학교에 진학하지는 못했지만, 키도 크고 이목구비도 선명했다. 나는 영리해 보이는 소녀에게 틈나는 대로 영어를 가르쳤다. 아이도 잘 따라왔고, 도우미 역할도 잘해주었다. 모든 것이 잘되고 있었다.

어느 날 혼수로 마련해온 남편 은젓가락 하나를 마루 틈새로 빠뜨렸다. 불광동 다른 집으로 이사 갈 때까지 꺼내지 못했다. 남의 집이라 함부로 마루판을 잘라내지 못하기 때문이었다.

비가 억수같이 퍼붓던 어느 날 밤엔 새로 이사 온 집의 안방 천정에서 갑자기 물이 쏟아졌다. 방바닥은 그야말로 물바다가 되었다. 밤은 깊었고, 밖에는 사정없이 비가 퍼붓고 있었다. 그때 남편은 어디선가 큰 비닐 장판 한 조각을 찾아와 곧바로 지붕 위로 올라갔다. 나는 혹시나 남편이 지붕에서 미끄러지기라도 할까 봐 조마조마했는데, 그는 눈 깜짝할 사이에 정확한 위치에 비닐 장판을 얹고 내려왔다.

그동안 나는 물바다가 된 방바닥을 닦았다. 어느새 문제를 해결한 덕분에 더 이상 천정에서 물은 떨어지지 않았다. 나는 한밤 장대비 속에서 용감하게 지붕 위로 올라가는 그에게 놀랐다. 게다가 장판을 찾아낸 융통성에도 감탄했다. 팔순이 된 지금도 고장 난 물건이 생기면 적극 해결사로 나서는 그의 주인의식과 일을 두려워하지 않는 행동력에 감탄한다. 요즈음도 손자들의 고장 난 장난감은 할아버지 몫이다. 손주들은 할아버지를 '맥가이버'라 부른다. 문제만 생기면 부탁하니 남편은 노년에도 할 일이 많다.

남편과 문패

　　1973년 말, 드디어 어머니가 불광동 언덕 위에 방 4개에 거실과 목욕탕이 있는 집을 구입했다. 우리 소유는 아니었지만, 집을 마련할 때까지 안심하고 살 수 있는 집이라는 사실이 무엇보다 좋았다. 동생들과 우리 가족이 사용하는 공간 외에 방 하나는 세를 놓고 살았다. 나는 우리 가족뿐 아니라 세입자 관리, 집 관리, 그리고 또 대구서 올라온 셋째 여동생까지 동생 둘을 관리하게 되었다.

　불광동 언덕배기에 있는 집은 숨이 찰 정도로 경사진 골목길 끝 집이었다. 우리 집 위로 난 좁은 세 갈래 길의 교차 지점이어서 차들이 담장 모서리를 지나갈 땐 항상 아슬아슬했다. 어느 날 우회전하던 자동차가 우리 집 담장에 부딪히는 사고가 났다. 나는 수리를 하면서 완만한 모양으로 만들기로 했다. 일단 삼각형 우리 집 땅을 통행로에 양보한 셈이었다. 그 후에는 담장과 자동차의 접촉사고는 걱정 안 하게 되었다. 친정집을 관리하면서 나도 모르게 가지게 된 재량권은 이것뿐이 아니었다. 대문에 이천수라 새긴 문패를 단 일도 남편에게는 큰 자긍심을 갖게 했다.

　후일 대진대학 총장 재직 중 남편이 기자와 인터뷰를 한 일이 있었다. 소중히 여기는 보물 세 가지를 소개하게 되었는데, 그때 문패가 첫 번째였다. 남편은 문패를 궤짝에서 찾아왔다. 질문을 예상한 것 같기는 했지만, 나는 남편의 어린애 같은 속마음에 놀랐다. 셋집을 전전하다 보니 본인 이름이 새겨진 문패를 자랑스럽게 생각한 것 같다. 비록 부모님 집이었지만 주인처럼 살았으니 한동안은 품위 있게 살았다. 남편은 고등학생 때부터 결혼 후 이 집에 정착하기 전까지 늘 세입자로 살아왔다. 그러니 문패에 남다른 감회가 있었으리라.

그곳에 이사한 후 남편은 청와대 사정실 행정관으로 발령이 났다. 옛날 암행어사와 같은 직책이었다. 신문에 남편 이름이 청와대 인사란에 실리자 건넛방에 세 들어 살던 사람과 다른 가족들도 청와대 입성을 축하해 주었다. 외무고시를 준비하던 건넛방 부인의 오빠가 "블루~ 하우스"라며 은근히 뜸들이며 치켜세워 주던 일은 아직도 잊히지 않는다. 남편이 청와대에 차출되자 우리를 아는 사람이 모두 축하해 주며 남편을 만나고 싶어 했다. 그러나 남편 업무는 철저히 비밀을 요구하는 일이었다.

1974년 5월 3일 둘째 정원이가 태어났다. 남편의 임무에 자부심을 느끼던 우리 부부는 큰딸 이름에 정(正)자를 넣기로 하고, 정원(正媛)으로 지었다. 청와대 사정실(司正室)을 기념하기 위함이었다. 당시 사정실 근무자에게는 특별 활동비 10만 원이 더 나왔지만, 우리 생활은 더 나아지지 않았고 오히려 품위를 유지하느라 실제적으로는 더 힘들었다.

1974년 7월, 아들 상규가 늑막염에 걸렸다. 불광동에 있는 유명한 의원으로 겨우 두 돌 된 상규를 데리고 매일 오갔다. 처음에는 매일, 그다음은 이틀에 한 번, 삼 일에 한 번, 일주일에 한 번, 점점 횟수가 줄었지만 거의 일 년을 다녔다. 출생한 지 4개월도 안 된 둘째를 집에 두고 다니느라 마음이 무거웠다. 첫째 상규가 태어나고 독채를 얻어 살 무렵에는 도우미 덕분에 편했다. 하지만 그 도우미는 둘째가 태어나기 전에 그녀의 언니가 데려가 버렸다. 내가 영어를 가르치면서 공을 들였지만, 동생을 더 사랑한 언니의 처사를 어떻게 원망하겠는가.

그 후 다시 마땅한 도우미를 구하려 했지만 잘 안되었다. 그런 와중에 큰아이를 데리고 병원에 다녀야 했던 나는 아기가 잠든 틈을 타서 부리나케 다녀오느라 숨이 찼다. 그래도 건넛방 새댁이 아기를 가끔 보살펴주었기에 견뎌낼 수 있었다. 정말 고마웠다. 1년여 치료 기간에 남편도 가끔 상규를 데리고 간 적은 있었다. 하지만 대부분은 나 혼자 감당하였다. 그땐 자동차도 없어서 아이를 데리고 언덕 꼭대기에 있는 우리 집에서 한참을 걸어 내려가 버스를 타고 병원을 오갔다.

아빠의 길 엄마의 길

표면적으로는 모든 것이 잘 되는 것 같았지만, 남편의 늦은 귀가는 경제적으로 곤궁 속에 있는 나를 더 예민하게 자극했다. 나는 냉소적으로 그의 자존심을 건드렸다. 부부 싸움도 잦아졌다. 원인 제공을 한 사람은 분명히 남편인데 되레 수세에 몰리는 사람은 대체로 나였다. 그가 조직 내에서 조금씩 성장할수록 귀가 시간은 늦어졌다. 나는 애가 탔다. 속상한 날이 많아졌다. 걱정과 분노를 넘어 그를 미워하게 되었다. 그러나 함께 사는 동생들 마음이 불편할까 봐 혼자 괴로움을 삼켜야 했다. 게다가 경제적으로는 더욱 힘들어졌다. 직급이 높아지는 속도보다 체면 유지를 위한 지출지수가 더 높아졌기 때문이다. 가정생활은 더욱 쪼들리게 되었다

정원이가 태어난 지 8개월 무렵 밤늦게 귀가한 남편과 말다툼으로 아침에도 화가 풀리지 않았다. 일이 손에 잡히지 않아 밀린 빨래라도 해야겠다고 생각하면서 거실 난로 위에서 펄펄 끓고 있는 물 솥을 화장실 바닥에 내려놓고 빨래를 가지러 갔다. 그때 화장실에서 자지러지는 비명이 들려왔다. 한달음에 화장실로 달려갔지만, 아기는 이미 뜨거운 물속에 덥석 손을 담근 후였다. 잠시 뚜껑을 열어 둔 것이 화근이었다. 물을 식히려던 참이었는데, 바로 그 순간 사고가 났다. 아기가 한창 기어다닐 때라는 사실을 깜빡한 것이었다. 몸서리를 치면서 아기를 둘러업고 쏜

살같이 큰길 건너 병원으로 달려갔다.

　팔뚝에 소독수를 분사하는 의사의 처치에 피부는 금방 껍질이 벗겨졌고 아이는 발버둥을 치며 울어댔다. 나도 울었다. 원상회복이 될지 불안했지만, 의사를 믿는 수밖에 없었다. 앞으로 엄마 노릇 열심히 할 테니 제발 도와 달라며 하느님께 애원했다. 의사는 시내에서 사오라며 화상 약 이름을 적어 주었다. 연락을 받은 남편이 종로5가 약국으로 달려가 약을 구해 왔다. 병원에서 추천한 약은 수입품이었다. 한동안 병원에서 그 약으로 처치를 받은 결과 상처는 잘 아물었다. 그러나 아무래도 원래 피부보다는 좀 거친 피부로 남게 되어 내 마음을 아프게 했다. 성장기를 거치는 동안 그 흔적은 자연히 사라졌다.

　생각해 보면 정원이 사고는 단순히 불찰 때문만은 아니었다. 억울한 감정을 풀 길이 없던 나의 심리상태는 사고 가능성을 안고 있었다. 남편을 처음 만났을 때 가난하다고 한 그의 말을 나는 연애소설의 단골 메뉴처럼 낭만적으로 받아들였다. 그런데 실제로 살아보니 그게 아니었다. 가난은 정말 힘들었다. 궁핍한 생활을 참는 것은 남편에게 만족할 때만 가능했다. 게다가 내 마음 밑바탕에는 조건이 좋은 많은 남자를 제쳐두고 이 사람과 결혼했으니, 남편은 보통 남자들보다는 질적으로 한 등급 위여야 한다는 보상심리가 지배하고 있었다. 남편에게 바라는 기대가 현실보다 높았다.

　그러다 보니 일상에서 보통 남자와 전혀 다를 것 없는 그의 모습에 나는 실망했고, 오히려 나 자신을 비참하게 여겼다. 나는 항상 폭발 직전의 화산 같았다. 나는 남편이 나의 가치에 걸맞은 대우를 해주기를 바랐다. 내가 그를 위해 많은 것을 포기하듯 그도 또래 남자들의 관행적 특권쯤은 포기해야 한다고 생각했다. 그래서 종종 트집을 잡고 냉소적으로 자존심을 자극했다. 화상 사고도 따지고 보면 간밤에 억울하게 역공을 당한 일이 원인이었다. 그때는 나도 너그럽지 않았다. 화가 나면 내가 엄마라는 사실을 잊어버릴 때가 있었다. 돌이켜 생각하면 대수롭지 않은 일이었다. 그땐 남편에게 애착이 컸던 것 같다.

날림공사 집

1973년 말 언덕 꼭대기 집으로 이사한 후부터 잠실로 이사 갈 때까지 항상 방 하나는 세를 놓고 살았다. 세입자를 맞이하게 되면서 나는 때때로 세입자의 보호자 노릇도 했다.

1974년 1월 초 추운 일요일 아침이었다. 아침에 일어나 보니 수돗물이 나오지 않았다. 당장 먹을 물과 화장실이 문제였다. 옆방 사람들도, 동생들도 곧 일어날 텐데 큰일이었다. 나는 우선 셋방 가족들이 일어나기 전에 남편을 깨웠다. 그러나 늘 그랬듯이 잠에 곯아떨어진 남편은 꿈쩍도 하지 않았다. 집안에 어떤 일이 일어났는지 쿨쿨 잠만 자는 남편 얼굴을 내려다보며 허공에 주먹질을 했다. 한 대 휘갈겨 주고 싶었다. 어쩔 수 없이 이웃의 사정을 알아보았다. 동지가 있어 다행스럽게 생각됐다. 처음에는 당황했지만 일단 이웃도 같은 사정이라는 것을 확인하고는 수도국에 긴급 급수를 요청했다. 나의 성화에 곧 급수차가 도착했다. 수돗물이 끊긴 이웃도 뛰쳐나왔다. 이사 온 지 얼마 되지 않은 데다 주택을 관리해본 적이 없는 나는 우리 수도관 매설 깊이를 알 턱이 없었다.

급수차가 떠난 다음, 그제야 잠이 깬 남편을 보자 씩씩거리며 남편을 대문 밖으로 불러냈다. 그러고는 손에 든 물 양동이를 마당에 내동댕이쳐 버렸다. 나는 창고에서 찾아낸 곡괭이를 들고 집 밖으로 나갔다. 남

편 앞에서 곡괭이를 들고 땅바닥을 내리쳤다. 꽁꽁 언 땅바닥은 내리치
는 곡괭이질에도 꼼짝하지 않았다. 나는 땅속에 묻힌 수도관을 확인하
기보다는 솟구치는 분노를 토해내고 싶었다. 그때 나는 둘째를 임신하
고 있었다. 배가 부른 몸으로 곡괭이를 쳐들고 있는 모습에 그는 기겁했
다. 내 손에서 곡괭이를 빼앗아 갔다. 그때서야 나의 본심을 알아차렸
는지 남편은 곡괭이로 힘껏 땅을 내리쳤다. 꽁꽁 언 땅이 파일 리 없었
다. 비로소 남편은 보수 센터로 달려갔다. 수도국이나 공공기관의 역할
을 생각지 못하고 직접 땅을 파고 불을 피워서 얼어붙은 수도관을 녹이
려 했다. 비로소 비슷한 처지의 이웃이 모여 의견을 나눈 뒤에야 공공기
관이 해야 할 일과 주민이 할 일을 구분할 줄 알게 되었다.

어머니와 오 남매

      우리 부부에게 둘째가 태어나고, 경기여고에 다니던 여
동생이 이화여대 식품영양학과에 입학했다. 2년 뒤 1977년 3월에는 여
동생 금희가 이화여대 음대에 입학했다. 금희는 입학하기 전 1년 동안
매주 피아노 레슨을 받기 위해 서울에 올라왔다. 1976년 초 남편과 함
께 대구에 있는 친정에 다니러 갔을 때였다. 셋째 동생 금희가 언니들처
럼 이화여대에 들어가고 싶다며 우리 부부를 쳐다봤다. 동생의 눈빛이
너무 간절해 모른 체할 수가 없었다. 금희는 동네 학원에서 배운 실력으
로 방송국 주최 피아노 실기대회에서 상을 받았다. 여고 시절에는 피아
노를 전공하는 학생에게 레슨을 받았다.
    동생의 간절한 이야기를 들은 우리 부부는 그냥 넘길 수가 없었다.
그러던 어느 날, 남편의 상관 P 씨가 집으로 놀러 오라고 했다. 우리는

큰길 건너편에 있던 그 댁으로 갔다. 우연히 동생 이야기를 하게 되었다. 얘기를 듣던 부인이 피아노를 전공한 후 음대 교수로 있는 제자를 생각해내고는 곧 연락해보겠다고 했다. 집으로 돌아온 나는 혹시나 하고 희망을 걸었다. 드디어 오디션 약속을 잡았다며 동생을 데리고 오라는 연락이 왔다. 신이 난 나는 동생을 그 교수 댁으로 데리고 갔다. 소개한 부인은 먼저 와 있었다. 동생은 그날 오디션을 받은 뒤 일주일에 한 번씩 지도를 받게 되었다. 금희는 이듬해 이화여대 음대에 무난히 합격했다. 남편의 직속상관 P 씨는 미술, 음악 같은 예술적 취향이 있는 분으로 우리와 만나는 것을 즐겼다.

금희가 음대에 합격한 후 불광동 식구가 한 사람 더 늘게 되었다. 우리가 잠실의 아파트로 이사하기 전까지 함께 산 식구는 모두 일곱이었다. 둘째 옥희와 셋째 금희, 그리고 우리 가족 넷, 도우미까지. 가족이 늘면서 집안 살림은 최소의 경비로 최대의 효과를 창출해야 했다. 어머니는 당신의 자녀들이 서울에 있는 명문고와 명문대학에 차례로 입학하게 되자 아들딸들이 큰딸 가족과 함께 기거하는 것을 당연시했다.

어머니는 서울과 대구를 자주 왕래했다. 매사에 적극적이고 진취적이던 어머니는 내가 신혼이라는 사실을 까맣게 잊고 있었다. 자아가 강한 사람들이 대개 그렇듯, 어머니는 자신감이 넘쳐서 소소한 일상의 미묘한 감정에는 거의 신경을 쓰지 않는 것 같았다. 오히려 시집살이가 없는 나의 처지를 활용하여 차례로 동생들을 맡기면서 낯선 곳에 그들을 방임하지 않게 된 것을 다행스럽게 생각했다. 그러고는 자녀를 보러 간다는 명분으로 큰딸 집과 서울을 자주 드나드는 기쁨을 누렸다. 어머니는 남편에게서 벗어나는 해방과 중년의 자유를 즐긴 것 같다.

돌이켜보면 어머니 나이 아직 50세 전후였으니 버거운 결혼생활에서 잠시 벗어나고 싶었는지도 모른다. 오실 때마다 보따리를 챙기느라 수고는 좀 하셨지만, 자녀들을 만나는 즐거움은 특별했을 것 같다. 자녀 다섯 중 아직 어린 막내를 제외하고 이화여대 셋에 아들이 서울공대에 합격했으니 어머니 자부심이 하늘을 찌르지 않았을까. 평소 알뜰하기 그지없던 어머니의 유일한 사치는 자식들이 가져다준 명예를 함께 누리는 것뿐이 아니었을까.

불광동에서 사는 동안 나는 경제적으로는 매우 쪼들렸다. 불과 30세 전후의 나이에 두 아이를 키우는 주부로 사는 삶은 내가 꿈꾸던 게 아니었다. 비록 부모님 집이었지만 주거는 그런대로 안정되었다. 어머니는 연탄과 쌀을 계속 지원했다. 남편의 박봉에 많은 보탬이 되었다. 어머니는 약간의 재산은 형성했지만, 나에게 큰 금액을 보태주거나 우리 형제들에게 용돈을 넉넉히 주지는 못했다. 나 또한 박봉의 생활이라 동생들에게 넉넉하게 해주지 못했다. 그러나 동생들은 한 번도 불평이나 투정을 부리지 않았다. 항상 내 의견을 존중했다. 나이가 들었지만 우리 자매들이 화목하게 지내고 있으니 이 또한 어머니가 가꾼 복이 아닐까 생각한다.

가족이 되어가는 시간

친정 식구들과 사는 동안 남편에게 당당할 수는 없었다. 때로 남편과 다투고 싶어도 참아야 했다. 혹시나 동생들이 불편할까 봐 되도록 양보하고 조용히 지냈다. 남편이 귀가할 무렵에는 동생에게 피아노 연습도 못 하게 했다. 이웃도 조심스러웠지만, 남편이 더 신경 쓰였다.

음악을 전공하는 금희에게 한 부인이 레슨을 받으러 온 적이 있었다.

이웃에 사는 남편의 대학 동기 부인이었다. 그 시절 줄줄이 대학에 다니는 자녀들로 어머니의 과다한 지출이 염려되었다. 그래서 금희에게 피아노 레슨 아르바이트를 구해주려 했다. 금희는 교회에 다니면서 아르바이트를 하고, 교회 합창단 반주 봉사를 하면서 바쁘게 지낼 때였다. 그런데 세월이 흘러 금희 아들이 그때 피아노 교습을 받은 여인의 아들과 같은 대학에서 동료 교수로 만나게 되었다. 세상 인연은 참 재미있다. 그런 인연의 고리로 두 사람은 학교 내에서 각별하게 지낸다니 어떤 인연도 소중하지 않은 게 없는 것 같다.

남동생 정희는 내가 대학 2학년 때 서울고에 합격했다. 그때부터 나와 함께 지냈다. 어느 날 동생이 학교에서 관람 금지 영화를 몰래 보는 바람에 내가 학부모로 찾아가 정학을 면한 적이 있었다. 대학 입시를 위해 재수를 하던 시절 휘경동에서 자취할 때 함께 살았다. 나는 동생들을 자랑스러워했다. 이 소중한 형제들을 돌보는 일에 보람도 느꼈다. 그러나 결혼 후에도 동생들을 데리고 살게 되자, 나도 모르게 남편에게 많은 것을 양보하게 되었다.

나는 외양에서 보이는 것처럼 그리 만만한 사람은 아니다. 화가 나면 성질을 좀 부렸다. 자라는 동안 성질을 부려 본 적은 거의 없지만, 할 말은 하고 살았다. 또한 마냥 순해 보이는 남편에게도 불같은 성질이 숨어 있다는 것을 알게 되었다. 친정 식구와 살다 보니 나만 좀 참으면 되겠다고 생각했다. 그리고 모든 원망과 불화는 상대방에게 무언가를 바라기 때문에 일어난다는 것도 깨달았다. 그때부터 남편에게 어떤 요구도 하지 않기로 했다. 내 마음이 편해지고자 스스로 내린 처방이었다. 때로는 억울한 적도 있었지만 한 번도 따지지 않았다.

그런데 습관이 된 걸까. 75세가 된 지금까지도 남편은 내 앞에서 당당하다. 내가 리모컨인 양 뭐든지 주문하며 나를 통제하려 한다. 심지어

TV 프로그램도 무조건 자신의 선택에 따르기를 요구하곤 했다. 만약 내가 불편한 기색을 보이면 그는 곧잘 심술을 부렸다. 그래서 웬만하면 원하는 대로 양보해 준다. 다른 사람이 나 때문에 불편하면 내가 불편한 것보다 훨씬 고통스럽다. 나의 이런 양보하는 삶이 남편이 성장하는 데 도움을 주었다고 믿고 싶다. 또 동생 넷과 내 자녀의 성장에도 도움이 되었을 거라고 나 자신을 위로한다.

남편은 암행어사

1974년 3월 24일 남편은 '대통령 사정 담당 특별보좌관실' 행정관으로 청와대에 들어갔다. 당시 나이 33세, 둘째 정원이를 임신하고 있을 때였다. 남편이 청와대로 발탁되자 나는 한껏 들떴다. 마침 둘째 정원이가 그해 5월 3일에 태어났다. 일단 청와대에 입성하고 보니 그의 위상이 높아진 것 같았다. 그가 업무 수행을 잘해야 하는 것은 당연했지만, 사람들은 'Blue House'의 '블루'를 길게 발음하며 그를 치켜세웠다. 그를 만나고자 하는 지인들도 몰려왔다. 모두 만날 수도 없었지만, 공연한 친분을 내세워 임무에 지장을 초래할까 두려웠다.

이후 그의 귀가는 대체로 늦어졌다. 나는 밤늦은 시각에 아이를 업고 동네를 서성이며 귀가를 기다리기도 했다. 1974년 8월 11일 밤은 특별했다. 남편 생일이라 나름대로 정성 들여 생일상을 준비했다. 그런데 12시가 지났는데도 들어오지 않았다. 나는 온갖 걱정과 상상으로 밤을 꼬박 새웠다. 다음 날 아침, 경찰서에서 전화가 왔다. 남편이 통금 위반으로 유치장에 있으니 데려가라는 것이었다. 나는 차라리 경찰서에 있다는 사실에 마음이 놓였다. 살아 있어서 다행이었고, 우려했던 술집이 아니라서 안도했다. 술집에서 연락을 받았다면 속이 부글부글 끓었을 것이다. 그 당시 나는 술집을 몹시 나쁘게 생각하였다. 여인들의 유혹에 남자들이 몸과 정신을 잃는다고 생각하던 때였다.

마치 구원투수 같은 사명감으로 남편을 꺼내 왔지만, 그의 일탈은 단순한 통행금지 위반이 아니었다. 그런 사실을 한참 뒤에 알게 되었다. 일단 내가 짐작한 방종이 아니라는 사실만으로 분함과 고민을 날려버릴 수 있었다. 남편의 통행금지 위반은 청와대에 접수된 한 여성의 진정 사건을 해결하기 위한 계책이었다. 진정서를 제출한 여성의 수상쩍은 남자친구 정체를 밝혀내기 위한 것이었다고. 남편은 민원인에게 데이트 시간을 끌다가 두 사람이 함께 통행금지를 위반하라고 일렀다. 두 사람이 함께 붙잡히면 남자의 신분은 자연스럽게 밝혀질 것이기 때문이었다. 남편도 신분을 숨긴 채 통행금지를 위반했다. 내 남편 머릿속에 그런 계책이 들어 있었다니. 남편은 현대판 암행어사로서 마패와 비슷한 긴급 행사권 표식을 지니고 있었지만, 경찰에게 내밀지는 않았다.

그 후 포항제철 단지 안에서 발생한 여인의 사망 사건을 조사한 적이 있었다. 그 사건은 한 고위직 간부 부인의 다이아몬드 반지 분실사건에서 비롯됐다. 그 사건 진정서를 받은 남편은 조용한 조사를 위해 포항제철 단지 내에 잠입해야 했다. 수사기관에는 절대 알리지 않아야 했다. 그 당시 포항제철 가족이 거주하는 단지 안으로 진입하는 절차는 매우 까다로웠다. 1974년에서 75년 무렵 포항제철은 누구도 손댈 수 없는 불가침 영역이었다. 위세도 대단하여 단지 내에 외부인 출입을 철저히 통제했다. 남편은 나에게 지인 중에 포항제철에 근무하는 사람이 있는지를 물었다. 내 친구 정태순이 떠올랐다.

남편은 정태순의 집 방문을 빙자해서 무사히 들어갔다. 그러나 더는 조사할 수 없었다. 철통같은 보안과 사건 현장인 여자 목욕탕에 잠입할 수 없었기 때문이다. 사건이 알려지면 수사를 착수하기도 전에 포항제철에서 증거를 인멸하고 사건을 무마할 것이 뻔했다. 그 때문에 비밀리에 사건을 조사하려 했던 것이었다. 남편의 노력에도 불구하고 그 사건은 해결되지 못했다.

남편은 오랜 공직생활 중 청와대 특명감사관 시절을 가장 자랑스럽게 여기는 것 같다. 그때 특명장이 투명하게 보이는 패를 우리 집 거실의 가장 잘 보이는 위치에 둔 것을 보면 사정 업무를 얼마나 명예롭게 여겼는지 짐작할 수 있다.

분식집 사장이 되다

1975년 아이 둘을 키우며 살림을 해보니 차츰 경제적인 문제가 중요하다는 것을 실감하게 되었다. 남편은 월급날이 되기도 전 종종 용돈을 보태 달라고 했다. 살림할 돈도 모자라는 판국에 남편에게 되돌려 줄 돈이 없었다. 나는 혼자서 곰곰이 생각하다가 남편에게 편지를 보냈다. 매달 받는 봉급만으로는 우리 가족이 생활하기에 턱없이 모자란다는 것과 아이들과 함께 살려면 철저히 아끼며 살아야 한다는 내용이었다. 남편이 지켜야 할 생활수칙도 함께 적어 보냈다. 담배와 술도 끊고, 택시도 타지 말며, 남들 앞에서 허세 부리지 말기 같은 금지사항을 열거했다.

남편 또래 공무원이나 판검사들은 대체로 부유한 집안 딸들과 결혼했다. 따라서 처가 재력을 믿고 자신의 능력보다 큰 씀씀이를 과시하는 경우가 많았다. 남편도 그런 분위기에서 혼자만 인색하게 보이고 싶진 않았을 것이다. 남편이 군 제대 후 다시 국무총리기획조종실로 돌아왔지만, 초기에는 너무 적은 봉급으로 생활고에 시달렸다. 한때 가난을 낭만으로 여기며 결혼한 내가 바보처럼 느껴졌다. 남편이 청와대 사정실에서 일하고 있던 1975년 어느 날이었다. 두 아이의 엄마가 된 나는 그날 밤에도 남편과 크게 다투었다. 밤새 분을 삭이지 못하고 마침내 새로운 결심을 했다.

'남편 없이도 살 수 있게 돈을 벌어야 해.'

그 마음이 사라지기 전에 당장 무슨 일이든 시작하기로 했다. 비상금 20만 원이 밑천이었다. 그 돈으로 할 수 있는 일을 생각했다. 결혼 전 아메리카 은행에 다니면서 자주 들렀던 명동의 분식집이 떠올랐다. 분식집을 해야겠다고 마음먹자 부글부글 끓던 화가 진정되었다.

이튿날 아침, 남편이 출근하자마자 큰길 건너 갈현시장 일대를 수소문했다. 코너를 끼고 있는 빈 가게를 찾아내서 즉시 계약했다. 그날부터 나는 남편에게는 말하지 않고 가게 구조를 어떻게 해야 할지 혼자 그림을 그리며 옛날에 봐온 가게들을 떠올렸다. 나름대로 내부 구조를 설계하고 조리 공간과 고객이 앉을 공간을 선으로 분리했다. 일단 전문가나 기술자에게 맡길 일들과 내가 할 일을 하나하나 메모해 갔다.

업자에게 일을 맡기고 의자와 탁자, 조명, 인테리어 소품과 조리에 필요한 기기들을 준비했다. 나는 최소 지출로 최대 효과를 생각하며 을지로에 있는 여러 가게들을 훑고 다녔다. 그러나 폐업 때를 대비해 인테리어 공사는 최소한으로 했다. 직업소개소를 통해 종업원을 구하고, 간판도 붙였다. 국수 기계도 구입했다. 주방장은 18세의 소년이었다. 개업하는 날은 손님들이 넘쳐나서 감당하기에도 벅찼다. 잘될 것 같았다.

친구 은명이가 어느 날 가게로 찾아왔다. 벽에 붙은 메뉴판 글씨를 보고는 이대 영문과 출신의 글씨가 이런 데 쓰일 줄은 몰랐다며 혀를 찼다. 나의 끓어오르는 분노를 저 친구가 어찌 알겠는가. 나는 마음속으로 중얼거리며 속상해하던 친구를 위해서라도 열심히 운영하기로 했다.

1970년대 쌀 생산이 저조하던 우리나라는 분식 장려가 한창이었다. 나는 은행에 다닐 때 점심시간이나 퇴근길에 근처의 분식집들을 자주 찾곤 했었다. 그런데 결혼 후 닥친 경제적인 어려움이 결국 나를 분식집 주인으로 만들었다. 옛 친구에게 비친 내 모습은 초라했을 것이다. 그런데 사귄 지 오래되지 않은 남편 친구 부인은 내 심정을 이해했다. 근심 어린 눈으로 나를 지켜보며 도와주려 했다. 작은 밑천이지만 미적인 분위기를 연출하고 싶은 나에게 용기를 주면서 집기와 가구를 판매하는 을지로 일대를 함께 누볐다.

가게를 운영하는 동안 주방장은 대체로 착한 사람들이 들어왔다. 몇 달이 안 돼서 그만두겠다는 바람에 골치가 아팠지만, 인수인계 과정은 잘 지켜졌다. 낯선 직원을 새로 교육하는 일은 번거로웠다. 2년여 동안 모두 4명의 주방장이 머물다 떠났는데, 각기 다른 사연을 하나씩 갖고 있었다.

두 명의 주방장은 17~18세의 가출 소년이었는데, 오래 머물지는 못했다. 한 소년은 서울에 공부하러 간다며 집을 나와서 우선 숙소와 용돈을 벌려고 했다. 숙소 마련이 문제였는데, 우리 집은 거실 빼고는 여분의 공간이 없었다. 어쨌든 나는 거실 소파를 우선 침대로 사용토록 했다. 빨래나 화장실은 거실 화장실을 이용토록 했다. 그때는 집안에 화장실이 하나뿐이어서 시간 안배를 잘 해야 했다. 갑자기 방을 마련해줄 수는 없었지만, 주말에 그들이 원하면 우리 아이들과 어린이대공원으로 함께 놀러도 갔다.

한 소녀는 제법 똑똑하고 착했지만, 잃어버린 어머니를 찾는 일에 신경을 쓰느라 가게 일에는 정성을 덜 기울였다. 그 아이는 가게에서 숙식을 하겠다며 우리 집에 오지 않았다. 가게를 찾아오는 손님에게서 조그만 단서라도 얻어 보려는 듯 곧잘 말을 걸곤 했다. 나도 안타까워 도와주고 싶었지만, 방법이 없었다. 얼마 후 그 아이 역시 떠났다.

잦은 퇴직 때문에 더는 청소년을 채용하지 않기로 했다. 소개소에서 50대 중반 부인을 보냈는데, 그녀는 일보다 수다에 더 열중했다. 시집간 딸과 살았는데 불화로 잠시 숨어 있으려는 듯했다. 그분 넋두리가 끝날 때까지 내가 자주 국수 기계를 돌려야 했다. 딸과 화해한 아주머니가 그만두자 나도 가게를 더 이상 하고 싶지 않았다. 새 임자가 나타나자 미련 없이 정리했다.

가게는 워낙 작아서 몇 명만 들어와도 손님이 많아 보였다. 배달 주문도 많았는데, 가끔 우리 집 도우미에게 배달 일을 시켰다. 도우미는 아이들을 돌보는 것보다는 가게에 나오는 것을 더 좋아했다. 바쁜 틈을 타 배달 후 받은 음식값을 양말 속에 꿍쳐 넣는 눈속임을 했다. 이웃 가게 주인의 귀띔이 있기까지 나는 그 사실을 몰랐다.

가게를 운영하는 동안 식자재를 좀 더 싸게 사려고 버스를 타고 을지로에 있는 중부시장에 갔다. 추운 겨울날 식자재를 사서 돌아올 때는 바람이 세차게 불어 온몸이 얼어붙는 듯했다. 짐이 무거워도 택시비가 아까웠다. 겨울엔 손발이 시렸지만 이를 악물고 참았다. 저녁에는 팔다 남은 우유나 빵을 아이들에게 먹였다.

일 년 사이 이따금 저녁 시간에 찾아오는 남자들이 있었다. 나는 아무 생각 없이 손님으로 대했는데, 퇴근 후 들른 남편 눈에는 남자 손님이 거슬렸던 모양이었다. 남편은 가게를 그만두자고 했다. 그런대로 운영은 되었지만, 종업원이 자주 바뀌자 나도 이참에 그만두기로 했다.

그때 이웃의 부인 몇몇이 우리 가게 골목에서 옷가게를 운영했다. 우리 가게와 나란히 자리했던 양품점 주인 남편도 청와대에서 근무했다. 나는 남편 직업을 숨겼지만, 그 부인은 청와대 근무 사실을 넌지시 흘리면서 영업을 했다. 꽤 멋쟁이인 부인을 후일 우연히 만나게 되었다. 반갑다며 내 전화번호를 물었다. 얼마 후 전화가 와서 반갑게 받았다. 그런데 대뜸 돈을 빌려달라고 했다. 너무 뜻밖이었다. 그럴 형편이 못 돼서 거절했다. 그 부인은 주변에 넉넉하게 인심을 쓰고 자신도 씀씀이가 꽤 컸다.

03 성장과 발전

부부의 길

나는 춤을 잘 알지 못한다. 그러나 남녀가 호흡을 맞추며 춤추는 장면을 보고 있으면 춤 동작의 아름다움에 도취하여 카타르시스를 느낀다. 남편이 공직사회에서 한 단계씩 성장할 때마다 혼자서 춤추는 무용수처럼 안쓰러웠다. 행정고시 관문을 통과할 때까지는 본인 실력만으로 충분했지만, 승진하거나 보직을 이동할 때는 그렇지 않은 것 같았다.

실력이나 능력을 증명하는 데도 상급자의 주관적 평가가 많이 작용했다. 남편 집안이나 주변에는 고위직 관료나 영향력 있는 인사가 없었다. 더구나 처가에도 눈을 씻고 봐도 이렇다 할 인맥이 없었다. 그래서 처음 공직에 발령을 받을 때부터 손을 잡아 줄 사람이 없었다. 연줄이 있는 직원들은 특별채용 기회가 더러 있었으나, 남편은 오로지 혼자였다. 나는 그를 바라볼 때마다 혼자서 추는 탱고가 연상되었다.

한동안 몸담던 총리실에서 그가 맡은 업무는 정책을 기획하며 하부 행정기관의 업무 범위나 예산을 조정하는 일이었다. 그러나 그 자리도 일정 기간이 지나면 하부 조직인 일선 행정기관으로 이동해야 했다. 상급 기관인 청와대나 국무총리실에서 근무하다가 일선 기관으로 발령이 나면 기관 내부에서 많은 저항이 있는 것 같았다.

1969년 처음 만나 명함을 받았을 때 국무총리실이라 쓰인 것을 보았다. 공직에 무지했던 나는 그가 1등 부서에서 일하는 것 같아 일종의 경외심을 가졌다. 고시 성적이 우수해서 상급 부서에 배치됐다고 생각하니 더 큰 호감을 느꼈다. 신뢰가 컸기에 결혼 후 빡빡한 살림에도 버틸 수 있었다. 1974년 청와대 사정실에 발령받았을 때는 장래가 환히 열린 것 같아 적은 봉급에도 참을 수가 있었다. 청와대 사정실에서 근무한 지

1년 후 다시 국무총리 기획조정실로 출근했다.

　그런데 시간이 흐른 후 서기관으로 진급할 기회가 왔을 때 문제가 발생했다. 경력과 여러 조건을 생각하면 진급 대상 1순위였지만 사무실 분위기는 달랐다. 두 후보가 승진 대상에 올랐다. 진급 대열에 함께 오른 상대는 고위 관료의 집안사람이었다. 총리실에서 사무관 재직 기간은 남편이 더 길었지만, 총리실에서 재직한 기간은 그 후보가 남편보다 조금 더 길었다. 그 사람이 낙점될 가능성이 컸다. 이 말은 들은 나는 승진이 좀 늦어지는 것은 기다릴 수 있지만, 총리실 재직 기간이 장점이 된다는 것은 좀 억울하다고 생각되었다. 나는 결정권자인 총리실 기획조정실장 부인을 찾아가 좀 더 진지하게 남편의 진급에 대한 당위성을 증명하고 싶었다.

　나는 남편의 재직 기간에서 군 복무 기간을 뺀 점을 말하고 싶었다. 과거 남편은 국무총리실로 배치되어 1년 반 동안 근무하다가 뒤늦게 군대에 입대했다. 총리실 전체 근무연한이 상대보다 짧은 이유였다. 하지만 군 복무를 치르지 않고 재직 기간이 길다고 먼저 진급 대상이 된다면, 국가적 견지에서 경우에 맞지 않았다. 군 복무 기간을 충실히 수행한 것은 충성심이나 의무를 다한 것이기에 국가에 더 필요한 공무원이 될 수 있다고 주장하고 싶었다.

　남편과 상의도 없이 기획조정실장 댁으로 찾아갔다. 부인은 부재중이었다. 아들이 병원에 입원 중이라기에 병실로 찾아갔다. 갑자기 찾아온 나를 기꺼이 맞아준 그분은 기품 있고 우아한 중년 부인이었다. 남편보다 지위가 높은 상관 부인을 찾아가는 것이 결례가 될지 몰라 매우 조심스러웠다. 주스 한 상자를 들고 추위에 언 얼굴로 병실 문을 연 나는 주눅이 들어 말이 제대로 나오지 않았다. 나는 갑자기 찾아와서 죄송하다는 것과 상관의 배려에 감사하다는 것, 그리고 입원한 아들의 쾌유를 바란다고 말했을 뿐이었다.

본론을 말할 용기가 나지 않아 한참 머뭇거리자, 고맙게도 찾아온 연유를 먼저 물었다. 나는 따뜻한 눈빛에 용기를 얻어 남편의 진급을 도와달라고 부탁했다. 남편의 능력과 실력이 부족하다면 할 수 없지만, 단지 상대적으로 짧은 근무연한이 부적격 사유가 될 수 없다고 말했다. 짧은 재직 기간은 군 복무 기간 때문이고, 큰 차원에서 보면 행정 관료로서 군 복무는 근무 경력보다 더 중요한 것이라고 설명했다.

얼마 후 남편은 서기관으로 진급했다. 총리실의 또 다른 기관인 행정조정실에서 한동안 근무하면서 대한민국을 움직이는 행정 각 부처의 업무 내용을 두루 살펴보는 경험을 쌓게 되었다. 기획조정실 근무 시 나랏일에 자문하려고 구성한 평가교수단 단원들과 교분도 쌓게 되었다. 기획조정실에서 행정조정실로, 다시 기획조정실을 오가며 부이사관으로 진급한 다음 일선 행정부처인 당시의 문교부로 자리를 옮겼다.

1980년 10월, 남편이 문교부에 출근했다. 문교부 감사국장으로 이동한 사실을 알게 된 내 친구들은 남편이 사범대학 출신인지를 물었다. 그러나 문교부 내에는 서울법대 출신이 내 남편 말고도 꽤 있었다. 그가 행정고시에 지원했을 때는 분야가 세분화하지 않았었다. 일단 행정고시에 통과하면 사무관으로 출발하고 부서는 나라에서 배정했으며 본인의 의사도 참작했다.

그 후 세월이 한참 흐른 뒤 행정고시는 재경직, 일반 행정직 외에 교육 행정직, 보건 행정직 등으로 세분화되었다. 그래서 예전에는 출발 시점의 보직과 다른 기관으로 이동하는 사람들이 종종 있었다. 그리고 정권마다 특별채용이 있어 전문 분야가 아닌 사람들이 공직에 임명되는 경우도 꽤 있었다. 이천수가 총리실에 처음 임명된 것은 정부의 배정이었다. 그가 문교부 국장으로 이동한 것은 문교부 장관의 발탁 덕분이었다. 그때는 전두환 정부 시절이었으며, 당시 문교부 장관은 전 대통령의 신임이 두터웠던 인물이었다. 남편은 1993년 김영삼 정부 교육부 차관 직에 임명된 후 3년 동안 재직하면서 우리나라의 교육정책과 실무를 담당했다.

박봉 공무원 아내의 경제학

분식집을 그만둔 뒤 나의 재테크 계획은 새로운 방향으로 진화했다. 1962년부터 경제개발 5개년 계획이 범국가적으로 시행되던 시기였다. 나의 1차 개발계획 시작은 분식집을 여는 것이었다. 방 하나를 세놓으면서 세입자가 바뀔 때마다 조금씩 늘어나는 보증금도 후일 나의 종잣돈이 되었다.

1970년대 중반부터 불어닥친 아파트 건축 열기에 일반 시민들도 관심을 갖기 시작했다. 가난을 탈출하고자 몸부림치던 나에게는 반가운 소식이었다. 이촌동이나 반포지역에서 시작한 아파트 분양 열기가 드디어 잠실까지 퍼져나갔다. 나는 무주택자 자격으로 분양하는 곳 어디든 뛰어갔다. 잠실시영아파트 당첨이 나의 첫 결실이었다. 결혼 전 직장생활 할 때 모은 돈과 분식집 처분한 돈을 밑천 삼아 여기저기 아파트 분양에 참여한 결과였다.

처음으로 15평형 시영아파트 분양에 당첨되었다. 그것이 행운이 되었는지 완공도 되기 전에 가격이 올랐다. 우선 살 집이 있으니 그 아파트를 세놓았다. 아파트 전세 보증금으로 다시 다른 아파트 분양에 눈을 돌렸다. 우리 네 식구가 살려면 좀 더 넓은 아파트가 필요했다. 최소한 아들 상규가 초등학교 입학할 때까지 우리가 살 집을 마련해야 했다.

한번 아파트 분양에 당첨된 사람은 몇 년 동안 신규 아파트 신청 자격이 없었다. 하지만 나는 주택공사에서 분양하는 잠실 고층아파트에 관심을 기울였다. 부동산에서 당첨된 사람들의 매물을 매입할 수가 있었다. 계약 상태에 있는 아파트에 웃돈을 주고 전매하는 것이었다. 그때 아파트 분양가는 700만 원가량이었는데, 당첨된 사람에게 25만 원을 더 얹어주고 잠실의 고층아파트 32평형을 전매 계약했다. 공사를 완공할 때까지 몇 년이 남아 있었다. 완공되기 전 전매하다 보니 초기 자금이 많이 들지 않았다. 주공아파트가 완공되기까지는 몇 년이 걸리기 때문에 남은 돈을 또 투자하고 싶었다. 마침 계약을 포기한 아파트를 주택공사에서 재분양할 때 당첨되었다. 1차 분양 때와는 달리 당첨자가 포기한 아파트라 누구나 신청할 수 있었다. 나는 남들이 버린 아파트지만 얼마 동안 보물처럼 소유하고 있었다. 물론 계약금만 지급했기 때문에 자금은 충분했다. 그 단지의 끝에는 도시가스 저장 탱크가 있었다. 그 때문에 1층 당첨자들이 위험하다고 생각하여 포기한 것이었다. 그때 일부 사람들은 도시가스가 인분에서 나오는 가스라고 잘못 알고 저장 탱크마저 비위생적이고 위험하다고 믿었다.

그전에 사두었던 시영아파트가 가격이 상승하고 구매자도 나타났다. 그 돈으로 나는 전세금을 돌려주고 남은 돈으로 잠실의 19평형 아파트를 또 샀다. 전세를 낀 상태로 구입했기에 자금은 그리 많이 들지 않았다. 그리고 내가 산 단지 맨 끝의 아파트도 새로운 구매자가 나타났다. 분양받은 가격보다 더 오른 가격으로 매도했다.

아파트 시세는 이상하게도 점점 오르고 있었다. 나는 남편이 출근한 후 부엌 바닥에 신문을 펴놓고 아파트 분양 광고를 탐독했다. 세든 가족이 있으므로 내가 거실에 있으면 세입자가 화장실 출입을 불편해 했다. 아들은 유치원에 다니고 딸아이도 순해서 시간을 활용할 수가 있었다.

아파트 시세, 위치, 전망, 평수, 구조 같은 여러 조건을 공부했다. 현장을 답사하고, 부동산에 들러 정보를 확인했다. 계약금만 지불한 상태로 매매가 활발히 이루어져 자금이 많이 들지 않았다. 부동산 투자에 재미를 본 나는 투자 욕망이 샘솟았다. 우리가 이사 갈 아파트의 완공과 잔금 지불 시점까지는 아직 여유가 있어서 자금만 잘 회전하면 잔금을 마련할 수 있을 것 같았다.

남편도 모르는 시간

잠실지역에 관심이 갔다. 다른 지역에 비해 아파트 분양가격이 저렴하고 장래성도 있어 보였다. 그때 불광동 집과 잠실 아파트 단지 사이를 오가는 교통편은 버스가 유일했다. 버스를 여러 번 갈아타고 오가는 동안 하루해가 저물었다. 차멀미가 심해서 아무 정류장에나 내려 멀미를 가라앉아야 했다. 같은 방향 버스를 중간지점에서 다시 타고 무교동이나 종로5가에 내려 다시 잠실행 버스를 탔다. 그 과정은 인내심을 시험하는 것만 같았다. 더운 여름에는 부채질로도 감당이 되지 않아 땀을 뻘뻘 흘렸고, 추운 겨울에는 볼과 귓전이 아려왔다. 더구나 아직 잠실지역에 주민들이 살지 않을 때라 버스도 드물었다. 겨우 도착한 버스도 만원이 될 때까지 출발을 늦췄다. 아이를 맡긴 건넌방 새댁에게 미안해서 애를 태웠다.

아파트 한 채를 마련하겠다는 각오로 시작한 고생이라 참을 수 있다고 나 자신에게 다짐했다. 그러나 애써 구입한 매물 계약이 실현되려는 순간, 계약을 파기하는 부동산업자의 횡포에 가슴을 쓸며 돌아서야 할 때도 있었다. 잔금을 치르러 간 내 앞에 두둑한 법전을 던지며 위약금은 소송절차를 밟아 받아 가라고 했다. 나는 억울하고 분노가 치밀었지만, 그의 말대로 소송을 할 수는 없었다. 계약금만 되돌려 받고 씁쓸하게 집으로 돌아와야 했다. 이유는 내가 계약한 매물 가격이 급상승했기 때문이었다. 그들은 아직 30대 초반의 햇병아리였던 나를 농락한 것이었다. 몰염치한 부동산업자를 감히 내가 어떻게 감당하겠는가. 위약금을 포기한 채 겨우 원금만 돌려받고 돌아온 나는 가난한 신사를 남편으로 택한 대가라고 생각했다. 혹시 모를 더 위험한 일을 사전에 일깨워주는 것이라며 마음을 달랬다.

1970년대 우리나라는 2000년대 중국처럼 여기저기 개발하는 망치소리가 울려 퍼지고 있었다. 경제가 성장하던 때여서 무엇이든 사두면 값이 오르는 시기였다. 요즘엔 고위 공직자의 재산을 신고토록 하여 재산형성 과정을 중히 살피지만, 당시에는 그렇지 않았다. 양도소득세나 전매제한 같은 제동장치가 없어 한참 부동산 투자 붐이 일었다. 정부에서 주도적으로 개발 붐을 일으켰다 해도 과언이 아니다.

회전자금이 많은 사람은 크게 투자하여 큰돈을 벌었지만, 항상 그런 것만은 아니었다. 최고 가격으로 매입하여 큰 손실을 본 사람도 더러 있었다. 그런 경우 상투를 잡았다고 한다. 남의 돈으로 무모하게 투자하여 늘어나는 빚을 감당 못한 사람들도 있었다. 무슨 일을 하든지 때가 있는 법이다. 무엇보다 자기 자본금이 뒷받침되어야 한다. 밑천이 짧은 나 같은 사람들은 먹고 입는 것을 아끼면서 겨우 모은 종잣돈으로 투자하기 때문에 온몸으로 고생해야 했다.

15평 아파트 한 채 분양대금으로 시작한 투자금은 조금씩 불어났다. 웃돈을 주고 계약 상태의 또 다른 아파트를 구입하고 되파는 장사를 몇 차례 거치는 동안 잠실아파트 근처에 19평 아파트 하나를 더 소유하게 되었다. 드디어 1979년 2월 14일, 불광동 집에서 잠실의 고층아파트로 이사하게 되었다. 그때 내 나이 31세였다. 나의 1차 목표는 큰아이가 초등학교 입학 전 내 집 마련이었다. 성공한 셈이었다.

우리 집

　2월 회색빛 날씨는 텅 빈 공허감을 준다. 회색빛 대기 속에 스산한 바람이 불어대면 나는 가슴에 삭풍이 지나가듯 서글퍼지곤 했다. 그런데 처음 마련한 우리 집으로 이사한 1979년 2월의 기억은 달랐다. 뭔가 좋은 일이 있을 것 같았다. 1979년 2월 14일, 날씨는 2월답지 않게 따뜻했다. 바로 그날, 위풍당당하게 남편과 나, 아이 둘은 결혼 7년 만에 아파트로 입주했다. 이삿짐센터에서 큰 짐들을 내려놓고 떠나기가 무섭게 나는 실내에서 실외까지 집 안팎을 청소했다. 긴 빗자루를 들고 엘리베이터와 복도에도 물을 뿌려가며 싹싹 닦았다.

　하늘은 더없이 푸르렀다, 늦겨울 햇살은 봄기운을 품고 대지를 비추고 있었다. 이사하기 좋은 날씨를 준 하늘에게도 감사했다. 나를 둘러싼 모든 것에 감사했다. 아파트 안에서는 수도꼭지를 틀면 언제든 더운 물이 콸콸 쏟아져 나왔다. 반소매 옷을 입고 집안을 돌아다녀도 겨울인 걸 잊을 지경이었다. 이런 집에서라면 밤중에도 얼마든지 일할 수 있을 것 같아 자신감이 솟아났다. 내가 진정으로 기쁜 것은 단독주택의 불편함에서 벗어나 편리한 생활을 누리는 것만이 아니었다. 긴 고생의 결실이 내 앞에 현실로 나타났기 때문이다. 부엌 바닥에 신문을 펴놓고 아파트 광고를 탐독하던 시절부터 이 아파트로 이사 오기까지 긴 시간이 흘렀다. 우리가 실제 입주하는 날까지 만 3년이 걸린 셈이었다. 완공된 후 1년간 전세 임대를 놨다. 그것은 1년간 자금 회전을 위한 것이었다.

건설 중이던 이 아파트가 어느덧 완공돼 소유권을 이전받아야 했는데, 원매자의 비협조와 브로커의 농간으로 남편과 나는 합동작전을 펴고서야 겨우 남편 명의로 등기를 할 수 있었다. 원매자의 집으로 선물을 들고 찾아갔는데, 그건 그야말로 코끼리 코의 비스킷이었다. 계약 상태로 웃돈을 받고 매도했던 원매자는 막상 소유권 이전 절차를 이행하려 하자 순순히 명의 변경에 응해주지 않았다. 내가 처음 매입할 때는 원매자가 불입한 분양계약금에 25만 원을 더 얹어주었지만, 그동안 아파트 가격이 많이 상승했기 때문에 원매자의 마음이 바뀌자 브로커마저 그의 심통을 부채질했다. 꿈쩍 않던 원매자가 브로커의 중간 역할로 두툼한 웃돈을 받고서야 겨우 동의했다. 훼방꾼 브로커였지만 어쨌든 그가 협상에 응하면서 원매자에게도 브로커에게도 떡고물이 돌아갔다. 소송으로 번지지 않아 그나마 다행이었다.

때마침 큰아이가 초등학교에 입학하여 그것도 다행이었다. 당당하게 남편의 이름으로 등기하는 것도 즐거웠고, 네 식구가 살 수 있는 넉넉한 공간을 확보했다는 안도감도 컸다. 밥을 먹지 않아도 배부르고 붕 떠 있는 기분이었다. 청소를 마치고 대충 짐을 정리한 나는 그동안 입었던 월남치마를 미련 없이 벗어 던졌다. 그 무렵 우리 군이 월남전에 파병된 이래 월남문화가 우리 사회에도 스며들었다. 패션도 월남풍이 한동안 유행했다. 나도 그 치마를 입었는데, 그야말로 연탄집게 자국 무늬 옷 같아 보일 지경이었다. 나는 우리 집이 생길 때까지 그 치마를 벗지 않기로 했었다. 드디어 그날 미련 없이 치마를 벗어던지고 지난 세월과 결별했다. 이사 오기 전 마련해 둔 예쁜 홈드레스를 입으니 직장에서 승진한 것 같은 기분이었다. 좀 더 좋은 옷을 입을 자격이 있다고도 생각했다. 곧바로 불광동 집을 매도하고 대금을 어머니에게 돌려드렸다. 홀가분했다.

운전면허 시험

　　잠실에서 큰아이가 신천초등학교에 입학하고, 둘째 정원이는 유치원과 무용학원에 다녔다. 아이들로부터 잠시 해방되자, 그동안 미뤘던 일을 해보기로 했다. 1979년 4월 초순, 한동안 고생한 치질 수술을 받고 운전학원에 등록했다. 학원 수강 후 면허시험에 응시했다. 필기는 합격인데, 실기에서 연속 두 번이나 떨어졌다. 그다음부터는 학원을 다니면서 틈틈이 다른 연습장에서 실기를 연습했다. 그러나 실력이 늘지 않았다. 본래 운동신경이 무딘 탓일지도 모른다며 느긋하게 마음먹었지만, 면허증을 빨리 취득 못하자 안달이 났다. 운전 연습 때문에 집안 살림을 제대로 할 수 없어 애가 탔다.

　　운전학원은 내가 사는 아파트에서 그리 멀지 않은 곳에 있었다. 가끔 흙탕물이 튀는 울퉁불퉁한 땅에서 운전 연습을 했다. 시동을 거는 열쇠도 없이 삐죽이 나온 전선줄을 손으로 연결해야 겨우 시동이 걸렸다. 강사는 낡은 폐차를 잘도 활용했다. T 코스는 정말 어려웠다. T 코스는 주차할 때 필요한 코스였다.

　　나는 빨리 면허증을 취득하고 싶었다. 그때는 필기시험에 한 번 합격하면 두 번의 실기시험 기회를 주었다. 실기시험 기회를 얻으려면 필기시험을 또다시 봐야 했다. 그 반복되는 절차와 긴 기간이 나를 괴롭혔다. 그 시험제도는 운전자에게 실기연습을 충분히 시키려는 숨은 의도가 있어 보였다. 그러나 느린 과정에 맞춰 시간을 보내기에는 너무나도 지겨웠다. 눈에 띄는 연습장마다 들어가서 연습했다. 그런데도 실력은 늘지 않았다. 포기해 버리고 싶었지만 한번 작심한 일이니 끝을 보기로 했다. 그동안 들인 시간과 노력이 너무 아까웠다.

　　그래서 나는 엉뚱한 발상을 했다. 필기시험을 연속으로 보면 실기시험 기회도 그 비례로 늘어날 것이었다. 필기 만점은 시험관들 눈에 띌 수 있고, 연속적인 응시는 규칙 위반이 될 것 같았다. 일부러 몇 개 틀린 답안으로 연속 두 번의 필기시험 합격과 네 번의 실기시험 끝에 합격했다. 나를 애태운 운전면허증은 학원 등록 넉 달 만에 내 손에 들어왔다. 그날 나보다 몇 살 위의 한 여성도 합격했다. "저는 서울대학을 나왔다고요. 그런데 운전면허를 취득하는 데 1년을 보냈어요"라며 운전면허증 취득이 서울대학 들어가기보다 힘들었다며 웃었다. 나도 그 말에 동의했다. 봄에 시작한 운전 공부가 드디어 뜨거운 한여름에야 끝이 났다. 실기시험을 통과했다는 경찰관 말이 믿기지 않아 나는 이렇게 소리쳤다.

"진짜 합격 맞죠? 이제 운전할 수 있는 거죠?"

1979년 7월 20일, 유난히 뜨거운 태양 아래서 느꼈던 운전면허 취득의 기쁨은 40년이 흐른 지금도 잊을 수가 없다. 대학 합격 후 처음으로 합격한 시험이자 자격증이었다. 그 후 운전면허증은 인생의 온갖 희로애락을 싣고 달려준 보물이 되었다.

막내딸 출생

1979년 잠실의 아파트로 이사하면서 친정과 이웃이 되었다. 우리가 이사하기 1년 전쯤 어머니 부탁으로 같은 단지의 아파트를 어머니 대신 계약했던 것을 시작으로 나는 다시 친정 일로 바빠졌다. 일이 많은 어머니는 이웃에 이사 온 나를 수시로 불러냈다. 급기야 남편의 불만은 늘어갔고, 중간에 낀 나는 이러지도 저러지도 못하는 신세가 되었다. 잠실로 이사하면서 남편은 우리 가족끼리 보내는 오붓한 시간을 원했다. 하지만 어머니의 잦은 호출로 내가 더 바빠지자 그의 불만은 더해갔고 종종 불화로도 이어졌다. 나 또한 어머니와 남편 사이에서 불편할 때가 많았다.

어머니는 내가 잠실로 이사 오자 나를 마치 비서처럼 생각하는 것 같았다. 오히려 내가 어머니의 친정집이 된 것만 같았다. 어머니는 내 처지를 전혀 고려하지 않았다. 어머니는 할아버지가 돌아가신 후부터 할머니를 모시고 친정 살림을 보살피며 경제활동까지 꾸준히 해왔다. 자식 걱정을 별로 해보지 않았기 때문에 아이들은 저절로 자란다고 생각하는 것 같았다. 우리 아버지보다 자상하기는 하지만, 더 까다로운 남편이 나에게 있다는 사실을 전혀 고려하지 않았다. 아버지는 자상하지는 않았지만, 까다롭지는 않았기 에 사위를 어렵게 생각하지 않았다. 그것이 문제였다.

게다가 어머니는 그 무렵 많은 가족을 거느리고 있었다. 은퇴한 아버지, 시어머니, 친정어머니, 결혼하지 않은 4남매까지. 어머니에겐 챙겨야 할 사람이 많았다. 그 생활을 유지하면서 경제활동도 하고 미래까지 준비해야 했다. 보통 중년 여인들과는 비교도 하지 못할 정도로 일이 많았다. 나는 바쁜 어머니에게 조금이라도 도움이 되어야 할 뿐 아니라 우리 집의 평화도 지켜야 한다고 생각했다.

나는 한 가지 생각이 떠올랐다. 어머니의 일에서 벗어나려면 막내를 가져야 한다. 내게 새로운 일거리가 생기면 어머니도 스스로 해결하리라. 1981년 2월 21일, 드디어 막내 정진이가 태어났다. 우리는 보배 진(珍)자를 넣어 이름을 지었다. 나의 보배가 되기를 기도하면서.

문교부로 이동한 남편

남편은 1968년 국무총리 기획조정실에 배치되었는데, 1974년 1년간 청와대 사정실에 파견되었다가 다시 기획조정실로 돌아왔다. 그 후 국무총리 행정조정실, 다시 국무총리 기획조정실 제2기획조정관으로 재직하는 동안 사무관, 서기관, 부이사관으로 직급이 올라갔다.

1980년 10월, 드디어 실무 부처인 문교부로 발령이 났다. 전두환 정부가 출범한 지 얼마 되지 않은 때였다. 당시 문교부 장관이 남편 이천수를 영입하고 감사관 직책을 부여했다. 감사관은 문교부에서 인기 없는 직책이었지만, 내부에서는 상당한 저항이 있는 것 같았다. 상급 기관에서 한 사람이 들어오면 단계적 승진의 기회가 없어지기 때문이었다.

얼마 후 장관 댁에서 실·국장 부인들을 회의차 초대했다. 그때 신참 국장 부인인 나는 아무것도 모른 채 초청에 응했다. 평창동 숲속에 있는 집에서 장관 부인이 우리를 맞았다. 차관, 기획관리실장, 대학정책실장, 그리고 각 국장 부인 중 내가 세일 젊었나. 문교부에 갓 입성한 초년 국장 부인인 나는 조용히 앉아 있었다. 장관 부인은 영부인이 어린이심장재단을 설립할 예정이라고 했다. 그러고는 의견이 있으면 제시해 달라고 했다. 아무도 의견을 말하는 사람이 없어 분위기가 어색했다.

"우리는 공직자 부인이니 금전적으로 영부인을 도울 수는 없어도, 몸으로 봉사할 일이 있으면 열심히 돕겠습니다."

나의 발언을 다소 당돌하다고 여긴 걸까? 참석한 부인들 모두 아무 대꾸도 하지 않았다. 잠시 담소를 나누다가 그날 모임을 마무리하였다. 젊은 장관 부인도 자신이 기대한 답변이 나오지 않아서인지 더는 그 일을 거론하지 않았다. 그날 이후 어린이심장재단에 관한 말이 없었다. 얼마 후 어린이심장재단을 설립하고, 언론에서 영부인과 어린이심장재단 활동을 방영하였다. 국장 부인들을 초청한 장관 댁 모임에서 남다른 제안을 한 나 때문에 혹시 남편의 인사 문제에 해를 끼친 게 아닌가 걱정이 되었다.

1982년 말, 남편은 서울시 교육위원회 관리국장이 되었다. 자의 반 타의 반이었다. 문교부에서 일하는 국장급 동료들은 대체로 산하기관에서 근무하는 것을 꺼렸다. 그런 자리를 남편은 스스로 자원했다. 관리국장은 자신의 직급인 이사관보다 한 등급 낮은 부이사관급이었지만, 일선 기관에서 실무 경험을 쌓을 수 있다는 것이 선택 이유였다. 첫째는 남을 위해서, 두 번째는 자신을 위한 선택이었다. 서울시 교육위원회에서도 이천수가 갑자기 관리국장으로 온 것을 그리 달가워하지 않는 것 같았다. 남편은 젊었다. 서울시 교육위원회에서 관리국장직을 2년간 수행했다. 그 2년은 그에게도, 나에게도 새로운 경험을 한 기간이었다.

그는 조직 내 동료들이나 민간인 관계자들에게도 친절하고 겸손했다. 나 또한 남편의 직책에 따라 교육위원회 소속 부인들의 봉사 모임에 참여했지만, 너무 젊은 것이 문제였다. 아기 엄마였던 나는 한 번도 빠진 적이 없었다. 다른 부인들은 젊은 내가 불편했을지 모르지만, 나 또한 나이 많은 부인들과 봉사하는 것이 조심스러웠다. 하지만 나는 제외되고 싶지 않았다.

봉사에 참여하는 날은 정진이를 맡기느라 고심했다. 특히 같은 단지 내에 살던 남편 고교 동기 부인인 정택이 엄마가 정진이를 많이 돌봐주었다. 사실 아기를 둔 내가 봉사활동에 참여하지 않는다고 하더라도 나무랄 수는 없었을 것이다. 그러나 나는 아기 엄마라는 사실을 알리고 싶지 않았다. 모임에 참석하는 부인들을 통해 세상을 파악하고, 남편에게 도움이 되는 얘기를 듣고 싶었다.

봉사단체 회장직은 당시 구○○ 교육감 부인이 맡았다. 학무국장 부인과 내가 부회장이었다. 회원들은 서울시 교육위원회나 각 교육구청에서 직책을 맡은 행정직 국장급 이상과 초중고 교장 부인들이었다. 부인회에서는 서울대병원에서 거즈를 접거나 혈액 주머니를 정리하는 봉사활동을 주기적으로 진행했다.

어느 날 내가 알고 지내는 ○○통신 김○○ 부장이 우리 봉사활동과 단체를 기사화했다. 덕택에 주선한 나는 상록회에서 생색이 났다. 김 부장은 허○○ 시인의 출판기념회에서 만났다. 한동안 세 사람이 의기투합해서 만났다. 후일 김○○ 씨는 최은희 기자상을 받았다. 김 부장은 내가 만난 사람 중에서 식견이나 안목이 앞선 사람이었다. 봉사활동 중 서울대학병원에서 세탁한 거즈를 접는 일, 수혈용 혈액 주머니를 정리하는 주기적인 일 외에 틈틈이 참기름을 짜고, 바자회에도 참여했다. 연말에는 전방 국군장병 위문도 갔다. 장애우 학교에 선물을 전달하고 격려 방문도 했다.

가출

1981년 막내 정진이 태어났던 7월, 착한 중년 도우미가 집안 살림을 도와줄 때였다. 내 나이 만 34살이 되기 전이었다. 남편은 늦게 귀가하는 일이 잦아들더니 드디어 집에 들어오지 않았다. 나는 참을 수가 없었다. 이번에는 정말 혼쭐을 내야겠다고 결심했다. 이전에는 가출을 시도하던 중 집으로 되돌아왔지만, 이번에는 마침 도우미가 있던 터라 간단한 짐 가방 하나만 들고 과감하게 집을 박차고 나왔다. 어디 가느냐고 묻는 도우미에게 아기를 이틀만 잘 부탁한다면서 행선지를 말하지 않은 채 뒤도 돌아보지 않고 나와 택시를 탔다.

"서부역으로 갑시다."

달리는 택시 차창 밖으로 비가 억수같이 퍼붓고 있었다. 운전사가 백미러로 힐끔 나를 훔쳐보았다. 그의 눈빛과 나의 침묵 속에 적막감이 감돌았다. 내 표정을 읽은 듯 그는 더 묻지 않고 조용했다. 서울 서부역에서 충남 삽교행 기차표를 샀다. 오후 1시 무렵이었다. 수덕사로 가려면 서부역에서 삽교행 기차를 타야 했다. 비구니들이 있는 수덕사는 대학 시절에 한 번 가본 곳이었다. 삽교행 기차 삼등칸은 썰렁하고, 승객들은 대체로 피곤해 보였다. 마침내 도착한 삽교역에는 비가 내리지 않았다. 택시 기사에게 수덕사로 가자고 했다. 기사는 공손했다. 차창 밖 풍경을 보며 잠시 안정을 찾았다. 시골 풍경은 점점 저녁 빛으로 변하고 있었다. 한참 이런저런 생각을 하고 있는데 갑자기 불안한 생각이 들었다.

"저 기사가 혹시 나를 엉뚱한 곳으로 데려가면 어쩌지?"

심장이 쿵 내려앉는 것 같았다. 다시 삽교역으로 되돌아가자고 했다. 슬며시 겁이 나기 시작한 것이다. 더 시간이 가기 전에 다시 돌아가야 한다는 생각뿐이었다. 갑자기 다른 일이 생각났다며 기사를 다그쳤다. 다시 삽교역으로 온 나는 기사에게 팁을 얹어주고 내렸다. 그러나 어디로 가야 할지 새로운 고민이 생겼다. 삽교에서 가까운 온양이 떠올랐다. 온양은 이전에 남편과 함께 가본 곳이었기에 친숙하게 느껴졌다.

곧 온양역에 도착했다. 날아 금새 어두워졌고, 또 어디로 가야 할지 막막했다. 뻣뻣하게 굳어오는 다리로 택시를 탔다. 온양관광호텔로 가자고 하면서 기사의 눈치를 살폈다. 호텔로 혼자 가는 나를 이상하게 생각할 것 같았다. 관광호텔은 여자 혼자여도 안전하리라 생각하니 다소 마음이 놓였다. 하지만 호텔 안으로 들어갈 때는 누가 볼까 봐 겁이 났다. 혹시 나를 아는 사람이라도 있을까 싶어 고개를 푹 숙이고 빨리 걸어 들어갔다.

호텔 방안에 들어와서 옷을 입은 채 자리에 누웠다. 잠이 오지 않았다. 새벽녘까지 종업원이 몇 번이나 방문 앞에 와서 필요한 것이 없느냐며 서성거렸다. 아마도 혼자 온 내가 불안해서 기척을 살폈던 것 같다. 홀로 숙박하려니 몸이 오그라드는 것 같았다. 혹시 괴한이라도 쳐들어오면 어떻게 할지 걱정이 된 나는 옷을 그대로 입은 채로 방에 있는 집기들을 침대 근처에 쌓아두고 방비 태세를 갖추었다. 거의 뜬눈으로 밤을 지새웠다. 막상 집을 나왔지만, 그날 밤 한숨도 못 잤다. 가족 중 누구에게도 가출을 알리지 않았기 때문에 더 불안했다.

이튿날 아침도 마찬가지였다. 오늘은 또 어디로 가야 하나. 문득 현충사가 떠올랐다. 충무공의 발자취를 보는 것이 암담한 시간을 그나마 값지게 보내는 일이라 생각했다. 전에도 가봤지만, 그때는 일행과 함께하느라 대충 둘러보았다. 이번에는 곳곳에 있는 표지판을 자세히 보고, 충무공 이순신을 상세히 알아보리라 작심했다. 그러나 표지판 글이 눈에 들어오지 않았다. 글자만 보일 뿐 머릿속이 뒤죽박죽이었다. 공허하게 여기저기 옮겨 다니다가 가난해 보이는 사람들에게 음료수를 사주며 공연한 선심을 썼다.

시간이 더디 흘렀다. 해는 아직 중천에 있고 불안은 가시지 않았다. 적당히 늦은 시각에 도착하는 서울행 기차표를 샀다. 늦은 밤에 집으로 들어가야 할 것 같았다. 어둠이 어색함과 부자연스러움을 감싸줄 것 같았다. 가출은 종종 읽은 소설 속의 낭만적인 여행이 전혀 아니었다. 열차 안에는 멋진 남자도, 멋진 조명도 없었다. 나 자신도 초라하게 느껴졌다. 나는 그야말로 패잔병 같았다. 차량 바깥 풍경도 아름답지 않았다. 삼등칸에는 고달픈 하루를 살아낸 사람들이 눈을 붙이며 피로를 달래고 있었다. 하루살이들마저 새로운 서식지를 찾아 헤매고 있는 듯, 서부역에 도착할 때까지 쉴 새 없이 차창으로 날아들었다.

가출할 때는 내 마음을 상하게 하는 남편과 사느니 차라리 아이들과 살면 훨씬 더 좋은 엄마가 될 것 같았다. 남편을 포기하고 아이들만 챙긴다면 잘 키울 수 있을 것 같았다. 그러나 만 하루 객지를 돌아다녀 봤지만, 더 이상 갈 곳을 찾을 수 없었다. 다시 집으로 돌아갈 생각을 하니 어떻게 끝을 맺어야 할지 막막했다.

날이 어두워지고 난 후 집으로 간 나는 옷을 챙기러 왔다고 했다. 남편도 나의 가출이 자신의 잘못 때문이라는 것을 알고 있었기에 나를 나무라지 못했다. 옷을 주워 담으려는 나에게 남편은 밤도 늦었으니 오늘 밤은 여기서 자고 옷은 내일 가져가라며 내 손을 잡아끌었다. 나도 못 이기는 척 그의 손을 뿌리치지 않았다. 내가 가출하자 남편은 밤을 꼬박 새우며 나의 행방을 쫓았다. 형제, 친구, 연락이 닿을 만한 곳을 모조리 뒤졌다. 자존심도 버리고 나의 마지막 흔적을 단서로 곳곳을 수소문했다. 심지어 친구 은명이에게도 전화를 걸었다. 친구마저 모른다고 하자 그도 덜컥 겁이 났던 모양이다. 돌아온 나를 반긴 것을 보면 내가 없어진 다음에야 내 존재감을 새삼 깨달았던 것 같다. 어쨌든 극약처방은 되었다.

그는 변명했다. 술을 너무 많이 마신 탓이라고. 앞으로는 술도 많이 마시지 않겠다고 했다. 그 후 절주 약속은 오래가지 못했으나 집에 들어오지 않는 날은 없었다. 가출 사건 기억이 사라질 즈음 "당신, 그날 어디서 잤소?"라며 남편이 느닷없이 물었다. 오래전 남편을 잃은 한 친구를 떠올리며 그 친구 집에서 묵었노라고 답했다. 사실 돌아오는 열차 안에서 미리 생각해둔 답이었다. 내 가출의 행선지를 알려주고 싶지 않았다. 그는 더 캐묻지 않았다. 다시는 나를 힘들게 하지 않겠다는 그의 감언을 믿지 않았지만, 가출 후 귀가하면서 겪은 어색함과 쑥스러움을 두 번 다시 경험하고 싶지 않았다. 남편의 맹세에 잠시 나의 자존심을 지킨 것뿐이었다. 남편은 얼마 동안 조심했지만, 귀가는 여전히 늦었다. 마침내 나는 새로운 방식으로 나의 속상함을 다스리기로 했다.

분노의 경제학

결혼 초기부터 화나는 일이 자주 생겼다. 남편의 늦은 귀가는 일상이 되다시피 했다. 결혼 초기 순진한 나는 밤늦은 시각에 아기를 업은 채 남편을 눈이 빠지게 기다리며 동네 골목길을 오가는 습관이 생겼다. 더 기다릴 수 없어 대문을 잠글 때쯤에야 그는 나타나곤 했다. 어둠 속에서 걸음걸이와 풍채로 남편을 알아챌 때도 있었지만, 모른 체 집에 들어와 대문을 걸어 잠근 적도 있었다. 쌀쌀맞게 대하면서 동네 창피해서 억지로 열어주는 척했다. 하지만 내심 무사히 귀가한 남편이 반가워서 열어주었다.

그동안 나는 우리 집을 마련했다. 아파트에 정착한 후, 아이들은 학교생활을 잘하고, 모든 것이 순조롭게 흘러갔다. 하지만 그가 다양한 사람들과 교제하면서 시계를 확장하고 능력을 키워가는 동안 늦은 귀가는 횟수가 더 늘어났다. 남편과 가정생활을 유지할 동안 아내인 나는 웬만한 것은 이해해주는 편이었다. 모든 것을 인내하고 노력했지만, 음주와 늦은 귀가는 속상했다. 그래서 남편을 혐오하는 말을 뱉으며 일부러 싸움을 걸기도 했다. 그러나 말꼬리가 잡혀 역공을 당할 때면 너무 억울해서 견딜 수가 없었다. 집에서 함께 술잔을 기울이며 남편 기분이 좋아지면 이때다 싶어 불만을 토로하며 투정을 받아주리라 기대했건만, 남편은 도리어 사납게 나를 몰아붙였다. 나는 어느새 함부로 뱉은 말에 사과하는 처지가 되었다.

몇 번 그런 일을 되풀이하자 나는 술로 기분이 좋아진 사람을 건드리지 말아야겠다고 결론 내렸다. 억울함을 해소하기 위해 나는 다른 방식으로 화풀이를 했다. 때론 옷장 속에서 남편의 옷을 끄집어내 내동댕이치기도 하고. 어떨 때는 '이천수 이 나쁜 놈, 복수하고 말거야'를 종이에 써놓고는 다시 찢어 버리기도 했다. 어떤 날은 수돗물을 틀어놓고 엉엉 울기도 했다. 내 성질을 제어할 수도 없고, 하소연할 곳도 없었다.

나는 나의 한계점을 인식했다. 차라리 혼자 살 생각을 했어도 당장 이혼할 만큼 결혼생활이 비참한 것은 아니었다. 하지만 그와 헤어질 경우를 위해서 대비책을 세워야 했다. 집과 직업이 필요했다. 살 공간과 생계를 유지할 최소한의 수입은 있어야 하니 우선 돈부터 모으면서 직업을 감당할 실력을 길러야 한다고 생각했다. 드디어 나는 화풀이 저축을 시작했다.

우선 속상할 때마다 그 크기만큼 화를 푸는 데 쓸 수밖에 없는 예상 비용을 쓰지 않고 저축하기로 마음먹었다. 이 정도의 비용은 그동안 내가 가정경제를 위해 바쳤던 노력을 생각하면 양심에 거리낄 것도 없었다. 누구보다 많은 고생과 노력을 한 나는 스스로를 크게 평가했다. 아무리 나쁜 상황이 닥치더라도 누구의 도움도 받지 않을 것이며, 나 스스로 모든 것을 극복할 수밖에 없다는 사실을 알고 있었다.

남편과 이제는 소모적인 일을 벌이기 싫었다. 찻집에서 시간을 보내거나, 영화를 보거나, 쇼핑하거나, 가출하지 않을 것이다. 대신 그렇게 지출할 비용을 계산해서 저축하고, 능력을 쌓기로 마음먹었다. 그렇게 생각하니 한결 차분해졌다. 새로운 프로젝트를 부여받은 직장인처럼 힘이 솟고 용기가 생겼다. 제일 급선무가 나만의 집을 마련하는 것이었는데, 우리나라에서 가장 작은 집이라도 좋다고 생각했다. 우선 가장 작은 집을 갖기 위해 분노의 비용을 저축했다. 이전에 화날 때마다 써버린 돈과 시간이 아까워졌다. 화풀이하느라 입지도 않을 옷을 사고 즐거움 없는 여행을 위해 낭비하는 돈을 쓰지 않고 모았다.

동네를 배회하며 남편을 기다리다가 흘려버린 젊은 날의 시간과 에너지가 아까워졌다. 얼마나 어리석었던가. 나는 이제 철없는 아낙이 아니었다. 아이를 셋이나 둔 엄마고, 나의 존재를 자랑스러워하는 부모 형제들이 있었다. 나의 운명에 따라 행불행을 함께 겪는 아이들과 부모 형제를 위해서 열심히 살아야겠다고 다짐했다.

한꺼번에 두 주인을

친정집과 가까운 곳으로 이사하고 보니 빈번하게 친정 일로 엮이게 되었다. 나 외의 동생들은 모두 결혼하지 않았고, 친할머니와 외할머니까지 보살펴야 했던 어머니는 내가 친정 가까이로 이사하자 정말 반가워했다. 사교적이고 경제활동이 잦았던 어머니는 실제로 감당해야 할 일들도 너무 많았다.

손님을 치르거나, 제사 때나 집안 행사 과정에서 부족한 집기들이 생각날 때면 엄마는 언제나 어릴 때부터 당신의 심부름꾼이었던 나에게 부탁했다. 사업상 사람을 만나거나, 동생의 결혼중매인을 만날 때도 나와 우리 집을 활용했다. 내가 다과를 준비하고 그들을 대접하는 것은 당연한 일이었다. 또 맞선 자리에도 나를 보호자로 세웠다. 혼수 준비와 사업차 미팅을 할 때도 나를 대동하거나, 대신 나갈 것을 부탁하곤 했다.

두 할머니에게 일이 생기면 한밤중에도 나를 호출했다. 또 나의 친가와 외가에 약간의 농토를 소유한 어머니는 매년 가을에 수확한 쌀을 가마니로 받았는데, 배송지는 우리 집이었다. 나는 그것을 보관했다가 형제들에게 전달하곤 했다. 그 일은 내가 운전을 했기 때문이며, 동생들이 결혼 후 한참이 지났을 때까지 지속되었다. 내가 중년 문턱을 넘던 어느 해 그 일은 옥희에게 넘어갔다. 아들 상규가 대학을 졸업한 뒤였다.

어머니가 살아계실 동안 나는 정말 동동거리며 살았다. 그때는 양쪽 모두 섭섭지 않게 하는 것이 나의 역할이었다. 그런데도 부지런하고 항상 앞을 향해 전진하며 개척해 나간 장군 같은 어머니는 내가 하는 일을 대수롭지 않게 생각했다. 하지만 일꾼은 큰딸 나밖에 없다고 생각했다. 신혼 초부터 친정 식구와 함께한 나는 남편에게 져주며 일생을 살았다. 또 우리 형제들을 서울에서 대학생활을 하도록 뒷바라지해준 어머니도 거역할 수 없었다.

나는 어머니와 남편 사이에서 잘하려고 노력했지만, 두 사람 모두에게 만족을 주지 못했다. 남편은 내가 우리 가족을 더 중시해야 한다고 생각했고, 어머니는 내가 결혼했다는 사실을 잊은 채 나를 친정에 속한 사람이라고 생각했기 때문이다. 이런 나의 상황을 나는 대학 시절에 '명동극장'에서 관람한 '한꺼번에 두 주인을(A Servant to Two Masters)'이라는 연극에 등장한 '트루발디노'의 처지와 닮았다고 생각했다.

이 희곡은 18세기 이탈리아 희극작가 카롤로 골드니의 작품으로, 베아트리체와 플로린도라는 두 사람의 하인이 된 트루팔디노의 이야기다. 인간의 질투, 탐욕, 일상 속의 폭력 등 다양한 모순과 위선으로 이루어진 인간의 모습을 풍자한 연극이었다. 내가 겪는 일은 동시에 두 사람 하인이 된 트루발디노가 겪은 좌충우돌 에피소드와 비슷했다. 그는 돈을 벌기 위해 두 주인을 모시면서도 그 사실을 들키지 않으려다가 일어난 일이었지만, 나는 돈보다는 도리나 측은지심에서 두 사람의 뜻을 받들다가 우여곡절이 많았다. 나는 두 사람에게 채무가 있는 사람처럼 눈치를 보며 서로의 일이 충돌하지 않게 하느라 지쳐갔다.

그런데도 어머니와 남편은 제각기 나의 충성도에 불만을 느꼈다. 나는 궁리 끝에 막내를 출산하면 적어도 어머니한테 벗어나리라 판단했다. 그런데 막내가 태어난 후에도 상황은 예전과 달라지지 않았다. 어느 날 나는 친구와 유명한 점쟁이를 찾아갔다. 혹시나 기대하던 나에게 점쟁이는 어머니를 벗어날 수 없는 운명이라고 말했다. 미신이라고 치부하고 싶었지만, 점쟁이 말이 내 상황과 딱 맞아떨어지는 바람에 운명으로 받아들이기로 했다.

백년손님

친정과 이웃하며 지낸 지 6년이 되었다. 남자 형제 중 막내였던 남편은 나름대로 처가를 돕기는 했지만, 장녀인 내 처지와 처가의 사정을 잘 이해하지는 못했다. 1984년 가을, 셋째 여동생 금희 결혼 날이 정해졌다. 부모님을 결혼식장에 모시고 갈 사람은 우리 부부뿐이었다. 친정에서도 당연히 그렇게 알았다. 비교적 승진이 빨랐던 남편은 기사를 포함한 차량을 배정받았기에 주말에는 그 차를 손수 운전할 수 있었다. 그런데 결혼식 날짜가 다가왔는데도 남편은 친정 일에 나설 기미가 보이지 않았다. 남편은 그때 친정 일로 약간 삐쳐 있었다. 나 또

한 먼저 묻지 않는 남편에게 부탁하고 싶지 않았다.

여동생 결혼식 전날 걱정이 앞선 나는 차 한 대를 대여하여 주차장에 가져다 놓으라고 부탁했다. 대여 시간은 24시간으로 결혼식 당일 저녁까지였다. 결혼식 날 아침, 남편에게 아이들과 천천히 오라며 먼저 집을 나섰다. 그때까지도 남편은 이동 수단에 아무런 관심을 보이지 않았다. 그도 나에게 단단히 화가 나 있었던 것일까, 아니면 내가 그에게 같이 가자고 말을 걸어주기를 바라고 있었던 걸까. 하지만 나는 먼저 그에게 부탁하고 싶지 않았다. 평소 남편을 꽤 자상한 사람이라 여겼는데, 그날은 정말 매정한 사람 같았다.

"엄마, 이 서방이 다른 차를 대신 주선해 줬어요."

이 말을 곧이 믿은 어머니는 사위의 배려를 고마워했다. 그때는 차량 대여(렌터카)를 이용하는 사람이 별로 없었다. 결혼식이 끝나고 집으로 돌아올 때도 나는 남편에게 다른 친척 어른들과 동승한다며 따로 가겠다고 말했다. 친정에 와달라고 하지 않아 남편을 섭섭하게 했는지는 모르겠다. 그러나 그 정도는 부탁이 없어도 사위로서 당연한 도리이며 예의라고 생각했다.

식이 끝나고 친정집에서 결혼식 뒤풀이 모임이 있었다. 맏딸인 나는 마땅히 손님 접대를 맡았다. 그런데 남편 생각에 사위는 대접 받는 대상으로 알았던 걸까. 그는 끝내 나타나지 않았다. 나는 어머니에게 서둘러 둘러댔다.

"이 서방이 내일까지 상부에 보고할 일이 있어 못 온대요. 끝나면 오겠다 하네요."

평소 큰사위를 자랑스러워하던 어머니는 그를 친척들 앞에 내세우고 싶었을 터였다. 나는 실망한 어머니와 친척들에게 더 다정하게 수다를 떨었다. 마음 한구석엔 자동차를 돌려줄 숙제가 무겁게 걸려 있었다. 그 시간이 다가오자 잠시 빠져나가서 차를 돌려주고 싶었지만, 도저히 그럴 분위기가 아니었다. 다음 날 새벽에 잠든 남편 곁을 빠져나와 대여한 차를 쏜살같이 몰았다. 차를 돌려주고 오면서 혹시 남편이 깨어 있을까 조마조마했다. 헐레벌떡 집에 도착한 나는 아무 일도 없는 것처럼 부엌으로 들어갔다. 남편은 아직 자고 있었다. 남편을 남처럼 느낀 것은 그때가 처음이었다.

어머니와 나

1985년 봄에 한양아파트로 이사했다. 전에 살던 잠실아파트보다 훨씬 넓었다. 이제 아이들도 자랐으니 좀 넓은 공간이 필요할 것 같아서 분양받은 아파트였는데 때마침 잠실아파트가 팔렸다. 그 아파트 분양 신청은 채권 매입이 선행조건이었다. 채권 금액을 많이 쓸수록 당첨이 확보되는 제도로, 이때 처음 생겼다.

나는 주변 아파트 시세를 미리 분석하여 상한선과 하한선을 생각해 최저금액을 예상했다. 당첨되자 행운으로 여겼다. 새로 당첨된 아파트의 교통은 잠실만큼 편리하지는 않았지만, 주변에 초등학교, 중학교, 그리고 또 다른 여중고가 있었다. 무엇보다 생활공간이 넓어 마음에 들었다. 아들은 중학교를 배정받고, 큰딸 정원이는 초등학교 5학년에 전학했다. 막내가 5세 때였다. 돌이켜보니 아들이 다닐 중학교를 좀 더 자세히 알아봤어야 했는데 내가 좀 무심했던 것 같다. 사춘기라서 친구들의 영향을 많이 받는 시기라는 것을 생각지 못했다. 친정에서 멀어지고 남편 눈치를 받지 않는 것에 가장 큰 비중을 두었기 때문에 다른 문제는 간과했다. 그때까지는 아이들 성적도 좋았으므로 학교에 별로 신경을 쓰지 않았다.

아이들을 키우는 부모 대부분이 자기 아이가 천재라고 생각하는 것처럼, 나도 상규가 어렸을 때 혹시 천재일지도 모른다고 생각했다. 남편과 나는 우리 아이들을 막연히 믿었다. 학교가 명문이건 아니건, 어떤 친구를 사귀건, 아이들은 실력을 잘 키워나갈 것이며 반드시 우수할 것이라고. 특히 상규는 이미 초등 2학년 무렵부터 섬세한 펜화를 제법 잘 그렸으며, 만화책을 엮어 우리를 놀라게 했다. 또 야구단을 모집한다며 광고지를 직접 만들어 아파트 벽 곳곳에 붙이기도 했다. 덕분에 아이들이 많이 몰려들었다. 또 컴퓨터, 수영, 달리기도 다른 아이들보다 뛰어났다. 그래서 나는 태평스럽게 아이들을 믿었다. 우리 아이들을 키우는 것이 즐거웠다.

상규는 초등학교 3학년 때 안경을 쓰게 되었다. 젖먹이 때부터 겪은 잦은 병치레 탓인지 초등학교 졸업 후 중학교 2학년이 될 때까지 몸이 마르고 키가 작았다. 나는 아들에게 잘 먹으라고 채근했지만 공부하라는 말은 한 적이 없었다. 그때까지 학군이라는 개념이 내 머릿속에는 없었다. 그런 점에서 우리는 학부모로서 무지했다. 내 자식에 지극히 낙관적이었는데, 생각해 보니 오만한 부모였던 것 같다.

이사할 때 가장 중요하게 본 사항은 넓은 공간과 아파트 구입 금액 그리고 친정으로부터 멀어지는 것이었다. 막내가 태어나면 친정 일에서 벗어날 것이라는 예상이 빗나가자 거리상으로 친정과 멀어지려 했다. 그런데 곧 친정도 우리 집 근처로 이사했다. 어머니한테서 멀어지려던 내 생각은 보기 좋게 빗나갔다. 우리 집에 도우미가 있고 남편의 귀가 시간이 늦다는 것은 어머니가 나를 호출하기 좋은 조건이었다. 막내가 태어난 후에도 여전히 나를 호출하고, 우리가 다른 곳으로 이사해도 여전했다.

우리 가족 중심으로 생활하려던 계획은 완전히 실패한 셈이었다. 사실 많은 숙제를 안고 살아온 어머니는 나를 가엽게 여길 여유가 없었다. 나 또한 어머니의 고달픈 짐들을 모른 체할 수가 없었다. 그 일련의 과정에서 내가 놓친 점은 '습관은 고칠 수 없다'라는 사실을 망각한 것이다. 그리고 나도 아이들에게 무심한 것과 낙관적인 태도를 어머니에게 물려받았다는 사실을 새삼 깨닫게 되었다.

나의 안식년

1984년 12월 서울시 교육위원회 2년 재직을 마친 뒤 남편은 국방대학원에 입교했다. 입교 대상자는 육해공군 장성과 영관급, 그리고 각 부처 관료들이었다. 안보의 중요성에도 불구하고 대다수 문교부 국장들은 입교를 꺼렸다. 남편은 이번에도 남들이 가지 않는 길을 택했다. 국방에 관한 지식과 이해가 공직생활에 도움이 된다는 것이었다. 남편의 결정은 우리에게 국방에 관한 공부를 하면서 시야를 넓히는 계기가 되었다. 입교하며 간단한 영어시험을 보았는데 수석이었다. 그 때문에 민간 학생대표로서 소소한 일을 제법 맡았다. 전체 학생대표는 육군 장성이었다.

대체로 국방대학원에 차출되는 공직자 부인들에게도 비무장지대 견학 같은 안보 교육이 제공되었다. 처음 입교 시 각 부처 공직자들과 군 출신들을 안배해서 조를 짰는데, 뿌리 분임이라고 했다. 졸업할 때까지 분임을 단위로 여러 일을 진행했다. 돌아가며 집으로 초대하는 일도 많았다. 그것은 개인적인 일상을 공유하는 계기가 되었고, 모임에도 활기를 더했다. 특히 외교관으로 일생을 보낸 ○○대사 부인은 성품이 무척 세심했다. 요리도 잘했다. 평창동에 있는 주택 집안도 아름답게 장식했다. 그 집 부엌에 갔을 때 음식 접시를 씌웠던 랩을 재활용하는 모습을 보게 되었다. 나처럼 아끼는 주부가 또 있다니 놀라웠다.

어느 날 J 대령 댁에서 부인회 모임이 있었다. 나는 수도방위사령부 뒤쪽에 있는 집을 찾다가 그만 수도경비사령부 정문에서 보초를 서는 헌병의 경례를 받으며 통과하고 말았다. 내가 집을 찾은 경로를 말했더니 그 부인은 몹시 놀라며 "사모님을 아마 장군 사모님으로 생각했나 봅니다. 그곳은 아무나 들어가는 곳이 아니거든요"라고 말했다. 나는 부인회 모임의 전방 시찰 등을 통해서 국방에 관한 공부를 하게 되었다. 그리고 다른 나라의 국방문제나 군사시설, 방산사업에도 관심을 가지게 되었다. 그때부터 군사, 항공, 우주 분야의 기사나 칼럼을 읽는 습관이 생겼다.

군인 가족들은 사교적이면서도 상하 질서가 철저했다. 부인 대부분이 외모가 수려하고 멋쟁이들이었다. 대체로 노래를 잘해서 어디서나 분위기를 부드럽게 했다. 이동생활에 익숙한 그들은 서울과 임지의 군부대 사택을 오가는 이중 살림을 힘들어했다. 하지만 자녀교육을 위해서 수시로 서울과 임지를 드나들며 바쁘게 살았다. 나는 부지런하고, 알뜰하고, 유능한 부인들 덕분에 남편들이 국방에 최선을 다할 수 있다고 생각했다.

남편의 국방대학원 시절, 내가 얻은 가장 큰 특혜는 군인들만 들어갈 수 있다는 군사보호지역에서 보낸 하루였다. 정확히 어딘지는 모르지만 아름다운 계곡과 우람한 바위들이 있었다. 아래로 흐르는 투명한 계곡에 분홍빛 바위 물그림자가 아름답게 비쳤다. 민간인 통제구역인 계곡에서 아이들과 발을 담그며 하루를 보냈다. 마치 미국 초기 이민자들이 미지의 대륙에 첫발을 밟으며 '버지니아!'라고 감탄한 것처럼, 나도 처녀계곡(Virgin Valley)같이 아름다운 곳에서 즐거운 하루를 누렸다. 국방대학원에서 경험한 행사는 더 넓은 세상을 경험하는 계기가 되었고, 군인 가족과 관료 가족의 만남을 나는 평화와 위로를 받은 평안한 시절로 추억하고 있다.

잊지 못할 한계령

1986년 1월 남편이 다시 문교부 감사관이 되었다. 두 번째 감사관을 하는 셈이었다. 감사관직을 1년 마친 그는 1986년 1월 대학정책실 제3조정관직을 수행했다. 주로 대학생 지도를 담당하는 부서였다. 당시 정부는 대학생들을 국제적 인재로 육성하기 위해 다양한 교육정책을 시행했다. 특히 해외연수 프로그램을 만들어 해외연수 기회를 제공하고, 동아리 활동 지원과 형편이 어려운 학생들에게 장학 지원책도 수행했다.

당시는 학생시위가 빈번하게 일어나던 때였다. 그때 남편은 항상 삐삐(무선호출기)를 소지했다. 본인은 물론 우리 가족도 수시로 삐삐가 울리는 바람에 마음을 놓을 수가 없었다. 대학생들의 빈번한 시위에 고심하던 정부는 학업 지도 방안을 문교부에 맡겼다. 제3조정관실 업무였다. 언제 시위가 있을지 몰라서 남편은 항상 긴장했다. 우리 가족은 휴가철에도 휴가 날짜를 잡을 수가 없었다. 그러다 보니 콘퍼런스나 연수 프로그램의 틈새를 활용해 황황한 휴가를 보내야 했다. 그나마 우리에게 자동차가 있어서 다행이었다.

우리가 소유한 최초 자동차는 50만 원을 정부에 지불하고 불하받은 소형자동차였다. 1981년이었다. 정부의 예산 절감 시책에 따른 부산물이었다. 남편이 기획조정실 조정관을 거쳐 문교부 감사관직에 있는 동안 기사와 공무용 차량이 배당되었다. 그런데 정확히 기억나지 않지만, 그때쯤 중앙부서 국장 차량을 없애버렸다. 대신 차량 유지비 30만 원을 받았다. 이런 연유로 중고 '포니'를 불하받으면서 처음으로 자가용을 갖게 된 것이다. 중고차지만 값이 싸서 운이 좋다고 생각했다. 남편 출퇴근뿐 아니라 아이들을 싣고 어디든지 자유롭게 다니게 되었다. 주말이나 휴가철에는 더욱 필수품이 되었다. 그런데 시간이 흐르자 고장이 나기 시작했다. 정비소에 차를 맡기고 기다리는 것은 성가셨지만, 나는 수리를 할 때마다 정비과정을 살펴보고 자동차에 관한 상식을 익혔다.

우리는 강원도에 자주 갔다. 한계령, 오색약수터, 양양, 강릉, 설악산 등 강원도 일대를 누볐다. 특히 여름 휴가철에는 아이들과 적당한 곳이 눈에 띄면, 차를 세우고는 계곡물에 발을 담근 채 된장찌개를 끓이고 고기를 구웠다. 얼마 후 산과 계곡에서 취사를 금지했지만, 그런 곳에서 하는 취사는 큰 즐거움이었고, 경제적이었다. 잠시 쉬었다가 이동하고, 또 배가 고프면 식사를 마련하고, 다시 이동하면서 마치 유목민처럼 즐겼다. 그러다가 날이 어두워지면 민박을 했다. 나는 숙소도 예약하지 않고 정처 없이 가다가 날이 저물면 아무 데나 민박하는 유목민 같은 여행을 때로는 처량하게 생각해 은근히 남편을 원망했다.

"우리도 남들처럼 좀 근사한 곳을 예약하면 안 될까요?"

그는 대답 대신 자유로워서 좋지 않느냐고 얼버무렸다. 그것이 그의 임무의 불확실성 때문이라는 사실을 한참 후에 알게 되었다.

1986년 8월 어느 날, 그날도 우리는 낡은 포니에 한가득 짐을 싣고 한계령을 넘어가고 있었다. 꼬불꼬불한 한계령을 올라가다 보니 바퀴 타는 냄새가 났다. 그렇게 자동차가 한참을 꾸역꾸역 오르는가 싶더니 갑자기 멈춰버렸다. 산길은 이미 어둠이 내려 앞을 분간할 수가 없었다.

우리는 일단 차를 길모퉁이에 세우고 비상등을 켠 채 지나가는 차량에 도움을 청했지만, 그 차들은 무심히 지나쳐 가버릴 뿐이었다.

차에 손전등을 비췄더니 앞쪽에서 액체가 흘렀다. 기름인지 물인지 몰라 손으로 찍어 보았다. 물이었다. 그 순간 나는 라디에이터로 들어가는 냉각수일 거라고 짐작했다. 비상약품 상자에서 붕대와 반창고를 꺼냈다. 얼마 전 자동차 정비소에서 에어필터를 교체하는 동안 어깨너머로 연결 상태를 살펴본 적이 있었다. 나는 에어클리너 밑에 라디에이터로 연결된 냉각수 호스가 있다는 것을 생각해내고는 남편에게 에어클리너를 분리하라고 했다. 파열된 호스를 밴드로 여러 번 칭칭 감고 그 위에 또 붕대를 감았다. 남편에게 어디서든 빨리 물을 길어오라고 했다. 반갑게도 근처에 논이 있었다. 두 부자는 손전등을 들고 언덕 아래로 뛰어갔다. 냉각수를 들이붓고 시동을 걸었더니 차가 움직였다. 얼마나 더 달릴 수 있을까 걱정하면서 남편은 양양을 향해 차를 몰았다.

마침내 양양 입구에 정비소가 보였다. 우리는 정비소를 발견하자마자 '이제는 살았구나!' 하는 마음에 신대륙이라도 발견한 것처럼 환호성을 질렀다. 그렇게 마음이 놓이자 갑자기 허기가 몰려왔다. 우리는 정비소에 자동차를 맡기고 근처 민박집을 소개받았다. 민박집에 도착하자 먹을 것을 꺼내 허기를 채웠다.

나의 삶 나의 사랑

1987년 이사를 하고 친정과 멀어졌으나 새로운 고민이 생겨났다. 막내가 초등학교, 둘째 정원이가 중학교, 그리고 맏이 상규가 중3이었다. 문득 마흔 고개를 넘어가는 나 자신을 자각하게 되었다. 마흔이라는 나이가 대단히 심각하게 다가왔다. 마흔 살의 중년 그대로 살 수는 없었다.

'나는 무엇이며, 또 어떻게 해야 할 것인가?'라는 물음에 답할 자신이 없었다. 갑자기 막연한 욕망이 나를 압박했다. 아이들이 등교한 후 서점에 갔다. 사법고시 책을 한아름 안고 왔다. 부엌 안에 있는 작은 방에 책들을 쌓아놓고 보자기로 덮었다. 나는 사법고시를 생각하고 있었다. 늦은 나이에도 합격만 하면 전문인으로 살 수 있을 테니까. 새로운 사회생활을 그리며 나는 사법고시를 준비하고 싶었다.

남편에겐 알리지 않았다. 언제나 그래왔듯 그가 알면 분명히 쓸데없는 짓이라며 화를 낼 것 같았다. 남편은 잘생긴 남자였다. 그러나 화를 낼 때 모습은 정말 무서웠다. 나는 남편과 정면으로 충돌하는 것을 피해왔다. 일할 때는 비밀스럽게 했다가 결과가 좋으면 그때 알리는 버릇이 생겼다. 남편 모르게 한 일들은 대체로 결과가 좋았고, 그에게도 도움이 되었다. 그래서 남편도 슬며시 인정해주곤 했었다.

처음에는 두꺼운 법률책 제목만 봐도 무서웠다. 마치 캄캄한 동굴 속으로 들어갈 때처럼 조심스럽게 책을 펼치곤 했다. 아이들이 등교한 다음 차례를 훑어보는데 벌써 골치가 아파 왔다. 기왕 마음먹은 일이었기에 목표 시점을 멀리 두고 차근차근 공부하기로 했다. 나는 가사에 차질이 없도록 최대한 이른 시각에 일어났다. 남편의 늦은 귀가가 반가웠다. 내용은 머릿속에 쉬이 입력되지 않았다. 공부하는 동안 주변의 모든 사람에게 별일 없기를 빌며 틈틈이 책을 읽어 나가니 조금씩 이해되고 기억이 되어갔다.

나 자신을 평가해보니 내게도 행정적인 능력은 좀 있는 것 같았다. 내 취향이나 능력으로는 행정고시에 도전해야 마땅하나 나이가 너무 많았다. 차선책으로 연령 제한이 없는 사법시험을 택한 것이었다. 자기계발을 위한 시도는 그동안 몇 차례 했었지만, 매번 남편에게 저지당했다. 경력마저 단절된 나에게 사법고시 외의 다른 선택지는 없었다.

내가 사회생활을 시도한 첫 번째는 1982년 여름이었다. 문교부 감사관이던 남편은 미국 여행 중이었다. 대학생들을 이끌고 미국 탐방을 수행하는 남편의 부재는 내게 좋은 기회가 되었다. 고향 경주에서 어머니를 뵙고 돌아오는 서울행 버스에서 한 외국인 가족 옆에 앉게 되었다. 그들과 대화를 나누다가 그들의 부탁으로 한 농장을 안내하게 되었다.

그들은 70대 부부와 30대 딸이었다. 경주의 고적을 보러 한국에 왔다고 했다. 목장을 경영하던 그들은 한국 목장을 견학하고 싶어 했다. 아버지는 꽤 건장해 보였고, 가장의 권위가 느껴졌다. 오랜만에 영어 대화를 해보는 기회였다. 외국인에게 한국의 좋은 이미지를 심어주고 싶어 그들의 부탁에 선뜻 응했다. 그들은 정보를 미리 알아보았는지 충청도 한 목장에 가고 싶어 했다. 나는 택시를 타고 그들과 목장에 갔다. 목장에 들어가기 전에 나에게 방문 선물은 무엇이 좋은지를 물었다. 그들은 내 말대로 담배 한 상자를 준비했다.

나는 귀국한 남편에게 그 일을 자랑했다. 그런데 버럭 화를 냈다. 자신의 부재 동안 아내가 마음대로 돌아다닌 것이 기분 나빴던 것 같다. 오랫동안 굶주렸던 나의 영어 욕구를 조금이나마 채운 기회였는데, 화를 내는 남편을 보니 도저히 이해할 수가 없었다.

두 번째는 1983년으로, 우리나라에서 제70차 IPU(국제의원연맹) 행사가 열릴 예정이었다. 행사주최기관에서 영어통역 자원봉사자를 구했다. 광고를 보고 지원한 나는 'Good Will Guide(명예통역 안내자)'로 뽑혔다. 그 일은 한시적인 일이었다. 나는 거기서 능력을 시험해 본 뒤 수준에 맞게 능력을 개발하고 싶었다. 국제회의를 개최하기 며칠 전 한 남자 사무원이 전화를 걸어 왔다. 그때도 남편은 불같이 화를 냈다. 일요일 아침에 늦은 아침 식사를 하려던 중 전화기 너머로 들려오는 남자 목소리에 남편이 촉각을 곤두세웠다. 사무원과 나누던 얘기를 다 듣지도 않고 일의 자초지종도 알려 하지 않은 채 당장 때려치우라며 사자처럼 으르렁거렸다. 남편의 기세에 눌린 나는 더 아무 말도 못하고 사정이 있어 못 하겠다며 전화를 끊어 버렸다. 말대꾸했다간 큰 소동이 날 것 같아 무조건 못한다는 한마디를 내뱉었다.

그로부터 한참 지난 어느 해 신라호텔에서 주한 외국인 부인들을 위한 문화센터를 개설하며 운영 책임자를 구한다기에 지원서를 넣었다. 회사 측에서 면접을 보러 오라는 연락이 왔다. 나는 일단 서류심사에서 인정을 받은 것 같아 기분이 좋았다. 면접날 옷을 입고 나서려는 순간 지난번에 저지당한 일이 떠올랐다. 나는 털썩 주저앉고 말았다. 멍하게 앉아 있다가 면접을 포기하겠다고 전화를 걸었다. 그 후 나는 사회에 나갈 용기를 잃어버렸다.

이후 오랫동안 나는 자기계발을 할 엄두를 내지 못했다. 하지만 나의 성장 가능성이 어느 정도인지는 항상 궁금했다. 그래서 한 번쯤은 나를 용감하게 떠밀어보고 싶었다. 그러던 중 마흔 나이에 한 번만 더 마지막으로 용기를 내기로 했다. 사법고시라는 거대한 산을 넘어보고 싶었다. 행여 합격하지 못하더라도 최소한 인생사에 도움은 될 것 같았다.

1987년, 남편이 문교부 대학정책실 조정관 때였다. 남편은 주말에 틈이 나면 필드로 나갔다. 남편이 골프에 몰두하는 사이 관심과 간섭이 뜸해지자, 잠자던 욕망이 다시 솟아올랐다. 끓어오르는 자기계발 욕구를 주체하지 못한 나는 남편의 짧은 부재를 이용해 법률 서적을 탐독했다. 용기를 냈지만 애초부터 합격할 자신은 없었다. 일단 시작해보자는 배짱은 별다른 재능이 없는 나를 밀어붙이는 큰 힘이 되었다.

그런데 공부를 시작한 지 두 달쯤 되었을 때 발각되고 말았다. 부엌

방에 우연히 들른 남편이 한쪽 벽에 쌓여 있는 책을 발견하고는 상기된 얼굴로 소리쳤다. 가당치도 않은 일을 벌이고 있다면서 사법고시가 그리 쉬운 줄 아느냐, 집안 살림이나 잘하고 있는지 자신을 돌아보라며 훈계했다. 책을 모조리 상자에 쓸어 담던 그의 모습에서 진시황의 분서갱유가 떠올랐다. 그날 상자에 실려 간 책들은 곧 어디론가 사라져 버렸다. 책이 어디로 갔는지 궁금했지만, 남편에게는 한마디도 하지 않았다. 누군가에게는 읽힐 것이라며 나 자신을 위로했다.

남편이 터뜨린 분노의 정체는 무엇일까 궁금했으나 그 문제를 생각할 만큼 나는 한가롭지 않았다. 이제 나의 현실로 돌아와야만 했다. 아이 셋에 또 어머니 일까지 모른 체할 수 없는 내가 그 어려운 공부를 시작했으니 정말 벅찬 일이었다. 공부를 그만둘 빌미를 준 남편의 거센 압박이 차라리 핑계가 되어 주었다. 남편의 이기심을 미워하면서도 나의 열의는 식어 갔다. 나 자신의 한계를 깨달은 나는 다시 집안일에 열중했다.

어느 날 내가 아끼던 책 한 권이 보이지 않는 걸 알게 되었다. 남편이 부엌방에서 쓸어 담아간 책에 내가 대학생 때 공부하던 전공 서적도 몇 권이 포함되었던 모양이었다. 특히 대학 4년 동안 가장 자랑스럽게 여겼던 《Survey》라는 붉은 양장본 책이 보이지 않았다. 나는 상사병에 걸린 사람처럼 한동안 대학도서관마다 전화를 걸어 그 존재 여부를 확인했다. 대학생 때 제대로 공부하지 못한 것이 마음에 걸렸다. 언젠가 기회가 오면 다시 공부하고 싶었다. 젖에 굶주린 아이의 욕구불만처럼 나도 언젠가는 미뤄둔 것에 허기를 채우고 싶어 하는 그런 족속이었다.

나는 그 책 속에 있는 시와 소네트(sonnet)들, 초기 영국 고전, 유명 문학가들 작품을 정말 다시 읽고 싶었다. 책 낱장들의 부드럽고 질긴 촉감도 잊지 못했다. 손끝에 닿았던 문장들이 머릿속을 맴돌 때도 있었다.

그러나 이제는 놓쳐버린 첫사랑을 아쉬워하듯 추억의 한 장면으로 가버렸다. 나는 아직도 그 문장의 감미로움을 그리워한다. 대학 4년 내내 옆구리에 끼고 다니던 빨간색 표지의 그 책은 팔순이 머잖은 지금도 눈에 선하다.

수많은 영국 고전문학 작품, 전설 같은 영국 초기 문학 작품부터 근세에 이르기까지 내가 읽지 못한 작품은 많고 많다. 나는 평생을 두고 그 안의 내용을 음미해보리라 생각했다. 책에 심취해 있던 나는 아이러니하게도 남편을 아서왕 이야기 속 '원탁의 기사'로 생각한 적도 있었다. 이화여대로 통하는 길목의 한 카페 '그린하우스'에서 그를 만날 때마다 그린나이트를 만나고 있다는 착각에 빠지기도 했었다. 젊은 시절, 원탁의 기사처럼 내 마음 설레게 한 청년 이천수가 이렇게 무식하고 무모한 사람이라니.

억척 생활인으로 돌아온 나

내가 주식을 처음 시작한 때는 1987년에서 1988년 사이다. 막내가 초등학교에 들어가자 여유 시간을 활용할 수 있었다. 마침 우리 아파트 근처로 이사 온 친정어머니가 나에게 주식투자를 권했다. 남편 훼방으로 자기계발 계획이 무산되자 어머니의 경제적인 조언을 받아들였다. 이듬해 1988년에 우리나라는 처음으로 올림픽을 개최하게 되었다. 정부는 올림픽대로(88도로)를 개통하며 글로벌 세계로 데뷔를 준비하고, 국민들도 올림픽을 계기로 앞으로 올 세상에 대한 희망으로 들떠 있었다. 주식시장도 활기로 넘쳐났다.

우리 동네에 있는 증권회사에서 첫 계좌를 개설했다. 증권주, 건설주, 은행주 같은 인기 종목 3대 주식을 조금씩 매입했다. 매입한 주식 가격을 매일 노트에 기입하면서 변동 상황을 살폈다. 증권회사 객장을 오가는 동안 차츰 주식에 재미가 붙었다. 나는 동네 객장을 벗어나 다른 증권회사로 옮겨 다녔다. 동네 사람들에게 얼굴이 알려지는 것이 싫었다. 주식 가격이 일제히 상승해 객장 안 전광판이 온통 빨간색으로 물들면 내 가슴도 불이 붙은 것처럼 흥분되었다. 상종가를 치는 주식의 상승 표기를 바라보는 다른 투자자처럼 그 순간이 매도 시점인지, 아니면 매입 시점인지, 아니면 더 지켜봐야 할지를 결정해야 했다.

반면 장마철이 되면 전광판은 파랗게 물들 때가 많았다. 내가 매입한 주식이 연속해서 하종가를 칠 때는 죽죽 내리는 빗줄기 속을 걷는 것처럼 한없이 처량해졌다. 하락장에서는 절대 팔지 않았다. 그럴 땐 집안 살림을 돌봐야 할 때라 생각했다. 살림에 최선을 다하면서 주식시장이 좋아질 때를 기다렸다. 내가 가진 주식 종목이 특별히 상종가를 치며 마구 올라갈 때는 일이 손에 잡히지 않았다. 그런 날이면 집으로 돌아오는 버스 안에서 공사장 노동자를 보며 미안한 마음이 들었다. 노동의 대가보다 주식 소득이 훨씬 높아서 공연히 자리를 양보하기도 했다.

주식 하강 국면에서 맞는 상실감과 활황 때의 성취감이 교차하며 나는 점점 평정을 찾게 됐다. 그때는 아직 컴퓨터를 사용하기 전이어서 시황 설명이나 신문 뉴스에서 얻는 정보를 바탕으로 매수와 매도 시점을 분석했다. 차츰 규모가 커지자 친구들과 주식 정보를 교환했다. 시황 설명이나 신문 뉴스를 잘 분석하는 전문가가 있다는 ○○증권 ○○지점에 원정을 갔다. 내 친구 ○○이 그 동네의 주식 스타가 최고라며 그 객장으로 나를 불러냈다. 주식 공부와 친구를 만나는 두 가지 즐거움이 있었다. 우리 집에서 두 번이나 버스를 갈아타면서도 한 번도 힘들다고 생각지 않았다.

투자한 주식이 여러 종목으로 늘어났다. 주력주에 심혈을 기울이며 여타 주식은 느긋한 마음으로 관찰했다. 그렇게 하나씩 매입하다 보니 내 계좌는 어느덧 '주식백화점'이 되었다. 주력주인 트로이카 주식, 즉 건설, 증권, 은행 주식들이 최고가를 갱신하던 어느 날, 나는 황급히 전량 매도 주문을 했다. 최고가로 체결되었다. 같은 종목의 주식에 투자한 친구에게도 지금이 정점이라며 빨리 매도할 것을 권유했다. 친구는 과감하게 결심하지 못했다. 그렇게 시간을 보내는 동안 주식은 나날이 하강 곡선을 그렸다. 친구는 안타깝게도 최대 수익을 올릴 기회를 놓쳤을 뿐만 아니라, 계속 떨어지는 주식을 바라보며 상승 기회를 기다렸지만 오랫동안 오르지 않았다.

주식투자는 장기적 안목을 갖고 우량한 주식을 매입하고 멀리 보는 방법이 물론 좋다. 그러나 잘못하면 완전히 기울어지는 회사 주식을 움켜쥐고 큰 손실을 볼 수도 있다. 주식시장에서는 "무릎에서 사서 어깨에서 팔아라"는 말이 격언처럼 전해오고 있다. 너무 욕심 부리지 말라는 뜻이다. 이 말은 주식에만 통용되는 말이 아니다. 매사에 바람직한 태도가 아닌가 싶다.

그 후엔 실권 공모주를 청약하며 안전한 투자로 관심을 돌렸다. 실권주란 어떤 회사가 유·무상 증자를 할 때 기존 주주들의 청약을 받는 것이다. 그 회사 주주들이 청약을 포기하고 남은 주식을 다시 일반인들에게 공모 배당하는 방법이다. 일반인이 실권주 공모 신청을 할 때는 1인당 한도가 있어서 미리 신청금을 납입한 후 비율에 따라 분배받는다. 단 몇 개 주식이라도 실권주를 배당받으면 싼값으로 주식을 사서 이익이었다. 나는 한동안 기회가 있을 때마다 실권주 공모에 참여했다. 제법 이익이 되었다. 내 수고에 충분한 보상은 되었다.

증권회사에 출근하다시피 한 내가 주식에 들인 시간은 아이들이 학교에서 돌아오기 전이나 학원 순환버스가 도착하기 전까지였다. 가끔 초등 저학년이던 정진이가 집에 들어가지 못한 채 밖에서 기다릴 때도 있었다.

"엄마가 어디 가셨어?"

"증권회사요."

이웃들에게 주식에 열중하는 사람으로 알려진 것이 창피스러웠다. 조심하느라 일부러 먼 곳에 있는 증권회사에 다닌 이유다. 내가 특별히 당부한 비밀이라는 말까지 해버렸으니 참으로 못 믿을 게 아이들과 한 약속이다.

04 남편 이천수

이천수의 승부수

      1980년 11월, 남편은 일선 기관인 문교부로 다시 돌아왔다. 공직 13년째 되는 해였다. 상급 기관에서 직급이 높아진 상태에서 일선 기관으로 내려온 그가 문교부에서 처음으로 맡게 된 직책은 감사관이다. 남편은 문교부에 소속된 이래 감사관, 서울시 교육위원회 관리국장, 국방대학원 입교, 교육정책실 제3조정관을 거쳐 다시 문교부 감사관으로 일하게 되었다. 감사관직을 두 번이나 수행한 것은 특별한 일이었다. 게다가 동료들이 싫어하는 서울시 교육위원회나 국방대학원 같은 외부 기관을 그는 스스로 선택했고, 다시 본부에 돌아와서도 남들이 기피하는 제3조정관직을 맡았다. 그 직책은 대학생들을 지원하는 업무였다. 당시 대학 분위기는 항상 요동치고 있어서 언제 무슨 일이 벌어질지 모르는 비상시국이었다. 정부는 데모 사태를 방지하기 위해 대학생에게 해외연수 프로그램 같은 다양한 지원책을 강구하고 있었다. 대학정책실 내의 제3조정관인 그는 주말에도 늘 긴급호출기를 소지하고 다녔다.

    전두환 정권이 노태우 정권으로 넘어가는 시기가 되자 여당이던 민주정의당(민정당)에서 문교부 내의 이사관을 교육정책 전문위원으로 추천토록 했다. 선뜻 나서는 사람이 없었다. 젊은 이천수가 다음 정권 교육정책 개발에 나섰다. 다른 부처에서도 전문가를 민정당으로 보냈다. 당시 분위기는 노태우 후보가 대통령 선거에서 승리하여 민정당이 집권할 가능성이 커 보이기는 했지만, 민정당에서 일할 용기를 낸 동료들은 별로 없었다. 이때 이천수가 민정당에 간 것은 큰 승부수였다. 물론 민정당이 집권하면 약간의 보상책이 있겠지만, 그것은 두고 볼 일이었다. 아직 젊은 그에게는 위험한 모험이었다.

그는 이미 직급상 이사관을 넘어 관리관 직전에 있었다. 나가주면 문교부 내에서는 직급마다 줄줄이 승진할 길이 열리는 것이기도 했다. 남편은 노태우 후보가 당선되지 못하면 영영 공직생활을 포기해야 했다. 한마디로 '낙동강 오리알'이 되는 것이었다. 나는 남편 선택에 동의했다. 나 또한 새로운 각오를 했다. 그때까지 남편은 문교부 내에서 계속 변방을 맴돌았다. 그것은 외부에서 영입된 사람에게 언제든 일어날 수 있는 일이었지만, 나는 아무것도 모르고 있었다. 1987년 승리의 여신은 이천수 손을 들어주었다.

빛과 그림자

1987년 3월부터 1년여 동안 남편은 민정당에서 일했다. 그동안 나는 우리 앞날을 대비해야 했다. 그는 공무원직을 사퇴하고 다소의 퇴직금을 받았다. 공무원 신분을 포기한 남편 앞날이 불투명해지자 퇴직금으로 받은 돈을 잘 관리하여 안정된 생활을 유지하는 것이 제일 중요해졌다. 나는 수익이 엄마인 K에게 사정을 이야기했다. K는 한국은행에서 영양사로 근무했다. 결혼 후에도 시간제 영양사로 일하면서 상당한 종잣돈을 모아두고 있었고, 실물경제에 밝았다. 나는 K와 의논하여 퇴직금 투자 대상을 찾으려 했다. 세상일에 능통하고 현명한 K는 길잡이가 되기에 충분했으며, 따뜻하고 배려심도 많았다.

영종도가 국제공항 후보지로 개발될 것이라는 K의 말에 바다 건너 영종도를 답사했다. 하지만 선뜻 엄두가 나지 않았다. K는 우리 남편 퇴직금이 많을 것이라고 믿고 나를 그곳으로 데려간 것 같았다. 남편이 나이에 비해 높은 직급이었던 건 사실이었지만, 그녀는 공무원 급료체

계를 잘 모르는 것 같았다. 그때 내가 가진 자금으로는 안산 쪽이 적당할 것 같았다. 이왕이면 상가로 사용할 수 있는 땅을 고르려고 종일 발이 붓도록 헤매고 다녔다. 그러나 하루 만에 결정하지는 못했다. K와 나는 점심을 먹으며 사업에 관한 얘기도 나눴다. K는 김치공장을 제안했는데 신선한 충격이었다. 안산은 반월공단이 있어 그곳에 김치를 공급하면 좋을 것 같다며 영양사다운 발상을 내놓았다. 요리에 자신 없던 나는 김치공장 역시 엄두가 나지 않았다.

나에게 있는 자금으로는 안산의 필지가 그런대로 알맞았다. 후일 상가로 활용한다면 김치공장이나 다른 용도로도 사용할 수 있을 것 같아서 안산으로 마음을 굳히고는 결국 한 필지를 사고 말았다. 일단 무엇이라도 사놓고 보니 그나마 안심이 되었다. 상가 건축이 가능한 택지 한 필지를 구매한 후 한창 개발 중이던 안산지역에 은근히 희망을 걸었다. 아직 아무도 김치를 공장에서 생산할 품목으로 여기지 않던 1987년 무렵, 김치공장을 생각한 K는 분명 사업가적인 기질이 있었다. 우리 두 사람은 빡빡한 월급쟁이 아내로서 가정경제를 일으켜 보려고 무던히 노력했다. 나는 친절한 K를 진심으로 믿고 의지했다.

한편 나는 남편에게 민정당이 승리하거나 하지 못하거나 이참에 석·박사학위에 도전해 보라며 채근했다. 얼마 후 남편은 대학원에 등록하고 바쁜 가운데 틈틈이 공부했다. 선거 직전에는 마치 남편이 국회의원 출마라도 한 것처럼 뛰어다녔다. 땅을 사둔 것도, 정당 일을 도운 것도 훗날 좋은 결과로 돌아왔다. 박사학위 취득도 후일 이천수 앞날에 필요충분조건이 되었다.

정당인 아내의 삶

　　1987년 3월부터 시작한 남편의 민정당 교육정책 전문위원 활동은 다른 부처에서 온 전문위원과 함께 진행되었다. 민정당 각 부처 전문위원들은 종종 부부 동반 모임을 하며 친분을 쌓았다. 선거일이 가까워지자 부인들도 노 후보를 위해서 몇 가지 일에 참여하며 당선을 위해 노력했다.

　　첫째, 당원을 모집하는 일이었다. 사실 주변머리가 없는 나에게는 어울리지 않는 일이었다. 하지만 용기를 내어 친척이나 지인을 활용하여 당원을 모집했다. 인연을 맺은 모든 인맥을 총동원했다. 그분들이 또 다른 사람들을 입당시켰다. 뜻밖에 많은 당원을 등록시킨 사람도 여럿 있었다. 그분들이 평소에 쌓아둔 신뢰의 소산이었다.

　　둘째, 지지자를 많이 확보하기 위해 소속한 모임뿐 아니라 인연의 울타리 안에 있는 모임 날을 잊지 않았다. 나는 지인이나 친척이 소속한 모임에서 후보와 당의 지지를 호소했다. 옷차림에도 꽤 신경을 썼다, 단정하고 화려하지 않아야 했다. 절대 잘난 체를 하지 않고, 말씨도 부드럽고 겸손한 것은 기본이었다. 고모는 많은 연락처를 주시고, 당원 모집에 큰 역할을 했다. 친구 은명이 언니도 적극적으로 도와주셨다. 부드러운 카리스마가 있던 그분은 경영하던 업체 직원이나 관계인들에게 평판이 좋았다. 깊은 불심으로 주위 분들에게 항상 자비를 실천했다. 또 나의 손위 동서인 셋째 형님도 지지자 명단을 건네주셨는데, 형님 역시 재치 있고 넉넉한 인품의 소유자였다. 말주변 없던 내가 최대한의 용기를 낸 것도 이때가 처음이었다.

　　선거 마지막 무렵, 부인들은 할당받은 전화번호로 다이얼을 돌렸다. 하루에 50명에서 100명까지 전화를 걸었다. 조용히 지지를 부탁하고 당위성을 피력하고는 인사로 마무리했다. 전화를 걸 때 보이지도 않는 사람들에게 저절로 고개를 숙이며 절을 하고, 말을 끝낼 때도 고개를 숙이며 절을 하는 것은 참 희한한 일이었다. 남에게 부탁하는 처지가 되면 마음 깊은 곳에서부터 겸손이 나오는 것 같다. 평소 보험 영업사원이나 상품 판촉사원들 태도가 고스란히 나에게 옮겨온 기분이었다. 선거운동이 겸손을 배우는 계기가 되리라고는 생각지도 못했다.

최연소 국립중앙도서관장

노 후보가 결국 대통령에 당선됐다. 각 부처에서 차출한 전문위원들은 모두 원래 소속 부처로 복귀했다. 언론은 남편을 문교부 기획관리실장이나 대학정책실장으로 거론했다. 나도 은근히 그 자리를 기대하던 터였다. 그런데 남편은 국립중앙도서관장으로 발령이 났다. 남산에 있는 국립도서관이 서초동에 터를 잡고, 새로운 시대에 걸맞은 현대적 시설과 시스템으로 운영될 최초의 국립중앙도서관이었다. 그러니 도서관장은 연륜과 학식이 풍부한 사람이 배치되어야 하는 자리였다. 남편이 맡기에는 너무 젊고 학문적으로나 인격적으로도 아직 부족하다고 우리 부부는 생각했다.

건물을 완공할 때 기념 머릿돌에 '대통령 전두환'이 새겨졌다. 건물을 완공한 시점은 아직 전두환 대통령 시절이었다. 1988년 3월 2일, 도서관 개관식에서 이헌재 국무총리와 이천수 국립중앙도서관장이 각각 주목 한그루를 기념 식수했다. 남편이 취임한 후 머릿돌이 종종 훼손되었다. 그 돌의 유무나 훼손 상태를 점검하는 일이 출근길 관장의 첫 번째 일이었다. 머릿돌은 시대가 바뀔 때마다 위치가 달라졌다. 34년이 지난 지금은 어디에 있는지 알 수가 없다.

개관식 날 저녁, 남편의 인터뷰 장면이 TV에 방영되었다. 아무래도 국립도서관장으로는 너무 젊어 보였다. 내가 괜히 미안할 지경이었다. 그때 나이 45세. 그러나 남편의 태도나 대답은 그런대로 권위를 갖춘 듯 보여 다행스러웠다. 그는 도서관 운영과 도서관 정책을 위해 다른 나라를 몇 차례 방문했다. 프랑스, 독일, 호주, 일본의 국립도서관장 회의에도 다녀왔다. 일본에서는 연설도 했다는데 나는 듣지 못했다. 프랑스나 독일에서는 학문에 조예가 깊은 원로학자가 국립중앙도서관장으로 추대되며, 그 나라에서 극진한 예우를 받는 자리라고 했다. 국립도서관장은 국격(國格)을 높이는 자리로서, 다른 나라에서는 장관급이었다. 당시 남편은 관리관 직급이었고, 같은 직급 안에서도 젊은 축에 들었다. 관리관 위가 차관, 그다음이 장관이 있었다. 자기 직급보다 2단계나 위에 있는 분들과 어울리기에는 경륜이 부족한 것도 사실이었다. 그 당시만 해도 우리나라는 문화적으로나 제도적으로도 다른 선진국에 비해 다소 뒤떨어져 있었던 것 같다.

국립중앙도서관은 문교부 소속이었다. 새로 들어선 노태우 정부도 아직 정부 조직을 깊이 생각할 여력이 없어 국립중앙도서관장의 직급이나 자격에 별다른 의미를 부여하지 않았던 것 같다. 후일 국립중앙도서관은 문화부 소속으로 이관되었다.

외로운 공직자의 의로운 수칙

남편은 문교부에 출근한 이래 거의 10년 동안 주류 영역에서 일하지 못했다. 하지만 전두환 정부가 시작되면서 첫 문교부 장관이던 ㅇㅇㅇ 장관은 남편을 감사관 적임자로 판단했다. 충직하고 진실한 사람을 감사관으로 배치하고 싶은 장관의 배려였다. 더구나 국무총리실 소속 외부 인사의 문교부 입성에 대한 반발을 잠재우기 위해서라도 인기가 없던 감사관이 합당한 인사였을 것이다.

남편이 감사관직을 두 번 수행하면서 한때 장관과 마찰을 빚은 적이 있었다. 치밀하고 정직한 남편의 성품은 원칙적인 임무 수행에는 적합할지 모르나 융통성이 부족한 탓인지 장관의 일시적인 오해를 받게 되었다. 부하 직원으로서는 잘하려고 한 일일지라도 조직 전체를 관리하는 장관에게는 불편할 수도 있는 상황이었다. 오해를 풀기 위해서 나는 장관 부인을 찾아갔다. 1986년이었다.

평창동 숲속에 있는 댁에는 나와 나이가 비슷한 젊은 부인이 있었다. 차분한 젊은 부인이었지만 상급자의 부인이라 조심스러웠다. 나는 많은 시간을 그 댁에서 지체했다. 남편의 충직성을 이해시키려고 했지만, 부인이 어떻게 받아들였을지는 알 수가 없었다. 더욱이 장관에게 내 이야기를 잘 전할지도 의심스러웠다. 그러나 믿어보기로 했다. 그 후 장관이 주일대사로 나가기 전까지 두 사람 간의 마찰은 없었다.

문교부에서 두 번의 감사관, 산하기관인 서울시 교육위원회 관리국장, 국방대학원 입교, 그리고 1987년 3월 민정당 교육정책 전문위원으로 차출되어 공무원직을 포기할 때까지 그는 외롭고 순탄치 않은 문교부 국장 시절을 보냈다. 그때 나는 남편이 어떤 처지에 있는지 몰랐다. 일에 최선을 다하고 있다고만 생각했다. 남편은 공직생활을 하는 동안 최선을 다했다. 동료나 관계기관이나 민간인 입장을 헤아리는 자세로 일한 것은 우둔한 아내인 나도 감지할 수 있었다.

특히 감사관 시절 부하들이 출장을 갈 때 그가 신신당부한 지침이 있다. 첫째, 파견지에서 기관장을 비롯한 담당자에게 아침저녁으로 인사할 것. 둘째, 출퇴근 시간을 잘 지키고 그 시간 내에서만 일할 것. 셋째, 친절할 것. 넷째, 담배나 차 정도는 같이 해도 절대 술과 식사는 대접받지 말 것. 이렇게 그는 세세한 지침을 주었다. 이것은 그가 관직에 있을 때도 항상 지켰으며, 나 또한 공직자 아내로서 남편과 관련된 사람들을 만날 때 참고했다. 가끔 나는 찾아오는 사람들에게서 가벼운 선물을 받았는데, 그것은 그들의 말을 경청하면서 여러 가지 상황을 파악하려 했을 때였다. 그들이 돌아갈 때는 나도 반드시 다른 선물로 답례했다.

새로운 소망

정권이 바뀌고 남편 직급은 더 높아졌다. 그러나 아직 핵심 부서에서 일할 기회가 오지 않았다. 국립중앙도서관장직을 수행한 지 2년이 다 되어갈 무렵이었다. 남편의 출근을 기다렸다. 나는 비장한 각오를 했다. 9시 직전에 전화를 걸었다. 장관이 출근할 시간은 지났을 터이고, 사모는 아직 외출하지 않았을 것이며, 실례되지 않을 시간이라 생각했다. 1989년 12월이었다. 부인은 벌써 출타 중이었다. 언제 돌아오실지 모른다는 답변을 들은 나는 장관 댁으로 찾아갔다. 장관 댁은 목동에 있는 주택이었다.

집이 있는 송파구 방이동에서 버스를 두 번이나 갈아타고 목동에서 내렸다. 일러준 주소를 따라 골목길을 헤매다가 겨우 집 위치를 확인해 두었다. 사모가 돌아올 때까지 근처 찻집에서 전화해 볼 참이었다. 휴대전화가 없을 때여서 찻집 전화로 두어 차례 전화를 걸었다. 여러 잔의 차를 마시며 시간을 보내다가 점심때가 되자 근처 식당에서 혼자 식사를 했다. 오후가 한참 지나고 다시 전화를 걸었다. 아직 귀가하지 않았다기에 동네를 두 바퀴나 걸었다. 나도 남편이 돌아오기 전에 집에 돌아가야 했다. 하지만 오늘은 반드시 사모를 만나야겠다고 다짐했다. 다시 다른 찻집에서 또 차 한 잔을 시켜 놓고 전화를 걸었으나 아직도 귀가하지 않았다는 대답이 돌아왔다.

얼마 후 드디어 사모가 귀가했다는 말에 깊은숨을 내쉬었다. 현관에 나온 도우미에게 콤팩트 분을 쥐어주었다. 도우미는 사모에게 나의 기다림을 소상하게 설명해 주었다. 나는 수백 번 되새김질한 얘기를 사모에게 조심스럽게 꺼냈다.

"제 남편은 국무총리실과 청와대를 거쳤으며, 제가 보기에는 성실하고 정직한 사람으로 중요한 일을 감당할 충분한 능력이 있는 것 같습니다. 본부에서 장관님을 잘 보좌할 겁니다."

부인에게 밝히는 것은 좋은 방법이 아닐지 모르지만, 나는 장관이 내 남편의 실질적 존재를 잘 모른다는 사실이 안타까웠다. 그 때문에 일단 외부 조직에 있는 남편의 역량을 알리는 것이 나의 첫 번째 목표였다. 남편이 직책을 부여받는 것은 그다음 문제였다. 나는 아직도 장관 부인이 그날 나를 어떻게 평가했는지 알지 못한다. 다음 해 3월에 드디어 문교부 본부로 발령이 났다. 문교부 대학정책실장직을 맡게 된 것이다. 사람들은 대학정책실장을 문교부의 꽃이라며 축하했다. 그런데 대학정책실장직은 그리 오래가지 않았다. 단 8개월 동안이었다. 그때 대학관계자들에게 얻은 평판은 후일 그가 차관에 이어 대학 총장을 세 번이나 수행하는 발판이 되었다.

남편은 그 해가 가기 전 교육부 기획관리실장으로 자리를 옮겼다. 남편이 드디어 문교부의 주요 직책을 맡게 되니 마음이 놓였다. 그때부터 집안 살림에 더 집중했다. 나는 과감하게 집안의 가구들을 사들였다. 냉장고도 바꿨다. 1990년 난생처음으로 푹신한 매트리스 위에서 잠을 잤다. 앞 베란다의 천정에는 줄을 달아 초록 잎들이 늘어지는 화분도 매달 았다. 예쁜 꽃을 심으니 베란다 정원이 제법 그럴듯했다. 아이들도 좋아했다. 남편은 바빠졌는지 간섭이 줄고 한결 너그러워졌다. 나는 아이들 학부모 모임에도 참석하고, 대학 동기 모임에도 참석했다. 친구들을 집으로 초대한 것도 그때가 처음이었다. 내 인생에서 처음으로 평안한 시간을 보냈다.

아들 상규는 외국어고등학교에 다닐 때 전국 모의고사에서 아주 우수한 성적을 받았다. 정원이는 여중을 졸업하면서 갖가지 상을 받아 졸업식 날의 주인공이 되었다. 외고에서도 모범생이었다. 막내 정진이는 초등 4학년이었다. 평소에 책을 많이 읽더니 독후감 공모에서 동메달을 받았다.

영광의 뒤안길(교육부 차관)

1993년 3월 4일은 특별한 날이다. 남편이 김영삼 정부 교육부 차관에 임명된 날이기 때문이다. 그날 모든 일간지에는 새로 임명된 장·차관들에 대한 기사가 실렸다. 남편의 기사도 실렸다. 처음으로 내 이름도 실렸다. 많은 사람에게 축하 전화를 받았다. 그런데 신문에 실린 재산 내역을 훑어본 그들은 축하 전화와 함께 웃음을 터뜨렸다. 소소한 것까지 다 드러나게 되자 창피했다. 김영삼 대통령이 먼저 재산 공개를 하고, 장·차관들 재산 내역 공개를 촉구했다. 남편에게 말하지 않은 내 명의의 재산이 드러나자 기자들이 달려와 큰 기삿거리라도 발견한 것처럼 질문을 해댔다. 남편은 달려온 기자들에게 "장모가 나도 모르게, 아내가 나도 모르게" 하고 말했다. 그것이 기사 제목이 되었으니 기자들 앞에서는 정말 조심해야 할 것도 많았다.

평소 내가 어머니에게 약간의 용돈을 드렸는데, 어머니는 그 돈을 모아 연천의 잡종지 몇 필지를 내 이름으로 사두었다. 군사보호지역에 있는 땅으로, 2022년 현재까지 면세대상이다. 노태우 정부의 북방정책이 펼쳐지고 북한과 잠시 정치적인 소통이 이루어지자, 어머니는 통일이 될 때를 대비해 아무도 모르는 곳에 내 용돈을 묻어둔 것이다. 누군가가 어머니에게 희망의 바람을 불어넣었기 때문이었다.

남편이 교육부에서 두각을 나타낸 것은 1990년 대학정책실장 때부터였다. 그 후 기획관리실장 2년차가 될 무렵엔 앞날이 다시 불투명해졌다. 차관은 직업 관료가 오를 수 있는 최고위직이라 할 수 있다. 직급상으로는 장관 아래지만, 각 부처에서 전문성을 띠고 일하는 최고책임자 직책이다. 누가 남편을 천거했는지는 알 수 없지만, 최종 인사권자인 대통령의 선택을 받은 것은 공무원으로서 최고 영광이었다. 두 사람의 차관 후보가 하마평에 올랐는데, 남편 이천수가 최종적으로 낙점되었다.

차관이 된 다음 몇 사람으로부터 남편을 천거했다는 얘기를 들었다. 남편은 교육부 차관 때부터 장관들과 업무상 더 가깝게 되었다. 나도 장관이 교체될 때마다 인사를 했다. 더불어 장관 부인들과 봉사활동 같은 공식적인 행사를 함께 했다. 1993년 3월부터 1995년 12월 말까지 남편이 거의 3년 동안 차관직을 수행하는 사이 장관이 세 번 바뀌었다. 세 분 모두 개성이 강한 분들이었다. 남편은 장관이 바뀔 때마다 업무 브리핑에 바빴다.

남편이 차관이 되자마자 교육부는 언론의 도마 위에 앉게 되었다. 대부분의 정권이 그러하듯 김영삼 정부도 집권 초에 부정부패 척결을 위한 사전 준비를 하고 있었다. 정권은 우선 대학의 입시 부정 사건을 파헤침으로써 전 국민적 새바람을 일으키려 했다. 게다가 기삿거리가 부족할 땐 항상 교육 문제를 건드린다는 나름의 언론 생존원칙이 깔려 있었다. 새 정부가 보인 야심 찬 부정부패 척결 의지에 발맞추듯 언론은 날마다 입시 부정 사건을 터뜨렸다. 대학들은 사정없이 두들겨 맞고 주무 부처인 교육부는 관리 소홀 책임으로 몸살을 앓았다.

연일 대학 입시 부정 사건이 언론에 터지자 남편은 수습에 진땀을 흘렸다. 그동안 일부 대학들의 안이한 행태가 누적되어 드디어 사고가 난 것이다. 본질이 오도된 것도 있고, 과장된 것도 있었다. 하지만 일부 대학이 저지른 입시 부정이 매일 일간지 헤드라인을 장식하다 보니 교육부 실·국장급 자녀들도 모두 조사 대상이 되었다. 우리 아이들도 철저한 조사를 받았다. 연세대학교 경영학과에 재학 중이던 아들과 서울대학교 사회복지학과에 입학한 큰딸도 고교 학적부부터 대학입학수능고사 성적까지 샅샅이 뒤졌다.

실제로 입시 부정에 연루된 학부모 중에는 유명 인사나 정권 실세도 있었다. 입시 부정이 드러나자 관직을 그만두거나 심지어 뇌졸중으로 쓰러진 사람도 있었다. 남편은 장관 대신 국회에 불려 나가 답변하느라 진땀을 뺐다. 또 KBS 대담 프로에 출연한 남편의 모습을 보자 가슴이 조마조마했다. 그는 어눌한 말투에도 불구하고 솔직한 답변으로 소신을 피력해서 시청자나 관계자들로부터 질책을 당하지 않았다.

청와대 초청 만찬

해마다 연말이 되면 모임에 참석하느라 바빴다. 그동안 수많은 모임에 참석해 왔다. 평소엔 남자들만 만나다가 연말이 되면 꼭 부부 동반 모임을 했다. 연말이면 무엇을 입어야 할지 고민되어 평소에 소심하다가도 통 크게 옷과 장신구를 샀다. 해가 갈수록 파티 규모가 조금씩 발전했지만, 그다지 기억에 남는 파티는 없었다. 대부분의 파티가 남자들 따로 부인들 따로 앉아서 세상 얘기로 시간을 보내고, 정치 얘기가 무르익으면 자리에서 일어나곤 했다.

1993년 12월 30일, 대통령이 주최하는 청와대 만찬에 부부 동반 초대를 받았다. 나는 차관 부인으로서 청와대 만찬에 참석하게 되었다. 나는 전날부터 바빴다. 오랜만에 마사지를 받고 당일 오전에 미장원도 다녀왔다. 처음으로 고운 한복도 한 벌 준비했다. 얼마나 기다리던 파티인가. 나는 흥분이 되었다. 꽃분홍 치마와 자수가 놓인 흰 저고리를 입고 남편을 기다렸다. 관용차 뒷좌석에 남편과 나란히 앉아 마음을 진정시켰다. 오늘이 있기까지 얼마나 노력했던가. 소박하게 출발했던 결혼 생활, 내핍생활을 위해 구멍 난 양말을 전구에 끼워 기워 신고 백화점을 모르고 살던 젊은 시절, 남편의 공무원 생활 내내 살얼음판을 걷듯 살아온 일들이 떠올랐다.

어느새 차가 청와대 영빈관 입구에 도착했다. 화려하게 차려입은 사람들이 많아서 홀 안 어디에 시선을 둬야 할지를 몰랐다. 부인들은 저마다 아름다운 한복을 입고, 머리도 우아하게 단장하고 있었다. 몇몇은 양장을 했는데 초대장에는 정장이라고 되어 있었다. 나는 재고의 여지없이 정장을 한복으로 생각했다. 홀 정면에는 최고위직인 국무총리, 국회의장, 대법원장, 감사원장 내외분들이 대통령 부부를 중심으로 양편에 앉아 있었다. 그런데 그 부인들은 모두 수수한 한복을 입고 있었다. 나의 분홍색 치마와 수가 박힌 하얀 저고리가 조금 두드러져 보였다.

높은 단 위에 앉은 부인들의 검소한 한복을 보면서 속으로 민망했다. 청와대 정문을 통과하고 청와대 직원의 안내를 받을 때만 해도 귀부인처럼 우아한 한복 속에서 당당하게 영빈관으로 들어왔다. 그런데 더 높은 분들의 차분한 한복에 민망해서 몸 둘 바를 몰랐다. 그분들은 이미 손 여사의 한복차림을 가늠하여 수수한 한복을 선택한 것이었다. 그날 체격이 다소 아담한 여사는 은은한 분홍색 한복을 입었다.

우리 테이블에 아직 식사가 들어오기 전 대통령이 일어서서 환영사를 했다. 그날 식사는 한식 정찬이었다. 부인 중에는 나보다 젊은 부인도 있었다. 젊은 축에 속하는 나는 한복까지 고운 색깔이어서 행사 내내 안절부절할 수밖에 없었다. 채 5분도 걸리지 않아 장내 분위기를 파악한 나는 청와대 파티를 미리 알아보지 못한 아둔함에 주눅이 들어서 대화에도 신경이 쓰였다. 그날 나는 파티에 참석할 때는 반드시 주최자의 입장을 세심하게 파악한 후에 처신을 준비해야 한다는 것과 초대 주최자가 상급자면 그분을 돋보이게 해주는 감각이 있어야 한다는 사실을 알게 되었다.

1994년 12월, 청와대 만찬에 또 가게 되었다. 이번에는 아예 검은색 양장을 했다. 아주 수수한 디자인으로. 다음 해 청와대 만찬에도 수수하고 겸손하게 다녀왔다. 공직생활을 할 때는 비록 파티 같은 흥겨운 자리일지라도 항상 조심해야 했다. 청와대에 세 번 초대받은 사실만으로도 나는 공직자 아내로서 영광을 누렸다고 생각했다.

장관직을 고사하다

남편이 차관직을 맡을 당시 국무총리로 거론되었던 이ㅇㅇ 전 총리는 서울대학교 총장 때부터 남편에게 각별한 관심을 표한 사람이었다. 1995년 12월에 이ㅇㅇ 총장이 총리직을 제의받았다. 전에 이미 두 번을 고사한 적이 있었다. 대통령의 강력한 요청을 세 번이나 고사할 수 없어 고민 중이었다. 그분이 만약 총리로 지명되면 현 교육부 장관을 교체하고 이천수 차관을 교육부 장관으로 추천하겠다는 생각을 남편에게 밝혔다. 이 총장은 이 제안을 대통령이 들어줄 것이라 확신하고 있었다. 그러나 남편은 단호히 안 된다고 말했다. 그러고는 "총장님께서 이번에는 반드시 청와대 결정을 수락해야 한다"고 강력하게 건의했다.

남편을 만난 다음 날 그분은 총리직을 수락했다. 교육부 장관도 남편이 아닌 다른 분으로 교체되었다. 이천수는 자신의 상관을 밀어내고 그 자리에 앉는 것은 도저히 용납할 수 없는 일이라고 생각했다. 그 때문에 총리의 간곡한 요청도 거절했다. 그러다 보니 개각으로 국정 쇄신을 도모하려던 대통령의 개각 발표가 예정보다 늦어지는 사태가 벌어졌다는 말이 들리기도 했다. 교육부 장관 교체 때문에 벌어진 전혀 예측하지 못한 사정 때문이었다.

그때 남편은 3년간 차관으로 일했지만, 후진을 위해 스스로 사퇴를 결심하고 차관직에서 물러났다. 남편은 장관에 미련이 없었노라고 했다. 1968년 국무총리 기획조정실 사무관으로 출발한 그는 1995년 12월 말에 교육부 차관직을 끝으로 27년여 동안의 공직생활을 마무리했다.

05 새로운 출발

잔디밭이 있는 단독주택

1996년 새해, 나는 무슨 일이라도 저질러야만 했다. 남편의 퇴임으로 내가 용감해야 할 때가 된 것 같았다. 그 첫 번째 시도가 이사였다. 개나리가 막 피어나던 3월, 나는 남편 출근 후 집을 보러 다녔다. 그때 남편은 얼마 동안 My TV 사장으로 출근했다. 나는 아파트 모델하우스나 기존 아파트들을 살펴보며 돌아다닐 수가 있었다. 마침내 예쁜 꽃과 푸른 나무 정원이 있는 서초동의 이층집을 발견했다. 나는 우여곡절 끝에 그 집을 계약해버리고 말았다.

평소 굉장히 알뜰한 내가 넓은 집을 선택한 것은 공무원 가족으로서 눌러두었던 세속적인 욕망이 폭발했기 때문이었다. 그 집은 서초동 언덕배기의 타운 하우스였다. 집주인은 근처 주택으로 이사한 상태였다. 집은 비어 있어서 언제라도 입주할 수 있었다. 집을 한번 보고 나서 누군가가 먼저 사버릴 것 같아 조바심이 났다. 밤새 잠을 뒤척이다가 남편을 설득했다. 그리고 이튿날 집주인을 만나 협상을 했다. 집주인은 소위 잘나가는 기업가였는데 내가 제시한 가격으로는 매도하지 않겠다고 했다. 남편도 집주인의 제시 가격에는 계약하지 않으려 했다. 남편은 사실 무엇이든 비싸다고 생각하는 사람이었다. 세상 물정을 몰랐던 그는 우리가 사는 아파트 가격에 조금 보태서 집을 구하려고 했고, 여차하면 이사를 안 가도 그만이었다.

나는 꼭 그 집을 갖고 싶어서 안달이 나서 묘안을 생각해 냈다. 계약서에는 남편과 합의한 금액을 기재하되, 계약이 성사되는 동시에 차액을 따로 지불하기로 했다. 미리 부속 계약서를 작성했다. 차액으로 낸 돈은 내가 꽁꽁 아껴두었던 비자금으로 무려 5,000만 원이었다. 그동안 공직자 아내로 조심스럽게 살아온 나는 좀 더 넓고 쾌적한 집을 원했다.

아이들이 어리고 집이 없던 시절부터 나는 종종 잔디가 있는 아름다운 집을 꿈꾸었다. 드디어 그런 집을 찾아냈던 것이다.

이사 후 남편은 교원공제회 이사장을 거쳐 대학 총장을 역임하게 되었다. 남편은 편리한 교통에 만족했고, 아이들도 예전보다 등교 시간이 단축되어 좋아했다. 막내가 고등학교에 전학하고, 아이 중 처음으로 강남 학군에 편입되었다. 첫째와 둘째 두 남매가 결혼하고, 남편이 순천향대학교와 천안대학교 총장직을 마친 다음 용인으로 이사하기 직전까지 그 집에서 8년간 살았다. 단독주택의 불편함에도 불구하고 우리는 아름다운 그 집을 사랑했다.

아들은 결혼한 후에도 그 집에서 살았다. 1년 먼저 결혼한 딸도 얼마 후 아들 가족이 사는 그 집의 2층으로 들어왔다. 다른 집에 세 들어 사는 것보다는 주택 마련에 도움이 되기에 그 집으로 입주했다. 그래서 서초동 집은 꽉 차게 되었다. 1층과 2층으로 공간을 분리하여 살았지만 불편할 수도 있다는 사실을 나는 일부러 모른 체했다. 불편을 느낄수록 그들이 더 열심히 저축하여 빨리 나가고 싶어 할 거라고 생각했다. 두 가족은 몇 년 후 차례대로 그 집을 떠났다. 아들은 며느리 직장을 따라서, 딸은 새 아파트로 입주했다.

막내도 2013년 9월에 결혼을 하고 비어 있던 우리 집에 입주했다. 2017년 7월, 사위가 병원을 개원하고 집이 마련되자 그 집을 떠났다. 서초동 집은 중년에 맞이한 나의 가장 큰 재산이었다. 남편의 공직 퇴임과 함께 시도한 첫 결과물이었기에 나는 최대한 그 집을 가족과 공유하며 그 가치를 누리고 싶었다. 잔디 마당이 있는 주택은 내가 어릴 때부터 꿈꿔온 집이었다. 아이들이 태어난 후에는 그들이 잔디 위에서 뛰노는 풍경을 상상했었다. 하지만 아이들이 다 자란 후라도 좋았다. 아이들은 그때 이미 대학생과 고등학생이었지만, 결혼하고 우리 곁을 떠나기 전까지는 여전히 나에게 아이들이었다.

　방 5개, 화장실 3개, 거실 2개와 지하의 넓은 홀, 그리고 충분한 수납장. 이것들은 우리 가족의 살림을 충분히 숨기고, 다소 많은 손님을 맞이하기에 충분했다. 1층은 식당과 부엌, 거실과 안방, 그리고 부속방, 안방 화장실, 로비와 화장실, 뒤 베란다가 있었다. 특히 식당과 거실 사이 벽에는 창문이 달려 있었다. 2층은 거실과 방이 세 개나 있어 아이들에게 각각 독립된 공간을 줄 수가 있었다. 거실도 넓었다. 또 지하실은 그야말로 꿈의 공간이었다. 1층 계단을 내려가면 로비가 있고, 큰 홀 안쪽 벽에는 홈바가 있어서 파티 장소로 안성맞춤이었다. 평소에는 서재로 활용하고, 때로 손님이 북적여도 이웃에 폐가 되지 않아 금상첨화였다. 홀 바깥의 수납장은 임시 옷장과 파티 비품을 보관하기에 충분했다.

여행다운 첫 여행

　　　　　　1996년 2월 말 중국 여행을 떠날 때는 마음이 가벼웠다. 1993년 친구와 떠났던 서유럽 여행은 남편이 차관이 된 지 겨우 5개월 된 때였다. 남편의 반대 때문에 뭔가 불편한 여행이었다. 그러나 공직을 그만둔 남편과 함께 떠난 중국 여행은 한결 여유로웠다. 남편이 '옷을 벗었다'는 명분이 그렇게 홀가분할 줄은 미처 몰랐다.

　살얼음판을 걷듯 살던 지난날을 뒤로하고 우리는 중국 여행길에 올랐다. 그때 함께 한 동료들은 모두 공직을 그만둔 전직 관료 부부였다. 처음 가는 중국 땅이었다. 중국은 우리나라와 역사적으로 불가분의 관계지만, 수교를 맺은 지 오래되지 않았고, 공산주의 국가여서 조심스러웠다. 그래도 비슷한 길을 걸어온 사람들과 여행을 하니 든든하고 전혀 불안하지 않았다.

88올림픽 이후 대한민국은 여행을 자유화하였다. 하지만 세계 곳곳을 여행한 친구들과 달리 나는 여러 면에서 세련되지 못했다. 그렇다 보니 친구와 떠난 서유럽 여행 2주는 니게 신선한 경험이었다. 프랑스, 영국, 네덜란드, 독일, 오스트리아, 이태리, 스위스를 거쳐 프랑스로 되돌아갔다가 서울로 돌아오는 코스였다.

대한민국은 1992년에 중국과 수교를 맺었다. 중국을 방문한 1996년 2월 말 즈음은 잠자는 사자 같은 거대한 중국이 막 깨어나기 시작할 무렵이었다. 북경에 도착해서 청도를 거쳐 버스를 타고 이동했다. 계림 근처 어느 도시에서 하룻밤을 묵었는데, '대우'가 지은 호텔이었다. 하지만 난방이 되지 않아 무척 추웠다. 당시 중국은 겨울에도 난방 시스템이 작동하지 않았다.

다음 날은 조선족 가이드의 안내를 받으며 이강을 따라 배를 타고 광서성 동부 계림으로 갔다. 산봉우리들이 U자 형태인 것이 특별했다. 수억만 년 전 바다가 솟아오른 것이라고. 그리고 동굴 속 너른 호수에 배가 있었다. 그때 중국에서 조선족 가이드는 고소득이 보장된 직업이었다. 이날 담당 가이드는 우리 일행을 소수민족이 사는 장족 마을로 안내했다. 가는 곳마다 아이들이 우리를 따라오며 피리를 불어댔다. 피리를 하나 사주자 또 다른 아이들이 피리를 불며 계속 따라왔다. 아이들은 1,000원을 주자 더 이상 따라오지 않았다.

여행을 함께 한 사람들은 공직생활 동안 서로 얽힌 인연이 많아서 화제도 풍부했다. 우리는 해마다 연말이면 김영삼 대통령 내외와 연회를 했다. 연회는 주로 서초동 호텔에서 열렸다. 서로 안부를 확인하고 세상 돌아가는 얘기를 하곤 했다. 3박 4일 짧은 여행이었지만 남편이 교원공제회 이사장직을 맡기로 되어 있던 터라 마음이 안정되어 오랜만에 마음껏 자유를 누렸다.

대학 총장 이천수

서초동으로 이사하고 7개월쯤 지난 1997년 3월 20일, 남편이 순천향대학교 총장에 취임했다. 28년 동안의 공직생활을 마치고 곧 교원공제회 이사장직을 맡기로 되어 있어 잠시 휴가의 시간을 보내고 있었다. 그때 문화공보부 차관 출신 선배로부터 My TV 사장직을 잠시 맡아 달라는 요청이 왔다. 머지않아 교원공제회 이사장직을 맡기로 되어 있어 극구 사양했다. 하지만 워낙 간곡하게 권해서 짧은 기간 동안 신생 케이블방송사였던 My TV 사장직을 맡게 되었다. 그리고 얼마 후 교원공제회 이사장직을 맡았다. 그런데 또 몇 달이 지나자 순천향대학교 교수회의에서 남편을 총장으로 추대했다는 소식이 전해졌다. 6개월 짧은 이사장직을 마치고 순천향대 총장에 취임했다.

순천향대학교는 연세대학 병원 내과 의사였던 서석조 박사가 설립했다. 충청남도 아산시에 있는 종합대학교로, 특히 순천향대학교 병원은 서울, 천안, 부천에서 국민 건강에 크게 이바지하고 있었다. 이미 전국적으로 알려진 대학이었다. 하지만 장기적인 발전과 새로운 도약을 설계하는 교수진과 총학생회의 염원을 담을 새로운 인물을 찾고 있었다. 그리하여 전 교육부 차관 이천수를 영입하기로 한 것이다.

1997년 3월 20일 취임식을 진행하는 날 날씨는 쾌청했다. 남편과 나는 깃발을 든 ROTC 단원의 호위를 받으며 총장실에서 대강당까지 긴 거리를 걸어서 입장했다. 총장실부터 강당 입구까지 줄지어 선 화환에서는 보낸 사람 이름과 직함이 적힌 리본이 바람에 펄럭였다. 친지를 비롯한 각계각층의 축하객들이 박수를 보내는 가운데 남편과 나는 목례로 고마움을 표했다. 남편을 뒤따라 단 위에 오를 때까지 나는 정말 고마워서 연신 고개를 숙였다.

식장 안에는 학계와 관계자, 유명 인사들이 와 있었다. 학교 주요 인사와 저명인사는 단상에 앉고 나는 단상 중앙에 자리한 남편 옆에 앉았다. 단상 바로 아래에는 교수, 교직원, 친지와 우리 가족이 앉았다. 오케스트라 단원과 학생들, 꽃다발을 든 사람들이 아름답게 치장하고 식장을 가득 메웠다.

외부에서 총장을 영입한 순천향대학교는 각계각층 인사들이 보낸 축하 화환으로 가득 차서 축제의 장이었다. 수많은 사람과 꽃에 둘러싸인 나는 하객에게 인사를 하고 시선을 받아들이기도 벅찼다. 남편이 축하받을 자리에서 내가 함께 인사를 받아도 되는지 미안하고 송구했다. 훗날 그곳에 참석한 여고 친구 J는 자기 오빠가 P대학 총장에 취임할 때는 조용하고 소박했다며 취임식이 화려한 것이 좀 이상하다는 듯, 두 대학의 취임식이 왜 그렇게 다른지 내게 물었다. 나는 "자네 오빠를 모신 대학은 이미 명문대학이라 더 홍보할 필요가 없겠지만, 이 대학은 발전을 도모해야 하는 지방대학이어서 총장 취임식을 통해 학교를 널리 알리려는 뜻이 있었던 것 같아"라고 답했다.

신생 대학일수록 학교의 내실을 다지는 것뿐 아니라, 새로 취임하는 총장이 최선의 능력을 발휘해주기를 바라는 것 같다. 교육적인 혜안과 추진력은 물론 교육 당국이나 다른 행정 당국의 조직구성원들과도 다각적으로 관계를 맺을 수 있는 역량이 총장에게 필요하기 때문이다. 그러기에 순천향대학교는 대학의 이미지 창출을 위한 대상으로 이천수를 추대하고 취임 행사도 풍성하게 품격을 갖춘 것이리라. 다방면에서 재임

하며 교류가 원만한 이천수의 경륜 또한 취임식을 더욱 빛나게 했다고 나는 생각한다.

그날 남편은 전임 이사장 대리 이사로부터 교기를 전달받았다. 환호하는 청중에게 붉은 깃의 검은 색 박사 가운을 입고 교기를 흔드는 남편의 시원한 동작이 학교의 품격과 권위를 더하는 것 같아 믿음직스러웠다. 이어 남녀 혼성중창이 부르는 '축배의 노래'가 울려 퍼지자 취임식 분위기는 한껏 고조되었다. 나를 별도로 소개하지는 않았지만, 사람들은 내가 누구인지 아는 것 같았다. 나는 쏟아지는 시선이 부담스러워도 끝까지 꼼짝하지 않았다. 내 인생에서 그렇게 많은 사람 앞에 앉아서 관심과 시선을 받은 경험은 처음이었다. 힘들기는 해도 가슴 벅찬 일이었다. 훗날 취임식에 참석했던 한 친구는 단상에서 꼼짝하지 않는 내 모습이 마치 왕비처럼 우아했다면서 과분한 칭찬을 했다. 남편은 54세, 나는 50세였다.

남편 이천수가 순천향대학교 총장에 부임하면서 내 인생도 새로운 방향으로 전개되기 시작했다. 공직생활을 마감하고 마침내 수많은 사람의 주목과 축하를 받고 교육 현장이라는 무대에 선 남편의 화려한 환대를 나도 나눠 받았다. 그때 친척들과 동창과 친구들은 서울에서 먼 아산까지 달려와 주었다.

남편의 미국 출장

1997년 3월부터 2001년 2월까지 남편이 순천향대학교 총장으로 재직할 동안 해외 출장에 두 번 동행했다. 1999년 7월 14일부터 2주간 미국 뉴욕을 거쳐 위스콘신주, 텍사스 휴스턴, 그리고 LA와 하와이의 여러 대학을 방문했다. 대학과 각각 협정을 맺고, 학교를 시찰했다. 공적인 가운데 사적인 만남도 이루어졌다. 동행한 교수나 사무원은 나에게도 예우를 다했다. 남자들만 나누는 대화에 홍일점 역할을 했다.

남편이 미국 대학에 방문했을 때, 그들은 동행한 부인을 소홀하게 대우하지 않았다. 남편이 협정에 서명할 때까지 모든 절차와 과정을 진행하는 동안 나는 옆에서 가끔 질문도 하고 답을 할 때도 있었다. 주로 궁금한 것을 질문했는데, 남편도 편하게 받아들였다. 사실 남편은 되도록 말수를 줄였기 때문에 내가 배석자 역할을 했다. 남편은 내가 영어를 썩 잘하는 것으로 생각한 것 같다. 그러나 천만의 말씀이다. 나는 솔직히 한국인 앞에서 말하는 것도 두렵다. 그때 그들은 외국인인 나의 서툰 영어를 너그럽게 이해한 것이었다.

1999년 미국 대학에서 초청이 있었다. 미국 대학들이 경영난에 처하자, 한국 학생을 유치하거나 영어연수 프로그램에 참여를 유도하여 재정난을 타개하려 했다. 우리나라 대학생들도 미국 유학이나 영어 실력을 기르고 싶은 열망이 커지던 시기여서 쌍방의 목적과 이익에 부합했다. 미국 대학들이 특히 한국에 눈독을 들인 것은 한국인의 높은 교육열 때문이었다. 한국 학생들을 유치하기 위해 좋은 조건을 앞다투어 제시했다.

남편이 1999년 체결한 미국 대학은 위스콘신대학, 텍사스A&M대학이었다. 하와이의 하와이퍼시픽대학과 하와이주립대학과도 교류 협정을 맺었다. 나는 그때 남편과 동행했다. 공적인 일에 동행한 배우자를 대하는 미국인의 마인드와 문화를 알게 된 특별한 여행이었다.

뉴욕에서

　　　　　　미국 출장 첫 기착지는 뉴욕이었다. 우리 일행이 뉴욕
의 호텔에 도착하자마자 동행한 대학 사무원 K가 몸살을 앓기 시작했
다. 마침 준비한 해열제를 복용해도 고열과 몸살은 나아지지 않았다.
그는 뉴욕 관광에 동행할 수가 없었다. 그는 총장 수행에 너무 심혈을
기울였던 것 같았다. 미국 행사를 위해 밤잠을 설치며 준비하고, 미국
관광도 꿈꿨을 것이다. 그런데 미국에 도착하자마자 쌓인 피로가 그를
덮쳤다.

　그를 호텔 방에 혼자 두고 가자니 너무 마음이 아팠다. 우리 일정에
는 본래 목적과 함께 약간의 여유 시간이 포함되어 있었는데, 그날은 뉴
욕 관광이었다. K가 몸살을 앓는다고 해도 우리마저 뉴욕 관광을 포기
할 수는 없었다. 우리가 뉴욕 관광을 마치고 돌아왔을 때, 그의 몸 상태
는 조금 나아 있었다. 남편과 나는 기념품을 선물했지만 아쉬움을 달래
기는 부족했을 것이다.

위스콘신대학으로 가는 길

　　　　　　첫 번째 목적지는 스티븐 포인트에 있는 위스콘신대학
이었다. 뉴욕에서 시카고, 그곳에서 다시 비행기를 바꿔 타고 위스콘
신에서 일박한 후 스티븐 포인트로 가는 일정이었다. 그리고 위스콘신
대학교와 위스콘신 일대를 둘러볼 예정이었다. 그런데 위스콘신 공항
에 도착했을 때 여행 가방이 몽땅 증발하였다. 우리는 짐들이 혹시 다
음 비행기에 실려 올지도 몰라서 공항 대기실에서 기다렸다. 기다리는

동안 사무원에게 물었지만, 짐들 행방은 알 길이 없었다. 여행 총책인 L교수는 동분서주하며 가방의 행방을 추적하느라 정신이 없었다. 우리는 공항 레스토랑에서 보라색 삶은 감자를 먹으며 기다렸다.

아무 능력도 없는 나는 L교수를 진정시키며 일단 그의 의견에 따르기로 했다. 그는 우리가 타고 온 항공사의 비행경로를 역추적하며 짐의 행방을 찾았다. 그 교수는 렌트한 차량으로 우리를 숙소인 홀리데이 인 위스콘신에 데려다주었다. 그때 건장한 남자들이 호텔로 들어왔다. 독일계라고 했다. 위스콘신은 아름답고 청정한 지역이라 여름철에 휴양객이 많았다. 추운 날씨 탓인지 흑인이 거의 없다고. 나는 여유가 있으면 이곳을 다시 찾아와야겠다고 생각했다.

당장 다음 날 입을 정장이 걱정이었지만, 다시 생각하니 입고 온 복장으로도 별문제 없을 것 같았다. 정작 중요한 것은 순천향대학교에서 준비해 온 물품이었다. 기념품과 선물이 들어 있는 가방을 분실했다면 정말 큰일이었다. L교수는 호텔에서도 짐의 행방을 추적하랴 위스콘신대학교 담당자와 교신하랴 여전히 부산했다.

다음 날 새벽 우리가 잠에 빠져 있는 사이 L교수가 먼 시카고까지 운전해서 우리의 짐을 찾아왔다. 가방 속에는 정장과 여벌 옷이 들어 있었다. 남편은 선물이 들어 있는 큰 가방을 걱정했지만, 내색하지 않았다. 미국에서 유학한 L교수의 유창한 영어와 탁월한 상황대처 능력으로 우리는 위기를 잘 넘길 수 있었다. 덕분에 공식 일정이 무리 없이 진행되었다. 그리고 스티븐 포인트로 가는 길에 위스콘신의 아름다운 풍경을 마음껏 감상하였다.

Yes가 불러온 만찬 참사

남편의 행보에 부인인 나는 언제나 조연이었다. 주연을 돋보이게 하는 역할이 조연의 임무다. 나는 내 위치를 늘 염두에 두었다. 점심은 대학 주요 인물들과 하는 공식 오찬이었다. 오후에는 학교 시설을 시찰하고 바자회도 들렀다. 상품을 구입하고 학생들을 격려했다. 실무팀인 영어과 교수들한테서 저녁 초대를 받았다. 만찬 방으로 들어갔을 때, 나의 앞자리에는 시커먼 콧수염이 무성한 한 교수님이 앉아 있었다. 나는 그냥 똑바로 보지 못하고 고개를 오른쪽으로 돌렸다.

한 종업원이 나에게 주문을 받으러 왔다. 아마도 레이디 퍼스트의 예절로 나에게 먼저 다가왔을 것이다. 나는 얼떨결에 "Yes"라고 답했다. 또 뭔가를 물어왔는데, 나는 또 "Yes"라고 말해버렸다. 그런데 한참 후 요리접시를 본 나는 적잖이 당황했다. 도마인지 접시인지 알 수 없는 큰 나무토막 위에 피가 벌겋게 비치는 검붉은 고깃덩어리와 날이 굽은 시퍼런 칼이 놓여 있었다. 도저히 숙녀가 받을 접시는 아니었다.

내가 "Yes"라며 연속적으로 대답했을 때 의아하게 나를 바라보던 종업원의 눈빛이 조금 이상하긴 했다. 그러나 내가 동양인이어서 그럴 거라며 대수롭지 않게 생각했다. 그가 왜 그런 표정을 지었는지 그제야 깨달았지만 이미 때는 늦어버렸다. 고민에 빠진 나는 내가 조금이라도 먹어야 다른 분들도 식사가 진행될 것 같아 긴 칼을 들고 썰면서 겨우 한 토막을 먹었다. 이렇게 많은 음식을 처리할 생각을 하니 기가 막혔다. 내심 분위기를 부드럽게 하려 했지만, 대화를 이어갈 여유가 없었다.

사실 나는 서양 음식이나 낯선 음식을 주문받을 때는 '레이디 퍼스트'의 예법이 불편했다. 계단을 오를 때도 뒤에 남자가 있으면 불편하다. 뭐든지 잘 모를 때는 다른 사람을 따라 하는 게 좋다. 어쨌든 겨우 몇 조각을 먹기는 했지만, 접시에 그대로 남기고 보니 초대해준 분에게 너무 미안했다. 할 수 없이 나는 "I have a little stomach ache(배가 좀 아파요)" 하며 자리에서 일어났다. 그분들에게 실례가 되었을 것 같아 서울에 오면 꼭 연락하라는 당부를 남기고 헤어졌다.

텍사스A&M대학의 추억

텍사스의 휴스턴 날씨는 너무 뜨거웠다. 차를 타고 가는 동안 차창 밖으로 줄지어 선 가로수는 우리나라에서 자주 보는 백일홍이었다. 한 뼘의 모서리 뜰에도 이태리봉숭아가 옹기종기 피어 있었다. 익숙한 꽃들 때문일까. 휴스턴이 친근하게 여겨졌다. 우리가 찾아갈 텍사스A&M대학과 함께 하는 일정도 좋은 방향으로 전개될 것 같았다.

휴스턴 숙소를 향해 가는 동안 어느덧 저녁이 되었다. 숙소로 들어가기 전에 레스토랑에서 저녁 식사를 했다. 식당 안에는 얼굴이 까무잡잡한 스페인 계통의 젊은 여성들이 수다를 떨고 있었다. 한국인이나 동양인은 눈에 띄지 않았다. 미국의 중부 텍사스엔 한국인들이 별로 많지 않다는 교수 말씀에 우리가 왜 휴스턴으로 왔는지 궁금해졌다. 텍사스주는 기름이 많이 생산되는 지역이라 주 정부 재정이 넉넉하다고. 그래서 시민에게 돌아가는 혜택이 많아서 뜨거운 기후에도 인구가 많다고 했다. 우리가 방문할 텍사스A&M대학이 크게 발전한 이유도 주 정부의 지원 덕분이었다.

A&M의 약자를 풀이하면 Agricultural And Mechanical이었다. 남편도 순천향대학교 발전을 위해 이곳에 관심을 두고 있었다. 마침 이 대

학에 한국인 교수 몇 분이 있어서 추천을 받았다. 그 교수들이 순천향대학교와 텍사스A&M대학의 연결고리가 되어 자매결연 협정이 체결되었다. 학교 내 시설은 풍요로웠다. 특히 학교 안에 실내 트래킹 코스가 있었다. 많은 학생이 실내 트랙에서 달리기를 했다. 그날 마침 미국 각 지역에서 초빙된 학부모들이 견학을 진행하고 있었다. 우리도 영상으로 대학의 다양한 면을 볼 수 있었다. 순천향대학교가 자매결연 협정을 맺기 전, 경기대학교에서도 ROTC 학생들의 교육 프로그램 자매결연을 체결했다. 마침 텍사스A&M대학에 박사 과정을 이수하는 우리나라 유학생도 몇 명 와 있었다. 우리가 머문 곳은 대학이 운영하는 게스트하우스였다. 호텔만큼 시설이 잘 되어 있었다.

우리가 방문한 사실이 지역신문에 실렸다. 남편 이름 옆에 내 이름도 실려 기분이 묘했다. 순천향대학교 총장 취임식에서도 내 이름을 별도로 소개하지 않은 것에 비하면 확실히 미국은 여성을 배려하는 전통이 있는 것 같았다. 공식적인 절차를 진행하는 동안 나는 남편 옆에서 과정을 지켜보았다. 나는 대학의 연구실, 도서관, 체육실, 강당을 돌아볼 때 궁금한 것을 질문했다. 나는 주로 대학이나 텍사스 지역에 관해 물었고, 그분들은 나에 관해 질문했는데, 그것은 여성을 배려하는 매너인 것 같았다. 미국에서는 공식행사에 남편과 부인을 함께 초대하고, 부인을 배려하였다. 일본과 중국에서는 공식절차 진행 시 부인을 제외하였다.

공(公)적 예절과 사(私)적 친절

공식적인 절차가 끝나자 대학 부총장은 대학 주차장에서 넥타이를 풀어 돌돌 말아 와이셔츠 주머니에 넣더니, 학교차가 아닌

본인 자동차에 우리를 태워서 숙소로 데려다주었다. 그리고는 우리에게 편안한 복장으로 갈아입고 다시 나오라고 했다. 그는 날씬한 체격과 샤프한 얼굴에 꽤 잘생긴 편이었다. 그때부터 서비스는 개인적인 호의였다. 공과 사를 철저히 구별한 처신이었다. 그가 직접 운전해 우리를 데리고 간 곳은 비슷한 형태의 은회색 주택이 있는 부자 동네의 한 주택이었다. 각 주택은 여러 종류의 관목과 꽃들이 조화롭게 어우러진 잔디정원이 있었다. 그 댁 현관으로 들어서면서 나는 속으로 서울 우리 집을 생각했다. 모든 것이 우리 집보다 훨씬 세련되었다.

부총장은 대학으로 오기 전 텍사스 한 정유회사에서 간부로 일한 적이 있었다. 그러니 같은 직급의 한국인보다 생활수준도 훨씬 좋았으리라. 현관에 들어서자 집안은 잘 정돈되고 아늑했다. 그는 우리에게 부인과 예쁜 두 소녀를 소개했다. 두 소녀는 딸과 부인의 친정 질녀라고 했다. 다른 주에서 방학을 이용해 고모 댁으로 놀러 온 소녀는 내 질문에 무척 수줍어하며 너무나도 작은 소리로 대답했다. 그분의 딸 또한 시골 소녀처럼 순진했다. 나는 미국 여성들은 매우 당당하고 활달하리라 생각했는데, 부총장 가족을 만난 후 생각이 달라졌다.

가족 소개가 끝나고 그분은 집안 이곳저곳을 보여주었다. 의복이 가지런히 정돈된 옷장 문을 활짝 열고는 옷과 집기를 보여주었다. 잘 정돈된 집안을 보여주는 것이 부인의 살림 솜씨를 자랑하는 것 같기도 했으나, 나중에 들으니 옷장 같은 사적인 공간을 보여주는 것은 대단한 친밀감을 표시하는 것이라고. 미국인의 친절 방식을 이해하게 된 계기가 되었다. 그는 골프장에도 우리를 데려갔다. 시간이 되면 라운딩을 함께 하자고 제의했으나 일정이 촉박해서 제안을 받아들이지 못했다.

LA에서 만난 사람들

미국에서 일정이 끝나고 LA 공항에서 내렸다. 하와이 행 비행기를 타기 위해 LA에 잠시 머물렀다. 마침 주말이라 이틀 정도 여유가 있었다. 우리는 빡빡한 일정 속에서도 LA에서 각자 자유 시간을 보냈다.

첫날 저녁, 이 여행을 기획한 L교수 지인과 저녁 식사를 하며 미국 교포들의 얘기를 들었다. 호텔에서 숙박한 다음 날은 남편 친구 초대로 파인 트리 별장(Pine Tree)에서 하룻밤을 보냈다. 소나무 숲은 우리나라 잣나무처럼 키는 큰데 약간 희뿌연 색을 띤 초록색이었다. 비탈진 산에는 소나무가 많았다. 남편의 친구인 K씨도 이 별장을 매우 사랑하고 애용하는 것 같았다.

조종사였던 그분은 미국에 정착하여 사업가로 변신한 사람이었다. 그날 숲속의 한 펍(Pub)에 갔다. 미국 중년 남성들 몇이 카운터 테이블에 둘러앉아 맥주를 나누고 있었는데, 어디서든 사나이의 호방함은 분위기를 북돋워 주는 것 같았다. 그 별장 지역을 파인 트리 클럽(Pine Tree Club)이라고 불렀는데, 남편 친구인 K씨도 이 별장을 자주 애용한다고 했다. 그러면서 "얼마 전에 시인 ㅇㅇㅇ의 무리가 한바탕 다녀갔지"라고 덧붙였다.

별장에는 그의 부인도 와 있었다. 방이 여러 개 있는 별장은 문학을 사랑하는 손님들이 머물기 딱 좋은 집이었다. 그는 그날 저녁 숯불 바비큐를 구우면서 연신 너털웃음을 터뜨렸다. 그는 문학을 사랑하고, 문인들을 사랑하는 시조 시인이었다. 해마다 본인이 제정한 재외한인문학상 시상식에 거금을 쾌척해 왔다.

이튿날엔 그의 LA 자택에 갔다. 가족을 소개하면서 썬플라워

(Sunflower)라고 적힌 명함을 건넸다. 그는 부지런하고 매사에 감사하는 삶을 살았다. 그 후 우리 부부는 해마다 그의 한국 방문을 기다렸지만, 그분은 시상식에 참석하고는 미국으로 떠나기 직전에 전화로 안부를 물을 뿐이었다.

하와이대학과 하와이퍼시픽대학에서

LA 공항을 출발 하와이 호놀룰루 공항에 내렸다. LA에서 하와이까지는 오랜 시간이 걸리지 않았다. 하와이에 도착하자마자 하와이 중심가에 있는 호텔에 여장을 풀고 하와이대학을 방문했다. 협정 체결은 빠르게 진행되었다. 하와이대학 총장이 레바논 출신이라는 사실에 놀랐다. 대학은 조경이 잘된 숲속이 아닌 시내의 빌딩 속에 있는 것이 특별했다.

우리 귀에 익은 하와이대학의 동서문화센터를 방문했다. 우리가 학교를 방문한 장면이 그날 저녁 TV에 방영되었다. 푸른색 투피스를 입은 내 모습이 그런대로 잘 나와서 다행이었다. 나는 미국 본토에서는 공식행사에 회색 투피스를 입었지만, 하와이에서는 강렬한 태양과 어울릴 것 같은 진한 청색 투피스를 준비했다. 그 옷은 큰 야자수와 눈부신 태양이 있는 날씨에 제법 잘 어울렸다. 백화점 점원이 청색은 미국인들이 가장 좋아하는 색이라고 귀띔해주었는데, 그 말을 받아들이기 잘했다고 생각했다.

하와이퍼시픽대학에서도 똑같은 일을 했다. 이미 절차를 알고 있어서 일사천리로 진행하였다. 하와이의 호텔 밖으로 나왔을 때 유모차를 끌고 가는 한 부인에게 말을 걸었다. 아기가 손녀냐고 물었더니 그렇다며 웃었다. 하와이는 그야말로 지상낙원이었다. 풍경도, 길거리의 관광객도, 곳곳의 종업원도 모두 웃는 얼굴이었다. 키 작은 일본인을 자주 볼 수 있었다. 동양인이라는 동질감이 약간 들었다. 택시를 타고 하와이를 한 바퀴 돌았다. 와이키키 해변에서 수영복을 입고 바다에 뛰어들었다. 우리와 동행한 두 분은 하와이에서 공식 일정이 끝난 후 자유 시간을 갖기로 했다.

마지막 날, 하와이 공항면세점을 들렀다가 면세점 직원이던 순천향대학교 S교수 부인을 만났다. 그분 덕분에 상품을 싸게 구입할 수가 있었다. 나는 자그마한 상품을 닥치는 대로 바구니에 주워 담았는데, 그분의 부추김도 한몫했다. 막상 돌아갈 때가 되니 대학 직원들 선물과 어머니에게 드릴 선물이 신경 쓰였다. 그런데 그 부인이 외국 여행 뒤에는 선물이 많을수록 좋다며 쇼핑 욕구를 부채질했다. 떡 본 김에 제사 지낸다고 덤으로 얹어준다는 상품을 담느라 남편 일행과 저녁 약속도 잊을 뻔했다. 그분에게도 듬뿍 주지 못한 것이 마음에 걸린다.

일본 구마모토 여행

남편이 순천향대학교 총장으로 있던 마지막 해인 2000년 여름, 우리는 일본 전 지역을 돌았다. 안목이 별로 없던 나는 새로운 세상을 맛보는 것이 좋았다. 일본의 첫 번째 방문지역인 구마모토는 규슈 중부에 있는 현청의 소재지였다. 우리나라 충청남도와 자매결연한 지역으로, 양측은 매년 한 번씩 교차 방문을 했다.

2000년에 순천향대학교가 충남 대표로 일본에 초청되었다. 나도 총장 남편 덕분에 여름휴가를 함께 보내는 셈이었다. 솔직히 관광보다는 그곳의 문화나 역사에 관심이 더 많았다. 구마모토는 일제강점기 때 나의 아버지인 이상기가 중학교 시절을 보낸 곳이었다. 나는 그곳에 특별한 관심이 생겼다. 이왕이면 아버지가 다녔다는 구마모토중학교에 가보고 싶었다. 그러나 일행 일정에 맞추다 보니 갈 수 없었다. 다만 아버지의 학창 시절을 상상했을 뿐이다. 돌아가신 아버지가 구마모토중학교로 유학 갈 때 막내삼촌이 동행했다. 그분은 아버지보다 겨우 대여섯 살 위였다. 유학 초 내성적이던 이상기는 어느 날 수학 시험에서 전교 1등을 했다. 그 후 선생님과 학생들 사이에서 공부 잘한다는 소문이 퍼졌고, 덕분에 학교생활을 잘할 수 있었다.

아버지는 5년제 중학교를 마치지 못하고 고국으로 돌아왔다. 일본이 태평양전쟁의 소용돌이 속에 있었기에 할머니는 노심초사 아들의 귀국을 재촉했다. 그러나 곧 일본은 2차 세계대전에 뛰어들었고, 아버지는 일본군으로 차출되었다. 불행 중 다행으로 전투병이 아닌 수송 병과를 맡아 복무했다. 그리고 1945년 8월 15일, 일본의 항복으로 고국으로 돌아올 수 있었다.

아버지는 사실 청력이 좋지 않아 전투병이 될 수 없었다고 한다. 당시 아버지 또래 조선 청년들은 전쟁에서 살아남은 사람이 거의 없었다고 생전에 말씀하셨다. 구마모토 중심가에는 울산정역이 있다. 안내문에는 역의 이름이 조선의 울산에서 유래했다고 씌어 있었다. 울산정역 인근에는 가토 기요마사에게 끌려온 울산사람들이 살았다. 순천향대학교 일행이 구마모토 시청사를 방문할 동안 나는 구마모토의 한 쇼핑몰로 안내되었다.

도쿄에서

　　　　도쿄에서 남편과 순천향대학교 일행이 공무차 동경대
학과 또 다른 대학을 방문할 동안, 나는 동행하지 않았다. 일본에서는
미국과는 달리 부인이 공식적인 자리에 동석하지 않는 문화가 있었다.
남편이 공식 일정을 이행할 동안 나는 남편 옛 직장 동료 부인들과 하코
네를 방문했다. 오다쿠 신주쿠역에서 쾌속 열차를 타고 오다와라역에서
등산 열차로 갈아탄 후 하코네 유모토역에서 내렸다. 등산 열차를 타고
올라가는 길에는 수국이 탐스럽게 피어 있었다. 일행과 함께 거닐면서
산 전체를 수놓고 있는 수국의 우아한 풍경에 사로잡혔다. 피카소 작품
전시관에도 들렀다. 피카소 작품은 도무지 이해할 수가 없었다. 내 안목
은 그때나 지금이나 피카소를 이해하기에는 역부족이다.

　그날 저녁 만찬에서 남편 일행과 다시 합류했다. 타국에서 남편과 따
로 하루를 보내다가 다시 만나는 것도 나름 로맨틱했다. 초밥과 회를 곁
들인 일본식 정찬이 나왔다. 일본에 있는 한국인 학교를 비롯하여 주로
교육이나 일본 사회에 관한 얘기를 많이 나누었다. 두 부인은 자기계발
뿐 아니라 자녀교육에도 열정을 쏟는 것 같았다. 부지런한 한국 여성들
을 보면서 그분들도 나라의 발전에 알게 모르게 이바지한다고 생각하였
다. 헤어지면서 한국에서 가져간 김치 한 꾸러미씩을 선물했다. 여행 시
에는 무겁고 좀 촌스러운 것 같았지만, 현지에서는 아주 인기가 있었다.
나는 남편에게 핀잔을 들을까 봐 겹겹이 비닐로 포장하며 짐 속에 숨겨
왔던 터였다.

　다음 날 아침은 주일한국대사와 조찬을 나눴다. 그런데 여성 종업원
이 무릎을 꿇고 주문 받는 것이 너무 불편했다. 나는 아침부터 일본
문화에 충격을 받았다. 아침 식사 후 도쿄타워에 올랐다. 도쿄 야경을

보지 못해 아쉬웠다. 하지만 에펠탑보다 13미터가 더 높다는 도쿄 랜드
마크를 관람하여 행운이었다.

오사카 전 총영사 서현섭 박사

2000년도 초 어느 해 나는 남편 일본 출장 중 오사까
총영사 서현섭 박사의 저녁 초대에 동행했다. 식사를 나누는 동안 일본
을 보는 그의 진지한 태도가 내 마음에 와닿았다. 그리고 저서 《일본은
있다》를 선물로 받았다. 일본 특파원이었던 전여옥의 《일본은 없다》에
이어 나온 책이었다. 이 책은 내가 일본을 공부하게 된 계기가 되었다.
한국인이 일본을 정확히 이해하고 보편적이고 객관적인 시각을 회복하
는 일이 중요하다고 역설한 책이다.

70년대 중반 주일대사관으로 발령받은 서현섭 저자는 두 차례에 걸
쳐 6년 동안 일본에서 외교관으로 활동하면서 '일본 전문가'의 길을 걸
어왔다. 그는 메이지대학에서 〈재일 한국인의 법적 지위에 관한 연구〉
로 석사학위를, 1988년에는 〈근대 한일관계와 국제법 수용〉에 관한 논
문으로 법학박사학위를 받았다. 1980년대 초에는 네덜란드 암스테르담
대학원에서 네덜란드와 일본의 관계 연구에도 몰두했다.

그는 일본이 눈부시게 국력을 키운 바탕에는 국민의 호기심과 뛰어
난 현실 적응력이 있다고 주장했다. 네덜란드라는 프리즘으로, 데지
마 섬을 쇄국의 일본에서 서양의 신선한 바람이 들어오는 창구로 활용
한 유연성을 높이 평가했다. 서양 문물이 밀려들 때 한국과 일본이 전
혀 다른 대응을 하여 근대사의 분수령이 되었다는 것이 저자의 주장이
었다. 조선은 아예 상대를 알려고도 하지 않고 배척하기만 했던 반면에

일본은 쇄국하면서도 통로를 열어놓고 이용했다며 이런 두 나라의 상반된 대응이 엄청나게 다른 역사를 낳았다고 했다. 현실을 정확히 통찰하고 대응 능력을 키우기 위해 일본은 처절한 노력과 변신을 거듭했다는 것이다.

하나의 방향이 정해지면 리더의 깃발 아래 '끝까지 가보자는 식의 단순성은 단결과 협동이라는 긍정적 가치가 훨씬 크다'라고 저자 서현섭은 피력했다. 포르투갈과 스페인에서 네덜란드로, 네덜란드에서 영국과 미국으로, 일본은 문명의 향방을 쫓아 강한 지적 호기심과 상대적 가치관 추구에 유연한 방식을 취하며 외래문화의 유입을 쉽게 받아들였다. 우리도 일본을 무조건 배척하거나 경계하지 말고, 유연한 자세로 일본을 연구하며 배울 건 배워야 한다고 생각해본다.

천안대 국제대학원에서 공부하다

내가 천안대학교 국제대학원에 입학한 것은 대학 설립자인 J총장의 권유 덕분이었다. 1999년 천안대학에서 국제대학원을 설립했다. 야간 수업이지만 캠퍼스가 방배동에 있어 서초동 우리 집에서 가까운 거리였다. 내가 미국학을 전공으로 선택한 이유는 지구상에서 가장 강력한 나라인 미국 힘의 원천이 무엇인지를 알고 싶어서였다. 나는 미국 역사, 정치, 사회, 경제, 국방, 외교, 교육 같은 여러 분야를 공부했다. 그 결과, 미국을 근원적으로 지탱하는 막강한 힘은 미국의 물적 자원뿐 아니라, 풍부한 인적 자원과 사회를 지탱하는 민주주의의 법질서에서 나온다는 사실을 알게 되었다.

나는 부존자원이 없는 우리나라가 특히 인적 자원, 그 가운데서도 과

학자들의 능력과 애국심이 가장 강력한 힘이 될 것이라고 확신했다. 과학을 뒷받침하기 위해서는 경제를, 경제를 위해서는 기업과 근로자의 상생이 중요한 요소가 될 것이므로 정부는 균형적 사고로 제도를 개선하고 실천해야 한다고 생각하게 되었다.

2년여 동안 번갯불에 콩 구워 먹듯 살림하며 남는 시간을 틈틈이 활용했기 때문에 공부가 충분치 않다고 여겼다. 학점은 모두 이수했지만, 석사학위 논문을 준비하는 일은 내게 너무 벅찬 일이었다. 내 주변 인연들이 나의 철 늦은 공부를 일종의 사치로 치부했고, 특히 남편조차도 내게 아량을 베풀지 않았다. 그래서 논문자료 수집과정과 논문작성이 불편한 일이 되었다. 논문을 제출하지 못해 석사학위 취득을 포기했다. 그런데 김대중 정부의 정책 덕분에 석사학위를 받게 되었다. 자격시험으로 논문을 대신할 기회를 준 것이다. 내가 치른 시험에는 4문항이 제시되었는데, 그중 하나를 선택하여 논거를 제시했다.

나는 잭슨의 민주주의에 대한 견해를 피력했다. 잭슨이 서부 변방 출신으로 대중민주주의 시대를 연 점, 잭슨식 민주주의인 엽관제와 대중적 정당 조직의 활발함, 그리고 국민의 뜻을 정치에 반영하는 대통령 권한 강화에 따른 장단점에 대해서 논거를 제시했다. 그로 인해 주민이 직접 뽑는 민선 관료의 수가 늘어나 미국 대중민주주의가 활발해졌지만, 엽관정치와 패거리 정치로 나쁜 선례를 남기기도 했다. 대중을 선동하고, 코드인사를 하고 대통령거부권을 남발하여 탄핵에 시달리기도 했다. 그가 백인들만을 위한 정치를 하며 여론을 조작하고, 국민의 뜻을 앞세워 포퓰리즘 정치를 했다는 점은 잘못되었다는 견해를 밝혔다. 이 시험을 통과하고 이수학점을 종합한 결과 나는 최우수상을 받을 만한 자격을 갖추게 됐다.

대학원에 다니는 동안 리포트를 작성하느라 밤잠을 설친 때가 많았다. 눈은 침침해지고 머리는 어지러워 책을 보거나 컴퓨터 자판을 두드리지 못할 때도 있었다. 나는 '전자상거래'를 통한 거래를 주장하는 내용의 리포트를 작성했다. 또 국가 간 무역에서 자유무역 제도를 주장하고, 특히 칠레와 맺은 FTA 협정이 한국경제에 도움이 될 것이라고 피력했다. 그런데 20여 년이 지난 2020년부터 방탄소년단 등 K-POP이 대한민국의 문화상품으로 세계를 휩쓸고 있는 것을 볼 때, 2000년대 학자들이 주장한 '문화의 상품화'를 당시 정부에서 귀담아들은 것은 아닌가 짐작된다. 현대 경영학의 아버지이며 20세기 최고의 경영학자인 피터 드러커와 폴 크루그먼과 같은 경제학자들을 알게 된 것도 이때였다. 천안대학교 국제대학원 시절은 외적 시야를 확장한 인생의 중요한 변곡점이었다.

총장 남편과 졸업생 아내

2001년 말 논문 대신 자격시험을 통과하면 논문의 효력을 갖게 하는 제도가 생겼다. 나는 이때 석사 자격시험을 치르고 학위를 받았다. 그동안 받아 둔 나의 성적평가는 1등이었다. 그 덕에 천안대학 졸업식에서 대학원 최우수상을 받게 되었다. 그러나 졸업식 며칠 전, 차점자에게 최우수상을 양보하겠다고 총장이던 남편에게 말했다. 남편은 내가 2000년 12월에 학점 이수와 성적평가를 다 받고 난 뒤 2001년 3월에 천안대학 총장으로 부임했다. 나와 공부한 동료 중에도 석사 자격시험을 통과하여 2002년도 2월 석사학위를 받은 사람이 꽤 있었다.

총장 부인이 최우수상 수상자가 된다면 공연한 오해를 받을 수도 있고, 총장 남편이 부인에게 최우수상을 수여하면 우리끼리 북 치고 장구

치는 꼴이 될 것 같았다. 남편이 부임하기 전에 입학하고 확보해 둔 학점과 성적이지만, 누가 그 사실을 알겠는가? 오비이락(烏飛梨落)의 오해를 받기보다는 차점자에게 양보하는 것이 옳은 처신일 것 같았다. 실력은 수상과 관계없이 내 안에 남아 자양분이 될 것이었다. 차점자 B씨는 중년의 직장 여성이었다. 직장과 주부, 그리고 학생으로, 1인 3역을 하는 맹렬 여성이었다. 나도 평소에 B씨를 좋아했다. 동료이자 인생 선배로서 B씨를 돕고 싶었다. 졸업식에서 최우수상을 받은 B씨에게 힘껏 축하의 박수를 보냈다.

남편 덕분에 역차별을 당한 가족은 나뿐만이 아니었다. 아들 상규가 공군에 복무할 때도, 차관 아버지 때문에 상급자들에게 더 가혹한 대우를 받았다고 한다. 막내딸이 중학교 재학 때는 사소한 실수에도 일부 선생님들로부터 심한 체벌을 받았다. 내가 그 사실을 안 것은 막내딸이 대학에 들어간 다음이었다. 또 1993년 김영삼 정부가 막 들어섰을 때 대학의 입시 부정 사건이 터지자 우리 아이들도 샅샅이 조사를 받았다.

큰딸 정원의 결혼식

2003년 5월 10일, 메리어트 호텔 그랜드볼룸에서 큰딸 결혼식이 있었다. 이수성 전 총리가 주례를 서주셨다. 내가 그분을 처음 안 것은 1994년 남편이 역류성 식도염으로 병원에 입원한 때였다. 남편 입원을 주변에 알리지 않았는데, 뜻밖에도 당시 서울대학교 이수성 총장이 병문안을 오셨다. 그분은 소탈하고 인자한 인상이었다.

결혼식 당일, 식장에서 주례석에 오르기 전에 먼저 혼주인 우리 부부를 찾아와서 따뜻하게 축하해 주셨다. 각계각층의 정관계 인사뿐 아니라 정부에서 일하는 공직자와 학교 동창이 참석해주셨다. 나와 관계 있는 사람들까지도 참석하다 보니 그날 메리어트 호텔과 주변은 아수라장이 되었다. 교통이 마비되어 한 이웃은 식장에 들어오지도 못하고 돌아갔다며 아쉬워했다. 또 한 분은 늦게 도착하여 식사도 하지 못하고 돌아갔다. 그분들은 빌리지 단지 내에서 오랫동안 이웃해 살던 분들이었다.

식을 진행한 홀은 500석 공간이었다. 우리는 하객을 위해 여분의 방도 예약해 두었다. 메인 홀에 자리하지 못한 분들이 너무 많아 호텔 측은 하객들을 접대할 공간을 확보하느라 쩔쩔맸다. 양식당, 프랑스 식당도 추가로 받았으나 그래도 자리가 부족하자 호텔 측에서는 할 수 없이 다음 날 이용할 수 있는 식사 초대권을 발행하고 하객을 정리했다.

그 무렵 남편은 이미 공직이나 총장직에서 물러나 권력과는 거리가 먼 처지였다. 우리 집의 개혼이기는 했으나, 그렇게 많은 하객은 남편의 광범위한 활동에서 맺어진 인연들이었다. 신혼 초 수많은 날 동안 남편을 기다리며 속상한 적이 많았는데, 그의 족적이 드디어 나타났다고 생각하며 남편을 다시 보게 되었다.

1974년, 정원이가 태어날 무렵은 나에게 가장 힘든 시절이었다. 따라서 정원에게 미안한 일이 많았다. 백일이나 돌 사진도 남겨놓지 못했다. 당시 남편은 청와대 사정실로 출근했다. 남들은 남편 잘 만났다며 부러워했다. 남편을 한번 만나고 싶어 하는 사람이 많던 시절이었으나, 나는 쪼들리는 생활과 그의 늦은 귀가 때문에 자주 다툼을 벌였다.

바로 그런 일이 있던 다음 날, 아이가 뜨거운 물속에 손을 집어넣는 사고가 발생했다. 그러나 정원이는 어릴 때부터 순한 아이였다. 내가 경제적인 일로 동분서주하며 옆방 새댁에게 맡겨 둘 때도 별로 보채지 않았다. 초등학교 입학식 날에도 동생 정진이가 태어난 지 일주일밖에 되지 않아 내가 학부모로 따라가지 못했는데 혼자 이웃집 아이와 입학식에 잘 다녀왔다. 아기를 보여준다며 친구까지 집에 데리고 왔다. 그 후 자라면서도 집안 분위기를 잘 파악해 엄마 아빠의 중간 역할도 잘하였다. 부부간 냉전으로 집안에 팽팽한 기운이 감돌 때에도 아빠인 남편은 정원이 말에는 부드러워졌다. 자라면서도 건강하고 착실해서 차츰 두각을 나타내기 시작했다.

초등학교 졸업 때는 학생 대표로 졸업장을 받았고, 중학교 입학 때는 필기시험 1등 성적과 분명한 목소리 덕분에 신입생 대표로 입학 선서를 했다. 중학교 3년 동안 반장이 되어서 소풍 때마다 나는 선생님 도시락을 준비했고, 또 시험 때마다 거의 1등을 해서 종종 교무실 선생님들께 비누나 치약 같은 단체 선물로 한턱을 내기도 했다. 중학교 졸업식장에서는 거의 모든 상을 휩쓸었다. 졸업식을 진행하는 동안 계속 무대에 오르내리기 바빴다. 이때 졸업식에 참석한 친정어머니는 정원이의 앞날에 기대를 걸며 후일 일등 신랑감들을 탐색했다.

중학교 다닐 때는 교복 모델로 뽑혀서 교지에도 실렸다. 고등학교 1학년 때는 교내의 '지인용(智仁勇)'상을 받았다. 그 상은 우수한 성적은 물론이고 교사와 학생들이 모범 학생을 투표하여 최다 득표한 남녀 1명에게 주는 상이었다. 딸에게 인기 비결을 물었더니 화장실 청소를 열심히 했기 때문인 것 같다며 웃어넘겼다.

정원이는 서울대학교에서 사회복지학을 전공하는 동안 행정고시에 두 번 도전했다. 두 번 모두 1차 시험에 합격했으나, 2차 시험에서 낙방했다. 법대 나온 사위를 보고 싶은 나는 사위보다 학력이 조금 낮은 것이 가정생활에 평화를 줄 것 같아 딸에게 사회복지학과를 권유했었다. 법대는 정원이가 희망하는 과였다. 딸이 행정고시를 치를 때는 사법고시보다 훨씬 더 어려웠다. 행정고시는 270여 명을 선발했지만, 사회복지 계열은 전국에서 3명만 뽑아 관문이 좁았다. 그 때문에 차라리 사법고시를 택하게 할 것을 하고 후회가 들었다. 하지만 그때는 오직 그 한 가지 생각만 할 때였다. 두 번 실패 후 정원이에게 방송계에 도전해 볼 것을 권유했다.

서울대학교에서 아나운서 경험도 있고, 여러 조건을 갖춘 딸에게 권해볼 만한 일이었다. 똑똑하고 예쁜 아이여서 사랑받는 아나운서가 될 것 같았다. 정원이는 SBS, YTN 아나운서 시험에 응시하여 몇 단계까지 올라갔지만, 마지막 단계에서 불합격했다. 생전 처음 메이크업을 했는데, 내 눈에는 기성 아나운서 못지않게 예뻤다. 열심히 발음 연습을 하고, 대사 연습도 했다. 나도 1차 프로필 심사를 위해 정원이의 메이크업에 신경을 썼다. 의상을 고르느라 온 백화점을 누비기도 했다.

일단 사진 심사에서 합격하자, 신이 난 나는 마치 딸을 미스코리아대회에 출전시킨 엄마처럼 두근거렸다. 그러나 최종 심사에서 탈락했다. 딸은 일단 방송계에 도전 경험을 쌓았다는 것으로 만족하기로 했다. 그리고 교수나 연구자의 길로 방향을 전환했다. 정원이는 박사 과정을 이수하는 동안 전문대학 교수직을 잠시 역임했다. 딸은 가르치는 일에도 최선을 다했다. 그 무렵 카키색 바바리코트를 펄럭이며 강의를 끝내고 돌아오는 딸은 마치 영화의 한 장면처럼 멋있어 보였다.

그런데 29세 정원이가 배우자를 찾지 못했다. 나는 자다가도 벌떡벌떡 일어나 '아이고 어쩌나' 하고 중얼거리며 잠을 설쳤다. 곧 30세가 될 것을 생각하니 일이 손에 잡히지 않았다. 딸 혼인 걱정에 하루가 저물었다. 과년한 딸을 둔 부모로서 너무 나태했다는 자책이 들었다. 그동안 잘 자라온 딸이었지만, 막연히 기다릴 수만은 없어 주변 사람들에게 신랑감을 추천해 달라 부탁했다. 맞선 후보자 중에는 딸과 어울리는 청년도 더러 있었다. 학창 시절부터 정원이를 사모했다는 순정파 청년도 있었지만, 딸은 결국 대학도서관에서 사귀었다는 청년과 결혼했다.

2003년 5월 10일, 큰딸 정원이가 첫째인 오빠보다 먼저 결혼식을 올렸다. 정원이와 결혼한 청년은 서울법대 재학 중에 사법고시에 합격하고, 군 복무를 마친 후 법무법인에서 변호사를 시작한 장재영 군이었다. 우리는 딸의 선택을 존중하여 그 청년을 사위로 맞이했다. 사위는 현재 법무법인 세종에서 일하고 있으며, M&A 전문 1, 2위 평가를 받고 있다.

아들 상규의 결혼식

큰딸 혼인을 치른 이듬해 2004년 5월 4일, 아들 상규의 결혼식이 있었다. 나는 아들 배필 조건에 좀 까다로운 태도를 보였다. 집안 내력, 신부 학력, 성품, 외모 등을 따졌는데, 가정에서 여성의 역할이 중요하다고 생각했기 때문이다. 한 가정의 흥망성쇠가 새로 들어오는 여성의 자질에 달렸기에 아들이 좋은 배필을 만나기를 기대했다. 아들은 이미 한 여성을 사귀고 있었고, 그 여성과 결혼하고 싶다고 했다. 그 사실을 알았을 때 나는 좀 더 여러 사람을 만나 본 다음 결정할 것을 권했다. 그러나 결국 아들의 뜻을 받아들여 혼인에 이르게 되었다. 결혼 전 나는 신부에게 몇 가지를 묻고 싶었지만, 아무것도 묻지 못했다. 중학교 교사인 신부는 조신해 보였고, 성품도 외모도 나무랄 데가 없었다.

결혼식은 공항 터미널에서 올렸다. 결혼식을 마치면서 신랑 신부가 함께 행진할 때 신랑이 신부보다 훨씬 더 좋아했다. 신랑의 팔짱을 낀 신부가 인사를 할 땐 며느리가 주도하는 삶을 살아갈 것 같은 느낌이 들었다. 며느리가 좋은 아내가 되어주기를 바랐다. 결혼식과 신혼여행을 포함해 대부분 절차를 신부 측 의견을 따랐다. 결혼식 주례는 연세대학교 총장과 교육부 장관을 역임했던 송자 선생이었다. 물론 남편이 청한 주례였다.

신랑 신부 소개가 없어 아쉬웠다. 결혼식 중간에 한 무리의 여학생이 축가를 합창했다. 하객들은 자연스럽게 며느리 직업이 교사인 것을 알게 되었다. 며느리는 이화여자대학교에서 미술을 전공했다. 대학원에서 교육학을 전공하고 교사가 되었다. 결혼 전 아들의 경영학과 후배가 소개해 마음을 뺏긴 아들이 구애하여 시작한 인연이었다. 누가 다리를 놓았는지조차 아들에게 물어보지 못했다. 아들이 이미 결정해 놓고 나에게 알려왔기 때문이다. 그림에 소질이 많던 아들의 미술적인 취향이 며느리와 잘 통했을 것 같았다.

상규가 태어나자 남편은 너무 기분이 좋아 뭐든 할 수 있을 것 같은 자신감이 생겼다고 한다. 그러나 그해 겨울 우리는 큰방이었지만 냉기 가득한 방에서 아이를 키우며 고생을 꽤 했다. 어느 날 아이가 밤새도록 울어 그 연유를 몰라 쩔쩔매었는데, 아침에 병원에 가보니 귀가 아팠기 때문이었다. 철없던 나는 말 못하는 아이의 괴로움에 빨리 대처하지 못한 엄마였다. 그러나 돌이 다가올 때까지 상규는 점점 알밤처럼 미남이 되어가서 여자아이보다 더 예쁘게 보였다. 돌이 되자 나는 돌복 외에 여자아이 원피스 하나를 사서 입혀보기도 했다.

그런데 둘째 정원이가 태어나고 두 돌이 되어 갈 무렵, 상규가 늑막염에 걸려 1년을 병원에 다니느라 고생했다. 도우미도 없어 상규를 데리고 병원에 갈 때마다 갓 태어난 둘째를 재워놓고 건넌방 새댁에게 맡겼다. 언덕길을 내려가 버스를 타고 병원에 오가는 일을 일 년 정도 계속하고서야 상규는 겨우 나았는데, 그 후에도 초등학교에 들어가기 전까지 잔병치레를 많이 했다.

그런 가운데도 상규는 영리하고 너무 잘생겨서 보는 사람마다 칭찬을 아끼지 않았다. 네 살 무렵 어느 날 상규가 없어져서 소동이 난 적이 있었다. 이웃 사람들과 함께 온 동네를 찾아 헤매다가 한 초등학교 운동장에서 상규를 찾아냈다. 나는 너무 반가워서 울었는데, 아빠인 남편은 아들을 찾아 반가우면서도 상규에게 화를 내며 꾸지람을 늘어놓았다. 다섯 살 무렵에는 상규가 집에서 꽤 멀리 있는 태권도장에 혼자 다니면서 태권도도 잘해서 선생님께 칭찬을 듣고 우리에게 시범을 보이기도 했다. 유치원 때는 그림을 잘 그려 대회에 나가 상도 받았는데, 그림 속에는 이야기가 있었기 때문이었다. 초등학교 때는 그림일기를 썼는데, 그림을 잘 그리고 얘기를 재미있게 써서 당시 담임선생님이나 우리뿐 아니라 지금 손자들도 감탄을 하고 있다.

초등학교에 들어간 어느 날 상규가 오줌을 쌌다는 담임의 전화를 받고 헐레벌떡 바지 하나를 들고 학교로 뛰어갔다. 미안하고 고맙기도 해서 쩔쩔매었다. 집에 온 상규에게 어쩌다 그렇게 됐느냐고 물으니 "선생님이 화장실에는 휴식 시간에만 다녀오라 했어요"라고 했다. 원칙주의적인 성품이 그때부터 형성된 건 아닌가 싶다.

초등학교 3학년 무렵에는 만화책을 만들어 친구들에게 돌린 적도 있었다. 게다가 야구단을 모집한다며 아파트 벽에 전단지를 만들어 붙이기도 했다. 광고 문구는 생각나지 않지만, 야구방망이를 휘두르는 소년을 그린 그림은 동네 아이들을 깜짝 놀라게 했다. 그 후 상규는 동네 아이들의 우상이 되기도 했다. 초등학교 5학년 무렵에는 잠실종합운동장에서 열린 컴퓨터 실기대회에도 출전했다. 그는 달리기, 수영 등 체육에도 재능이 있었는데, 특히 달리기가 최고였던 것으로 기억한다.

남편과 나는 다른 부모들처럼 한때 '우리 아들이 혹시 천재가 아닐까?'라고 생각한 적도 있었다. 남편은 아들에게 큰 기대를 걸었던 것 같다. 남편은 어릴 때부터 아이들을 무척 귀여워했다. 중앙청에 출근했던 젊은 시절에는 12월 31일 종무식이 끝나면 사무실로 아이들을 데려가서 구경을 시켜주고, 한 식목일 행사 때는 상규를 데리고 가서 식목 행사를 함께 하기도 했다. 초등학교에 입학할 무렵에는 아이들에게 자전거를 가르쳐주며 아파트 단지를 아이들과 함께 신나게 돌기도 했다. 그는 확실히 엄마인 나보다는 훨씬 자상하고 사랑이 많은 아빠였다. 상규가 초등 3학년 때 만화책을 만들면서 눈이 나빠져 안경을 껴야 했을 때는 눈물을 흘리기도 했다. 아들이 중학생 때 일본 출장을 가서는 아들이 부탁한 '워커맨'을 1순위 선물로 사들고 왔다.

중학교에 들어가자 다재다능한 상규는 친구들과 어울리며 음악을 즐겼다. 중학 시절 사춘기를 보내며 소속감을 느끼고 싶어 했고, 우리 집의 딱딱한 공무원 생활보다는 친구들의 자유로운 가정 분위기를 부러워했다.

고등학교 때는 인기 많은 한 친구의 자유로운 사상과 생활방식을 부러워했다. 공무원인 아버지의 직업을 자유롭지 못하다고 여겨 아예 관료나 공직을 싫어하게 되었다. 너무 조심스럽게 살아가는 우리 생활이 상규에게는 지겨워 보였던 모양이다. 이야기를 표현하는 능력과 그림에 탁월했던 아들은 음악도 무척 좋아했다. 아들은 예술적 취향과 안목이 있었고, 그런 대학에 진학하고 싶어 했다. 하지만 우리가 만류해 결국 경영학으로 타협을 보았다. 상규는 고등학교 3학년 1학기 때 전국 모의고사에서 84등을 했다. 서울대학교 상과대학을 지망했으나 실패하고, 다음 해 연세대학교에 입학하여 경영학을 전공했다.

대학에 들어간 다음에는 연극동아리에 들더니 연극에만 몰두했다. 유학을 권유했지만, 관심이 없었다. 대학 2학년을 마치고 공군에 입대했다. 당시 군 복무 기간은 30개월이었다. 우리는 그가 입대할 때 '사천 공군훈련소'까지 전송하기 위해 진주에서 하룻밤을 묵고 남강에서 배를 함께 타며 훈련소에 들어갈 때까지 함께 했다. 그의 군 복무 생활의 불안함을 달래주기 위해서였다. 하나뿐인 아들이라 복무 기간은 길지만, 덜 위험한 공군을 선택하도록 했다. 한 달 후 아들이 입고 간 민간복과 함께 군복 입은 사진이 도착했다. 나는 그 옷을 보자 마음이 울적하면서도 어려운 훈련소 생활을 잘 마쳤다는 것에 안도하면서 아들을 대견하게 생각했다. 얼마 지나 첫 휴가를 나온 아들의 군복 입은 모습은 완전 말라깽이여서 무어라 할 말이 없었다. 얼마나 고된 군 생활이었는지 가여운 생각이 들었다.

그 후 나는 수원 공군 비행장에 배치된 아들을 면회하기 위해 종종 누룽지를 튀긴 것과 닭튀김, 김밥 같은 간식들을 들고 가 동료들과 나눠 먹도록 했다. 그는 군 생활을 하면서 상급자들로부터 아버지가 차관이라 더 호된 병영생활을 했던 것 같다. 당시 사회 분위기는 혹시라도 고위직 자녀들에게 특혜가 있을까 의심하는 상황이었다. 아들의 상사나 연대장은 더 철저하고 까다롭게 상규에게 혹독한 훈련을 시켰던 것 같다. 그 가운데서도 하사관들은 자신들의 발전을 위한 향학열을 발동하여 아들 상규에게 자신의 공부에 관련한 일거리들을 부담시켰다. 그것도 꽤 스트레스를 주었는지 어쩌다 휴가를 나와도 아들은 상사의 부탁을 처리하느라 쉴 틈이 없었다.

군대를 제대하고 복학해서도 예전에 가입한 연극동아리에서 활동했다. 지금도 그때의 연극동아리 친구들과 가깝게 지내며 서로 의견을 교환하며 사회생활을 하고 있다. 졸업과 동시에 국내 기업인 LG에 입사했다. 그 후에는 또 다른 회사인 CJ 계열 회사로 옮겼다. 마침내 2004년 5월 4일, 음악과 미술적 취향이 풍부한 아들이 미술을 전공한 아가씨 임자연과 결혼식을 올렸다. 서로 예술적 취향을 나누며 살고 싶었던 것 같다.

막내딸 정진의 결혼식

막내 정진이의 결혼식은 자녀 바라지에 마침표를 찍는 심정으로 멋진 곳에서 치러주고 싶었다. 결혼 날짜를 잡은 후 나는 마음이 바빠졌다. 사돈 측과 상견례를 한 후 불과 두어 달 후로 결혼 날짜를 정했기 때문이다. 한여름 더위와 장마 속에서 결혼식장을 수소문했다. 땀을 뻘뻘 흘리며 여러 식장을 알아보던 내게 큰 사위가 그리스풍의 예식장을 추천했다. 가서 보니 마음에 들었다. 40여 년 전 종로 고려예식장에서 결혼하던 때가 떠올랐다. 그래서 막내딸만은 최고로 품격 있고 아름다운 곳에서 결혼식을 올려주고 싶었다. 큰딸 정원, 아들 상규가 결혼식을 올린 지 10여 년 지난 후였다. 신랑 측은 독실한 가톨릭 가정이어서 성당을 원했지만, 예식장 직원을 통해 몇 가지를 양보하기로 하고 결국 예식장 라움으로 정했다.

2013년 9월 6일. 결혼식이 저녁 7시에 있었다. 실내에서 야외 잔디정원으로 연결되는 긴 회랑의 예쁜 식탁에 앉은 하객들과 친지들은 와인 잔을 기울이며 그날 밤을 즐겼다. 우리는 하객을 많이 초대하지 않았다. 사람들이 영남대학 이사장을 박근혜 대통령과 연관하여 생각했기 때문이었다. 그때는 남편이 영남대학 이사장이 된 지 두 달이 채 되지 않는 시점이었다. 그런데다 이미 두 번의 혼사를 치렀기 때문에 막내 결혼은 되도록 초대 범위를 줄이려던 참이었다. 특히 남편의 공적 지인들에게는 결혼 소식을 알리지 않았다. 심지어 영남대학교 이사회 측에도 알리지 않았다. 남편과 나의 가까운 친척과 친구들만 초대했다. 후일 소식을 안 지인들은 섭섭함을 토로했다.

딸의 혼인을 결정할 무렵, 남편은 은퇴하여 한가롭게 살고 있었다. 혼인 절차를 진행하는 동안 갑자기 영남학원 재단 이사장에 취임했다.

그때가 2013년 7월 17일. 신문에 남편 취임이 발표되자 사람들은 남편을 박근혜 대통령과 아주 가까운 사이라 추측했다. 현직 대통령 박근혜가 영남대학교의 실질적인 주인이며, 퇴임 후 이사장이나 총장으로 돌아갈 것이라고 국민 대부분이 믿고 있을 때였다. 우리 딸 결혼식이 권력과 친해지려는 사람들의 연회장소가 될 소지가 다분했기에 우리는 절제를 해야 했다.

주례는 강경식 전 경제부총리를 모셨다. 오랫동안 우리와 교분을 이어오던 분이었다. 그분이 주례를 마치자, 또 다른 주례 한 분이 갑자기 등장했다. 천주교 신자였던 신랑 부친이 신부님을 모셔온 것이었다. 단에 오른 신부님은 종교지도자로서 신랑 신부에게 인생길에서 명심할 당부 말씀을 하셨다. 긴 머리를 묶은 신부님이 하객에게 색다른 기억을 남겼는지 결혼식 후 한동안 친구와 지인들은 종종 이 일을 화제로 삼았다.

검찰총장을 지낸 신랑의 이모부, 신랑 아버지의 친구, 신랑 부친이 속한 봉사단체 일원 등이 무대 앞으로 나와 혼주인 양쪽 부부와 축배를 들었다. 축배와 축가가 이어졌다. 몇몇 분은 신랑 아버지와 같은 합창단원이었다. 그날의 풍경은 아름답고 성대하며, 화려하고 우아했다. 그리스 양식의 인테리어와 은은한 조명이 아름다운 꽃들과 어우러져 신랑 신부를 눈부시게 빛내 주었다. 하객도 신사 숙녀의 품격을 보여주었다. 행복이 가득한 초가을 저녁 풍경이었다. 특히 노을이 지는 저녁 하늘을 바라보며 홀 밖 회랑에서 와인 잔을 기울이던 칠순의 남편과 대학동기들은 오랜만의 만남을 자축하며 젊은 날을 회상했다. 가을 문턱에서 막내 정진이가 새로운 인생을 출발하게 되었다.

정진의 의사 오디세이

정진이는 어렸을 때 책을 많이 읽었다. 내가 동분서주할 동안 혼자 있는 시간에 주로 독서를 했다. 초등학교 때는 '다독왕'으로 뽑히고, '속독왕'이 되었다. 담임선생님은 정진이가 정말 완독했는지 의심할 정도였다. 매번 글짓기 대회에서 상을 받았고, 6학년 때는 전교에서 홀로 전국 글쓰기대회에서 동상을 받아 전교생에게 박수갈채를 받기도 했다. 친정 일과 남편 모임 준비나 바쁜 일상으로 내가 거의 돌보지 않았지만 정진이는 잘 자라 주었다.

유치원생일 때부터 정진이는 종종 열쇠를 목에 걸고 혼자 집에 들어갔다. 막내가 초등학생일 무렵엔 학원 붐이 일어 친구들이 학원에 많이 다녔지만, 막내딸은 보내지 않았다. 그 무렵 상규와 정원이도 자신의 학업에 바빠 다섯 식구라고는 해도 주로 정진이 홀로 집에 있어야 했다. 대신 그 시간에 독서에 열중하고, 그러다 너무 외로우면 놀이터에 나가 친구들과 놀기도 하면서 외로움을 잊었던 것 같다.

정진이는 그림과 운동에도 재능을 보였다. 달리기도 잘했고, 눈썰미가 있어서 한번 본 것도 곧잘 그려냈다. 정진이는 모든 재능에도 불구하고 의과대학에 진학했다. 사실 되고 싶은 것도, 재능도 많은 정진은 수능시험 전까지는 의사가 되고 싶어 한 적이 단 한 번도 없어 혼란스러워했다. 그 시기 돌아가신 내 어머니의 부탁과 언니 정원이의 권유가 영향을 미쳤다.

정진이가 대학에 지원서를 넣을 무렵, 친정어머니가 신문 기사 한 토막을 오려 들고 오셨다. 문과 출신도 의과대학을 지원할 수 있다는 기사였다. 우리 부부도 막내에게 의과대학을 권했다. 집에 의사가 하나쯤 있으면 좋다는 말을 귀담아들었는지, 오빠가 재수하다 좋은 결과를 내지 못한 선례를 봐서인지 재수학원 다니면 집안에 부담이 간다고 여겼던 것 같다. 어리다고만 여겼던 정진이가 속 깊은 생각을 할 줄이야. 언니 오빠가 시험 보고 나니 엄마가 확 늙게 보였다며, 엄마인 내가 자신의 수험 뒷바라지로 더 늙는 모습을 보는 것도 싫다고 했다. 막내로 태어난 정진이는 유독 내게 젊게 하고 다니라고 부탁했다.

재수를 해서라도 서울대 법대에 들어가려던 마음을 접고, 이화여자대학교 의과대학에 지원했다. 수능성적으로는 조금 낮춰 지원했기에 최우수 성적 장학금을 받았다. 어머니가 와병생활 때문에 잊어버려 실제로 주시진 않았으나, 아이의 전 학기 장학금을 준다는 말에도 영향이 있었을 것이다. 그러나 의사 자격시험, 인턴과정, 전문의과정을 통과한 후 완전한 의사가 되기까지 온갖 노력과 시간을 바치고 우여곡절도 겪게 될 줄을 그때는 몰랐다.

예과 때는 서초동 집에서 대학까지 통학했다. 본과에 임하면서 목동에 작은 아파트 세를 얻어 주었다. 나는 이따금 반찬을 날라주며 청소나 세탁을 도왔다. 하지만 얼마 후 가보면 냉장고에 음식이 그대로 있을 때가 많았다. 식사도 대충 때웠고, 옷도 대충 입었다. 해부학을 공부할 때는 매일 밤 악몽을 꾼다며 힘들어했다. 동료 학생의 자살이나 정신병에 걸렸다는 소식을 전할 땐 소름이 끼쳤다. 그러던 어느 날 정진이가 의과 공부를 못하겠다고 선언했다. 공부를 계속하게 해야 할지 접게 해야 할지 고민스러운 것은 우리 부부도 마찬가지였다. 우리는 딸에게 일단 한 학기를 쉰 후 다시 진로를 정하자고 했다. 결국 정진이는 천천히 마음을 가다듬고 다음 학기부터 본과과정을 다시 이어가기로 했다.

의과대학에 다닐 동안 대다수 다른 학부모들과 달리 나는 딸 뒷바라지를 제대로 못했다. 첫째와 둘째 결혼을 치르고, 아직 집에서 떨어져 직장생활을 하는 남편을 챙겨야 했고, 그러지 않는 날엔 림프종을 선고 받고 암 투병 중인 친정어머니 간호와 돌봄을 신경 써야 했기에 바쁘지 않은 날이 없었다. 그래도 내게 이런 기억도 있다. 막내딸이 본과 3년차에 이대동대문병원으로 실습을 나갔다. 나는 새벽 일찍 도시락을 바구니에 담아 용인 우리 집에서 목동 아파트로 달려갔다. 잠이 덜 깬 정진이를 차에 태우고는 동대문병원에 데려다주었다. 달리는 차 안에서 도시락으로 아침 식사를 했다. 혹시 체할까 염려스러웠지만, 그 방법밖에 없었다.

어느 날인가는 정진이를 내려주고는 곧장 어머니에게 달려가고 있을 때, 딸에게서 다급한 전화가 걸려왔다. 실습용 의료기기를 빨리 구해 오라는 것이었다. 나는 차를 돌려 재빨리 서울대학병원과 이대동대문병원 사이 길가에 차를 세우고는 의료용품을 구입했다. 교통 위반으로 잡힐 뻔했지만, 무사히 딸의 부탁을 해결했다. 나는 정진이를 가평 어느 산속 정신과병원에도 데려다준 적이 있었다. 벌써 18년 전 일이다. 하루 전 사전 답사하던 중 목적지를 찾지 못해 깊은 밤길을 헤맸다. 처음 가는 캄캄한 산길에서 내비게이션이 작동하지 않아 멀리 보이는 희미한 불빛을 따라갔다가 뒤돌아온 적도 있었다. 나는 그럴 때마다 초등생 엄마처럼 수업에 지장을 줄까 전전긍긍했다.

딸이 의과대학을 졸업하고 수련의 면접시험이 있던 날이었다. 검정 투피스를 준비해 주었다. 정진이가 정장을 입은 것은 그때가 처음이었다. 면접시험이 끝날 때까지 주차장에서 합격을 빌었다. 정진이가 합격 소식을 들고 왔다. 의학도의 길에 진입한 이래 네 번째 기쁜 날이었다. 의과대학 합격과 졸업, 의사 자격시험 합격, 그리고 가톨릭대학 인턴 합격이 그것이다.

정진이는 성모병원(카톨릭병원) 수련의과정에서 더 헌신적으로 노력했다. 전반기에는 의정부성모병원에서, 2학기에는 서울성모병원에서 수련의 생활을 했다. 첫 학기에는 의정부병원에 지원하라고 권유했다. 수련이 힘든 곳인지도 모르고 단지 우리가 사는 포천 대진대 총장 공관과 가깝다는 이유 때문이었다. 모두가 기피하는 곳에 지원한 딸은 당연히 의정부병원에 합격하여 인턴을 시작하게 되었다. 돌아보면 우리 집안은 의과대학이나 그 수련 과정에 너무도 이해도가 부족했다.

나는 이때 처음으로 휴대전화 문자 메시지를 활용했다. 2007년, 아직 카톡이 사용되기 전이었다. 딸에게 간식을 전해주거나 딸 얼굴을 보려면 아무래도 전화보다는 메시지가 훨씬 편했다. 딸이 문자 메시지로 알려준 곳으로 걸어가는 동안 하얀 가운을 입은 정진이가 보이면, 연인을 만나듯 가슴이 뛰었다. 간식을 전해주고 병원 얘기를 나누기에는 너무 짧은 시간이지만, 달콤하고 행복했다. 그러나 7월에 막 접어든 어느 날, 청천벽력 같은 전화를 받았다.

"엄마 난 인턴을 더는 못하겠어요. 오늘부터 병원에 안 나갈 거예요."

폭탄선언에 정신이 아찔했다. 나는 정신을 가다듬고 곧장 병원으로 달려갔다. 2층 침대가 있는 기숙사였다. 딸은 이미 가방 속에 소지품을 챙겨 넣고 방을 정리하고 있었다. 나는 하루만 참아보라며 가방을 밀쳐내고 사정했다. 남편도 달려왔다. 나는 지도교수를 찾아가 하루만 봐달라고 사정했다. 정진이는 전공의 선배로부터 경멸적인 폭언과 무시를 당해 자존심이 형편없이 상했다고 했다. 함께 일하는 다른 동료의 잘못까지 뒤집어써야 하는 걸 견딜 수 없다고도 했다. 그동안 묵묵히 참다 폭발해버린 딸은 그곳에서 인턴 생활을 할 수 없다고 했다. 오래 참다 터진 딸의 폭발은 숨어 있던 본성이 나타난 부분이었다. 우리는 정진이를 데리고 근처 식당으로 갔다.

"너 말대로 도저히 참을 수 없다면, 그만두어도 좋아. 그래도 오늘 하루 쉬면서 다시 생각해보자."

그러고는 의정부 롯데마트 쇼핑센터에서 싸구려 꽃무늬 원피스를 사 입혔다. 그러나 그걸로 상한 마음을 진정시키기에는 어림도 없는 일이었다. 정 못 참겠으면 다음 날 다시 데리러 오겠다는 말을 남기고 돌아왔다. 그때가 2007년 7월 초였다. 그날 저녁 딸아이를 병원에 데려다주고 돌아오는 차 안에서 병원으로 다시 돌아갔다는 사실에 안도했다. 정진이는 다음 날 정상적으로 근무했다. 우리는 겨우 가슴을 쓸어내렸다.

다행히 얼마 남지 않은 인턴의 전반기를 끝내고 후반기 인턴 생활은 서울성모병원에서 받았다. 열심히 매진한 덕분에 좋은 평가를 받았다. 의정부에서 인턴 1등이었고, 전체에서도 5등 이내였기에, 소망하던 정신과 전공의에 지원 신청을 했다. 그런데 기대와 달리 정진이는 정신과에서 탈락하였다. 당시 의학도들은 수술을 피하여 정신과를 많이 선호했다. 더구나 모집 정원이 5명인 정신과 전공의 지원에 수많은 지원자가 몰렸다. 본교 출신이 아닌 타 대학 출신은 더 불리했을 것이다. 그러나 정진이는 정신과를 포기하지 않았다.

나는 남편과 용인정신병원에 갔다. 병원 마당에는 담배 연기를 내뿜으며 느릿하게 산책하는 남자 환자가 많았다. 그곳에서 마주친 환자들, 특히 남자 환자들은 내 가슴을 내려앉게 했다. 그 순간 절대 내 딸을 정신과에 보낼 수는 없다고 결심했다. 더 용감하고, 간이 크고, 힘도 세고, 마음도 한량없이 넓은 의사만이 그 환자들을 감당할 수 있을 것 같았다. 원래 문과 지망생인 딸이 의대에 지원서를 넣은 것은 훗날 정신과를 공부하겠다며 마음속 자신과 타협했기 때문이었다. 정진이가 의대 본과 3년차 실습 정신병원에서 발표한 소감에 따른 교수 평가와 감동 어린 격려가 정신과를 지원한 동기가 되었다.

"제가 오늘 방문을 위해 어제 병원을 미리 찾아오다가 그만 길을 잃고 헤매게 되었습니다. 그때 저는 얼마나 당황했는지 몰라요. 그런데 오늘 여기 환자들을 보면서 그들이 마음속에서 잃어버린 길을 찾아주고 싶어졌습니다."

이렇듯 정진이에게는 인간을 깊이 사랑하는 마음이 있었지만, 나는 좀 더 편히 살게 해주고 싶었다. 용인정신병원에 다녀온 우리 부부는 정신과가 딸이 감당하기에는 벅차 보인다고 결론지었다. 딸도 일단 우리 생각을 이해했다. 그리고는 우선 미국행을 결심했다. 2008년 4월부터 시작하는 미국 영어연수 프로그램에 참여하기로 한 딸은 미국으로 떠났다. 미국에서 영어연수를 하는 동안 점차 미국 생활에 적응해갔다. 서울시 홍보 모델 아르바이트도 했다.

미국 생활에 자신감이 생기자 미국 의사시험을 보기로 했다. 정진이는 미국에서 의사 자격시험 1단계 합격 후 다음 단계도 준비하고 있었다. 그러나 딸이 미국에서 의사 과정을 다 마치려면 너무 많은 시간이 필요한데다 혼기마저 놓쳐버릴 것 같았다. 우리는 한국으로 돌아와 전공의과정을 마저 이행하면서 공부하라고 설득했다. 마침내 딸이 우리 권유에 동의했다. 그 말을 듣기 무섭게 남편은 차병원 소아과에 지원서를 제출해 버렸다. 이때가 2009년 말이었다. 2008년 4월에 시작한 딸의 미국 생활은 2009년 말까지였다.

얼마 후 병원 면접을 거쳐 소아과 전공의 입학 통지를 받았다. 한국에서 전공의과정 수련 시작 절차를 이행하던 중, 딸은 미국행 항공권을 구입해 놓고는 떠나는 날 우리에게 알렸다. 후속 단계 미국 의사 자격시험을 위해 미국으로 날아가던 중 갑작스러운 폭설을 만나 시험장에서 한참이나 떨어진 공항에 내려야 했다고. 일단 그곳 호텔은 객실이 모두 예약되어 이미 방을 확보한 다른 정신과 여의사에게 방값을 나눠 낼 테니 재워달라고 부탁했다고 한다. 딸은 룸메이트에게 폐가 될까

봐 이불을 덮고, 휴대용 전구를 밝히며 공부했고, USMLE의 CS라는 commuication skill 시험까지 합격하고 돌아왔다.

이렇듯 희미한 가능성에도 불구하고 최선을 다하는 정진이는 아무래도 외할머니 성품을 닮은 것 같았다. 전문의과정이 시작되기 전 틈을 이용해 자신의 뚝심을 실천하고 돌아온 딸. 그 딸은 어린이를 좋아해서 차병원에서 소아과 전문의 과정을 이행했다. 아이들을 볼 때 딸은 가장 행복해 했다. 종종 신문 기사에 나오듯 예민한 아이 보호자가 날선 폭언과 폭행을 하는 일도 있었지만, 막내딸은 작은 아기들을 보호하는 일을 책임감 있게 해냈다. 심지어 자신이 폐렴에 걸려 도저히 일하지 못할 상황에서도 쉬지 못하고 울면서 병원으로 나갔다. 다른 동료들이 자기 대신 당직 서는 것을 막기 위해서였다. 차병원은 신생아 집중치료실 일이 너무나 힘든 병원이었다.

나는 어머니가 돌아가신 후 딸이 인턴이나 전문의과정에 있을 때, 종종 간식을 만들어 주곤 했다. 숙식을 거의 병원에서 한 인턴 때와는 달리, 전공의는 며칠에 한 번씩 당직을 하지 않고 집에서 잘 때도 있었다. 간혹 은퇴한 남편이 딸을 병원에 데려다 주기도 했다. 나는 출근하는 딸에게 샌드위치나 김밥을 차에서 먹게 하고, 병원에 내려주고 돌아와 아침 식사를 했다. 차 안에서 딸과 나누는 대화는 놓치기 아까운 애피타이저 같았다.

전문의과정 3년차 과정이 끝나갈 무렵, 집안과 직장이 좋아 괜찮다고 추천받은 신랑 후보들을 막내에게 소개했다. 하지만 딸은 그때마다 피곤해 죽겠다며, 취향에 맞지 않는 사람들만 들이밀어 쉬지도 못하게 한다며 화를 내기 일쑤였다. 가끔 내 말을 들어줄 때도 있었지만 별 성과는 없었다. 이러다 막내딸이 노처녀가 되면 어쩌나 싶어 초조해할 때 막내딸은 자신이 맘에 들면 누군들 결혼 못 하겠냐며 도리어 나를 위로했다. 그러던 어느 날 막내딸이 드디어 한 청년을 마음에 들어 했다. 키가 훤칠하고 성격이 너그럽고 센스도 있는 호감 가는 인상의 안과 의사였다. 딸은 마지막 한 학기를 남겨둔 2013년 9월 6일, 아산병원에서 안과 펠로우 과정에 있던 의사와 결혼했다.

돌아보니 내게도 좀 여유로운 시절이 있었다. 2008년 4월부터 2009년 말까지 정진이가 인턴을 끝낸 후 미국에 있을 무렵이다. 매달 송금하는 수고는 있었지만, 대진대 공관에서 모임을 많이 개최할 정도로 여유로운 생활을 했다. 다방면에 걸쳐 많은 재능이 있던 딸도 욕구를 억누르고 적성에 맞지 않는 의과대학을 견뎌내고 새로운 힘을 축적하는 처음이자 마지막 기간이었을 것이다. 우리 부부는 우리가 자라온 것처럼 자식에게 너무 낙관적인 사람들이었다. 게다가 우리에게 기대하는 인간관계에 신경을 쓰다 보니 의료직인 막내딸의 고충을 깊이 헤아리지 못했다. 막내딸이 가장 힘들 때 형제들도 각자의 삶이 벅차 동생인 정진이에게 관심을 기울이지 못하고 응원을 해주지 못했다. 그래도 막내딸은 씩씩하게 자신의 길을 가 주었다.

32세, 결혼한 이듬해에 정진이는 소아과 전문의 자격증을 취득했다. 이후 손자 손녀들이나, 내 형제들과 우리 가족 누구든 아플 때마다 막내딸은 자신의 바쁜 일상에도 불구하고 조언과 진단, 처방으로 약을 건네주며 진단서도 끊어 주었다. 어떨 때는 병원에도 데려가 주었다. 그야말로 집안에 의사가 필요하단 말이 정말 맞구나 하는 생각이 든다. 이제 막내딸은 워킹맘 페이 닥터로 소아과뿐 아니라 피부과 기술도 다방면으로 익히며 새로운 분야에 도전하고 있다. 곧 개업을 생각하는 정진이의 의사 여정은 여전히 진행 중이다.

우리 집 우리 가족

아들 혼인이 결정된 후 서초동 집을 아들이 거처하게 하고, 우리는 미리 준비해 둔 수지 아파트로 이사했다. 아들이 입주할 아파트가 완공까지 아직 한참이나 남았기에 새로 전셋집을 구하기보다는 서초동 집에 살게 하는 것이 손쉬운 일이었다. 당장 아들이 전세 비용을 마련하지 않는 것과 당분간 이사 걱정없이 살 수 있는 실리적인 선택이었다. 다만 서초동 집은 신혼부부가 살기에는 너무 넓어서 후일 큰딸도 이층으로 이사 오게 했다. 두 가족 모두 아파트 완공을 기다리면서 아파트 중도금을 준비하면 좋을 것으로 생각했다.

막상 우리가 이사한 용인 수지는 교통이 매우 불편했다. 서울에서 살았던 터라 교류관계가 대부분 서울에 있었다. 서울에 가려면 자가용으로도 한 시간여, 대중교통으로는 버스를 몇 번이나 갈아타야 했다. 버스는 자가용보다 시간이 두 배나 소요되었다. 그런데도 남편은 용인에서 서울로 오가는 교통 문제에 별로 불평을 하지 않았다. 하지만 비교적 너른 아파트를 택한 것은 종종 불평을 했다.

용인 아파트 구매를 주장한 나는 그의 불만이 마음에 걸렸다. 남편은 지인들의 농담이나 충고에 꽤 마음을 쓰는 편이었다. 오랜 공직생활을 한 남편 심정은 이해할 수 있지만, 이 아파트 대금을 마련하기까지 나도 많은 준비와 노력이 있었다. 또 앞으로 손주가 태어나고 대가족이 모일 것을 생각한 대책이었다. 그래서 나는 집 구매 자금이나 계약 절차 같은 번거로운 일에 남편을 끌어들이지 않기로 했다. 웬만한 일은 혼자서 처리했다. 서초동 집 관리도 내가 나서기로 했다. 심지어 일상의 웬만한 일까지도 남편에게 양보하기로 했다. 나 또한 그런 일들을 하긴 싫었지만, 모든 불편은 내가 감내해볼 작정이었다.

그러나 살다 보니 서울 아이들은 무슨 모임이든 용인에서 치르는 것을 좋아했다. 많은 사람이 한자리로 모이기에도 편리했다. 더구나 우리 집엔 살아온 인생만큼이나 살림살이도 풍족했다. 탁자나 식탁, 소파, 의자, 그리고 그릇까지. 게다가 언제나 방문을 환영하는 내가 있지 않은가. 용인에 이사 온 후 19년이 된 오늘날까지 아이들 집에서 모임을 한 것은 다섯 손가락 안팎이었다. 반면 용인 집에서는 일 년에 4~5차례 대가족 모임뿐 아니라 예정에 없던 주말 모임도 자주 가졌다. 친지나 친구들 모임도 종종 이루어졌으니 넓은 공간을 소유한 대가는 엔간히 치른 셈이었다.

세월이 흐르고 불편했던 교통 문제도 해결되었다. 용서고속도로가 2009년 7월에 개통되고, 또 2018년 7월에는 금토JC가 개통되어서 더 편리해졌다. 더구나 2011년 10월에 수원 광교에서 강남까지 신분당선이 개통된 후 현재 신사역까지 연장되어 서울의 어느 지역이든 갈 수 있고, 강남까지 30분 정도면 된다. 덕분에 우리 생활도 편리해졌고, 멀리 사는 지인들을 초대할 때도 덜 미안해졌다. 게다가 우리 동네가 산과 개천 숲, 자연환경으로 둘러싸여 있고, 2021년 11월 성복도서관까지 개관되어 아름답고 편리한 동네가 되었다. 더구나 다양한 요리를 즐길 수 있는 음식점과 찻집들이 푸른 자연 속에 있으니 자녀들이 놀러 와도 걱정이 없다. 내가 이 모든 환경에 감사하는 동안 남편이 은퇴했다.

이젠 그도 쓰임새 많은 넓은 집을 사랑하게 되었다. 모든 것이 편리해진 지금 나는 남편에게 미안해하지 않는다. 그동안 용인에서 가졌던 여러 모임, 특히 코로나 동안(2020년~2022년) 우리 집에서 한 모임 덕분에 나는 더 당당한 입장이 되었다. 삼남매와 손주 그리고 남편도 나의 안목을 다시 평가한다.

코로나 기간에도 손주들은 성장했다. 이제 그들도 휴대전화에 가족 채팅방이나 '줌'을 개설해 안부를 묻고 언제든 넓은 우리 집을 약속장소로 삼는다. 그들의 제안을 무조건 환영하는 나와 사는 남편은 상을 차리고 손수 과일을 깎으며 사랑받는 할아버지가 된 지 오래다. 자녀나 손주들이 우리 집에서 화목하게 지내게 되니, 우리 '집'의 역할은 이만하면 충분한 것 같다. 큰 집의 역할 덕분에 나의 입지가 좀 서는 것 같다. 그리고 가족은 매사에 나의 의견을 존중한다.

책이나, 옷, 장난감 그리고 일용품까지 교환하는 우리 집은 물물교환 장소가 되었다. 내가 아끼는 글라스와 그릇도 눈치 보지 않고, 사치를 즐기는 손주들의 다소 이른 누림도 귀엽기만 하다. 약간 까칠했던 남편의 성품도 시끌벅적한 가족 모임 덕분에 어느새 넉넉하고 느긋한 할아버지가 되어가고 있다. 가사도 잘 돕고 먼저 나서기도 한다.

공직에서 빈틈없이 살아온 남편은 남보다 넓게 사는 것에 죄의식을 느끼는 것 같았다. 아내인 내가 남들보다 튀는 것을 싫어했다. 공직자의 아내이기 때문만은 아니었다. 내실 없이 포장만 화려한 것을 싫어하기 때문이었다. 그러나 때론 남들 기준에 따를 필요가 없다고 생각한다. 나는 남들보다 아끼며 낭비 없는 삶을 살았다. 그래서 노년에는 내가 좋아하는 것을 누리며 살고 싶었다. 은퇴 후 집의 역할을 충분히 겪어본 남편도 이제는 안정감을 찾은 것 같다.

사실 대체로 넓은 공간을 좋아하는 내 성미는 더 많은 일과 더 많은 수고를 초래했다. 그것은 되도록 많은 사람이 나로 인해 행복하기를 바랐기 때문이었다. 나는 더 부지런하고, 더 아끼고, 더 노력했다. 남아 있는 날을 남의 기준에 맞추어 사는 것은 어리석다고 생각한다. 특히 코로나 시기에 우리 집이 가족에게 유용하게 쓰인 것처럼, 앞으로도 우리 집이 사랑을 심고 생산하는 곳이 되기를 바란다.

대진대학 총장 취임식

        2006년 남편이 대진대학 총장에 취임했다. 2003년 2월 천안대학을 떠난 뒤에도 남편은 아주대학 특임교수, 경문대학 재단 이사장으로 한가롭지 않은 생활을 했다. 그런데 갑자기 대진대학 재단에서 요청이 왔다. 우리는 약간 의아했다. 원래 대순진리회와 관련된 그 대학은 종교와 관련 있는 사람을 총장으로 추대했다. 그런데 뜻밖에도 종교가 없는 남편을 택한 것이다. 재단이 학교 발전을 위해 종교 색채가 없는 인물 중 교육계 평판이 좋은 사람을 찾았던 것 같다.

  경기도 북부 포천에 있는 대진대학은 용인 우리 집에서 약 86km 지점에 있다. 우리는 43번 국도를 따라 그야말로 낯설고 황량한 시골길을 지나고 있었다. 1시간 반을 달렸을 때 드디어 대진대학 표지판이 보였다. 도로 왼편으로 고개를 돌리자 웅장한 대문이 보였다. 청홍색 단청으로 채색한 상부의 벽체 아래 묵직하고 둥글고 붉은 나무 기둥들이 기와지붕을 떠받치고 있었다. 저고리 소매처럼 흰 지붕 아래 대문 안으로 들어서자 약간 신비스럽고 경건한 분위기가 감돌았다. 대문 좌우에 버티고 있는 해태상은 다소 공포감을 주었다. 우리가 초청한 사람들은 어떤 느낌을 받을지 슬며시 걱정되었다.

  정문에 들어서기 전, 첫 번째의 육중한 대문에서부터 말문이 막혀 버렸다. 정문에 이르는 2킬로미터 긴 아스팔트 길에 제5대 대진대학교 총장 이천수 박사 취임 축하 현수막이 곳곳에 나부끼고 있었다. 나는 현수막 앞을 지날 때마다 고마움에 연신 고개를 숙였다. 총장 집무실이 있는 본관으로 올라가는 길 오른편에 넓은 운동장이, 왼편에 초록색 지붕의 우람한 종합체육관이 있었다. 건물 정면 위에도 현수막이 있었다, 그곳이 곧 취임식이 있을 장소였다.

어마어마하게 큰 건물은 8,500명을 동시에 수용할 수 있다고 했다. 모두 대순진리회 신도들의 작업으로 지어졌다니, 그 저력과 단결력에 경외감이 들었다. 경사로를 따라 올라가서 회색 석조건물 앞에 섰다. 그 건물이 본관이었다. 그곳에 있는 총장 집무실에서 잠시 대기하면서 대진대학에 관해 간단한 설명을 들었다. 대진대학 캠퍼스 면적은 무려 193만 평이었다. 본관 뒤로 50여 개 벽돌 건물이 캠퍼스를 이루고 있다는 실무자 설명을 듣고 그 규모에 놀랐다. 예정대로 2시에 총장 취임식을 거행하였다.

2월의 끝자락. 아직 늦겨울 추위가 가시지 않은 때였다. 꽃분홍 치마와 초록색 겉저고리를 입고 ROTC의 호위를 받으며 남편과 나란히 종합체육관에 입장했다. 교직원과 학생들, 그리고 지인들에게 열렬한 박수를 받았다. 종합체육관 앞에는 수많은 화환이 서 있었다. 나는 단상의 남편 옆에 앉았다. 내가 초청한 친구와 친척들이 보였다. 그들도 우아한 차림으로 취임식 분위기를 띄웠다. 멀리 떨어져 앉은 나는 그들의 식사나 교통편이 어떻게 해결되었는지 걱정되었다. 멀리까지 와 준 친지들이 고맙고 미안했다. 벌써 세 번째 총장 취임식인데, 오는 길도 멀어서 친구들을 초대하기가 미안했다.

평소 자주 만나는 여고 친구 몇 명을 초대했다. 용기를 내어 중학교 남학생 동기 몇 명도 초대했다. 중학교 때 같은 교실에서 공부한 적은 없지만, 근년에 동창회에서 경북대학 부속 중학교 동기생을 가끔 만났다. 그중에서 자주 봤던 남학생 동기 몇을 초대했다. 그들도 이미 퇴직하여 시간적 여유가 있어서 초대를 사양하지 않았다. 화환을 보낸 동기도 있었다. 얼마 후 취임식에 온 친구들을 다시 초대해서 감사의 마음을 전했다. 나는 그들이 가까운 친척처럼 여겨져서 경조사에도 가끔 참석했다.

1997년 3월, 남편이 처음 총장이 되었던 순천향대학교 취임식 때의 감격을 나는 그때까지 잊지 못했다. 그리고 천안대학의 취임식과 9년의 세월이 지난 후 대진대학 총장 취임식에 또 예전의 인연을 초대하고 보니 더욱 미안했다. 특히 중학교 남자 동기생들은 아무래도 더 고마웠다. 대진대학은 남편이 6년 동안 재직하면서 발전을 도모하려 노력한 대학으로, 가끔 연예인들과도 인연이 닿았다. 그때 꽤 유명한 배우와 가수를 만나게 되었다. 그리고 연극영화과 교수 추천으로 대학 영화제 심사위원장으로서 신인배우 신ㅇㅇ에게 총장이 시상한 것은 좀 색다른 경험이었다.

특히 종합체육관 지하실에는 유명한 영화배우 배용준이 출연한 '태왕사신기'의 세트장이 있었다. 남편이 재임 중이었지만, 나는 한 번도 배우 배용준이나 세트장을 보지 못했다. 아쉬웠다. 또 연극영화과가 있는 대진대학은 당시 히트했던 영화 '아이리스'의 한 장면을 캠퍼스에서 촬영했다. 요즘도 영화나 음반을 제작할 때 대진대학 캠퍼스를 자주 활용한다는 소식을 들었다.

1992년 대학을 설립할 당시, 대진대학은 남북통일이 되었을 때를 생각하여 한반도 중심에 터를 잡았다. 이성계가 방문한 왕방산의 정기와 신의 제단을 뜻하는 신단동의 기운이 흐르는 땅을 선택한 것이다.

대순진리회

경기도 동북부 포천 생활은 생경했다. 아는 사람 하나 없는 먼 나라에 온 것만 같았다. 조금 더 동북쪽으로 가면 38선이 있고, 또 내가 대학 1학년 때 갔던 산정호수가 있었다. 교정의 왼편 언덕에는 대순진리회의 한 종단본부 건물이 궁궐 같은 위용을 자랑했다. 이 신전 같은 한옥 외에도 전국 곳곳에 웅장한 도장들과 수련원이 있고, 진귀한 물건을 소장한 박물관도 있다고 했지만 애써 가보지는 않았다. 또 대순진리회 재단은 다각적인 사업을 했는데, 주로 교육과 건강에 관련된 사업이었다. 또 대진 중고등학교 재단도 운영하지만, 종교 색채는 없었다. 대진대학 외에도 중원대학을 설립하여 거의 모든 학생에게 장학금을 지급했다. 온천호텔 사업뿐 아니라 수십 미터 지하에서 퍼 올린 천연 지하수로 만든 생수도 판매했다.

어느 날 강원도 동해에 있는 온천호텔(보양온천 컨벤션 호텔)에 남편과 함께 다녀왔다. 우리는 신분을 밝히지 않고 일반 객실에서 하룻밤을 묵었다. 그곳 온천을 체험한 지인 J씨 부부는 다시 가고 싶어 했지만 함께 가지 못했다. 수질은 확실히 좋았다. 노인요양시설과 제생병원도 운영했는데, 의료진 수준도 높았다. 최근 친구 P의 남편이 제생병원에서 위암 수술을 받았다.

대순진리회는 정식 종교로 등록되지는 못했다. 그래도 선거철이 되면 각 정당 후보들이 대진대학에서 연설을 한다. 2008년 이명박 대통령도 예비 후보 시절에 대진대학 대강당에서 특강을 했다. 그때 촬영한 연설 장면이 CD로 남아 있어 경북여고 재경동창회 회장 C선배에게 전달했다. C선배는 이명박 전 대통령의 형수다. 남편이 취임식을 한 종합체육관은 대순진리회 신도들이 직접 지은 대형 건축물로, 취임식을 위해 단숨에 완공까지 했다는 전언에 신도들의 무한한 열정과 단결심을 더욱 특별히 생각하게 되었다.

총장 공관

     취임식이 끝난 후 참석한 친척들을 총장 공관으로 모셨다. 학생회관 건물 뒤 숲속 왕방산 기슭에 넓은 잔디밭을 품은 큰 공관이 있었다. 몇 년 동안 우리가 거주할 곳이었다. 거기는 '제3공화국' 영화를 촬영한 곳이기도 했다. 연면적 100평이 넘는 공간을 어떻게 활용할지 새로운 숙제가 되었다. 별도 출입문을 통해 내부로 들어가면 회의실과 부속실, 화장실, 아담한 로비가 있었다. 회의실 뒷문 밖 부엌부터 사적인 공간이 있다.

  공관 뒤편에는 등산로가 있었다. 오른쪽에도 왕방산으로 오르는 또 다른 등산로가 있았다. 나는 남편과 조그만 개천과 바위가 있는 숲길을 걷곤 했다. 산속 바위에는 천상병 시인의 '귀천'이 새겨져 있었다.

> 나 하늘로 돌아가리라.
> 아름다운 이 세상 소풍 끝나는 날
> 가서 아름다웠다고 말하리라.

  그 시구가 특히 기억에 남았다. 공관 정원 왼편에는 골프 연습장과 그 옆에 대추나무 한그루가 있었다. 또 작은 조립식 건물이 푸른 잔디 위에 한가롭게 자리하고 있었다. 그 하얀 집은 집기나 비품을 보관하는 창고였다. 왼편 계곡 징검다리를 건너면 숲속 오솔길을 통해 학교도서관이나 버스정류장으로 갈 수 있었다. 미국 체류 중 일시 귀국한 막내딸이 한동안 그 징검다리를 건너 도서관에 가곤 했다. 그리고 잔디밭 한편에는 바비큐 화덕이 있었는데, 가족 바비큐 파티를 못하고 떠나온 것이 두고두고 아쉬웠다. 넓은 잔디정원이 있는 공관은 내가 지금까지 살아본 가장 넓고 아름다운 공간이었다.

그곳에서 생활하는 동안 나는 학교 홍보와 공간 활용을 위해 최대한 노력했다. 그리고 신도들의 성심과 노력에 어떻게 보답해야 할지 늘 고민했다. 대순진리회는 해원상생(解冤相生)이 교리의 핵심으로, 원한을 갖지 말고 서로 도와가며 잘 살아가야 한다는 것이 기본정신이다. 나 역시 이 뜻에 맞게 대진대학을 도와야 한다고 생각했다.

공유공간의 의미

남편 이천수가 재직하는 동안 순천향대학교가 획기적으로 발전한 까닭은 총장에게 대학 운영 자율권을 전적으로 부여했기 때문이었다. 이번에도 이천수 총장은 기대에 부응하기 위해 노력했다. 나도 총장 아내로서 학교의 이미지 개선에 노력했다. 교리 책을 읽고 해원상생(解冤相生)이라는 기본이념을 겨우 파악했다. 또 우리가 살아오면서 맺은 모든 인연을 학교 홍보에 활용했다. 넓고 아름다운 총장 공관으로 혈연, 지연, 학연으로 맺은 나와 남편의 인연들을 초대했다.

포천으로 초대한 행사는 학교의 지원 없이 오직 나의 서비스와 나의 살림비용에서 지출하여 초대의 실상은 지극히 소박했다. 내가 사람들을 초대할 때는 주로 아프리카문화원부터 출발하였다. 아프리카문화원은 의정부를 지나 포천 초입에서 가까워서 찾기 쉬운 장소였다. 그곳에서 아프리카 예술품 관람과 아프리카 민속춤 공연 관람 후 욕쟁이 할매집의 소박한 시골밥상 식당에서 식사를 했다. 그리고 평강식물원 산책과 산정호수 주변을 돌아보고 마지막으로 캠퍼스를 둘러본 후 공관에서 저녁 식사와 뒤풀이를 하는 일정이었다. 때로는 순서나 식사 장소가 바뀔 때도 있었지만 대체로 일정했다.

아프리카 민속공연을 관람할 때면 무용수들에 이끌려 춤을 추었다. 욕쟁이 할매집의 소박한 밥상은 잃어버린 식욕을 되살려 주었다. 그래서 포실한 가마솥 밥을 몇 번이나 비우기도 했다. 또 오두막집의 따뜻한 구들방에 앉아 옛 향수에 젖기도 했지만, 일정 때문에 서둘러 발길을 옮겨야 했다.

평강식물원과 산정호수 산책을 마치고 난 후에는 식당에 들르거나 아니면 곧바로 학교 교정을 통과하여 공관으로 돌아왔다. 회의실 겸 연회 홀에서 저녁 식사를 마치고 뒤풀이도 했다. 초대 인원이 많지 않았기 때문에 대체로 자가용을 이용했다. 인원이 많을 때는 쉬는 대학 차량을 빌렸다. 초대 진행이나 비용 처리는 모두 내가 감당했다. 학교 차편이나 기사, 그리고 교직원에게 약간 신세를 졌을 때는 사례를 했다.

그런데 초대받은 사람들은 학교 측의 주선이라 여겼던 것 같다. 남편과 나는 철저히 공과 사를 구분했다. 비록 학교 홍보를 위해 초대할 때도, 여고 동창회 광고란에 대진대학을 홍보할 때도 나의 주도로 할 때는 내가 모든 비용을 부담했다. 사람들은 모든 비용이 총장 판공비라 여겼을지 모르지만, 나의 가계부에서 지출했다. 그 때문에 항상 더 아껴야 했다. 그것은 남편이 세 번 총장으로 재직하는 동안 내가 지킨 철저한 원칙이었다.

가끔 수십 명 초대를 부탁받곤 했는데, 나는 벅차서 거절했다. 나의 초대는 학교 홍보 차원뿐 아니라, 내가 추구하는 최대 다수의 최대 공유 실천이 원칙이었다. 넓은 공간을 그냥 비워두거나 우리만 사용하는 것이 미안하고 아까웠다. 그리고 이때가 공유를 실천할 수 있는 최적의 시기라고 생각했다. 2006년부터 2011년 말 남편이 퇴임할 때까지 6년 동안 무려 90여 회나 초대를 했다. 남편이 공직에 있을 때보다 경제적, 물리적으로 다소 여유로운 시절이었다.

공관은 또 대학 주최 공식행사 때도 많이 활용되었다. 교수들과 회의할 때, 외부 인사 강연 초청, 학교 기념행사나 학회 행사 후 뒤풀이 행사였다. 야외의 뒤풀이 행사는 주로 날씨가 좋은 5월이나 가을에 잔디 정원에서 했다. 대체로 바이올린과 첼로 합주가 흐르는 만찬이었다. 나는 그 행사에 참석하지는 않았다. 가끔 교수들이 실내로 들어와서 나에게 인사를 했다.

대진대학교와 중국의 교류

대진대학은 중국의 소주와 하얼빈에 각각 캠퍼스가 있었다. 두 대학과 협력으로 2005년부터 한국 최초로 한중합작 중국 캠퍼스를 설립, 중국 문물이나 정세에 밝은 중국 전문 인재 육성을 지향했다. 한중 복수학위 과정을 운영하여 DUCC(대진대 중국캠퍼스)에서 학기 중 수료한 학점을 인정하고, 2년간의 교육과정을 마치면 중국대학교 본교 학점을 인정하여 학위를 수여하는 제도였다. 대진대학은 학생뿐 아니라, 교수와 행정 직원도 중국대학에 파견했다. 이 제도는 이천수 총장 부임 1년 전인 2005년에 수립했다. 이 총장은 재임 기간 내내 이 제도를 지속해서 추진했다. 그리고 DUCC 방문을 통해 학생들의 입지를 강화했다.

장쑤성(江蘇省) 쑤저우(蘇州)에 있는 소주대학은 25개 단과대학과 96개 전공과목이 있는 종합대학이다. 동우대학이 전신이었다. 우리가 만난 부총장은 영어에 능통하고 친절한 분이었다. 저녁 만찬에 학내관계자들이 대진대학에서 온 팀과 함께 했다. 그런데 그들은 한 사람씩 총장 남편을 빙 둘러선 채 차례로 술을 그득히 부어주며 다 마실 때까지 기다렸다. 남편은 그 술잔을 남김없이 다 비웠다. 술을 권하는 의식을 마치자 일제히 환호하며 손뼉을 쳤다.

원래 술을 좋아하는 남편이었지만, 알코올 농도 높은 술을 다수가 지켜보는 앞에서 마시는 모습이 안쓰러웠다. 중국에선 국제적인 교류에서 술을 거부하면 안 되었다. 술도 교류의 한 역할을 하는 문화권에서 술이 센 남편이라서 다행스러웠다. 다음 날 삼성전자 단지를 방문했다. 우리나라 제일 기업인 삼성전자가 이곳에 있다는 것이 뿌듯했다. 관계자는 그곳의 적당한 습기가 반도체 생산에 적합하다고 설명했다.

예정된 상해 총영사와 만찬 전까지 쑤저우 관광길에 올랐다. "하늘엔 천당이 있고, 땅엔 소주와 항주가 있다"는 말이 있다. 또 "소주(쑤저우)에서 태어나고 항주에 살고 광주(廣州)에서 먹고 류주(柳州)에서 죽자"는 말도 있다. 아름다운 쑤저우는 4천 년 전부터 고대 문명이 발달했다. 도시 전체가 운하로 이루어져 있고, 춘추전국시대에는 오나라의 수도였다. 수나라 때 운하를 개통했다. 후에 남송의 수도가 된 역사 깊은 곳으로 '동양의 베니스'라고도 불린다.

우리는 쑤저우의 4대 정원 중 첫째로 꼽히는 '졸' 정원을 찾아갔다. 유네스코 문화유산에 등재된 곳이다. 졸 정원은 명나라 때 관직에서 물러난 왕헌신이 16년에 걸쳐 완성했다. 졸렬한 자가 정치를 한다는 뜻의 졸 정원은 꽃과 나무를 기르는 자신의 처지를 자조와 풍자로 나타낸 것이다. 누각을 잇는 긴 회랑을 따라가면 각각 다른 모양의 창을 통해 일보일경(一步一景)의 아름다운 정원을 감상할 수 있다. 한 면이 거울로 되어 있는 누각도 있다. 연못도 많았다. 졸 정원에서 옛 중국인의 우주관을 엿볼 수 있었다.

유람선을 타고 중국의 대표적 수향마을인 저우좡을 방문했다. 원래 이름은 정풍리인데, 북송 1086년 불교를 신봉한 주적공랑이 토지를 기증한 연유로 마을을 저우좡이라 칭했다. 저우좡은 사면이 물로 둘러싸여 있어서 가까운 거리도 배를 타고 이동했다. 곤극을 감상하는 고희대, 아름다운 다리 쌍교, 장청, 큰 전통가옥인 심정, 물 위에 세워진 불교 사원, 송나라 시대에 세운 도교 사원 장허도원, 청나라 때 세운 작은 주점 미루와 역사를 한눈에 볼 수 있는 저우좡박물관도 있는데 다 가보지는 못했다.

저녁 만찬 후 서울 면적의 3.7배라는 태호에 갔다. 그곳에서는 세 가지 흰 음식을 먹어야 한다는 얘기가 재미있었다. 호수가 너무나 넓어 바다처럼 보였다. 멀리 서산 섬이 보였다. 거기에 동굴이 있다지만 다음에 가보기로 했다.

상해 여행

쑤저우대학을 방문할 때 가까운 상해에도 들렀다. 상해는 갈 때마다 더 깨끗하고 아름다워졌다. 푸동의 아름다운 고층 빌딩 숲 사이 황홀한 야경을 따라 황푸강의 유람선이 흘러갔다. 푸동 지역은 마천루 경쟁이 치열한 동방명주, 금무빌딩, 상하이 금융센터 같은 고층 건물이 화려한 조명을 내뿜었다. 푸동의 서쪽 와이탄 지구에는 네오바로크, 로마네스크 고대 건축에 어울리는 황금빛 조명이 상해의 야경을 화려하게 수놓았다. 와이탄은 강변을 따라 늘어선 고풍스러운 건축의 화려한 야경이 상하이 최고의 볼거리였다.

남편 공무 여행 중 쑤저우대학을 방문하고 조계지 문화가 녹아 있는 와이탄 거리에 개항기 시절 지은 고풍스러운 영국식 호텔 푸강반점(浦

江飯店)에서 하루 묵은 적이 있었다. 영어로는 Astorrlous Hotel. 나는 상해 최고 관광명소가 된 이 지역 역사에 관심을 두지 않을 수 없었다. 청나라 초까지 골목 10개밖에 안 되는 작은 현에 불과하던 상해가 열강의 침략으로 인한 굴욕적인 사건으로 오히려 오늘날 국제도시로 성장한 모습은 역사의 아이러니가 아닐 수 없다.

1842년 망해가던 청나라 8대 황제 도광제가 아편전쟁에 패배한 후 난징조약을 체결하면서 상하이, 광저우, 샤먼, 푸저우, 닝보를 개방했다. 영국, 미국, 프랑스 같은 국가들은 순차적으로 조계지를 나누게 되었다. 그 후 조계지라는 나라 속의 나라를 형성한 상해는 화려한 도시로 변모했다. 1843년 영국은 와이탄 일대를 조계지로 삼아 개발에 박차를 가했는데, 특히 은행 산업 붐이 일어 아시아 금융 허브로 자리했다. 1848년엔 미국이 홍커우에, 1849년에는 프랑스가 와이탄 천문대와 만궈주 이북 일대를, 1920년대 초반에는 화이차이중루, 헝산주, 쉬자후이까지 조계지를 확장했다. 1894년 청일전쟁 이후에는 일본이 공식적인 조계지 협정도 없이 홍커우 일대에 영사관과 공장을 설립해 그 일대를 '소일본'이라 불렀다. 열강의 투자로 1920년대와 30년대에는 황금기를 이루었으나, 제2차 세계대전을 거치면서 몰락, 1946년 모든 조계지가 사라졌다. 하지만 당시 건물이나 조계지 흔적은 상해 관광자원으로 탈바꿈했다.

와이탄에는 최고의 전망과 상해의 낭만을 상징하고, 영국 부호들이 머물던 동풍호텔이 있다. 철골로 지은 화려한 이 건물은 대리석 기둥에 돔 지붕의 건축양식이다. 동양에서 가장 아름다운 서양식 건축물이자 신고전주의 걸작으로 평가받는 푸동발전은행도 있다. 인도 시인 타고르와 찰리 채플린이 머물렀고, 유대계 영국인 사순(Sassoon)이 세운 아시아에서 제일 높았던 77미터 높이 화평호텔 북관과 지붕 끝이 날아갈 것 같은 중국은행 건물은 이 지역에서 유일하게 중국인이 설계했다. 1843년 건축한 상하이 주재 영국 총영사관은 1966년 문을 닫자 상하이 정부 기관으로 사용되다가 지금은 페닌슐라 호텔로 탈바꿈하여 영업 중이다. 건물 중앙 꼭대기에 영국의 랜드마크인 빅벤 시계탑을 모방한 원형시계탑이 있는 상해 세관 건물은 건축 초기부터 지금까지 세관으로 사용하고 있다. 시간을 알려주는 음악은 웨스트민스트 사원의 음악을 가져왔으나, 1966년 문화대혁명 때에는 비공식 애국가였던 '동방홍'이 흘러나왔다고 한다.

나는 상해에 있는 동안 과거와 현재를 동시에 체험했다. 부침이 많은 역사 속에서 태어난 건축물과 상해의 흔적을 감상했다. 한때의 치욕이 새로운 영광으로 거듭나는 역사의 흐름을 체험하며 희망을 잃지 않으면 전화위복이 된다는 사실을 실감했다.

또 명나라 때 관료였던 반윤단이 부모님 노후를 위해 지었다는 상해의 유명한 정원 예원이 있다. 1559년 조성된 아름다운 정원이다. 가면 갈수록 아름답다는 명, 청 시대의 강남 정원에서 복도를 따라가며 바라보는 풍경은 그야말로 점입가경이었다. 귀신은 직선으로 다닌다는 중국의 속설이 있어 귀신이 집안에 들어오지 못하도록 꺾어지는 다리를 만들고, 숫자 9가 중국에서 가장 길한 숫자라서 9번이나 꺾어서 다리를 만들었다고. 그 후 예원은 1842년 아편전쟁을 겪으며 영국군이, 1853년 소도회가 지휘소로, 1860년에는 프랑스군이 주둔지로 사용하였다. 역사 흐름에 따라 많이 훼손되었다가 1956년 중건, 다른 원림들의 장점을 모두 갖춘 공간을 구성했다. 쑤저우의 원림에 비해 불규칙한 것이 볼거리를 더해준다.

'가인박명(佳人薄命)'이라는 말이 있듯이 아름다운 정원도 많은 풍파를 겪었다. 그러나 반윤단의 효심은 결국 나라를 위한 길이 되었다. 그래서 나온 말일까. 효는 흉내만 내어도 아름답다고.

김구 선생의 손자를 만나다

상해 관광을 마친 후 상해 총영사 김양의 초대를 받았다. 그가 김구 선생의 손자라는 사실에 적이 놀랐는데, 내가 마치 역사 속 한 장면에 있는 것만 같았다. 존경하는 김구 선생 손자를 직접 만나다니. 귀한 분을 만나게 해준 남편이 고마웠다. 그분과 얘기를 더 나누고 싶었지만, 그들의 담소를 듣는 것으로도 충분했다. 남편이 그분의 초대를 받은 것은 상해의 교민사회에 대진대학의 위상이 알려진 덕이었다. 김양은 상해 총영사가 되기 전 프랑스의 다국적 기업에서 일했다. 또 합석한 다른 한 분은 상해의 영사관에 파견된 교육부 교육관이었다. 김양 총영사야말로 남편이 모셔야 할 분이라 생각했는데, 오히려 영사관에서 남편에게 특별한 배려를 해주었다. 관료였던 이천수 총장에 대한 특별한 예우였다는 것을 나중에 알게 되었다.

남편은 수십 년 공직생활을 거치면서 각 분야에 걸쳐 인간관계의 폭이 넓었다. 어떨 때는 이 많은 인연을 활용하여 남편이 정치에 입문했으면 하고 생각한 적도 있었다. 그날 만찬 자리에서 나는 중국에 따라오길 잘했다고 생각했다.

하얼빈대학 방문길

2007년 하얼빈 사범대학을 방문했다. 하얼빈에 가기 전에 조선족이 사는 연변을 방문했다. 하얼빈 국제협력실장으로 주재하는 대진대 K교수가 연변 공항에서 우리를 마중했다. 우리는 점심을 먹고 도문강에서 뗏목 배를 탔다. 그 강은 우리가 아는 두만강 서쪽이었

204 ●나는 꿈꾸는 낙타

다. 굽이진 강을 따라 뱃사공이 노를 저었다. 강물은 잔잔했고, 강폭은 그리 넓지 않았다. 평평한 뗏목 위에서 강 건너 북한이 보였다, 나는 괜한 공포로 뒷목이 뻣뻣해지고 가슴이 두근거렸다. 뉴스에서나 보던 북한의 두만강 나루터에서 배를 타다니. 탈북자 같은 불안이 몰려왔다. 북한이 이렇게 가까이 있는데도, 반가운 마음이 들지 않고 외려 배에서 내려 빨리 도망치고 싶었다.

도문강 유람 뒤 연변 시내를 돌아보았는데, 내가 어릴 때 가본 시골의 읍내 풍경이었다. 도로변의 나지막한 가로수들은 나뭇잎 전체 형태가 사다리꼴이었다. 마치 숱이 더부룩한 머리칼처럼 답답해 보였다. 게다가 규칙적으로 줄지어 서 있는 모습이 부자연스러웠다. 도로 양쪽에는 높은 건물들이 있었다. 공사 중인 건물도 많았는데, 중국이 발전하고 있는 것만은 확실해 보였다. 동네를 오가는 버스에 탄 나에게 한 조선족 여성이 보였다.

"어디에 다녀오시는 길인가요?"

"친구들과 노래방에 갔어요."

여성들은 자유로운 생활을 누리고 있는 것 같았다.

다음 날 연변에서 백두산으로 향했다. 도중에 자동차 타이어에 펑크가 나는 바람에 뙤약볕 아래서 한참을 기다려야 했다. 기사가 타이어를 갈아 끼울 동안 나는 K교수의 어린 아들에게 핸드백 깊숙이 숨겨두었던 떡을 주려 했는데, 이미 딱딱하게 굳어 있었다. 그런데 배가 고팠는지 꼬마가 떡을 덥썩 받겼다. 타이어를 교환하느라 남자들이 애쓰는 동안 궁금한 것을 물었다. K교수 부인은 중국 생활에 만족하는 것 같았다. 아들이 수학을 잘해서 인정받고 있으며, 실생활을 통해 중국어를 공부하는 것이 아들 인생에 큰 도움이 될 거라고 했다. 또 방대한 지역을 통치하는 중국 정부가 소수민족의 자치권을 인정하고, 그들의 문화를 전

승하는 것에 별 간섭을 하지 않아서 보통 사람들 일상은 우리보다 더 자유로운 것 같다고 했다.

차를 고친 후 한참을 달리다가 겨우 초지를 발견했다. 우리는 나무 그늘에 돗자리를 깔고 도시락을 먹었다. K교수 부인이 준비한 것이었다. 교수 부부는 예의범절이 몸에 배어 있었다. 특히 그 부인은 우리를 위해 최대한 애를 썼다. 나는 남편에게 되도록 민폐를 끼치지 말자고 당부했다.

이번에 차량을 제공하고 백두산행을 주도한 분은 남편의 옛 지인이었다. 우리가 온다는 소식을 듣고 일부러 찾아왔다. 그분 역시 남편에게서 한국 소식을 듣고 싶어 했다. 그날 일행은 여덟 명이었다. 우리 부부, K교수 부부와 아들, 남편 지인 부부, 그리고 대학 간 협정 역할을 담당했던 흑룡강성 출신의 조선족 교수 한 분이었다. 그 교수는 여행 내내 줄곧 양복을 입고 있었다. 남편에게 여벌이 있다면 한 벌 주고 싶었다. 게다가 무거워 보이는 검은 서류 가방을 여행 내내 들고 다녀서 더욱 안타까웠다. 여행할 때 짐을 최소화하는 습관이 몸에 밴 우리는 여벌을 준비 못한 것이 후회되었다. 내게 들어가는 경비는 남편이 따로 부담하고, 호텔 비용은 남편의 덕을 좀 보는 셈이지만 나의 동행이 교수님들과 대학에 폐가 되지 않기 위해 노력했다.

백두산 가는 길

백두산 가는 길을 따라 저 멀리 비탈진 산기슭에 농경지가 있고, 달리는 차창 밖으로 새로 정비하는 도로와 파헤쳐 놓은 땅이 보였다. 아마도 곧 있을 아시안게임과 2008년 베이징올림픽 개최 때문에 도로 정비 작업을 시작한 것 같았다. 특히 백두산으로 가는 길은 대부분 올림픽 참가자들이 다닐 길이라 대비하는 것이 역력했다. 어느 나라, 어느 가정이나 손님이 와야 변화와 발전을 하는 같다.

연변 도착 첫날, 남편과 오래전부터 잘 알고 지내던 내외분과 동행했다. 그분은 1998년 IMF 사태 때 사업이 곤두박질치는 바람에 중국 연변으로 건너와 갖은 고초를 겪다가 이제 막 새로운 사업을 추진 중인'태일정밀' 회장으로, 한동안 소식이 끊겼는데 K교수를 통해 그분 소식을 듣게 되었다. 아직도 어려운 상황일 텐데, 그들 차로 백두산을 여행하는 게 가슴 아렸다.

어느덧 차가 백두산 진입로에 도착했다. 중간에 차를 주차하고 백두산 관리소에서 운영하는 지프차와 셔틀버스로 갈아탄 후, 비탈진 길을 한참이나 지나자 백두산 주봉에 있는 천지에 도착했다. 그날따라 천지 물이 유난히 투명했다. 백두산 천지에 괴물이 있다는 설은 당 황제 때나 청 강희제 시절에도 있었다. 2012년 7월에도 괴물체를 목격했다는 소문이 있었다. 나는 신비한 천지에 미지의 생명체가 존재하리라 믿고 싶었다. 천지에 비친 푸른 하늘과 산 그림자를 보며 백두산 신에게 빌었다. 제발 우리나라에 좋은 일이 일어나기를. 하루빨리 통일되기를.

하산 길에 백두산 온천에 들렀다. '아, 내가 여기까지 왔구나' 하는 마음에 하느님이 보우하사 우리나라 만세를 외쳤다. 돌아오는 길에는 지하 산림 숲속을 걸었다. 지하 산림은 왕복 1시간 30여 분을 걸으면, 다시 원점으로 되돌아오게 되어 있었다. 그 길의 엄청나게 큰 협곡 아래로는 송화강 물이 소용돌이쳐 흐르고 있었다. 몇 단계 아래 파인 곳은 태곳적 나무들이 수천 년 세월 속에서 얽혀 있었다. 위에서 보면 푹신한 초록 융단처럼 신비하게 보였지만, 절벽 높이는 아찔했다. 중국은 백두산을 장백산이라 부른다. 해발 2,744m로 함경북도와 함경남도, 그리고 중국 길림성의 조선족 자치주와 맞닿은 곳에 위치해 있다. 우리나라는 아직도 중국을 통해서만 백두산 천지로 갈 수 있다.

하얼빈대학

　　　　　　백두산 여행이 끝나고 하얼빈으로 갔다. 하얼빈은 만주어로 그물을 말리는 곳이라고. 헤이룽장성은 중국 동북지방의 긴 겨울과 짧고 서늘한 여름 기후를 띠는 곳이다. 겨울에는 눈과 얼음 축제인 빙등(氷燈) 축제가 있고, 여름에는 주로 중국 내륙의 피서객들이 온다. 표준 중국어 발음을 쓰고 있어서 한국 유학생들에게 인기가 많은 곳이었다. 지리적으로 러시아와 가깝고 양국 간 교류도 활발했다. 하얼빈 시내는 러시아풍 건물들이 많았다. 하얼빈에는 비잔틴 양식의 성소피아 성당과 러시아풍 번화가인 중앙 대가(中央 大街), 스탈린 공원 등 명소들이 관광객을 부르고 있었다. 방대한 땅을 가진 중국 사람이 우리나라 사람을 만나면 항상 넓은 영토와 많은 인구를 들먹이는 것도 이해가 됐다.

　도착 다음 날 남편이 공식행사를 진행되는 동안, 나는 K교수 부인과 '태양도 공원'에 갔다. 초원에 습지가 있는 자연 관광지로, 산과 호수가 절묘한 조화를 이루고 있었다. 하얼빈 시민들은 빙등제, 빙설제의 유명세를 잘 활용하고 있었다. 공원 입구 다리에서 한 남자가 우리에게 일본사람인지 물었다. 내가 'Korean'이라고 하자 반갑다고 말했다. 중국인들은 일본인을 아주 싫어하고 반일감정이 우리보다 훨씬 더 심하다고 한다. 하얼빈역에서 이토 히로부미를 저격한 안중근 의사가 떠올랐다. 바쁜 일정으로 안중근 의사 기념관에 가지 못해서 아쉬웠다.

이곳이 흑룡강성(黑龍江省)이라 그런지 교수 중에도 치아와 얼굴이 검은 분들이 있었다. 검은 물, 즉 흑룡강물을 먹고 자라서란다. 흑룡강 성에 사는 조선족들은 경상도 출신이 많았다. 길림성의 조선족들은 함경도가 고향인 사람들이 많고, 미인들이 많은 곳이었다. 또 요녕성의 조선족들은 강원도 출신이 많고, 대체로 보수적이며 속내를 잘 드러내지 않는 특성이 있다고.

2010 상하이 엑스포 참관

2010년 10월 초순, 우리는 상하이 한 호텔에 도착했다. 다음 날 중국 상하이에서 개최하는 엑스포(EXPO)를 관람할 예정이었다. 대진대학의 중국 캠퍼스인 하얼빈대학 초청이었다. 참관일 전날, 하얼빈대학의 여성 부총장 일행과 저녁 식사를 함께 했다.

상하이 엑스포는 2010년 5월 1일부터 10월 31일까지 5개월여 동안 열리는 행사였다. 엑스포 행사는 5년마다 한 번씩 6주에서 6개월간 열리는 등록 엑스포와 그 5년 사이 3주에서 3개월 동안 열리는 공인 엑스포 두 종류가 있다. 우리나라에서 열린 대전 엑스포나 여수 엑스포는 후자인 공인 엑스포에 속하며, 규모가 작다. 그리고 등록 엑스포는 참가국이 시설비를 부담하고, 공인 엑스포는 주최국이 시설비를 부담한다. 엑스포는 올림픽, 월드컵과 함께 세계 3대 행사 중 하나다. 중국은 2010 엑스포에 특히 공을 많이 들였다. 엑스포를 통해 발전한 중국을 홍보하기 위해 중국 정부는 각 나라의 VIP를 별도로 초청했다. 각 성 또는 큰 도시의 중요 기관에 할당한 초대자 명단에 우리 부부가 포함되어 있었다.

대진대학은 중국 소주대학과 하얼빈대학 내에 캠퍼스가 있고, 중국 대학과 학점을 인정, 교과목을 이수하는 제도가 있었다. 중국은 2010 엑스포 행사를 치르며 대진대학 일행을 초청했다. 하얼빈대학 측이 우리의 안내를 맡았다. 먼저 호텔에 도착한 하얼빈대학 부총장이 우리를 호텔 만찬에 초대했다. 하얼빈대학 여성 부총장이 왔는데, 다른 대학 총장으로 내정되어 있었다. 당시 63세였던 그분은 당당한 어조로 두 대학을 형제간이라며 우애를 위해 건배를 제안했다. 그들은 엑스포장에서 사용할 감색 거죽의 특별 통행증을 주고 형제라 칭하며 친근감을 표했다.

이튿날 아침, P교수가 식당 한편에 앉아 있는 하얼빈대학 측을 발견하고는 인사를 해야 하는지를 나에게 물었다. "어젯밤 그들이 우리를 형제라고 했으니, 형제끼리 인사를 나누는 건 당연하겠죠"라는 나의 대답에 일행은 한바탕 웃었다. 우리는 먼저 다가가 인사했다. 혹여 자신들을 형님으로 여겼을 것 같아 약간 찜찜했다. 그날 일정은 각각 따로 진행했다. 아침 식사가 끝날 무렵 상해 영사관에서 보낸 여직원과 차량이 왔다. 우리의 안내를 맡은 모양이었다.

우리는 아침에 각 팀이 따로 행동하기로 했지만 나는 하얼빈대학 팀에게 우리와 함께 하자고 권했다. 하얼빈대학 팀과 행사장으로 갔다. 하지만 관람하는 동안에 서로를 놓치고 말았다. 상해 총영사관은 대진대학 총장이 엑스포 행사에 초청된 사실을 이미 알고 있었다. 우리가 중국 정부의 초청으로 왔지만, 엑스포 행사 관람은 완전히 한국의 상해 영사관 서비스 덕분이었다. 나는 중국 정부의 엉성한 계획에 실망했다. 더불어 우리 영사관의 배려에 감사했다. 점심으로 맛있는 중국 요리를 대접받았는데, 특히 가지요리가 일품이었다.

상해 엑스포 행사장은 너무 넓어서 하루에 다 관람할 수가 없었다.

실제로 상해 엑스포장에서 각 나라의 전시관에 들어가려면 1시간 이상 줄을 서야 했다. 더구나 인기 있는 나라 전시관에 들어가려면 몇 시간을 기다려야 한다. 이런 사실을 미리 안 그들은 여권 모양의 감색 특별 통행증을 전날 저녁 식사 중에 우리에게 나누어 주었다. 그러고는 오늘 일정에 대해서는 각자 책임지기로 했다. 형제라며 친근감을 포장했지만, 한계는 분명 존재했다.

남편이 대학 일로 종종 중국 관계자들을 만나면 그들은 대체로 "한국은 인구가 얼마냐?", "국토가 얼마인가?", "경복궁은 몇 칸인가?"를 물어 은근히 넓은 땅과 많은 인구를 자랑하며 기세를 꺾으려 했다. 또한 형님 아우 관계를 설정하며 접근하는 것도 이미 알고 있었지만, 양 대학의 협정은 상호이익 관계였다. 그날 저녁 김정기 상해 총영사의 초대로 만찬을 함께 했다. 엑스포 행사로 바쁜 와중에 초대해 준 것이어서 더욱 감사했다. 그는 한때 10권짜리 밀리언셀러 '거로 영어 시리즈'를 펴낸 인물로, 이명박 후보 선거캠프에서 국제위원장직을 수행했다. 상해 총영사로 발탁되어 재임 중 2010 상해 엑스포 행사가 개최되자, 한국의 성공적인 엑스포를 위해 최선을 다해 지원했다. 총영사직을 마친 뒤에는 현재 유엔 산하 국제기구인 '시티넷' 대표로 활동하고 있다.

중국관을 관람하면서

하얼빈 팀의 제안으로 중국관에 갔다. 출입구 위 붉은색의 독특한 구조물이 시선을 사로잡았다. 중국 특유의 건축양식인 두공(斗拱) 구조였다. 50m 높이의 붉은색 깃발이 마치 타오르는 불길처럼 보였다. 56개 민족을 상징하는 56개의 기둥과 대들보에 얹혀서 선명한 층차감을 보였다. 대들보 양쪽 끝에 동서남북 글자를 새겼는데, 동양의 모자 관(冠)을 의미한다고 했다.

중국관은 번성하는 중국, 풍부한 물산, 풍요로운 백성이란 뜻을 담았으며, 중국문화의 정신적인 기질을 보여주는 것이라고 했다. 중국관에서 적어도 영화 한 편, 그림 한 폭, 녹지 한 조각을 체험해봐야 한다는데, 마음이 바빴던 나는 〈청명상하도(淸明上河圖)〉만 보았다. 터치하면 그림 속 마차와 인물이 생동감 있게 움직였다. 그림 자체도 아름다웠지만, 중국의 기술도 대단했다. 그 그림은 천년 역사를 자랑하는 중국 명화로서, 기존 그림을 수백 배 확대하여 그림 속 인물 600여 명이 해가 뜨고 지는 그림 속에서 움직이면서 천 년 전 중국의 서민 생활상을 보여주었다. 중국의 멀티미디어 기술이 놀라웠다.

한국관과 북한관을 돌아보며

국내 127개 기업이 공동으로 참여한 한국관이 있었다. LED 조명과 LCD 패널 동영상을 감상할 수 있었다. 테이블 위의 터치스크린으로 작은 창을 꺼내고, 확대하니 움직이는 기술이 놀라웠다. 스마트폰 사진을 키우는 것이 그런 원리인가 싶었다. 또 LCD 모니터 192개로 만든 세계 최대 멀티미디어 타워랜드는 엑스포에 참가한 192개국을 상징했다.

한국관 건물 외부 디자인은 오색의 작은 네모 조각 속에 한글의 자음과 모음을 형상화하여 독창성이 돋보였다. 새겨진 글자들을 퍼즐처럼 가로 세로로 맞추면, '무대공포증은 나보다 더 큰 나를 보여주려고 할 때 생긴다', '배가 고프면 나도 모르게 화가 난다', '식사를 천천히 하는 사람이 대체로 마른 편이다' 같은 문구가 나왔다.

한국관에 앞에 있는 유럽관은 마른 야자수로 만든 오두막이 눈길을 끌었다. 대충 둘러보는데도 하루가 다 지나갔다. 중국관을 거치면서 중국 팀과 자연스럽게 헤어지게 되었다. 한국관 관람 후 잠시 북한관을 둘러보았는데 몹시 초라했다. 여직원 두 명이 인삼주와 북한의 특산품을 홍보하고 있었다.

엑스포장을 떠나면서 중국의 에너지원에 대한 관심을 알게 되었다. 인간과 인간, 인간과 자연, 도시 발전과 자연환경 간의 조화를 지향하는 중국의 비전도 읽을 수 있었다.

06 삶의 뒤안길

두 번째 미국 여행

2008년과 2009년 미국을 방문했다. 연이은 두 차례의 미국 방문은 내 일생에 특별한 추억이 되었다. 첫해에는 가톨릭대학병원에서 인턴을 마친 정진이와 함께 한 미국 동부 여행이었다. 2008년 4월 정진이와 나는 인천공항을 출발 뉴욕에 도착했다. 공항에 마중 나온 교수의 안내로 호텔에서 1박을 했다. 다음 날 그분이 여행에서 돌아오는 날 정진이의 짐꾸러미를 롱아일랜드 하숙집으로 실어다 주기로 했다. 나는 그분께 기념품을 선물했다. 사실 내가 정진이를 따라 미국에 간 이유는 임시처소로 정한 롱아일랜드 가정집을 보기 위해서였다. 다 큰 처녀를 맡겨도 될 만한 곳인지 확인하고 싶었다. 그러기에 나는 여행에는 그다지 신경을 쓰지 않았다. 딸과 함께하며 마음을 달래줄 작정이었다.

2002년 두 딸과 우리 부부가 동유럽 여행을 간 적이 있었다. 그때는 단체여행이었다. 그 무렵은 큰딸 혼기가 차서 결혼시킬 궁리를 하고 있을 때였다. 막내는 의과대학을 마치려면 아직 요원했다. 그때 우리는 미혼인 딸들과 함께하는 여행을 소원했다. 2008년 4월 27세 막내딸과 다시 여행길에 나섰는데, 전과는 달리 설레었다. 의과대학과 인턴과정 7년 동안 잠시도 쉬지 못한 딸이 홀가분한 여행을 하기를 바랐다. 나는 여행하는 동안 최대한 딸의 의견을 존중했다. 사실 인턴 때 의료인이 되는 것을 포기한다고 해서 쩔쩔매지 않았던가.

벚꽃이 활짝 핀 워싱턴 거리를 걷고 백악관을 둘러보았다. 일반 관광객들은 광장에서 백악관을 들여다보며 백악관을 배경으로 사진을 찍었다. 하지만 우리는 백악관 실내를 둘러보는 행운을 얻었다. 가이드는 본인의 인맥 덕분에 우리가 백악관 내부 관람 특혜를 받았다며 은근히 자랭했다. 그가 고맙고 귀여웠다. 바깥에는 비가 뿌리고 있어 약간 춥고 으스스했지만, 마침 건물 안으로 들어가서 다행이었다. 백악관 내부 관람을 허락해준 담당자의 개방적 사고와 아량에 놀랐다. 우리는 긴 회랑을 돌며 백악관 내부를 구경했다.

다음 코스는 보스턴이었다. 기념품도 사고, 예일대와 하버드대학 캠퍼스를 걸었다. 예일대학의 아름다운 캠퍼스와 전기 램프가 고요한 조명 아래서 공부하는 학생들을 더욱 돋보이게 했다. 우리나라 대학생들도 그런 환경에서 공부하게 되기를 마음속으로 염원했다. 하버드대학 강의실을 열어주며 가이드가 또 생색을 냈다. 자신이 미리 문이 열리는 것을 알아두었다고. 어쨌든 그 말도 귀여웠다. 이 학교를 설립한 존 하버드의 동상이 있었다. 그의 발을 만지면 하버드대학에 갈 수 있다는 속설이 있다기에, 발을 한참이나 만졌다. 수없이 많은 손길을 받은 동상 발끝은 하얗게 변해 있었다.

하버드에는 유명한 일화가 있다. 한 재벌 부부가 있었다. 이들에게는 자식이 없었다. 노부부는 재산을 유익한 일에 쓰고 싶었다. 어느 날 부부가 하버드대학을 방문했다. 정문을 들어서려는데 허름한 옷차림의 두 노인을 수위가 불러 세웠다. 그리고는 불친절하게 물었다.

"지금 어디 가려는 거요?"

"총장님을 뵈러 왔는데요."

수위가 퉁명스럽게 말했다.

"총장님은 댁 같은 사람들을 만날 시간이 없소."

노부부는 수위의 태도에 불쾌했지만, 마지막으로 한마디 더 물었다.

"대학교를 설립하려면 돈이 얼마나 듭니까?"

"내가 그걸 어떻게 압니까? 댁 같은 사람들이 그건 왜 묻습니까?"

문전박대를 당하고 돌아온 노부부는 기부를 포기하고 학교를 설립했

다. 스탠퍼드대학이다. 한편 이 사실을 뒤늦게 안 하버드대학은 정문에
다음과 같은 글귀를 붙였다.

"Don't show favoritism.(사람을 외모로 평가하지 말라.)"

롱아일랜드의 하숙집

캐나다 나이아가라 폭포를 감상하고 뉴욕으로 돌아온
우리는 정진이가 당분간 묵게 될 롱아일랜드 하숙집으로 갔다. 체격이
건장한 주인아주머니가 이층 방으로 무거운 가방을 옮겨 주었다. 독일
계 미국인이었다. 2층에는 방금 도착한 대만 유학생도 있었다. 주인은
동양인을 2층 공간에 배정했다며 원래 여학생들만 하숙생으로 받는다
고 덧붙였다. 주인은 나에게 집 현관 왼쪽 거실에서 하룻밤을 지내도 좋
다며 소파를 펴서 침상을 만들어 주었다.

다음 날 나는 아침 비행기를 타야 했다. 친절한 주인은 토스트와 간
단한 식사를 준비해 주고 콜택시를 부른 후, 몇 달러짜리 할인권을 내
손에 쥐어주었다. 나는 만약을 위해 준비해온 선물로 겨우 감사의 마음
을 전했다. 자개가 박힌 손거울과 명함 케이스와 면 손수건, 여행 중에
산 과자였다.

타국에 과년한 딸을 두고 가는 부모의 마음을 알아주는 듯해서 고마
웠다. 자식을 맡긴 부모의 마음을 헤아린 아주머니는 내가 묻기도 전에
하숙집 운영 규칙도 알려주었다. 나는 그 여인을 믿고 서울로 돌아올 수
있었다.

황당한 송금 사건

　　막내가 두 달 후 하숙집을 옮겼다. 연수 프로그램에 참여하며 차츰 미국 생활에 적응되자 생각이 달라졌던 것이다. 어학연수 후 한국으로 돌아와 전문의과정을 밟기로 한 정진이가 미국에서 의사시험을 치르겠다고 했다. 아이들 셋을 모두 유학 보내지 않은 나는 미국 생활이 대견해서 지원해주고 싶었다. 일정이 길어져서 체류 비용 때문에 계좌를 개설했다.

　　막내는 집에서 보내주는 돈으로 검소하게 생활했다. 어느 날 환율이 많이 떨어졌다. 나는 송금을 서둘렀다. 평소처럼 컴퓨터를 켜고 인터넷으로 송금하려는데, 접속이 되지 않았다. 몇 번을 되풀이해도 송금 절차가 진행되지 않았다. 나는 은행에 전화를 걸었다. 여러 번 연결이 되지 않다가 나의 인내심이 폭발하기 직전에 겨우 연결되었다. 왜 송금이 이행되지 않는지 따지자 잘 모른다며 자신은 퇴근 시간이 되었으니 다음 직원과 통화하라고 했다. 마음이 급한 나는 다시 송금 라인에 연결을 시도했지만, 여전히 접속조차 되지 않았다. 이윽고 날은 저물었다. 오후에 지인과 약속이 있던 나는 그분에게 사과를 표했다. 은행에 여러 번 전화한 끝에 겨우 당직자와 통화하게 되자, 나는 복받치는 화를 그에게 풀었다.

　　"도대체 하루 내내 외화 송금 라인이 작동하지 않는 이유가 뭡니까?"

　　좀체 화가 가라앉지 않았다.

　　"당장 은행에 쳐들어가겠어요."

　　어물쩍 넘어가려던 그가 드디어 실토했다. 환율이 급격히 하락하면 은행에서 송금 라인을 가동하지 않는다는 것이었다. 일부러 시간을 끌어서 그날을 넘기려는 은행의 속임수였다.

　　"공공 금융기관인 은행이 자신의 이익만을 위해 예금자를 고의로 속이는 것은 있을 수 없는 일이죠."

은행직원에게 빨리 합당한 조처를 하라고 했더니 손해를 보상받게 해주겠다고 답했다. 나는 그 답을 받아들일 수가 없었다. 나에게만 보상하는 것은 옳지 않다고 생각했다. 은행직원의 얄팍한 회유에 더 화가 난 나는 환율 하락 시에 고의로 은행의 인터넷 송금 라인을 불통시켜 고객의 송금을 차단한 사실을 언론에 공개하고 사과 기사를 일간지에 게재하라고 요구했다. 은행직원은 그렇게 하겠노라 말했지만, 어쩐지 뒷맛이 개운치 않았다.

다음 날 일간지에서 사과문은 전혀 찾아볼 수가 없었다. 단지 자사 은행 홈페이지에 급격한 환율 변동 시 송금이 지연될 수 있다는 안내창을 게시한 게 전부였다. 그 은행은 외국계 은행으로 사원 복지가 잘 된 것으로 소문나 있었다. 나는 은행의 이익을 위해 고객을 속이고 손해를 입히는 행위를 바로잡고 싶었다. 더는 나와 같은 피해자가 없기를 바랐기에 은행의 진정한 사과를 요구했던 것이다. 겨우 은행 홈페이지에 문구 하나를 새로 삽입한 은행의 얄팍한 태도가 또 하나의 상술이라는 생각이 들었다. 그러나 다른 일로 바빴던 나는 그 일에 매달릴 수가 없었다.

2021년 10월 중순, 오랫동안 거래를 끊은 그 은행에서 문자 메시지가 왔다. 우리나라에서 완전히 철수한다며 몇만 원 안 남은 통장 잔액을 환급해 준다는 문자였다.

정진의 미국 생활

영어연수 시절 동안 정진이는 코트라(KOTRA) 행사모델 활동 같은 새로운 체험도 하고, 아르바이트도 했다. 그리고 얼마 지나지 않아 미국 의사시험을 보겠다고 선언했다. 정진이는 영어연수 동안 미국 생활에 자신감이 생긴 것 같았다. 결과가 어떻든 젊은 날 한번 도전해 보는 것도 좋을 것 같았다. 인생의 긴 여정에 또 다른 소득이 있을 것이라 여기면서 격려했다. 2008년 12월 잠시 한국에 왔을 때 아르바이트로 유학비를 마련했다. 때마침 입원한 언니 병실에서 간병도 했다. 미국으로 다시 돌아간 정진이는 미국 생활에 더욱 박차를 가했다.

뉴욕 근교 롱아일랜드에서 거처를 몇 번 옮겼다. 마지막으로 머무른 집은 점술가 집이었다. 정진이는 어릴 적부터 별자리에 관심이 많았다. 인간의 운명과 별자리 얘기를 가끔 했는데, 나는 그것을 소녀 시절에 가질 수 있는 호기심이라 여겼다. 정진이의 별자리운세 상담 대상이 된 적은 있었지만, 미국 점쟁이라니 더럭 겁이 났다. 2009년 미국에 가면서 막내의 자췻집에 머무를 생각으로 숙박 문제에는 아무런 대책을 세우지 않았다.

그런데 미국에 도착한 나를 데려간 곳은 뉴욕 번화가 민박 아파트였다. 실내 환경은 꽤 만족스러웠다. 수강을 마치고 돌아온 정진이가 엄마랑 같이 있고 싶다고 했다. 큰딸 내외와 서부여행을 시작하기 전까지는 줄곧 그 집에서 막내와 함께 지냈다. 민박집에서 딸과 함께 하는 식사는 꿀맛이었다. 오랜만에 만난 딸과 이국에서 보내는 저녁 시간이 기다려졌다. 정신없이 며칠을 지내다가 딸이 사는 집에 가고 싶다고 말했다. 정진이는 지금 너무 바빠서 안 된다고 했다. 나는 별생각 없이 그 말을 믿었다. 그러나 점술가 집주인도 궁금하고, 서양 점술가의 점괘도 궁금했다. 정진이는 이번에도 공부 때문에 어렵다고 했다.

뉴욕에서 처음 며칠 동안은 낮에도 잠이 쏟아졌다. 맨해튼의 큰딸 집에 도착하면 금방 잠에 빠져 어느새 저녁이 되곤 했다. 저녁엔 큰딸 내외와 한인타운에서 외식을 하고 또 민박집으로 돌아오는 며칠 사이 나는 정진이의 자췻집을 더는 생각지 않게 되었다. 그래도 점술가 집에서 내 딸이 차지하는 공간이 어떤지 물어봤다. 딸은 거실을 그 점술가와 반으로 나누어 쓴다고 했다.

"응 그렇겠지. 뉴욕의 비싼 임대료 때문에 공간이 정말 알뜰하게도 이용되네."

혼자 중얼거렸다. 그런데 후일 한국에 돌아온 정진이는 그때 나를 데려가지 못한 사정을 말했다. 딸은 비용을 아끼기 위해 아주 허름한 집 거실 반쪽 공간을 사용했다고 한다. 커튼으로 공간을 분리해서 사용했다고. 그런데 귀국 무렵 보증금을 돌려받지 못해 애를 먹었단다. 가구에 손상이 갔다며 공연한 트집을 잡고 보증금을 돌려주지 않으려 했단다. 정진이가 소송을 하겠다고 하자 자신은 소송할 돈도 없다며 마음대로 하라고 했단다. 할 수 없이 딸이 광고를 내고 새로운 세입자를 구해 겨우 보증금을 회수했단다.

나는 생활인으로서 정진이의 당당한 태도가 마음에 들었다. 타국에서 돈을 아끼며 강한 오기를 부렸던 딸의 두둑한 배짱은 외할머니인 친정어머니를 닮은 것 같았다. '그래. 피는 못 속이지' 하고 나는 혼자 피식 웃었다. 엄마가 마음 아플까 봐 초라한 셋방을 보여주지 않은 정진이가 대견했다.

큰딸과 뉴욕을 걷다

2009년 큰딸 초청으로 미국에 갔다. 케네디 공항에 도착했을 때 날은 이미 어두워진 뒤였다. 잠시 후 두 사람이 흐릿한 불빛 속에서 걸어왔다. 나는 반가움에 앞서 바짝 마른 사위 때문에 놀랐다.

볼은 푹 꺼져 있었고 바지는 헐렁해서 걸을 때마다 출렁거렸다. 사위는 2년 전 N.Y.U(Newyork University)에 편입했다. 그가 속한 로펌에서 보낸 유학이었다. 학기에 맞추느라 사위가 먼저 떠났고, 뒤따라온 딸이 합류했다. 곧 졸업식이어서 나는 졸업식에 참석하기로 했다. 그 후 딸 부부와 함께 미국 여행을 할 계획이었다. 졸업식까지 며칠 여유 시간 동안 딸이 세운 계획대로 뉴욕의 이곳저곳을 누볐다. 시내버스 뉴욕 관광, 맨해튼의 센트럴파크, 메트로폴리탄 미술관, MoMa 현대미술관, 보타닉 가든, 맨해튼 거리, 뉴욕 4~5번가 등 웬만한 곳은 모두 돌아다 녔다.

보타닉 가든에서 서양 아주머니들이 나에게 예쁘다며 말을 건넸다. 서양 사람들의 의례적인 인사려니 하면서도 칭찬을 들으니 좋았다. 박물관과 미술관에서 작품을 감상하고 기념사진도 찍고 기념품과 복사본 명화를 구입했다. 우드버리 아웃렛 행 버스를 타려고 딸과 함께 긴 줄에 서서 기다렸다. 한 여자가 자신은 호주에 사는 중국인이라며 나의 피부가 곱다며 무슨 화장품을 쓰는지 물었다. 나는 아모레라고 답했다. 한국산 화장품을 선전하고 싶었다.

우드버리의 명품가게에 들러 친지들에 줄 선물을 마음껏 샀다. 사실 이번 여행에서 나는 그동안 아끼고 비축한 비자금을 듬뿍 쓰기로 했다. 스카프, 넥타이, 옷을 정신없이 샀다. 딸과 사위에게도 졸업선물을 하고 싶었다. 그뿐 아니라 앞으로 미국 여행 중에 들를 친구와 시댁 질녀에게 줄 선물도 마련했다. 마침 세일 기간이라 횡재라도 한 듯했다.

관광도 즐거웠지만, 딸에게 선심을 쓰는 것도 좋았다. 게다가 큰딸과 뉴욕을 활보하는 것은 더없이 즐거웠다. 딸 부부는 결혼 후 꽤 시간이 흘렀지만, 아직 손주가 태어나지 않았다. 그래서 마음 한구석이 늘 허전했는데, 쇼핑과 관광을 할 동안에는 오히려 자유로워서 좋았다.

삼남매를 유학 보내지 못한 나는 유학에 미련이 남아 있었다. 일부러 그런 건 아니었는데, 어쩌다 보니 유학을 생각할 겨를이 없었다. 솔직히 자녀교육에 안목이 부족했다. 게다가 해외 유학에 대한 편견도 좀 있었다. 외국 유학을 학력 세탁의 한 과정으로 여기는 시각이 존재하던 당시의 세태에서 나는 유학의 본질을 잘 파악하지 못했다. 커다란 실책이었다는 사실을 뒤늦게 깨달았다. 아이들도 유학에 별 관심을 보이지 않았다. 이미 지나간 일은 어쩔 수 없으니, 미국에 온 김에 철저하게 뉴욕을 즐기고 싶었다.

큰딸이 민박집을 예약했다. 숙박 문제가 해결되어 마음이 편안했다. 호텔이나 딸의 집이 숙소였다면 불편했을 것 같다. 한국인 교포가 운영하는 아파트 민박은 화장실과 트윈 침대 두 개가 있어서 편리했다. 저녁에는 작은딸 정진이와 한방에서 잤다. 큰딸 정원이와 뉴욕을 관광하느라 몸은 피곤했지만, 마음은 한없이 가벼웠다.

사위의 졸업식

드디어 사위의 졸업식 날이 왔다. 졸업식은 타임스퀘어의 큰 홀에서 있었다. 나는 꽃다발을 준비했다. 같은 대학에서 졸업하는 중학교 동기 K의 딸에게도 꽃다발을 선물했다. 참석한 축하객 중에 꽃을 든 사람은 나밖에 없었다. 어리둥절했지만 도로 가져갈 수는 없었다. 사실 그 꽃을 시들지 않게 하려고 밤새 애를 썼다. 물그릇을 찾으려고 민박 아파트 여기저기를 다 뒤졌지만, 발견하지 못했다. 세면기에 물을 가둬도 금방 물이 새나갔다. 저녁에 돌아온 막내가 비닐봉지를 찾아왔다. 큰 비닐봉지에 물을 넣고는 꽃다발이 충분히 잠길 수 있도록 화장실 세면대

위에 걸쳐 놓았다. 필요는 발명의 어머니라더니 부족함이나 불편함이 새
로운 창조를 낳는다는 사실을 타국에서 막내딸에게 배웠다.

이튿날 꽃다발을 받아 든 두 졸업생은 꽃처럼 환하게 웃었다. 나는
꽃을 든 축하객이 없는 것에 적이 놀랐다. 새로운 문화 충격이었다. 하
지만 나는 꽃다발에 개의치 않았다. 그동안 미국에서 공부한 사위의 노
력이 결실을 보았다는 것이 대견했으며, 딸 부부와 즐기는 여행에 기대
를 걸었다. 그동안 모든 일이 무사히 진행되었음에 감사했다. 한인타운
에서 저녁 식사를 했다. 그날 저녁, 와자지껄한 젊은 열기에 파묻힌 맨
해튼 풍경을 감상하고 우리는 각자 숙소로 돌아갔다.

졸업식 후 큰딸 부부와 미국 여행길에 올랐다. 2009년 5월, 우리의
첫 행선지는 시카고였다. 이 여행을 큰딸과 계획하면서 최종 목적지를
옐로스톤으로 정했다. 도중에 시카고에 들를 예정이었다. 그곳에는 수
십 년째 사는 옛 친구가 있었다. 또 교포 청년과 결혼해서 시카고에서
사는 시가 조카딸도 보러 가기로 했다. 시카고에 있는 친구는 여고와 대
학에서 가깝게 지냈다. 친구는 의사와 결혼 후 미국으로 떠나왔다. 한국
방문 때는 꼭 만나던 친구였다. 친구는 유명인사가 된 의사 남편과 시카
고에서 가정을 꾸리고 있었다.

정신이는 남편 둘째 형님의 셋째 딸이다. 시가에서 미국으로 시집보
낸 유일한 딸이었다. 나는 이 조카가 이역만리에서 어떻게 사는지 보고
싶었다. 무엇보다 조카에게 친정의 관심을 보여주고 싶었다. 조카사위
가 운전하는 차를 타고 그의 집으로 갔다. 정신이는 온갖 준비를 해놓고
우리를 기다렸다. 생각보다 훨씬 더 잘 사는 것 같았다. 동네 어귀부터
푸른 잔디가 펼쳐진 아름다운 동네였다. 조카 집도 아름다웠다. 현관문
을 열자 정신이의 아들, 딸이 우리를 반겨 주었다.

집은 지하가 있는 이층집이었다. 방마다 침대가 있고, 손님용 방이

따로 있었다. 정신이의 두 자녀는 고운 살결에 머릿결에도 윤기가 흘렀다. 식당은 작고 넓은 공간으로 구분되어 있었다. 우리는 널찍한 테이블에서 조카사위가 구워주는 바비큐와 질녀의 푸짐한 요리로 저녁을 먹었다. 처삼촌 가족을 처음 만난 조카사위는 고기를 구우면서 연신 싱글벙글했다. 조카를 존중하는 태도가 몸에 밴 정 서방은 경제관념도 철저해서 장래 대비도 잘하는 것 같았다. 더구나 처음 보는 처가의 친척을 반기는 인품에, 조카가 행복할 것이라 확신했다. 조카사위는 AT&T에 근무했는데, 직장 내에서도 꽤 인정받는 인재 같았다. 한국으로 돌아가서 시숙님 댁에 빨리 그런 얘기들을 전하고 싶었다.

시카고 첫날은 조카 집에서 묵었다. 다음 날 아침이 되자 나와 한방에서 잔 초등 3학년 꼬마는 서랍장을 열고 옷을 꺼내 입었다. 색깔을 잘 맞춰 입을 줄 아는 녀석이 기특했다.

"한국에 왜 오지 않니?"

"한국에 가려면 돈이 많이 들잖아요."

아마도 엄마 아빠의 얘기를 들은 모양이었다. 나는 그 꼬마와 누나에게 각각 100달러를 쥐어주었다. 아이들은 좀 놀라는 듯했다. 조카 부부에게는 한국의 Duty Free Shop에서 미리 사둔 목걸이와 넥타이, 뉴욕 근교의 우드버리 매장에서 구입한 스카프를 선물했다. 한국에서 가져온 건조식품도 선물했다.

시카고의 명사가 된 친구 부부

다음 날 시카고의 Oak Brook의 Midwest Club에 사는 친구 집에 갔다. 조카사위가 데려다주었다. 동네 어귀에 들어서자 마치

골프장에 온 것 같았다. 골프장 라운딩 코스같이 잔디가 덮인 낮은 구릉에 아름다운 저택들이 늘어서 있었다. 맥도날드 회장을 비롯해 부자들이 많이 사는 곳이었다. 조카사위도 저택으로 함께 들어갔다. 집안으로 안내받은 우리는 마치 귀족이 된 것 같았다. 우아한 거실에서 친구 딸과 사위 그리고 손주들이 우리를 기다리고 있었다. 그때 만난 미국 꼬마들은 모두 세 명이었는데, 서양인 얼굴이었다. 젊은 친구들이 그렇게 많은 자녀를 키우고 있다는 사실에 놀랐다. 친구 딸은 정원이와 비슷한 또래였고, 그 사위 또한 우리 사위와 나이가 비슷했다.

친구 큰딸은 독일계 미국인과 결혼했다. 아이 셋을 키우면서도 앞으로 더 낳겠다고 했다. 결혼 6년차였지만, 아직 자녀가 없는 딸 부부에게 미안한 생각이 들었다. 그 젊은 부부는 마침 미국의 Memorial Day를 기해 부모님 댁에 왔다. 내 딸 부부를 만나려고 부모님 집에서 우리를 기다렸다. 친구 딸은 로펌(Law Firm) 변호사였다. 사위는 위스콘신에서 의사로 일했다.

큰딸 정원이는 국책연구기관인 육아정책연구소에 재직 중이었는데, 미국에 오느라 잠시 휴직상태였다. 두 젊은 부부의 만남이 그들 인생에서 좋은 인연이 될 것 같았다. 언젠가 국경을 넘는 인연의 계기를 마련한 것 같아 여행의 의미를 더했다. 그들이 우리를 기다려 준 것도 고마웠다.

내 친구는 약학과를 졸업했다. 방학 때마다 대구에 내려오면 또 다른 친구와 셋이서 담임선생님을 찾아뵙곤 했다. 우리가 결혼했을 때 고3 담임선생님과 두 친구 부부를 초대해서 저녁 식사를 함께한 적이 있었다. 그런데 또 다음 세대가 연결되니 새삼 인연의 고리가 중요하다 생각되었다. 어른들이 얘기를 나누는 도중 그 집 막내 손자가 외할아버지에게 매달려 응석을 부렸다. 나는 기념하고 싶어서 여러 컷의 사진을 찍었다.

안겨서 보채는 서양인 손자를 달래는 동양인 외할아버지 신 박사는 너그럽고 인자했다.

한식당에서 점심 식사 후 친구와 쇼핑몰에 들러서 손녀 재인이와 영인이가 입을 원피스를 샀다. 그날 저녁 근처 한인 레스토랑에 갔다. 시카고의 한식도 한국 못지않게 맛있었다. 친구 사위도 한식을 좋아했다.

흉부내과 의사인 신 박사는 당시 65세였다. 은퇴할 나이가 되었음에도 병원 측의 권유로 일주일에 몇 번씩 진료하고 있었다. 최고 신붓감이었던 내 친구가 그분을 배우자로 선택한 이유를 실감할 수 있었다. 판사 아버지와 미모를 겸비한 신부가 선택한 남편이었다. 너그럽고 인정 넘치는 그의 품성은 미국 환자들에게서 존경을 받는 것 같았다.

친구의 딸 가족은 그날 저녁 위스콘신으로 돌아가고 우리는 아름다운 저택을 돌아보았다. 각각의 방마다 다른 용도가 있었다. Sunroom, Study room, Family room, Living room, Dining room 등 각기 방마다 프랑스풍이나 이탈리아 가구가 비치되어 있었다. 부엌, 목욕탕, 침실도 아름답고 우아했다. 특히 부엌에 있는 대형 스테인리스 냉장고가 매우 인상적이었다. 각 방의 조명도 무척 우아하고 화려했다. 프랑스 궁전에서 본 것과 비슷했다. 내 친구가 남편을 따라 이국에 살면서 꿈꿨던 생활이 이런 것이었구나 생각하며 사진에 담았다.

그날 밤 딸 내외와 나는 각각 2층에 있는 고급스러운 침상에서 잠을 잤다. 방마다 화장실이 딸려 있었다. 이층으로 올라오는 계단 곡선도 아름다웠다. 유럽풍의 클래식한 커튼도 우아한 분위기를 더했다. 친구의 고품격 취향이 가구마다 담겨 있었다. 그들의 또 다른 자랑거리인 산호세 별장에 꼭 놀러 오라는 당부는 시카고에서 보낸 마지막 밤을 기억하게 했다. 친구 부부가 누리는 삶은 1970년대 시카고에 정착한 후, 동양인 의사로서 우여곡절을 겪으며 백인사회에서 신망을 얻고, 인간적인 유대관계를 잘 쌓은 결과였다.

이튿날 새벽 우리는 다음 목적지인 솔트레이크로 가기 위해 친구가 운전하는 자동차를 타고 오하이오 공항으로 갔다. 미국의 3대 도시인 시카고는 예술성 높은 건축물이 많기로 유명했다. 시카고에 도착한 첫 날 밤은 야경을 감상했다. 미시간호의 웨스트민스트 대학 근처에 호수가 있었다. 시카고의 아름다운 고층 건축물은 1871년 대화재 이후 새로 지은 것들이었다. 당시 화재로 목조건물 대부분이 파괴되었다. 그 후 지은 건축물들로 인해 시카고는 건축의 메카로 불리게 되었다. 우리는 건축물과 명소관광은 다음 기회로 미룬 채 시카고를 떠나왔다.

코로나 위기 2년째를 맞던 2021년 10월, 우리나라에 온 그 친구 부부를 다시 만났다. 나는 가까운 친구 K와 B, 그리고 남편과 함께 판교의 음식점 '꽃달임'에서 친구 부부를 대접했다. 식사 후에는 우리 아파트에서 다과를 나눴다. 2009년 시카고 방문 때 만났던 친구 큰딸 가족의 소식을 듣고 나는 깜짝 놀랐다. 세 아이의 엄마였던 그 딸이 여전히 직장에 다니면서 두 아이를 더 출산했다고. 그런데도 양가에서 일체 도움 없이 시간제 도우미를 고용하여 육아와 직장은 물론 집수리도 혼자 기획하고 추진했다니 그야말로 여장부였다. 더구나 그때 할아버지에게 매달려 떼를 쓰던 어린아이가 벌써 대학생이 되었다니, 세월이 빠르게 흘러가는 것을 실감했다.

솔트레이크시티에서 옐로스톤까지

솔트레이크 공항에 내렸다. 옐로스톤 여정을 도와줄 여행사 안내자를 그곳에서 만나기로 예정되어 있었다. 또 최종 목적지인

엘로스톤으로 가기 전에 솔트레이크도 둘러보고 싶었다. 솔트레이크시티는 소금물로 호수를 채운 그레이트 솔트호에서 유래하였다. 1847년 브리검 영이라는 모르몬교 지도자가 본거지를 그곳에 세우면서 모르몬교 본부와 성전이 들어섰다. 성전에는 세계에서 몇 안 되는 대형 파이프오르간이 있었다. 파이프가 12,000개나 되었다. 솔트레이크시티 인구의 30%가 모르몬교 신자였다. 내가 성전 안을 기웃거리자 고운 중년의 여인이 잠깐 들어오라며 모르몬교 신자가 되면 좋을 거라 덧붙였다. 나는 다음에 다시 오겠다며 재빨리 그곳을 빠져나왔다.

교회역사박물관도 있었다. 영화배우 로버트 레드포드가 1969년에 개발한 선댄스 영화관에서 매년 독립영화제를 개최하는 것으로도 유명했다. 여러 종류의 비행기를 전시한 비행기박물관도 있었다. 6·25 동란 때 공포의 전투기였다는 B29기가 전시되어 있었다. 그 밖에도 무섭게 생긴 전투기들이 많았다. 엘로스톤으로 떠나기 전 마지막으로 간 곳은 어느 광산과 그 옆에 있는 기념품 가게였다. 나는 그 가게에서 예쁜 그림이 새겨진 소주잔을 구입했다. 가게를 나오자 안내원이 알려준 네모난 웅덩이가 있었다. 무엇으로 깎였는지 완전히 흙이 드러나 있었다. 안내자의 설명을 경청하지 못했던 탓으로 나는 그 어마어마한 공간이 로키산맥 서쪽 끝자락에 있는 채석광산일 것이라고 지레 짐작해버렸다.

그 후 로키산맥과 근처 지역에 관한 자료를 찾아보았다. 로키산맥 서쪽에는 응고된 마그마가 횡단관입을 일으킨 군집체로 유명했다. 열용류가 스며들면 구리, 납, 아연, 철 등이 섞인 금속 화학물이 생성되었다가 기온이 떨어지면 응고하여 이동하면서 몇 단계의 광물화학 작용을 일으켜 황화퇴적물을 형성하여 광산이 된다. 미국은 넓은 땅에 다양한 지질과 지형이 있다. 거기에 엄청난 지하자원이 매장되어 있다. 엘로스톤 여행 중 잠시 들린 와이오밍주, 유타주, 로키산맥의 서부지역은 금. 은, 납, 아연, 구리, 철 같은 광물의 매장량은 많으나 석유나 가스 유전은 없었다.

기념품으로 소주잔 몇 개를 구입하고 안내자를 따라 서둘러 옐로스 톤 행 차에 올랐다. 옐로스톤으로 가는 길에는 간헐천과 아름다운 호수, 옐로스톤강을 비롯한 강들과 장엄한 폭포가 있었다. 공원 대부분이 숲 이었으며, 흑갈색의 들소들이 느릿느릿 걸어가는 것이 눈에 띄었다. 더 러 시커멓게 타버린 나무들이 서 있었는데, 바람이 부니 나무의 영혼이 나그네에게 하소연하는 것 같은 생각이 일었다. 1988년 산불이 연속적 으로 일어나서 넓은 지역을 태워버렸다는데, 생태계 순환으로 보면 한 번씩 불이 나야 한다는 안내자의 말이 일리가 있는 것 같았다.

사위와 딸 사진을 찍으며 수척해진 사위가 이번 여행으로 회복되길 바랐다. 말수 적은 사위지만 딸과 다정한 것이 보기 좋았다. 저녁에는 공원 안 오두막 호텔에서 묵었다. 기념품 가게에서 사위의 모자를 샀다. 여행 이후 사위가 그 모자 쓴 것을 보지 못했다. 옐로스톤 로고가 있는 베이지색 모자가 제법 멋스러워 보였는데….

옐로스톤의 장관인 30m 높이 또는 그 이상으로 분출되는 간헐천과 온 천은 이 지표에서 지속되는 화산활동의 결과였다. 워낙 넓은 지역이다 보 니, 간헐천 외에도 옐로스톤 호, 쇼콘 호, 스네이크강뿐 아니라 장엄한 폭포를 여럿 품고 있는 옐로스톤강이 있으며, 공원 대부분은 숲이었다. 1845년 매사추세츠 콩코드의 월든 숲속 통나무집에 살았던 미국의 초월 주의자 헨리 데이비드 소로가 생각났다. 그는 2년 2개월 동안 삶의 정수 를 만끽하며 단순하고 본질적인 삶에서 배운 통찰로 허상에 사로잡힌 사 람들에게 경종을 울렸다. 바쁘고 치욕스러운 삶에서 벗어나 자기만의 삶 을 살라며 "내가 가진 가장 뛰어난 재능은 욕심부리지 않는 것"이라고 그는 《월든(Walden)》에서 말했다. "사람 대부분은 대중들 틈에 끼어 있을 때 훨씬 더 외로움을 느끼고, 사람을 감동하게 하는 것은 타고난 재능이 아니라, 가치 있는 것을 대하는 태도와 그것과의 관계이며, 당신 말고는 아무도 할 수 없는 일을 하라"는 그의 말이 머릿속에 떠올랐다.

포천을 떠나며

며칠 후면 대진대학 공관을 떠나야 했기에, 2011년 12월 23일 내 생일에 가족이 모이기로 했다. 남편이 은퇴하더라도 큰 걱정은 없었다. 막내가 병원에서 소아과 전공의과정 2년차라, 과정이 끝날 때쯤 결혼해 주기를 바랄 뿐이었다. 포천에서 6년 동안 많은 사람들을 초대했다. 하지만 정작 나는 초대한 분들을 안내하느라 별로 즐기지 못했다.

대진대학과 포천은 내게 중년의 활력을 발산하게 해준 곳이었다. 공관에는 가라오케 시설이 있어 많이 애용했다. 여기서 내가 닿을 수 있는 모든 인연을 최대한 초대했다. 하룻밤 묵고 간 사람 중에는 여고 동기도 있었다, 아침에는 정원 테이블에 앉아 간단하게 아침 식사를 했다. 여러 날을 머물렀던 분은 아버지와 친척 아주머니들로 고모, 이모, 어머니의 외사촌 언니, 아버지의 외사촌들이었다. 모두 나이 든 여자 노인들이었다. 대부분 남편을 먼저 떠나보내고 노년의 삶을 살며 자주 만나기를 갈망했다.

그분들은 공관에 머물면서 포천의 아도니스 호텔이나 근처의 포천 명소들을 둘러보았다. 아침 식사는 집에서 준비했지만, 점심은 외식을 했다. 함께하는 것을 좋아하는 노인들을 보노라면, 어머니가 몹시 보고 싶어졌다. 하루 일정으로 다녀간 사람은 대개 남편과 나의 지인이었다. 관광을 먼저 한 후 공관에 들러 다과와 오락 시간을 가졌다.

나는 회의실 안에 가라오케 시설이 있는 그 방을 잊지 못한다. 태어난 지 1년이 채 되지 않은 정원이의 쌍둥이 남매가 노랫가락에 맞춰 몸을 흔들었을 때, 우리 자매의 남편들이 수줍게 한가락씩 뽑을 때, 노래에 재능이 있어 곧잘 노래 부르기를 좋아한 양동 고모, 특히 외아들과 살아온 이모가 아들과 함께 노래를 부르던 순간이 기억 깊숙이 남았다.

추운 겨울에도 나는 사람들을 종종 초대했다. 그들은 대체로 집안 혈족이거나 가까운 친구 부부나 친구들로, 단체 모임에 소속되지 않는 사람들이었다. 그리고 봄가을 날씨가 좋을 때는 시댁인 형제들과 그 가족들이나 아버지와 연배가 비슷한 친척 노인들을 초대한 것이 가장 보람이 있었다.

그러나 어머니는 우리가 포천에 가기 한 해 전인 2005년에 돌아가셨다. 돌아가시기 전 두 번의 총장 취임식 때 어머니는 무척 행복해하셨다. 가족과 집안을 위하느라 자신을 돌보지 못한 어머니. 사위가 공직에 있는 동안 어머니를 좋은 곳에 모셔보지도 못했다. 어머니는 평소에 소소한 나들이와 친척 모임을 좋아하셨다. 그런 어머니를 넓고 쾌적한 공간에 한 번도 모시지 못한 것이다.

나는 고등학교를 졸업할 때까지 할머니와 한방을 썼다. 그래서 할머니 마음을 잘 헤아릴 수가 있었다. 2008년 가을, 그날도 아버지와 친척을 초대했다. 그날 오전 아버지의 외사촌 여동생을 모시러 갔는데, 80대의 여인이 한복을 입고 고운 자태로 나를 기다리고 있었다. 머리 염색을 하고 가방을 챙겨 든 단아한 모습에서 아직 여인의 향기를 느낄 수 있었다. 다음 날 포천의 아프리카문화원과 평강식물원 그리고 산정호수를 둘러보았는데, 그분은 사진을 많이 찍어달라고 했다. 당신의 자녀들에게 보여주겠다며 예쁜 포즈를 취하셨다. 남편은 이미 세상을 떠났지만, 자녀들의 사랑을 기대하는 할머니의 소박한 마음이 느껴졌다. 되도록 예쁜 모습을 담으려 사진 찍기에 꽤 신경을 썼다.

삶의 뒤안길

세무서, 경찰서, 법원에서 날아온 우편물은 발신처가 눈에 들어오는 순간 가슴을 강타하는 망치가 된다. 내용을 파악하기 전부터 말문이 닫히고 멍해지곤 했다. 그동안 이런 일에 얼마나 시달렸던가? 나는 친정 일까지 포함하여 재판, 세무 같은 일들이 생기면 골치(憎馳)가 아팠다.

자기 일에 몹시 충실한 남편은 집안일에는 대체로 방관자였다. 공직자인 남편과 살았기 때문에 행정 규정이나 법률적 조언은 꽤 많이 받았다. 그러나 소송 진행이나 세무서 행정관청에 출입하는 일은 언제나 나 혼자였다. 남편 체면에 손상을 입히는 일을 막고, 그의 시간을 아껴주려고 혼자 처리하는 습관이 생겼다. 그러다 보니 남편은 점점 더 고상한 신사가 되어 가고, 나는 점점 더 억척 여인이 되어 갔다. 물론 말년에 그가 거들어 준 일도 많이 있지만, 그것이 오히려 일을 더 복잡하게 만들 때도 있었다. 그에게 조언을 구할 때는 빠른 결과를 기대해서 마음이 외려 편치 않았다.

세상일은 원칙이나 법보다 인간적인 소통으로 이루어지는 것도 많아서 남편의 눈치를 보지 않을 때가 마음이 외려 편했다. 법적인 한계를 알아야 할 때는 마지막 카드로 남편을 활용했다. 그러나 사람들 앞에 그를 내세우지는 않았다. 사람들과 부딪히는 일은 결국 내 몫이었다. 가끔

"아저씨(남편)는 어디 갔어요?" 같은 질문을 받을 땐 "출장 가셨어요"라고 대꾸했지만, 어쩐지 내 운명은 외롭고 거친 삶을 살게 되어 있는 것만 같았다. 특히 소송 문제는 더욱 힘들고 외로웠다. 이해관계로 사람과 직접 부딪치는 일은 정말 무서웠다.

명도소송

내가 처음 소송을 제기한 것은 아주 조그만 일 때문이었다. 우리 집을 갖기 시작한 이래 재산을 증식하려고 나름 애썼는데, 얼마라도 돈이 모이면 주식이나 소규모 부동산에 투자했다. 마침 테헤란로에 있는 조그만 오피스텔을 분양받았다. 주거 겸 사무실 용도로 남편 명의였다. 그런데 그것이 때로는 재미를, 때로는 고통을 주었다. 분양 면적은 12평인데 실평수는 6평 남짓이어서 큰 자금이 들지 않았다. 완공 후 임대를 놓았다.

그런데 임차인이 몇 차례 바뀌는 동안 임대료를 지불하지도 않고, 나가지도 않고 애를 먹이는 사람도 있었다. 어떤 임차인은 우리 사무실에서 사업이 잘되지 않았다며 퇴거 시 위로금을 요구하기도 했다. 또 물건을 둔 채 방문을 걸어 잠그고 소식을 끊는 사람도 있었다. 위로금을 요구한 임차인에게는 내용증명을 발송했다. 그제야 밀린 임대료가 해결되었다. 그 후에도 비슷한 일이 생겼을 때 일단 내용증명을 보내면 대체로 해결되었다. 한 세입자는 물건을 그대로 두고 문을 잠근 채 연락이 되지 않아 내용증명도 소용없었다. 할 수 없이 소송을 제기했다. 몇 번의 재판 끝에 승소했다.

마침내 집행관이 우리 사무실로 오는 날 나는 음료를 준비하고 기다렸다. 그런데 그는 한 방울의 음료도 사양한다며 사무실 안의 집기에 빨간딱지를 붙이려다 말고 책상 서랍에서 임차인이 아닌 명함 하나를 꺼내 들고는 그 명함 주인을 상대로 다시 소송을 해야 한다고 했다. 나는 어이가 없었다. 그냥 지나가면 될 일을 일부러 사건을 만들려는 것만 같았다. 그냥 진행해도 되지 않느냐며 애원했지만, 그는 단호했다.

할 수 없이 나는 모르쇠 하던 고상한 남편과 의논했다. 더는 혼자 감당할 수가 없었다. 나의 하소연을 들은 남편은 "아이고 변호사에게 의뢰하지 않고 혼자 잘난 척하더니" 하며 쯧쯧 혀를 찼다. 남편이 친분이 있던 법무사를 만난 후 일은 빠르게 진행되었다. 그 후 다시 찾아간 그 집행관은 일전과 달리 친절했다. 일단 임차인 집기를 압류한 후 경매에 부치고 응찰을 하라고 조언했다. 아무도 입찰할 사람이 없으므로 일을 빨리 진행하려면 내가 경매 입찰에 응해야 했다.

입찰가를 얼마로 쓰면 되겠느냐고 묻자 그는 대답을 하지 않았다. 답답했던 내가 "10만 원?", "20만 원?" 하고 물었지만, 대답 없이 20만 원에 고개를 보일 듯 말 듯 끄덕였다. 나는 임차인의 집기에 20만 원을 써넣은 다음 낙찰 통지를 받았다. 드디어 그 짐들을 내 마음대로 처분할 수가 있었다. 모든 것을 쓰레기 처리업자에게 맡기며 10만 원을 지불하고 알루미늄 냄비 한 개를 들고 왔다. 냄비에 빨래를 삶을 때마다 30만 원이 넘는 냄비라고 중얼거렸다.

주택 원상 복구 사건

2011년 말 남편이 대진대 총장직에서 은퇴했다. 나는 그 전부터 은퇴 후의 경제적인 문제를 생각지 않을 수 없었다. 서초동 집은 아이들이 결혼하면서 차례로 살았다. 그때까지 서초동 집에 살던 아들 가족을 내보낸 뒤 몇 년간 임대했다. 세입자들은 대체로 우리 집을 마음에 들어 했으나, 사정 때문에 계약기간을 채우지 못하고 떠나기도 했다. 그때마다 알맞은 세입자를 구하는 것은 쉬운 일이 아니었다. 남편이 퇴직한 해인 2011년 10월 하순, 한 젊은 사진 업자와 계약을 체결했다.

사진 업자가 제시하는 임대료가 우리의 노후생활에 어느 정도 보탬이 될 것 같았고, 동네를 아름답게 하는 데도 일조할 것 같아 우리는 반가운 마음으로 입주를 기다렸다. 그런데 입주 예정일에 잔금 처리도 하기 전 그들이 서둘러 공사를 시작했다. 내가 잔금 처리를 위해 현관에 도착했을 때는 이미 거실의 천장 몰딩이 뜯기고 화장실 거울, 수납장도 뜯긴 상태로 바닥에 널브러져 있었다. "아직 잔금 결제도 안 했는데 왜 이러세요?"라고 인부들에게 항의했지만, 입주 전에 속히 인테리어를 하려는 것 같아 용납해주고 잔금을 받고 떠나왔다.

입주 사흘째 되는 날, 단지 내 반장에게서 전화가 걸려 왔다. 공사용 자재를 실은 대형트럭이 단지 내 통로를 점령하자, 이웃 사람들이 몹시 놀란 것이다. 우리 집에 들어와 본 일부 주민이 이곳저곳 뜯어낸 흔적과 새로운 구조물 설치가 예상되는 공사 현장을 목격하고는 놀라서 알려준 것이었다. 우리 단지는 11가구가 한 대문으로 출입하는 타운하우스 동네였다. 반장의 전화를 받은 나는 쏜살같이 서초동 집으로 달려갔다. 도착했을 때는 겨울철이라 이미 해가 저문 뒤였다. 현관문을 열자 깜깜하여 무서웠다. 전기가 차단되어 아무것도 보이지 않았는데, 앞집의 희미한 불빛이 거실 창가를 어렴풋이 비추고 있었다. 나는 자세히 볼 수가 없어 더듬더듬 거실로 들어갔다.

이미 계단 같은 구조물이 자리 잡고 있었고, 바닥에는 폐자재들이 나

뒹굴고 있었다. 천정에는 조명기구를 뜯어낸 자리에 전깃줄이 여러 갈래 삐죽이 나와 있었다. 식당과 거실 사이 벽은 이미 철거되어 양쪽 공간이 서로 뚫려 있었고, 아치형 구조물과 그 아래 새로 만든 2층 계단도 있었다. 공사는 많이 진척되어 있었다. 뜯기고 잘린 폐자재들로 거실은 아수라장이었다. 다른 공간도 궁금했지만, 한 발자국도 더 내디딜 용기가 나지 않았다. 거실의 처참한 광경은 지하실과 2층까지 파괴가 짐작되고도 남았다.

원래 집의 구조 변경과 벽면 철거 같은 작업은 못하게 되어 있고 '베이비 스튜디오' 이상의 키즈 카페 등은 운영을 하지 못하는 계약이었다. 분명 계약 위반이어서 당장 해지할 수 있었다. 그러나 당장 계약 해지로 인한 임차인의 손실을 고려하여 나는 임차인과 동네 주민 양측을 설득하려고 했다. 이미 저질러진 일이니 베이비 스튜디오만 운영하고, 우성 단지 환경을 아름답게 하는 조건으로 양측의 이해를 도와주려 했다. 심지어 우리 수입 일부를 동네를 위해 쓸 각오까지 했다. 그러나 이미 큰 트럭과 대형 자재들에 놀란 이웃들은 더 철저하게 반대했다. 내가 도착하기 전 주민들은 불안을 극대화하는 시나리오에 동의한 상태였다.

이 사태가 벌어지기 한 달 전쯤, 베이비 스튜디오를 운영할 것이라고 말했을 때는 아무도 반대하지 않았다. 하지만 막상 자재를 실은 대형트럭이 단지 내로 들어오자, 사람들이 무조건 반대했다. 임차인은 계약과는 달리 자신들의 영업 범위를 확장할 계획을 세운 것 같았다. 이로 인해 양측 모두 향후 몇 년간 큰 고초를 겪어야 했다.

나는 임차인에게 계약 해지를 통보하면서 설치한 구조물의 철거와 집의 원상 복구를 요구했다. 그런데 오히려 그들은 공사비 보상을 요구했다. 서로 원만하게 일을 수습하려고 바쁜 변호사 사위가 협상에 나섰으나, 상대방은 한 치도 물러서지 않았다. 그 바람에 소송을 진행하였고, 나는 몇 년 동안 소송에 휘말려 골치 아픈 생활을 해야 했다.

쌍방 간 내용증명이 몇 차례 오가고 조정단계를 거치면서도 수습은 되지 않았다. 이때 남편이 초기 단계에서 상대측과 오고 가는 내용증명을 쓰고 보내는 일을 담당해 주었다. 또 서울중앙서초지방법원 앞으로 소송을 제기했는데, 소송 전 단계인 '조정 신청 절차'에서 전적으로 모든 서류 준비와 절차를 이행해 주었다. 내게 큰 힘이 되었고, 나는 남편에게 고마움을 느꼈다.

그런데 서울중앙서초지방법원에 제기된 소송이 수원지방법원 안산지원으로 이첩되었다. 세입자 우선제도 때문에 세입자 거주지와 가까운 법원으로 사건을 재배정한 것이었다. 나는 심리가 열리는 날마다 광명을 거쳐 안산까지 위험한 산업도로를 달려가야 했다. 또 안산지원에서도 판사의 조정단계와 몇 차례의 소송 지연이 있었다. 이때 처음 열린 판사의 조정은 양쪽의 의견을 듣기는 하나, 조정 역할은 없었다. 원고와 피고끼리 타협하도록 하다 보니 서로의 간극은 더 깊어졌다. 잠시 재판정 바깥에 나갔더니 상대측에서 낯선 인물이 등장했다. 브로커를 내세운 듯했다.

다시 소송이 진행되었지만 때로는 판사 사정으로, 때로는 변호사 사정으로 몇 번 지연되다가 다시 조정재판이 열리게 되었다. 나는 이 조정재판을 기대하며 밤새도록 몇 가지 타협안의 시나리오를 작성하여 재판에 들어가기 전 변호사와 의논했고, 변호사도 내 시나리오에 수긍해 주었다.

그런데 판사의 중재안은 너무나 편파적이었다. 완전히 세입자 편이었다. 판사의 중재안에 승복할 수 없던 나는 정식 재판을 하겠다고 했다. 이때 변호사는 탈기(脫氣)하여 앞으로 소송 진행을 포기하겠다고 했다. 나는 저녁을 함께하며 최선을 다해 내가 도와주겠다고 변호사를 달랬다. 결국 끝까지 소송으로 나아가 2012년 12월 28일에 판결이 났는데, 우리 측의 3분의 2쯤 승소로 끝났다.

그런데 그 기쁨도 잠시 상대방이 항소했다. 자신들이 들인 공사비와 자재비를 보상하라는 것이었다. 게다가 우리 측 변호사도 이 일을 더 이상 맡지 않겠다고 발을 뺐다. 나는 혼자 진행할까 하다가 그래도 종래의 변호사에게 도와 달라고 하면서 항소로 맞대응했다. 이런 과정에서 서초동 집은 양쪽 어느 누구도 건드릴 수 없는 금단구역이 되었다. 쌍방의 재물을 건드리면 피차 형사 입건될 수 있기 때문이었다. 나는 그 상황을 견딜 수 없었다. 차라리 내가 형사 입건되어 감옥에 가더라도 상대가 물건을 가져가지 않는다면 다른 곳에 보관하고 집을 원상 복구하여 주택 기능을 되살리고 싶었다.

그러나 다시 생각해서 결국 소송을 진행하여 우여곡절 끝에 다음 해 2013년 12월 말경 2심 판결이 났다. 집의 원상 복구비를 공제하고 보증금을 돌려주는 조건이었다. 원상 복구비는 겨우 돌려받은 셈이었지만, 변호사비와 소송에 들어간 제반 비용 때문에 원래보다 조금 낮추어 인테리어 공사를 하게 되었다.

결국 소송은 1심(원심)과 2심(항소)을 거치면서 1심의 중간 시점에서 수리비 부담이 어느 쪽이 되든지 일단 원상 복구는 할 수 있는 협상안에 서로 동의했다. 그때가 2012년 8월로 소송을 시작한 지 무려 9개월 만에 철거가 가능해진 것이다. 남겨둔 자재들을 반송하고 인테리어 공사를 시작해 그해 11월 말 공사를 마쳤다. 그때까지 모든 비용은 우리가 부담했지만, 소송이 끝날 때까지 집은 사용 불가였다. 보수공사 협상안이 타결되기 전까지는 그들이 남긴 자재를 증거물로 보존해야 했다. 그래서 자재의 이름, 크기, 종류를 일일이 기록했다. 나는 줄자를 가져와 가로 세로 치수를 재고, 자재의 색깔과 형태를 기록해서 도표로 만들어

두었다. 그리고 서초구청에 설계 도면을 요청했지만 오래되어 없다고 했다. 그뿐 아니라 부착물, 파손된 곳곳, 그들이 만든 구조물 등 폐허가 된 집을 샅샅이 촬영해서 증거로 남겼다.

그 와중에 과천에 사는 며느리와 당시 6세, 3세였던 손녀들을 그 집에서 만나기로 한 적이 있었다. 손녀들은 흉물이 된 그 공간을 놀이터로 생각했는지 구석구석을 뛰어다녔고, 며느리는 그런 아이들을 사진으로 찍었다. 그 집의 여러 장면이 촬영되었기 때문에 그 사진들도 소송의 증거물로 보관했다. 그 외에도 소송 마지막 단계에서 증인과 다른 증거물을 확보해야 했다. 그래서 보수센터 사장에게 증인 출석 약속을 받아내고, 인테리어 대표와의 통신 기록과 고속도로 통행 기록까지 준비했다.

그런데 증인이 갑자기 사망하는 바람에 입원한 병원에서 사망진단서를 받아내는 데도 꽤 힘이 들었다. 몇 차례 그들에게 자재 회수를 촉구했지만, 꿈쩍도 안 해서 임시 물류창고를 물색하기도 했다. 그런데 나중에 알고 보니, 그들은 우리가 손댈 것을 기다리며 우리 집을 염탐하고 있었다. 우리가 함정에 걸려들 뻔한 것이다. 재판에서 우리 집에 들어갔던 상대측 증인에게 "집에는 왜 들어갔느냐?"고 우리 측 변호사가 반대 신문을 하자 그는 "철거하기 위해 살피러 들어갔다"고 말했다. 다시 우리 변호사가 "철거기사 자격증이 있느냐?"고 묻자, 그는 아무 대꾸도 하지 못했다.

나는 그때 처음으로 우리 변호사가 맘에 들었다. 그 변호사는 종종 재판정에 늦게 나타나서 나의 애를 태웠다. 조정재판에서 우리 뜻대로 조정안이 나오지 않자 변호를 포기하겠다고 해서 난감하기도 했다. '사건이 복잡한 것에 비해 소송비가 좀 낮았기 때문은 아닐까?' 하고 생각하여 본래 약정금액보다 더 지불하기로 내심 결심하면서 적극적으로 매달렸다. "최선을 다해 변호사님을 도울게요" 하고 나는 진심으로 말했다.

결국 소송에서 이겼어도 그동안 바친 시간과 노력, 그리고 소송비와 부차적인 비용을 생각하면 손해가 컸다. 그나마 승소한 것은 상대방의 손해도 생각해서 우리 손해를 최소한만 청구했기 때문이다. 아울러 재판기일마다 제출해야 하는 준비서면을 만들면서 사위나 남편에게 조언을 받은 덕분이기도 하다. 하지만 때로는 변호사 사위와 법을 전공한 남편 사이에서 누구 의견에 더 무게를 두어야 할지 고민이 되기도 했다.

재판과정에서 정말 힘든 것은 상대방을 마주치는 일이었다. 재판정에서 멀리 떨어져 앉았지만, 상대 시선을 의식할 수밖에 없었다. 당시에는 세입자를 위한 여러 법안이 만들어지던 시기였다. 임대차보호법도 개정된 때였다. 시대의 흐름 때문인지 판사는 조정재판에서 세입자에게 유리한 안을 제시했다. 판사의 입장을 나는 이해했다. 그러나 나는 정의로운 정식 재판을 기다리며 모든 것을 참고, 또 참았다. 변호사를 달래면서 끝까지 밀고 나가기로 작정했고, 마침내 모든 것이 대체로 정의롭게 끝났다.

낡은 주택과 월세

세입자로부터 문자메시지가 왔다. 여러 장의 사진과 함께 온 메시지는 다음과 같았다.

"안녕하세요, 선생님. 요 며칠 비가 오고 어제도 비가 오면서 지하실은 물이 새고 있고, 1층 계단도 시꺼멓게 됐는데 이 상황을 어떻게 해야 할까요? 사람을 불러야 하는지 어떻게 해결해야 할지 몰라서 여쭤봅니다."

가슴이 철렁 내려앉았다. 예전에 살던 사람들보다 훨씬 공손한 표현이었지만, 사실 이분들이 거주하는 동안 더 많은 문제가 발생했다. 비슷한 내용을 이미 전 세입자들로부터도 받아왔고, 이보다 훨씬 더 위협적인 문자나 영상을 받은 적도 있지만, 이상하게도 이 문자는 마음이 더 불편했다. 나는 우선 수납장 속에서 선물이 될 만한 물품을 찾았다. 마침 얼마 전 선물을 받은 차 한 상자와 사둔 예쁜 마스크 걸이 몇 점을 준비해 서초동 집으로 달려갔다.

"미안해요. 최대한 빨리 조치하겠습니다. 조금만 기다려주세요."

선물을 주고는 곧장 지하실로 내려갔다. 지하실 마지막 계단 위에는 커다란 대야와 양동이가 누런 낙숫물을 받아내고 있었다. 지하실 중간 천정의 몰딩 주변은 누수 때문에 튼 살처럼 갈라져 흉해 보였다. 나는 머리를 숙여 세입자에게 빨리 해결하겠노라고 말했다. 집으로 돌아온 내 얼굴을 보던 남편도 빨리 L사장에게 연락해보라고 했다. 친구한테 소개받은 그분은 십 년 넘게 우리 집 하자 문제를 해결해 주었다. 하지만 결과가 완전한 것은 아니었다. 게다가 그는 4년 전 여주로 이사 갔기 때문에 다른 기술자를 찾아야 했다. 일전에 비슷한 일을 당했다는 9호 집 부인에게 전화를 걸었다. 서초동 집 방문길에 반장 댁에 들러 보수 관련 정보를 얻어올 생각이었는데, 그만 깜박 잊었다. 근년에 부쩍 심해진 건망증이 문제라며 이제는 이런 일에서 벗어나야겠다고 생각했다.

그러나 남편에게 맡기는 게 아이에게 맡기는 것보다 더 불안했다. 그는 집 관리 문제에 나서본 적이 없었다. 항상 나를 앞세우고는 뒤에서 관망하거나 설비 업자와 세입자를 만나는 일조차 꺼렸다. 게다가 사람들을 만날 때는 무조건 그들의 말만 믿고 친절하게 양보로 일관했다. 마치 장막 뒤에 있는 복화술사처럼 내게 지시하고는 유능한 수사관처럼 결과를 꼬치꼬치 캐묻고 따졌다.

서초동 주택은 내가 사랑하는 집이었지만, 나의 속을 무던히도 썩였다. 지금까지 여러 차례 고장을 일으켰다. 그때마다 나는 온갖 공사를 벌였고, 일이 해결될 때까지 밤새 잠도 제대로 잘 수가 없었다. 그러는 동안 주택박람회를 찾아다니며 팸플릿을 수집했고, 건축 자재, 조경, 인테리어, 이동식 간이주택 등 다양한 주택관리 정보와 견문을 쌓으려 노력했다. 특히 설비나 방수 관련 신제품들이 나의 관심을 끌었다. 그러나 그것만으로는 낡은 주택을 관리할 수가 없었다.

　　드디어 2019년 대대적인 수리 끝에 세입자를 맞이했다. 그러나 새로운 입주자가 들어온 후에는 거의 달마다 또 다른 하자보수 요청이 왔다. 대대적인 공사에도 간과했던 부분이 있었다. 오래된 창호의 얼룩이나 땅속에 얕게 묻힌 전선, 벽 속에 박혀 있던 온수나 상하수도 배관이 낡아 문제가 발생할 요소가 많았다.

　　나는 창문을 열 때면 하늘부터 바라본다. 그리고 혹시라도 장대비가 쏟아질까 싶어 서초동 쪽 하늘로 먼저 눈길이 간다. 나의 주인의식은 어느새 나를 전사로 만들었다. 그동안 크고 작은 고장에 이골이 난 나는 예전보다는 좀 노련해졌다. 일단 세입자를 안심시킨 후 기술자를 부르고, 나도 최대한 협조한다. 경제 원칙인 '최소 비용에 최대 효과' 대신 '최대 비용에 최대 결과'를 기대하며 경비를 아끼지 않는 원칙도 세웠다.

　　그런 노력에도 불구하고 해결되지 않는 문제 하나가 남아 있었다. 지하실 천장 누수 문제였다. 그동안 여러 차례 기술자를 불렀으나 소용이 없었다. 한 전문가가 말하기를 건물 외벽에 대대적인 방수공사를 해야 한다고 했다. 건물 바깥쪽 흙을 완전히 파내고, 지하로 연결된 건물 외벽에 방수 시공을 다시 한 후, 다시 흙을 덮어야 한다고 했다. 나는 세입자와 그 문제를 상의했다. 며칠 동안만 참으면 되는 일이어서 불편을 겪는 수고와 손해에 맞는 비용을 월세 금액에서 차감해 주기로 했다.

2020년 장마는 '노아의 방주'가 연상될 만큼 56일 동안이나 지루하게 이어졌다. 나는 세입자에게 2020년도에 예상되는 특별한 장마를 설명했다. 세입자는 수긍했고, 그들도 불편을 감수하기로 했다.

앞으로도 이런 일이 발생하면 세입자에게 금전적 배상을 해주기로 했다. 2020년 장마로 도배 비용과 며칠간 청소원 노동 비용과 약간의 경비를 포함한 배상금을 주었다. 집을 세놓았을 때 처음으로 통장으로 들어온 월세를 받아본 남편은 무척 행복해 보였다. 그러나 세입자에게 고맙다고 보내는 문자메시지는 반드시 나에게 시켰다. 약간 얄미운 생각도 들었지만 나이 든 남편을 위해 그 정도의 수고쯤이야. 노년의 삶에 월세는 효도만큼의 힘이 되어주는 것 같다. 나는 은퇴한 남편의 기분을 당분간 보장해 주고 싶었다.

손녀의 중학교 입학

내게는 한번 일을 맡으면 무엇이든 최선을 다하는 버릇이 있다. 내 능력이 모자라도 성공 여부를 떠나서 옳은 일이라 생각하면 끝까지 가보는 기질이 있다. 때로는 내 주변 사람 일이 내 일처럼 다가올 때도 있다. 특히 자식이나 부모 형제들에게 일이 생기면 왠지 내가 나서서 작은 도움이나마 주어야 할 것만 같다. 나를 원하든 원하지 않든 내 능력이 닿는 데까지 도와주고 싶은 것이다. 특히 손주들 일이라면 더욱 절절하다. 그래서 나의 필요가 있을 땐 밤중에라도 뛰어나가게 된다. 남편은 칠십 후반인 내 나이를 생각하라고 한다. 하지만 어쩌랴, 오랫동안 몸에 밴 나의 버릇이고, 타고난 기질인 것을.

2021년 학기가 시작될 즈음의 일이다. 3월 2일, 이날은 아들의 둘째 딸 영인이가 중학교 배정을 받는 날이었다. 나는 3월 1일 밤부터 그 이튿날인 3월 2일 아침까지 그야말로 사투를 벌였다. 용인 수지에서 저녁을 먹고 출발하여 강남교육지원청 주차장에 차를 세웠다. 그때부터 외부 통로에 둔 의자 사이를 오가며 다음 날 아침 8시 행정관이 문을 열 때까지 현장을 지켰다. 온몸이 오그라드는 3월 초봄의 추위와 소변을 참아가며. 그날 중학교 배정이 선착순으로 우선권이 주어졌기 때문이다.

행정관이 교육지원청 문을 열고 대기자들 순서를 인정해 줄 때까지, 나는 며느리와 함께 우리 번호 7번의 의자와 자동차 안을 오가며 대기 번호를 인정받기 위해 죽을힘을 다했다. 추위를 녹이려고 준비해온 뜨거운 물주머니와 담요, 패딩 코트를 총동원했으나, 3월 한밤의 한기가 온몸을 파고들었다. 추위와 싸우는 것과 생리현상을 참는 것은 정말 힘든 일이었다.

과천을 떠나 서울로 이사 와서 중학교를 배정받아야 하는 둘째 손녀에게 문제가 생겼다. 강남 자신의 집으로 이사를 오기 때문에 근처 중학교를 배정받으려고 했다. 이사에 따른 모든 절차와 행정적인 절차를 다 마쳤으나, 교육지원청 행정관이 실거주를 확인하러 오는 날 집수리를 마무리하지 못해 실입주로 인정받지 못했다. 그 때문에 1차 배정에서 탈락하였다.

할 수 없이 2차 배정 날인 3월 2일에는 반드시 배정을 받아야 했다. 3년 동안 자신의 집에서 중학교를 다녀야 하기 때문이었다. 2차 배정은 선착순 서류 접수로 우선권이 주어져 원하는 학교를 선택할 수 있었다. 1차 배정에서 탈락하여 최선의 선택은 끝났지만, 2차 배정에서 손녀 영인이가 차선의 선택이라도 할 수 있기를 바라며 어미와 할머니가 합동작전으로 밤을 지새웠다. 추위와 사투를 벌이고 소변과 투쟁하며 기다린 덕분에 버스 한 번 타면 통학할 수 있는 구룡중학교에 배정받았다. 참으로 힘든 하룻밤이었지만 보람이 있었다. 손녀가 중학 시절을, 소녀 시절을 아름답고 행복하게 보내기를 바란다.

07 내가 살아가는 방식

남편의 부재

젊을 때 남편이 출장가면 휴가를 받은 기분이었다. 그래서 평소에 생각해 둔 일거리들을 시작하곤 했다. 커튼을 만든다든가, 자루나 베개를 만들었다. 이불을 세탁하고, 때로는 과일상자에 예쁜 종이를 발라서 수납함을 만들었다. 그때는 한 푼이라도 아껴야 했고, 손수 만드는 즐거움도 있었다. 세월이 흘러 가정경제가 조금씩 나아지고 소소한 모임이나 사교모임이 늘어나자 의복비도 중요한 지출 항목이 되었다.

"그래, 넌 그동안 수고했어. 값비싼 옷 한 벌쯤은 사도 돼. 그럴 자격도 있어"라며 나 자신에게 지지를 보내 주었다. 그러나 내심 사치를 부리는 것 같아 남편에게 액면 그대로 말할 용기가 나지 않았다.

"보기 좋은데 언제 장만한 거요?"

"옛날부터 있던 거예요. 당신이 그동안 무심했어요."

미안한 마음이 들었다. 출장으로 남편의 출타가 길어지면 새로운 일거리를 만들어놓고는 남편이 돌아오기 전까지 처리하느라고 진땀을 뺄 때도 있었다.

중년에는 아파트 모델하우스나 집을 보러 다녔다. 집의 규모를 키우고 아름다운 집을 갖고 싶은 주부의 욕망을 남편은 이해하지 못했다. 얼마 뒤 마음에 쏙 드는 집을 발견하고는 놓쳐버릴까 봐 남편 몰래 집주인과 접촉했다. 남편 모르게 돈을 더 얹어 주기로 약속했다. "부인 같은 분은 처음입니다. 다른 부인들은 남편분에게 집값을 더 높게 얘기해서 비자금을 마련하려고 하던데, 부인은 반대시네요"라며 집주인은 의아해했다.

남편의 허용 한계를 넘을 것 같은 가구나 인테리어 용품을 구입할 때는 남편이 출장 간 사이에 들여놓았다. 남편의 부재를 활용한 나의 행동은 점점 과감해졌다. 아이들을 결혼시키면서 혼수나 결혼식장을 정할 때도 남편의 출타를 틈타 처리한 후 사후통첩을 했다. 물론 아껴둔 쌈짓돈을 과감하게 지출해야 했다. 사랑하는 자식들을 위해서 쓸 때는 남편에게 훨씬 싸게 구입했다고 말할 때가 대부분이었지만, 남편은 가끔 예상을 넘는 결정도 순순히 받아들였다. 남편도 이미 엎질러진 물이라고 생각한 것 같았다

나는 옳다고 판단할 경우, 남편을 설득하고 그와 타협하는 대신 나의 노력과 내핍으로 그 차이를 메워 나가려 했다. 사실 나는 남자들을 잘 조종(?)하는 여성들이 부럽다. 남편이나 남성의 기질을 잘 아는 여성들은 지혜롭게 목적을 달성하는 재주가 있는 것 같다. 반대로 남편에게 맞춰진 듯 살아가는 여성들도 일면 편해 보여서 부러울 때가 있다. 세월이 흐르니 이제 남편도 내가 고생하는 걸 싫어한다. 아내가 나이 들어가고 있다는 사실과 혹시 내가 아프기라도 하면 자신이 제일 불편해진다는 것을 깨달았기 때문이다. 남편과 함께 있는 시간이 늘어갈수록 밀린 일을 처리할 겨를이 없어진다. 할 수 없이 나는 남편의 부재를 또 기다리게 된다.

오늘도 남편의 부재를 틈타 아침부터 밤늦게까지 밀린 일들을 해치웠다. 앞으로도 남편이 반대할 만한 것이나 불편하게 여기는 것은 남편의 부재를 활용할 생각이다. 비록 남편을 위한 일도 말하고 싶지 않은 것들이 있다. 남편이 싫어하는 일도 그를 위한 일이거나 도리에 어긋나지 않으면 나 스스로 처리한다. 간섭을 많이 받아본 사람은 상대방이 간섭하는 일을 진짜 싫어한다. 그래서 나는 남편에게 간섭하지 않는 만큼 기대도 최소한이다. 나 스스로 할 일은 최대한으로 할 참이다.

내 인생의 멘토

　　　　　나는 특정 인물을 닮고 싶다고 생각한 적이 별로 없다. 다만 이따금 나를 압박하거나 내 판단이 갈등을 일으킬 때, 게으름이나 편안함으로 빠져들고 싶을 때, 나를 일으켜 세우는 사람들이 있다. 그들은 내 마음속에 동거하면서 나를 통제하고, 용기를 주고, 즐거움을 준다. 나의 외할머니의 어머니, 어머니의 할아버지인 나의 외증조부, 내 남편이 그들이다. 또한 다산 정약용 선생, 벤저민 프랭클린, 힐러리, 대처 같은 분들이 인생의 멘토로 삼고 싶은 인물이다. 초등학교 6학년 때 담임선생님도 존경하는 인물이다. 이 밖에도 나에게 교훈과 감명을 주는 사람이 많다. 친구, 친척, 학교 선후배, 이웃, 택시 기사, 심지어 내 귀여운 손주들을 비롯해 우연히 마주친 사람들의 좋은 점이나 나쁜 점들이 내 삶에 자극을 주고, 기쁨을 주기도 한다.

　나는 많은 사람에게서 좋은 점을 배우려 항상 노력해왔다. 딱히 한 사람을 꼬집어 나의 변화와 발전에 영향을 주었다고 말할 수는 없다. 나는 사랑하는 사람들에게서 교훈을 얻고, 용기를 얻고, 삶의 의미와 에너지를 얻는다. 그중에서도 특별히 한 사람을 꼽는다면, 바로 쉴 새 없이 나를 관찰하면서 나를 응원하고 나를 제재하는 남편이다. 사실 너무 가깝다 보니 때론 불편할 때도 있다. 내게 좋은 기운을 불어넣기도 하지만, 은퇴 후에는 나의 일거수일투족에 관여하니 때론 불편하다.

　2004년 우리는 용인으로 이사했다. 거의 20년째 사는 이 집은 방이 많고 넓은 것이 마음에 들었다. 방 하나를 내 방으로 사용한다. 물론 남편 방도 있다. 이 집에서 내 방을 따로 갖게 된 것은 무엇보다 잘한 일이었다. 그 방에선 나만의 자유를 누릴 수가 있다. 내 방을 정할 때 되도록 남편 방과는 멀리, 현관과는 가까운 곳으로 정했다. 이 방문 밖에는 아주 오래된 액자가 걸려 있다. 외할머니의 어머니가 수를 놓아 만든 작품이다. 그 아래에는 외할머니의 애장품이던 검은 쇠붙이 장식이 붙은 괘가 있다. 말하자면 나의 외할머니가 어머니인 외증조모님을 받들고 있는 셈이다.

하루에도 몇 번씩 내 방을 들락거릴 때마다 이 벽에 걸린 고색창연한 액자를 보게 된다. 외외증조모를 뵌 적은 없지만, 그분이 수놓은 작품을 볼 때마다 외외증조모께서 나를 보고 있는 듯했다. 빛바랜 가지색 비단 천 위로 촘촘히 수놓은 매화꽃이 만발해 있는 액자다. 어머니는 우리나라 지도 위에 매화꽃을 수놓았다고 했다. 그런데 지도가 동쪽과 서쪽이 바뀐 것 같다. 아마도 우리나라 지도를 정확히 알지 못해 뒤쪽에 수를 놓은 것 같다. 영의정을 지낸 외외고조부께서 귀양을 가게 되자 삼천리 방방곡곡에 매화꽃이 피어나듯 평화가 피어나기를 염원하며 매화수를 놓았다고.

그분이 사랑한 둘째 딸을 시집보낼 때 주셨다는 작품이 마침내 나에게까지 왔다. 나에게 오기까지 4세대가 흘렀다. 외외증조모에서 외할머니로, 또 외할머니에서 어머니, 어머니에게서 맏딸인 나에게로, 참 긴 여정을 거쳤다.

어머니가 돌아가시기 얼마 전이었다.

"이 작품의 가치를 알아줄 사람은 너밖에 없을 것 같다."

이 작품이 처음부터 표구가 된 것은 아니었다. 손상될 것을 염려한 어머니가 액자에 넣어 고정했다. 외외증조모와 그 딸, 그 딸의 딸, 그리고 또 그 딸의 딸인 내가 하나로 이어졌다는 생각이 들 때마다 한 번도 뵌 적이 없는 나의 뿌리를 만나는 기쁨도 함께 왔다.

어머니의 외조모인 외외증조모는 퇴계 이황 선생의 후예인 안동 예안 진성 이 씨다. 부친이 영의정을 지낼 때 상소를 올렸다가 대원군과 명성황후의 갈등 때문에 지금의 함경북도 길주로 귀양을 갔다. 얼마 후 다시 벼슬을 제수했지만 고사했다. 따님 역시 곧은 성품을 지녔다. 여남은 살 때 회재 이언적의 가문인 경주 양동으로 출가했다. 효행으로 인근에 소문이 자자했다. 그 시절 사대부가의 부인들은 봉제사(奉祭祀) 접빈객(接賓客)의 도리를 다하는 것이 일상이었다. 어려운 살림에 매일 찾아오는 과객을 대접하려고 곳간에 곡식을 뿌린 후 문을 열어두었다가 새가 날아들면 문을 닫아걸었던 일화를 남긴 분이 이분이다. 명철하고 부지런했던 그분을 세인들은 용계(龍溪) 마누라라 칭송했다. 요즘은 마누라라는 단어가 평범한 부인을 지칭하는 단어지만, 예전에는 특별히 훌륭한 부인을 이르는 호칭이었다.

나의 외할머니는 결혼 전 벼 이삭을 주워 모은 돈으로 논을 샀다. 그것을 외할머니가 시집올 때 증여받았다. 외할머니 또한 결혼 후에도 주경야독하면서 나라를 걱정하고 헌신했다. 부지런하고 알뜰한 성품은 대를 이어갔다. 우리 어머니는 부지런하고 알뜰하고 끈기가 특별했다. 게다가 타인을 배려하는 마음이 깊었다. 나는 귀감의 삶을 살아온 선대의 이름에 누를 끼쳐서는 안 된다는 생각을 늘 품고 살았다. 특히 힘든 일이 닥치면 나의 뿌리인 그분들을 떠올리며 용기를 내고 대처하곤 했다.

세상에는 훌륭하고 위대한 사람들이 많다. 그러나 나의 조상들이야말로 나에게 직접 힘과 용기를 주는 근본이다.

떡 본 김에 제사를

외할머니는 제사 지내는 일에 열심과 정성을 다하셨다. 남편도 없이 할머니가 두 딸을 시집보낸 후 얼마 남지 않은 농토마저 시가에서 처분해 버리자 살림은 더 어렵게 되었다. 그런데도 제사 때면 떡을 빚고 제수를 마련했다. 혼자서 제사를 모시면서도 음복(제수 음식을 나누어 먹는 것)을 큰 사명으로 여겼다. 어쩌다 생선 한 토막이 생기면 웃어른에게 올리고, 본인은 소찬으로 버텼다. 외할머니는 당신이 존경하는 위인을 위한 제사도 지냈다. 그분들의 기일과는 전혀 상관없이 좋은 음식이 생기면 무조건 성의를 보였다.

어머니도 항상 좋은 음식이나 좋은 물건이 들어오면 본인이 먼저 드시거나 사용하지 못했다. 항상 아끼고 누군가를 위해 썼다. 이웃이나 웃어른, 그리고 신세를 진 사람들을 기억해내곤 했다. 특히 상자에 담긴 고급 식품이나 물품은 아껴두곤 했다. 어머니의 성향을 알게 된 나는 값비싼 과일이나 고급 식품을 드릴 때는 일부러 상자를 해체해서 봉지에 담아갔다.

어머니는 가끔 내 옷을 마음에 들어 하셨다. 나는 어머니에게 어울릴 것 같은 옷을 입고 가서 어머니의 표정을 살펴보곤 했다. 마음에 든다는 신호가 어머니의 얼굴에 스치면 내게는 좀 크다거나 늙어 보인다는 핑계를 댔다. 워낙 알뜰하게 살아온 어머니는 값진 선물일수록 사양하기 일쑤였다. 나 또한 결혼 후 이따금 받은 선물을 곧바로 사용하지 못하고 또 다른 누군가를 생각했다. 그러다 보니 선물을 받자마자 주인이 될 만한 사람들에게 전달할 때까지 보관하는 일도 꽤 신경을 써야 했다. 빠듯한 봉급자 아내로 살림을 꾸려가던 때, 우리가 받은 선물을 최대한 효과적으로 이용하는 것은 살림의 한 방편이 되었다.

특히 명절 때 들어온 식품은 쉽게 상하는 것들이었다. 곱게 해체하여 냉동실이나 냉장실에 잘 보관했다가 재빨리 사람들에게 전달하느라 명절 무렵이면 특히 더 바빴다. 식품을 차가운 베란다에 앉아 포장재가 다치지 않게 해체하고는, 냉장이나 냉동을 거쳐 다시 새로운 선물상자를 만들어내는 데 이골이 났다. 때로는 베란다 냉기가 몸에 스며들어 몸살을 앓을 때도 있었다. 그런 세월은 아이들이 결혼하고 손주들이 자랄 때까지 이어졌다. 살다 보니 챙기고 받들 대상이 점점 많아졌다. 아마 건강이 허락하는 날까지 이 습관은 멈추지 않을 것 같다. 부자나 통 큰 사람들에게는 하찮고 좀스러워 보일지도 모르는 일이지만.

요즘은 택배로 받지만, 예전에는 직접 선물을 들고 올 때가 많았다. 나는 선물을 가져온 분들에게 다과와 또 다른 선물을 챙겨주곤 했다. 남들에게 선물을 잘하는 사람일수록 자신에게 오히려 인색하다는 것을 나는 안다. 자신은 감히 먹어보지 못한 식품이나 고급 물품을 선물한다고 생각하기에 그들이 돌아갈 때 빈손으로 보내지 않았다. 그들도 나처럼 아껴야만 선물할 수 있다는 사실을 내가 왜 모르겠는가? 간혹 특별한 까닭 없이 선물하는 사람도 있었다. 그건 부담스러웠다. 그렇다고 그들을 무안하게 할 수도 없었다. 나는 다른 선물로 그들의 귀가를 즐겁게 해주고 싶었다. 내 마음도 가벼워지고 상대방도 무안하지 않게 해주고 싶었다.

젊은 시절부터 주거니 받거니 하며 인정을 주고받았다. 지금도 마찬가지다. 남편이 은퇴했는데도 예전에 고마웠다며 선물을 보내는 분들이 더러 있다. 나는 이분들에게 내가 아껴두었던 것들로 다시 보답한다. 그분들이 기분 좋게 돌아갈 때면 나도 마음이 가볍다. 선물을 들고 집으로 향하는 뒷모습을 보는 즐거움도 있다.

남들에게 선물을 하다 보면 제일 못생긴 과일이나 제일 인기 없는 것이 남는다. 게다가 받은 선물에 알파를 더해서 다시 선물할 때도 많았다. 또 우리 형편보다 남들이 생각하는 우리 형편에 맞출 때가 많았다. 내가 남편의 지위나 사회적 위상을 너무 과대평가했는지는 모르겠다. 하지만 그에 맞추느라 집안에서는 휴지 한 조각도 헤프게 쓰지 않았다.

떡 본 김에 제사 지냈던 외할머니처럼, 나도 선물이 들어올수록 더 많이 더 자주 선물했다. 크게 생각하면 소득 재분배인데, 맞춤형으로 재구성해서 선물하는 동안 내 인생은 바쁘게 흘러갔다.

어느덧 나에게도 가족 구성원이 많아졌다. 살림 규모가 커져서 모두를 챙기는 것이 육체적 정신적으로 힘든 일이 되었다. 시댁 형님들, 친정 형제들, 사돈, 아들과 딸, 아파트 경비원과 청소원, 그리고 지인들까지 챙길 곳은 더욱 많아졌다. 아이들의 옷, 책, 장난감 물려받기, 그리고 중고품과 중고 책을 활용하며 아이들을 키웠다. 내 자식들도 아끼고 나누는 것을 실천해서 지금 우리 집은 물류창고가 되었다.

외출 시에도 간단한 도시락으로 점심을 해결했다. 그것은 단순히 경제적인 절약만을 위한 것이 아니었다. 첫째는 시간을 절약하기 위한 것이었다. 웬만한 일은 스스로 처리했다. 법무사, 세무사, 중개인, 변호사에게 의뢰를 하지 않아 때로는 사람들로부터 핀잔을 들을 때도 있었다. 부자들은 그럴 필요가 없어도 박봉으로 살아야 하는 공직자 아내로서는 어쩔 수가 없었다.

"이제는 당신도 좀 써보구려. 그동안 할 만큼 했잖아."

남편은 나를 배려한다고 이렇게 말하지만, 누군가 세배 온다거나 누구를 만날 때면 어김없이 남편이 하는 말이 있다.

"당신 아껴 둔 것 뭐 없어? 혹시 숨겨 둔 것 없어?"

이젠 아예 나의 애장품까지 넘볼 때도 있다. 그럴 때는 남편이 야속했지만, "당신 선물을 받고 그분이 너무 좋아했다"는 말을 들을 때면 역시 잘했다는 생각이 들었다.

옛날 중국 북송 시대에 '적벽가'를 쓴 소동파가 어느 날 아내에게 말했다.

"달밤에 벗과 함께 장강에서 뱃놀이하면서 시를 읊고자 하는데, 나눌 술이 없으니 어쩌면 좋겠소?"

"내 그럴 줄 알고 영감 몰래 술 항아리 하나를 숨겨두었지요."

훌륭한 사람 뒤에는 훌륭한 내조자가 있다. 자화자찬 과대망상일지도 모르지만 숨겨둔 술 항아리가 '적벽가'를 낳았듯이 나의 비장품도 조금의 도움은 되었을 거라고 자위해 본다.

분노의 경제학

나의 의복은 분노의 산물이 많았다. 괴로움의 흔적이다. 내가 처음으로 우리 집을 장만한 후부터 생긴 버릇 중 하나가 화나면 앞뒤 생각지 않고 옷을 구입하는 것이었다. 전에는 혼자서 거리를 배회하거나, 수돗물을 틀어놓고 엉엉 울거나, '나쁜 놈' 하고 남편을 욕하며 종이쪽지에 편지를 썼다가 찢어버리는 것이 전부였다. 좀 더 생산적인 화풀이는 청소였다. 그런데 집을 마련하고 나서는 통이 커졌나 보다. 화날 때면 망설임 없이 소비 욕구를 채웠다. 덕분에 사람들을 갑자기 만날 때도 옷 걱정은 없었다.

특히 여자에게 옷은 매력 있는 물건이다. 간밤에 속상한 일이 있어도 새 옷을 입고 누구라도 만나면 화가 슬며시 사라졌다. 보상받은 기분이었다. 그리고 나면 마치 아무 일 없던 것처럼 다음 일을 할 수 있었다. 확실한 진정제였다. 그러나 그것은 잠깐의 위안일 뿐, 곧 저축이 줄어들자 불안해졌다. 나는 화를 참는 새로운 방법을 생각해냈다. 화날 때마다 화를 처리할 비용만큼 저축을 하기 시작했다. 가족을 위한 공공 저축이 아니라, 나를 위한 별도의 저축이었다. 남편 때문에 화날 때마다 저축을 이어갔다.

그렇게 모은 돈으로 7.5평짜리 낡은 아파트를 샀다. 조그만 집도 전세 세입자가 있는 상태였다. 전세 보증금을 제하고 나머지 금액만 지불하면 되어서 매입이 수월했다. 전국에서 제일 작은 아파트였다. 하지만 나만의 집을 가져보는 은밀한 기쁨이 있었다. 만약의 경우 가출에 대비할 수 있다는 것이 오히려 나에게 안정감을 주었다.

생기발랄하던 결혼 초, 나는 남편과 자주 다퉜다. 다툼의 끝은 내가 져 주는 꼴이었다. 사건의 발단은 남편이었지만, 어느 순간 말꼬투리가 잡혀 오히려 역공을 당하기 일쑤였다. 풀 길 없는 억울한 마음은 병이 될 지경이었다. 가출도 소용이 없었다. 쇼핑으로 잠시 마음의 위안을 삼았지만, 사실 외출할 곳도 별로 없었다. 그러자 한 생각이 떠올랐다. 이렇게 계속 억울하게 살아갈 바에는 차라리 이혼해야겠다고.

그런데 막상 이혼 후 살 집이 없었다. 생계를 꾸릴 직업도 없었다. 또 당장 이혼할 만큼 상황이 그렇게 나쁘지는 않았다. 하지만 어쩔 수 없을 때를 대비해 내공을 쌓기로 했다. 나는 불끈 용기가 솟았다. 실력과 돈, 두 마리 토끼를 기르기로 했다. 그렇다고 정의롭지 못한 방법은 싫었다. 나는 먹는 것이나, 사소한 일로 상대를 불편하게 하는 것이 싫었다. 대체로 사소한 것은 양보했다. 작은 전투에서 이기고 싶지 않았다. 섭섭해하는 것조차 사치라 여기며 내 일에 열중하기로 했다.

나는 화가 날 때마다 화풀이 예상 비용을 저축하고, 마침내 그 돈으로 세상에서 제일 작은 집을 구입했다. 정확한 연도는 모르겠다. 나만의 아파트를 갖고 나니 또 다른 기쁨이 찾아왔다. 어쨌든 최소한의 공간이 확보되니 알 수 없는 자신감이 생겼다. 비밀을 간직한 나는 전쟁에서 큰 영토를 쟁취한 장수처럼 내심 득의만만했다. 우리 가족을 위한 저축 생활은 생활화한 지 오래였지만, 나의 아파트는 철저한 비밀이었다. 가끔은 남편에게 알리고 싶은 충동이 일었지만 참았다. 아파트는 근 20여 년이 흐른

2004년 재개발로 인해 25평 아파트가 되었다. 물론 추가 불입금이 있었다. 대출금도 있었다. 아파트가 완공되고 나니 포만감으로 남편에게도 너그러워졌다. 물론 완공된 후에도 비밀리에 관리하느라 꽤 애를 먹었다.

2005년 1월, 림프종으로 투병하던 어머니가 돌아가셨다. 비밀의 아파트를 어머니에게서 받은 유산이라며 남편에게 공개했다. 어머니는 생각보다 많은 유산을 남겼다. 하지만 내 몫은 없었다. 나는 다소 섭섭한 마음이 들었지만, 힘들게 살아오신 어머니의 결과물을 탐낸 적은 없었다. 그러나 친정 일에 꽤 많은 신경을 써주던 남편에게 미안한 마음이 들었다. 나는 그 아파트를 곧 결혼할 예정인 막내딸에게 물려주고 싶다고 말했다. 막내가 대학에 진학할 무렵, 의과대학을 강력하게 권한 할머니였다. 어머니는 문과 지망생이던 정진이가 의사가 되는 것이 마지막 소원이라고 말씀하셨다. 나는 어머니의 소원을 실현한 정진이에게 주는 선물이라고 남편에게 말했다.

그 아파트는 나의 분노를 잠재우며 키운 분노의 포도였으며, 그동안 내가 참은 억울함의 크기였다. 이제 나에게는 피난처가 없다. 아무리 화가 치밀더라도 갈 곳이 없어져서 남편과 더불어 살 수밖에 없다. 남편도 옛날보다는 다정한 사람이 되었다. 그것이 어머니의 진정한 뜻이었는지도 모르겠다.

시간의 경제학

언제부터인지 하루의 할 일을 순서대로 체크하며 살게 되었다. 젊었을 때는 아이들 키우고, 집 장만하고, 남편을 돕거나 집안에서 할 도리를 하느라 나름대로 바쁘게 지냈다. 그러면서도 세월이 빠르다는 것을 특별히 인지하지 못했다. 사람들과도 즐겁게 보냈다. 아직도 살아갈 날이 많다고 생각되어 시간에 초조함이 없었다.

그런데 남편의 지위가 높아질수록 나의 일은 더 많아졌다. 또 나이가 들어가는 만큼 새로운 역할을 해야 했다. 일과 사람을 살펴야 했기에 늘 쫓기는 것 같았다. 더구나 70세가 넘자 인생이 얼마 남지 않았다는 생각을 자주 하게 되었다. 요즘은 세월이 마구 뛰어가는 것만 같다. 주변 사람들이 보기에는 내가 한가한 나이에 이르렀고, 할 일이 별로 없다고 여기는 것 같다. 그 때문에 수시로 부탁을 하거나 연주회나 전람회에 초대한다. 또 일상을 함께 어울리고 싶어 한다. 수시로 경조사에 참석하는 것은 물론 곳곳에 연로한 환자분이 많아져서 병문안도 많아졌다.

집안일과 자식 일도 젊을 때보다 더 많아진 것 같다. 또 외로움을 참다못해 전화기에 대고 흘러간 노래를 부르는 90세 넘은 친척을 즐겁게 해주는 일도 나의 과제다. 게다가 은퇴한 남편은 코로나 사태로 외출할 일이 더욱 줄어들자 나의 일을 참견하고 아이처럼 관심받기를 원했다.

장녀로 태어난 나는 웃어른들 속에서 자랐다. 또 어머니가 당신이 속한 인간관계 속에 나를 많이 앞세웠기 때문에 90세 이상이나 그 언저리의 친척 어른들은 나를 매우 가까운 친구처럼 여겼다. 요즘도 안부가 궁금하다며 수시로 전화를 걸어오곤 한다. 그 전화가 내 귀에는 한 번 와달라거나 만나고 싶다는 신호로 들린다. 그러다 보니 75세가 넘은 지금까지 나는 심적으로 한시도 마음 놓고 쉬지 못했다. 항상 일과 도리가 나를 따라다니는 것만 같았다. 아마 지구를 떠나는 날까지 이러한 강박에서 해방되지 못할 것 같다.

막내아들과 결혼한 나는 시어른을 모시고 살지는 않았다. 그렇기에 손위 동서나 시숙들이 보기에 편안한 삶을 살아온 것처럼 보일지도 모른다. 그런데 남편을 먼저 보낸 손위 동서 두 분도 모두 노인이 되었으니 항상 마음에 걸린다. 더 챙겨야 할 분들인데, 자주 문안드리지 못하니 송구한 마음이다. 나 역시 점점 몸이 미편한 곳이 생긴 지 오래다. 정리할 일도 많거니와 아직 시동도 걸지 못한 일도 많은데.

'1만 시간의 법칙'이라는 말이 있다. 전문가가 되려면 그 일에 1만 시간을 투자해야 한다는 얘기다. 그런데 나는 수많은 시간을 산발적으로 사용하느라 정작 나를 위해서는 하루도 편히 써볼 여유가 없었다. 나이가 들어가며 시간이 많지 않다는 걸 깨닫고, 나를 계발하는 것을 포기했다. 하지만 죽기 전에 꼭 하고 싶은 것들이 있어서 내 시간을 만들 예정이다.

시간 절약을 하려고 서두르다가 오히려 일을 그르칠 때도 있다. 특히 요리할 때 여러 요리를 동시에 하다 보면, 냄비에서는 국물이 넘치고 화판을 어지럽히거나 냄비를 태울 때도 있다. 또 용인에서 서울 행차를 할 때는 여러 준비에 치중하다 오히려 중요한 것을 빠뜨리거나 약속에 지각할 때도 많았다.

내가 일 욕심이 너무 많은 것일까. 일 처리 요령이 부족한 탓일까, 아니면 누구에게 폐 끼치지 않으려 혼자 처리하기 때문일까. 또 맺고 끊는 것을 못하거나 거절하지 못하는 성미 탓일까, 아니면 오지랖 때문일까. 하여간 나는 큰 바위를 계속 밀어 올려야 하는 시지프스의 운명을 타고난 것 같다는 생각이 든다.

하지만 나는 그러한 일들 가운데서 살아갈 힘을 얻는다. 항상 다음 일을 생각하며 끊임없이 시간을 확인한다. 그러다 보니 시간 절약과 타인의 시간까지 매우 중요하게 생각하게 되었다. 사람들은 돈으로 신세지는 것은 매우 중요하게 생각하면서, 남의 시간은 가볍게 생각할 때가 있다. 진짜 중요한 것은 시간 아닐까. 나는 특히 다른 사람의 시간을 낭비하는 것을 대단히 미안하게 생각한다.

나는 가사 시간을 줄여야겠다고 생각한 적이 많다. 가령, 설거지 때

그릇 하나 씻는 데는 30초, 화분에 물 주기는 30분, 목욕 20분, 지하철 승차 시에도 역 하나 통과에 2분이나 3분, 갈아타는 데 5분, 와이셔츠 한 장을 다림질하는 데 10분, 요리 한 가지에 평균 30분, 이렇게 매사에 시간을 점검하는 버릇이 생겼다. 심지어 화장실 사용, 화장, 목욕도 시간을 정해놓고 할 때가 있다.

나는 돈을 저축하거나 절약하는 것 이상으로 시간을 아끼고 저축하기 위해 노력했다. 선행 학습하는 학생들처럼 할 일을 미리 해두고, 그 시간에 다른 일을 더 했다. 다른 사람들이 결과물에 투자한 시간도 생각했다. 가령, 어떤 아마추어의 그림을 구입할 때도 작품에 들어간 시간과 그의 재능 가치 등을 대충 어림해 본 것이다. 모든 작품은 재능과 시간의 소산이다. 비록 재능이 없는 사람일지라도 시간은 금과 같다.

지구의 자원이 한정되어 있듯이 한 인간의 시간도 한정되어 있다. 그러니 시간의 소중함을 생각해야 한다. 모든 것을 할 수 있는 때야말로 선물 같은 시간이다. 더구나 앞으로 살아갈 날이 많지 않은 사람들의 시간은 더욱 소중하다. 할 일은 많고 남은 시간은 별로 없으니까.

신사의 아내

직업 관료 남편과 살면서 많은 사람을 직·간접으로 만났다. 때로는 공적으로, 때로는 사적으로 범위는 점점 확대되었다. 결혼 초에는 남편과 친척 그리고 친구와 이웃이 거의 전부였다. 그러나 차츰 남편의 행보에 따라 그 범위는 넓혀져 갔다.

고시에 합격한 후 남편은 고향에서 작은 영웅이었다. 사람들은 남편이 어렸을 적에 업어주었다든가, 자기 집에 자주 놀러 오고 함께 밥을 먹었다는 등 소소한 추억을 공로로 인정해 달라는 신호를 보냈다. 나는 친척을 친절하게 대했지만, 일부 사람들은 그 정도로 만족하지 않았다. 자녀의 취직, 승진, 군 문제가 그분들의 주요 관심사였다. 본인들의 역량으로 되지 않을 때면 남편을 찾아왔다. 아직 그런 일들을 해결해 줄 수 없는 초년의 공무원인데도 남편의 능력을 실제 이상으로 평가했다. 그런 부탁도 귀 기울여 주고 섭섭지 않도록 대처하는 것이 우리의 도리였다.

나는 남편 대신 관계 기관에 물어보고 절차나 조건을 파악한 후, 정식 절차를 밟아 처리할 방법을 제시했다. 때로는 무리가 되지 않는 범위 내에서 차선의 방법을 제시해달라고 남편에게 부탁한 적도 있었다. 그 과정에서 그들에게 차비, 식사, 심지어 용돈을 보태주어야 할 때도 있었다. 내용이나 절차를 알아볼라치면 시간도 꽤 들었다. 그런데 사람들은 남편이 전화 한 통이면 해결할 수 있다고 생각하고는 서운하게 여기는 경우도 왕왕 있었다.

남편이 한 단계씩 진급하면서 더 많은 사람이 만나고 싶어 했다. 부탁 범위도 점점 더 커졌다. 남편의 공식적인 거절은 다시 내게로 연결되었으며, 집으로 찾아오는 사람들이 늘어났다. 나는 최선을 다해 그들의 요구사항이 합당한 것인지 판단해야 했다. 조금이라도 도와주려는 자세로 업무 영역이나 제도 따위를 파악했다. 부당한 일에는 합당한 절차를 찾아주고, 터무니없는 부탁을 할 때는 남편의 한계를 알려주었다.

그들은 때로는 뇌물성 금전을, 때로는 진심 어린 선물을 들고 왔다. 돈은 당장 돌려주면 그만이지만, 크지 않는 선물이나 식품은 차마 돌려줄 수가 없었다. 간절한 마음을 무시할 수는 없었던 나는 그들이 가져온 선물 대신 내가 갖고 있던 것을 그들 손에 쥐어주었다. 나는 마땅한 선물을 찾느라 애써 아껴둔 것을 뒤지기 일쑤였다. 그래서 선물용품을 준비해 두는 버릇이 생겼다.

남편이 점점 고위직 공무원으로 성장하면서 나는 또 다른 면에서 바빠졌다. 남편은 직무상이나 사적인 관계에서도 사람들에게 인기가 있었다. 그의 소탈한 성품이 많은 사람을 곁에 모이게 하는 것 같았다. 특히 아랫사람이나 소심한 사람들에게는 더욱 다가서기 좋은 인물이었다. 그는 사람들에게 마음을 열고 친절하게 대했다. 그래서 남편이 속한 조직이나 단체 혹은 인간관계에서도 남편을 찾는 사람이 많았다. 나에게는 그것이 문제였다.

내 눈에는 남편이 과대평가되고 있는 것처럼 보였다. 그래서 남편에게 여러 가지 필요한 상식이나 정보를 제공해야 한다고 생각했다. 내 자녀들을 교육할 때처럼 남편이 간과한 부분을 채워주고 싶었다. 그러기 위해서는 내가 먼저 공부해야 했다. 남편의 다양한 관계에 나도 늘 동참했으므로, 관계 속에서 남편이 다하지 못한 일들은 내 몫이었다. 그는 남에게 어려운 말은 잘 하지 못했다. 거절도 잘 못했다. 때로는 악역을, 때로는 천사로 내가 앞에 나서야만 했다. 남편은 실제로 어려운 부탁이 들어왔을 때 거절이 곤란하면 나에게 넘기기도 했다.

그는 자신이 맡은 공무 외에도 바빴다. 사람들에게 사랑받는 자신을 사랑했다. 그런데 받은 사랑에 보답하는 일은 내 몫이었다. 그는 따뜻한 마음을 가졌지만, 답례의 실천은 느렸다. 또 찾는 사람들이 그를 과대평가한 나머지 실망할까 두려웠기 때문에 도리와 상식으로 그를 도와야 했다. 나의 걱정을 모르는 남편은 무시당하는 느낌을 받았는지 더러 화를 내곤 했다. 그를 알게 된 사람 중에는 남편이 아닌 나에게 전화와 문자를 보내며 관계를 유지하려고 했다. 또 자신들의 어려움을 나에게 호소하기도 했다.

집안에 문제가 발생하면 남편은 대체로 고고한 자세로 남의 일 보듯 했다. 내가 나서서 일을 처리하게 해놓고는 결점은 곧잘 지적했다. 또

한 발 떨어져 있으면서도 관계 서류나 일의 진퇴에 나름의 훈수를 두는 것을 보면 전혀 관심이 없는 것은 아니었다.

나는 부동산을 매입하거나 매도할 때 남편을 끌어들이지 않았다. 존재를 드러내지도 않았다. 혹시라도 공직생활에 지장이 있을까 사사로운 일에 함부로 내보이기 싫었다. 때로는 과감한 결단이 필요했고, 용기도 필요했다. 심지어 소송이 있을 때도 혼자 법정에 갔다. 두려워도 젊은 판사 앞에 남편을 내세우기는 더욱 싫었다. 심지어 남편이 운전하다 교통사고가 났을 때도 뒷일은 내 몫이었다. 세상일에 서투른 남편은 본인이 피해자인데도 상대방을 피해자처럼 대우하며 양보했다. 그 일을 실제로 목격한 후 남편에게 분쟁이 생기면 나는 전사가 되어 달려갔다. 내 마음속에서 남편은 항상 불안한 존재였다. 앞에 내세우면 피해를 볼 것 같아서 마음이 놓이지 않았다.

나도 고상하고 우아한 여인으로 살고 싶었다. 그래서 험한 세상에서 나를 보호해줄 남편을 원했다. 그러나 살다 보니 정반대가 되었다. 나는 남들이 피하고 싶어 하는 길을 이미 선택해 버렸다. 남편 이천수와 결혼할 때부터 나의 길은 예고되었던 것 같다. 로버트 프로스트(Robert Frost)의 '가지 않은 길(The Road Not Taken)'을 내 마음에 전했기 때문이었을까.

공유의 경제학

나는 어릴 때부터 아끼는 것에 학습되어 있었다. 물건을 아끼고, 돈을 아끼고, 시간을 아꼈다. 어머니는 하루하루를 철저하게 생산적으로 보냈다. 새벽부터 밤까지 주부 역할 외에도 일이 많았다. 낮에는 경제활동을 하고 밤에는 스웨터를 짜거나 재봉틀을 돌렸다. 게다가 주변 사람을 도와주는 것을 천직으로 여긴 어머니 덕분에 우리 집에는 항상 사람 발길이 끊이지 않았다. 그런 어머니에게 익숙해진 나도 무엇이든 한 번 쓰고 버리지 못했다. 항상 재활용과 물림의 생활에 익숙했다. 옷, 책, 가구, 비품 따위는 언제나 순환을 기다리고 있을 때가 많았다. 나는 내가 가진 것 대부분이 다시 재활용될 때 보람을 느낀다. 점점 넓은 집으로 옮긴 것도 우리 가족뿐 아니라 나의 부모 형제나 주변 사람과 오가는 생활을 좋아했기 때문이다.

내가 집을 장만한 후 생활이 조금씩 안정되자 어머니는 손님을 우리 집으로 데리고 오는 것을 즐겼다. 어머니는 '내게 이런 딸이 있답니다' 하고 넌지시 자랑하는 것 같았다. 부모님 생신이나 친척 모임도 우리 집에서 치르기를 바라는 마음을 알게 된 후 나는 부족한 요리 솜씨로 집에서 많은 손님을 치렀다. 나는 어머니 앞에서 한 번도 우리 집 걱정이나 푸념을 하지 않았다. 그래서 어머니가 보시기에 나는 행복한 주부처럼 보였을 것 같다.

어머니는 나에게 많은 기대를 걸었다. 나는 그 기대를 충족시켜 드리기 위해 더 많이 아껴야 했다. 아낄 수 있는 모든 것을 아꼈다. 심지어 휴지도 마지막까지 재활용했다. 가령, 화장을 지운 솜조차 창틀 먼지를 닦는 데 한 번 더 사용하고, 치약 마개를 잘라서 남김없이 사용했다. 나의 아낌은 계속 진화했다. 웬만하면 새 물건을 사들이지 않았다. 재분배와 재활용을 기다리는 물건들로 집안은 그리 깔끔하지 못했다. 그 때문에 남편에게 저자세로 살아야 하는 것이 조금은 억울했다.

새해 벽두마다 '아까워하지 말자'고 마음속으로 결심한 지도 벌써 여러 해다. 코로나를 겪으며 마스크를 버릴 때마다 아까운 생각이 들었다. 마스크 고무줄을 잘라내 깨끗이 씻어 두니 요긴하게 쓰였다. 조그만 것들을 묶음으로 정리할 때 편리했다. 단순히 돈을 아끼려고 그렇게까지 한 것은 아니었다. 어떤 물건이라도 필요한 곳이 있게 마련이다. 함부로 버리면 쓰레기가 되고 낭비가 된다. 외식할 때도 남은 음식을 가져올 때가 많다. 음식을 함부로 버리는 것은 죄악이다.

이런 나를 두고 가족들마저 너무 청승을 떤다며 못마땅해 할 때도 있다. 하지만 내가 지인들과 나누는 시간이나 서비스, 금전이나 물품들, 내가 누리는 현재의 생활은 모두 나의 아낌 덕분이다. 마치 큰 건축물도 벽돌을 하나하나 쌓아 올려 완성하듯이, 작은 물방울이 모여 강을 이루듯이, 작은 것이 모이지 않고 이루어지는 것은 없다. 내가 본 실패자들 대다수는 작은 것을 하찮게 여기는 사람들이었다. 절약은 공유의 필요조건이다. 아끼기 때문에 저축할 수 있고, 저축이 있으니 다른 사람에게 베풀 수 있다. 인색하지 않고 사람답게 살기 위해서 나는 최대한 아끼고 있다. 아낌 덕분에 우리 살림은 조금씩 나아졌고, 집의 면적을 넓혀갈 수 있었다. 넓은 집에서 우리 가족뿐 아니라 지인들과 즐기고 싶었다. 나의 소양은 공간이 넉넉해야 마음도 넉넉해진다.

대가족 속에서 태어난 나는 사람들이 우리 집에 오가는 것을 즐겼다. 처음 우리 손으로 마련한 잠실 집은 방 세 개가 있는 아파트였다. 거기서 6년여를 살다가 좀 더 넓은 아파트를 분양받으려 했을 때 나는 아이들 학군 문제는 생각지도 못했다. 그저 더 넓은 아파트로 이사 가는 데 초점을 맞추고, 그때부터 사람들과 좀 더 자주 교류했다. 남편이 공직에서 퇴임하자 또 다른 곳으로 시야를 돌렸다. 송파구 방이동에서 서초동으로.

50대가 된 나는 변화를 꿈꾸었고, 서초동 한 주택에 매료되었다. 초록의 정원이 나를 사로잡았다. 제국의 황제가 영토 확장을 국가경영의 최우선으로 삼는 것처럼 넓은 공간은 나에게 영토 확장에 버금가는 성취감을 주었다. 특히 큰딸 결혼을 앞두고 신랑 친구들이 가져온 함을 받앉을 때 서초동 집을 선택한 것은 참 잘한 일이라고 여겼다. 아들이 결혼하고 우리가 용인으로 이사할 때도 내 생각은 같았다. 그때는 연로한 부모님과 함께 지낼 요량으로 너른 집을 택했다. 일종의 오기였고, 쓸모 있는 용기였다. 사람들은 실제로 보지 않고 평형의 숫자에 놀랐다. 나도 약간 망설였지만, 경기도에 와서 좁게 살기는 싫었다. 나는 이곳에서 친척과 친구들을 자주 초대했다.

남편이 대진대학 총장으로 재직한 6년 동안에는 너른 공관을 최대한 활용해야 경제적으로 사용하는 것이라고 생각했다. 사람들을 초대하여 학교 홍보와 친목을 동시에 이루려 했다. 나는 한 공간을 많은 사람과 함께 누려야 경제적인 공간 활용이라고 생각한다. 그것은 최대 다수의 최대 행복을 추구하는 나의 철학과 어울리는 일이기도 하다. 시간을 공유하고 공간을 공유하다 보면 희로애락도 공유하지 않을까 생각한다.

오지랖이 넓어서

엄마들의 소풍

아이들이 초등학교에 다니던 어느 봄날, 평소 가깝게 지내던 학부모들과 남한산성에 갔다. 우리 일행이 개천을 끼고 있는 나무 그늘에 자리를 잡고, 도시락과 과일을 펼쳐놓은 채 한창 이야기꽃을 피울 때였다. 갑자기 한 젊은이가 우리 앞에 나타나 "자릿값을 내놓으세요"라며 강압적으로 다그쳤다. 엄마들은 큰일 났구나 싶은 눈빛을 주고받으며 그 청년의 요구에 응해 주자는 눈치였다. 청년의 심기를 잘못 건드렸다가는 좋지 않은 일이 생길지도 모를 것 같아 불안했던 것이다.

"이곳이 당신 땅이라는 증거를 보여주세요. 그럼 자릿값을 줄게요.

다른 사람이 와서 또 자릿값을 달라고 하면 어떻게 해요."

나는 되받아쳤다.

"그리고 당신 주민등록증도 좀 보여주고요."

그러고는 그를 쏘아보았다. 여러 사람이 있는데 설마 무슨 일이야 생기려고. 급하면 112를 부르면 되지. 나는 용감하게 뜸을 들였다. 그러자 그 청년은 겸연쩍은지 슬며시 자리를 떠났다. 그때 그 청년은 몹시 나쁜 사람은 아니었던 것 같다. 그날 우리는 유쾌한 하루를 보냈다. 사람들은 그 후로도 오랫동안 나의 객기를 기억해 주었다. 친목 모임은 아이들이 결혼할 때까지 이어졌다.

수도 이야기

늦가을이었다. 서초동에 살 때 갑자기 수돗물이 나오지 않았다. 일단 펌프가 있는 지하 보일러실로 갔다. 펌프는 이상이 없었다. 2층 화장실 천장 덮개가 생각났다. 전부터 천정에 있는 덮개 용도가 궁금했는데, 아무래도 2층 다락 속에 뭔가가 있을 것 같았다. 나는 천장 덮개를 열고 내 몸을 동그랗게 오그려 구멍 속으로 밀어넣었다. 2층 다락과 연결되어 있었다. 가운데에는 큰 물탱크, 왼편에는 두 줄의 파이프와 펌프가 있었다.

펌프 작동을 시도했다. 움직이지 않았다. 고장의 원인을 발견한 나는 우리 집 설비 구조를 파악하기 시작했다. 지하 보일러실 펌프가 작동해 2층 다락으로 올라온 물은 2층 펌프의 힘으로 물탱크로 들어간 다음, 물탱크 배관을 타고 다시 집 전체로 분배되는 구조였다. 펌프만 고치면 되겠다고 생각했다. 2층의 천정과 지붕 사이의 다락 공간은 꽤 넓었다. 나는 업자를 불러 급한 문제를 해결했다.

서초동 집을 살 때는 여러 곳을 돌아다니다 우연히 이 집을 발견하고 앞뒤 따져보지도 않은 채 덜컥 계약해버렸다. 처음 들어왔을 때 집이 너무 예뻐 보였기 때문이었다. 그날 밤 혹시 누가 먼저 계약할까 걱정이 되었다. 아직 세상사에 철부지였던 나는 주택의 문제점을 생각해보지도 않고 겉모양에 반해 계약했다. 그 때문에 이후부터 온갖 수고를 하게 되었다. 급수 문제는 이 집에서 일어나는 온갖 일들의 시작에 불과했다. 그제야 세심하지 못한 나 자신을 되돌아보게 되었다. 벽이나 바닥 속에 매설된 각종 배관과 집이 갖춰야 할 기초 설비를 알아볼 생각조차 못했다.

나는 주택에서 정원의 아름다움과 실내 구조나 방의 개수 같은 대체적인 모양새에 관심을 쏟는 바람에 진짜 중요한 집의 순환 시스템을 알아보려고 하지 않았다. 무식하면 용감하다는 말이 있다. 나는 용감한 것이 아니라 무모했다. 진정한 용기는 어려움을 다 알면서도 끝까지 밀고 나가는 의지일 것이다. 기술자를 불러 펌프를 고쳐 급한 불은 껐지만, 앞으로 또 그런 일이 일어날지 몰라 장기 대책을 세워야 했다. 그때 펌프의 잦은 고장도 문제였지만, 모터가 소모하는 전력 때문에 전기료도 큰 부담이었다.

하루는 남편의 친구인 K부부를 만난 자리에서 펌프 때문에 고생한 얘기를 하게 되었다. 화제가 빈약하던 차에 그냥 해본 말이었는데, 그분이 그렇게 관심을 보일지 전혀 생각지 못했다. 평소 그의 아내한테서 지나치게 공무에 충실한 남편 때문에 여름철 가족 피서 한 번 못 가봤다는 한탄을 여러 번 들었기 때문이었다. 서울시 수도국에 근무한 K씨는 서울 시민의 물 공급에 문제가 생길까 걱정되어 서울을 벗어날 수 없다는 신념을 가진 사람이었다.

나는 고장 난 펌프가 서울시 문제라고는 전혀 생각지 못했다. 그야말로 대화용 넋두리였다. 그런데 직업의식이 발동했을까? 나의 넋두리에

K씨는 자극을 받았는지 며칠 후 내게 전화를 걸어 왔다. 우리 동네 급수 문제를 해결해 보겠다는 것이었다. 서울시에 살면서 아직도 직수를 공급받지 못하는 것은 말이 안 된다며 담당 부서와 협의하여 문제를 해결해보겠으니 조금만 기다려 달라고 했다. 그때가 1996년 늦가을 무렵이었다.

K씨는 남편이 공직생활을 끝내고 서초동으로 이사 오기 전부터 종종 만났던 사람이다. 그분을 집으로 초대한 적도 있었다. 말이 별로 없는 K씨는 속이 깊은 사람이었다. 그는 우리 동네의 고질적인 문제를 해결해 주었다. 지금도 우리 집으로 올라오는 언덕 중턱에 있는 메가스터디 빌딩 옆에는 상수도 가압장치가 설치되어 있다. 그 장치 덕분에 물이 높은 언덕 위까지 거뜬히 올라오고, 고급 재질의 니켈 배관이 아스팔트 밑으로 설치되어 우리는 내부 배관만 신경 쓰면 되었다. 나는 가압장치를 볼 때마다 마음속으로 K씨에게 고마움을 전했다.

그때 서울시 수도국에서 파견한 인부들이 공사하는 동안 빵이나 음료, 막걸리 등을 전하면서 공사과정을 살펴보았다. 이웃 사람들은 아무도 관심을 두지 않았고, 무슨 공사를 하는지도 몰랐다. 공사가 끝난 그날 저녁부터 수돗물이 힘차게 나오기 시작했다. 언덕 중턱에 가압장치를 설치하고 난 후 새 배관을 통해 올라오는 물줄기는 예전보다 한결 힘찼다. 나는 얼마 후 저녁 식사에 K씨 부부를 초대했다. 마침 새해 선물로 들어온 수삼 상자를 선물했다. 고마움에 비하면 정말 약소했다.

그분 덕분에 우리 집뿐 아니라 우성 빌리지와 그 일대의 수돗물 공급 시스템이 달라졌다. 이제 펌프 없이도 직수를 바로 이용할 수 있다는 사실에 진짜 고마웠다. 펌프는 고장도 잘 나고 전력도 많이 소모되었지만, 동네 사람들은 비싼 전기료를 내면서도 아무 대책 없이 불편하게 살았다. 나는 반가운 소식을 경비원을 통해 즉시 이웃에 알렸다. 그런데 한참이 지난 어느 날 우리 단지의 한 부인을 마주치게 되었다. "이제 펌프를 사용하지 않아도 되니 편하지요?"라고 물으니 골프나 여가로 바빠 기술자를 부르지 못해서 아직 펌프를 사용한다는 뜻밖의 대답이 돌아왔다.

때로는 고장이 새로운 발전을 만든다는 것을 나는 다시금 실감했다. K씨 덕분에 일은 빨리 추진되어 우리는 그제야 도시인다운 기본 생활을 누리게 되었다. 아무도 알아주지 않아도 그 동네 급수 문제를 해결하여 늘 뿌듯했다.

캐나다 여행

남편이 천안대학에서 물러난 2003년 여름, 캐나다 여행을 갔다. 나는 56세의 중년이었다. 밴쿠버, 부차드 가든, 나이아가라 폭포, 오타와, 토론토 등 캐나다 서부에서부터 동부지역까지 두루 거치는 여행이었다. 여행 내내 열심히 가이드의 설명을 들으며 메모했다. 한순간, 한 곳도 놓치지 않고 여행 일정을 마쳤다. 여행은 관광사의 패키지여행이었다.

캐나다 항공편으로 서울로 돌아오던 중 종착지인 서울을 얼마 남겨두지 않은 상태에서 승무원의 긴급 안내방송이 흘러나왔다. 비행기는 도쿄 공항에 비상 착륙했다. 고장을 수리한 다음 다시 운항하겠다고 했다. 우리는 도쿄 나리타공항 로비에서 기약 없이 기다려야 했다. 처음엔 공항 대기실 안의 이곳저곳을 기웃거리며 시간을 보냈다.

그런데 몇 시간이 흘렀는데도 아무런 대책이 없었다. 사람들은 가이드에게 다른 비행기라도 태워 달라며 채근했다. 젊은 가이드는 사람들 독촉에 쩔쩔맸다. "조금만 참아주세요. 곧 해결될 겁니다" 하고 말하며 안절부절못하는 승객들 앞에 나타났다가 사라지기를 반복했다. 가이드는 ○○관광 소속 직원이었다. ○○관광은 최대한 손해를 보지 않으려고 캐나다항공의 조치를 기다리는 눈치였다. 가이드는 우리에게 계속 미안하다며 조금만 더 기다려 달라고 했지만, 나는 그것으로 우리의 사정을 해결할 수 없다고 생각했다. 사람들은 공항 로비에서 이곳저곳을 기웃거렸지만, 몇몇 분은 다급한 상황이었다. 나는 아무래도 본사와 직접 부딪쳐 봐야 할 것 같았다. 남편에게는 화장실 간다고 하고 공항 로비 한 모퉁이에서 여행 안내지에 있는 ㅇㅇ관광 본사로 전화를 걸었다.

"캐나다행 패키지 승객인데, 책임자 좀 바꿔주세요."

나는 조용히 말을 꺼냈다.

"우리가 공항 로비에서 오래 기다렸지만, 아무런 대책이 없으니 책임자께서 조치해 주세요. 여기서 기다리는 승객들은 오늘 서울로 돌아가야 합니다. 제발 비즈니스석이라도 연결해서 빨리 돌아갈 수 있게 해주세요. 우리는 귀사를 믿고 여행을 왔습니다. 비상시에는 회사가 손해를 보더라도 고객의 편의를 우선하는 것이 도리 아닙니까. 다른 여행사를 두고 우리가 귀사의 관광을 선택한 것은 그만큼 귀사를 신뢰했기 때문입니다."

나는 회사의 신뢰도를 강조했다. 본사 직원은 최선을 다하겠다고 답했다. 그분의 대답에 다소 안심이 되었다. 자리로 다시 돌아와 남편에게만 그 소식을 귀띔해 주었다. 그 말을 전하는 나는 흥분이 되어 목소리까지 떨렸다. 그런데 남편은 왜 공연히 남들이 하지 않는 일을 하냐며 화난 얼굴로 나를 노려보았다. 마누라가 괜히 잘난 척해서 불편하다는 눈치였다. 신경이 예민해진 남편에게 나는 다시 조용히 말했다.

"좀 기다려 봐요. 다른 대책이 생길지도 모르잖아요."

희망적인 말투로 남편을 달래고 있는데, 바로 그때 키 큰 남자가 헐레벌떡 우리 쪽으로 뛰어왔다.

"저팬에어라인에 좌석이 생겼습니다. 곧 출발하니 지금 바로 탑승하

십시오. 비행기를 놓치시면 안 됩니다."

앞장서 가는 그를 쫓아가느라 전속력으로 뛰다가 넘어질 뻔했다. 필사적으로 따라가다가 가방이 뒤집힌 사람도 있었다. 그러나 용케도 JAL(일본항공)의 한국행 비행기에 올라탔다. 우리가 배정받은 좌석은 비즈니스석이었다. 긴 기다림 끝에 공짜로 생긴 비즈니스석 호사는 너무나도 짧았다. 나리타에서 인천공항까지. 여행사에서 구입한 탑승권은 패키지 상품이라, 아마도 최저가 항공권이었을 것이다. 캐나다항공은 비슷한 가격대의 탑승권으로 대체하려다가 시간을 점점 지체한 것 같았다. ㅇㅇ관광 측도 원래 수준의 항공권을 물색하느라 시간이 흘러갔을 것이다.

ㅇㅇ관광과 승객 사이의 팽팽한 긴장감 속에서 나는 승객의 입장을 대변했으며, ㅇㅇ관광 이미지도 실추하지 않게 조용하게 접근했다. 그때는 여름방학 기간이어서 예약 없이는 이코노미 탑승권도 구할 수가 없었다. 애가 탄 가이드는 승객들에게 기다려 달라고 부탁하면서 서울 본사 지시만 기다리는 처지였다. 회사를 경영하다 보면 때로는 손해를 볼 때도 있다. 때로는 멀리 내다보고 출혈을 감수하더라도 회사의 신용을 지키는 자세가 회사를 진정으로 아끼는 길이다.

아파트 세금

2005년. 아들이 결혼하기 전 운 좋게 조그만 아파트가 당첨되어 분양 계약을 해두었다. 덕분에 든든한 마음으로 결혼을 시켰다. 어느덧 아파트가 완공되어 입주 시기가 다가왔다. 등기 절차를 밟아야 했다. 마침 정부에서는 취득세와 등록세 인하 조치를 발표했다. 나는 아들에게 등기 절차를 이행하도록 채근했다. 새로 입주를 기다리는 다른 계약자들도 이 조치를 대단히 환영했다. 나는 회사 근무로 바쁜 아들 대신 구청에 전화를 걸어 취득세 감면 조치를 시행하고 있는지 확인했다. 그러나 아직 아무런 인하 조치가 없다고 했다. 아직 국회에서 법안이 통과되지 않았다고 했다. 나는 하루빨리 일을 매듭짓고 싶었다.

"빨리 그 법안을 의결하여 시행할 수 있도록 국회에 채근해 주세요. 많은 시민이 등기 절차를 밟지 못하여 아파트에 입주를 못하잖아요. 담당 공무원도 시민의 편의를 위해 상급 기관에 부탁 좀 해주세요."

나는 입법권이 없는 구청 직원에게 간청했다. 그리고 국회의 기획재정위원회에도 전화를 걸었다.

"신문이나 방송에서 생색만 내지 말고 빨리 부동산 취득 시 관련 세금을 인하하는 법률을 통과시켜 주세요. 이사도 못 가고 있습니다. 제발 부탁합니다."

또 강남 지역구 국회의원 사무실에도 직접 전화를 걸었다. 아들 몫의 청약예금에 가입한 후, 수년 동안 여기저기 아파트를 분양하는 곳마다 뛰어다녔었다. 재개발한다는 낡은 동네의 주택을 수없이 기웃거리면서 아들 집을 마련해 보겠다고 분주히 뛰어다녔었다.

그리고 마침내 행운이 왔다. 아들 혼인을 결정하기 직전에 아파트 분양에 당첨되었다. 아들이 일류대학에 입학한 것만큼 기뻤다. 남편에게 과분한 칭찬까지 받았다. 더구나 강남 좋은 위치에 건설하는 아파트에 당첨되기란 하늘의 별 따기라고 하는데 운 좋게 당첨되었다. 지하철역이 가깝다는 사실이 큰 장점이었다. 아이들 학교가 가까워 무엇보다 마음에 들었다. 젊은이들에겐 교통 문제와 자녀 교육 문제가 제일 중요하니까.

내가 극성을 부린지 얼마 안 되어 그 법이 통과되었다. 그리고 곧바로 시행되었다. 물론 나의 적극적인 공세가 효력이 있었는지는 알 수 없다. 어쨌든 내 아들은 당분간 다른 사람에게 임대하고 보증금으로 잔금을 지불했다. 국회에서 통과된 세법 시행으로 취득세, 등록세를 적게 납부하여 어깨가 가벼워졌다. 당장 입주하지 못했으나, 아파트 소유주가 되었다. 완전한 주인이 되기 위해서는 서초동 집에 기거하며 임차인에게 내줄 보증금 마련을 위해서 열심히 저축해야 했다.

응봉산 철거 저지 운동

2006년 1월 1일 새벽. 우리 마을 앞산에서 기습적으로 벌목이 단행되었다. 특공대 같은 검은 복장의 사내들이 산을 에워싸고 꼭대기부터 내려오고 있었다. 수십 년, 수백 년 된 소나무들이 벌목공의 전기톱에 마구 잘리는 순간이었다. 관리소는 방송으로 비상 상황을 알렸다.

동 대표였던 나는 방송에 놀라 새벽잠에서 깨어났다. 잠시 후 나는 스테인리스 냄비뚜껑, 큰 국자와 같이 소리를 낼 수 있는 집기들을 들고 정신없이 뛰어나갔다. 나도 모르게 번개같이 앞산으로 달려가 작업 중이던 굴착기에 올라탔다. 놀란 가슴은 흥분으로 바뀌었다. 냄비를 국자로 두들기며 사람들을 불러 모았다. 산으로 올라온 주민들도 굴착기에 올라타고는 산이 훼손되는 것을 막으려고 발버둥쳤다. 어떤 이는 벌목공 바짓가랑이를 잡고 전기톱 작동을 저지하고, 어떤 이는 검은 복장 사나이들에게 매달리다 밀쳐져 자빠졌다. 상처를 입은 몇 사람은 구급차에 실려 갔다. 녹지 회장은 업무방해죄로 기소되어 재판을 받고 몇 개월간 구속되었다.

그러나 이에 흔들리지 않고 주민들의 응봉산 파괴 저지 운동은 그 후로도 한동안 계속되었다. 나는 주민 참여를 독려하기 위해 당번 표를 작성했다. 주민들은 교대로 당번을 서며 임시 사무실에서 벌목 작업을 감시했다. 주민들은 당번 역할에 대체로 충실했다. 덕분에 당분간 공사가 중지되었다. 여러 언론사에서 우리 사연을 기사화했다. 우리는 저지 의지가 한층 고무되었다. 희망을 품었고, 서로에게 감사했다. 취재 나온 기자들에게도 고마워서 연신 절을 했다.

나는 전투적인 기질은 없었지만, 산을 파괴하는 것을 가만히 앉아서 바라볼 수만은 없었다. 우리 아파트 건너편 ○○아파트에 사는 친구들에게도 협조를 부탁했다. 그때 ○○아파트에 사는 이인순은 손자를 업고 나와 데모에 합류했다. 박승희, 이명순도 데모 행렬에 합류했다.

우리는 건설업자와 용인시청의 부당한 결정으로 산을 허무는 공사를 막기 위해 갖은 노력을 다했다. 주민들은 용인시장 부인을 찾아갔다. 나도 동행했다. 우리는 시장 부부가 사는 동네 어귀에서 다른 사람들의 눈에 띄지 않기 위해 조심했다. 용인시장 부인의 여고 담임이었던 분을 앞세워 부당한 파괴를 막도록 시장을 설득해 달라고 부탁했다.

한편 녹지 회원이자 주민대표의 일원인 나도 시장실을 찾아갔다. 시장이 보이지 않아 대신 담당과장을 만났다. 우리는 여러 자료를 제시하며 응봉산 철거의 부당함을 주장했다. 그때 나는 분당과 용인지역 다른 아파트의 녹지 현황을 조사해 통계 수치를 제시했는데, 그들은 외려 궤변만 늘어놓았다. 놀랍게도 관은 녹지 확보 범위를 광범위하게 설정하여 가까운 녹지가 모자란 것을 멀리 있는 광교산을 포함하여 우리 아파트의 녹지 비율이 적정하다는 통계를 만들어냈다. 또 응봉산 경사각 측정 기준을 전체적인 비율로 책정하지 않고 중간지대의 평평한 부분부터 잡아 경사도를 낮게 책정하여 새로운 아파트 건설 요건을 꿰맞췄다. 치밀하게도 희귀동식물의 서식지가 아니라며 학자들을 심사위원으로 위촉했다. 제대로 조사한 통계인지 의심스러웠다.

그 후 우리 주민들은 ○○건설 본사를 방문해 항의했다. 기업을 통해 용인시를 압박하기 위해서였다. 분양 당시 응봉산과 개천을 자랑하며 '산보라, 물보라'라는 캐치프레이즈를 내걸었던 홍보 광고물을 증거물로 제시하며 회사의 책임 있는 조치를 촉구했다. 우리는 ㅇㅇ건설이 용인시에 힘을 행사해서 일을 바로잡아야 할 책임이 있다고 강조했다. 주민들은 10여 대의 버스에 나눠 타고 ㅇㅇ건설 본사와 용인시청 광장에서 데모를 벌였다. 그 후에도 온갖 노력을 다해 얻은 것이 겨우 5천 평이었다.

그러나 그마저도 힐ㅇㅇ이트 아파트 정면의 상징적 공원이 되었다. 그 아파트 입주민들만 복권에 당첨된 꼴이 되었다. 동민의 긴 투쟁의 결과로는 참 한심하고 씁쓸했다. 결국 죽 쒀서 개 주는 꼴이요, 닭 쫓던 개 지붕 쳐다보는 신세가 되었다. 그러나 더 넓은 시각으로 보면 우리에게는 막대한 피해를 주었지만, 동네 전체를 위한 소규모 녹지라도 확보했다는 것이 그나마 위안이었다.

용인시 난개발은 인기만을 좇은 시장을 선택해서 비롯된 것 같다. 용인보다 먼저 개발한 분당과 비교해보면 당장 알 수 있다. 1998년 집권한 정부는 그린벨트를 폭넓게 해제했다. 덕분에 용인시는 아파트 건설 사업이 활발해졌다. 우리 동네의 산도 하나씩 대지로 변경되고, 아파트가 들어섰다. 임야나 녹지를 대지로 용도 변경할 때는 최소한의 조건을 갖추어야 한다. 그런데 2000년대부터 시작한 용인의 아파트 건설은 도시계획의 필수조건을 갖추지 않아도 건축을 허가했다. 용인은 그야말로 난개발 천국이 되어갔다. 우리 앞산의 응봉산 철거와 아파트 건설도 필요한 조건을 정직하게 적용하지 않은 채 건축을 허가했다. 용인시의 조치는 주민들의 분노와 저항을 촉발했다. 그러나 결국 자연은 훼손되었고, 다시는 복구할 수 없는 상태가 되었다. 녹지뿐 아니라 지하 주차 공간이 없는데도 상가 건축을 허가하는 일이 잦았다. 주민들이나 행정 당국자들은 빌딩만 올라가면 도시가 된다고 생각하는 수준인 것 같았다. 치밀한 청사진도 없이 난개발이 자행되었다.

신도시를 개발할 때는 충분한 연구와 계획이 전제되어야 한다. 시장도 도시에 관해 충분히 공부해야 한다. 일반 시민은 전문가들이 아니니 자신의 이익만을 좇지만, 적어도 시장은 큰 소리를 내는 사람에게만 귀를 기울이면 안 된다. 도시 건설은 철저한 사전 조사와 연구를 통해 청사진을 내야 한다. 또 안목과 능력을 갖춘 사람이 지휘해야 한다. 주민들도 현명한 선택을 해야 한다. 그런데 선거에 이기려면 숫자 많은 쪽에서 인기를 얻어야 하니 지자체장이나 시의원도 이상적인 인물이 뽑히기는 좀체 어려운 노릇인 것 같다.

2016년 4월, 응봉산 사태 발생 10년이 흘렀다. 306동 건물 동편에 갑자기 새로운 건축물이 지어졌다. 그 건축물은 5층 아파트 건물로 306동과 아주 가까운 거리에 있었다. 2015년 가을 짓기 시작한 건물은 가림막 속에서 올라갔는데, 주민들은 그저 건물을 하나 짓겠지 하며 가림막 안에서 벌어지는 일에 별로 관심을 두지 않았다.

그런데 막상 가림막을 걷어내자, 건축물은 바로 우리 동 건물 뒤 발코니를 빤히 바라보는 형국이었다. 그 건물 거실에서 우리 아파트 뒤쪽이 적나라하게 보였다. 주민들의 일거수일투족이 바로 코앞에서 보이도록 건축되었다. 새 건물의 주민들은 우리 단지의 조경을 정면에서 감상할 수 있지만, 우리는 사생활을 보호받을 수 없는 처지가 되었다. 그 아파트의 칙칙한 회색빛 외관도 주변과 조화롭지 않고 답답했다. 게다가 우리 아파트의 바람길을 막고 서 있었다. 6차와 3차 건물은 남향이어서 동서로 넓게 트인 바람길이 있었다. 그런데 동쪽 끝에 있는 이 건물이 동서로 부는 바람길을 완전히 막아버렸다.

주민들은 우리 동을 전혀 배려하지 않은 건축주에게 화가 났지만, 이미 엎질러진 물이었다. 건물은 가림막 안에서 이미 다 지어졌기 때문이었다. 이런 설계를 허가해준 구청 담당에게 화가 났다. 건축을 허가할 때부터 알았을 관리소장과 시의원에게도 화가 치밀었다. 외국에서는 대문의 페인트 색깔도 이웃과 조화를 이루어야 한다는데, 나중에 건축되는 건물이 바로 옆 건축물이나 주민들에게 피해를 주는데도 건축허가를 한 것은 행정 당국의 잘못된 조치였다.

나는 반장을 비롯한 주민 여럿과 함께 수지구청, 관리소, 동 대표회의, 옆 건물의 주인, 시의원을 찾아다니며 온갖 노력을 기울였다. 결과는 더 얘기하고 싶지 않다. 다만 그 사건으로 신뢰할 수 있는 이웃 친구 몇 명을 얻게 된 것으로 만족하기로 했다.

지방 도시 일이 이 모양이라고 한탄해봤자 소용없는 일이다. 건축의 인허가 문제만은 철저하게 양심적이고 미래지향적인 안목을 갖고 계획을 세울 수 있게 제도적으로 개선되길 바라는 마음이 크다. 대다수 주민의 무관심과 비협조도 문제다. 문제가 발생하면 누군가가 나서서 해결해 주겠지 하며 공공의 문제점에는 아예 관심도 없으면서 결과가 좋기만을 바라는 공짜 근성이 개선되길 희망해 본다.

나의 삶에 포상을

"친구 따라 강남 간다"고 했던가, 2002년 겨울, 나는 친구 은영이와 용인으로 아파트 모델하우스를 보러 갔다. 수지구 성복동에 건설될 ㅇㅇ빌리지는 전체적으로 넓은 실내공간과 아름다운 자연경관을 갖춘 아파트 단지였다. 어쩐지 우리 노후생활에 만족을 줄 것 같았다. 넓고 아름답게 꾸민 모델하우스는 제2의 인생을 살게 될 우리의 마음을 사로잡았다. 그전부터 용인 근교를 여러 차례 오갔지만, 서울에서 너무 멀다 생각했다. 그런데 친구와 간 모델하우스가 이상하게도 마

음을 잡아끌었다,

　우리는 둘 다 아파트를 마음에 들어 했다. 친구가 먼저 계약했고, 나도 뒤따라 계약하기로 했다. 이왕 넓은 곳에서 살고 싶은 나와 달리 남편은 좀 불편해 했다. 그러나 나는 마음을 정하고 내 이름으로 계약해버렸다. 92평이지만 서울의 32평형 가격대와 비슷했다. 일단 일을 저질러 놓고 보니 남편의 못마땅한 기색이 마음에 걸렸다. 나는 여러 가지 이유를 설명하며 앞으로 노후생활을 하려면 이 정도 넓은 공간이 필요하며, 이제 내 이름으로 집 하나쯤은 갖고 싶다고 덧붙였다. 용인의 자연환경과 넓은 실내공간은 주거의 사치를 누려보고 싶은 내 마음을 자극했다. 게다가 아담한 산이 아파트 단지를 감싸고 있고, 앞에는 개천이 흘러 배산임수의 풍수지리에 맞는 터라 더 마음에 들었다.

　위의 두 남매가 결혼하고 독립하자 내게도 잠자고 있던 소유본능이 일기 시작했다. 모든 부동산을 아버지 명의로 해두었던 어머니가 인생의 마지막 무렵 자신의 의지대로 그것을 처분하거나 활용할 수 없어서 속상해 하시는 것을 보면서 나는 그러지 않겠다고 생각했다. 재산 형성에 기여한 노력과 실제적인 공헌에도 불구하고 어머니는 법적으로 등록된 재산이 거의 없었다. 인간에게 자유는 소중한 가치다. 그 자유를 실행하는 데는 시간·공간·표현 같은 자유는 기본이며, 소유와 처분의 자유도 소중하다. 그런 자유를 누리려면 최소한 능력과 권한이 있어야 한다. 재산이나 자금의 뒷받침이 필요한 이유다.

　더구나 인간은 나이 들수록 약해지기 마련이다. 젊음이 떠나고, 지적 능력이 약해질수록 경제적 뒷받침이 중요하다. 경제력은 어디든 마음대로 갈 수 있고, 마음에 드는 공간을 소유할 수 있게 해준다. 당당하게 사랑을 표할 수도 있고, 누군가의 도움도 편하게 받을 수 있다. 나이가 들수록 반드시 자신의 자산이 있어야 의지대로 실행할 수 있다는 생각이 들었다.

용인 아파트를 내 명의로 등록하고 남편으로부터 은근한 심술을 받았다. 하지만 나는 참았다. 동의를 구했을 때 내키지 않아 하는 남편 때문에 내 마음도 편치는 않았다. 드디어 남편의 보증 없이 내 이름으로 카드가 발급되었다. 일일이 위임장이나 증명서가 필요치 않으니 든든한 방패가 생긴 듯했다. 나는 당당하게 주체적인 인간으로 존재할 수 있고, 주체적인 대우를 받게 된 것이 좋았다. 생의 보상을 받은 것 같았다.

아파트를 내 명의로 등록하기 위해서는 소득 증명이 필요했다. 내 나이 만 55세, 평생을 알뜰히 저축한 내 저축 역사를 증명해야 했다. 직장이 있다면 당연히 필요하지도 않을 저축 자금의 이동 과정을 기록으로 남겨야 했다. 다행히도 나는 달력 뒷면에 화살표를 그리거나, 빨간 볼펜이나 색연필로 저축 자금의 이동 과정을 상세하게 빠짐없이 표시하며 기록해 두었다. 첫 번째는 내가 그동안 우리 가정경제에 공헌했던 것을 조금이라도 남편에게 인정받기 위함이었으며, 두 번째는 세무 당국의 자금 출처 조사에 대비하기 위해서였다.

그런데 내가 꼼꼼하게 작성한 저축의 이동 도표를 남편은 보려고도 하지 않았다. 남편이 매달 나에게 봉급을 다 맡기긴 했지만, 보통 주부의 씀씀이라면 거의 저축할 수 없었다는 것을 남편도 잘 알고 있었다. 그러나 나는 평소에 돈에 관해서 남편에게 아무 말도 하지 않았다. 비록 적자가 나도 스스로 해결했다. 남편의 한계를 잘 알고 있었기 때문이다. 말을 해봐야 소용이 없고, 남편을 불편하게만 할 뿐이었다. 게다가 남편에게 애교를 부리거나 세금 징수원 같은 모습을 보이는 것은 내 자존심이 허락지 않았다.

남편도 나의 노고를 무시할 수 없다고 생각했는지 구태여 저축 자금의 이동 경로까지 확인하지는 않았다. 자칭 페미니스트라던 그가 정작 아내에게 야박하게 구는 게 이율배반적인 태도로 비칠까 두려웠을지도 모른다. 그의 심드렁한 태도는 아마도 갑작스러운 나의 제안에 자기방어를 하려는 본능적인 조건반사였을 것이다. 그리고 평소에 알던 것과 달리 확고부동한 아내의 태도는 일종의 도발로 받아들여졌을지도 모른다. 그가 이제는 한 발 물러서서 나를 아내이기 이전에 한 인간이라고 생각하는 계기가 되기를 바라면서 당당하게 용인의 아파트를 내 명의로 등록했다.

경주 소정의 축소판 용인 아파트

용인 아파트를 구매하면서 여러모로 시달렸다. 잔금을 제때 치르지 못해서 비싼 이자를 지불하고, 등기하면서 법무사 없이 혼자 절차를 이행한 일, 그리고 너무 넓은 평수를 선택한 일로 힘들기도 하고 즐겁기도 했다.

아파트를 계약하면서 일부러 잔금 납부를 늦춘 것 때문에 일어난 사태가 첫 번째 시달림이었다. 그것은 남편이 이런저런 이유로 투덜대며 불편해하여 다시 팔고 싶은 생각도 있었기 때문이다. 또 등기명의를 누구로 해야 할지 결정을 짓지 못해서 차일피일 잔금 납부를 미루고 있었다. 잔금을 납부하면 등기도 곧바로 해야 했다. 조금 기일을 넘긴다 해도 "연체이자는 은행 이자에 준한다"고 하는 계약서 문구 때문에 은행 이자를 신경 쓰지 않았다.

그러나 마침내 잔금을 지불하기로 했다. 이왕 뺀 칼을 그대로 칼집에 도로 넣기는 싫었다. 이참에 등기도 내 이름으로 할 작정이었다. 그런데 지정한 기일보다 잔금 납부 일이 좀 늦었다고 액수가 엄청나게 불어나 있었다. 연리 14.5%의 연체 이자가 추가된 것이다. 정신이 멍했다. 이 아파트를 계약할 때는 미분양 아파트라 잔금은 몇 개월 내에 내도 되니 걱정하지 말라던 담당 직원 말에 은행예금 이자에 1%나 2%를 추가하는 것 정도는 감당할 수 있다고 생각했다. 그런데 막상 잔금을 내려니 연체 이자율이 연 14.5%라고 했다.

문득 나는 사기를 당했다는 생각이 들었다. 그 정도 고금리 이자율을 적용한다는 사실을 처음부터 알았더라면 나는 무슨 수를 써서라도 서둘러 잔금을 냈을 것이다. 모호한 계약서 문구를 내 방식으로 해석하고는 잔금 연체를 별로 걱정하지 않은 것이 큰 실수였다. 나는 건설사 담당자에게 강력하게 항의했다. "14.5%라는 숫자를 계약서에 명시해야 하지 않나요?"라고 따졌지만 허사였다. 오히려 계약서 내용을 자세히 읽고 계약자가 미리 인지했어야 한다는 답이 돌아왔다. 모호한 문구로 소비자의 실수를 조장하는 회사의 기만적 처사에 화가 났다. 소비자의 연체를 기다리며 일부러 함정을 만든 것 같아 건설회사가 고리대금업도 하는 곳이냐고 나는 되받아쳤다.

"고객관리팀이 별도로 있는데, 그 정도는 사전에 알려줘야 하는 것이 아닌가요?"라고 다시 항의했으나, 그들은 더는 아무 말도 하지 않았다. 나는 화가 났지만, 계약서 내용을 잘못 이해한 내 불찰도 탓하며 가혹한 연체료가 무서워 회사 측에서 요구하는 대로 잔금을 치르고 말았다. 건설사는 다음부터 계약서에 꼭 연체이율을 명시하겠다고 했다. 그 후에는 ○○건설 아파트의 분양계약서에 연체이율이 숫자로 명시되어 있는 것을 확인할 수 있었다.

다음 문제는 아파트 소유권 등록을 나 혼자 진행한 일 때문이었다. 법무사에게 위임하지 않고 등기소 직원에게 서류 작성이나 절차 따위를 문의했을 때, 담당 공무원들의 무성의한 태도에 나는 또 실망했다. 그들은 노골적으로 '법무사에 맡기지 왜 여기 와서 묻느냐'며 마치 나를 꾸짖는 것 같았다. 마땅히 민원인을 안내하고 지도해야 할 일선 공무원들의 책임 회피와 민원인에게 군림하는 자세가 역겨웠다. 그러나 항의는 하지 않았다. 작은 전투에서 괜히 에너지를 낭비하는 것보다는 큰 전투나 큰 전쟁에서 이기기로 마음먹었기 때문이다.

나를 오랫동안 불편하게 한 또 다른 문제는 아파트의 넓은 평수에 남편이 드러낸 불편한 심기였다. 용인 아파트에 살면서 10여 년이 지날 때까지 대형 평수에 대한 거부감을 종종 드러냈다. 남편이 호기심 많은 친구를 만나고 온 날은 투정을 달래야 했다. 친구나 친지 중 몇몇은 남이 사는 아파트 평수에 관심이 많은데다 자신들 기준으로 남의 삶을 평가하는 것 같았다.

남편은 실제로 거의 20여 년을 이 집에서 여유롭게 살며 그 공간을 누리고 있다. 만약 남편이 나와 살지 않았다면 이 세상 떠날 때까지 30평 이상의 공간을 사용해 보지 못했으리라는 생각이 들 때도 있었다. 주위 사람들로부터 몇 평에 사느냐, 또는 그 큰집에서 어떻게 사느냐, 청소는 어떻게 하느냐 같은 걱정 어린 질문이 남편에겐 무언의 압력인 것 같았다. 원래 배짱이 약해서인지, 오랜 공직생활 탓인지 남의 시선에 꽤 신경을 썼다.

그러나 이곳으로 이사 온 후 우리는 비교적 여유로운 생활을 누렸다. 손자들이 어릴 때 주말이면 한 가족씩 우리 집에서 하룻밤을 자고 갔다. 아들 내외는 신혼 시절과 손녀들이 아기일 때는 주말에 우리 집에서 묵었다. 큰딸네 남매도 갓난아기 때부터 주말마다 우리 집에 왔으며, 막내 정진이네도 수현이가 네 살 때까지 우리 집에서 주말을 보내곤 했다. 특히 코로나 때는 모두가 우리 집에 모여서 가족애가 더 돈독해졌다.

지금도 아들네 사춘기 두 딸은 우리 집에 오면 항상 내 방을 접수하고는 소곤소곤 얘기를 나누며 공부를 한다. 큰딸 남매 중 딸 세윤이는 여섯 살 아래인 사촌 여동생 수현이를 너무 예뻐했다. 우리 집에 오기 전에 먼저 수현이가 오는지 항상 확인했다. 밤중까지 수현이를 따라다니며 온갖 청을 다 들어주었다. 집을 헤집고 다니며 종종 수현이에게 계란프라이를 해 먹였다.

유일한 손자인 민우는 우리 집 구조와 각방 내용물을 다 꿰뚫고 있다. 방마다 돌아다니며 호기심으로 온갖 것에 관심을 두고 객기를 부렸다. 언제나 장식장 속의 크리스털 잔에다 물을 마시며 심미적 취향을 마음껏 발산하기도 했다. 내 휴대전화로 게임도 하고, TV 프로그램도 마음대로 즐긴다. 민우는 코로나 때 종종 혼자 올 때도 있어서 한동안 나에게 한자를 배우기도 했다

막내 수현이마저 집안 구석구석 대수롭지 않은 것에도 관심을 두고, 내게 어떤 물건인지 묻기도 하고, 내가 깜박 잊어버린 물건을 찾고 있으면 금방 찾아주었다. 나는 꼬마 손주 부모가 우리 집에 와서 애들을 잠시 맡겨두면, 바로 이때다 싶어 내가 배운 라인댄스를 가르쳐주기도 했다. 심지어 남편도 따라하기를 종용했다.

한편 세 자녀는 우리 집에 오면 손주들을 방목하듯 풀어놓고 일상과 세상 얘기를 나눈다. 자매, 남매, 사위 또는 시누올케 간에도 사이가 더 가까워졌다. 나는 그런 모습을 바라보는 나날이 좋았다. 손주들이 마음대로 집안을 휘젓고 다니며 최대한의 자유를 누리게 했으며, 그로 인해 집안은 활기가 넘쳤다. 나와 남편도 부부 공동 공간뿐 아니라 각자의 방에서 자유를 누렸다. 서울에서는 감히 엄두도 내지 못할 공간의 사치였다. 다행히 관리비도 평수에 비해서 저렴했다. 사람 사는 낙이 더 좋은 게 있는지는 모르지만 내게는 이만하면 족하다. 내 능력으로 가능한 호사를 최대한 누리는 셈이라 여긴다.

08 나의 뿌리인 경주 소정과 풍산 오미마을

아버지와 함께 여행을

어머니가 돌아가신 후 아버지는 남동생 집으로 가셨다. 남동생 가족은 아버지에게 친절하고 다정했다. 우리 자매도 종종 아버지를 뵈러 갔다. 1년 후 아버지에게 해외여행을 보내드리고 싶었다. 2006년 여름에 우리와 함께 하는 일본 여행을 아버지께 권했다. 그런데 아버지 반응이 의외로 시큰둥했다. 아버지는 일본에서 중학교를 다녔다. 일본어로 대화가 가능하니 동창을 만나고 온천여행을 하면 좋겠다고 생각했다. 특히 비행시간이 짧아 팔순이 넘은 아버지에게 무리도 아니었다. 게다가 교수인 여동생과 교사인 막내가 여름방학을 맞아 아버지와 함께할 수 있었다.

내 딴에는 여행사의 여행 프로그램을 꽤 열심히 조사한 것이었다. 그런데 아버지의 거절은 뜻밖이었다. 아버지는 일본의 잦은 지진과 여름철의 폭우와 태풍, 그리고 자연재해를 두려워했다. 비행기 사고도 염려했다. 그런데 더 큰 이유는 가슴 밑바닥에 남아 있는 일본을 향한 반일의식이었던 것 같다.

일본 여행이 무산되고, 그해 10월 3일 개천절을 포함한 3박 4일 중국여행을 주선했다. 아버지는 반가워하셨다. 동생 옥희, 금희, 아버지, 그리고 나까지 넷이서 북경에 가기로 했다. 아버지는 한 번도 가보지 못한 중국 여행을 몹시 기다렸다. 서울 면세점에서 아버지의 여행용품과 가방을 샀다. 동생들도 달러 사용 한도 내에서 필요한 것을 국내 면세점에서 샀다. 남동생도 아버지의 옷과 세면도구를 챙겼다.

3박 4일 동안 여행사의 안내를 받으며 관광지를 돌아다녔다. 동생 금희가 아버지를 너무나 잘 챙겨서 고맙고 대견했다. 금희는 언제 어디서나 항상 먼저 나서서 우리를 기다렸다. 셋째 금희는 몸이 좀 약한 편이

어서 별 기대를 안 했다. 그런데 그 여행에서 금희의 철저하고 자상한 성품을 알게 된 것은 또 다른 큰 기쁨이었다.

우리는 북경 시내에 있는 천안문광장, 자금성, 이화원에 갔다. 북경 외곽지역의 만리장성에도 올랐다. 황룡포를 입고 황상에 앉은 아버지를 보며 우리는 손뼉을 쳤다. 북경의 밤거리를 거닐며 야경도 감상했다. 진주 가게와 실크 가게를 들러 선물도 샀다. 아버지는 내 옆에서 당신의 며느리에게 줄 선물을 골라 달라셨다. 스카프 몇 장을 골라 아버지에게 보였더니 좋아하셨다. 일생에 손수 선물이라는 걸 한 적이 없는 아버지였다. 아버지로서는 생전 처음 사는 선물이었다.

이듬해 봄, 여동생들과 아버지를 모시고 제주도에 갔다. 동생 옥희가 회원이던 콘도에서 이틀을 묵었다. 렌터카를 타고 제주도의 이색적인 풍경을 실컷 보고 음식점에 들렀다. 아버지는 꽤 행복해 보였다. 제주 민속촌, 천지연폭포, 만장굴, 드라마 올인 촬영지였던 섭지코지도 다녀왔다. 제주 맑은 바람과 푸른 하늘 아래서 아버지는 어린애처럼 활짝 웃었다. 특히 오르막길 섭지코지 난간에 기대어 사진을 찍을 때 아버지는 해맑은 소년 같았다.

동생 금희는 건강하고 예뻤다. 여행을 잘 즐기며 새 티셔츠와 새 모자로 날마다 바꿔 입었다. 그리고 아버지도 잘 챙겼다. 학교 강의에 바빴던 옥희는 간신히 짬을 내어 돈과 시간을 많이 썼다. 또한 시종일관 운전을 도맡았다. 우리 자매는 모두 알뜰하여 자신을 위해서는 한 푼을 아꼈지만, 집안일에서는 항상 언니인 나를 배려했다.

아버지

　　아버지가 남동생 집에서 생활한 지 3년이 될 무렵, 차츰 동생 가족들과 마찰이 생기기 시작했다. 드디어 2008년 11월 무렵, 아버지는 검은 가방을 들고 막내 봉희 집에 갑자기 나타나셨다. 아버지 얼굴에는 불안한 기색이 역력했다. 당황스러웠다. 아버지의 여정이 달라질 것 같은 예감이 들었다. 나는 일단 아버지를 우리 집에 모셔야겠다고 생각했지만, 남동생 집으로 다시 가 계시라고 말씀드렸다. 잠시 막내 딸네에 나들이 갔다 왔노라며 아무 일 없던 것처럼 다시 들어가시면 좋을 것 같았다. 남동생의 체면과 집안의 평화를 위해서. 그런 다음 정말 어려우면 우리 집으로 오시라고 말씀드렸다.

　　아버지는 2008년 11월 말 포천 우리 집으로 오셨다. 총장 공관에 머물던 아버지는 며칠이 지나자 몹시 답답해했다. 내가 서울에 갈 때면 아버지를 태우고 가 다시 모시고 돌아왔지만, 그것만으로는 아버지의 외출 욕구를 충족하지 못했다. 아버지는 당시 여든셋 노인이었지만 아직 건강했다. 서울에서는 지하철을 타고 자유롭게 다니면서 소일로 주식 거래도 했다. 아버지가 서울로 가려면 포천 우리 집에선 너무 멀었다. 나는 포천에서 가까운 의정부의 증권회사들을 물색했다. 교통이 불편하고 익숙하지 않은 때문인지, 아버지는 내켜 하지 않았다. 그렇다고 딸네 집을 전전하시는 것도 불편할 것 같아 여동생들에게 아버지를 독립시키자고 제안했다.

　　우리는 아버지에게 잠실 아파트를 얻어 드리기로 했다. 2009년 4월이었다. 잠실에 사는 봉희가 집을 보러 다녔다. 5월 9일, 아버지는 잠실 소형 아파트로 이사했다. 잠실은 동생들 집과 가까웠고, 지하철 이용이 편리했다. 교사 생활에 바쁜 막내 봉희가 집을 물색하고, 전세 계약까지 홀로 처리했다. 나는 냉장고, TV 같은 전자제품과 옷장, 소파, 서랍장 같은 가구를 최소한으로 구입했고, 부엌 용품은 우리 집에서 가져갔다. 네 자매는 주기적으로 아버지를 방문했다. 식사, 세탁, 청소 같은 일에 여동생들도 딸 몫을 톡톡히 해냈다. 동생들은 음식을 싸 오고 아버지와 저녁을 보냈다. 그래서 아버지가 홀로 저녁 식사를 하는 날은 드물었다.

주말에는 번갈아 집으로 모시거나 외식을 했는데, 제부들도 아버지와 주말을 함께 했다. 봉희 신랑은 아버지가 좋아하는 보신탕을 종종 사드렸다. 금희 신랑 권 서방도 이따금 아버지를 모시고 외출을 했다. 제부들이 고마웠다. 나는 가끔 근처에 있는 한강 둔치를 함께 걸었다. 그러나 백화점에 갈 때나 외식을 할 때 아버지와 단둘이 있을 때는 좀 불편했다. 혹시 나이 든 할아버지를 시중드는 동거 여성으로 오해받을까 두려웠다. 되도록 동생들과 동행했다.

2014년 3월 20일, 아파트 문을 열고 들어가니 아버지가 거실 바닥에 누워 계셨다. '낮잠이 드셨나?' 하고 잠시 기다리다 흔들어 보니 반응이 없었다. 응급실에 실려 간 아버지는 곧 중환자실로 옮겨졌다. 중환자실과 일반병실을 오가다 마침내 장기 입원하게 되었다. 몇몇 병원을 옮겨다니며 투병한 아버지는 2015년 9월 15일 돌아가셨다.

성묘, 고향으로 가는 길

어머니가 돌아가신 후 2005년부터 해마다 봄가을 경주에 성묘하러 갔다. 대부분 아버지를 모시고 갔다. 해마다 경주 산소에 갈 때는 옥희가 주로 운전했다. 나는 회원으로 있던 리조트에 숙소를 마련했다. 봉희와 금희는 각각 사정에 따라 참석이나 불참을 했지만, 따로 시간을 내어 다녀왔다. 경주에 도착하면 어느새 저녁이 되어 리조트에서 하룻밤을 묵었다. 이튿날 아침 제수를 챙기고 오전 성묘를 한 다음 음복했다.

한 번은 어머니를 좋아했던 대전댁 내외분도 우리 소식을 듣고 동행했다. 어머니를 회상하며 시간 가는 줄 몰랐다. 연례행사가 된 경주 여행은 어머니의 성묘가 주된 일이지만, 장손 상걸 아저씨 댁이나 대전댁에 들르는 것도 거의 매년 빠뜨리지 않았다. 방문을 위해 매번 선물을 준비해 갔는데, 어느 해 종숙께서는 우리가 가져간 한과를 이미 대통령으로부터 받았다고 해서 난처한 적도 있었다. 그다음부터는 용돈이나 다른 선물을 준비했다. 그분이 대통령도 챙기는 경주지역 유지라는 사실을 미처 생각지 못한 나의 불찰이었다. 경주 향교와 경주관광협회에서 한 역할을 하고 있었다. 종숙모가 돌아가신 뒤 홀로 고택에서 종가의 명맥을 유지하던 종숙부였다. 고향을 떠나지 않고 경주 소정의 체통을 지켜온 유일한 어른이었다.

또 빼놓지 않고 방문한 곳이 대전댁이었다. 부부가 모두 어질고 부지런해 우리 어머니가 좋아한 친척이었다. 인정이 많고, 신실하고, 융통성이 많은 아저씨를 어머니는 특히 좋아했다. 어머니는 알뜰하고 상냥한 아주머니 얘기도 많이 하셨다. 그분들은 우리와 직계는 아니었다. 하지만 한때 서울에 살면서 어머니와 두터운 교분을 쌓았다. 고향 경주에 정착한 후 옛 정자인 마동의 덕봉 정자 앞에 멋진 한옥을 지었다. 그 집에 들어서기 전 먼저 들르는 곳은 8대 선조인 덕봉공 이진택 어른의 묘소였다. 덕봉공은 조선 정조 때 문과에 급제했다. 개혁정책을 실현한 인물이자 경주 소정 이 씨의 소정 입향조로, 지금은 사라진 종택을 건축했다.

연못을 바라보는 덕봉 정자를 지나 골목길로 들어서면, 아기자기한 꽃들이 피어 있는 돌담이 있었다. 넝쿨 진 지붕 주차장에서 눈에 익은 자동차를 발견하면 대전댁 아저씨가 계신다는 증거였다. 초록 잔디와 정자 앞으로 휘어진 소나무 한 그루가 그림 같이 그 집 풍경을 돋보이게 했다. 잔디 사이에 박힌 디딤돌을 밟고 축대에 올라서면 어느새 대전댁 아지매가 반갑게 웃으며 마루에 나타났다. 우리는 그곳에서 동네 소식과 객지로 나간 다른 친척 소식을 듣고는 서울 친척들에게 소식을 나르기도 했다. 특히 우리에게 관심 많은 양동 고모는 친정인 소정 얘기를 듣기 좋은 노래로 여기셨다.

나는 동생들에게도, 나의 자녀에게도, 경주에 가면 그분들을 찾아뵐 것을 당부했다. 이야기를 재미있게 잘하시고, 소상히 들려주시던 아주머니. 그 대전댁 아주머니는 2022년 10월 작고했다. 너무 허전하다. 후일 부모님 산소에 갈 때는 그 집의 새 주인이 된 아드님을 찾아봐야 할 것 같다.

성묘, 뿌리를 찾아가는 길

이모 가족과 함께하는 경주 여행길에 안동 외가의 방문 일정도 넣었다. 2007년 추석 무렵 아버지와 우리 4남매, 이모와 이모부가 함께한 경주와 안동의 성묘 여행을 잊을 수가 없다. 대가족 여행단을 구성한 후 경주의 S호텔은 어른들과 남동생의 숙소로, 회원권이 있는 리조트는 우리 자매들 숙소로 정했다.

첫날은 호텔에서 묵고 이튿날엔 어머니의 성묘와 경주 고적 관광을 마쳤다. 다시 자동차 두 대에 나눠 타고 안동의 외할머니 산소에 도착했다. 산소에는 잡풀이 무성했다. 여러 사람이 나서서 풀을 베고 나니 금방 이발을 한 듯 말끔해졌다. 어머니 생전 외할머니 산소에 방문한 적이 없던 우리는 방치된 산소를 보자 민망했다. 어머니와 외할머니 산소에 쓸 수 있게 제수 음식을 준비했지만, 외할머니 산소에는 안동으로 가는 길목의 휴게소에서 김이 모락모락 피어오르는 따뜻한 밥을 사서 올렸다. 합동으로 성묘를 마친 뒤 경주 산소에서처럼 음복했다. 꿀맛이었다.

어머니가 돌아가신 후 나는 외가에 거의 신경 쓰지 못했다. 어머니 생전에 챙기던 외할머니 제사도 2005년 어머니가 돌아가신 후 이모가 맡고부터 우리 형제들은 참석하지 못했다. 외가 경조사에도 거의 참석하지 못했다. 외할머니 산소를 정돈하며 다시 외가를 생각하게 되었다. 잊고 지낸 외할머니 말년 모습도 떠올랐다. 외할머니는 돌아가실 때까지 친정어머니와 이모의 보살핌을 받았다.

외할아버지는 6·25 전쟁 중에 납북되어 생사를 모른다. 남편을 기다리는 무덤의 주인공은 얼마나 외로웠을까. 어머니 사후 하나 남은 자식이던 이모마저 몸이 불편하여 산소를 자주 찾지 못했다. 내가 어릴 적 어머니는 외할머니에게 드릴 두툼한 스웨터를 짜곤 하셨다. 그때 외할머니의 존재를 인식했다. 하지만 초등학교 5학년 때 한번 다녀온 후로는 외가를 가보지 않아서 외가를 잊고 있었다.

외할머니를 다시 만난 것은 결혼 8년 후였다. 잠실에 살던 어느 날이었다. 친정에 와 계시던 노쇠한 외할머니가 우리 집을 방문했다. 할머니는 나의 밍크 목도리를 보며 예쁘다 하셨다. 나는 얼른 할머니의 주름진 목에 목도리를 감아드렸다. 할머니는 만족한 듯, 수줍은 듯 웃으셨다.

얼마 뒤 어머니는 외할머니 장례를 당신 집에서 치렀다. 그리고 외가 친척들의 조문을 받았다. 안동에 외할머니 관을 안장했다. 아들이 없던 외할머니에게 큰딸인 어머니는 남편이자 아들이었다. 경주와 안동을 다녀오면서 자손들 모두 한 뿌리에서 태어난 자손이라는 연대감을 지니게 되었다.

성묘, 여인의 삶

　　　연례행사가 된 어머니 성묫길은 해가 갈수록 다양해졌다. 2011년 나는 64세, 아버지가 86세 되던 해였다. 나는 아버지에게 청도에 사시는 고모를 만나게 해드리고 싶었다. 나도 고모 댁을 꼭 방문하고 싶었다. 옥희와 우리 남편도 동행했다. 우리 부부와 여행을 종종 다닌 어머니와 달리 아버지는 동행하지 못할 때가 많았다. 그것이 항상 마음에 걸렸다. 남편에게 제안하자 기다렸다는 듯이 답했다. 2011년 가을 대진대학 재임 마지막 해였다. 일정은 부산 관광을 한 다음 경주에서 하룻밤을 묵고, 다음 날 어머니 산소에 가는 것이었다. 그리고 청도 둘째 고모 댁을 방문하고, 다시 경주에서 서울로 오는 코스였다.

　부산행 열차 안에서 마주 앉아 얘기를 나눴다. 아버지는 가족과 여행하는 것이 무척이나 행복한 듯 미소가 얼굴에서 떠나지 않았다. 부산에서 배를 탔다. 아버지는 바닷바람을 맞으며 "아이구! 시원하다. 정말 좋구나" 하며 평소와는 달리 감정을 환하게 드러냈다. 돌아오는 길에는 조개구이와 해산물 식당에 들렀다. 부산의 명소 남포동과 광복동 거리를 함께 걸을 때도 아버지 발걸음은 가벼웠다. 어머니가 돌아가신 후 지하철을 이용하며 많이 걸었던 아버지는 젊은이 못지않은 반듯한 걸음걸이에 걸음도 빨랐다. 옛날 모습을 재현한 남포동과 광복동에서 사진을 찍으며 아버지는 소년처럼 웃었다.

　신경주역에서 렌터카로 이동했다. 하룻밤을 리조트에서 묵었다. 아버지는 고모 댁 방문을 무척 기다리셨다. 내가 소녀 시절 대구에 살 때 둘째 고모는 이따금 친정에서 묵었다. 특히 겨울에는 큰 고구마 자루를 들고 오셨다. 고모부는 싱거운 농담도 잘했다. 고모 댁에 도착하니 고모 자녀들이 모두 와서 기다리고 있었다. 집의 외관은 현대식 양옥이었다.

산기슭과 연결된 마당 한편에 창고가 있는 농촌 풍경이었다. 고모 막내 딸이 한옥을 헐고 지은 집이었다. 집은 상상했던 것보다 훨씬 서민적이었다. 평소 내가 봐왔던 친가나 외가의 모습과는 매우 달랐다.

고모는 자녀들을 일일이 소개하며 차례로 방 밖 마루에서 아버지에게 큰절을 하라고 일렀다. 사촌 간인 우리는 방안에서 서로 맞절을 했다. 고모는 자녀에게 예의범절을 철저히 가르쳤다. 남편이 없는 집안이었지만, 어른으로서 고모의 통솔력은 대단했다. 고모의 말 한마디에 대구에 있는 딸과 아들 내외가 달려왔다. 함께 사는 큰아들 내외는 고모의견을 먼저 묻고 일상을 처리한다고. 정말 대단한 카리스마가 있는 고모였다. 집으로 돌아올 때 고모는 농산물을 싸주셨다. 씨가 없는 유명한 청도 반시도 있었다.

옛날 고모가 혼기가 차자 할아버지는 청도에 있는 신랑감에게 선을 보이려고 길을 나섰다. 마을에 이르러 집을 찾던 중 어떤 분을 만났는데, 그분 아들이 얼마 후 할아버지의 사위가 되었다. 우연히 길 안내를 맡은 그분은 동네 한가운데서 정미소를 운영하고 있었다. 할아버지는 그분 식솔에게 길을 물었는데, 집주인이 나와서 잠시 쉬었다 가시라며 한 상 가득 음식을 차려 내왔다. 얘기를 나누던 중 그분이 갑자기 아들을 불러 할아버지에게 인사를 시켰다. 얼떨결에 넙죽 절을 받은 할아버지는 본래 목적을 잊은 채 날이 저물 무렵 빈손으로 돌아오셨다.

그날 이후 그 댁에서는 사람을 넣어 청혼을 하는 등 큰 노력을 기울였다. 워낙 적극적으로 혼사를 청하는 바람에 할아버지는 마침내 둘째 딸을 그 집안으로 시집보냈다. 그 청년의 아버지는 나름 자수성가한 분이었다. 늘 좋은 집안과 혼사를 맺고 싶어 하던 차에 경주 소정의 진사 댁 사람을 보자 욕심이 생긴 것이었다. 말하자면 혼반으로 한 단계 상향시키고 싶은 차였다. 그런데 우연히 인근에 소문이 자자한 경주 소정의 어른을 만나자, 잘생기고 체격이 준수한 아들을 넙죽 인사시킨 것이었다.

　소정 이 씨 가문의 일등 규수감인 한 여성의 새로운 인생 시작은 그렇게 결정되었다. 고모는 그 댁에 들어가 사랑을 많이 받았다. 마을과 집안 구성원들에게도 바른 도리로 대했다. 농촌생활 개선에 앞장섰던 분으로, 주변 사람들에게서 일생 존경받고 살았다.

　어머니는 종종 고모를 그 집안에 보내기에는 너무 아까웠다고 하셨다. 하지만 고모는 헌신적이고 지혜로운 여성으로서 청도에서 존경을 받았다. 박정희 대통령 시절에 고모는 새마을 부녀상을 받았다. 시골 부인들에게 건전한 생활을 유도한 똑똑하고 모범적인 여성이었으며, 새마을 부녀회장을 맡았다. 더 좋은 가문으로 시집갔다면 지혜로운 고모가 가문을 빛냈을 거라며 어머니는 늘 아쉬워했다. 하지만 고모는 자신의 삶을 운명으로 받아들이며 그 가문에서 최선을 다했다.

포천의 사랑방

　　　우리는 한때 100평이 넘는 집에서 살았다. 대진대학 총장 공관이었다. 내 생활수준으로는 엄두도 내지 못할 공간이었다. 나는 학교 홍보와 친목을 함께 하는 공간으로 그곳을 활용하고 싶었다. 그래서 거주한 6년 동안 해마다, 달마다 손님들을 초대했다. 내 기록을 보니 90여 회가 넘었다. 되도록 나이 많은 분들을 먼저 초대했다. 공관은 사적 공간도 꽤나 넓었다. 아래위층을 합해서 방이 4개나 있었는데, 방마다 널찍한 침상과 가구, TV 등이 비치되어 있었다. 욕실을 겸한 화장실과 거실도 1, 2층에 몇 개씩 있어서 여러 사람이 거처하기에 전혀 불편하지 않았다.

어머니 사후 아버지를 위해 내가 할 수 있는 일이라곤 외롭지 않게 해드리는 일이었다. 나는 친척이나 연고가 있는 분들을 그곳으로 초대했다. 가까운 친척 중 남자분은 몇 분 안 되고, 주로 남편을 여읜 안노인들이었다. 예전부터 왕래가 있는 어머니 친척들을 많이 초대했는데, 어머니의 외가인 양동 친척도 초대했다.

아버지 형제인 삼촌 가족을 초대하고 싶었지만, 어쩐지 거절할 것 같아 초대하지 못했다. 지나고 보니 후회가 된다. 그러나 예전부터 자주 만났던 큰고모는 자주 초대했다. 고모는 대학 때부터 자주 뵈었던 데다 어머니의 외가 친척들과도 잘 아는 사이여서 어머니의 외사촌이나 이모님을 초대할 때면 함께 초대했다. 아버지의 생신 때도 단골이었다.

그런데 어느 날 고모와 사촌 간인 영천 아지매가 전화를 걸어 왔다. 그분은 어머니가 남긴 '못다 한 이야기'라는 회고록을 읽고 자신도 책을 써보고 싶다고 했다. 울산에서 유명한 시인의 누님인 그분은 영천의 한 종가로 시집가서 곡절 많은 인생을 살았다. 그분을 고모와 함께 초대했다. 양동 고모와 함께 포천 일대를 관광하며 하룻밤 묵고, 다음 날 아프리카문화원과 평강식물원에 갔다. 그분은 사진을 많이 찍어 달라고 하셨다. 나는 세심하게 신경 쓰며 사진을 찍었다. 아버지와 고모 사이에 있는 자신의 모습을 보고는 좋아하셨다. 그 후 영천 아지매는 해마다 계절마다 사과 상자와 농산물을 택배로 보내셨다. 어느 해 소식이 끊겨서 소식을 물었더니 돌아가셨다고 했다.

아버지를 위해 친척을 초대하고 그분들을 모시고 올 때면 동생 옥희와 함께 자동차에 나누어 모셨다. 대학 강의 틈틈이 시간을 내준 옥희 덕분에 그분들의 여행을 잘 수행할 수 있었다.

포천의 '욕쟁이 할매집'도 특별한 곳이다. 나는 손님을 소박한 시골밥상으로 모시고 갔다. 농가를 개조한 음식점은 일찍이 홀로 된 여인이 차린 음식점이었다. 입소문을 타고 손님이 많았다. 그 집에 갔을 때 가끔은 바깥에서 오래 대기해야 겨우 자리에 앉을 수 있었다. 나는 우리 아이들도 그곳에 데려가곤 했다. 얼마 후 욕쟁이 할머니는 화가가 된 아들에게 집을 넘겼다. 한참 뒤 다시 그곳에 갔을 때 욕쟁이 할매집 건너편에 아들의 미술관이 자리하고 있었다.

나는 특별한 이벤트나 근사한 음식을 대접하지는 못했다. 내 형편에 맞게 아침은 보통의 식사로, 점심은 소박한 맛집 음식을 대접했다. 그리고 저녁은 집에서 생선과 쇠고기 요리를 밑반찬에 곁들였다. 이 모든 것은 나의 살림 비용으로 처리했으므로 거창한 대접은 불가능했다. 우리 집에 온 손님들은 음식보다 서로 얘기 나누는 것을 더 좋아했다. 아울러 회의실 한쪽에 설치한 가라오케 마이크를 잡고 노래를 부르며 스트레스를 날리고 싶어 했다.

아버지와 꽃

내가 사는 아파트 뜨락에는 유월 하순 무렵이면 진보라색 수국이 핀다. 그 꽃을 바라보다가 문득 돌아가신 아버지가 떠올랐다. 2012년 초여름이었다. 그날 아버지를 뵈러 갔는데, 아파트 베란다에 붉은 수국이 복스럽게 피어 있었다.

"내가 길 가다가 너무 예뻐서 사온 꽃인데, 어떠냐?"

아버지는 너털웃음을 지으셨다. 여태까지 봐왔던 아버지는 꽃을 사올 성품이 아니었다. 아버지는 또 액자를 벽에 달아 달라고도 했다.

"아버지가 웬일이세요. 손수 꽃을 사오시고. 아버지도 꽃을 좋아하시네요. 참 잘하셨어요."

나는 아버지의 일탈에 감탄했다. 그 얼마 전부터 아버지는 길에서 사온 것이라며, 마늘이나 자두를 가져가라고도 했다. 나는 수국을 보면서 아버지도 우리와 비슷한 감정을 지녔다고 생각했다. 꽃을 사랑하는 마음이 있다는 사실에 감동했다. 평소 칭찬을 거의 하지 않고 어머니에게 다정한 말 한마디 할 줄 모르는 목석같은 아버지였다. 아버지가 꽃과 인테리어에 신경을 쓰시다니. 나는 의아했지만 달라진 아버지가 좋았다. 적적해서 꽃과 식물을 사랑하게 된 것이라며 단순하게 받아들였다.

아버지는 은퇴 후 어머니가 돌아가시기 전부터 소소하게 주식 거래를 했다. 어머니가 돌아가신 후에는 완전한 소일거리가 되었다. 증권사에서 젊은 직원에게서 대접받는 것이 노년의 아버지가 누리는 낙이었다. 가족의 부재를 메워줄 작은 일거리인 셈이었다. 때로는 정장이나 바바리코트를 입고 중절모를 쓰고 나가면 객장에서 다른 사람들의 시선을 받았다. 아버지는 체격이 크지는 않지만, 균형 잡힌 체구에 잘생긴 편이라 제법 귀티가 났고, 멋스러울 때도 있었다. 나는 아버지의 옷에도 신경을 많이 썼다. 아버지 집을 방문할 때는 콤비 양복 안에 받쳐 입을 남방이나 머플러를 챙기고, 날씨나 기분에 따라 바꿔 입을 수 있게 했다. 아버지는 90세에 돌아가셨다. 병원 생활을 시작하기 전 88세까지 아버지가 매일 출입할 곳이 있고, 환영받았다는 사실이 나에겐 작은 위안이 되었다.

성못길 자매들

경주 여행은 연례행사가 되었다. 어느덧 가족 모임이 된 것도 19년째다. 그동안 아버지마저 떠나셔서 어머니와 합장했다. 두

분에게 가는 길은 우리 소식을 전하는 날이다. 날짜를 조정하는 일부터 제수 준비를 분담하며 우리는 한결 가까워졌다. 자동차나 고속열차를 타고 가는 동안 온갖 수다를 떨었다. 대화가 무르익을 무렵이면 어느새 고향에 도착했다.

챙겨온 음식을 풀어놓고 숙소에서 먹는 저녁은 꿀맛이었다. 시장이 반찬이 아니라 수다가 반찬이었다. 저녁을 마친 후 다음 날 필요한 제물들과 연장을 챙기며 하루를 마감했지만, 우리의 진짜 속얘기는 그때부터 시작이었다. 아침에 산소에 도착하면 성묘 전에 그동안 솟아난 아카시아와 다른 잡초들을 뽑아냈다. 일꾼은 동생들이었다. 그들은 씩씩한 전사였다. 산소를 해치는 잡초에 무자비했다. 곧 제물을 진설하고 각자 잔을 올리고 절을 하고 부모님이 식사를 다 끝냈다고 생각할 때까지 조용히 엎드려서 부모님을 생각했다. 그러고는 다시 재배했다.

솔직히 나는 우리가 산소에서 제사를 차리는 일이 법도에 맞는지 잘 모른다. 다만 우리의 정성을 올리고 우리도 조상님 덕으로 소풍을 즐겼다. 산소에 앉아 못다 한 우리의 효도를 미안해했다. 최선을 다하신 두 분의 삶에 감사드리고, 한마음이 되어 집으로 돌아왔다.

네 자매는 이 여행을 통해 이 세상 어떤 인연보다 믿고 의지하게 되었다. 그 여정에서 삶이 힘들 때 잘 견뎌낼 수 있는 능력과 지혜를 터득하게 됐다. 산소에서 돌아올 때면 한결 성숙해진 나를 발견하는 것 같았다. 고향 친척들과도 훨씬 친밀해졌다. 같은 조상의 자손으로서 나의 행동 하나도 나만의 것이 아니라는 연대감이 생겼다. 윗대 조상들이나 객지로 나간 다른 친척 얘기를 듣고 나면 푸짐한 가을걷이를 한 농부처럼 마음이 푸근했다. 돌아오는 길에 조카들에 대한 관심과 사랑을 표하곤 하는데, 그들의 학교, 직장 그리고 결혼문제에 관심과 의견을 거리낌 없이 나누게 되었다.

고향 사람들에게 관심이 생기자 그분들 자녀들은 승진했는지, 다친 다리는 나았는지 자주 연락하게 되었다. 특히 함께 밥을 먹고 함께 잠을 자는 동안 잘 모르고 지낸 고민도 듣고 오해와 편견을 없애는 계기가 되었다. 그래서 크고 작은 마음의 상처를 치유할 수 있었다.

무슨 일이든 마음을 털어놓고 공동의 문제로 받아들이면 훨씬 쉽게 풀렸다. 조카들도 내 자식 일처럼 관심이 가고, 나 자신도 덜 외로웠다. 요즈음은 자녀를 키우는 문제에는 열성을 다하는데, 부모의 장묘에는 유달리 간단주의를 취하고 있다. 자신의 뿌리를 무시하고, 정체성도 모르는 인간으로 사는 현대인의 자화상이다.

바라건대, 내가 세상을 떠나면 화장은 안 했으면 좋겠다. 사고사나 전염병으로 사망하지 않는다면 매장해 주면 좋겠다. 가을에 지는 낙엽은 거름이 되고 새로운 봄을 탄생시키는 자양분이 되듯, 나는 대지의 품으로 돌아가 한 줌 흙이 되고 싶다. 다른 생명을 살리는 물, 불, 흙 또는 바람이 되고 싶다. 햇살이 따사로운 어느 하루, 내 무덤가에서 자손들이 잘 놀다 가면 좋겠다.

경주 이씨 소정의 뒤안길

2011년 여고 동창회 임원 모임에서 안동의 고택 여행을 갔던 나는 광산 김씨와 의성 김씨 고택 방문을 계기로 우리 집안과 선조들을 다시 생각하게 되었다. 1970년 안동댐 공사로 오백 년 터전이 수몰될 처지에 놓인 안동의 광산 김씨 문중은 마을 뒷산으로 이주했다. 마을을 군자리라 이름하고, 토우, 종택, 누정을 조성 건축한 후, 대대로 내려오던 고문서와 전적을 숭원각을 지어 보존했다. 광산 김씨 문중은 수몰 위기를 오히려 기회로 삼았다. 풍수학적으로 좋은 터를 잡아 한옥을 짓고, 조상의 유물과 보물, 유품을 박물관에 보존했다. 풍모와 위용이 우리 집안과는 너무 대조적이었다.

안동 고택 마을을 돌아보며 나의 뿌리를 근원부터 다시 생각하게 되었다. 내 뿌리인 친가와 외가, 아버지의 외가와 어머니의 외가, 그리고 나의 뿌리가 있는 종택과 일가의 고택에 대한 존재부터 살펴보기로 했다. 나의 외가와 진외가, 외외가 마을은 모두 문화재나 보물로 지정되었다. 특히 세계문화유산으로 등재된 외외가 양동마을은 국내외 사람들에게 많은 사랑을 받고 있다.

친가는 2017년 집안의 종손이었던 종숙부가 돌아가신 후 모든 것이 사라졌다. 친가의 종택과 대소가 마을이 사라지고 나니, 이불 없는 잠자리에 누운 것만 같았다. 울타리 없는 집에 사는 것처럼 불안하고, 나의 존재의 근원이 사라진 것 같은 상실감으로 한동안 가슴이 먹먹했다.

종택의 사랑채가 호텔로 탈바꿈하는 과정에서 호텔의 한 부분이 되기는 했지만, 큰 사랑채를 제외한 대소가의 모든 살림집은 해체되어 건넛마을로 옮겨졌다. 그리고 재조립 건축물로 다시금 한 마을을 이루었다. 이전된 대소가 마을에 편입된 친정의 고택도 어머니의 특별한 애정으로 다시 조립되어 지금까지 버티고 있기는 하다. 재조립된 종택에서 종숙부는 50여 년 동안 고향을 지켰다. 우리도 부모님 성묘를 마치면 언제나 종숙부님을 찾아가곤 했다. 그러나 종숙부님이 돌아가신 후 우리는 아예 고향이 없는 사람들이 된 것 같았다.

종숙부님 사후 불과 두어 달이 지난 어느 날, 우리가 종택을 찾았을 때 대문은 굳게 잠겨 있었다. 그 종택은 이미 다른 사람에게 양도되어 있었다. 씁쓸한 기분으로 발길을 돌려야 했던 나는 우리 종택이 양동 손씨 종가에게 이양되었다는 소문을 들었다. 고택을 인수한 양동 손씨는 다름 아닌 상걸 종숙부의 처남이었다. 게다가 부지는 전혀 연고가 없는 타인에게 양도되었다니, 한 집안이 무너지는 소리가 마치 천둥처럼 덮쳐왔다.

결국 상걸 종숙부의 사망은 종택의 종말과 소정 경주 이씨의 상징적 종말이 되었다. 담장을 공유했던 둘째 종조부님의 고택도 이미 오래전 타인에게 양도되었는데, 손자의 빚보증 때문이었다. 홀로 남은 우리 옛 집마저 대문이 자물쇠로 채워져 들어가 볼 수 없었다. 대문과 기둥 사이 틈새로 집안을 들여다보니 폐색이 완연했다. 예전엔 어느 시인이 살아서 그럭저럭 그 집을 건사해 왔었다. 하지만 지금 안채에는 사람의 그림자도 없고, 마당에는 잡초만 무성했다. 부모님의 옛집이었지만, 우리 자매들은 손끝 하나 댈 수가 없었다. 누구와 한마디 말도 할 수 없으니 앞으로 또 무슨 일이 일어날지 걱정만 할 뿐이다.

왜 장손 또는 아들만이 부모의 재산을 물려받고 집이 쓰러져가도 딸들은 관여할 수 없었던 걸까? 나는 마동의 덕봉공 묘소에 가기 위해 그 골목길을 빠져나왔다. 무심한 하늘이 유난히 청명했다.

소정 경주 이씨의 역사를 되돌아보며

나는 박혁거세를 왕으로 추대하여 신라를 건국한 우리의 시조 표암공(瓢巖公) 이알평의 75대손으로 알고 있다. 우리의 선계를 중시조 이거명부터 시작하면 경주 이씨 40대손이다. 아득히 먼 신라 시대를 거슬러 올라가 보면 우리의 시조(始祖) 이알평은 신라 6부 중 알천 양산촌(閼川楊山村)의 촌장이었다. 양산촌은 6부 중 가장 큰 세력으로, 초기 신라에서 가장 중심적인 역할을 했다. 이알평은 6부의 대표 회의인 화백(和白)의 의장으로, 6부 촌장들과 함께 박혁거세를 왕으로 추대했다.

중시조 이거명(李居明)

이씨 성은 유리왕 9년(서기 32년)에 하사되었다. 신라 말기 소판(蘇判)벼슬을 지낸 이거명(李居明)은 손자인 이금서(李金書)를 신라 경순왕의 딸 신란궁부인 김씨(神鸞宮夫人 金氏)와 혼인을 시킴으로써, 경주 이씨 집안과 신라 왕실 사이에 긴밀한 관계를 조성하였다. 소판(蘇判)은 신라 17관등제의 제 3등에 해당하는데, 제 5관등 이상은 진골만이 오를 수 있었다. 왕성은 아니지만, 이알평 집안은 진골이었다.

이로써 이거명(李居明)은 경주 이씨가 고려조에도 관리로 나아가 상경 종사하며 많은 인재를 배출하는 기틀을 만든 중시조가 되었다. 이때부터 우리의 선계(先系)를 기록하고 있다. 고려조에는 이거명 9대손 총섬이 문하시중을, 15대 이핵은 문화평리를 지냈다. 이핵의 아들 인정, 진, 세기 3형제와 손자 5형제가 모두 문과에 장원급제하여 이름을 떨쳐 명문의 지위를 굳혔다. 이로써 우리는 이핵을 중흥조 중시조로 받들고 있다. 그의 둘째 아들로 검교정승을 지낸 이진(李瑱)의 3남이며 이핵의 손자인 익재(益齋) 이제현(李齊賢)이 우리 소정경주 이씨 가문의 전성기를 구가한 경주 이씨 익재파의 파시조가 된다.

가문의 전성기 고려말 익재(益齋) 이제현(李齊賢)

중시조 17세인 익재(益齋) 이제현(李齊賢)은 고려 말 문신으로 벼슬이 문하시중에 이르렀으며, 향원(원나라를 섬김)시대 7조(朝)에 걸쳐 4번의 재상을 지냈다. 당대의 명문장가로 주자학(朱子學)의 기초를 닦았으며, 정치가, 외교가, 역사가, 명문장가로 고려를 지탱한 걸출한 인물이었다.

그러나 이제현 이후 고려 말까지 장자 서종의 자손들은 차자 달존을 제외하고는 3대 동안 사환적으로 크게 현달한 인물이 없었다. 그러나 부조(父祖)이래 사회적 지위는 탄탄하여 당대 굴지의 집안과 혼인하였다. 서종의 3자 대사성 원익(元益)과 다음 대 학식자 선(宣)에 이어 한성 판윤을 지낸 이제현의 5대손 이지대(李之帶)에 이르자 큰 변화가 수반되었다.

경주 입향조 이지대(李之帶), 이후 무반 가문

이제현 5세, 중시조 21세인 이지대(李之帶)는 세조의 단종 왕위 찬탈 기미가 보이자, 낙남(落南)하여 경주 구량리에 정착했다. 무반직에 종사한 것으로 보이나, 영남 사림파의 영수 김종직(金宗直)과 망년지교를 맺는 등 높은 학식을 지닌 인물이었다. 그는 경주 입향조가 되어 경주 이씨들의 무한한 추앙을 받고 있다. 또한 그의 아들 이점(李點) 대에는 방어리로 이거하여 이진택의 소정(蘇亭) 이거(移居) 전까지 경주 이씨의 수백 년 세거지가 되어 지금도 많은 경주 이씨들이 살고 있다.

이지대(李之帶) 이후 6세 이점(李點)부터 13세 이진(李璡) 대까지는 무과 진출이나 임진왜란 시 의병활동 등으로 무반가로서 사회적 지위가 공고해졌다. 이로써 조선 초기 이래 무반가 전통의 사회적 기반 위에 통혼권(通婚圈)이 크게 향상되었다.

소정 이씨 직계로 보면 이언적의 조부인 이수회(李壽會)가 6세 이점(李點)의 사위가 되었고 경주 굴지의 명가 여주 이씨와의 통혼은 12세 이지훈 시대에 재개되었다. 또 경주 손씨와도 사돈을 맺었다. 13세 이진(李璡)은 또 남구명(南九明, 寓菴)이라는 뛰어난 문사를 사위로 맞이하여 큰 자극이 되었고, 사회적 기반 강화에 많은 영향을 주었다. 비록 사위였지만 경주 입향 이후 단 한 명의 문과 급제자를 배출하지 못하던 경주 이씨에게 무반에서 문반 가문으로의 발전에 새로운 희망과 기대를 안겨 주었다.

14세(중시조 30대) 윤석(胤錫)이 아들이 없어 재희(再熙)의 아들 운배(雲培,1694-1737)를 양자로 맞이했는데, 운배의 막내 5남 이진택(李鎭宅)이 1780년 최초로 문과에 급제하여 소정 경주 이씨의 새로운 역사적 전기를 마련했다. 그는 어릴 때부터 총명했으며 수학(修學), 경사(經史)를 읽으면 막힘이 없었다고 한다.

가문의 도약 덕봉(德峯) 이진택(李鎭宅)

이제현 16세, 중시조 32세인 덕봉(德峯) 이진택(李鎭宅)은 1780년(정조4)년 문과(文科)에 합격하여 승문원부정(承文院副正字)으로 벼슬에 나아가면서 성균관 전적, 재릉령, 예조정랑, 사헌부 지평, 용양위부사직(龍讓衛副司直), 장령 등 요직을 두루 거쳐 1790(정조14)년 정조의 특지로 사헌부장령(憲府掌令)에 임명되었다. 소신 있는 행동과 개혁 성향, 그리고 탁월한 견해로 정조의 신임을 받아 개혁적이고 실용적인 정책을 구현했다. 청렴한 관리로서 백성들의 민생과 구제에 힘썼다.

개성 부윤으로 재직 시 청나라 사신의 부당한 접대 요구를 강력히 거부하여 민폐를 차단하였다. 공노비 혁파의 단초가 되는 사노비 혁파를 주창하고 만인소에 가담하는 등, 의롭고 인도적인 일에 앞장섰다. 그는 정책이나 의견을 주창할 때는 당파를 초월하여 초연한 자세로 소신을 지켰다. 대신의 한 사람으로 임금에게 충정 어린 간언을 서슴지 않았기 때문에 정조 사망 후 집권 세력인 노론의 박해와 모함을 받아 유배를 가기도 했다. 아울러 정약용(丁若鏞), 채홍원(蔡弘遠) 등 당대의 석학들과 교류하는 과정에서 경주 이씨의 격(格)은 비약적으로 상승하게 되었다.

말년에는 길지로 택한 경주 소정에 종택을 건립하면서 직접 설계하고 상량문을 짓는 등 심혈을 기울였다. 후손들의 복록과 안녕을 빌며 마련한 그의 종택은 근 200여 년 세월을 지키며 후손들에게 무한한 자긍심을 안겨 주었다. 그는 많은 시를 짓고 기록들과 일록을 남겼는데, 심지어 유배 가는 길목에서도 풍광과 인심, 적소로 가는 심정을 시와 일기로 남겼다.

나의 8대 선조인 덕봉(德峯)은 조선 시대 이래 우리 가문 최초의 문과급제로, 가문의 격을 명문반열로 올려놓은 인물이다. 모두 문화재로 보호받고 있는 그의 묘소와 비석, 덕봉정사(德峯亭舍)가 경주시 마동에 남아 있다.

덕봉(德峯) 이후 두 세대 동안 적덕(積德)으로, 19대 이우영은 재정을 튼튼히 하여 가세가 더욱 번창하였다. 이우영 아들 20대 이규일은 윗대에 이룩된 사회적 경제적 기반으로 학문을 숭상했으나 벼슬을 하지 않고 문인들과 교우하면서 유유자적한 삶을 살았다. 이규일의 학문적 소양은 이종문의 진사 급제로 이어졌고 이종문의 학문과 선비로서의 족적은 소정 경주 이씨 가격을 더욱 격상하였다.

근세 격동기의 이종문

이제현 21세, 중시조 37세로 1879년에 태어난 이종문은 나의 증조부로 내가 만나본 가장 윗대 어른이시다. 가세 확장을 염두에 둔 조부 이우영의 유언에 따라 종택을 증축하면서 영남 일대에서 가장 아름다운 한옥을 지었다. 그는 종택뿐 아니라 위선 사업이나 구휼에도 정성을 기울였다. 일제강점기에는 독립운동을 지원하고, 교육 사업과 국어보급 사업을 하면서 국권을 잃은 나라를 다시 세우는 일에 심혈을 기울였다. 그는 학자로서 영남 일대의 몇몇 서원에서 유사 등을 거치며 옥산서원 원장을 지냈다. 지조 있는 선비의 삶을 살았다.

증조부 이종문은 6·25 전쟁과 그 이후 격동의 세월 속에서도 가문의 격을 수호하고 명예를 지킨 어른이었다. 덕분에 우리는 경주 소정 이진사댁이라는 가문의 이름 안에서 안정된 삶을 살았다.

이종문 장남 이복우(李福雨) 종조부는 일제강점기 시절 광복군 사업총괄을 맡았다. 나의 조부 이태우(李泰雨)는 형님 이복우를 위해 최선을 다했다. 독립운동을 지원하기 위해 자신의 가산을 팔아 독립자금을 마련하였고, 형님 사업에 빚보증을 서는 등 큰집 살림까지 맡으면서 직계 식솔보다 종가 살림을 우선했다. 우리 조부님 식솔들은 둘째 이철우 종조부님 가족들과는 달리 재정적으로 서서히 몰락해가면서 어려운 생활을 감내해야 했다. 우리 조부님의 둘째 형님은 큰형님 독립운동을 도우면서도 자신의 가산을 잘 지켜 식솔들에게는 안정된 삶을 유지하게 했다.

큰종조부님의 아들인 장손(長孫) 이상걸(李相杰) 종숙부는 많은 유산을 물려받았으나, 호텔 사업을 벌여 집안이 몰락하는 결과를 초래했다. 그러나 돌아가실 때까지 경주 향교의 전교나, 경주지역 관광협회장을 역임하며 경주지역의 원로로서 집안의 품격을 유지했다. 말년에 집안 고문서와 많은 보물을 경주 동국대학에 기증하여 가문의 명예를 보존하고, 고향을 지키며, 친족과 외손들에게 뿌리의식을 심어주셨다. 우리도 부모님 성묫길에 종숙부님을 방문, 친척들의 근황을 듣고 혈연의식과 정체성을 새롭게 했다.

우리 부모님은 종손은 아니었지만, 항상 종가를 생각하며 집안의 품위를 지키려 했고, 근검절약으로 자식 교육에 힘쓰셨다. 하지만 장손 종숙부의 별세와 함께 소정 경주 이씨 일문의 자취는 사라져 버렸다. 나는 익제파 24대 중시조 이거명의 40대 손으로 종택과 종가를 잃은 고향이 없는 처지가 되었다.

세월 따라 소정마을을 기억하는 사람들도 점점 사라져 가고 있다. 아직도 가문의 명예를 고스란히 간직한 광산 김씨, 의성 김씨 고택을 돌아보며 우리 가문은 어디로 왜 사라졌는지 궁금하고 안타까웠다.

내 고향 경주 소정마을

어린 시절 고향 경주에 갈 때면, 나는 빨리 우리 고택과 마을을 보고 싶어 며칠 전부터 설레기 시작했다. 특히 봄기운이 따스한 4월이면 불국사역부터 고향마을 어귀까지, 아니 더 멀리 불국사까지 도로 양옆에 줄지어 선 벚나무에서는 벚꽃이 흐드러지게 피어 있었다. 벚꽃이 만개한 그 길을 걸으며 세상에서 가장 아름다운 고향을 가진 행복감에 도취되었다. 나는 앞으로도 행복한 사람이 될 것 같았다.

그 무렵 넷째 할머니는 나를 무척 귀여워했다. 넷째 할머니 댁엔 아직 손주가 없었다. 넷째 할아버지는 집에 안 계실 때가 많았다. 내가 중학교 1학년이 되었을 때, 그 할아버지가 경북 도의원에 출마했다. 1960년 4·19 혁명이 일어나던 해였다. 일찍부터 정계에 입문하려던 포부가 있어서 바쁘게 살았지만, 4·19 혁명의 소용돌이 속에서 꿈을 접었다.

나는 넷째 할머니에게 궁금한 것을 자주 물었다. 할머니는 다정하게 일일이 답해주셨다. 다른 대소가는 한 울타리 안에 있는 각각의 가옥에서 살았지만, 넷째 할머니 댁은 작은 개울 건너에 있었다. 그 집 뒤꼍에는 아담한 대나무 숲이 있었다. 큰집과 둘째 집, 셋째 집보다 집의 규모가 작았다. 나는 앙증스러운 다리를 건너 할머니를 만나는 것이 또 다른 즐거움이었다. 넷째 할머니는 나에게 과자를 주거나 내 행동 하나하나마다 칭찬을 해주셨다. 칭찬은 사탕처럼 달콤했다.

넷째 할머니 집 옆 실개천에서는 동네 아이들과 미꾸라지를 잡고, 개울 옆 산비탈에서는 지천으로 널린 산딸기를 따 먹었다. 또 큰사랑 대문 앞마당에서는 흙장난을 했는데, 손바닥에 닿는 흙의 촉감이 부드럽고 촉촉했다. 경주지역 토양은 모래와 흙이 잘 배합되었는지 손에 달라붙지 않았다.

초등학교 5학년 때 부모님이 남동생과 나를 남겨둔 채 할아버지 환갑을 맞아 경주 소정에 가셨다. 나도 따라가고 싶었으나 집에 남겨졌다. 나는 헌 병, 양푼 같은 것들을 고물 장수에게 주고 여비를 마련했다. 그러고는 경주로 향했다. 나보다 다섯 살 어린 남동생을 데리고 시내버스를 타고 대구역으로 갔다. 그곳에서 경주행 기차를 타고 경주역에서 내렸다. 그리고 다시 부산행 열차로 갈아탔다. 우리가 내릴 곳은 불국사역이었다. 어린 우리가 부산행 열차에 오르자 불안했는지 승무원들이 우리 옆으로 왔다. 승무원은 우리를 이등칸으로 데려갔다. 그리고 불국사역에 도착할 때까지 보호해주었다.

불국사역에 내리자 어떤 사람이 우리에게 어디로 가느냐고 물었다. 내가 진사 댁으로 간다고 하자, 친절하게 가르쳐 주었다. 나는 남동생 손을 잡고 동쪽으로 난 대로를 따라 걸어갔다. 얼마 후 오른편에 할머니가 다니시던 구정교회가 보이자 안심이 되었다. 조금 더 걸어가니 길 왼편에 경주 소정 대소가 마을이 한눈에 들어왔다. 전화도 없을 때여서 미리 연락을 하지 못했다. 친숙한 우리 동네가 나타나자 나는 마음이 한결 편안해졌다.

갑작스러운 우리의 등장으로 할아버지 회갑연에 참석한 친인척들을 적잖이 놀란 눈치였다. 그때 나는 10세, 동생은 5세였다. 이때부터 친척들 사이에서 나는 똑똑한 아이로 소문이 났다. 아버지의 직장 동료 은행원들은 우리 큰사랑과 종택, 그리고 대소가 마을을 본 후 경탄을 금치 못했다고. 그 후로 진사 댁 큰 사랑채 건물의 격조 높은 아름다움과 아버지 가문에 대한 인식으로 아버지는 직장생활 내내 자부심을 가지는 원천이 되었다. 고향 경주를 향한 나의 애착과 호기심은 성장과 더불어 나날이 증폭되어 갔다.

사랑채 넓은 안마당에 들어서면 화강석으로 쌓아 올린 축대 위에 맑은 황갈색의 춘향목으로 지은 ㄱ자 한옥이 그림처럼 아름답게 서 있었다. 축대 앞 석류나무에는 곧 터질 것 같은 석류가 매달려 있었다. 석류 껍질의 벌어진 틈새로 투명한 알갱이들이 햇빛에 반사되면 입안에는 금새 군침이 돌았다. ㄱ자 형태의 한옥은 튼튼한 나무 기둥들이 날아갈 것 같은 지붕을 받치고 있었는데, 사람들은 이를 큰사랑이라 불렀다. 사랑채 아(亞)자 문양의 난간에 기대어 증조할아버지가 뛰노는 우리를 내려다보시곤 했다. 그때 여든이 넘은 증조부는 "노래는 부르지 마라"고 이르셨다. 여염집 아가씨는 노래 같은 걸 하면 안 된다고 누군가가 나에게 말해 주었다.

초등학교 5학년 무렵 시작한 나 홀로 경주 나들이는 고등학교 2학년 때까지 거의 방학 때마다 규칙적으로 이어졌다. 고향 할머니를 뵈러 간다고 했지만, 사실 나는 어머니에게서 해방과 자유를 누리고 싶었다. 차츰 소녀로 성장하면서 나는 좀 더 넓은 보폭으로 우리 고향마을을 누볐다. 대소가 뒤편에는 큰 소나무들이 울창하게 버티고 있었다. 그 동쪽 끝자락부터 일가친척이 사는 마을 뒤쪽으로는 좁은 길이 이어져 있었다.

무성한 대나무 숲이 바람에 일렁일 때면 그쪽으로 발걸음을 옮기고 싶은 충동이 일었다. 그래서 이집 저집을 방문하곤 했다. 친척 집에선 무밥, 고구마밥, 호박전 같은 별식을 내주셨다. 대소가의 뒤쪽 울타리와 커다란 타원형 연못 사이에는 수백 년은 되어 보이는 짙푸른 소나무들이 나지막한 바위와 조화를 이루며 그늘을 드리웠다. 나는 바위에 걸터

앉아 먼 산에서 연못에 이르는 초록의 풍경들을 바라보며 막연한 상상
에 빠지곤 했다. 어쩐지 나에게 행운이 찾아올 것 같았다. 좋은 미래가
기다리고 있을 것만 같았다.

커다란 연못에는 가끔 도마뱀이 나타났다. 연못 위쪽에는 낮은 언덕
이 있고, 그 언덕 너머 계단식 논에는 모들이 짙푸르게 자라고 있었다.
연꽃이 만발한 여름날, 출렁이는 녹색 물결을 보노라면 내 마음에도 푸
른 바람이 일렁였다. 연못 서쪽 경계와 길게 뻗은 건너편 동산 사이에는
오솔길이 있었다. 그 길은 휘어져서 마침내 우리 집 큰사랑채 대문 앞에
이르렀다. 나는 그 숲길을 따라 걸으며 소녀다운 사색에 잠기곤 했다.

1964년 여고 2학년이 된 내가 여름방학을 맞아 경주에 내려갔을 때
였다. 때마침 막내 종조부 아들 상백 아저씨도 뒤편의 소나무 숲에 왔
다. 큰 키, 떡 벌어진 어깨, 입체적인 마스크를 가진 아저씨는 바위에
걸터앉은 조카들 앞에서 팝송을 불렀다. 엘비스 프레슬리의 노래였는
데, 정말 멋져 보였다.

특히 내가 좋아했던 곳은 큰사랑이었다. 그곳에는 증조부와 시중드
는 분이 있었다. 큰사랑에는 매일 많은 손님이 드나들었다. 큰사랑은
영화 '황진이'를 촬영했던 곳이다. 큰사랑의 솟을대문 앞에서 연못과 산
길로 이어지는 오솔길에서 황진이의 상여가 나가는 장면을 촬영했다.
또 어느 날은 한 친척이 큰사랑의 앞마당에서 신식 결혼식을 올리기도
했다.

6·25 전쟁 중 부산 임시정부 시절에는 부통령을 지낸 이시영 선생
의 경주 방문 시 숙소로 사용하기도 했다. 그때 임시 발전시설로 전기를
생산하여 온 마을이 대낮같이 환했단다. 그뿐 아니라 경호원 수십 명이
동네를 에워쌌다고도 한다. 그 후 이시영 부통령은 몇 번을 더 다녀갔
다. 부통령직을 사직한 후에는 보름이나 머물렀다. 첫 번째 방문은 독립

운동자금을 지원해 준 것에 대한 감사의 방문이었고, 두 번째 방문은 부통령직을 사임하고 경주 이씨 일가친척으로서 방문이었다. 그분은 익재파 이제현 바로 윗대인 이세기(이제현의 숙부) 때부터 갈라져 나간 경주 이씨 국당파 종친이었다. 호텔이 없던 시절 우리 큰사랑은 경주지역의 영빈관이었다.

그분 가족은 나라를 위해 모든 걸 바친 분들이었다. 넷째 형님 우당 이회영을 비롯해 6형제의 전 재산 40만 원(현 600억 원)을 처분하여 독립자금을 보내고 독립운동에 투신했다. 그런데 형제들은 병사 또는 아사하거나 일제에 피살되어 모두 사망하고, 살아남은 사람은 상해 임시정부 요인이었던 이시영 박사 한 사람뿐이었다. 독립운동에 몸 바친 그의 일가족 12명은 건국훈장을 받았다.

또 중국의 마지막 황제 '부의'의 형님도 경주 불국사를 방문한 후, 우리 큰사랑에서 한시(漢詩) 몇 편을 지었다. 그분의 일필휘지가 경주 동국대학에 기증되어 있다. 집안의 장손이던 이상걸 종숙부의 용단으로 우리 집안의 많은 유품과 고서들이 경주 동국대학에 보존되어 있다.

귀한 분들의 방문을 받던 큰사랑채는 큰집 안채의 서쪽에 ㄱ자 형태로 배치되어 안채와 연결되었는데, 안채 왼쪽 뒤편에는 신주를 모시는 사당이 있었다. 약간 떨어진 앞쪽에는 ㅁ자 형태의 안채가 있었다. 우리는 그곳을 '안에'라 했다. '안에'에는 증조할머니와 큰할아버지의 직계가족이 살았다. 사랑채와 큰집 앞에 있어 '앞에'라 부르는 집에 나의 조부 가족이 살고, 우리 집 옆 동편에는 둘째 할아버지 가족이 살던 '옆에'라 부르는 집이 있었다. '안에'는 ㅁ자 형태의 큰 저택으로, 맨 뒤 안쪽에 있었다. 거기에는 도장이라는 꽤 넓은 창고가 길게 있는 것이 특별했다.

증조부의 셋째 아들 집인 '앞에'와 둘째 아들 집인 '옆에' 사이에는 일종의 공동구역이 있었다. 나무가 몇 그루 서 있는 녹지공간으로, 세 지역을 분리했다. 한 집안 내에서는 각각의 가족들이 소통할 수 있게 했는데, 단감나무도 한그루 있었다. 그리고 각각의 집 입구에는 작은 사랑채가 있었다. 증조부의 아들들인 할아버지들의 거처였다. 증조부는 큰사랑채에 거처하시고, 늘 누군가의 시중을 받았다. 증조할아버지는 넷째 아들과 막내아들에게도 각각 집을 지어주셨겠지만, 막내 종조부댁은 내가 고향 마을에서 본 적이 없다. 막내 종조부는 시대의 변화에 따라 일찍이 서울로 떠났던 것 같다.

대소가 동편에는 가까운 친척 마을이 있었다. 나는 방학이면 양자골댁, 참봉 댁으로 놀러 가서 무밥이나 시래기밥, 고구마, 옥수수 같은 간식들을 대접받았다. 그 시절 나와 놀던 친척 아이들은 내게 언니나 오빠쯤 되는 나이였지만, 항렬로는 고모나 아저씨였다.

막내 할아버지는 1925년생인 나의 아버지보다 겨우 다섯 살 위였다. 우리는 그분을 '끝에 할아버지'라 불렀다. 아버지가 일본의 구마모토 중학교에 진학할 때, 그 작은 할아버지가 보호자 역할을 했다. 일본의 와세다 대학을 나온 신식 할아버지였다. 그분이 성장할 무렵, 일제에 많은 수탈을 당해서 우리 집안은 날로 쇠퇴해졌다. 증조부는 막내아들을 신흥 부자 집안에 장가보냈다. 청송의 한 자수성가한 집안의 규수를 막내아들의 배필로 맞이했다. 가문의 격은 우리 집안보다 좀 낮았지만, 세태는 바야흐로 가문의 격차를 따질 만큼 여유롭지 못했다. 그때 막내 할아버지는 겨우 열네 살이었다.

그런데 한동안 보이지 않던 그를 길에서 우연히 마주친 한 친척이 그동안 어디 갔다 왔느냐고 물었다.

"나? 장가갔다 왔지."

마치 잠깐 나들이 다녀온 듯 태연한 말투에 모두들 놀라고 말았다.

막내 할아버지는 배짱이 좋고, 너무나 잘생겼다. 웃는 모습은 더 매력적이어서 누구라도 한 번 만나기만 하면 그 미소에 매료되었다. 그러나 훗날 우리 종택과 대소가에 큰일을 가져올 줄은 아무도 짐작하지 못했다.

내가 어렸을 때는 이미 우리나라가 독립된 후였다. 6·25 동란도 지나갔으며 아버지는 은행에 다닐 때였다. 대소가에 큰 행사가 벌어질 때는 각 지역에서 온 친족들과 외손들로 온 집안이 풍성하고 요란했다. 증조부모 아래 아들 5형제와 딸 넷, 친손과 외손들, 그리고 증손들까지 한꺼번에 모이면 집안은 그야말로 잔칫집 같았다. 나는 천방지축으로 친척 어른들 사이를 또래 친척들과 누비며 놀았다. 큰집 종숙모가 차려내는 제사 음식은 넉넉했고 집안은 화기애애했다. 그 많은 손님을 치르느라 종숙모와 대소가의 며느리들이 얼마나 힘들었을지, 어린 나는 알 턱이 없었다. 나는 특히 외가에 온 아버지의 나이 어린 고종사촌인 아제들과도 잘 놀았다. 그들도 경주 소정의 종택, 큰 외가, 작은 외가 그리고 조카들과의 추억이 아직 남아 있을 것이다. 그때의 집안 풍경은 소정이라는 풍요로운 추억을 공유했던 친족으로서 가족이라는 자부심으로 자리했다.

방학 때마다 갔던 경주 소정은 나의 피난처였다. 독재자 같은 어머니한테서 자유로울 수 있는 유일한 장소가 경주였다. 홀로 계신 할머니를 뵈러 가는 것이 명분이었지만, 실제로는 어머니한테서 벗어날 수 있는 해방과 자유를 향해 달려간 것이었다.

그러나 할머니가 초롱불을 들고 새벽에 예배드리러 가실 때에는 나도 모르게 잠이 깼고, 할머니가 돌아오실 때까지 잠을 이루지 못했다. 혹시나 할머니가 담장 밖 밭이랑이나 관목 사이에서 기어나온 뱀에 물릴까 봐 걱정되었기 때문이다. 시골에서 자주 나타나던 뱀은 정말 징그러웠다. 할머니가 무사히 돌아오시면 나는 기지개를 켜고 일어나 동네 아이들을 만나러 나갔다. 아직 나뭇가지에 매달린 감꽃을 따서 목걸이를 만들기 위해 감나무 사이 터널 같은 길을 걸었는데, 이른 아침 공기는 특별한 상큼함과 달콤함이 있었다.

가끔은 고모뻘 되는 예쁜 아지매들의 혼례식을 보기도 하고, 마을 청년들이 새신랑에게 가하는 가학적 풍습도 보았다. 그것은 신부를 데려가기 전 새신랑을 길들이기 위한 청년들의 신랑 매달기였다. 새신랑을 높은 곳에 매달아 놓고 마른 북어로 발바닥을 마구 두들겨 패면서 실컷 기를 꺾은 후에서야 매를 멈추었다. 셋째 고모가 결혼할 때도, 사촌 고모(종고모)가 시집갈 때도 신랑 매달기 마당극이 왁자하게 벌어졌다. 경주를 오갔던 나의 유소년 시절, 그때를 생각하면 언제나 그리움이 가득하다.

양동 할아버지

어머니는 친정 풍산 오미동 못지않게 외가인 양동 친척들과 자주 왕래했다. 특히 셋째 외삼촌과 각별하게 지냈다. 어머니는 결혼 전부터 가족을 돌보았다. 외할머니는 건강이 좋지 않아서 양동의 오라버니 집으로 요양하러 가시곤 했다. 그런 연고로 어머니도 외삼촌 댁으로 자주 찾아갔다. 나도 엄마 외가에 종종 동행했다.

현재 양동마을은 유네스코 문화유산으로 등재되어 많은 사람이 방문하는 관광명소가 되었다. 하지만 그 시절에는 어머니 외가와 외가 친척들, 그리고 손씨 집안 후손이 고택을 지키고 있었다. 내가 양동마을에 다니기 시작할 무렵, 어머니의 외가는 셋째 외삼촌만이 예전의 체통을 지키며 살고 있었다. 그 집의 택호는 '설미 댁'이었고, 그분은 '설미 어른'으로 불렸지만, 나는 언제나 양동 할아버지라 불렀다.

어머니 외삼촌 중에는 바둑의 대가로 국수(國手)가 있었다. 한때 신문에 연재된 바둑 이야기 주인공이 둘째 외삼촌이다. 큰외삼촌도 그 마을에 본가를 두고 있었다. 하지만 두 분 모두 6·25 동란으로 아들들이 납북되었다. 남은 가족은 비탄에 빠지고 설상가상으로 외숙모님들이 돌아가시거나 병환이 깊어 집안을 돌볼 수 없게 되었다. 유일하게 아들을 잃지 않은 셋째 외삼촌이 대소가의 지킴이 역할을 하며 양동을 지키고 있었다. 친정에 남자라고는 한 분도 없던 어머니는 어려운 일이 생길 때마다 어머니의 외삼촌에게 의지했다.

어느 해인가 엄마를 따라 양동에 갔을 때 만난 한 안노인은 눈뜬장님이었다. 어머니의 둘째 외숙모였는데, 아들이 납북된 후 식음을 전폐하다 마침내 눈 뜨고도 앞을 볼 수 없게 되었다고. 그런데 그분은 엄마의 목소리와 흐릿한 형체만으로도 안동의 미동으로 시집간 시누이의 딸을 알아보았다.

나는 멀쩡한 사람도 시각장애인이 될 수 있다는 사실에 충격을 받았다. 친정에서 의지할 사람이 없던 어머니는 친정에 문제가 생기면 셋째 외삼촌을 찾았다. 외할머니가 편찮으실 때 양동에서 한동안 요양했다. 어머니는 그때 신세 진 일로 외삼촌에게 고마워하고 의지도 했다. 출가한 딸이 아프면 친정에 데려와서 요양하던 것이 예전의 풍습이었지만, 그 외삼촌 새 며느리가 시고모인 외할머니를 정성스럽게 보살폈다. 어머니는 일생 고마움을 잊지 않았다. 나 또한 그 사실을 마음에 담고 양동 할아버지와 양동을 사랑했다.

그런데 어머니가 우리를 키우는 동안에 차츰 경제력이 생기자 그 외삼촌은 어려움이 생기면 어머니에게 부탁을 하곤 했다. 경제적으로 자립한 어머니에게 도움을 청하는 분들이 많았다. 외삼촌도 과수원 사업에 어머니의 투자를 받았던 것 같다, 아무것도 몰랐던 나는 방학이면 언제나 어머니가 쓴 편지를 양동 할아버지에게 전달했다. 어머니가 양동 할아버지와 사업으로 연결돼 있다는 것을 눈치챘지만, 물어보지는 않았다.

나는 대구역에서 출발하는 열차를 타고 경주역에 도착한 후 다시 포항행 열차를 타고 양자동역에 내리곤 했다. 그 역은 따로 지은 역사(驛舍)가 없었다. 높다란 철둑 위에 양자동이라 쓰인 표지판이 서 있었다. 내가 그 간이역에서 내리면 언제나 할아버지가 보낸 청년이 마중 나와 있었다. 나는 그 사람을 따라 시골길을 걸어갔다. 할아버지 집까지는 꽤 먼 거리였다. 그러나 나는 다리가 아프다고 말하지 않고 걸었다. 초등학교와 교회, 그리고 마을 회관 건물들이 보이면 곧 도착할 것이라 기대하면서 시골 풍경을 감상했다. 초등학교 5학년 무렵이었다. 지금도 그때를 생각하면 내 마음엔 초록 물결이 인다.

양동 할아버지 댁에 도착하면 사랑채에서 어머니 편지를 전달했다. 방에 들어가기 전 방문 왼쪽 벽에는 호랑이 그림이 걸려 있었다. 아마 액운을 쫓기 위해 붙여 놓았던 것 같다. 망건을 쓴 할아버지는 절을 하는 나에게 오느라 고생했다며 인자하게 반기셨다. 하얗고 청아한 피부, 얼굴에는 늘 미소가 가득했다. 바지저고리에 상투를 틀어 망건을 쓴 모습은 이야기책에 나오는 할아버지 같았다. 귀골의 풍모를 지닌 그분의 지루한 말씀을 나는 꼿꼿이 앉아 경청했다. 나의 태도에 대한 그분의 칭찬은 친척들 사이에 퍼져나갔다. 어린 시절 어머니의 심부름으로 시작한 양동 할아버지 댁 방문은 내가 대학생이 된 1966년에도 여전했다.

그해 여름 어느 날, 양동 할아버지 댁에 온 친척과 다른 친척 마을을 여행했다. 왜관에 본가를 둔 그분의 외손녀도 동행했다. 그 외손녀는 후일 방한 파카로도 유명해진 영원무역의 회장 부인이 되었다. 그런데 양동 할아버지 댁 방문을 마치고 떠나려 할 때, "치마를 사 입어라"며 봉투를 주셨다. 내가 입은 미니스커트가 할아버지 눈에 거슬렸던 것 같다. 유행 따라 입은 짧은 치마를 차마 나무라시지 못하고 넌지시 용돈을 주셨던 것이다.

양동 할아버지 며느리가 시댁에 갈 때 입고 있던 양장을 도중에 한복으로 갈아입었다는 얘기는 친척들 사이에서 유명한 구전설화가 되었다. 그 할아버지는 일제강점기 단발령이 내렸을 때도 끝까지 상투를 자르지 않았다. 또 내가 정확히 기억하지는 못하지만, 박정희 대통령 시절 단 세 글자 한문(漢文) 편지를 청와대로 보낸 우국충정의 글로도 유명했다.

어느 해에는 이름난 한학자인 박정희 대통령 형님이 양동 할아버지 댁 사랑채에 묵으면서 담론을 했다는 얘기도 친척들 사이에선 전설처럼 남아 있다. 1984년, 여든넷의 일기로 돌아가실 때까지 집안의 내외 혈족뿐 아니라 양동 근교에서 존경받는 어른이었다. 영남 일대에는 시대를 초월한 우국지사로, 예와 도덕을 지키며 일생을 살아온 인물로 알려져 있다.

양동 친척과 맺은 인연은 나의 청년 시절을 거쳐 노년이 된 지금까지 이어지고 있다. 영원무역 회장 부인인 이ㅇ진씨, 형제 과학자로 유명한 김호길 포항공대 초대 총장, 김영길 한동대 총장도 양동의 외손들이다. 나는 외손의 외손이지만 나의 외가보다 그분들과 더 가깝게 지냈다.

대학생 때 양동에서 시작한 친척 동네 여행은 새로운 경험이었다. 나는 그때도 물론 어머니 심부름으로 다른 친척의 고향을 가게 된 것이었다. 첫 행선지는 그 할아버지의 사돈댁이자 어머니 외사촌 언니의 시댁인 대구 어느 마을(신동?)이었다. 그때의 여행으로 양동 친척들과의 만남은 더 각별해졌고, 내가 혼인을 할 무렵에는 양동 친척의 친척으로 인연이 된 사람들과도 혼인 말이 오갔다. 나는 양동을 기점으로 갈라져

나간 여러 친척과 만나며 교제의 폭과 안목이 더 넓어진 것 같다. 견문이 부족하던 나는 새로운 친척들과 만나며 다른 집안의 가풍을 접하게 되었다.

양동 할아버지 외가의 본관은 진성 이씨다. 그분의 외조부 또한 조선조에 영의정을 지냈다. 사화에 휩쓸려 함경북도 길주로 유배를 갔던 충신이었다. 그분 따님이 양동의 회재 이언적 가문으로 출가, 양동 할아버지의 어머니가 되었다. 또 나의 외할머니의 어머니로서, 어머니가 일생 우리 귀에 못이 박히게 자랑한 분이다. 그분에게 지혜로운 일화가 있다. 청렴한 그 집에 어느 날 찾아온 한 과객에게 대접할 음식이 부실했다. 그분은 광 문을 열고 곡식을 바닥에 뿌렸다. 새가 가득 날아들자 광 문을 닫아걸었다. 그날 손님은 참새고기를 대접받았다. 매사에 지혜롭던 그분은 '용계 마누라'라 칭송받았다.

어머니의 외할머니, 그 딸인 나의 외할머니, 또 외할머니의 딸인 나의 어머니, 그리고 우리 자매로 이어진 여인의 혈통에 나는 무한한 자부심을 품었다. 그리고 어머니 외숙들과 이모들도 일제와 해방 그리고 6·25의 소용돌이 속에서 가문과 나라에 헌신하며 살았다. 그중 어머니의 셋째 외삼촌이었던 설미 외삼촌, 그 아들 양동 아저씨 대까지 우리와 깊은 인연이 되었다.

양동 아주머니

대학 1학년 때 주말이면 양동 할아버지의 아들인 서대문 아제 집에 자주 갔다. 어머니가 서울에 오면 서대문 근처에 있던 그 집에 들렀기 때문이다. 아저씨는 제분 회사에 다녔는데, 6·25 전쟁 중에는 통역장

교였다. 영어가 유창해서 회사에서도 인정을 받았다. 그는 출가한 딸들의 친정 동생, 오빠, 조카 역할을 했다. 그 집안의 다른 사촌들 모두 전쟁으로 인해 북에서 내려오지 못했기 때문이었다. 그분 아내 역시 며느리로, 올케로, 질부로, 외숙모로 종부 아닌 종부가 되어 그 역할을 감당했다. 그 집안의 종부는 남편이 북한에서 오지 못해 일찍이 생과부가 되어 홀로 아들을 키우며 살았기에 대리 종부 역할을 한 것이다. 양동 아주머니는 꽤 미인이었다. 늘 웃는 얼굴로 사람을 대하고 누구에게나 친절했다. 때문에 양동 아저씨 서대문 집에는 언제나 친척의 방문이 끊이지 않았다. 어머니도 서울에 오실 때는 그 집에서 친척을 만나곤 했다. 우리 어머니는 양동 아주머니를 높이 평가했다. 친 올케처럼 대우하고 인정을 나눴다.

나도 양동 아주머니를 외숙모로 여겼다. 대학에 다닐 때 그 집을 자주 방문했다. 때때로 대구에 있는 어머니 대신 서울에 계신 그 아주머니의 도움을 받았다. 대학 4학년이 되자 여기저기서 혼처가 들어왔다. 선을 볼 때 그 아주머니가 보호자로 동석했다. 결혼 후 처음 내가 집들이를 할 때도 멀리 미아동의 우리 집에 오셔서 요리를 해주셨다. 시고종 사촌 시누이의 딸인 내가 그런 대우를 받았으니 양동 아주머니의 넉넉한 인품을 짐작할 수 있다.

나는 어머니가 돌아가시기 얼마 전 어머니에게 가장 고마운 사람이 누구인지를 물었다. 어머니는 곧바로 "서대문 경희 어마이"라고 하셨다. 어머니가 돌아가신 후 나는 변함없이 자주 그 집에 갔다. 우리 집의 큰일 때도 두 분을 모셔오곤 했다. 연로한 아저씨도 집안에 문제가 생기면 나와 의논했다. 양동 아저씨는 다른 사람들 앞에서 당신이 외삼촌이라며 촌수를 줄였다. 실제로는 외외가의 오촌 아저씨였다.

양동 아저씨의 미수연

2017년 2월, 양동 아저씨의 미수연이 있었다. 오랜만에 전화를 걸어온 분은 양동 아저씨였다. 88회 생신에 우리 부부를 초대했다. 나는 가깝게 지냈던 양동 아저씨의 미수연 초대에 무조건 참석하리라 생각했다.

그 아저씨의 인간관계나 자녀들의 인간관계를 생각할 때 초청 대상으로 떠오르는 인물들이 머릿속에 그려졌다. 인척 중에는 내가 교류를 나누는 유명 인사들도 있고, 준재벌급의 부자도 있고, 사회적으로 성공한 사람들도 꽤 있었다. 특히 영남의 유서 깊은 가문과 교류하며 원로로서 존경을 받고 있기에 고매한 분들을 많이 초청했으리라 짐작되었다. 아저씨의 삶의 품격이나 활동 범위로 보아 일단 초청을 받으면 제아무리 바쁘고 잘난 인물도 그 미수연 초대를 감히 거절하지 못할 터였다. 나는 초대 손님을 꼽아보며 그날을 기다렸다. 그날은 되도록 남편을 동반하고 싶었다. 남편이 교류한 사회 인맥도 넓었으나 나의 뿌리에 속하는 사람들을 남편에게 보여주고 싶었다. 단출한 집안의 막내로 자라서 웃어른들을 모셔보지 못한 남편이었기에 그런 자리에 참석하는 것도 필요하다고 생각했다. 그러나 양동 아저씨와 나의 바람에도 불구하고 남편은 다른 일 때문에 참석하지 못했다.

양동 아저씨는 세계문화유산으로 등재된 양동마을의 중요 인물이었다. 평생 양동마을과 인연이 있는 모든 친인척에게 마음의 안식처가 되어주고, 마을을 위해 수고와 노력을 아끼지 않았다. 그날은 의상도 신경이 쓰였다. 겨울에서 봄으로 가는 2월 중순이라 입을 옷이 마땅치 않았다. 콤비 투피스가 분위기에 어울릴 것 같았다. 베이지색 상의와 초콜릿색 모직 스커트, 그리고 옅은 녹색을 띤 교직 모직 코트를 입고 오랜만에 서울 중심가에 있는 호텔로 향했다.

호텔의 37층 홀에는 '운강 이춘원 님과 정교언 여사 미수연' 현수막이 잔치 분위기를 물씬 느끼게 했다. 두 분은 동갑이다. 나는 하얀 동정이 달린 검정 두루마기를 입고 아들들에게 둘러싸여 있는 양동 아저씨에게 인사를 드렸다. 아저씨는 하객의 인사를 받느라 분주했다. 아직도 꼿꼿한 자태에서 젊은 시절의 준수했던 풍모가 남아 있었다. 홀 서쪽의 넓은 창문 너머로 멀리 남산과 빌딩 숲이 보였다. 혹시 아는 분들이 있을까 한 바퀴 둘러보았지만 보이지 않았다. 홀의 중앙에는 학덕(學德)이 있어 보이는 노신사들이 자리하고 있었다. 나는 되도록 그분들 뒤쪽으로 앉으려고 안내원에게 뒷문에서 가까운 자리를 부탁했다. 연회가 진행되고 중앙 테이블에 앉아 있던 분들이 축사와 축시를 낭독했다. 양동 아저씨와 교류했던 문우였다. 한문과 한시를 읊으며 풍류를 논하던 영남 일대 반가의 자손들이었다.

주인공의 약력이 소개되었다. 축가 '오 솔레미오'가 분위기를 띄웠다. 테이블에는 전복이 곁들여진 정찬 요리가 나왔다. 축하연을 진행하는 동안 주위를 다시 훑어보았지만, 참석을 예상한 인사들은 한 분도 보이지 않았다. 특히 김영길 총장과 영원무역 회장 부인인 선진이가 보이지 않았다. 선진이는 내가 만나던 사회적 교류 모임에서 유일하게 가까운 여자 친척이었다. 양동 아저씨의 생질녀(누님의 딸)였기 때문에 분명히 참석하리라 생각했다. 어쩐지 허전한 생각이 들었다.

두 사람은 양동에서 출가한 어머니의 각기 다른 외사촌 자녀다. 나에게는 6촌 오빠와 6촌 여동생이지만, 그 둘도 6촌 사이였다. 남편을 동반한 교류 속에서 좀 더 가깝게 여겼던 혈족들이었다. 두 인물 모두 양동 아저씨가 자랑스러워하는 양동 딸들의 자녀였다. 김영길 총장은 양동 아저씨 사촌 누나의 아들이며, 이선진 씨는 친누나 딸이다. 우리는 모두 양동 아저씨를 외가의 큰 기둥으로 생각하고 있었다. 특히 선진이는 한 분뿐인 외삼촌을 든든하게 여기고 양동에 뿌리를 둔 자손들의 사랑방이 될 집을 지으려 양동에 부지를 물색한 적도 있었다.

축하연이 진행되는 동안 테이블을 돌아보며 내가 발견한 분은 양동 아저씨의 친누님인 묘꼴아지매 뿐이었다. 묘꼴아지매는 반가워하며 나를 하늘 높이 띄워주셨다. 그해 92세(2017년)였던 아지매는 나를 끌어안고 "아이고 반가워라. 너 보면 엄마 생각이 나는구나. 니 엄마도 여기 왔으면 얼마나 좋을꼬. 이 사람이 바로 내가 얘기하던 선희야"라며 주변 사람들에게 나를 소개했다.

묘꼴아지매는 어머니의 외사촌 언니다. 양동 아저씨의 누님인데 인정 많고 솜씨 좋은 여인이었다. 젊어서 수예점을 경영했으며, 중년 이후에는 '장충한과'를 열고 혼수용이나 이바지 음식을 판매했다. 특히 삼성 집안의 행사 때는 '큰상'을 차렸다. 전통 요리의 명인 반열에 오른 분으로서, 삼성 이병철 회장 부인의 친정 질부였다. 나도 큰딸 정원이 결혼 때 장충한과에서 이바지를 주문하여 딸의 시댁에 보냈다. 결혼 주례를 맡았던 이수성 총리 댁을 딸 부부가 방문할 때도 그 집에서 주문한 떡바구니를 보냈다.

그러고 보니 친척으로는 몇 해 전 내가 포천으로 초대한 김영길 총장의 형님 한 분과 또 다른 양동 친척 이윤 변호사가 보였다. 이윤 변호사는 어머니가 소송 문제가 생기면 자주 찾아가 상담을 했던 분이다. 나는 어머니에 대한 고마움으로 늘 포천에 초대하거나 양동 아저씨와 함께 초대하곤 했는데, 그분께 뭐든 잘해드리고 싶었다. 그분들을 보자 기대했던 사람들이 보이지 않아서 섭섭한 마음은 이내 사라졌다.

그런데 같은 테이블에 앉은 한 남자가 갑자기 일어서더니 내게 손을 내밀었다. 해를 등지고 앉아 그늘진 그의 얼굴을 잘 알아볼 수가 없었다. 나는 양동 아저씨의 며느리와 얘기를 나누던 중이었다. 그 남자는 계속 나를 주시하다가 내가 아무 반응이 없자 자신이 먼저 아는 체를 한 것이다. 그 순간 그 얼굴에서 양동 할아버지의 모습이 스쳤다. 나는 '아!' 하고 소리칠 뻔했다. 이따금 궁금하던 친척 오빠였다. 반가웠다. 그는 초로의 신사가 되어 부인과 나란히 앉았는데, 자세히 보니 옛 모습이 남아 있는 듯했다. 나는 옆에 앉은 그의 부인과 손자가 몇이나 되는지, 어디에 사는지 몇 마디 나누다가 자리에서 일어났다.

그 오빠는 "그럼 언제 다시 만나지? 언제 또 만날 수 있지?"라며 같은 말을 되풀이했다. 나도 그 오빠와 좀 더 이야기를 나누고 싶었지만, 시간이 꽤 흘렀던지라 서둘러 그 자리를 떠나왔다. 돌이켜보니 그 오빠와도 약간의 추억은 있었다. 대학에 입학하고 기숙사 입주를 기다리는 동안 나는 동대문의 한 친척 아파트에서 한 달간 머물렀다. 원이 오빠는 그때 그 집에 살던 친척 누나에게 영어를 지도하느라 일주일에 한 번씩 다녀갔다. 집주인인 어머니의 외사촌 여동생은 우리가 육촌 친척 간이라고 했다. 꽤 인상이 좋았던 서울공대생이었는데, 원이 오빠는 자신이 속한 영어 클럽에 나를 가입시켰다. 한 달에 두 번 모이는 영어 회화 클럽이었다. 그 후 이따금 기숙사에 찾아와 국제청소년협회에서 활동한 얘기를 들려주었다. 그의 활동이 멋있게 생각되었다. 그리고 방학이면 대구의 우리 집에도 들렀다. 고향 왜관에 가는 길에 대구의 친척도 만났다며 우리 집에도 온 적이 있었다.

어느 날 대학 친구를 데리고 와 내 친구도 데리고 나오라며 전화를 했다. 나는 친구 J를 데리고 나갔다. 우리는 대화를 나누다 헤어졌다. 그 오빠는 또 전화하겠다고 했다. 그런데 한동안 연락이 없었다. 내 친구 J는 그날 만난 오빠 친구 L과 데이트 끝에 청첩장을 보냈다. 이제 나이 들어 다시 보니 그동안 살아온 그 오빠 얘기도 궁금했다. 그 시절이 그리워지기도 했다.

나의 외가(外家) 오미마을과 풍산 김씨(豊山 金氏)

초등학교 5학년 무렵 처음으로 가본 나의 외가 동네는 산골 중의 산골이었다. 버스를 타고 대구에서 안동, 안동에서 풍산, 또 풍산에서 오미동까지 산을 세 개나 넘어갔던 기억이 난다. 그 후 결혼을 하고 어른이 된 다음, 어머니와 함께 그 마을로 갔을 때는 마을 앞까지 바로 자동차로 갈 수 있게 되었다.

어머니와 함께 마지막으로 갔던 때가 2000년 무렵으로 그 마을에 도착하여 외가에 가기 전, 먼저 고색창연한 '영감 댁'에 들렀다. 양자로 출계한 외증조부의 생가였는데, 아직도 옛 모습 그대로 일가족이 살고 있었다. 당시 95세가 되신 종부가 아직도 안방을 지키며 우리를 맞이했다. 인사를 마치고 떠나는 우리에게 그녀는 차비라며 기어이 주머니에서 꺼낸 쌈짓돈을 내 손에 쥐어주셨던 기억이 난다. 외손의 방문에 대한 예의였다.

세월이 흘러 그분과 그 아랫대의 아들 내외마저 돌아가시고, 나의 어머니마저 돌아가셨다. 그 후로도 나는 외가의 낡은 고택에서 이따금씩 머무르시는 이모님을 뵈러 동생들과 함께 경주 부모님 산소로 가는 참배 길에 잠시 들르곤 했다. 외가 고택은 지붕 날개 아래쪽에 받침대를 세우는 등 세월을 감당하느라 신음소리를 내고 있었다. 나는 외가 고택을 어떻게 간수해야 할지 걱정되어 많은 생각을 하게 되었다.

세월이 흐르는 동안 오미마을 전체가 안동시의 한옥 고택마을로 지정되어 시에서 관리하게 되었다. 그러나 그 중 몇 채만 문화재로 지정되어 관리와 보호를 받고 있었다. 우리 외가는 아직 그 대상에 들지 못했다.

그러나 2008년 10월, 마을 근처 잡목이 무성하던 북경재 자리에 들어선 오미광복운동기념공원에 이 오미마을 출신 스물네 분의 독립투사

선열들의 행적과 업적을 기리는 곳이 마련되어 큰 위안이 되었다. 그중에서도 나의 외증조부인 동전(東田) 김응섭(金應燮)의 독립운동 행적이 상세히 그려져 있어 흥분을 감출 수 없었다. 이모님, 동생들, 그리고 나의 딸 정원이와 함께 그 공원 준공식에 참석했던 것이 엊그제 같은데, 어느덧 서산을 바라보는 나이가 되고 보니 외가 생각을 다시 하게 된다. 오백년간 대대로 터를 잡고 살아온 선조들과 고색창연(古色蒼然)한 오미마을의 침묵이 오히려 나에게 외가 선조들과 오미마을에 대해 새로운 관심과 사랑을 불러일으키고 있다.

사방이 산으로 둘러싸인 오미마을은 동쪽으로는 태백산에서 뻗어 내린 아미산이 청룡, 서쪽으로는 도인산이 백호로 아늑하게 마을을 감싸고 있다. 그리고 남쪽으로는 검무산, 북쪽으로는 학가산의 줄기인 죽암봉이 마을을 방호하고 있어 한눈에도 이곳이 명당임을 알 수 있다. 아직도 이끼 긴 골기와 지붕의 한옥 십여 채가 전통시대의 위세 있던 동성반촌임을 짐작하게 한다.

이렇듯 풍산읍 오미동(五美洞)은 원래 다섯 가닥의 산줄기가 뻗어내려 오릉동(五陵洞)이라 불렀다. 그러다가 인종의 세자 때 세자시강원사서(世子侍講院司書, 인종의 세자 때 스승)를 지낸 충의 유경당 김의중(12대손)이 인종이 승하하자 병을 핑계 삼아 낙향하여 호를 잠암(潛庵)으로 고치고, 마을 이름을 오릉동(五陵洞)에서 오묘동(五畝洞)으로 고쳤다. 그리고 아들 이름도 김농(金農)으로 고쳐 초야에 묻힐 뜻을 다졌다. 능(陵)이 임금 무덤을 뜻하고, 자손들은 벼슬을 하지 말고 농사나 지으라는 뜻으로 이랑 묘(畝)를 써서 오묘동(五畝洞)이라 바꾸었다가 인조 때 다시 오미동이 되었다.

나의 외가 풍산 김씨(豊山 金氏)는 경상북도 안동시 풍산을 본관으로 하고 있으며, 시조는 고려 23대 고종(1213-1259) 때 판상사(判相事)를 지낸 김문적(金文迪)을 1세(世)로 모시고 있다. 고려 고종 때 공을 세워 좌리공신에 책록되고, 풍산백(豊山伯)에 봉군되었다. 전하는 이야기에 따르면 김문적은 신라 마지막 임금인 경순왕의 넷째 아들(혹은 둘째 아들?) 김은열(金殷說)의 후예라는 설이 있는데, 확인할 길은 없다.

풍산 김씨 15대손인 학사 김응조(金應祖)가 지은 《추원록(追遠錄)》에 따르면, "김씨는 풍산이 본관인데, 그 어디에서 풍산으로 왔다는 말이 없다. 대개 신라가 망한 후 왕족인 김씨들이 여러 고을에 흩어진 이후 각지의 토성(土姓)이 되었는데, 혹 말하기를 우리 김씨도 그렇다고 하니 이는 확인할 수 없다"라고 하였다. 즉, 언제부터 풍산을 본관으로 사용하였는지에 대한 명확한 자료가 없는 셈이다. 또 김응조는 《추원록》에 "시조는 족보에 실려 있지 않아 알 수 없다"라고 전제한 후, 기타 전해오는 이야기를 기록하였다.

여러 설을 종합해 유추해보면 아마도 풍산 김씨는 경주에서 세를 이루며 살다가 신라가 망하면서 고려에 편입되자, 경순왕의 4자(四子)인 김은열의 후손들은 경주를 벗어나 안동 근처의 깊숙한 산골에서 살았던 것으로 추측된다. 안동 주변의 의성 김씨, 광산 김씨, 안동 김씨 등이 모두 경순왕의 아들이나 손자의 후손이라고 전해지는 것이 이를 반증한다.

시조 김문적의 증손자 김연성(4대손)이 충렬왕 때 찬성사를 지내며 오릉동(현재의 오미동)에 별채를 두고, 그의 후손들은 송도(松都)에 거주했다. 5세 합, 6세 김윤견, 7세 김안정이 벼슬을 하면서 송도에 거주하였다. 7대손 김안정이 고려 말엽 삼사좌윤(종3품) 벼슬을 역임하여 후손들이 가문을 중흥시킨 중시조로 삼고 있다. 그는 고려가 망하면서 조선 개국 후 한양(漢陽)으로 강제 이주시킬 때 장의동(지금의 청운동)에 터를 잡으면서 정착하였고, 동시에 별채가 있던 오릉동도 따로 관리하였던 것으로 생각된다.

조선 초 김자량(金子良 8대손, 병조판서)이 '왕자의 난'에 연루되어 죽자 동생 김자순(金子純)이 화를 피하여 오미동에 정착 은거하며 오미동 입향조(入鄕祖)가 되었다. 이로서 오미동 시대가 시작된 셈이다. 그러나 9세 참의공 김종석이 31세에 사망하자 그의 부인 춘천 박씨는 10세 김휘손(참판공)을 키우며 장의동에 대저택을 세웠다. 또한 손자 11세 허백당 김양진이 대과에 급제함으로써 그녀는 가문에 영광을 안겨준 인물이 되었다.

김양진은 40년에 걸친 벼슬 생활동안 '선정을 베푸는 덕치가로' 명성이 높았다. 그는 홍문관 부수찬 시 연산군의 모친 폐비 윤씨 묘호 추진을 반대한 이유로 귀양을 갔다가 '중종 반정'으로 다시 풀려났다. 풀려났다가 자신의 녹봉마저 가난한 백성의 구휼에 쓰면서 중종 시절 '청백리(淸白吏)'로 추대되었다.

그의 아들 유경당 김의정(12대손)은 사마시에 합격하고 문과에 급제하여 홍문관 정자로 벼슬을 시작하여 사간원 정언, 홍문관 수찬 겸 세자시강원(世子侍講院), 사서 경연관 등을 역임하며 중종의 총애를 받았다. 그러나 주위의 모함을 받아 좌천의 길을 거듭하다 종부시참정 재직 중 인종의 승하를 계기로 고향에 은거하였다. 호를 유경당에서 잠암(潛庵), 오릉동(五陵洞)을 오묘동(五畝洞)으로 바꾸고, 아들 이름을 김농(金農)으로 개명해 농사나 짓고 살도록 했다. 그는 16세기 전반 신흥사대부 세력이 부침을 거듭했을 때 과도기적 조선 중기의 성리학자였고, 도학정신으로 무장된 인물이었다.

허백당 김양진(11대손)의 증손자인 14세 유연당 김대현은 생원시에 합격했다. 그러나 벼슬에 나아가지 않고 오미동에서 영주로 이거하여 집을 짓고 '유연당'이라 칭한 후, 자신의 호로 삼았다. 임진왜란이 발발

하자 향병을 모아 의병활동에 가담하였다. 그는 아들 9형제를 두었다. 여덟 아들 모두가 사마시에 합격하고, 오형제가 문과에 급제하자 인조는 여덟 송이의 연꽃과 다섯 그루의 계수나무와 같다 하여 '팔련오계지미(八蓮五桂之美)'라 치하했다. 그리고 오묘동(五畝洞)에 오미동(五美洞)이라는 이름을 하사하고, 마을 앞에 봉황려(鳳凰閭)라 편액한 문을 세우게 하였다.

허백당 종택(宗宅)은 1576년 유연당 김대현이 지었고, 임진왜란 때 소실되었다. 그 후 김대현(유연당)의 아들 김봉조가 다시 지었고, 1614년에 서편 큰사랑채를 지었다. 마을 입구의 '구시나무 거리(九樹木街)'는 유연당 김대현이 장자 김봉조를 시켜 임진왜란 때 소실된 종택을 중건케 하고, 멀리서 동리가 훤히 드려다 보이는 허(虛)함을 보완해 풍수(風水) 보림(保林)으로 동구에 왕버들 아홉 그루를 심게 하였는데, 그중 한 그루는 일찍 고사하였다. 우연의 일치인지 아들 9형제 중 한 분은 17세에 낙동강 뱃놀이에서 익사하였고, 여덟 아들이 사마시에, 다섯 아들이 대과에 급제하였다.

세월이 흘러 지금은 왕버들 다섯 그루가 남아 보호수로 지정되어 대과목이라 불린다. 이 나무는 구전 과정에서 '구수목가(九樹木街)'의 '수(樹)' 자가 '시'로 변해 '구시나무거리'로 불리기도 하는데, 후손들이 400년 동안 마을을 지켜온 성스러운 수호목(守護木)으로 숭상하고 있다.

김대현의 아들들은 하나같이 현달한 인물들이었다. 아버지 대신 아우들 교육을 맡아 팔련오계 배출에 견인차 역할을 했던 장남 김봉조, 자신의 녹봉을 군량미로 바친 3남 김창조, 벼슬길에 나아가지 않고 후진양성에 힘을 기울이다 나중에 현감 교관 등의 역할을 한 4남 김경조, 진사, 문과, 대과에 급제하고도 입술에 난 종기로 29세에 요절한 5남 김연조, 진사시에 합격했으나 어머니의 3년상을 마친 후 문과에 급제한 9

남 김승조 등이었다. 오미동 풍산 김씨는 이들 8형제가 다진 기틀을 바탕으로 확고한 세력을 형성했다. 8형제의 후손들은 크게는 허백당 문중에 속했지만, 이들의 활약에 힘입어 다시 분파를 하게 되었다.

풍산 김씨 허백당 문중의 가족 이야기

2019년 5월 14일부터 2020년 5월 13일까지 국립민속박물관에 한국국학진흥원 주최 '한국의 명가'로 소개된 〈풍산 김씨 허백당 문중의 가족 이야기〉를 여기에 소개한다.

"풍산 김씨 집안은 고려 고종 때 판상사로 풍산백에 봉해진 김문적을 시조로 조선 초기에 8세 김자순이 경상북도 안동 풍산 오미리에 처음 들어온 이래로, 그의 증손자 11세 허백당 김양진(1467-1535)이 청백리로 가문을 크게 중흥시켰고, 허백당의 증손 14세 유연당 김대현(1553-1602)은 종택을 현재의 위치에 짓고, 뒷산에 '죽암정사(竹巖精舍)'를 세워서 문중 자제들의 교육에 힘썼습니다.

그의 여덟 아들은 모두 문과 소과에 합격하고, 그 가운데 다섯 형제가 대과에 급제하여 학문과 벼슬로 명성을 떨쳤습니다. 인조(仁祖 1623-1649)는 이를 듣고 풍산 김씨 집안을 '팔련오계지미(八蓮五桂至美)'라고 칭송하고, 마을 이름을 오미리로 바꾸어 부르게 했습니다. 이들은 풍산 오미리, 봉화 오록리, 예천 별방리에 터를 잡고, 선조(先祖)의 가르침을 바탕으로 가족 간의 교육을 통해 집안 대대로 다져진 가학(家學)을 전승하여 많은 학자와 관인(官人)들을 배출하였습니다.

조선 시대 선비는 자신의 몸과 마음을 닦고, 나아가 세상을 다스리는 것을 삶의 목표로 했습니다. 나라가 평온할 때는 관직에 나아가 사회에 봉사하였고, 나라가 위기에 처하면 구국운동에 앞장선 분들이 많았습니다."

위의 글은 한국국학진흥원이 매년 한 가문씩 소개하고 있는 '한국의 명가' 전시 행사에서 풍산 김씨 집안의 기탁 자료들(고문서들, 서첩, 그림, 영상, 사진, 기록물, 서찰 등)을 바탕으로 '풍산 김씨 허백당 김양진 문중의 가족 이야기'로 구성한 것이다. 나라에 대한 충절과 의리의 역사를 소개한 이 행사에 초대된 외손 이선희가 이를 그대로 발췌하여 올린 것이다.

09 사노라면

수익이 엄마

　　　　일흔이 넘은 나이에도 서로 '상규 엄마', '수익 엄마'라
고 부르며 허물없이 지내는 사람이 있다. 1974년 처음 알게 된 남편 친
구 부인이다. 그때 우리는 불광동의 비탈진 언덕 위 주택에 살았다.
그 비탈길 아래 큰길 너머 갈현동 시장과 가까운 곳에 남편 동기생인
조ㅇ문 씨 부부가 살았다. 조ㅇ문 씨는 한국은행에 근무하고 있었다. 멀
지 않은 곳에 우리가 산다는 것을 안 후 만남은 시작되었다. 대체로 우
리가 그 집을 방문했다.

　그 부인은 부지런하고 요리도 잘했다. 성격도 화통해서 만남도 잘 주
선했다. 언제나 초대한 쪽은 그 부부였고, 우리 집에 그분들을 초대한
적은 별로 없는 것 같다. 나와 비슷한 또래인 수익 엄마는 어른스러웠
다. 나는 수익 엄마가 좋아졌다. 세상을 헤쳐 나가는 적극성과 추진력,
그리고 긍정적인 사고에 나는 매료됐다. 수익 엄마를 만나면서 요리에
자신감이 있다는 사실을 알게 되었다. 나는 손님을 집으로 초대하는 일
에는 아예 수익 엄마의 선심을 일방적으로 받아들이기로 했다. "수익이
엄마, 큰일 났어요. 누가 복어를 주었는데 어쩌죠?" 하고 요청하면 수익
엄마는 부리나케 달려와서 복어를 정성껏 손질해 주었다. 복어는 전문
가만이 다루어야 한다고 생각했는데, 햇병아리 주부가 거리낌 없이 알
과 내장 그리고 피를 제거했다.

　1974년 겨울 어느 날이었다. 전날 밤 남편과 큰 싸움을 벌인 나는 밤
새 고민 끝에 다음 날 가게를 보러 다녔다. 혼자 힘으로 삶을 꾸려야겠
다고 결심한 후 수중에 있는 20만 원으로 일을 벌여 볼 작정이었다. 수
익이 엄마에게 나의 결심을 알렸을 때 홧김에 든 생각일지 모른다고 염
려하면서도 적극적으로 말리지는 않았다. 막상 가게를 시작하려니 엄두

가 나지 않았는데, 나의 확고한 결심을 알게 된 수익 엄마는 내가 인테리어를 할 때도 을지로에 있는 상점들을 알려주고, 먼 길을 동행해 주었다. 그 같은 응원은 가게 운영에 큰 힘이 되었다.

그때 나는 우리 집을 마련하는 것이 첫 번째 목표였다. 집이 있는 상태에서 결혼생활을 시작한 그들은 우리보다는 생활면에서 한 단계 앞서 있었다. 수익 엄마는 아이들이 어릴 때 재산을 모아야 한다는 것과 열심히 저축하여 종잣돈을 마련해야 한다고 늘 강조했다. 나는 그 말에 공감했다. 얼마 후 우리는 불광동 주택과 갈현동 집을 떠나 아파트로 이사했다. 그 집은 반포, 나는 잠실에 살았다. 수익 엄마는 지하철 3호선이 통과하는 ㅇㅇ백화점 지하에 있는 ㅇㅇ은행에서 만나자고 했다. 약속 시각보다 먼저 와서 나를 기다리고 있었다. 내가 들어서자 방금 뽑은 인스턴트커피 두 잔을 들고 왔다. 아주 검소한 차림이었다. 백화점이라고 해서 신경을 좀 쓴 차림이 무안해서 나는 얼굴이 붉어졌다. 수익 엄마는 은행 일을 보고 공짜로 커피를 마시며 앉아 있을 수 있는 백화점 내의 은행을 약속 장소로 자주 이용하는 것 같았다.

"상규 엄마, 다음에 만날 때도 은행에서 만나요."

생각해보니 알뜰하게 살림을 꾸려야 하는 주부에게 은행만큼 편한 곳도 없었다. 여름에는 시원하고 겨울에는 따뜻하니 이보다 더 편리할 수는 없었다. 물론 더 우아하고 아늑한 장소면 좋겠지만 그 정도가 우리의 분수에 맞는 것 같았다. 이후로 우리는 공공기관의 구내식당이나 은행에서 만났다. 수익 엄마를 만나면 그녀의 재치 있는 말솜씨와 무궁무진한 화제에 시간 가는 줄 몰랐다. 특히 당시 경제적인 사고가 나를 지배하던 때라 허영심이라고는 털끝만큼도 없는 소탈한 성품과 재테크에도 지식이 많은 수익 엄마에게 나는 조언을 부탁하곤 했다.

1987년 남편이 공직에서 퇴직했다. 나는 남편의 퇴직금을 들고 고민

했다. 자산 가치를 높일 투자 방법을 찾다가 수익 엄마와 영종도에 갔다. 인천공항이 개항되기 한참 전이었다. 88올림픽을 앞두고 국제공항의 필요성이 드러나면서 후보지로 영종도가 거론되기는 했다. 그러나 아직 부지 확정도 안 된 상태였다. 그런데 수익 엄마는 이미 그 가능성을 예측하고 관심을 보였다. 인천의 선착장에서 배를 타고 영종도에 도착했다. 나는 허허벌판인 영종도를 바라보며 어리둥절했다. 그곳의 황량함에 도전해 볼 엄두가 나지 않았다. 만약 내게 여유 자금이 있다면 한 번 승부를 걸어볼 만하다고는 생각했다. 그러나 밑천이 짧은 나에겐 아스라한 미래였고, 우선 지리적으로도 너무 멀었다. 결국, 자금을 빨리 회수할 수 있는 안전한 지역을 돌아보기로 했다.

그 집은 당시 반포에서 대치동으로 이사했는데, 아마도 자녀들의 교육과 미래의 자산 가치를 염두에 둔 선택이었던 것 같다. 우리는 방이동에서 살고 있었다. 그곳에 사는 동안 나도 주식투자에 시간을 들였다. 1987년부터 1988년에 투자한 돈이 꽤 불어나 있었다. 몇 번의 투자 끝에 약간의 자금을 비축해 두었다. ㅇㅇ당이 선거에서 지면 공직으로 돌아갈 확률이 희박하므로 남편의 퇴직금을 최대한 안전하게 투자하고 싶었다. 이때 수익이 엄마와 함께 다니면서 나는 시야를 넓히게 되었다.

반월공단 조성으로 안산은 떠오르는 지역이었다. 우리 관심을 끌기에는 충분했다. 우리는 버스를 타고 안산으로 갔다. 가는 도중 그 친구는 토지를 사두는 것도 좋은 투자가 되며, 그곳에 김치공장을 세워 반월공단에 납품하면 좋은 사업이 될 것 같다고 했다. 나도 좋은 사업 아이템이라고 맞장구 쳤다. 그러나 막상 사업을 시작하는 것은 엄두가 나지 않았다. 아직은 시기상조일 것 같았다. 우선 나는 토지만 한 필지 매입했다. 요즘이야 김치산업이 활성화하여 김치 회사나 김치 명인도 많고, 수출품으로도 한몫하고 있지만, 그때는 아직 그런 기미가 없을 때였다.

수익 엄마와 나는 각자의 생각대로 재산을 관리했는데, 내게는 꽤 힘든 일이었다. 수익네는 예전에 매입해 둔 땅에 다가구주택을 짓고, 거기에 사무실을 내어 우편물취급소를 운영했다. 서초동 우리 집이나 기타 문제가 발생할 때마다 그 친구는 걱정도 해주고 도움도 주었다. 기술자나 전문가들을 수소문해 주고, 그분들과 조율하는 팁도 주었다. 친구는 젊은 날 매입해 두었던 토지에 다가구주택을 지었다. 내가 찾아간 어느 날 일꾼을 직접 감독하고 있었다. 사령관 같은 그 모습에 입이 딱 벌어졌다. 어쩌면 그렇게 씩씩하고 늠름한지 너무 멋져 보였다. 수익 아빠는 어디 계시느냐고 물었더니 고개를 저었다. 지금은 나타나지 않는 것이 도움 된다는 듯. 그러면서 귓속말로 말했다.

"가끔 왔다 가기만 해도 돼요. 저 남자들이 여자 혼자인 것을 알면 나를 무시한다니까요."

1981년 여름, 그 친구는 해외 근무를 마친 남편과 함께 한국에 도착했다. 아직 짐도 다 풀기 전 우리 집에 들렀다. 6개월쯤 된 막내 정진이는 엄지손가락을 빠는 버릇이 있었다. 나는 아기 손에 장갑을 끼워 둔 채 애기에 열중하고 있었다. 그 친구가 손가락을 빨고 있는 아기에게 눈길이 갔던 것 같다. 살그머니 아기에게 다가가 손을 잡고 조용히 뭐라 말을 했다. 그 순간 아가가 손가락 빠는 것을 멈추었다. 그리고 그날 이후 그 버릇은 완전히 없어졌다. 나는 참으로 희한하여 그 친구의 신비한 능력이 궁금했다.

그동안 나는 아기의 손가락 빠는 버릇을 고치려고 손에 장갑을 수없이 끼워보았지만, 장갑은 이내 벗겨졌다. 아가의 엄지손가락은 퉁퉁 부어 있기 일쑤였고, 볼 때마다 안타까웠지만 별다른 방법은 찾지 못하고

있었다. 하루아침에 없어진 막내의 손가락 빨기 버릇을 나는 어떻게 이
해해야 할지 어리둥절했다. 그 친구의 따뜻한 사랑이 아기에게 전달된
것은 분명했다.

그 집에선 방학 때마다 아이들과 역사여행을 하곤 했다. 아이들이 성
장하고 경제적으로 안정이 되었을 때, 부부는 지구 곳곳을 여행했다.
그들은 그때마다 최소의 경비로 최대한 즐기는 여행을 설계했다. 그들
의 치밀하고 합리적인 여행 계획과 철저한 실천에 혀를 내두를 지경이
었다.

그들은 1940년대에 태어난 부부지만, 여행지의 숙박업소나 교통을
모두 인터넷으로 검색한다. 심지어 공산국가였던 쿠바를 여행할 정도로
지구 끝까지 안 가본 곳이 거의 없다. 비용이나 체력관리에 그 누구보다
철저하고, 각 지역 문화를 최대한 즐긴다. 노년이지만 여행방식은 젊은
이들 못지않은 디지털 방식이다. 두 사람은 자녀교육관도 서로 의견이
일치하여 두 남매를 훌륭히 키웠다. 서울대학 공과대학에서 박사학위를
취득한 아들은 특허청에서 일한다. 딸은 치과의사다. 나는 너그러운 인
간애를 갖춘 수익 엄마를 만난 것도 행운이라고 생각한다.

이덕로 교수

이덕로 박사를 처음 만난 때는 아들 상규가 연세대학
에 다닐 무렵이었다. 남편이 교육부 기획관리실장으로 있을 때였다. 어
느 날 노교수 한 분이 느닷없이 기획관리실 비서실로 남편을 찾아왔다.
남편은 사무실에서 나이 든 교수님의 얘기를 들었다. 정책을 건의하러
온 줄 알았던 생면부지의 그분은 뜻밖에도 ㅇㅇ대학 교수 채용에 남편

의 힘을 빌리고 싶어 했다. 자기 제자가 ㅇㅇ대학에 지원서를 넣었으니 전화 한 통화만 해달라는 것이었다. 제자를 위해 온갖 칭찬을 하고 사정을 설명하며 부탁하는 정성에 감동한 남편이, 채용에 합당한 자격과 실력을 갖추었는지를 알아보라고 했다. 결국, 우연인지, 그 전화 덕분인지 그 제자가 교수로 채용되었다.

노교수는 이덕로 교수 박사학위 과정을 지도했던 분이었다. 그분은 실력 있는 제자를 위해서는 발 벗고 나서는 맹렬한 스승이었다. 이 젊은 제자 역시 스승 이상의 열성으로 학업에 최선을 다했다. 이때부터 남편과 이 박사의 인연은 시작되었다. 그분은 해마다 정초가 되면 어김없이 과일상자를 안고 우리를 찾아왔다. 그분이 식사를 하고 돌아갈 때는 우리도 선물을 준비했다. 그는 연구자로서 밤낮 없이 논문을 집필했다. 세계인명사전에 최다 논문 발표자로 오른 인물이 되었다. 경영 컨설팅이나 강연 봉사도 했다.

그러나 나이가 들어도 언제나 혼자 오는 것이 불편했다. 우리 집이 너무 편했는지 어느새 그는 장광설을 끊지 못하게 되었다. 대화 상대는 주로 나였다. 본래 말수가 적은 남편인지라 상대방이 그의 침묵을 불편하게 여길 것 같았다. 그분은 통화를 하거나 문자를 보낼 때도 나에게 보냈다. 날이 갈수록 그의 얘기는 길어졌다. 그의 고독이 그를 수다스럽게 만든 것 같아 더욱 안쓰러웠다. 제발 우리 집에 오지 말고, 그 시간과 정성을 연애에 쏟기를 바랐다.

어느 날 이 교수가 나에게 장문의 메시지와 여성 사진 몇 장을 보내왔다. 곧 우리 집을 방문할 것이라는 소식이었다.

"여보. 드디어 결혼하게 됐대요. 이 박사가!"

언젠가부터 메시지도 내게 보냈는데, 그 또한 꽤 길었다. 긴 이야기와 메시지가 그의 고독의 깊이 만큼이라 생각했는데, 정말 기쁜 일이었다. 드디어 개선장군처럼 예쁜 신붓감과 함께 나타났다. 2016년 12월 23일, 결혼식이 연세대학교 동문회관에서 진행되었다. 그가 석사와 박사학위를 취득하고, 그를 교수로 만들어 준 대학의 회관이었다. 그의 나이 만 60세였다. 남편이 주례를 서고, 나도 아들 상규와 결혼식에 참석했다. 결혼식을 마치고 신부와 함께 걸어 나오던 그의 얼굴에는 소년 같은 수줍음과 행복한 미소가 가득했다. 아직 40대 같은 동안이 진짜 40대 신부와 잘 어울렸다. 우리 가족은 진심으로 결혼을 축하했다.

그 후 1년이 지났을 때 그가 아들이 태어났음을 알려왔다. 포대기에 싸여 있는 신생아 사진이 출산 메시지와 함께 줄줄이 달려 나왔다. 1년 뒤 그들이 돌이 된 아기를 데리고 우리 집을 찾아왔다. 나와 남편은 마치 진짜 아이의 할아버지 할머니가 된 것 같았다. 돌 축하 선물로 아기의 손가락에 반지를 끼워주면서 아가의 무운 장수를 빌었다. 1년 후 2020년 1월 초순, 그들 부부는 꼬마가 된 아들과 함께 오겠다며 또 전화를 해왔다. 그런데 다음 날 비가 억수같이 퍼부었다. 나는 그들의 나들이를 말려야겠다고 생각했다. 귀한 아들이 오가는 길에 교통사고라도 날까 걱정되었다.

그 후 한동안 아무 소식이 없었다. 그해 4월 어느 날 내게 아들의 사진과 함께 자신의 부상 소식을 전해왔다. 놀이터에서 아들이 아빠를 발견하고 뛰어오는데, 갑자기 나타난 자동차를 가로막다가 엉덩이와 다리를 다쳤다고.

2020년 6월 초, 그에게서 또 장문의 메시지가 왔다. 자신에게 암이 생겼다는 내용이었다. 지난번에 넘어져 부상을 치료하던 중 암을 발견했다는 것이었다. 문자를 받은 나는 남편과 함께 그가 입원해 있는 병원으로 달려갔다. 코로나가 확산하고 있을 때여서 우리가 병실로 들어가지 못하자 환자복을 입은 이 교수가 우리에게 걸어오며 옅은 미소를 지었다.

병원 앞 벤치에 앉아 남편과 이 교수가 앞으로 치료 계획을 얘기하는 동안, 아버지의 손을 잡은 아들은 우리를 보며 연신 싱글거렸다. 어느새 꽤 자라서 어린이가 되었는데, 아무것도 모르는 듯했다. 남편과 이 교수가 얘기를 나누는 동안 내 옆에 앉은 부인은 내 귀에 남편이 담도암 3기라며 곧 항암치료를 시작할 예정이라고 했다. 이 박사는 아들이 초등학교 들어갈 때까지만이라도 아버지로 살고 싶다고 말했다. 정말 간절한 소망이었다. 나는 "제발 하느님, 이 아빠의 소원을 들어주세요" 하고 기도하며 속으로 울었다.

우리가 돌아온 뒤에도 그는 몇 번의 소식을 메시지로 전해왔다. 항암치료에 적극적으로 임하고 있고, 최근에는 암 수치가 떨어졌다며 아들이 뛰노는 사진과 희망적인 내용을 실어 보냈다. 나 역시 제발 아이가 초등학교에 입학할 때까지라도 살아서 그가 아빠로서의 삶을 누리기를 간절히 빌었다. 그는 소생의 희망을 버리지 않고 열심히 투병하면서 아들의 사진에 설명을 붙여 보내왔다.

그해 12월 중순, 그의 아내에게서 전화가 걸려왔다. 이제는 돌이킬 수 없는 상황에 이르러 마침내 호스피스 병동으로 옮겼다는 내용이었다. 나는 그 소식을 듣고 황급히 병원으로 달려갔다. 이번에는 병실 안까지 들어갈 수 있었다. 그는 우리가 들어가자 침대에서 일어나 앉았다. 얼굴에는 환자의 기색도 없고, 피부도 맑았다. 그는 2021년 1월에 수지에 가야 한다며 12월 말에는 퇴원하겠다고 했다. 그 수지는 바로 우리 집이었다. 그는 얼마 전부터 아내에게 퇴원시켜 달라며 채근을 했다고. 그러나 병세가 심각함을 아는 아내는 우리에게 제발 퇴원하지 못하게 도와달라고 했다.

2021년 1월 1일 저녁 7시 무렵, 나의 휴대전화에 부고 메시지가 들어왔다.

"하느님도 참 인색하시다. 마지막 외출과 최소한 몇 번 아들과의 만남도 허락해 주지 않으시다니!"

나는 진심으로 하느님을 원망했다. 사망일은 2020년 12월 31일이었다. 바로 그가 퇴원하려던 12월 31일. 너무나 열심히 살았으나 너무나 긴 총각 생활과 너무나 짧은 결혼생활을 한 이덕로 교수. 그는 고독과 싸우며 많은 연구와 논문으로 세상에 이바지했지만, 그의 인생은 눈물겹도록 안타까웠다. 그는 갔지만 그의 사랑인 아들을 남겼다. 그가 속한 학계나 단체에도 많은 업적을 남겼다. 오래도록 그와 그 가족들을 잊지 못할 것 같다.

극우 재일교포의 모국 나들이

남편은 외로운 사람들을 끌어당기는 자석이라도 붙어 있는 것 같다. 그를 한번 알기만 하면 절대 그 인연의 끈을 놓지 않는 사람이 더러 있다. 그런 분 중에 재일교포 박ㅇ명 씨가 있다.

그를 처음 만난 것은 1979년 잠실로 이사한 뒤였다. 우리 집에 처음 방문했을 때, 그는 아직 젊었다. 그에게 한국 음식을 내놓았을 때, 그는 거뜬히 잘 먹었다. 에너지를 아낄 줄도 아는 사람이었다. 나는 재일교포인 그가 우리 집의 전기 절약에도 꽤 신경을 써 주는 것이 고마웠다. 손맛이 서툰 나의 음식을 다 비워주는 것도 꽤 호감이 갔다. 재일교포면서 모국의 에너지 절약에 협조하는 것 같아 좋은 점수를 주고 싶었다. 그리고 남편과 동향인이라는 것, 일본에 귀화하지 않고 한국 국적을 고수하고 있는 것이 괜찮은 재일교포로 보였다. 그리기에 나의 친척을 그의 신붓감으로 소개하면 어떨까 생각한 적도 있었다. 그는 이혼 후 독신으로 살고 있었다.

남편과는 어떻게 알게 된 사이인지, 무엇을 하는 사람인지, 왜 한국을 방문했는지는 관심을 두지 않았다. 다만 일본에서 대학을 나온 후 미국에서 대학원을 졸업했고, 영어, 일본어, 스페인어 등 외국어에 유창하며, 키 크고 체격도 좋을 뿐만 아니라 자신도 우리 남편 고향인 고성에 뿌리를 둔 것에 자부심을 느끼는 사람으로만 알았다. 그는 싱가포르항공에서 승무원으로 일한 적이 있으며, 일본에서 크지 않는 사업체를 운영하는 사람이라 했다. 한국말이 서툴러서 소통이 안 될 때는 영어로 이야기를 했다. 그때부터 나를 '형수'라고 불렀다. 남편도 그가 한국에 오면 대체로 나를 대동했다.

1997년, 갓 결혼한 일본인 아내와 서초동 우리 집에 찾아왔다. 선물 보따리를 한아름 안고서. 그 보자기 속에는 여러 종류의 값비싼 과일과 일본의 떡과 과자가 담긴 바구니가 있었다. 마치 이바지와 비슷한 느낌이었다. 그는 우리를 형님 부부라며 새 아내에게 소개했다. 그리고 보니 이미 20년 이상 독신생활 끝에 맺은 새로운 인연이었다. 미술관에서 첫 인연이 되었다는 그 여인은 중학교 미술교사라고 했다.

그 여인을 우리가 다시 만난 것은 그의 초청을 받고 일본 여행을 한 2003년 여름이었다. 처음 도착한 곳은 그의 거주지와 멀지 않는 센다이 공항이었다. 비행기에서 내린 우리 일행은 마중 나올 박ㅇ명씨를 찾았다. 그런데 한복을 입은 일본 부인과 그가 태극기를 흔들고 있었다. 일본인 부인에게 한복을 입혀 태극기까지 흔들게 하다니. 그날부터 열흘간 우리는 그분이 사는 집, 동네, 온천 등 그 지역 일대를 비롯해 일본 전역을 돌면서 안내하는 대로 따라다녔다.

목조주택이었던 그분 집에는 채 30분도 머물지 않았다. 집의 구조나 형태는 꽤 아름다웠으나 그의 방은 그가 채집한 많은 자료로 복잡했다.

그가 사는 소도시 미야기현의 여러 곳을 돌아보았는데, 마을은 평온한 농촌이었다. 주변 경치도 좋았고, 우리가 들렀던 음식점도 꽤 품격이 있었다. 다른 지역으로 떠나기 전 들렀던 그분 집에서 조금 떨어진 곳은 아름답고 한가로운 전원풍경과 더불어 한적한 시골길이 한참이나 이어진 곳이었다.

우리는 그해 결혼한 큰딸 부부와 함께 일본에 갔다. 우리는 박ㅇ명 씨가 사는 지역을 벗어나 일본 전역을 돌아보게 되었는데, 그의 자동차 대신 자동차를 렌트해야 했다. 운전은 일본 지리를 잘 아는 그의 몫이었다. 아직 신혼이던 큰딸 부부가 우리 부부를 많이 살펴 주어 행복하고 신나는 일본 여행이었다. 박ㅇ명 씨 덕분에 다양한 곳을 갔는데, 그가 졸업했다는 교토의 천리대학도 가고, 천리교당도 들렀다. 일요일 저녁 무렵, 천리교당 앞마당에서 우리의 도포 같은 넓은 소맷자락을 펄럭이며 허리에는 검은 띠를 두른 남자들도 보았다.

일본 본토 동북쪽 센다이 근교에서부터 남쪽 오사카에 이르기까지 많은 곳을 보았다. 우리는 박ㅇ명 씨에게 고맙게 생각했다. 그런데 여행 내내 비용 문제에 있어서 그는 철저한 아웃사이더였다. 그분들 초청으로 일본에 간다고 했을 때, 나는 그분이 사는 지역을 중심으로 하는 여행이라 여겨 그가 편의를 제공하는 걸로 생각했다. 그래서 우리는 기념품과 다소의 선물을 준비해 갔다.

하지만 지역 내에서 관광한 곳의 입장료나, 식사비, 배를 타는 운임 같은 모든 경비를 남편이 부담했다. 그는 항상 계산대에서 멀찌감치 떨어져 있었다. 더군다나 자동차 대여비, 가는 곳마다 숙박비, 관광지 입장료, 온천 입장료, 식사 비용과 고속도로 통행료 등 일체 비용을 자연스럽게 우리가 부담하게 되었다. 초청한다는 우리식 개념이 전혀 아니었다. 게다가 모든 비용이 꽤 비쌌는데, 평소 우리 물가에 익숙하던 나는 바가지를 쓴 기분이었다.

마침내 남편이 가져온 돈을 거의 다 써버린 처지가 되었다. 나는 화가 치밀어 올랐지만 참았다. 그리고 이제는 그만 돌아가자고 했을 때 그는 내가 피곤해서 그러는 줄로만 생각했다. 초대 문화에 그와 우리 생각이 크게 다르다는 사실을 깨달았다. 아마도 그분은 차관과 총장을 지낸 남편과 변호사 사위의 경제력을 아주 높게 생각했던 것 같다. 그는 우리 사위를 마치 자신의 사위처럼 '장 서방'이라 불렀다. 일본과 우리 아니면 재일교포와 우리 사이에는 분명 문화적 차이가 존재했던 것 같다.

그 여행 뒤에도 박ㅇ명 씨는 종종 한국에 왔다. 남편은 항상 그의 요구대로 그를 맞이했다. 그가 가고 싶은 곳까지 데려다주었는데, 그의 애국심 하나는 특별했다. 올 때마다 남산의 안중근 의사 동상을 찾고, 윤봉길 기념관을 가보고 싶어 했다. 그 와중에 나는 더듬거리는 그의 한국말 때문에 영어 통역을 하면서 남편에게는 한국말로 그에게는 영어로 전달했다.

환경보호단체나 지역교류단체 여행으로 한국을 방문하면 우리에게 전해줄 선물이 있다며 갑자기 우리에게 공항으로 나와 달라고도 했다. 그러면 남편 대신 내가 그 물건을 받으러 가야만 했다. 그의 선물 중에는 꽤 무거운 나무통 속에 든 일본 된장이나 심지어 일본 원전 폭발 이후 센다이 근처에서 생산한 일본 쌀도 있었다. 일본의 체리도 있었다. 정성은 고맙지만, 바다 위에 매달린 인천대교를 달려갈 때는 온몸에 소름이 돋는 것 같이 조마조마했다.

나는 그가 상대방의 처지를 제대로 생각할 줄 모르는 성향인지, 한국이나 한국인의 생활을 전혀 모르기 때문인지 의문이 들었다. 또 여권을 잃어버렸다며 급하게 구해달라고 부탁하기도 했다. 남편은 외무부 직원에게 통사정하여 여권을 새로 발급받아 주기를 여러 번 했다. 또 국제전화를 걸어와 호적등본 같은 서류를 부탁하기도 했다. 멀리서 오는 통신상 그의 떠듬거리는 한국어 발음을 잘 알아듣지 못한 남편이 내게 전화통을 넘겨주면, 나는 또다시 영어로 그 내용을 확인하고는 동사무소에서 서류를 발급받아 그의 일본 주소로 부쳐주었다.

2011년 3월 11일, 일본의 미야기현 산리쿠 앞바다에서 일어난 규모 9.0의 지진과 쓰나미 소식에 나는 박ㅇ명 씨가 몹시 걱정되었다. 그는 센다이 공항 근처에서 멀지 않은 곳에 살고 있었다. 나는 제발 살아 있기를 간곡하게 빌었다. 그의 옛 주소와 전화번호를 찾아 전화해 보았으나 불통이었다. 그런 일이 있은 몇 년 뒤 그가 또 한국을 찾아왔다. 그가 살아 있음에 나는 안도했다. 남편을 따라 그를 만나러 갔다. 그 사이 그는 치아가 몇 개나 빠져 완전히 노인이 되어 있었다. 어쨌든 살아 있어 다행이었다. 곧 임플란트를 할 거라 했지만, 초췌한 모습이 가엾게 보였다.

몇 년 뒤, 그가 또 새로운 여인을 데리고 한국에 왔다. 지난번 여인과는 친족들 문제로 헤어졌는데, 이번에는 형님의 병간호를 하다 착한 간호사를 만났다는 것이었다. 그는 자신이 묵는 호텔 방까지 우리를 데려가서는 역시 여자와 사는 것이 혼자인 것보다는 낫다면서 진짜 시동생이라도 되는 것처럼 굴었다. 방금 새 여인과 그 일대의 여러 가게를 들렀다 오는 길이라며 의기양양했다.

나도 그가 철없는 시동생처럼 생각되어 부디 잘 살아주길 바랐다. 그나마 의지했던 재일교포 형님들마저 돌아가시자, 그는 정말로 외로웠던 것 같다. 둘째 여인과 인연을 맺은 후에도 그는 몇 번이나 고향 고성에 간다며 한국을 방문해서는 반백의 노인이 된 내 남편을 찾고, 또 찾았다. 그리고는 매정하지 못한 남편에게 매번 돈을 꾸어 갔다.

한 번은 가져온 돈을 잃어버렸다고 했고, 그다음에는 일본에 돌아갈 때 새 장모 장인께 드릴 선물을 사야 하는데, 가진 돈을 다 써버렸으니 좀 빌려 달라고 했다. 또 언젠가는 형님을 꼭 만나야 한다기에 갔더니 큰 가방과 짐을 끌고 나와 비행기 출발 시각이 촉박하다고 해서 79세나 된 남편이 공항까지 운전해 주었다. 남편은 화가 났지만 불쌍해서 이번만, 한 번만, 결심하면서 또 용돈까지 쥐어 주었다.

그 후 한국을 방문한 그는 꼭 형님을 보고 가야 한다며 여러 차례 전화했다. 남편은 가지 못할 명분을 찾았지만, 결국 간청에 못 이겨 나갔다. 그러면 그는 돈이 바닥나 '찜질방'에서 잠을 잤다거나 공항까지 좀 데려다 달라고 했다. 마음이 약한 남편은 이번에도 식사를 나누고, 용돈을 주고, 택시를 태워 보냈다.

2021년 5월에는 한국을 방문한 그가 택시 기사를 시켜 우리 집 주소를 물어왔다. 우리 집 주소를 묻는 택시 기사를 수상쩍게 생각한 남편은 알려주지 않았다. 남편의 임기응변 실력도 그동안 좀 발전한 것 같다.

그러나 마음 여린 남편은 박ㅇ명이 걱정되어 택시 기사에게 다시 전화를 걸었다. 그 기사는 부천의 한 호텔에 그를 내려 주었다고. 당시 인천공항 해외 입국자는 코로나19로 2주간의 격리 기간을 반드시 지켜야 했다. 그는 내심 우리 집을 자신의 격리 장소로 정하고는 주소를 알아내려 한 것이었다. 남편도 그의 작전에 말려들 만큼 단순하지는 않았다. 그는 격리 기간이 끝나자 남편에게 매일 전화했다. 남편은 그때마다 둘러댔다. 그러나 결국 그가 떠나기 전날엔 차마 거절하지 못했다. 남편은 아예 봉투를 준비해 나갔다. 그는 사양도 없이 덥석 봉투를 받고는 다음에 또 만나러 오겠다는 말을 남기고 떠나갔다.

그런 형편에 고향 타령은 알다가도 모를 일이었다. 한 극우 재일교포의 말로가 이렇게 비참하고 외로워지다니. 2002년 우리나라에서 월드

컵 경기가 한창일 때, 우리가 보낸 붉은 악마 티셔츠를 입고 일본 땅에서 열렬히 응원했던 사람이었다. 더구나 인생의 말년에도 일본 땅에서 귀화하지 않고 한국인으로 살아가는 그를 나는 어떻게 이해해야 할지 아직도 모르겠다.

경북여고 37회 졸업 25주년 사은회

1991년 4월, 경북여고 졸업 25주년 기념 사은회 행사가 대구 동기회의 제의로 이루어졌다. 졸업 30주년에 사은회를 개최하던 전례를 깨고 대구 회장은 졸업 25주년에 사은회를 열자고 했다. 선생님이 노환이 들거나 돌아가시기 전에 모시는 것이 좋겠다고 했다. 동창회 대표였던 나는 행사 계획을 위해서 여러 가지를 생각해야 했다. 첫 번째가 기금을 모으는 일이었다. 나의 필력으로는 동창들의 지갑을 열기가 부족할 것 같아 다른 친구에게 부탁해 볼까 하다가 내 나름의 글을 올렸다. 모금액은 행사를 치를 만큼 모였다.

그다음에는 서울팀에 할당된 제2부 프로그램과 기차를 타고 오가는 동안의 레크리에이션 계획을 짜는 일이었다. 나는 고민 끝에 레크리에이션 관련 책을 샀다. 오락에 별 재주가 없던 나는 행사의 2부 프로그램 히든카드로 송ㅇ자를 점찍어 두었다. 활달한 성격에 유머 감각이 돋보이던 이 친구는 누구에게나 친근감을 주었다. 무엇보다 신경 쓴 일은 선생님과 동창회원 동기생들 선물 준비와 왕복 기차표 확보였다.

총무 곽ㅇ옥은 부지런하고 세심하여 선물을 잘 준비했다. 알뜰한 회계 김ㅇ자가 꼼꼼하게 계산하고 챙겨서 모든 준비는 잘 마무리되었다. 4월 15일 아침, 서울역에서 친구들을 기다렸다. 그런데 출발 시각이 다가오는데도 몇몇 동창이 보이지 않았다. 우리는 발만 동동 굴렀다. 기차표를 환불할 시간도 거의 놓칠 지경이었다. 바로 그때 회계를 맡은 김ㅇ자가 군중 속을 헤치고 나가 매표소 앞에 줄 선 사람들에게 기차표를 되팔아 왔다. 그 친구가 개선장군처럼 보였다.

저녁 무렵 대구역에 도착한 우리는 대기해 있던 버스를 타고 호텔로 이동했다. 행사장에 들어서기 전 몇몇이 한복으로 갈아입었다. 대구 동기들은 한복을 입은 친구들이 훨씬 많았다. 그 바람에 행사장은 파티장 분위기를 물씬 풍겼다. 친구들은 서로를 알아보느라 호들갑이었다. 선생님들은 모두 앞좌석에 앉아 있었는데, 한복 입은 여선생님도 한 분 있었다. 우아함이 돋보였다. 그분은 가정 선생님이었다. 교사로 재직하며 석사학위를 받고, 가정학과 교수가 되었다. 후일 내 둘째 여동생 시어머니가 된 분이다.

행사를 시작하기 전 나는 우선 3학년 담임이었던 서창교 선생님께 인사를 드렸다. 옆의 다른 선생님들도 아직은 늙지 않으셨다. 어쩌면 우리와 함께 늙어가는 것 같았다. 사은회 행사를 서두른 대구 회장의 깊은 뜻을 그제야 이해할 수 있었다. 서울 대표인 나도 본부 회장에 이어 인사말을 했다. 1부 행사를 마치고 식사를 한 다음, 2부의 행사에서 선생님과 마주 보며 춤을 추었다. 서창교 선생님 앞에서 다른 친구들과 마주보며 춤춘 것을 생각하면 늘 웃음이 난다.

2부 행사가 끝나고 선생님들께 작별 인사를 드렸다. 행사장 밖에서 선생님들의 뒷모습을 지켜보며 전송했다. 그날 우리는 호텔에서 묵었다. 다음 날은 경북여고 교정에 들렀다. 관광버스를 타고 대구 시내를 돌아보며 지난날과 발전한 대구 시내 거리를 비교하며 정담을 나눴다.

돌아오는 길에는 열차 안에서 대구 동기들이 보낸 선물꾸러미에 감격했다. 떡과 아기자기한 소품이 그들의 체온을 듬뿍 느끼게 했다. 비록 한 번 하는 행사지만 하룻밤을 함께 보내며 서울과 대구의 동기들은 더 친해졌다. 70을 훌쩍 넘은 지금도 만나면 반갑고 정겹다. 소녀 시절 같은 문화를 공유한 우리는 더욱 튼튼한 연이 이어졌다. 사은회를 하며 제자로서 최소한의 도리를 한 것 같았다.

재경 경북여고 총동창회

내가 재경 경북여고 총동창회에 참여한 것은 2007년부터 2013년까지 3기에 걸쳐 6년 동안이었다. 그동안 15대, 16대, 17대 회장님과 함께했다. 회기마다 각각 다른 역할로 동창회 임원으로 남았다. 나는 중학교, 고등학교, 대학교 동기회 대표로도 각각 모임에 봉사를 해왔지만, 여고 총동창회에서 일한 것은 처음이었다.

총동창회는 봄과 가을 두 차례의 연례행사와 기타 신년회나 장학회 같은 작은 규모의 행사를 열었다. 봄 동창회는 주로 장충동의 앰배서더 호텔에서 열렸다. 450여 명의 회원이 참석하는 정기행사였다. 참석 인원은 각기에 10여 명씩 할당되었다. 호텔 소유주가 동문 선배였다. 덕분에 많은 혜택을 보았다. 17대 회장 재임 시에는 역삼동 엘지빌딩 컨벤션 룸에서 결혼식이 없는 평일에 행사를 열었다. 행사비 절감과 교통의 편리 때문이었다. 홀 밖 여유 공간에는 사업체를 운영하는 동창들의 상품 매대를 설치하여 판매와 홍보의 기회를 제공하는 배려도 있었다.

가을에는 체육대회가 열렸다. 과천대공원 잔디공원에서 오랫동안 열었다. 2011년 이후로는 사용하기가 어려워 다른 곳에서 진행했다. 주로 대학교 운동장이나 올림픽공원, 한강 둔치로 장소를 옮겼다. 회장은 이 행사를 주관하는 일 외에도 동창회와 모교의 발전을 위해서 나름대로 기여 의지를 보였다. 임원들도 그분들의 뜻에 협조하기 위해 노력을 아끼지 않았다.

15대 이차옥 회장은 의욕이 넘쳤다. 당시 나는 서기 일을 맡았다. 서기는 매달 열리는 정기이사회의 안건과 토의사항들을 기록하여 다음 달에 전 달 기록내용을 낭독하고 매년 동창회보에 1년간 기록을 기재했다. 정기총회 때는 전년도 동창회 안건기록을 낭독했다. 그러나 포천에 거주한 나는 매월 정기이사회에 참석하기가 어려웠다. 부서기 K(41회)가 많이 도와주어 무사히 지나갔다.

15대 회장은 포천에 살던 나에게 다문화가정에 관한 일을 해보자고 했다. 나는 포천시청과 문화회관에 가보았다. 이미 다문화가정을 위한 다양한 프로그램을 실행 중이었다. 우리가 끼어들 여지가 없다며 제안을 거절했다. 그러나 동창회를 통해 순수한 사회공헌을 하고 싶어 한 회장의 속마음을 읽은 나는 거절한 것이 마음에 걸렸다. 또 멀리 사는 탓에 서기 역할에 부실했던 것도 미안해서 회장 활동에 조금이라도 도움이 되고 싶었다.

2007년 10월, 가을 단합대회가 열렸다. 나는 꽃 비누 한 상자를 사서 동창회에 기증했다. 꽃 비누는 누구에게나 사랑받을 것 같았다. 역시 받은 분들이 더 주문할 수 있는지를 물어 왔다.

그해 12월, 태안반도에서 최악의 기름유출 사건이 일어났다. 유조선과 대형 크레인 선박이 부딪쳐 일어난 사고로 유출된 기름이 바다를 뒤덮었다. 관계 당국과 담당 회사들뿐 아니라, 온 나라의 걱정거리가 되었다. 자원봉사자 120여만 명이 태안 갯벌로 내려가 몇 달 동안 기름 제거 작업을 했다. 문제는 그것뿐이 아니었다. 태안 바다를 복구하고, 양식장과 피해 어민들을 지원하고, 해수욕장을 복구하기 위해서는 엄청난 돈이 필요했다. 나는 회장에게 태안반도 기름유출 지역에 의연금을 보낼 것을 제의했다. 동창회는 당장 태안반도 현장 모금행사에 300만 원을 기탁했다. 기탁자 명단에 재경 경북여고 동창회와 이차옥 회장 이름이 생방송으로 전파되었다.

회장은 또 동창회 발전을 위해 직업인들 모임을 결성하고 싶어 했다. 결성 초기에 직업인 명부 작성을 맡겠다는 임원이 없었다. 2008년 5월, 77명이 모인 예비모임에서 직업인 동문 명부 작성을 내가 맡기로 결정 했다. 명부 작성을 위해 각기 대표에게 직업인 이름, 직종, 기수, 주소, 연락처 등 자료를 수집했다. 20기부터 50기까지 298명의 자료를 수집 했다. 그러나 면담과 통화로 재확인을 해보니 230명이었다. 이미 직장 을 그만둔 동문 명단이 포함되어 있었다.

어쨌든 명부에 조사 당시 활동 중인 동문 직업인들의 인적 사항을 기 재했다. 직업별로 분류해보니 교수, 교사, 교육경영인 등 110명, 의사와 약사를 포함하여 의료인 75명, 외교관 1명을 포함한 공무원 5명과 장군 2명이었다. 장부 작성 당시에는 42회 윤ㅇ필 장군과 2008년 4월에 46 회 국군간호사관학교 교장을 지낸 박ㅇ화 장군이 확인되었다. 그런데 직업인 모임을 정식으로 발족한 다음 해 2010년, 최초의 전투병과 여성 장군 47회 송ㅇ순 육군 준장이 나와서 좌중을 놀라게 했다. 정치인으로 는 국회의원 추미애 씨와 송영선 씨가 있었다. 기업인, 자영업자 시인, 화가, 조각가, 문필가, 예술가, 목사와 종교인들, 그리고 결혼중개업을 하는 동문도 있었다. 겨우 230여 명 명부지만 도표를 만들면서 느린 타 자와 오타 수정으로 며칠 밤을 새웠다. 명부를 완성한 후 나는 컴퓨터에 자신감이 좀 생겼다.

15대 회장은 성신여대 경제학 교수로서 학장을 지냈다. 일에 의욕이 넘쳤다. 내가 직업인 리스트를 맡겠다고 했을 때, 대학 총장 아내인 내 가 대학 비서실이나 학교 시스템을 활용할 것으로 생각했다고. 나중에 컴퓨터 사용도 서투른 내가 혼자 했다는 사실에 매우 놀랍다는 반응을 보였다.

직업인 모임 창립식에서 한양대 학장을 지낸 37회 심영희 사회학 교수가 초대 회장을 맡았다. 심영희 교수는 여고 재학 시절부터 학업 성적이 동기 중 최고였다. 서울대 영문과에 입학했다. 그러나 사회학으로 석·박사 과정 학위를 받고 교수가 되었다. 범죄심리학자로 명성이 있으며, 사회학자 남편과 함께 연구 활동을 계속하고 있다. 한때 평화통일 여성정책 자문위원을 역임했다.

16대 최신자 회장이 나에게 총무직을 부탁했다. 나는 완곡하게 사양했다. 포천에 살면서 그런 중책을 감당할 능력이 없었기 때문이다. 부총무로 동창회에 남기로 했다. 2009년 4월, 제16대 회장이 재경 경북여고 장학재단 설립을 주창했다. 모금액 5억 원을 목표로 장학재단 설립을 위해 동문들의 적극적인 동참을 부탁했다.

회장 취임 열흘 뒤인 2009년 4월 말, 임원들은 영부인의 초청을 받았다. 영부인 주최로 오찬과 기념촬영을 끝낸 뒤에는 청와대 마크가 새겨진 시계를 선물 받았다. 청와대 경내도 구경했다. 모두가 회장의 주선 덕분이었다. 이명박 대통령을 시동생으로 둔 배경이 우리의 청와대 방문에 한몫한 것 같았다. 오찬 후 청와대 곳곳을 둘러보는 과정에서 우리는 경호원의 안내를 받았다. 귀빈이 된 듯했다. 4월의 아름다운 청와대 풍경을 배경으로 사진을 찍었다. 남편이 교육부 차관일 때 대통령 초청 만찬에 세 번 참석했다. 하지만 저녁 모임이어서 청와대 경내를 돌아보지는 못했다.

서기 조현순의 호소력 있는 편지 발송은 장학재단 설립의 신호탄이 되었다. 서기는 프랑스 남부 아름다운 프로방스의 탄생 비화를 실례로 들어 동창들에게 모교 사랑의 불씨를 당겼다. 장학기금 모금운동을 시작한 지 거의 1년이 되고, 20회 정기 동창회가 열릴 무렵 목표액 5억 원이 달성되었다.

드디어 2010년 5월 14일, 장학재단이 설립됐다. 그때부터 나는 장학재단과 동창회 일을 겸직하게 되어 더욱 바빠졌다. 특히 최성혜는 상학재단 기초 작업을 세무사나 법무사, 회계사 같은 전문가에게 의뢰하지 않고 혼자 진행했다. 장학재단을 교육청에 등록 후 모두 한시름 놓았다. 거기에 그동안 회장이 추진한 모교의 자율형 공립학교 인가 소식은 또 하나의 낭보였다. 그 무렵 임원들은 남해 여행 중이었다. 소식을 듣고 환호했다. 침체기에 접어들었던 모교에 새로운 희망이 솟아오른 것이다.

그런데 그것은 우리에게 또 하나의 짐을 안겼다. 우리는 다시 기숙사 건립기금 모금 문제를 걱정해야 했다. 모교가 자율형 공립학교가 되자 학생 선발에 주거지 제한이 없어져 멀리 사는 우수 학생들이 입학할 수 있게 되었다. 그 때문에 기숙사가 필요했다. 건립자금 모금 때문에 임원들은 마음이 편치 않았다. 기숙사 건립은 자금을 1/3 확보하면 교육청 지원을 받을 수 있었다. 모교 교정에 기숙사를 지을 예정이라 부지 자금은 필요치 않았다.

그래서 이번에는 광범위한 모금 대신 각기별 약간의 보조금과 개인적인 기부금으로 기금을 마련하기로 했다. 우리 37회에서 2,500만 원을 모금하고, 추가 기부금이 더 입금되어 늘어난 장학재단 기금에서 5,000만 원, 각 기 기금에서 출연한 보조금을 합하여 총동창회에서 기숙사 건립기금으로 1억 원을 낼 수 있었다. 특히 37기 콜마 회장 부인 김성애 씨가 장학재단 설립기금에 1,000만 원, 기숙사 건립기금에 1,000만 원을 쾌척해서 동기들의 참여를 촉발했다. 이포골프클럽 회장 부인 김영옥 씨도 두 기금에 각각 500만 원씩을 기부했다.

17대 표경희 회장(33회) 때는 내가 부회장직을 맡고, 장학재단 총무를 겸하게 되어 더욱 바빠졌다. 표 회장은 장학재단이 완성되어 교육청에 등록하고, 교육청 관계 행정적인 일이나 회계, 세무 관련 일 등으로 일이 많아지자 아예 장학재단을 별도 기구로 분리하였다. 비록 소규모 장학재단이지만 형식은 다 갖춰야 해서 할 일이 꽤 많았다. 초대 재경 경북여고 장학재단 이사장은 이기남 원암문화재단 이사장이 맡고, 나는 김춘경(36회)에 이어 장학재단 총무를 맡았다.

　이기남 이사장은 훈민정음학회를 결성하고 '인도네시아의 찌아찌아족'처럼 무(無) 문자(文字) 민족을 위해 '한글' 보급에 애쓴 분으로, 12대 선배님이다. 한자와 알파벳에 대항해 우리의 문화적 영토와 역량을 넓히려는 계획으로 꾸준히 활동해왔다. 오래전부터 모교에 장학금도 기부해왔다. 장학재단을 등록하자 재무를 맡은 최경혜는 세무사, 회계사, 법무사 같은 전문가에게 의뢰하지 않고 대외적 업무를 담당하느라 고생이 많았다. 한편 교육청 주관 행사 참여와 장학금 수여식 행사 등을 준비해야 했던 서기 서순애와 총무인 나도 나름대로 열심히 했다.

　표 회장은 이미 선배 회장들이 마련한 기틀 위에 기부금을 걷는 일이나 사회공헌 활동 대신 내부 시스템을 개선하고, 동창들 간 친목 활동과 후배들 학구열을 북돋우는 데 열중했다. 동창회와 장학재단 일을 분리하면서 내실을 다지는 데 심혈을 기울였다. 특히 '모교 재학생 커리어 로드맵'을 개발하였다. 이는 모교 후배들을 초청하여 선배의 멘토성 강연을 듣고 서울에 있는 대학들을 견학하여 학습에 동기부여를 하는 프로그램이었다.

　표 회장은 매사에 솔선수범하며 동창 간 상호 도움 되는 일에 중간 역할을 하고, 동창 간 친목을 도모하였다. 종종 외부기관의 초청 행사를 주선하기도 했는데, 그중에서도 '안동고택 방문행사'는 뜻깊은 체험이었다. 군자마을의 광산 김씨 종가에서 대접받은 안동식 저녁 식사와 전통적인 개별 독상의 다과상은 인상적이었다. 옛 가수의 기타 반주에 이용의 '잊혀진 계절'을 들으며 시월의 마지막 밤을 임원들과 함께 보낸 일은 오래도록 잊지 못할 것 같다. 특히 광산 김씨 박물관인 숭원각을 돌아보며 광산 김씨의 역사와 가보를 관람한 일은 나에게 우리 조상과 뿌리를 향한 생각을 일깨워 준 의미 깊은 여행이었다.

그곳으로 초대해 주신 33회 성명숙 선배와 부군인 김경한 전 법무부 장관에게 감사를 드린다. 김 전 장관은 우리가 탄 버스에 올라 자신의 고향을 방문하여 감사하다는 인사와 군자리 마을을 안내하는 말씀을 해 주셨다. 우리는 그분에게서 역사의식과 예절을 갖춘 안동 양반의 기품을 느낄 수 있었다.

6년 동안 총동창회에서 일하다 보니 지인 중 가끔 나를 동창회장으로 착각하는 사람도 있었다. 특히 남편은 당신이 동창회에서 제일 열심히 일하는 것 같다며 칭찬인지 놀림인지 알 수 없는 일침을 놨다. 나는 동창회 활동을 하는 동안 임원들과 함께 일하며 컴퓨터 실력도 조금 키우고 견문을 넓히며 보람을 느꼈다. 그래서 남편이나 주위의 불평이나 불만을 대수롭지 않게 넘겨버릴 수 있었다.

상록회 회원이 되다

1982년 남편이 서울시 교육위원회 관리국장으로 부임했다. 나는 초등학교에 다니던 남매와 첫돌이 지난 딸을 둔 엄마였다. 남편 직책에 따라 서울시 교육위원회 간부급 부인들로 구성한 봉사단체 일원이 되어 활동에 참여했다. 처음에는 매월 한 번씩 서울대학병원에서 세탁된 거즈를 정리했다. 우리는 바구니에 가득 담긴 거즈 뭉치를 하나하나 떼어내어 반듯하게 펴고는 다시 바구니에 차곡차곡 담았다.

교원 자녀를 위한 장학기금 마련을 위해 여러 가지 수익사업도 벌였다. 먼저 참기름과 면양말을 팔았다. 회원들이 교대로 참기름 공장에 가서 참깨를 볶고 다시 압착하여 기름을 짜내는 전 과정을 확인하면서 얻은 참기름이라 인기가 있었다. 또한 남자 직장인들이 무좀으로 고생하는 사람이 많아서 면양말이 무좀 방지에 도움이 되겠다고 판단했다. 예상은 적중했다. 서울시 교육위원회 산하기관 직원들 수요만으로도 어느 정도 수익이 났다. 말하자면 내수시장만으로도 수익을 창출할 수 있었다. 두 사업에서 성공을 거두자 회장인 교육감 부인이 바자회를 제안했다.

부인들이 벌어들인 돈으로 각 학교 추천을 받은 교원 유자녀들의 장학금 수여식이 열렸다. 우리도 그 수여식에 참석했다. 그런데 단상 아래에 아는 얼굴이 보였다. 식이 끝나고 찾아가 보니 고등학교 3학년 때 담임선생님이었다. 서울의 한 고등학교에서 재직 중이었는데, 장학금을 받을 학생을 데리고 오신 것이었다. 나는 선생님 앞의 단상에 앉은 것도, 이 단체 부회장이라는 것도 너무 미안했다.

나는 단체의 일원으로는 충실했지만, 장사에는 소질이 없다는 걸 깨달았다. 그런데 교육감 부인은 아이디어도 많고, 리더십도 있었다. 장학사업 모금이 잘 되는 이유가 있었다. 서울시 교육위원회 직원이나 산하기관에 재직하는 공무원이 많았기 때문이다. 유치원부터 고등학교까지 관련된 업무를 담당하는 공직자나 기타 관련 있는 사람들 숫자가 엄청났다.

상록회 회원은 국장 이상 직책의 부인들과 각 교육청장 부인, 그리고 초중고 교장 부인들이었다. 대체로 나이가 좀 있었는데, 회장인 교육감 부인의 말씀에 잘 따랐다. 회원들은 우스개를 할 때도 젊은 나를 의식했다. 사실 내가 사정을 핑계 대고 여행에 동참하지 않는다면 다른 회원들이 더 자유로웠겠으나 세상일에 궁금했기에 열심히 따라다녔다.

상록회 정기봉사 날이나 행사가 다가오면 막내딸을 맡기느라 꽤 난감했지만 다른 회원들이 그 사실을 모르게 했다. 혹시라도 나로 인해 불편하거나 가볍게 취급되지 않기 위해서였다. 그때 나는 상록회에 특별히 공헌을 한 게 없었다. 그냥 일반회원 수준의 일만 했을 뿐이다. 그런데 서울대학병원에서 봉사하던 어느 날, 연합통신의 여성부장이 취재를 나왔다. 김 부장이 우리의 봉사활동 내용을 취재했다. 상록회의 봉사활동이 기사로 나가자 회장님은 너무 기뻐했다.

나는 예전에 시인 H 씨의 점심 모임에서 연합통신 기자였던 그와 친해졌다. 김 부장은 평범한 주부였던 나의 얘기에도 귀를 기울이며 친절하게 대해 주었다. 그런데 내가 상록회에서 봉사활동을 한다는 사실을 알고 취재하고 싶다는 연락을 해왔다. 그동안 나름대로 상록회에서 일했지만 내가 주도한 일은 없었다. 나의 주선으로 우리 단체가 전파를 타서 기뻤다. 사람들 노력을 세상에 드러나게 한다는 면에서 언론의 역할이 크다는 것을 새로이 인식하게 되었다.

적십자 봉사활동

1993년 남편이 차관에 임명되었다. 나는 적십자 회원이 되어 정기적으로 봉사활동에 참여했다. 매달 한 번씩 대한적십자사 서울중앙혈액원에서 혈액이 담긴 주머니를 정리했으며, 연말에는 일선 장병에게 보낼 선물 주머니를 만들었다. 차관급 이상 공직자 부인들이

매달 공덕동에 있는 중앙혈액원에서 함께했는데, 너무 조용한 분위기를 어색해하던 한 부인이 이렇게 제의했다,

"우리 너무 엄숙하게 일만 하지 말고 노래도 하면서 재밌게 지냅시다."

거기에 있던 부인들이 아무도 대꾸를 하지 않아서 분위기는 더 어색해졌다. 그 부인은 의사였다. 노래도 곧잘 부르고 사람들과 어울리는 것을 좋아했다. 그 부인 남편도 차관이었다.

1993년 3월부터 1995년 12월까지 해마다 열리는 10월 20일의 불우이웃돕기 기금마련 행사를 세 번 치렀다. 매년 열리는 바자회는 수요가 많은 상품을 선택해야 했다. 나는 상품을 선별하고 최대한 낮은 가격으로 판매할 수 있도록 조율했다. 한편 납품자도 손해를 보면 안 되기 때문에 상품 종목과 상품 가격을 잘 책정해야 했다. 그러다 보니 박리다매 전략을 짰다. 장관 부인들이 세상 물정과 교육부 사정을 잘 몰라서 차관 부인인 내가 매사를 주도했다. 교육부 김ㅇ희 장관은 독신이었다. 그 때문에 내가 독립적으로 바자회를 주도했다.

상록회 봉사 때는 내 직함이 부회장이었지만 아직 젊었기 때문에 따라만 해도 되었었다. 그러나 이제는 상품 선택에서 고객 확보까지 주도해야 했다. 나는 최선을 다해 그동안 쌓은 인맥을 활용했다. 동창, 지인, 친척, 그리고 각종 모임의 회원들을 불러들였다. 다행히 매번 협조를 잘 받았다.

교육부 팻말을 단 매대(賣臺)에 상품을 진열하면 교육부 소속 가족이 매상을 많이 올려 준 덕분에 다른 부처에 뒤지지 않는 수익금을 적십자에 기부할 수 있었다. 원래는 모든 행사를 장관 부인이 주도해야 하지만, 장관 부인들은 대체로 진열대 앞에서 찾아오는 고객들에게 미소만 짓고 있으면 되었다. 나는 바자회 시작부터 끝날 때까지 그분들을 배려하고 매출도 챙겨야 했다. 각 부처 간에도 은밀한 경쟁도 있었다. 다행

히 교육부는 산하기관 직원 가족이 많이 찾아왔다. 나의 친구와 지인도 교육부 매대에서 당장 필요치도 않을 상품을 구입해 준 덕분에 교육부의 위상과 체면을 유지할 수 있었다.

1994년 10월 21일 아침, 성수대교 붕괴사고가 났다. 그때 우리는 코엑스 몰 태평양관에 있었다. 한창 고객 맞을 준비를 할 때 들려온 이 날벼락 뉴스에 우리는 한동안 멍해졌다. 다시 정신을 가다듬고 상품을 팔았는데, 어떤 상품을 팔았는지 전혀 기억나지 않는다.

첫해 1993년 10월에 취급한 상품 중에는 코오롱 제품의 파카나 오리털 점퍼도 있었다. 나도 파카와 오리털 점퍼 몇 점을 구입했다. 남편은 지금도 그때 구입한 파카를 입고 다닌다. 1995년 마지막으로 참여한 바자회에서는 《성공하는 사람들의 7가지 습관》이라는 책이 꽤 잘 팔렸다. 나도 그 책을 몇 권 사서 선물했다.

남편이 주례를 서다

남편이 첫 주례를 선 것은 1982년이다. 39세 때였다. 잠실 주공아파트에 살 때다. 어느 날 아파트 경비원이 아들 주례를 부탁했다. 남편은 당시 주례자가 되기엔 너무 이른 나이여서 극구 사양했지만, 너무나 간곡해서 거절할 수가 없었다. 얼마 후 직장 동료에게 주례를 부탁받았다. 남편은 서울시 교육위원회 관리국장이었다. 아직도 주례를 맡기엔 너무 젊은 마흔의 나이였다. 그 후부터 주례 의뢰가 많아졌는데, 총장이 된 후에는 예식장에 안 가는 주말이 없었다. 남편이 주례자의 조건을 갖춘 것도 있지만, 거절을 잘 하지 못하는 그의 성품 때문이었다. 젊은 시절부터 주변 사람들이 유독 남편을 좋아했고, 남편도 그들을 따뜻하게 대했다.

　남편은 우리 집 근처에 있는 구멍가게 아저씨나 아파트 경비원, 주변 보통 사람들한테도 사랑받았다. 그의 자상한 성품 때문에 단순한 호의도 고마워했다. 나는 주례가 제2의 직업이라며 가끔 남편을 놀렸다. 남편에게 주례를 부탁한 사람 중에는 특별한 사람도 있고, 특이한 예도 있다. 그가 맡은 결혼식 주례는 혼주가 아파트 경비원부터 재벌 가문까지 그 층이 다양했다. 친척, 고교 동창, 대학 친구, 직장 동료도 있었다. 한 지인은 자녀들의 혼사마다 남편에게 주례를 부탁했다. 그가 총장으로 재직한 대학 졸업생 중에는 본인이 직접 찾아와서 주례를 부탁한 청년도 있었다.

　예순 나이에 처음 결혼식을 올리게 된 노총각 교수의 결혼식, 외국인 사위를 맞이하는 친구 딸의 결혼식, 딸의 결혼식에 편승한 아버지의 재혼결혼식까지 다양한 형태의 결혼식에서 주례사를 했다. 남편은 주례를 맡을 때마다 반드시 축의금을 들고 갔다. 인연의 인연을 통해 온 전혀 모르는 사람의 결혼에도 예외는 없었다. 결혼식 날 혼주 측에서 차편을 보내주겠다는 것도 사양했다. 항상 손수 운전하거나 내가 데려다 줄 때도 있었다. 그는 결혼식이 시작되기 훨씬 전에 도착해서 혼주들과 결혼 당사자들을 만나서 이야기를 나누고 축의금도 전달한다. 결혼식장에 갈 때 공무로 이용하는 차와 운전사를 부른 적은 없었다.

주례자는 연출가

　　　　주례자는 연출을 잘해야 하는 것 같다. 한번은 외국인을 사위로 맞이하는 주례에 특별히 신경을 썼다. 남편의 친한 친구가 혼주였기에 나도 동참했는데, 나는 주례자인 남편의 세심함에 놀랐다. 남편은 신랑 신부의 직업 능력, 됨됨이뿐 아니라 외국인 신랑의 가족 정보도 상세하게 전했다. 한국인 며느리를 맞이하는 외국인 부모를 소개하면서 그분들 이력이나 가문을 소상히 이야기했다. 영어로 축복의 인사도 건넸다.

또 친구 딸 결혼식에서 갑자기 아버지 재혼식도 함께 진행하는 별난 주례를 한 적이 있었다. 갑작스러운 상황이었는데도 남편은 두 쌍의 결혼식을 한 장소에서 부드럽게 이끌었다. 딸의 결혼주례를 마친 다음, 아버지의 신부를 소개했다. 즉석에서 부부가 되고, 혼주가 된 그들은 피로연에서 신랑 신부와 함께 테이블 사이를 돌며 하객을 맞았다.

남편 때문에 나도 주말을 비워 놓아야 할 때가 많았다. 신랑 신부들은 대체로 우리 집을 두 차례 방문했다. 결혼 전과 신혼여행에서 돌아왔을 때였다. 때로는 부모들도 동행했는데, 손님 치르는 일은 언제나 내 몫이었다. 집을 청소하고 다과를 대접하고 남편과 그들의 대화에 감초 역할을 했다. 주례자가 신랑 신부들과 자연스럽게 이야기를 할 수 있도록 분위기를 만들어야 했다. 그들이 돌아갈 때 선물을 준비하는 것 역시 나의 몫이었다. 남편은 자상한 사람이지만 대화는 서툰 편이었다. 남편 옆에서 엄마처럼 말을 건네면 어느새 신랑 신부의 얼굴에도 웃음이 피었다. 그러면 주례사에 담을 얘기들이 술술 나왔다.

남편 차림도 도와주어야 했다. 먼 길을 가지 않도록 일정을 조율하고 감기에 걸리지 않게 음료도 준비하고 와이셔츠, 넥타이, 양복도 미리 챙겼다. 나의 중년 주말은 많은 날이 그렇게 흘러갔다.

10 노년의 생활

손자들 이야기

재인이는 철없는 나를 할머니로 만들어 준 첫 손녀이다. 2005년 6월 25일 재인이가 이 세상에 태어났다. 소식을 들은 것은 6월 26일 친정어머니 산소에서 동생들과 함께 있을 때였다. 재인이 탄생 순간에 함께하지 못해 무척이나 아쉬웠다. 첫 손녀인데…. 남편과 나는 재인이 이름을 미리 지어 두었다. 어질다는 인(仁)에 부르기도 좋은 이름으로. 글로벌 시대에 영어로 불러도 좋았다. 아들 내외는 우리를 생각해서 일부러 그 순간에 우리를 대기시키지 않았다고 했다.

그러나 재인이가 태어난 날은 시어머님 기일이다. 공교롭게도 그날 재인이가 태어났으니 생일을 잊을 수가 없다. 문득 '한 조상이 떠나자 한 자손이 오는구나'라는 생각이 내 머릿속을 스쳤다. 그리고 2018년 시숙님이 돌아가실 때까지 재인이네 가족은 재인이의 생일 모임을 당일에 하지 못해 아쉬워했다. 하지만 나는 '돌아가신 할머니가 재인이 앞날을 잘 보살펴 주실 것'이라고 위로하곤 했다.

시어머님 기일이 지난 바로 다음 날 동생들과 함께 바로 몇 달 전 돌아가신 친정어머니 산소에 참배하러 갔다. '며느리의 출산 예정일이 며칠 남아있어 별일 없겠지' 하고 생각했다. 재인이가 태중에 있을 때도 별로 신경을 써주지 못한 것이 미안했다. 친정어머니가 투병 중이어서 매일 정신없던 때였다. 어느 날 며느리를 중국식당 타워차이에 데려가 점심을 함께한 것 외에는 며느리에게 임산부라고 특별히 뭘 해준 기억이 없다.

그러나 출산일이 가까워지자 나는 최상품의 대장각 미역 한 꾸러미와 아기의 면 기저귀 한 세트, 배냇저고리 같은 출산용품을 준비해 준 기억은 있다. 나는 시중 기저귀보다는 면으로 된 기저귀가 아기 피부에 좋다고 생각했다. 재인이가 태어난 후에는 백화점에 갈 때마다 예쁜 옷만 보면 재인이에게 입히고 싶어 종종 구입해 주기도 했다. 이 점에서는 다른 손주들에게 좀 미안하다.

재인이 백일이 마침 10월 3일 공휴일이어서 나는 사돈댁과 동생들 가족들까지 우리 집에서 하는 백일잔치에 초대했다. 그러나 사돈댁은 이 무렵 해외여행으로 초대를 사양했다. 나도 처음 할머니가 되다 보니 백일잔치에 서툴렀지만, 온 가족이 모여 아기의 백일을 축하하며 건강하기를 빌었다.

재인이가 태어나고 얼마 뒤부터 재인이네 가족은 주말이면 우리 집에 와서 하룻밤을 자고 갔다. 남편과 나는 그들이 떠나고 나면 그들이 웃고 먹고 하루를 보내고 갈 동안 '남기고 간 것은 기저귀뿐'이라며 웃었다. 이렇게 할머니 인생은 시작되었다. 내 나이 만 58세가 되어 갈 무렵이었다.

가끔 재인이 때문에 내가 어미 대신 보호자나 학부모 노릇을 할 때도 있었지만, 잘해 준 것은 별로 없는 것 같다. 유아 시절 재인이는 한동안 외할머니 손에 보살핌을 받았다. 그런데 어느 날 며느리가 돌이 갓 지난 재인이를 나에게 맡겼는데, 동창회가 있는 날이었다. 그날 제법 말도 잘 듣고 얌전해서 내가 동창회에 데리고 갔다. 차를 타고 갈 동안 조용하던 재인이가 동창회장에 들어서기가 무섭게 울기 시작했다. 할 수 없이 나는 동창회장에서 벗어나 역삼동 거리의 보도 벤치에 앉아 오가는 행인들이나 거리를 달리는 자동차에 재인이의 관심을 돌리며 동창회가 끝날 때까지 달랜 적이 있었다. 그 후에도 재인이는 음식점이나 사람들이 많이 있는 곳에 가기만 하면 유난히 울어댔다. 특히 포천의 '욕쟁이 할매집'에서의 재인이 울음은 내 기억 속에 깊이 박혀 있다. 재인이는 어릴 때 한번 울면 달랠 방법이 없었다. 일단 그 장소를 벗어나야 했다.

그러나 초등학교에 들어가면서부터 기쁜 소식만 전해왔다. 교과목뿐 아니라 피아노, 수영, 그림으로 상을 받을 때면 시상식에 나를 초대했다. 학내 오케스트라 반에도 편성되었고, 뭐든 열심히 했고 성실했다. 고학년 때는 학교 대표로 경기도 전체 영재로 뽑혀 부과된 연구과제에도 열심이었다. 과천에서 중학교에 다니던 재인이가 강남에 있는 진선여고에 와서도 고3인 지금까지 모범생으로 최상위 성적을 유지해주니 고맙기 그지없다. 지나고 보니 끈질기게 많이 우는 아이들이 뭐든 열심히 하는 기질이 있는 것 같다. 분명 잘 될 것 같다. 작년 남편 팔순 모임에서도 하얀 원피스를 입은 재인이는 초대된 친척들 선물이나 식장 안 테이블 장식까지 일일이 살피며 사람들에게 미소와 친절로 대했는데, 의젓한 숙녀로 성장하고 있었다. 손녀가 자랑스러웠다.

둘째 영인이가 재인이와 세 살 터울로 2008년 6월 20일에 태어났다. 또 6월이었다. 둘째라 재인이만큼 관심을 주진 못했다. 영인이가 어릴 때 우리 집 소파 쿠션의 장식 수술을 뜯어내는 바람에 야단을 친 적이 있었는데, 철모르는 아기에게 심했나 하는 생각이 들어서 지금까지도 미안하다. 그런데 과천에서 유치원에 다니던 어느 날, 어미에게서 급한 연락이 왔다. 손을 미처 빼지 못한 상태에서 대문을 닫는 바람에 손가락을 많이 다쳤다는 것이었다. 나는 너무 놀라 입원한 병원으로 달려갔는데, 영인이는 어느새 아무렇지도 않은 듯 태연했다. 그 후로도 한두 차례 영인이 일로 불려간 적이 있었지만, 영인이는 아주 침착했고 조용했고 항상 웃었다.

영인이가 초등시절 대교문화재단 주최 그림대회에서 상을 탄 적이 있다. 시상식이 열리는 예술의 전당으로 가면서 축하 꽃다발을 준비하지 못한 일이 너무 미안했다. 그 전에 백일이나 돌잔치도 큰손녀 재인이

보다 간소하게 했는데, 옷이나 선물도 언니만큼 사주지 못해 영인이를 보면 자꾸 미안한 생각이 든다.

그러나 초등학교에 들어가면서 영인이는 틈만 나면 근처의 '과천과학도서관'에서 언니와 함께 책을 읽었다. 나중에는 두꺼운 영어책을 술술 읽었다. 누가 특별히 지도하지 않았으나, 자꾸 읽다 보니 저절로 뜻을 알게 되더란다. 어느 날 과천에서 열리는 언니 재인이의 피아노 연주회가 있어 남편과 초대를 받았다. 영인이는 언니에게 물려받은 옷을 입고 가게 되었는데, 자꾸 입지 않으려고 했단다. 예쁜데 왜 그랬느냐고 물었더니 옷이 고급스러워 친구에게 미안해서라고 답했다. 초등 3학년 무렵인데, 영인이는 벌써 친구를 배려하는 마음이 있었던 것이다. 가끔 서초동 우리 집이 임대 관계로 집이 비면 종종 가족 행사를 했다. 영인이는 바이올린도 잘 연주했고, 텀블링을 연속으로 하는 묘기도 잘했다.

영인이도 강남에 있는 중학교에 입학하려 했을 때 무척이나 까다로운 배정 규칙으로 애를 먹었다. 어미와 나의 합동작전으로 겨우 구룡중학교에 배정받아 잘 다니고 있다. 친구들과도 잘 지낸다니 마음이 놓인다. 소녀 시절을 아름답게 보내기를 바란다.

큰딸 내외는 2011년 1월 14일 쌍둥이 남매를 얻어 무척 행복해 했다. 둘을 키우느라 고생도 많았다. 휴직도 하고, 도우미도 얻었다. 도우미가 없는 주말에는 용인 우리 집에 와서 하루를 묵고 갔다. 꼬마들은 유아기에 둘 다 잠을 안 자서 애를 태웠는데, 내가 자동차에 태워 동네를 몇 바퀴 돌면 스르르 잠이 들곤 했다. 그러나 세운이는 무척이나 많이 울었다. 백일 사진을 찍으려고 사진관에 가는 동안에도 너무 울어 찍지 못하고 돌아오기도 했다. 그 후 다시 찍었는지는 모르지만 하여간 잠도 잘 안 자고 울어서 유모차에 태워 아파트 바깥이나 집안에서 여러 차례 거실 통로를 왔다 갔다 했고, 내가 막 배우기 시작한 라인댄스 스텝까지 동원하여 안고 재우기도 했다. 때로는 성복천 길을 따라 쌍둥이용 유모차를 밀고 다니기도 했다.

이따금 주말에 그들 집으로 내가 호출되기도 했다. 걷기 시작하면서 아파트 바깥으로 아이들을 데리고 나가 놀이터나 동네 길을 다닐 때 아이들을 놓칠세라 졸졸 따라다니기도 했다. 2013년 막내딸 정진이가 혼인을 정했을 때도 정원이는 두 아이를 데리고 주말마다 우리 집에 왔다. 다른 손주들보다 더 많은 시간을 함께하다 보니 정도 들고 스스럼이 없게 되어 지금도 그들이 우리 집에 오면 마음대로 휘젓고 다닌다. 돌이 지나자 큰딸은 복직했다. 차츰 아이들도 덜 보챘으나, 나는 종종 큰딸 집을 방문했다. 날이 어두워지면 아이들이 엄마가 집으로 돌아온다는 사실을 알고 있어 마중하러 지하철역 입구에서 쌍둥이 유모차를 밀며 맴돌기도 했다.

두 살 무렵에는 민우가 우리 동네에서 그네를 타면서 '오징어가 먹물로 복수한 얘기'를 구연으로 들려주었다. 나는 너무 귀여워서 그 장면을 동영상으로 촬영해 두었는데, 찾을 수가 없어 안타깝다. 초등학교 입학식에 우리 부부가 참석한 때가 엊그제 같은데, 벌써 코로나 시대를 거쳐 6학년이 되었다. 두 아이를 동시에 키우다 보니 유치원이나 학교 행사가 있으면 나는 종종 보조 학부모가 되어 함께 참석하곤 했다. 그런데 어느덧 6학년에 올라 추석 무렵 학교의 예절교육 프로그램 행사에 나는 또 손자 민우의 학부모로 초청되었다. 도련님 옷을 입은 손자 민우의 다과와 절을 받았다. 어느새 소년이 되어 의젓하고 늠름하게 한복을 입고 할머니에게 공손하게 절을 하는 민우를 보니 딸 가족에게 든든한 울타리가 될 것 같았다.

손녀 세윤에게는 어미인 큰딸이 참석하여 모습을 직접 보지 못했다.

사진과 영상으로 보니 연한 핑크빛 한복을 입은 손녀 세윤이가 어느새 소녀를 넘어 아리따운 처녀처럼 보였다. 또 얼마 전 세윤이는 전교 어린 이회장에 출마하여 부회장이 되었다. 민우는 반장 선거에 도전하였으나 몇 표 차로 떨어졌단다. 나는 그들이 선거에 이기는 것이 중요한 것이 아니라 도전하는 용기를 칭찬했다. 이 세상을 살아가는 데는 도전정신 이 있어야 하고, 실패도 해봐야 한다고 했다. 나는 늙어도 손주들이 잘 자라고 있다고 생각하니 흐뭇하고 든든하였다. 그들이 맞이할 앞날은 좋은 세상이 되기를 진심으로 기도했다.

우리 집안에서는 현재까지 가장 막내인 수현이가 2016년 12월 16일 에 태어났다. 의사 과정을 밟느라 32세 늦은 나이에 결혼한 막내딸 내 외의 유일한 딸이다. 수현이가 태어나기 전 그해 1월, 남편과 함께 캄보 디아 여행 중에 어느 사찰에서 한 스님을 만났다. 그는 나의 운세를 봐 주며 그해에 부자가 되겠다고 했다. 나는 아무것도 투자하지 않아 고 개를 갸우뚱했지만, 아무튼 좋은 일이라도 생길 거라며 기대해 봤다. 빨간 실로 짠 팔찌를 부적으로 받으면서 얼마를 헌금했다. 그 후로 나 는 계속 그 실 팔찌를 팔목에 끼고 다녔다. 얼마 후 딸은 임신했고 그해 12월 16일에 수현이가 태어났다.

팔찌의 효험인지는 모르지만, 종종 그때 얘기를 들은 수현이는 자신 의 출생을 신기해하며 그 팔찌를 소중하게 생각한다. 아직도 안방 문고 리에 걸어두며 오갈 때마다 나는 팔찌를 확인한다. 그런데 수현이가 태 어나자마자 기쁜 소식이 들려왔다. 수현이의 엄마, 정진이가 한미약품 에 응모한 작품이 의료인문학상을 받은 것이다. 그것도 대상 바로 다음 의 최우수상이었다. 이런 수현이는 만날 때마다 "할머니는 늙지 마세 요"라며 자신이 아껴둔 여러 가지를 조합하거나 게임하다 뽑기로 선택 한 팔찌 같은 소품을 나에게 선물로 주곤 한다.

수현이가 유치원에 다닐 때까지 나는 돌보미로 불려 다녔다. 그럴 때마다 나는 초등학교 때 선생님 심부름을 받을 때처럼 기쁘고 우쭐해지기도 했다. 어미가 의사로 사느라 나를 수시로 불렀지만, 수현이를 만날 때면 무척 행복했다. 딸은 종종 직업 도우미를 활용했지만, 가끔 사정이 생기면 아침 출근 전이나 수현이가 어린이집에서 돌아올 무렵부터 두 내외가 집에 돌아올 때까지 나에게 부탁을 했다. 수현이는 너무 순하고 호기심이 많았다. 나의 동작과 동선을 보고 궁금해 묻는 것이 많아서 재미있었다. 어떨 때는 퍼즐도 함께 맞추어 나갔는데, 요즈음 아이들이 알아야 할 큰 세상이나 우주에 관한 내용이 퍼즐 속에 있어서 내게도 학습이 되었다.

어린이집에 다니기 시작하면서 아침 일찍 딸네 집에 가서 어미 대신 셔틀버스까지 배웅하거나 마중을 나가면 엄마가 아니어서 섧게 울었다. 손을 잡고 집에 와서도 울음을 그치지 않다가 지쳐서 잠이 들곤 했는데, 측은해서 마음이 아렸다. 은퇴한 남편이 나 대신 손녀를 맞이할 때도 있었는데, 그때는 정말 남편이 감당하지 못할 만큼 더 많이 울어댔다. 차라리 아이가 자란 후에 어미가 병원에 나가는 것이 좋을 것 같다는 생각을 종종 해봤다.

그러나 그 시기가 지나면서 나의 출입이 잦고 배웅이나 마중 빈도가 높아지자 수현이도 나를 반가워했다. 놀이터에 가서 노는 장면을 사진 찍어 병원에 있는 아빠에게 전송하기도 했다. 사위가 딸의 동선에 대해 가질 궁금증을 풀어주기 위해서였다. 이사 때문에 한동안 우리 집에 와 있을 때도 엄마가 출근하면 자연스럽게 나와 손잡고 동네 그네도 타고 놀이터에서 놀기도 했다. 차츰 자라서 유치원에 다니게 되자 새로운 도우미를 선생님으로 여기며 잘 따랐다. 그러나 도우미에게 일이 생기면 나는 언제나 달려갔다. 말하자면 나는 비상 대기조인 셈이었다.

2024년 초 이사를 가서 3월 2일 초등학교 입학식에는 내가 참석했다. 다른 손주들 초등학교 입학식에도 항상 참석하여 입학을 축하하고 입학식이 끝나면 함께 식사를 했다. 막내라 생각하니 섭섭했다. 나는 손주들이 주는 이런 즐거움 때문에 아직도 미장원에 가고 옷을 골라 입는다. 지금 이 나이에 가장 잘 보여야 할 대상은 손주들이라고 하는 말이 있다.

수현이는 우리 집에 올 때나 같이 여행할 때 너무나 명랑하고 잘 웃는 아이가 되어 보기만 해도 귀엽고 사랑스럽다. 하교할 때 학교 앞으로 마중 가보는 게 나의 작은 소망으로 곧 실천해 볼까 한다. 나는 수현이가 주는 곰상스러운 선물과 카드를 현관 입구 장식대 위에 올려놓고 오며 가며 수현이 생각을 한다.

내 몸이 왜 이렇게 가볍지?

우리 집 현관으로 손주들이 우르르 들어왔다.

"아! 맛있는 냄새. 할머니 밥 주세요. 배고파요."

아이들이 쿵쿵거리며 강아지들처럼 부엌으로 달려들었다. 나는 발이 더욱 바빠지고 준비했던 음식을 차례대로 상에 올려놓았다. 특히 손녀 세윤이가 좋아하는 은은한 버섯구이를 제일 잘 보이는 중앙에 배치했다. 옆에는 고기 맛을 아는 손자 민우를 위한 갈비구이가 자리했다. 노릇노릇하게 부친 생선 부침, 달큰한 호박전, 상큼하고 싱그러운 채소 샐러드도 적절히 배치했다.

껍질을 깔 때 끈적여서 손질이 매우 불편했지만, 참기름, 고추장, 간장, 설탕 같은 갖은양념을 들여 구운 더덕은 특별히 사위들 앞에 놓았다. 씹는 맛과 향이 외식에 물린 그들의 입맛을 해방하여 주기를 바라면서. 평소에는 쓰지도 않던 꽃무늬 접시 위에 파란 잎을 깔고 모양내어 담았다. 물론 다른 주부들에 비하면 솜씨가 부족해서 맛도 모양도 부끄럽지만, 내 수준에서는 최선이었다. 식탁 위에 벌려 놓으니 그럴듯해 보였다.

부엌은 온통 그릇과 집기들로 전쟁터 같은 풍경이다. 그래서 나는 외부인 절대 출입금지 규칙을 세워 아무도 부엌에는 못 들어오게 한다. 꼬마 손주들만 빼고. 지저분한 광경이 행여 식욕을 떨어뜨리거나 분주한 내 모습이 딸들에게 부담을 줄지도 모르기 때문이다.

추석 전날 우리 집에 온 아들은 추석날엔 우리 부부와 큰댁에 가서 차례를 지낸다. 그리고는 각자 일정대로 움직였다. 그들 종착지는 아이들 외가였다. 명절 저녁은 대체로 딸 가족이 친정으로 모여드는 것이 근래의 풍속도다. 큰댁에서 돌아오면서부터 내 머릿속은 딸들을 맞이할 저녁 구상으로 가득했다. 딸들도 시가에서 며느리 역할을 하다가 친정에 와서는 해방된 민족처럼 마음 놓고 활개를 쳤다. 외손주들은 어미보다 더 들떠서 온 집안을 돌아다녔다. 서비스하는 처지에서 받는 위치로 바뀐 딸들은 친정에 오면 마냥 편안해 보였다.

아이들이야 어디를 가나 넘치는 사랑에 행복을 느끼겠지만, 그들의 태도는 약간씩 다르다. 친손주들은 우리 집에서 대체로 예의 바르고 몸가짐을 조심했다. 사춘기가 된 탓도 있겠지만, 아마도 은연중에 부모를 본받는 것 같았다. 사위를 대동한 딸들 방문은 나에게는 최대의 손님맞이 행사다. 우리 집 문간에 들어오는 순간부터 넘치는 환영의 분위기를 만든다. 나는 그들의 일정을 극대화하고 싶어서 큰댁에서 돌아오기 무섭게 앞치마를 두르고는 만찬을 준비했다. 현관문에서 "딸그랑" 종소리가 울리면 마치 시험 시작을 알리는 벨소리처럼, 내 온몸이 긴장한다.

"아이고 아직 준비가 덜 되었는데."

가슴은 쿵쿵 뛴다. 특별히 양념에 재워두었던 LA갈비를 굽는 손은 열판 위에서 아주 부지런하다. 수증기 같은 하얀 기체가 피어오르고 고소한 향기가 온 집안 가득 퍼질 때, 세윤이가 한 조각을 벌떡 삼켰다.

"할머니, 너무 맛있어서 혀를 깨물었어요."

"그러니까 할머니, 세윤이 혀를 다쳤으니, 제가 이 갈비를 더 먹을게요. 세윤이는 원래 버섯구이를 더 좋아했잖아요."

민우가 냉큼 고기를 낚아챘다. 아마도 벌써 꼬마들 입속에서 군침이 돌고 있었던 모양이다. 세윤이의 실수를 호기로 잡은 민우는 앙증스럽고 귀여운 입에 쉴 새 없이 고기 조각을 집어넣었다. 아이들이 바깥나들이를 시작할 무렵부터 일주일에 한 번 어김없이 우리 집을 찾는 꼬마 손님들이지만, 나는 그때마다 최선의 솜씨를 다 발휘했다. 남편은 때때로 "오늘은 민우가 안 오나? 그 애들이 와야 나도 좀 얻어먹을 텐데"라며 질투 어린 투정을 늘어놓곤 했다. 큰딸이 결혼한 후 7년 만에 얻은 쌍둥이 남매였다. 뱃속에 있을 때부터 조마조마 기다리던 아이들이었다. 친가 어른들은 말할 것도 없거니와 나 또한 소원 성취였기에 자라나는 꼬마들 일거수일투족이 대견하고 귀엽기만 하여 야단을 칠 때조차 사랑을 보냈다. 그래서 그 아이들이 오기만 하면 내 아픈 몸을 벌떡 일으키고 부지런히 움직이게 되었다. 천 근 같던 몸이 어찌 그리 가벼운지 손자를 둔 할머니들은 알 것이다.

남편의 재발견

남편은 곧잘 새로운 플라스틱 용기를 구입해 온다. 은퇴한 후 가끔 설거지를 하면서 살림 용품에도 꽤 관심을 가졌다. 아마 우리 집에 요리기구가 부족하다고 생각하는 것 같다. 엄밀하게 따지면 그의 생각이 완전히 틀린 건 아니었다. 다른 집보다 요리기구가 적은 것은 사실이다. 그러나 70이 넘도록 부엌일을 하다 보니 요리기구까지 사용하지 않아도 음식을 만들 수 있다. 더구나 있는 요리기구도 거추장스러워 당장 필요한 것들만 부엌 수납장에 두었다. 그 외의 것은 비상시를 위해 부엌 밖 수납장에 치워두었다. 남편이 그 사실을 알 턱이 없다.

특히 플라스틱 용기들은 대체로 부엌 바깥에 있다가 수시로 이동용으로 파출되는데, 남편은 이동과 순환과정을 알지 못한다. 그래서 살림을 자꾸 구입하는 것은 낭비라며 핀잔을 했더니 남편은 자신의 정성을 무시한다며 서운해했다. 주변 사람들에게 흘러간 용기들은 이동된 집주인을 따라 다시 우리 집으로 돌아오거나 나의 행차에 따라 다시 나를 따라 우리 집으로 되돌아온다. 큰 가방에 담겨온 그릇들은 마치 트로이 목마에서 튀어나오는 병사들처럼 가방에서 와르르 쏟아진다. 남편이 그 장면을 목격해야 하는데…. 단순한 사람 눈에는 당장 모습이 전부라고 생각한다.

아내를 도와주려는 생각은 고맙다. 그러나 은퇴 후 새로 생긴 그의 또 다른 취미가 자잘한 상품을 사들이는 일이다. 다이소나 마트의 생활용품, 심지어 지하도 좌판에서도 사들고 온다. 특히 지하철에서 보따리 장수의 물건을 자신이 사면 다른 승객들이 따라서 산다는 사실에 기쁨을 느끼며 소소한 물품을 더 자주 산다. 자신의 작은 행위가 영세한 장사꾼에게 삶의 의욕과 용기를 준다고 생각하기 때문이다. 그의 마음속에 따뜻한 인간애가 흐르고 있어 기특하고 사랑스럽기도 하다. 그러나 남편이 사온 물건들은 대체로 조악했다.

그는 소품들을 사들이는 일 외에도 집안에서 집기를 고치거나 웬만한 것은 손수 조립해서 완제품으로 만들어 낸다. 그가 냉장고 속 음식물에 관심을 두고 멀쩡한 식품을 버리면 황당하다. 내 딴에는 아껴뒀다가 쓸려던 참인데, 거무스레한 것들은 부패했다고 믿는다. 나는 그런 식자재는 남편의 시야에 잡히지 않는 곳에 보관해두려고 한다. 그의 행위들이 다소 불편하고 안타까울 때도 있지만, 은퇴 후 아내의 수고에만 기대지 않고 뭔가 도움을 주려는 그의 마지막 적응기인 것 같아 고맙기도 하면서 측은한 생각이 든다.

아무리 그래도 집안에서는 내가 전문가다. 아마추어인 그에게는 한계가 있다. 그는 재활용을 잘 모른다. 재활용을 염두에 두고 살아온 나는 모든 물품을 여러 번씩 활용했다. 깨진 그릇은 화분 받침으로, 찬밥은 볶음밥이나 국밥으로, 남은 음식은 식자재를 추가하거나 조리법을 달리해서, 식자재가 부족하거나 실수한 요리도 다시 창조하는 능력이 내게 있음을 남편은 잘 모른다. 경험은 창조의 전 단계다. 무경험자는 창조자의 보조자가 되어주면 좋겠다.

회색 비닐 가방과의 동행

우리 집엔 오랫동안 애용한 비닐 가방이 하나 있었다. 음식을 그 가방으로 운반한 것은 2003년 무렵이었다. 2003년 결혼한 큰딸이 직장생활을 시작했다. 나는 서울에 볼일을 보러 갈 때나 딸이 우리 집에 오면 반찬과 과일을 가방에 담아 딸에게 전해주곤 했다. 아버지가 독립적인 살림을 시작했을 때 가방은 역할이 추가되었다. 아버지 집에 갈 때도 조금씩 무게가 늘어났다. 그 와중에 쌍둥이 남매가 태어나자 가방은 큰딸네 집으로도 호출되었다.

회색 가방은 손때가 묻고 조금씩 낡아져 갔다. 그러나 무려 18년여 동안 임무 수행에 전혀 지장이 없었다. 아버지 집에 갈 때면 다음 여동생이 다녀갈 때까지 드실 식품들을 넣는 바람에 가방은 터질 듯이 팽팽하게 부풀어 올랐다. 큰딸 집에 갈 때도 딸과 사위, 도우미 그리고 쌍둥이까지 챙겨서 내 가방은 숨을 쉴 수도 없을 만큼 통통했고 무거웠다. 2013년 둘째 딸이 결혼한 후 그 가방은 더 바빠졌다. 동생들을 만날 때도 그 가방에 음식을 담아가곤 했다.

이모 댁에 갈 때는 가방에 또 다른 보따리를 추가했다. 낯선 동네에서 몸이 불편한 이모와 외식이 불편했기 때문이다. 동생들도 과일이나 음식을 가져왔지만, 나는 더 세심하게 준비했다. 음식을 많이 넣어 최대한 빈틈없이 채워 담느라 가방은 언제나 불룩하게 통통했다.

가족 친척을 찾아다니는 동안 가방은 약간의 상처가 났지만, 역할에는 아무 문제가 없었다. 그때까지 신음도 내지 않았다. 어른들은 아무도 가방에 관심을 두지 않았지만, 쌍둥이 손주들은 이 가방을 가장 사랑했다. 꼬마들은 내가 아파트 현관에 들어서면 쪼르르 달려와서 내 품에 안기면서도 눈길은 가방에 갔다. 내 품에서 벗어나자마자 가방 속 보물찾기를 했다. 좋아하는 것들이 나올 때마다 탄성을 질렀다. 할머니가 가져온 것들은 바나나, 귤, 사과, 포도, 밤, 고구마, 빵, 과자 같은 평범한 간식과 김밥이나 통닭인데도 꼬마들은 나보다 그것을 더 반겼다. 게다가 아파트 근처에서 산 아이스크림을 보면 손뼉을 치며 좋아했다. 녹기 전에 얼른 먹어 치웠다.

적당히 배가 부르면 손주들은 그동안 익힌 실력을 자랑했다. 푸른색 장난감 말 위에는 손자 민우가, 분홍색 말 위에는 손녀 세윤이가 앉아 아래위로 쿵덕거리며 말타기 시범을 보였다. 말의 쿵덕거림 횟수를 세며 상대보다 많은 기록을 세우려고 안간힘을 쓰며 할머니의 반응을 살폈다. 나는 열심히 손뼉을 쳤다. 어린 남매지만 경쟁심은 대단했다. 나는 그들에게 갈 때마다 가방 안에 나의 사랑을, 돌아올 때는 꼬마들의 사랑을 담아왔다. 그때가 그들이 유치원에 들어가기 전이었다. 나에게는 꿈같은 시절이었다.

그 가방은 어느 추석 무렵 우리에게 배달된 육류선물 가방이었다. 버리라는 남편 말을 못 들은 척하고는 음식물 운반용으로 사용해왔다. 겹으로 된 비닐 가방은 보온용 충전재와 지퍼가 있어서 음식물 보온에 적합했다. 질긴 비닐 소재에 두께감이 있는 거죽과 손잡이 부분이 꼼꼼한 박음질로 봉제가 잘 되어서 무거운 음식을 들고 다녀도 탈이 나지 않았다. 특히 거죽의 질감도 윤택하고 색깔도 회색이라 제법 품격이 있고 튀지 않아서 편했다. 가장 중요한 것은 가방이 가벼워서 체격이 크지 않는 나에게는 안성맞춤이었다. 이렇게 내 마음에 꼭 들었던 가방이 어느 날 갑자기 사라졌다. 2021년 3월쯤이었다.

나는 아이들에게 가방의 행방을 일일이 물었다. 그러나 아무도 못 보았다고 했다. 사실 아들네 집에 갈 때 가방을 사용한 것은 2017년 설날이 처음이었다. 그들이 왔다 갈 때는 큰 백을 사용하느라 회색 가방은 사용하지 않았다. 또 과천에 음식들을 담아가면 가방을 회수하기가 쉽지 않을 것 같았다. 딸들만큼 자주 오지 않기에 가방의 이동과 순환에 장애가 일어날 것 같았기 때문이다. 내 가방은 언제든 출장 갈 준비가 되어 있고, 곧 되돌아와야 했다.

나는 작은 딸이 제일 의심 갔다. 자주 우리 집에 왔기에 가방이 있을 것 같아 집 안 구석구석을 찾아보라고 당부했다. 큰딸에게도 찾아보라고 했는데, 역시 없다고 했다. 큰딸은 이제 아이들도 크고 가족 모두 바빠져서 우리 집에 오는 횟수가 줄어들고 도우미도 있어서 음식을 챙겨 주지 않아도 되었다.

어느 날 나는 서울에 갔다가 아들 내외를 아파트 주차장으로 불러내어 무엇인가를 잔뜩 넣은 가방을 전해 준 일이 생각났다. 바로 그날이 내가 그 가방을 본 마지막 날이었다. 나는 다시 며느리에게 가방을 어디에 두고 오지는 않았는지 물었다. 그러나 그런 일은 없다고 했다. 나는 정말 가방이 그리웠다. 20여 년을 나와 함께 다닌 그 가방을 잊을 수가 없었다.

그 가방을 한참 들고 다니던 어느 날이었다. "사모님은 이 동네에서 제일 바쁜 분 같아요"라는 우리 동 경비아저씨의 말을 떠올리며 나는 가방을 찾지 않기로 했다. 그 한마디가 나의 수고를 알아주는 것만 같았다.

"잘 가라 내 가방. 이제는 너도 나처럼 쉬어보자꾸나. 나도 어깨 통증 때문에 너와 동행할 수 없으니."

우리 집은 물류센터

삼 남매가 우리 집을 떠난 지 오래지만, 그들의 물건은 아직도 남아 있다. 전공 서적, 일기장, 편지, 메모 노트, 상장은 버릴 수가 없었다. 다시 입어도 멋질 것 같은 의복은 가끔 선택받아 빠져나갔어도 아직 장롱 하나를 차지하고 있다. 특히 혼수로 장만한 한식 침구들이 되돌아와 큰 자리를 차지하고 있다. 한때 아들이 심취했던 몇 상자나 되는 음반들은 당분간 피난 온 짐들이다. 손주들 놀이책, 장난감, 문구들은 막내 손녀 수현이가 올 때마다 애용하고 있다.

이렇게 우리 집은 물품 보관소가 되었다. 나의 옛 물건도 함께 있다 보니 박물관 같은 그 방을 아이들이 무척 좋아한다. 서울에 있는 아이들 집은 좁고, 용인에 있는 우리 집은 두 배 이상 넓다. 물건들이 다시 쓰일 것만 같아서 빨리 가져가라거나 버리라고 재촉하지 못하고 있다. 게다가 내가 남기고 싶은 것들도 있다. 아직도 정리하지 못한 부모님의 유품과 서류들. 그야말로 3대를 살아온 집안의 물품을 함부로 처분할 수가 없다. 아직은 기다려야 할 것 같다.

이런저런 사연으로 모여든 우리 집의 보관품은 언젠가 누구에겐가 가장 필요한 사람에게, 필요한 때에 나누어질 것이다. 그 가치를 최대화하고 싶은 나의 미련 때문에 아직 우리 집에 있다. 사람들은 나이가 들면 정리를 한다는데, 나는 나이가 들수록 물건이 많아진다, 물건들은 대개 내 것이 아니지만 주인이 필요해서 찾아갈 때까지 우리 집에 있어야 한다.

가끔 누군가가 창고방의 문을 열어볼까 두려울 때도 있다. 하지만 나는 그 물건을 볼 때마다 아직 자녀와 함께 사는 기분을 느낀다. 우리 부부만 사는 것 같지 않다. 우리 집은 물건도 대접받는다. '아까워하지 말자'를 새해 결심으로 삼은 지도 벌써 여러 해가 지났다. 아직도 버리지 못하는 병을 끊지 못하고, 순환과 재활용을 생각하고 있다.

며느리의 초대

2017년 설날. 며느리가 저녁 식사에 초대했다. 결혼한 지 몇 년 만인가? 그동안 세 살 터울로 두 손녀가 태어났다. 큰손녀가 6학년, 둘째가 3학년이 되던 해였다. 13년 만에 받은 정식 초대였다. 그동안 설 전날 오후에 아들네가 우리 집에 와서 저녁을 함께하고, 다음날 아침에 일찍 세배를 받고 세뱃돈을 주었다. 그 후 일산 큰댁에 가서 차례를 지냈다. 추석도 마찬가지다.

설, 추석이 되면 나는 그들이 오기 전부터 정신없이 바빴다. 아들 가족의 식사를 준비하고, 선물을 마련했다. 또 이튿날 큰댁으로 가는 동안 자동차 안에서 먹을거리와 제수거리도 준비하고, 두 시숙 댁 선물도 챙겼다. 제사 음식을 장만하는 큰댁의 일을 덜어드리려고 며느리와 몇 가지 음식을 만들었다. 너무 일만 하다 보면 조상님 생각보다 귀찮아하는 마음이 생길까 봐 며느리가 오기 전에 음식이나 이부자리를 미리 준비했다.

그런데 큰시숙님이 내년 설날 차례부터 큰댁 가족들만 모여 지내겠다고 선언했다. 다른 반대가 없어서 큰시숙님 제안은 자동으로 받아들여졌다. 그다음 해인 2017년에 며느리가 우리를 초대한 것이었다. 나는 며느리 뜻이 대견해서 얼른 받아들였다. 그러나 아들네 집으로 가는 것이 부담도 되었다. 그동안 아들네 집에서 식사한 적이 없어서인지 특별한 사람에게서 초대받은 것 같은 어색함이 있었다. 나는 수납장 안에 있는 것들을 하나하나 꺼내 살펴보면서 며느리에게 줄 선물을 한참이나 골랐다. 평소에도 나눠주고 싶어도 혹시 며느리가 달갑게 여기지 않을까봐 망설인, 아껴두었던 이탈리아제 접시 세트와 밥그릇, 국그릇을 챙겼다.

며느리는 그동안 이사 다닐 때 번거롭다며 웬만한 것은 사양했다. 우리가 아들 집에서 식사한 것은 결혼한 다음 해 남편 생일 때였다. 그동안 그들이 오면 나는 최선을 다해서 한 끼라도 잘 먹여 보내려고 애를 썼다. 돌아갈 때는 아껴두었던 것들을 챙겨주노라면 남편은 은근히 아들을 질투했다. 그런데 나는 며느리 초대가 대통령에게 초대받은 것만큼이나 너무 기분 좋았고, 내친김에 조카네 가족들도 초대할 수 있느냐고 물었다.

가보니 며느리는 정말 우아하게도 상을 차려 놓고 있었다. 평소 내가 하던 음식이 아니라 이탈리아와 일본풍의 상차림이 카페 분위기를 연출했다. 목욕탕, 방, 거실은 아기자기한 장식품으로 꾸며져 있었다. 비록 의자나 집기, 그릇이 부족해서 다소 불편했지만, 꿰맞춰서 파티를 이끌어 갈 줄 아는 며느리와 어미를 돕는 손녀들도 보기 좋았다. 다음 세대인 조카 가족과 함께 갔던 것이 무엇보다도 기뻤다. 이제는 집안의 대소사를 하나하나 며느리에게 맡겨도 좋다고 생각했다. 든든한 언덕이 생긴 것 같았다.

식사 후 기분이 고조된 나는 기꺼이 윷놀이 밑천을 쾌척했다. 그리고 맏손녀 재인이에게 세뱃돈 분배를 맡겼다. 나는 중학생, 초등학생, 어린이로 구분하여 차등 배분하리라 예상했지만, 재인이의 분배 방식은 특별했다. 재인이는 사촌들 나이를 모두 합산해서 분모로 하고, 그 위에 각자의 나이를 분자로 하여 나눈 후, 그 비율대로 돈을 나누었다. 나는 뜻밖의 분배 방식에 놀랐다. 역시 고정된 틀을 벗어나려면 아이들에게 기회를 주어야 한다고 생각했다.

집으로 돌아갈 때 나누어 줄 선물은 며느리에게 미리 맡겼다. 명절 때마다 그동안 나의 방식에 익숙해진 며느리는 시사촌 가족과 똑같이 선물을 나눴다. 나는 명절 선물이나 자녀들이 가져온 선물을 모두 합하여 다시 똑같이 분배하도록 해왔다. 내 나이도 일흔을 넘었다. 이제는 며느리가 집안 행사를 주도적으로 해야 할 때가 되었음을 깨달았다. 되도록 며느리에게 주도권을 줘야겠다고 결심하면서 일흔하나의 설날 밤을 편안하게 잠들 수 있었다.

코로나 펜데믹과 가족의 재발견

2020년 새해 벽두부터 불어 닥친 코로나 펜데믹은 전 지구촌에 엄청난 인명 피해와 경제적 손실을 가져왔다. 누구도 예상치 못한 코로나19는 인류에게 강력한 경고의 메시지를 던져준 동시에 삶의 많은 부분을 바꿔 놓았다. 나와 우리 가정도 예외는 아니었다. 코로나 기간 동안 대중이 모이는 장소에서 만날 수 없어 우리 가족은 우리 집에서 자주 모였다. 자녀들이 올 때마다 우리 집에서 식사했다. 어린 손주들의 만남도 우리 집에서 했다.

나 또한 외출이 줄어들어 가족을 위한 식사 서비스가 별로 부담스럽지 않았다. 아이들과 삼 남매 내외가 우애를 다지는 시간에 우리 부부는 호스트 역할을 하느라 그들과 대화를 별로 할 수 없어 조금 아쉬웠다. 밖에서 사람들을 만나지 못하자 나는 이 기간을 활용하여 아이들에게 도움을 주고자 했다. 남편에게는 손주들이 온다는 명분으로 집안일에 협조하는 습관을 기르게 했다. 그는 손주들 방문 때 제법 손 빠른 보조자가 되었다. 때로는 자신의 밥상뿐 아니라 내 밥상을 차려줄 만큼 부엌일에도 능숙해졌다. 게다가 웬만한 고장은 손수 해결했다. 남편은 기능적인 면에서도 많이 발전해 손주들 장난감이나 집안의 잔고장은 거뜬히 고치게 되었다. 손주들에게 맥가이버 손이라 불리며 사랑받는 할아버지가 되었다.

가장 중요한 변화는 나만의 시간 갖기를 시도한 것이다. 평소에 다른 사람을 챙기느라 감히 내가 원하는 것을 해볼 수가 없었다. 사람들과 교류가 뜸한 틈을 계기로 오디오북을 들었다. 덕분에 역사, 철학, 음악도 감상할 수가 있었다.

2020년 12월 23일, 코로나로 인해 명절에 본가 방문조차 못하던 시절. 내 생일이 다가오자 정원이 딸 세윤이가 묘안을 냈다. ZOOM 앱을 휴대전화에 설치해 화상 가족파티를 열자는 것이었다. 말하자면 사이버 생일잔치였다. 우리 부부와 세 자녀 가족은 줌 화면을 통해 생일파티를 했다. 가족 모임 인원 제한 때문에 케이크를 사들고 온 큰딸 모자와 막내 모녀만 우리 집으로 왔다. 나머지 가족은 화면 안으로 불러들여 만났다. 참으로 신기한 일이었다. 모두가 화면 속에서 케이크 위에 촛불을 켜고 생일 축가를 불렀다. 내가 촛불을 끄고 케이크를 자르자 모두 박수를 보냈다. 아들 가족 넷은 화면 속에서 만났고, 두 사위도 차례로 축하 덕담을 한마디씩 했다. 재미있었다. 비록 화상이었지만 모두 한 화면에 모이니 색다른 분위기로 화기애애했다. 드디어 우리도 21세기 최고의 문명을 누리는 가족이 된 것 같았다.

아내도 쉬고 싶다

주말에 손주들이 돌아가고 나면 다음 날 아침에는 일어나기도 어렵다. 몸이 무겁기 그지없다. 주부생활 50년이다. 이제 나도 은퇴하고 싶다. 나도 가끔은 밥상을 한 번씩 받았으면 좋겠다. 근사한 요리를 바라는 것도 아니고, 외식을 바라는 것은 더욱 아니다. 직장인들도 60세 또는 65세가 되면 은퇴하지 않는가. 며느리와 함께 사는 세상도 아니고, 같이 산다고 하더라도 며느리 역시 직장인이 아닌가.

어느 날 친구들과 우리도 내 돈 내고 사먹자고 입을 모았다. 어쩌다 자녀들에게 대접받는다고 해도 밥값으로 치면 천만 원이 되기도 하고, 일억 원이 될 수도 있다고. 그러니 자주 만나서 어느 정도 품위 있는 식사를 즐기자고 입을 모았다. 값은 불과 2~3만 원 안팎이었다.

외식하는 여성들을 보면 남성들은 "참 팔자 좋은 여성들이 한국에는 많다. 한국 여성들이 이 지구상에서 가장 대우받고 살고 있다"며 불평인지, 부러움인지 알 수 없는 말들을 곧잘 한다. 주부들은 한평생 가족의 식사를 준비했다. 아이들이 초·중·고를 다닐 동안에는 매일 도시락을 쌌고, 고3 자녀가 있을 때는 점심과 저녁 두 끼 도시락도 준비했다. 게다가 우리 세대는 젊었을 때 애경사나 친교 모임을 집안에서 치르지 않았던가.

이런 사실을 남성들은 모르는 것일까, 아니면 잊어버린 걸까. 나는 남성들의 단순한 생각에 화가 난다. 아니 내 남편에게 화가 났다. 한평생을 밥하느라 시간을 다 바쳤다 해도 과언이 아니다. 게다가 자식들이 결혼하면 챙길 식구들은 더욱 늘어났다. 손주들이야 귀여우니 밥 먹이는 것도 즐거운 일이어서 자다가도 벌떡 일어나지만, 은퇴한 남편을 위해 하루에 두 끼 이상을 꼬박 챙기다 보니 일흔이 넘은 나이에도 계속되는 설거지에 넌더리가 날 지경이다.

결혼 후 50년을 식사 당번으로 살다 보니 누가 차려주는 밥 좀 먹고 싶다. 이제 나이 든 여인이 된 나는 남편에게 가끔 그런 역할을 기대해 본다. 고난도 기술이 필요한 일도 아니어서 밥상 한번 받기를 기대하면서 생일 아침을 기다렸다. 쾌적한 주방에 온갖 편리한 조리기구들이 있고, 유튜브에서는 갖가지 요리법을 가르쳐주지 않는가. 그런데도 그것 하나 못 해주는 남편이 답답해서 한심한 눈으로 바라볼 때가 있었다. 그런데도 남편은 내가 조금만 늦어도 큰소리치며 나의 기를 꺾곤 했다.

이즈음 그의 가슴에도 변화가 일어난 것 같았다. 늙어가면서 밥해주는 남편을 기대한 나에게 드디어 남편의 식사 서비스가 시작되었다. 아마도 내가 쏜 눈빛이 남편의 가슴에 비수처럼 꽂혔는지도 모른다. 은퇴

3년이 지난 2020년 여름부터 그가 조금씩 달라지기 시작했다. 설거지와 청소, 재활용품이나 일반 쓰레기 버리는 일을 자청했다. 또 나의 외출이 가족들의 평화와 안전을 위한 것임을 깨달았는지 저녁상을 차려놓을 때도 더러 있었다. 나는 고마워서 그가 차린 반찬을 맛있게 먹었다. 물론 대체로 내가 만들어 둔 음식들이었다. 그러나 데우거나 굽는 과정도 꽤 시간과 정성이 들어가기 때문에 나는 무조건 남편을 칭찬했다. 옛날과 달라진 남편의 태도에 황송해서, 어떨 때는 이래도 되나 하며 나 자신을 돌아볼 때도 있다.

그러나 아침은 대체로 내가 담당했다. 가끔 일찍 일어나지 못할 때는 남편이 아침 식사를 차려놓는다. 한때 세상에는 영식이, 일식이, 이식이, 삼식이 농담이 유행했다. 이 말은 퇴직한 후 달이 가고, 해가 바뀌다 보면 실감하게 된다. 젊던 아내들도 이제는 늙어가다 보니 더 이상 에너지가 남아 있지 않다. 겨우 남은 에너지를 자녀들과 손주들에게 아낌없이 쏟다 보니 체력과 에너지가 고갈되어 간다. 늙은 아내에게 남편이 소중하고 고마운 사람이기는 하지만, 손자만큼 예쁘고 사랑스럽지 않으니 어쩌랴!

퇴직한 남편들은 인생 후반기에 취미생활을 추구한다. 또 어떤 사람들은 봉사활동을 한다. 취미 중에 요리라는 종목도 하나 넣어보면 어떨까. 다른 데서 봉사하는 셈 치고 아내에게 봉사 좀 하면 안 될까. 아내도 한평생 같은 일을 하면 지겨울 수도 있다는 것을 모르쇠 하는 남편들의 심리는 연구대상이다. 상대가 무엇을 힘들어하고, 무엇을 원하는지 공부하는 것이 사랑이다. 아내가 힘들어할 때, 지겨워할 때, 밥상한 번씩 차려주면 그도 손자처럼 사랑받을 것이다. 나는 철의 여인이 아니다.

나 자신을 위하여

　　　　　나에게는 오래된 오피스텔이 있다. 남편의 퇴직을 대비해 30여 년 전에 분양받았다. 막내딸 정진이가 의사시험을 준비하며 한동안 그곳에서 생활했다. 오피스텔을 소유한 이후 가장 보람을 느낀 때였다. 용인에서 서울까지 오가는 시간을 아껴 줄 수 있고, 또 딸에게 혼자만의 공간을 마련해 줬다는 뿌듯함이 있었다.

　오피스텔은 세월을 거치면서 낡고 구식이 되어서 불편한 점이 많아졌다. 게다가 새로 분양되는 고급스럽고 실용성까지 갖춘 호텔급 오피스텔이 여기저기 생겨나자 구형 오피스텔은 임대하기가 어려워졌다. 나는 신축된 오피스텔들을 돌아본 뒤 리모델링하기로 했다. 남편에게는 수리 계획을 알리지 않았다. 작은 일만 생겨도 당장 팔아버리라고 할 위인이었기 때문이다. 워낙 작은 공간이니 나 혼자 한번 부딪쳐 보기로 했다.

　작은 공간의 공사일수록 알맞은 업체를 찾기란 더욱 어려웠다. 가격과 디자인을 생각하느라 여러 곳을 헤맸다. 다른 사무실도 들여다보고, 신축 오피스텔도 몇 군데나 돌아보았다. 그리고 우리 사무실 내부 구조를 살피며 높이, 길이, 넓이 등을 줄자로 재어 달력 뒷장에 평면도를 그렸다. 면적이 작아도 화장실, 부엌, 사무 공간, 작은 방까지 갖출 건 다 갖춰야 하니 생각보다 공사비가 많이 책정되었다. 할 수 없이 서울이 아닌 분당 자재 전시장에 들러 견본 주택 자재들을 살펴보았다. 주택과는 구조나 디자인이 달랐지만, 여러 가지 힌트를 얻을 수 있었다. 상냥한 매니저에게 인테리어 업체를 추천해달라고 부탁했다. 매니저는 잠시 망설이다가 종이쪽지를 몰래 내 손에 쥐어 주었다.

　전시장을 나온 후 쪽지에 적힌 번호로 전화를 걸었다. 그렇게 만난 사람과 공사 현장을 둘러보았다. 나는 그분에게 이런 작은 규모의 사무실 공사를 해본 적이 있느냐 물었더니 그렇다고 했다. 그는 공사비용을 최대한 줄이면서 예쁘게 해보겠다는 말을 덧붙였다. 그분이 확신을 주었에 나는 공사를 의뢰하기로 했다. 그날 오후 그의 사무실에서 공사 계약을 했다. 전체 공사비용은 700만 원, 비싸지는 않은 것 같았다. 부엌, 화장실 겸 샤워 시설, 사무 공간 등으로 구분하여 각각의 시설과 배관, 전기배선 같은 기본 시설과 세탁기, 전기 화덕, 문짝, 조명, 사방의 벽과 천장, 창문, 바닥을 시공할 자재나 색상을 선택해야 해서 내가 거들 부분도 많았다.

실측한 자료를 갖고 여러 곳에 두루 문의한 후 공사 계약까지 2주일 이상의 시간이 흘렀다. 시작된 지 3주가 지나 인테리어 공사가 완성되었다. 결과는 만족스러웠다. 가구와 집기를 사서 설치할 때가 되자 간편 가구점이나 인터넷에 올라온 가구점을 찾아다녔다. 숙고 끝에 사들인 회색 의자 두 개는 방의 벽 색깔이나 흰 가구들과 잘 어울렸다. 이미 빌트인 된 세탁기와 전기레인지 외에도 간단한 가구들과 가전제품도 필요했다. 냉장고를 비롯하여 자잘한 살림살이와 집기들까지 갖추고 보니 신혼생활을 해도 되겠다는 생각이 들었다.

나는 텔레비전이나 벽에 붙일 그림, 달력 같은 장식물은 생략했지만, 처음으로 내 전용 노트북과 인쇄기를 샀다. 인터넷을 설치하고 보니 슬며시 다른 욕심이 꿈틀거렸다. 평소 남편의 컴퓨터를 사용한 후 종종 억울한 소리를 들어왔다.

"당신이 사용한 다음엔 뭔가 이상해져. 컴퓨터 작동도 그렇고, 인쇄기에도 문제가 생기거든. 좀 세심하게 사용해. 그리고 방의 불도 좀 잘 끄고."

왜 내가 사용하고 나면 고장이 났던 걸까? 어쩌다 잘못된 클릭으로 컴퓨터가 말썽을 일으킨 적은 있지만, 작동에 문제가 생길 때마다 나를 의심하는 눈빛은 나의 기를 눌렀다.

　나는 그동안 시간과 노력을 바칠 대상에서 나를 제외하고 살아왔다. 이제는 나에게 시간과 노력을 들여도 될 자격이 있다고 생각했다. 내 컴퓨터와 작은 사무실은 사치가 아니었다. 아무도 보상해 주지 않는 나의 인생에 보상이 될 것 같았다. 내 컴퓨터가 고장 나도 남편을 신경 쓰지 않아도 되는 것 아닌가. 이 방을 임대하지 않고 뭔가 나의 일을 할 수 있다고 생각하자 가슴이 벅차올랐다.

　공사 기간에 남편에게 들키지 않으려고 무척이나 노력했다. 주로 라인댄스에 간다거나 자녀들에게 간다는 핑계로 시간을 만들었다. 그것만으로는 시간이 부족해서 손자를 돌봐 준다는 명목으로 큰딸 집으로 간다고 했을 때도 있었다. 때로는 내가 구입할 제품을 구경하고 오가는 시간이 너무 오래 걸린다 싶으면 구경만 하고 다음번에 구입하기도 했다. 그래도 항상 시간에 쫓겼다. 점심을 차 안에서 우유와 빵으로 대충 때우거나 굶을 때도 있었다. 지름길을 찾다가 길을 잃어 도리어 시간에 쫓겨 집에 오면 남편의 잔소리가 기다렸다. 고생 끝에 완성된 사무실은 아담하고 깨끗했다. 비용도 많이 절감했기에 마음도 가벼웠다.

나만의 방

　　　　남편이 오피스텔은 세를 놓았느냐고 물었을 때, 마침 빌딩 내 수도관 교체공사를 하는 통에 아직 놓을 수 없다고 답했다. 오피스텔은 그 무렵 수도꼭지를 틀면 시뻘건 녹물이 나왔다. 임대를 못하는 좋은 핑곗거리가 있어서 다행이었다.

젊은 시절 나도 직업을 갖고, 내 능력을 발휘해 보고 싶었다. 그러나 현실적으로 거의 불가능했다. 특히 남편의 반대와 방해 때문에 나는 아무것도 하지 못했다. 그것이 일생의 한이 되었다. 나는 사무실을 사용해도 될 만큼 노력을 했다고, 미안한 마음을 없애보려고 스스로 최면을 걸었다. 나는 이 방에서 나의 인생 보고서랄까 결산서랄까 하여튼 뭔가 기록을 남겨야겠다고 마음먹었다. 영국의 작가 버지니아 울프는 '여성도 독립하려면 자기만의 방이 있어야 한다'고 외치지 않았던가. 사람들은 나이 들수록 생각을 방해받지 않고, 자신의 의지대로 살 자유가 있어야 한다.

그래서 어느 날 또 임대 여부를 묻는 남편에게 세를 놓지 않았다고 했다.

"당신은 부자인가 봐. 아직도 세를 놓지 않는다니."

그의 눈길이 마음에 걸렸다.

"당분간은 임대하지 말고 우리가 사용해 봅시다."

그는 왠지 못마땅한 기색이었다. 참으로 그는 나에게 인색한 것 같았다. 나는 누구에게도 간섭받지 않고 이 방에서 보통의 여성으로 살아왔던 이야기들을 풀어볼 생각이었다. 후손들을 위해 우리의 뿌리인 선조들의 얘기를 쓰고 싶었다. 나의 친정, 외가 그리고 시댁 이야기는 우리 가족의 뿌리로서, 앞으로 올 후손들이 알아야 할 집안의 역사다. 사회에서 성공한 사람의 시각에선 주부로 살아온 나의 이야기가 소꿉장난 같다고 여길지도 모른다. 그런데도 나는 나만의 방에서 다시 자아를 찾고 싶었다. 나는 보통 사람들 인생도 들여다볼 가치가 있다고 생각한다. 보통 사람의 이야기는 실패든 성공이든 보통 사람들이 살아가는 데 오히려 도움이 될지도 모른다.

우리는 한 세상을 여행하고 떠나는 방랑자들이다. 그러기에 인생은 정해진 길도 없고, 좋은 길도 따로 없다. 우연이든 필연이든 자신이 걸어가는 길에서 최선을 다하며 살아간다면 그 자체로 충분히 가치 있는 삶이 아닐까. 나는 또 나의 자별한 인연들과 이 방을 공유하고 싶다. 때로는 휴게실로, 때로는 도피처로, 일과 사업을 연구하고 발전을 도모하는 희망의 공간으로 활용하고 싶다. 나는 기꺼이 그 나그네를 환영하고, 그들과 함께 자유를 누리고 싶다. 인생은 그리 길지 않으니까.

나의 취미는 라인댄스

어렸을 때 나 자신을 위해 뭔가를 해볼 기회가 별로 없었다. 초등학교 때는 기껏해야 골목에서 아이들과 고무줄놀이나 공기놀이를 했다. 동생을 돌보고 어머니를 도와드리는 일 외에는 다른 생각을 하지 못했다. 초등학교 6학년 때 나는 처음으로 취미를 갖고 싶었다. 그것은 한 예쁜 6학년 여자아이가 단상에 올라 전교생들 앞에서 구연을 하고 박수갈채를 받았을 때 든 생각이었다.

중학교에 입학하고 얼마 뒤 한 여학생이 강당에서 피아노 연주를 했다. 부러웠던 나는 어머니를 졸랐다. 피아노 연주는 내게 충격이었다. 그때 명문이라고 소문난 경북대학교 사범대학 부속 중학교에 입학해서 어머니는 한창 기분이 들떠 있었다. 그것이 어머니에게 나를 위해 뭔가를 요구한 첫 기억이다. 그러나 나는 겨우 바이엘 기초 교본을 뗄 무렵 그만두었다. 그 친구만큼 잘 치려면 끝이 없을 것 같았다. 나는 아직 취미와 특기를 구별하지 못했다.

그러고 나서 영어 회화반에 들어갔다. 영어로 미국인과 얘기해 보고 싶었다. 때마침 미국 소녀와 펜팔을 시작했다. 소녀에게 한동안 가족과 일상을 써서 보냈다. 어느 날 소녀가 편지에 취미가 무엇인지를 물어왔다. 나는 취미가 영어 공부라고 말할 수가 없었다. 영어 편지 쓰기가 점점 힘들어서 답장을 미루다가 펜팔은 끊어졌다.

어느 날 탁구대가 있는 친구 집에 갔다가 탁구를 해볼까 하는 생각이 들었다. 수업이 끝나고 교단이 비어 있을 때, 교단을 사이에 두고 탁구를 했다. 탁구대가 없어도 재미있었다. 그러나 하교할 때 어머니가 맡긴 심부름 때문에 한두 번씩 거르자 탁구도 차츰 흥미가 사라졌다. 고등학교 때는 취미 따위가 머릿속에서 사라진 채 졸업했다.

대학생 시절은 일상의 일만으로도 벅찼다. 신입생 기숙사 생활을 여름방학이 시작되면서 끝내고, 졸업할 때까지 자취생활을 했다. 그때는 구두를 신고 학교에 오가는 일만으로도 피곤했다. 게다가 학교 과제는 내 체력과 시간을 많이 소모했다. 남동생을 데리고 자취하며 영어 과외 지도를 하고, 주말이면 가까운 친척을 방문하였다. 그것이 나의 도리라고 생각했다. 겨우 친구들과 차를 마시는 잠깐의 시간이 여유를 부리는 시간이었다. 그때까지도 취미는 아득히 먼 것이었다.

결혼하고, 집을 마련한 후, 어느 날 동네의 테니스 회원으로 등록하면서 겨우 취미생활을 시작했다. 그때는 세 아이의 엄마였고, 막내딸은 유치원에 다녔다. 그런데 어느 날 남편이 집에 일찍 왔다. 헐레벌떡 저녁상을 차린 나에게 남편은 못마땅한 얼굴로 불평을 늘어놓기 시작했다. 특별한 잘못도 없는 나에게 남편이 왜 화가 났는지 알 수가 없었다. 평소 친정 일로 바빴던 아내가 불만이었을까? 아니면 살림 외에 딴생각을 못하게 하려는 경계심이 발동한 걸까?

그 무렵 내 친구들은 붓글씨나 수영 같은 취미활동을 하고 있었다. 나도 그 정도는 사치나 허영이 아니라고 생각했다. 고생 끝에 우리 집도 마련하고, 아이들도 유아기가 아니라 시간을 쪼개어 쓰는 나에게 그의 불만이 이해되지 않았다. 그동안 고생을 한 설움이 복받쳤다. 이런저런 이유로 취미 따위는 접어두기로 했다.

남편 아량의 한계를 깨달은 나는 가정의 평화를 위해 자신의 문제는 생각하지 않기로 했다. 남편과 아이들, 우리 가족을 위해서만 나의 시간을 써야겠다고 다시 생각했다. 남편은 누가 봐도 인정 많고 관대한 사람이었다. 이웃 가게 아저씨부터 직장 동료나 부하 직원에 이르기까지 모두에게 친절한 사람이었다. 사람들로부터 남편 잘 만났다는 얘기를 종종 들었다. 그러나 나는 그 일을 계기로 남편과 나 자신을 다시 돌아보게 되었다.

우리나라도 해외여행이 자유로워지고 크루즈 여행의 인기가 날로 높아졌다. 고급스러운 객실과 영화감상, 음악회, 수영, 오락장, 무도회 등 각종 문화를 즐기는 프로그램은 차치하고라도 크루즈 여행에는 반드시 댄스복을 챙겨가야 한다는 소문이 들렸다. 미혼 때 본 서양 영화에서 남녀가 아름다운 왈츠를 추는 장면이 늘 마음에 남아 있었다. 언젠가 삶의 여유가 생기면 춤이 있는 아름다운 파티를 열고 싶었다. 그러나 춤추는 파티는 상상 속에만 존재했다.

그런데 크루즈 여행 일정에 댄스파티가 있다니 반갑고 감미로운 소식이었다. 젊은 시절은 지나갔지만, 크루즈 여행은 가고 싶었다. 춤을 출 기회가 있음을 알게 된 후 댄스에 대한 새로운 희망을 품었다. 나는 남편에게 우리가 아는 부부들의 크루즈 여행 댄스 이야기를 전했다. 우리도 춤을 배우면 어떻겠냐고. 하지만 어림도 없는 꿈이었다. 그의 마음 속에는 겨우 산책이나 외식, 가벼운 여행이 노년의 여유로운 삶이었다. 남편과 춤을 추는 일은 아예 꿈도 꾸지 않기로 했다. 그가 춤추는 모습은 상상하기도 싫어졌다.

2011년 3월, 우리 동네 라인댄스반에서 라인댄스를 배우기 시작했다. 나는 어느새 64세가 되어 있었다. 다행히 남편도 쉽게 허락해주었다. 덕분에 나는 마음 놓고 라인댄스 교실을 출입했다. 그 후 라인댄스를 배우면서 하루하루가 즐거웠다. 강습이 끝난 다음, 집에서 영상을 찾아 발동작을 연습했다. 춤출 공간을 옮겨가면서도 라인댄스 교실은 이어졌다. 강습이 끝나면 아파트 단지 내 공원 탁자에 둘러앉아 수다를 떨었다. 이곳의 5월 풍경은 아름다웠고, 시월의 풍경도 멋졌다. 나무 그늘에서 수다를 이어가다가 시사 문제가 화두에 오르면 "아, 집에 갈 시간이네요" 하고 집으로 돌아오곤 했다.

라인댄스는 말 그대로 여러 명이 줄을 지어 함께 같은 동작으로 춤을 추는 것이다. 아름다운 음악에 맞춰 곡이 끝날 때까지 몇몇 같은 동작을 반복해서 춤을 추다 보면 춤이 저절로 몸에 붙었다. 재미있고 흥겨웠다. 군무인 라인댄스의 율동은 보기에도 아름다웠다. 흥겨운 음악이나 아름다운 곡이 흘러나오면 그때마다 리듬과 박자가 달라졌다. 어느새 자아도취에 빠져 춤을 추다 보면 잡념은 사라지고 마음은 넉넉해졌다. 강습이 끝나도 서로 간에 아련한 정이 솟아 그냥 헤어질 수가 없었다. 땀을 식히면서 뒤풀이 시간을 가졌다. 간식을 먹으며 대화가 끝없이 이어질 때면 집으로 돌아가기 싫었지만 일어나야 했다.

2020년 코로나 위기가 시작되기 전까지 일주일에 4~5일씩 라인댄스로 하루를 시작했다. 즐거운 시절이었다. 라인댄스를 시작할 때는 춤을 잘 추겠다는 생각보다는 적어도 노년에 알맞은 운동이라고 생각했다. 춤을 잘 추는 것은 그다음 문제였다. 라인댄스는 비용, 시간, 접근성 면에서 최고의 경제적인 운동이며 춤이었다. 멋쟁이 강사가 하는 동작을 따라 하다 보면 어느새 춤은 완성되어 아름다운 군무를 추게 되었다. 게다가 라인댄스는 언제 어디서나 복장에 관계없이 누구와도 함께 춤을 출 수 있으며, 같은 음악이면 춤 동작도 같아서 아주 편리한 춤이다. 배우기도 어렵지 않다.

나는 서초동 집이 비어 있을 때 종종 지하 홀에 친구들을 불러들여 몇 번이나 라인댄스를 추었다. 인생의 끝자락에 겨우 시작한 라인댄스가 취미가 되었다. 그동안 취미가 없는 무미하고 건조한 사람이던 나는 라인댄스를 배우고 나서부터 좀 더 부드러워지고 얼굴에 웃음도 자주 피어났다. 드디어 "나의 취미는 라인댄스"라고 말할 수 있게 되었다.

라인댄스

거의 매일 아침 라인댄스반에 갈 때마다 마치 출근하는 사람처럼 아름다운 길을 당당하게 걸어갔다. 남편의 동의가 있어서 마음도 편했다. R발레학원에서 춤을 추었는데, 청소는 우리가 했다. 그 바람에 탈퇴한 회원들도 있었다. 우리 클럽은 강사를 제외한 일반 회원들이 회비를 내서 운영했다. 매월 홀 사용료를 R발레학원에 지불하고, 남는 금액을 강사 사례비로 사용했다. 회원이 늘어 재정이 넉넉해지면 사례비를 더 드릴 수도 있지만, 회원 수가 일정하지 않아 늘 재정이 빠듯했다. 가끔은 남은 회원들이 찬조금을 보태 부족한 경비를 해결했다.

초기 몇몇 회원은 세월과 함께 떠나갔고, 마지막 남은 회원들이 주로 그런 일을 했다. 라인댄스반이 없어질 때까지 남은 사람은 다섯 사람뿐이었다. 이 모임을 주선한 강사 L씨는 날마다 멋진 옷과 모자 장신구를 착용해서 댄스 이상으로 우리 눈을 즐겁게 해주었다. 어느 날 강사가 자신이 모델로 출연하는 행사에 우리를 초대했다. 멋진 드레스를 입은 강사와 기념사진을 남겼다.

2016년 4월 15일, 여고 졸업 50주년 행사에서 라인댄스팀이 대구와 서울 동기들을 열광의 도가니로 몰아넣었다. 나는 생전 처음 무대 위에 섰다. 라인댄스팀 대표가 되어 진행자와 인터뷰를 하니 갑자기 스타가 된 것 같아 황홀했다.

라인댄스가 가장 보람 있었던 때는 2017년 3월, 막내딸 정진이가 의료인문학상을 받던 날이다. 시상식에 초대받은 우리는 2층 홀로 안내되었다. 딸 가족은 이미 지정된 테이블에 앉아 있었다. 우리도 동석했다. 딸은 검정에 흰색을 배합한 상의 재킷과 검정 스커트 콤비 정장을 입고 있었다. 아직 백일이 안 된 손녀는 화사한 점박이 봄 가운을 입혀 나왔다. 시상식장인 홀에 앉아 딸의 가족을 바라보는 시간이 좋았다.

개회사가 시작되고 주최자의 인사말이 막 시작할 무렵 사위에게 안겨 있던 손녀가 보채기 시작하더니 곧 울음을 터트렸다. 아기를 안고 있던 사위가 민망해서 밖으로 나가자 나도 뒤따라 나갔다. 백일이 안 된 아기에게 한껏 멋을 부리느라 너무 얇은 옷을 입힌 것 같았다. 감기가 들까봐 걱정되어 내가 입은 코트로 감싸 안고 후미진 곳을 찾았다. 사위를 식장 안으로 들여보내고 사람이 없는 후미진 곳에서 나는 라인댄스 발동작을 연습했다. 복도를 따라가면서도 라인댄스 발동작을 모두 동원했다. 박자와 리듬의 변화 덕분인지 품에 안긴 아기는 어느새 잠이 들어 있었다.

행사는 아직 많이 진행되지 않은 상황이었다. 곧 딸 정진이가 호명되어 연단 앞으로 나갔다. 딸은 상장과 상패를 받고 수상소감을 발표했다. 한미○○ 주식도 샀다며 꽤 애교스러운 말도 덧붙였다. 딸이 대견했다. 딸은 출산 직전, 의료인에게 주는 문학상 공모에 응모했다. 그리고 새해 첫날 산후조리원에서 수상 소식을 들었다. 나는 아기를 잠재울 때 라인댄스의 특효약을 몇 번이나 경험했다. 라인댄스는 2020년 코로나 위기가 시작되자 그만두게 되었다.

나의 시가(媤家)-고성 함안 이씨의 간략사

아득한 옛날 기원전 194년 위만에게 패한 단군조선 유민들이 한반도지역으로 대거 유입되어 기준(箕準)왕의 목지국을 중심으로 삼한 소국을 형성했다. 마한, 변한, 진한의 삼국 중 아라가야는 변한의 12국 중 하나였다. 변한 12국으로 형성된 세력 중 함안지역 가야는 562년 신라에 마지막으로 합병되었고, 통일 신라가 고려 왕건에게 항복하면서 다시 고려로 편입되었다. 고려 태조 왕건은 함안지역의 가야 세력을 편리상 '아라가야'로 칭했다. 함안 이씨는 '함안 조씨'보다 먼저 함안지역에 세거했던 것으로 《동국여지승람》, 《세종실록지리지》 등에 기록되어 있다.

함안 이씨의 시조-파산군(巴山君) 이상(李尙)

함안 이씨는 고려 고종 때 대공을 세워 파산군(巴山君)으로 봉해진 광록대부 이상(李尙)을 시조(始祖)로 받들며 후손들은 함안군에 토착하여 살아왔다. 군(君)은 나라에 공이 많은 분이 사는 지명(地名)에 붙여주는 존경의 뜻이 담긴 호칭이다. 파산군은 원래 함안군의 옛 명칭이었기에 이상(李尙)을 파산군(巴山君)이라고 불렀다. 문헌의 실전(失傳)으로 선계(先系)를 알 수 없으므로 후손들은 선조들의 세거지인 함안(咸安)을 본관(本貫)으로 하며 세계(世系)를 이어왔다. 시조(始祖) 이상(李尙)이 존재하기 전 이원서, 이탕취, 이광주, 이용기를 원조(遠祖)로 여기나, 그 이전은 고증이 불가하다.

시조 이상(李尙)의 6대손 즐(櫛)이 함안 안인에 살다가 진주의 가좌촌에서 죽자, 아들 7세 이원로가 진주로 입향하게 되었다. 가좌촌은 입향조 이원로의 아들 8세 이미(李美)와 손자 4형제가 모두 문과에 급제하자 성종이 하사한 동네 이름이다.

시조(始祖) 파산군(巴山君) 이상(李尙)에게는 두 아들이 있었다. 문하시랑평장사(門下侍郎平章事)를 지낸 장남 청(淸)과 판도사판서(版圖司判書)를 지낸 차남 원(源)은 함안 이씨의 양대 산맥을 이루었다. 고려 구국의 명장(名將) 3세 이방실(李芳實)은 차남 원(源)의 아들로 당시 고려를 혼란스럽게 한 홍건적을 격퇴하여 추성협보공신에 봉해지고 추밀원부사가 되었다.

한편 함안 이씨를 명문의 반열에 올려놓는 데 중심적인 역할을 한 장남 청(淸)의 후손인 8세 이미(李美)는 선정을 베풀어 명관으로 이름이 났고, 대사성(大司成)을 역임한 후 병조판서에 추증되었으며, 그 아들 4형제가 모두 문과에 급제하여 5부자 6급제 집안으로 명성을 떨쳤다.

고성지역의 함안 이씨와 이미(李美)의 자손들

고성지역의 함안 이씨는 시조의 장남인 청(淸)의 후손 계열에 속한다. 2세 청(淸)에서 8세 창강 이미(李美)로 이어진 청(淸)의 후손들은 함안, 진주 등에서 살다가 9세 이미(李美)의 아들 대에 와서 사화(士禍) 등을 피해 일부가 고성으로 피난했다. 고성의 여러 지역에 흩어진 창강(滄江) 이미(李美)의 자손들은 고성에서 대대로 세거하면서 대성(大姓)을 이루었다.

사화(士禍)를 당한 이미(李美)의 자손 중에는 특히 장남 인형과 그의 처인 며느리와 손자, 그리고 그의 3남 이령, 그리고 4남 지형의 손자들로 갑자사화, 기묘사화, 을사사화 등으로 참화를 당했다. 그러나 이미(李美)의 차남 9세 의형(義亨)은 1498년(연산군 4년)의 무오사화 이전부터 진주 가좌촌리 진동에서 살면서 남원 부사로 재직하는 동안 세덕(世德)과 지리에 밝았던 터라 무오사화 때는 이미 고성현 서마면(마암면 신리 이은동)에 깊숙이 숨어 급한 화(禍)를 피할 수 있었다. 그의 자손들과 일부 조카들도 고성에 숨어들었다. 무오사화는 연산군과 훈구파의 사림파 숙청사건이다.

고성에 터를 잡은 의형의 아들들은 모두 진사 등에 급제하여 관직에 나아갔으며, 후손 중에는 걸출한 인물들이 배출되기도 했다. 그러나 의형의 5남이었던 진사 굉(翃)의 후손들은 고성군 삼산면 이당리 우곡동에서 덕행과 문장으로 오랫동안 조용한 삶을 살았다. 그의 후손 24세 이천수 형제들도 소년 시절까지 이당리에서 자랐다.

조상들의 이력과 세거지의 변천

시조(始祖) 이상(李尙)으로부터 2세 청(淸), 3세 홍(弘), 4세 자(滋), 5세 무진부사 운길(云吉) 때까지는 고려조의 인물로, 함안 이씨의 발상지인 광려산 두봉 아래 함한현 병곡면 내동리 내곡동(경남 함안군 여항면 내곡리 내곡동, 속칭 뒷길 두능)에 본거지를 두고 관직에 임했다. 5세 운길은 고려왕조가 수명을 다할 무렵 왜구의 침입이 날로 심해져 왜구 토벌 중 전사했고, 사후 숭록대부(崇祿大夫: 종1품 좌찬성)로 추증되었다. 이때 함안현 안인면 내동리 시동(현재 함안군 산인면 내인리 외동 안이대촌(安李大村: 함안 이씨 큰 마을)에 세거하였는데, 언제 내곡동에서 시동으로 옮겨왔는지는 알 수 없다.

1363년(공민왕 12년)에 태어난 6세 즐(櫛)도 우왕 3년(1377년)에 진사, 18세에 문과 회시에 1등, 전시(殿試)에서는 6등으로 양과에 급제하여 대구 현령(종5품)을 지낸 청백리로 사후 통훈대부(정3품)로 추증된 인물이다. 그는 고려조에서 조선조로 넘어오던 시기의 인물로, 어느 날 이웃 친구 안성(安省: 평양 감사, 광주인)과 바둑을 두다 동리에 비상지변(非常地變)이 일어난 것을 듣고, 곧 진주군 동면 가좌촌리 진동(현재

경남 진주시 진성면 가진리 진동)으로 이거(移居)하니 그때부터 현달한 인물들이 나타나 과거 급제가 연이어 일어났다.

7세 생원 원로(元老)는 고려왕조가 무너진 뒤 조선조에서 호조참의 (戶曹參議)를 지냈으며 사후 통정대부 병조참의로 증직되었다. 세조 때 진사에 급제한 8세 생원 출신 이미(李美)가 진해 현감에서 성균관 대사성까지 오르는 동안 함안 이씨는 명문의 반열에 올랐다.

가문의 전성기를 구가한 창강(滄江) 이미(李美)의 발자취

8세 대사성 이미(李美)는 진주군 동면 가좌촌리 진동(현재 경남 진주시 진성면 가전리 진동)에서 출생했다. 선대 세거지인 함안 이씨 큰 마을인 함안군 안인면 내동리 시동(현재 함안군 산인면 내인리 외동)으로 이거하였다가 1446년(세종28)에 다시 진주군 동면 가좌촌리 진동으로 귀향하였다. 세조가 단종의 왕위를 찬탈하자 진동(좌촌) 옆 월악산 아래에 은둔하면서 서재 용두정(龍頭亭)을 지어 '육영일문(育英一門), 현재 배출(賢材輩出)'이라는 현판을 달고, 전국의 인재는 물론 자신의 아들들을 비롯한 후학을 교육하면서 일생을 보냈다.

그의 서당은 자신을 포함한 아들 4형제인 5부자가 모두 급제하여 '5부자 6급제(五父子 六及第)'의 영광을 안은 육영서당(育英書堂)이 되었고, 그의 아들 4형제(인형(仁亨), 의형(義亨), 예형(禮亨), 지형(智亨))와 자신이 6급제 하자 성종이 그 동네를 '가좌촌(佳座村)'이라는 촌명을 내리고 명문망족(名門望族)으로 5부자에게 관직을 주어 한성으로 이거하였고, 4형제는 점필재 김종직(金宗直) 선생의 제자가 되었다. 곧 9세 인형이 김종직과 막역지교가 되어 그의 장남 10세 격은 점필재 김종직의 사위가 되었다.

참화(慘禍)를 당한 이미(李美)의 자손들

1498년 무오사화(연산군 4년) 때 9세 장남 인형은 대사헌으로 죄 없이 죽어가는 유생을 구하고자 상소문을 올려 극형이 내려졌고, 인형의 묘소는 갑자사화 때 의금부도사 금오랑이 부관참시하였다. 그의 동생들과 조카들은 사화를 피해 남원부사로 있던 차남 의형의 연고지인 고성으로 피신하였다. 또 일부는 고향 진주와 함안, 거제 등지로 피신하였다. 그러나 진주군 다독면 마진리 진동에 있던 인형의 장남 격의 처(점필재의 차녀) 선산 김씨는 금오랑이 본가를 급습하자 화근이 될 문적(文籍)을 안고 남강에 투신 자결하였다. 시신은 수렴치 못하였고 효부 열녀의 정려가 세워졌다.

장남 격은 일찍이 세상을 떠났고, 격의 장남 11세 희식도 참살되었다. 희식이 죽임을 당하자 계자(系子)를 맞이해 대를 이었는데, 종제(從弟) 희경의 차남인 계자 12세 응춘도 임진왜란 시 진주에서 창의 전사하자 다시 응춘의 3제 선무원종공신(宣武原從功臣) 성춘의 장남 13세 집을 계자로 삼아 종통을 이어가며 진주군 가좌촌리 진동에서 세거하다 집의 증손인 종손 16세 천뢰가 하동군 악양면 평사리로 이거하였다.

16세 천뢰의 다른 자손들은 양보면 진교리 화개면 등지에 세거하고 있으나, 종손 24세 원석의 손자 26세 영빈 대까지 11대째 300년간 하동군 악양면 평사리에서 종가를 지키고 있다. 10세 격의 차남 희철은 행방불명이 되었고, 그의 4대손인 15세 한(漢)의 묘소가 거제시 연초면 불곡리 산 25번지에서 발견되었으니 무오사화(戊午士禍) 이후 격의 차남계열(인형의 손자)은 6대째 200여 년 만에 혈손은 단 한 집만 확인된 셈이다.

1504년의 갑자사화(甲子士禍)에서 아버지 인형(仁亨)을 부관참시(剖棺斬屍)당한 인형(仁亨)의 3남 10세 령(翎)은 자신도 홍문관 정자를 저작하고 통훈대부를 거쳐 홍문관 수찬이 되었는데, 이때 기묘사화가 일어나 스승 조광조와 더불어 기묘사화(1519년)의 참화에 휩쓸려 시신도 수렴치 못한 기묘사화의 명현(名賢)이 되었다. 조광조를 구하려고 종질 이조정랑 희민과 하루에 2번씩 1일 2소(一日二疏)하다 경복궁 북문 신무문지화(神武門之禍)로 7일 만에 죽었다. 그러자 진사 굉(翃)의 차남인 11세 예빈시 주부 조희(兆喜)가 9세 인형의 3남 종숙 홍문관 수찬 10세 령(翎)의 계자로 출계하였다.

이령(翎)은 대사헌 정암 조광조의 문인으로 19세에 진사가 되었고, 1515년(중종 10년) 문음으로 군수가 되었고, 1519년(중종 14년)에 현량과시 급제자 28인 중 11차로 내과에 급제하였다.

이미(李美)의 3남 예형(禮亨)은 갑자사화에 곽용산 아래 피신하였다가 고성현 포도면에서 살아남았고, 이미의 4남 지형(智亨)은 관직을 버리고 함안군 안인면 내동리 시동에 내려왔으나 갑자사화에 연루되어 자결하였고, 지형(智亨)의 손자 희민은 가려동모 계촌에 추계서숙을 차려 후학들을 교육하던 중 경복궁 신무문지화를 당하여 시신도 수렴치 못했다. 지형의 손자 희문도 을사사화에 죽임을 당했다.

이처럼 충신 집안은 풍비박산이 되었지만, 계자(系子)를 통해 대를 이어오며 종가를 지키는 후손이 남아 있고, 혈손(血孫)이 한 집만이라도 남아 있어 천만다행이다. 종손의 책임의식과 효심은 나라를 지킬 큰 힘이 되고 있다. 함안 이씨 8세, 9세, 10세의 3대에 걸친 14분의 행적은 함안 이씨(咸安李氏) 가문의 체질과 성품의 원형(原型)이 되어 자손 대대로 내려왔다.

행헌(杏軒) 이의형(李義亨): 남원부사(1442~1495년)

9세 의형(義亨)은 문하시중 홍(弘)의 7대손이자 대사성 미(美)의 차남으로 1442년(세종 24년) 진주군 동면 가좌촌리 진동(현: 경남 진주시 진성면 가진리 진동)에서 출생하였고, 1465(세조 11년)에 진사가 되고 점필재(佔畢齋) 김종직(金宗直) 선생의 문인으로 경술에 정통하고 독학 역행(篤學力行)하였다.

1466년(세조 12년)에 생원으로 세조의 부름을 받아 어전에서 오기(吳起)가 지은 오자병서(吳子兵書)를 강의하였는데, 해박한 지식에 감탄하여 군직(軍職)을 특서(特敍)하고, 시위, 전령, 부신을 출납하는 선전관(宣傳官)을 겸직하게 되었다. 1467년 장수의 재질을 인정받아 군사 349명을 거느리는 대장이 되었고, 선전관이 되어 어전에서 활을 만드는 방법을 강론하였다. 세조는 상을 내렸다.

1468년(세조 14년) 문과에 장원급제한 형 인형(仁亨)과 같이 세조의 어전에 불려 들어가 우대를 받고 대기(大器)로 기약 받았다. 1469년 선전관으로 군을 시찰하고 창원 군수로 있을 때 1477년 문과(춘양시 내과)에 급제하고 예문관 검열이 되었다. 선전관으로 1479년(성종 10) 암행어사가 되어 경상우도병사를 탄핵하였다. 1482년 통훈대부(通訓大夫, 정3품), 사헌부장령(司憲府掌令, 정4품), 지평(持平)이 되어 강론하였다. 1483년 통례원찬의, 1484년(성종15년) 초계 군수, 사헌부 집의를 역임하고 1485년(성종 16년) 서상관(書狀官)으로 명나라 연경(嚥京:지금 북경)에 가서 '천조객관(天朝客館)'이라는 시를 지으니 황제가 기뻐서 많은 서적과 자치통감(資治通鑑)을 상으로 하사하였다.

성품이 강직하여 높이 출세하지는 못하였으나 경술에 능통하고 열심히 공부하며 실천하고 말이 적고 진지하니 사람들이 조심하였다고 한다. 서상관으로 명나라 연경에 갔을 때 풍채가 뛰어나고 용모가 비범하여 명나라 궁녀들이 서로 보기를 원하여 전각에 출입할 때마다 궁녀들이 물을 옷 뒤에 뿌려 뒤돌아보게 하였다는 일화가 있다.

9세 의형(義亨)은 1738년 계기서원, 1844년 위계서원에 제향되었다. 이 분과 진사공파의 파시조가 되시는 그의 5남 10세 진사 굉(翃)이 바로 24세 이천수 형제의 직계 선조가 되는 분들이다.

의형(義亨)과 그의 아들들

이미(李美)의 차남 9세 의형은 1498년(연산군 4년) 무오사화 이전부터 진주 가좌촌리 진동에서 살아왔는데, 남원부사로 재직하면서 세덕(世德)이 있고 지리에 밝았던 터라 무오사화 때는 고성현 서마면(마암면 신리 이은동)에 깊숙이 숨어 급한 화를 피할 수 있었다. 의형은 예견되는 연산군의 폭정에 무오사화 직전 아들들과 일부 조카들을 연고지인 고성지역으로 피신시키면서 화를 모면하게 했다. 그들은 고성군 대가면, 마암면, 구만면 등지에서 세거하면서 고성에서 대성(大姓)으로 성장하였다. 고성군 여러 지역에 살던 후손들 일부는 임진왜란 시에 합천군, 함안군, 산청군, 밀양군, 의령군 등으로 이거를 했으나, 여전히 함안과 주변에 사는 후손들도 있다.

화(禍)를 피해 살아남은 의형의 자녀들은 모두 관직에 나아갔다. 장남 도(翿)는 진사, 차남 한(瀚)은 성균관 전적, 삼남 허(栩)는 생원, 4남 익(翊)은 사간원, 의형의 5남 굉(翃)은 진사였다. 의형의 자손들은 벼슬에 나가거나 성리학을 공부하여 후진을 양성하던 중 임진왜란 시에는 의병을 일으켜 무공을 세우기도 했다. 특히 의형의 3남 허(栩)의 자손 중에는 13세 동지중추부사 달(達)과 같은 걸출한 인물도 배출되었다. 그러나 굉(翃)의 장남 11세 참봉 조령(兆齡)의 자손들은 고성읍 이당리 우곡동에서 대대로 덕행과 문장으로 조용한 삶을 이어갔다.

함안 이씨(咸安李氏)의 거목 이방실 장군과 이천수

함안 이씨 3세 이방실 장군은 시조(始祖) 이상(李尙)의 차남 원(源)의 아들이다. 이천수의 가계와는 2세 청(淸) 때부터 갈라졌다. 그러나 이상(李尙)을 공통의 시조로 모시고 있는 함안 이씨 후손들은 고려 말 구국의 맹장인 그분을 진심으로 추앙하고 있다.

시조(始祖) 이상(李尙)의 둘째 아들 판도사판서(호조: 재무장관 격) 원(源)의 아들로 태어난 방실(芳實)은 1298년(충렬왕 24년)에서-1362년(공민왕 11년)까지 살면서 향원(向元) 시대 말기 고려를 지켜낸 명장이다. 특히 그는 고려 공민왕 상장군(上將軍: 고려 때 이군과 육군의 으뜸 장수)으로 홍건적 20만 대군을 물리친 고려 구국의 공신이다.

1339년 충목왕이 태자로 원나라에 내왕할 때부터 공민왕 재위 시절까지 7조에 걸쳐 쌓은 수많은 공적 가운데, 고려 공민왕이 즉위한 1350년대 원의 간섭과 홍건적, 왜구의 침입으로 국력이 쇠퇴일로에 있을 때 공민왕의 숙원이었던 원의 속박 배제, 홍건적 격퇴, 고려재건을 위해 맹활약한 인물이다. 지략과 용맹으로 위기의 고려를 지켜내었던 맹장으로 공민왕은 친히 차고 있던 옥으로 된 띠와 갓끈을 하사하기도 하였다.

수많은 전투에서 나라를 구한 그가 중서평장정사(中書平章政事)가 되니 그의 공을 시기하는 간신 김용이 있었다. 그는 김용이 꾸민 위조 교서로 용궁현에서 피살되고 말았다. 공은 고려 475년간 역사 속의 인물로 추앙받아 1452년 경기도 연천군 마암면 아이리 임진강 변 잠두봉 숭의전(崇義殿: 사적 223호)에 고려 16공신의 한 분으로 모셔져 있다.

그러나 함안 이씨 가문의 거목(巨木)으로 모든 후손으로부터 추앙받는 그의 업적과 용맹성, 그리고 나라를 향한 충성심은 우리 역사에서 주목받지 못했다. 이를 안타까워한 종친들의 열렬한 바람과 지지 속에서 이방실 장군은 학자들의 고증을 거쳐 중등학교 역사 교과서에 실리게 되었다. 교육부에 몸담았던 24세 이천수의 끈질긴 노력은 장군의 업적을 우리의 역사 속에 널리 알리게 되었다.

시댁 사람들

어머니는 내가 이천수 청년을 만난 후, 어느 날 혼자서 그의 고향인 경남 고성에 찾아갔다. 기차를 타고 버스를 타고 물어물어 겨우 시골 마을에 도착했다. 그러나 부모도, 형제도 다 떠나간 마을에서 이천수의 고시 합격을 아는 마을 사람들로부터 기대 섞인 칭찬의 말 몇 마디 들은 것이 전부인 발걸음이었다. 그 후 우리가 결혼하고 처음으로 고향 고성을 찾은 때는 시부모 산소에 성묘하러 간 휴가철의 하루였다.

남편은 어머니를 그리워했다. 돌아가신 시어머니는 제사가 있을 때면 제문을 짓고, 동네에서 어려운 일이 있을 때는 의견을 내고 친척들을 편안하게 했으며, 자녀들에게는 부드러운 말씨를 쓰고 자녀교육에 엄하셨다고 한다. 시부모님이 안 계신 집안에서 나에게 시댁 일은 남편의 형님 가족과 잘 지내는 일 외에는 별다른 일이 없었다.

1975년 불광동 언덕배기에 살던 어느 날, 우리 집에 시삼촌이 오셨다. 그분은 우리 집에 이틀간 머물다 가셨다. 종친회 사무실이 있는 효창공원에 그분을 모시고 갔다. 마중 나온 어른과 나누던 대화 중 '경주 소정'이라는 작은아버님 말씀이 들렸다. 아마 질부의 집안을 묻는 종친 어르신께 한 대답이었던 것 같다. 곧 "예, 상혼을 하셨네요", "예, 그렇지요" 하며 대화는 그렇게 마무리되었다. 그만 돌아가라며 사무실로 들어가시던 시삼촌은 미소 띤 얼굴로 나를 바라보셨다.

또 부산에 거주하던 손위 재종동서가 그해 가을 무렵 우리 집에 오셨다. 그분은 퇴근한 남편과 활발한 대화를 나눴다. 대화 주제는 아내의 내조에 관한 것이었는데, 남편의 재종형님(6촌)도 경남도청에 근무하던 공무원이었다. 재종동서는 경남여고와 대학교육을 마친 여성이었다. 남편과 당당하게 얘기를 펼쳤는데, 꽤 설득력 있는 이조였다. 남편도 형수를 꽤 존중하는 듯했다.

한때 중학교 교사였던 그분은 경남도청에서 근무하는 남편의 내조를 잘하고, 열성적인 자녀교육과 더불어 가정경제를 일으켜 집안 구성원들에게 인정을 받는 것 같았다. 그날 그분이 우리 집에서 하룻밤을 묵는 동안 나는 초보 주부로서 그저 두 사람의 얘기를 조용히 듣고 있었다. 왜 오셨는지는 물을 수가 없었다. 나는 손윗분 상에 무엇을 올릴지 골똘하다가 굴비를 올렸다. 그 후 그 동서는 자신의 남편이나 자녀의 취업에 문제가 생기면 남편에게 부탁을 해왔다. 후일 그분 남편도 업적을 남기는 자리에 올랐다. 자녀들이 명문대학을 졸업하고 결혼하기까지 최선을 다한 내조의 여왕이었다.

내가 시댁에서 가장 고마워하는 분은 바로 남편의 형수다. 그녀는 일생 제사를 모시며 어려운 환경에서도 자녀들을 잘 가르쳤다. 남편 직업이 공무원이었지만, 후일 사업을 하다가 실패하여 꽤 힘든 생활을 하셨다. 그러나 가정에 헌신하시고 부족한 나를 감싸주시며 집안의 평화를 지켜내셨다. 마찬가지로 수원에 계시는 바로 위의 동서도 젊을 때 시어머님 병시중을 많이 하셨다. 그에 비하면 나는 막내아들의 아내가 되어 형님들보다는 훨씬 편하게 산 셈이다. 그러니 나는 두 형님께 항상 고맙게 생각한다.

또 가까운 집안 친척으로 세상일에 의지가 되는 7촌 질부도 있다. 그녀는 9남매 형제를 둔 장남의 아내가 되어 온 집안을 화목하게 이끌며 우리에게까지 안부를 챙기는 여유로운 마음씨를 가졌다. 가정경제에도 많은 공을 세운 그녀가 집안을 발전시켜 잘 살아주니 여러모로 감사하다. 나보다는 나이가 한 살 많지만, 내가 집안 숙모뻘이어서 서로 말을 존대한다.

남편의 은퇴와 고향

결혼 후 나는 남편 고향이 별로 궁금하지 않았다. 결혼할 무렵 시부모는 이미 돌아가셨고, 다섯 남매 형제들도 돌아가시거나 고향을 떠난 지 오래되었기 때문이다. 부모님 산소에 들를 때도 다른 일정과 맞물려 성묘를 마치면 마땅히 오래 머물 곳이 없어 총총히 떠나와야 했다. 고향을 지키고 있는 몇몇 친척을 잠시 만나볼 뿐이었다.

2017년 7월, 남편은 영남대학 이사장 임기를 마치고 모든 직에서 은퇴를 결심했다. 그리고 제일 먼저 찾아간 곳이 고향 고성이었다. 남편이 완전한 은퇴를 결심하자 나는 그에게 고향 친척들과 어른들, 고마운 분들을 먼저 찾아뵙자고 제안했다. 고성의 부모님 산소와 진주의 셋째 시숙님 성묘도 다녀왔다. 특히 한 분뿐인 사촌형님을 찾아뵈었는데, 그분은 요양원에 계셨다. 결혼 후 두 번째 만남이었다. 집안의 대소사에서 몇 번 인사는 나누었지만, 얼굴을 마주 보고 대화를 나눈 것은 그때가 처음이었다. 그분은 체격이나 외모가 준수했다. 우리를 보자 무척 반가워했다. 간단한 선물과 용돈을 준비했다. 요양원 도우미에게도 사례비를 쥐어주며 잘 보살펴 줄 것을 당부했다. 떠나올 땐 무척 섭섭했다. 우리의 사양에도 불구하고 그분은 주차장까지 나와서 우리를 배웅했다.

사실 남편은 상대적으로 형편이 나았던 시삼촌댁에 섭섭함이 있었다. 그러나 지난날의 모든 서운함을 털어내고, 한 분뿐인 사촌형님을 혈육의 정으로 대하면 좋겠다고 제안했다. 그 후 그분의 부음 소식이 들려왔다. 온후하고 인자한 그분 모습을 다시 볼 수 없는 것이 아쉬웠다. 고향의 가까운 혈육은 이제 모두 떠나간 것이다.

우리가 뵙고 싶은 또 한 분은 병석의 시어머니를 각별하게 보살핀 옥이 어머니였다. 그분은 남편과 시어머니가 진주에서 살 때 딸처럼 살갑던 분이었다. 시어머니가 돌아가실 무렵 늘 옆에서 간호했다. 시어머니 사후에도 한동안 남편의 형제들과 연락이 있었지만, 최근에는 그렇지 못했다. 그분은 특히 이천수를 많이 보고 싶어 했다고. 창원에서 소방사업을 하는 아들과 연락이 닿아 한 요양병원을 찾아갔다. 우리가 온다는 소식에 증손자까지 모든 가족이 병원에서 우리를 맞았다. 그들은 이미 우리를 잘 알고 있었던 듯 친숙하게 대해주었다. 침대에 누워 있던 옥이 어머니의 손을 잡은 남편이 "천수가 왔어요" 하고 몇 번을 소리쳤지만, 전혀 반응을 보이지 않았다. 치매로 사람을 알아보지 못한지가 한참 되었다고. 우리가 너무 늦게 찾아뵌 것이었다.

그분 아들은 어머니의 그림을 보여주며 나의 남편과 우리 가족들을 많이 그리워했다고 말했다. 너무 늦은 방문이 민망하고 죄송했다. 그날 병실에는 아들 내외뿐 아니라, 손자 내외와 증손자까지 와 있었는데, 아무도 알아보지 못했다. 그러다가 증손자를 품에 안겨드리자 '까꿍' 하며 아기를 얼렀다. 그 가족들과 함께 식사를 하고, 앞으로도 인연을 이어가기로 했다. 얼마 후 그분의 사망 소식이 들려왔다. 이제 가까운 혈족이나 친척, 그리고 한때 정을 나눈 지인들은 거의 유명을 달리했다. 부모님 산소와 재실과 서원만이 고향에 남아 있다. 그곳이 유지되는 날까지 가문의 증표가 되어 후손에게 조상과 고향을 다시 일깨워 주리라 생각하니 그나마 위안이 되었다.

2021년 4월, 이틀간 아들 상규와 우리 부부가 부모님의 산소를 찾아
갔다. 얼마 후 조카 상일이도 아들 동희와 시부모님 산소에 다녀갔다.
반가웠다. 건강이 허락하는 한 자주 고성을 돌아보며 고향과 선조들의
역사를 자손과 함께 기억하고 기려야겠다고 생각했다.

당당하게 살고픈
나머지 나의 인생

나의 삶 나의 길

돌이켜보면 내 생이 시작되었을 때부터 사람들과 교제는 이미 시작되었다. 나는 사회적 성장 외에도 두루 조화로운 삶을 추구했다. 특히 아름다운 집에 대한 선망과 나보다 폭넓은 시야와 더 능력 있는 친구들을 부러워하며 사귀고 싶었다. 더 자주 보고, 더 배울 수 있기를 열망했다. 나를 인정해 주고 삶을 바라보는 시선이 따뜻한 사람들과 더 교류하고 싶었다.

결혼 후 남편과 연결된 인간관계에 참여하고 그들과 교류하면서 나 자신의 성숙을 꾀했다. 교제의 대상이나 성격도 우리의 인생 주기에 따라 달라졌다. 아이들의 학교생활 때 알게 된 학부모들, 남편의 사회 진출과 승진에 따른 모임들, 학교 동기동창 모임들, 그리고 내가 살아가는 동안 만난 사람 들이 모두 나의 사교 범위에 해당한다.

결혼 초기 남편의 고향 모임에 자주 동참했다. 고성향우회, 함안 이씨 종친회, 고성 엘리트들이 모인 가야동우회 그리고 남편 직계 선조로 함안 이씨를 명문의 반열로 올린 8대 이미(李美)의 호를 따서 만든 창강회(滄江會)에 속해 있었다. 그 후 사회에서 성장해가는 동안 같은 조직에 속한 분들, 또는 고시동지회, 고등학교나 대학 동기 및 선후배 모임에도 참여했다. 정책전문위원 모임 대선회, 남쪽 지역 성공한 엘리트들의 모임인 남경회, 무명회, 장·차관 은퇴자 모임인 마포 포럼, 그리고 총장 모임 등 성격이 다양했다. 남편과 함께 참석하여 다른 부인들과도 교류했다.

이 외에도 수많은 크고 작은 모임에 참여하면서 견문과 시야가 넓혀지고, 배움과 깨달음 속에서 즐거움을 맛보기도 했다. 그러나 세월이 가고 상황이 변해감에 따라 모임은 차츰 줄어들었다. 노년기에 접어든 지금은 몇 가닥의 친구들과 가족과 친척 모임, 그리고 취미나 일을 통한 모임으로 교제 범위는 아주 좁아졌다.

그동안 아는 사람이 많아서 경조사에 참여하는 것만으로도 바빴다. 나이가 들자 동네 모임에 참여하게 되었다. 또 이웃, 친척, 친구 그리고 동호인 모임으로 노후의 삶에 생기를 유지해가고 싶었다. 신체적으로나 물리적으로 범위가 간소하게 되는 것 같다. 그만큼 능력이 작아지면서 저절로 구조조정이 되는 셈이다. 한때는 발전과 성공을 위해 빈번히 교류했지만, 그런 모임은 우리가 세상일을 놓으면서 저절로 멀어져 갔다. 어떤 모임은 해체되었다. 남편이 공직에서 정점에 올랐을 때는 다양한 모임에 자연스럽게 편입되었다. 어느 정도 성공을 누린 사람들의 모임인 대선회, 남경회, 무명회, 마포 포럼 같은 제법 큰 모임은 물론 소소한 작은 모임도 하나씩 멀어져 갔다.

나는 모임에서 나보다 견문이 넓고 정신적 차원이 높은 사람을 만나면 무엇이든 배우고 시야를 넓히려 했다. 그중 지금까지 교류하는 사람들은 순수함과 맑은 영혼을 가진 사람들이다. 그 만남으로 내 인생은 풍요로워졌고 행복했다.

남편이 대진대학교 총장으로 재직하는 동안 많은 분을 초대했다. 그

때는 내가 아끼는 분들과 과분한 공간을 함께 공유하여 나의 사랑과 감사의 마음을 전하고 싶었다.

나는 때때로 배움이 많지 않거나 견문이 적은 사람에게서도 빛나는 지혜와 사랑을 발견했다. 나보다 잘나고 견문도 넓고 부유한 사람에게서 오만과 편견과 탐욕을 발견하고서 오히려 불편을 느낀 때도 있었다. 더러는 자신의 명성과 지위를 유지하거나 확장하기 위해 나를 이용하려는 사람들도 있었다. 그런 사람들은 비록 한때는 친구였지만, 마음속에서 멀리 보낸 사람이 되었다. 진짜 친구로 생각되는 사람은 어쩌다 나타났는데, 세월이 갈수록 깊은 신뢰감이 쌓이고 혈육 같은 정을 느끼게 하는 사람들이었다.

그들과 함께 있으면 즐겁고 편안해져서 나도 그들의 희로애락에 동참하게 된다. 친구란 내 마음이 그에게 다가가 생명을 느끼며 함께 기뻐하는 그런 사람이다. 좋은 일은 함께 즐기고 슬픔도 함께 나누는 그런 친구를 그리워하며 나 또한 그런 친구가 되어주고 싶었다. 성격이나 환경은 다르지만, 비슷한 가치관으로 삶을 바라보는 사람과 친구가 되고 싶었다. 남편도 형제들도 그랬으면 좋겠다. 내가 정신적으로 성장한 것도 바로 그런 사람들 덕분이다.

오늘 나의 친구 정ㅇ순이 편지와 함께 보낸 《Kindred Spirits》라는 책에 이런 구절이 있었다. 가족과 친구에 대한 묵상을 담은 책인데, 첫 페이지에 쓰인 문구다.

"What is a Friend? A single soul dwelling in two bodies."

"친구란 두 개의 육체 안에 있는 하나의 영혼이다"라는 이 문구가 마음에 와닿았다. 부족한 나를 인정해 주고 격려해 주고 내가 꿈꾸던 아름다운 집에 초대해 준 친구. 그가 보낸 책의 한 구절이 석양 속에서 유난히 반짝였다. 정말 멋진 내 친구.

나는 한 마리 낙타였다

'아직은 마흔아홉'이라는 TV 드라마가 있었다. 주인공이 아직 오십이 안 되었으니 연애와 사랑을 할 수 있다는 메시지를 담았던 것 같다.

결혼 한 이래로 29세부터 69세까지 아홉 나이가 다섯 번 지나갔다. 그리고 79세도 머지않았다. 이 아홉의 나이에 도달하면 나는 매번 지난 십 년을 되돌아보게 된다. 처음 세웠던 목표의 결과를 보며 매번 한숨을 짓다가 또 새로운 십 년을 살았다. 이전의 욕망을 포기도 하고, 반성도 했다. 그러고는 또 무심하게 다음 아홉이 될 때까지 별 저항 없이 살아오곤 했다. 아홉이라는 나이가 다가오면 아직 일 년이 남았다는 느긋한 마음이 들지만, 열이라는 고개에 올라서면 살아갈 날이 점점 줄어드는 것 같아 초조했다.

특히 예순아홉 나이에 이르자 종점이 얼마 남지 않은 막차를 탄 것처럼 초조해졌다. 마치 생명이 1년밖에 남지 않은 시한부 같았다. 세기말 증후군처럼 할 일을 다 하지 못하고 다음 세기로 넘기는 것 같기도 했다. 마치 숙제 못한 학생이 맞게 될 당혹스러움 같다고나 할까. 마음먹은 일을 추진하지 못하고 중도에 포기할 때가 많아서 나는 몸살을 앓곤 했다.

뒤돌아보니 나는 없고 그냥 생물학적으로 살아 있기만 한 것이었다. 허망함이 밀려왔다. 마음먹은 대로 살아보지도 못했는데, 어느새 전진할 용기마저 사라졌다. 이제라도 매듭짓지 못한 일들을 하나씩 처리하고, 옥석을 가려 남길 것과 버릴 것을 결정해야 한다.

나에게 가장 중요한 일은 이미 쌓아온 인연들에게 못다 한 도리를 실천하는 것이다. 고마움을 연로한 순서대로 갚아나가야 하겠지만, 시간은 별로 없다. 96세의 고모, 96세의 양동 아저씨, 88세의 삼촌 내외분, 86세의 이모를 비롯해 시댁 손위 동서들. 여든 살이 넘은 분들을 우선 챙겨야 한다. 생각나는 사람은 많고 많다. 내가 해야 할 일도 아주 많다. 여든이 넘은 친인척들이 내 방문 대상 목록에서 우선순위인데, 그분들을 보살피는 자녀들도 함께 생각하고 있다. 즉, 그분들의 아들과 며느리도 고마운 사람들이다.

지난가을 나는 여동생들과 벼르고 있던 군포에 사시는 삼촌 댁을 방문했다. 고종사촌 동생에게도 고모를 모시고 오게 했다. 우리 세 자매, 숙부 내외분, 그리고 돌아가신 어머니와 동갑인 양동 고모와 고종사촌, 이렇게 일곱 명이 함께 그날 하루를 모처럼 즐겁게 보냈다.

숙부 집 근처에서 점심을 먹고, 숙부 집에서 뒤풀이하는 동안 기분이 좋아지신 고모는 애창곡 '고장난 벽시계'를 열창했다. 그 아들 원도 도 '가을을 남기고 간 사랑'을 불렀다. 분위기가 무르익고 저녁이 되어도 고모는 자리를 뜰 생각을 하지 않으셨다. 고모는 코로나 기간 우리 자매들의 방문이 뜸해지자, 혈육과 친족을 그리워하던 참이었다. 어린애처럼 흥분한 고모는 숙부님과 일제강점기를 떠올리며 옛날을 회상했다.

앞으로도 종종 만나기를 기대하면서, 고모는 숙부 집에서 며칠 더 머물기로 했다. 그곳에 머무는 동안 또 다른 고종사촌을 만나볼 요량이었다. 나이 들수록 혈육을 그리워하는 마음이 더 강해지는 것 같았다. 그날 고모는 모임을 주선한 나에게 몇 번이나 고맙다고 했다. 집으로 돌아온 다음 날 전화를 걸어온 고모는 또 고맙다고 하셨다. 나는 노인들의 고독과 만남에 대한 갈증을 이해했다. 갈증을 해소하려면 편안한 사람들과 함께하는 모임이 최고의 처방이라는 사실을 확실하게 느꼈다, 앞으로 시댁 형님들과 친척 모임도 주선해야 할 것 같다.

이런 가운데서도 나는 누구이며, 어떻게 남은 인생을 살아야 할지 다시 생각하게 되었다. 나는 그동안 내 역할에 최선을 다하며 분주하게 살아왔지만, 진정으로 존재했다고는 생각하지 않는다. 나를 둘러싼 모두에게 나 자신을 양보하느라 정작 나 자신을 위한 생활은 없었다.

나는 사랑하는 사람들을 등에 태우고 다닌 한 마리 낙타였다. 힘든 줄도 모르고 그들의 욕망까지도 내 등에 태우고 다녔다. 나는 오르막이나, 자갈길이나, 모래언덕이나, 미끄러운 빙판이나 어디라도 그들이 원하는 곳으로 데려다주었다. 비가 오나, 눈이 오나 쉬지 않고 걸었다. 때로는 지치고 때로는 눈물을 삼켰다. 간혹 수고했다 치하를 받은 적도 있지만, 그보다는 느리다거나 빠르다며 짜증을 내는 이들이 더 많았다. 나는 억울했다. 화도 났다. 하지만 감히 소리 내거나, 원망조차 하지 못했다. 둔하고 능력이 부족한 나의 탓이라 여기면서, 나의 희망이나 소원을 이루기 위한 어떤 일도 시도해보지 못했다.

나는 어느새 한 마리 늙은 낙타가 되어서, 이제는 한마디 칭찬이나 책망 따위에 일희일비하지 않는다. 그저 내 등에 올라탄 사람들이 목적지에 무사히 안착하면 자신도 행복하다 여기는 충실한 낙타의 추억으로 살고 있다.

일모도원(日暮途遠)

나는 늘 조연으로 때로는 보조인으로 어디든 불려갔다. 또한 스스로 찾아 나서기도 했다. 덕분에 내 가족은 무사하고 평화스럽고 행복한 삶을 살아온 것 같다. 그동안 내 인생의 주인공은 남편과 아이들이었다. 부모와 형제 그리고 손주에게도 항상 양보하며 모든 것을 주고 싶어 했다. 그것이 내가 생각해온 나의 행복이었다. 나는 어디로 갔나? 내 인생의 진짜 주인공은 나 자신이 아니던가. 나는 무대 뒤편에서 주인공의 대사를 떠들어주다가 막이 내리면 그대로 사라져야 하는 변사와 같은 존재였던가.

일흔이라는 나이 뒤로 벌써 수년이 흘렀다. 더 큰 파도가 내 앞으로 밀려오기 전에 남은 일들을 처리해야 하는데, 시간은 별로 없을 것 같다. 일모도원(日暮途遠). 춘추전국시대 오나라의 책사 오자서 말이 절절하게 와닿았다. 해는 지는데 아직 할 일은 많으니 서두를 수밖에.

예순아홉에 유난히 나이병을 앓았다. 일흔이라는 고개를 훌쩍 넘으니 하루하루가 금쪽 같다. 이제 가치 있는 일만 하고 싶다. 그동안 나 자신을 바라보지 못했고, 나를 계발하지도 못했다. 그런데 자주 삶의 한계를 자각한다. 매 순간을 아끼며 나의 도리와 나의 일을 생각하는 시간이 많아졌다. 방만한 기업이 구조조정을 통해서 내실을 다지듯, 주변 정리가 필요하다는 생각이 든다. 살림살이, 메모지, 의복, 책…. 내가 가진 물건은 나와 함께 늙어온 것들이다. 고칠 수 있는 것은 고치고 교체할 것들은 교체하면서 차례차례 정리해야 한다.

그리고 마지막으로 내가 하고 싶었던 것들을 해보고 싶다. 나는 못해본 것이 너무 많지만, 모두 실천해 보기에는 또 너무 늦었다. 피아노도 치고 싶었고, 자전거도 타고, 정원도 만들고, 아늑한 오두막도 지어보고 싶었다. 읽고 싶은 책도 너무 많았다. 또 우아한 파티를 열고 싶었다. 생각해보니 하고 싶은 일이 태산이다. 그러나 아름다운 정원을 가꾸듯, 잡초를 제거하고 정말 예쁜 것들만 남겨야겠다. 죽음이 나에게 손짓하기 전에 벌여놓은 것을 줄여야 하고, 집안 정리도 필요하다. 휘황한 저녁노을이 마지막을 물들이듯, 나도 마지막 인생을 가지런히 밝힐 준비를 하고 싶다.

돌아보니 나름대로 최선을 다해 살아왔다고 생각하지만, 이렇다 할 업적은 없다. 이제 빚진 것부터 청산하고, 고맙고 미안한 일부터 챙길 것이다. 성공하지 않아도 좋다. 그저 누구의 눈치도 보지 않고, 자유와 하늘과 바람을 즐기며 당당하게 나머지 인생을 사는 것, 그것을 실행하고 싶다.

　내 안에 존재하는 좋은 성품이나 능력은 거의 소진되었을지도 모른다. 미약한 내 능력으로 최대한 사용하며 살아왔기에, 총량은 거의 바닥이 났을지도 모른다. 하지만 나를 아는 모든 사람이 나를 평가하지도 말고, 나에게 어떤 기대도 하지 않았으면 좋겠다. 그냥 내가 하고 싶은 대로, 나의 발길이 닿는 대로, 손길이 닿는 대로 살고 싶다. 그냥 나를 나로 바라봐 주기를.

사진첩

덕봉고택 李福雨家를 방문한 이시영부통령(1951.4월하순)

이복우 종택에 방문하신 이시영 초대 부통령님.
동그라미 속 갓 쓴 노인이 증조부 이종문, 다른 분이 삼촌.

필자의 외증조부 동전 김응섭 님(독립운동가).

나의 외조부와 누님의 어린 시절.

친가에서 독립운동을 하신 종조부 이복우 님.

1946년 아버지 결혼 무렵.

1956년쯤 경주 소정 고택 앞에서 아기를 안은 고모님들. 당시 젊었던 양동 큰고모님, 청도 둘째 고모님.

1965년 경북여고 3학년 동급생들과.

1968년 이화여대 3학년 재학 시절.

1971년 결혼 전 영란여중 교사 시절.

1971년 신혼여행 후 친정에서 받은 큰 상 앞에서.

1971년 교사 재직 시절.

1973년 아들 상규와 경복궁 경회루 앞에서.

1974년 가을 필자가 뜨개질한 옷을 입은 상규.

1974년 어머니와 함께 경복궁에서.

1979년 옥희 대학교 졸업식.

1985년 아버지 회갑연.

1985년 정부에서 불하받아
처음 소유하게 된 자가용 포니.

1989년 여고동기 한울회 친구들과 남한산성에서.

1993년 김영삼 대통령에게
교육부 차관 임명장을 받는 남편.

1994년 경북여고 37회 동창회 모임.

1995년 남편 교육부 차관 시절
적십자 봉사 바자회에서.

1995년 남편 박사 학위 수여식 후.

1996년 11월 24일 군 휴가 나온 아들 상규.

1998년 큰딸 정원
YTN 아나운서 지원 시절.

1997년 남편의 순천향대 총장 취임식.

2000년 아들 상규 연세대 졸업식.

2002년 2월 천안대학교 국제대학원에서 미국학 석사 학위 받던 날.

2002년 큰딸, 둘째 딸과 동유럽 여행 중.

2003년 서초동 우리집에 초대된 미국의 안은주 가족과 친구들(김태순, 김정숙)

2004년 러시이와 북유럽 여행 당시.

2006년 이모님과 양동 외사촌(묘꼴아지매)과 우리 자매들.

2007년 남편 대진대 총장 시절 포천 공관 여고 동기들 초대.

2007년 북한이 보이는
연변의 국경계선 다리에서.

2007년 아들 상규의 둘째 딸 영인의 돌잔치.

2007년 큰딸 정원이 박사 학위 수여식 후.

2009년 경북여고 장학회 총무 시절.

2009년 경북여고 총동창회 임원들과 청와대에서.

2009년
대진대 포천 공관에서
아버지.

2011년 대구 세계육상선수권대회 폐막식 후.

2011년 막내딸 정진의 전공의 시절 파견 온
우즈베키스탄 의사들과 함께.

2011년 양동 아주머니와 평강식물원에서.

2011년 총장들 모임에서 역사탐방 여행 중 도동서원에서.

2011년 전국여성대회에 참석한 장미란,
조혜자 여사(이승만 전 대통령 며느님),
총장 부인들과 함께

2011년 한국부인회 주최 전국여성대회에서
총장 부인들과.

2012년 남편 칠순 잔치에서 친정집 식구들과.

2013년 막내 결혼식 가족사진.

2019년 5월 말경
영문과 졸업 50주년 기념행사의
'백조의 호수'에 출연한
1970년 동기생들.

2020년 며느리, 손녀들과 함께
서초동 집에서 한 바비큐 파티.

2022년 남편의 팔순 모임.

2023년 10월 숲속의 정태순 집에서. 집주인 정태순은 맨 앞줄 왼편.

2024년 5월 10일
외가 오미동 영감댁
(외증조부 김응섭 생가)
사랑채에서

평생 심부름꾼의 인생 보고서

나는 꿈꾸는 낙타

초판 1쇄 인쇄 | 2024년 5월 25일
초판 1쇄 발행 | 2024년 6월 10일

지은이 | 이선희
펴낸이 | 김진성
펴낸곳 | 벗나래
편 집 | 김소연, 최성수
디자인 | 성숙
관 리 | 정보해
출판등록 | 2005년 2월 21일 제2016-000007
주   소 | 경기도 수원시 장안구 팔달로237번길 37, 303호(영화동)
대표전화 | 02) 323-4421
팩   스 | 02) 323-7753
홈페이지 | www.heute.co.kr
전자우편 | kjs9653@hotmail.com

Copyright©by 이선희

값 25,000원

ISBN 978-89-97763-57-3